Anthony Riches

DAS GOLD DER WÖLFE

Autor

Anthony Riches hat einen Abschluss in Militärgeschichte von der Manchester University. Nach dem Studium arbeitete er 25 Jahre für eine Reihe von Großkonzernen in aller Welt, bevor er sich mit Aufträgen in Europa, USA, dem Mittleren und dem Fernen Osten selbstständig machte. Das Manuskript zum Auftakt der Imperium-Saga schrieb er bereits Ende der 1990er-Jahre, versteckte es allerdings in seiner Schreibtischschublade, bis er sein Werk 2007 endlich zu einem Verlag schickte, wo sich sofort begeisterte Fans fanden. Anthony Riches lebt mit seiner Frau Helen und drei Kindern in Hertfordshire.

Von Anthony Riches bereits erschienen:

Die Ehre der Legion
Schwerter des Zorns
Die Festung der tausend Speere
Aufstand der Barbaren
Das Gold der Wölfe

Besuchen Sie uns auch auf www.instagram.com/blanvalet.verlag
und www.facebook.com/blanvalet.

ANTHONY RICHES

DAS GOLD DER WÖLFE

Roman

Deutsch von Wolfgang Thon

blanvalet

Die Originalausgabe erschien 2012 unter dem Titel »Wolf's Gold (Empire 5)«
bei Hodder & Stoughton, London.

Penguin Random House Verlagsgruppe FSC® N001967

2. Auflage
Copyright der Originalausgabe © 2012 by Anthony Riches
Copyright der deutschsprachigen Ausgabe © 2020 by Blanvalet
in der Penguin Random House Verlagsgruppe GmbH,
Neumarkter Str. 28, 81673 München
Redaktion: Alexander Groß
Umschlaggestaltung: © Johannes Frick unter Verwendung eines Motivs
von © Nik Keevil/Trevillion Images
HK · Herstellung: sam
Satz: Uhl + Massopust, Aalen
Druck und Bindung: GGP Media GmbH, Pößneck
Printed in Germany
ISBN 978-3-7341-0883-9

www.blanvalet.de

Für Carolyn

Prolog

Dakien, März, 183 n. Chr.

Ein Hund bellte am Ende des Dorfes, und sofort gesellte sich ein halbes Dutzend anderer Hundestimmen dazu, um lautstarken Protest gegen das zu erheben, was den ersten Hund in Alarmbereitschaft versetzt hatte. Auf seinem behaglichen Strohlager neben dem Haus, warm und trocken inmitten des Viehs, das sich längst an die nächtliche Anwesenheit des Jungen gewöhnt hatte, lächelte Mus schläfrig, als er das Kläffen der Hunde hörte. Was immer die Tiere erregt hatte, würde einen Sturm von Schimpftiraden bei den Männern in den umliegenden Häusern nach sich ziehen – zumindest war dies die Art, wie sein Vater für gewöhnlich auf derartige Ruhestörungen reagierte. Der Junge kuschelte sich tiefer ins Stroh, schloss die Augen und hoffte, dass das Bellen der Hunde, die wohl von irgendeinem nachtaktiven Tier geweckt worden waren, verebben und wieder Stille einkehren würde.

Plötzlich erklang ein markerschütterndes Jaulen, das den Jungen mit einem Schlag hellwach werden und vom Strohlager hochschießen ließ. Einer der Hunde war offensichtlich zum Schweigen gebracht worden. Mus kannte das Geräusch, denn er hatte es schon einmal gehört: als nämlich der Hund im Nachbarhaus den Sohn seines Herrn übel gebissen hatte und zum Lohn dafür eine Dienstwaffe der Legion, einen knapp sechzig Zentimeter langen Gladius, durch den Rücken gebohrt bekam. Das tödlich verwundete Tier hatte vor Schmerzen derart geheult und gegen die unnachgiebig in seinem Rücken steckende Klinge angekämpft, dass der Besitzer sich gezwungen sah, die Waffe herauszuziehen und dem sich windenden Hund den Kopf abzuschlagen, um das herzzerreißende Winseln nicht länger ertragen zu müssen.

Schon in der Sekunde, nachdem er den ersten Schock überwunden hatte, wusste Mus, dass er soeben ein grauenvoll ähnliches Geräusch vernommen hatte. Aber wer würde denn einen Wachhund mit der Waffe dafür bestrafen, dass dieser tat, wozu man ihn dressiert hatte?

Erneut wurde die Stille von Hundegekläff durchbrochen, doch nun stimmte ein immer lauter werdender Chor barscher Männerstimmen mit ein, während die Dorfbewohner aus den Häusern strömten. Sie waren mit Schwertern bewaffnet, die sie nach ihrer Entlassung aus der Legion behalten hatten, auch wenn die Zeiten mittlerweile einigermaßen friedlich waren. Durch die Holzbretter über seinem Kopf hörte Mus auch die Stimme seines Vaters, der mit schweren Schritten zur Tür hinüberstampfte und gleichzeitig der Familie versicherte, es gäbe keinen Grund zur Besorgnis. Dann aber ertönten die ersten Schreie: Männer, die verzweifelt um ihr Leben kämpften. Unter das Klirren von Eisen mischten sich Stöhnen, Ächzen und gequälte Schmerzenslaute, als Leute verwundet oder getötet wurden. Dazwischen erklangen hellere Stimmen: das Wutgeheul der Ehefrauen sowie Flüche und Hasstiraden angesichts dessen, was am anderen Ende des Dorfes passierte.

»Mus!«

Sein ältester Bruder steckte den Kopf durch die Luke, die zum oberen Geschoss führte, und Mus antwortete.

»Ich bin hier! Was…«

»Vater sagt, du sollst da unten bleiben und dich nicht von der Stelle rühren!«

Der Kopf verschwand, und der Junge hörte das Geräusch schwerer Schritte, als sein Vater und seine drei älteren Brüder die Treppe hinunterhasteten und in Richtung des immer stärker werdenden Kampflärms rannten, wobei der pensionierte Wachoffizier seine ehemaligen Waffenbrüder mit lauter Stimme anfeuerte. Von oben vernahm Mus den Klang leichterer Schritte, als seine Mutter und seine Schwestern sich auf dem Elternbett zusammenkauerten, wo die Mädchen Trost angesichts des unvermittelten nächtlichen Schreckens suchten. Obwohl er kurz davor war, selbst die Leiter hinaufzusteigen und zu ihnen zu stoßen, wusste Mus doch, dass sein Vater ihn bestrafen würde, wenn er zurückkam und feststellte, dass seine Anweisungen nicht befolgt worden waren. Also blieb er, wo er war, und hob den Kopf, um durch die enge Öffnung in der Wand zu spähen, die das Haus mit Tageslicht versorgte. Allerdings brachte ihm sein Blick durch den Schlitz auf das, was sich im unteren Teil des Dorfes abspielte, kaum genauere Informationen als sein Gehör. Nachdem der Junge eine Weile in die Dunkelheit hinausgestarrt hatte, begann er jedoch zu begreifen, was die flackernden Fackeln bedeuteten, die sich den Hügel herauf in seine Richtung bewegten.

Eine Reihe schwer bewaffneter Kämpfer trieb die letzten Männer, die vom Dorf noch übrig geblieben waren, vor sich her und zwang die pensionierten Soldaten trotz ihres verzweifelten Widerstands zum höher gelegenen Teil der Siedlung hinauf. Trotz ihrer zahlenmäßigen Unterlegenheit brüllten die Dorfbewohner Schlachtrufe, während sie kämpften und von den Klingen der Angreifer durchbohrt wurden, doch ihre Ausbildung im Schwertkampf lag schon lange zurück, und sie konnten es mit den jüngeren Männern, die überdies mit Rüstungen und Schilden ausgestattet waren, nicht aufnehmen. Hinter der Reihe von Schilden loderten Feuer, die sich durch die bereits eingenommenen Häuser fraßen, und durch die Nacht schallte das ängstliche und hasserfüllte Wehklagen der Frauen, die ihrer Verzweiflung in hilflosen Schreien Luft machten.

Während Mus mit Entsetzen die Geschehnisse verfolgte, sah er, wie ein kräftig gebauter Krieger aus der Angriffslinie hervortrat und einhändig ein langes Schwert gegen seine Brüder führte, während die Männer hinter ihm zusahen. Geschickt parierte er einen Hieb gegen seinen Kopf, bevor er die Spitze seiner Waffe zum Hals des jüngsten Bruders schwang und ihn aufschlitzte. Der älteste der drei Brüder versuchte wütend, auf ihn einzuhacken, doch der Angreifer trat zur Seite und schmetterte ihm seinen Schild ins Gesicht. Er hatte muskulöse Oberschenkel, machte einen langen Ausfallschritt und stach dem taumelnden Jungen sein Schwert tief in die Brust. Während der letzte von Mus' Brüdern aufschrie und von der Seite eine verzweifelte Attacke mit dem Speer gegen den Angreifer zu führen versuchte, sprang der große Mann zurück. Die aufblitzende Speerspitze stieß ins Nichts, und der Kerl packte den Schaft und brachte den Jungen damit aus dem Gleichgewicht. Lachend verpasste er ihm mit seinem Eisenhelm einen krachenden Kopfstoß, dann wandte er sich ab und überließ es den Männern hinter ihm, dem halb bewusstlosen Knaben den Rest zu geben. Aus dem Schlachtgewühl stürmte der Vater der Jungen mit seinem geschwärzten Schwert hervor und schwor schreiend blutige Rache gegen den Mörder seiner Söhne.

Der Krieger warf seinen Schild zur Seite und trat dem angreifenden Bauern mit derart überzeugtem Selbstvertrauen entgegen, dass es Mus innerlich eiskalt wurde. Er beantwortete den wütenden Angriff seines Vaters mit dem Schwert, konnte jedoch dem Hieb seines Angreifers entgehen und drehte den Kopf weg, um einem Faustschlag auszuweichen, der ihn auf den Rücken befördert hätte. Wieder schoss der behelmte Kopf nach vorn und stieß dem älteren Mann ins Gesicht, der daraufhin blutüberströmt und mit gebrochener Nase zurücktaumelte. Mit bebendem Herzen sah Mus, wie sein Vater den Kopf schüttelte und entschlossen erneut attackierte. Was dann geschah, ging fast zu schnell, als dass er es hätte begreifen können, doch das Resultat war eindeutig. Der Krieger parierte den zweiten Angriff ebenso leicht wie den ersten, packte blitzschnell die Faust seines Gegners und drehte diese anscheinend mühelos herum. Der ältere Mann wurde zu Boden gezwungen, während der Krieger ihm den Schwertgriff aus der Hand trat. Dann legte der Krieger seine Klinge an den Hals des liegenden Mannes und blickte sich um, bis er entdeckte, was er gesucht hatte: die verängstigte Frau und die Töchter, die aus dem einzigen Fenster des Hauses herausstarrten. Während Mus ungläubig zusah, zog der siegreiche Krieger den hilflosen Veteranen auf die Füße und schleifte ihn zum Haus hinüber, wo er ihn ein Dutzend Schritte vor dem Versteck seines Sohnes ins Gras schleuderte. Dann griff er mit einer Hand in sein Haar und zog ihm den Kopf zurück, wobei er ihm mit harter, wütender Stimme ins Ohr brüllte.

»Ist das dein Haus, alter Mann? Sind Frauen darin, die

sich in ihren Betten zusammenkauern, während du sie verteidigst? Meine Männer werden sie herausholen und sie als Vergeltung für deine Gegenwehr vor deinen Augen schänden! Und du wirst dabei zusehen.«

Mit einer Geste gab er den Männern um ihn herum ein Zeichen. Sie strömten mit donnerndem Stiefelgetrampel, das der Junge über seinem Kopf hörte, ins Haus und schleiften seine Mutter und seine vor Angst schreienden Schwestern die Treppe hinunter. Der Anführer der Bande verhöhnte den bezwungenen Bauern, dessen Kopf er mit dem Schwert am Hals hochhielt und den er so zwang, mit anzusehen, wie den Frauen seiner Familie die Nachthemden vom Leib gerissen und sie zu Boden gestoßen wurden. Jedes der Opfer wurde von zwei Männern festgehalten, während die Kameraden über sie herfielen und mit triumphierendem Grinsen und genussvollem Stöhnen wieder und wieder in ihre wehrlosen Körper hineinstießen. Mus starrte durch das schmale Fenster in das gequälte Gesicht seines Vaters, der die Vernichtung und Schändung seiner Familie miterleben musste, und merkte plötzlich, dass dieser ihm direkt in die Augen sah. Mit einer raschen Bewegung packte der Veteran die Schwerthand seines Peinigers, und es gelang ihm, die Klinge einen Augenblick von seinem Hals zu entfernen – lange genug, um eine letzte Anweisung an das einzige Mitglied seiner Familie zu geben, das noch nicht in die Hände der Feinde geraten war.

»Lauf, Junge! Lauf weg, so weit du kannst!«

Sein Häscher ließ den Haarschopf los und hieb ihm erneut mit der Faust ins Gesicht. Dann zog er ihm die Schwertklinge über den Hals, stieß den sterbenden Mann von sich und blickte in das erstarrte Gesicht des Jungen. Während sich der Bauer zu seinen Füßen im Todeskampf wand, brüllte er seinen Leuten einen Befehl zu und deutete auf das Haus. Ein paar Männer rannten zu den Treppen hinüber, und Mus zitterte vor Angst, als er begriff, dass er nur wenig Zeit hatte, bevor sein Versteck entdeckt werden und er dasselbe Schicksal wie seine Brüder erleiden würde. Einige Nachbargebäude gingen bereits in Flammen auf, die wenigen Bauern, die noch am Leben waren, wurden abgeschlachtet, die weiblichen Familienmitglieder von der räuberischen Meute aus den Häusern gezerrt und brutal vergewaltigt. Als er Fußtritte auf der Treppe über seinem Kopf hörte, riss sich Mus von dem Anblick los, sprang aus dem Strohlager heraus, rannte über die harte Erde und zwängte sich durch eine Öffnung in der hinteren Wand aus Holz – die hatte er schon oft benutzt, um der Aufmerksamkeit seiner älteren Brüder zu entgehen. Jetzt, wo er nicht mehr das Kind jener glücklichen Tage war, passte er allerdings kaum noch hindurch. Er musste zunächst eine Schulter durch den Spalt zwängen, um dann die andere nachzuziehen, wobei seine Haut böse aufgekratzt wurde. Er wand sich aus dem Haus heraus, indem er zunächst einen Fuß durch den Spalt schob und dann den restlichen Körper hindurchpresste. Er wollte gerade vom Boden aufstehen, als hinter ihm eine Stimme erklang und eine Hand nach seinem Schuh griff. Mus wusste, dass sein unsichtbarer Verfolger nur sein Bein erwischen musste, um ihn durch den Spalt zurück ins Haus zu ziehen. Mit verzweifelter Anstrengung zog er seinen Fuß aus dem groben Stiefel, den er eine Woche zuvor von dem jüngsten seiner Brüder vererbt bekommen hatte. Auf Händen und Knien kroch er davon, richtete sich dann wankend auf und rannte, so schnell er konnte, zu den Bäumen hinter dem Gemüsebeet seiner Mutter. Er trat den zweiten Stiefel vom Fuß und floh zum Wald, wo er Zuflucht zu finden hoffte. Der alte Baum, der die eine Seite seines Elternhauses stützte, stand bereits in Flammen, und als Mus sich umblickte, sah er durch die grelle Feuersbrunst, wie der große Krieger auf ihn zeigte und seinen Männern einen Befehl zurief.

»Haltet ihn auf!«

Ein Speer flog in hohem Bogen heran, ein Aufblitzen von poliertem Eisen in der Dunkelheit, bohrte sich jedoch ein Dutzend Schritte hinter ihm in den Boden. Nur einen Augenblick später zischte ein zweiter Speer so dicht an ihm vorbei, dass er vor Schreck stolperte und mit einem Knie auf dem Boden landete. Er sah erneut zurück und erblickte mehr als ein Dutzend Männer, die mit gezogenen Schwertern am Haus vorbeirannten. Ihre Schreie waren zwar nicht zu verstehen, doch es war offensichtlich, dass sie Spaß an der Verfolgungsjagd hatten. Der heftige Schreck verlieh dem Jungen neue Energie: Mit aller Kraft, die er zur Verfügung hatte, sprintete er die letzten zwanzig Schritte zu den Bäumen hinüber, während seine Verfolger immer näher kamen, und tauchte mit einem dankbaren Aufschluchzen in das schützende Laubwerk ein. Der Wald war ihm nachts ebenso vertraut wie tagsüber, denn hier hatte er sich immer schmollend versteckt, wenn seine Brüder wieder einmal ihre Übellaunigkeit an ihm auslassen wollten. Nachdem er einige Male aufgespürt und von ihnen durchgeprügelt worden war, hatte er gelernt, wie er eine Entdeckung vermeiden konnte, sobald er es erst einmal bis zum Rand des Waldes geschafft hatte. Immer wieder nach links und rechts ausweichend, mit leisen, von Tannennadeln auf dem Waldboden gedämpften Schritten und im Schutz der langen Schatten, die ihn unsichtbar machten, schlüpfte Mus unter eine Baumgruppe, die ihm schon lange vertraut war. Dort kroch er in einen Busch hinein, in dessen Mitte er mit viel Mühe ein Loch ausgehöhlt hatte, das groß genug war, seinen Körper zu verbergen. Dann kauerte er sich zusammen, versuchte, sein heftiges Atmen zu beruhigen, und lauschte, während die Männer ziellos in der Dunkelheit herumtappten.

Zwischen dem brennenden Haus und den Bäumen stand der große Krieger und wartete ungeduldig, bis seine Leute wieder aus dem Wald herauskamen, wobei er mit der Klinge seines Schwertes rastlos gegen seinen Stiefel klopfte. Die Männer formierten sich in einer Reihe und warteten sichtlich nervös, wie ihr Kommandeur auf diesen Misserfolg reagieren würde. Ihre Augen glänzten im rötlichen Licht des Feuers, und ihre Gesichter waren angespannt. Anscheinend wussten sie nur zu gut, welches Urteil sie erwartete.

»Er ist entkommen? Ein kleiner Junge hat es geschafft, einem Dutzend von euch durch die Lappen zu gehen?« Er betrachtete sie einen nach dem anderen und verzog dabei angeekelt das Gesicht. »Verflucht euer Schicksal, dass ihr nicht das Glück hattet, eine Frau zum Besteigen zu finden, und stattdessen jetzt als Versager vor mir steht. Denn dafür habt ihr guten Grund.« Er wandte sich an ihren Anführer und nickte knapp. »Das Übliche. Sie sollen selbst auslosen, wer für ihr Scheitern zu bezahlen hat. Aber sorg dafür, dass es ein schneller und sauberer Tod wird. Wir müssen das Exempel ja nicht zu einem Spektakel auswachsen lassen.«

Mit langen Schritten ging er um das brennende Haus herum zu seinem Stellvertreter, der bereits auf ihn wartete. Gemeinsam mit dem älteren Mann marschierte er dann durch die Szenerie des Grauens den Hang hinunter. Die blutigen Leichen der getöteten Bauern lagen im Licht ihrer von

Feuersbrunst zerstörten Häuser. Die anfänglichen Schreie der Frauen waren mittlerweile zu einem verzweifelten Stöhnen und Schluchzen abgeklungen. Ihre Erniedrigung dauerte weiter an und wurde lediglich dann unterbrochen, wenn ein neuer Peiniger den vorherigen ersetzte. Der große Mann blickte sich angewidert um.

»Lass ihnen eine Umdrehung der Sanduhr Zeit, Hadro, und ruf sie dann zur Ordnung zurück. Bis morgen früh sind alle Tiere geschlachtet und eingesalzen und die Männer abmarschbereit. Die Frauen werden getötet, ohne Ausnahme. Stell sicher, dass keine Zeugen übrig bleiben. Es scheint, als sei uns bereits ein kleiner Junge entwischt, daher will ich keine weiteren Risiken eingehen. Sollte mein Befehl nicht exakt ausgeführt werden, lasse ich nicht nur den Übeltäter, sondern jeden Einzelnen seiner Zeltmannschaft zu Tode prügeln. Ist das klar?«

Der Erste Speer nickte, und als er antwortete, hörte sich sein Latein hart und kehlig an. »Wie du befiehlst, Präfekt.«

1. Kapitel

Dakien, September, 183 n. Chr.

»Du musst in unser aller Namen Rache nehmen, mein Sohn. Die simple Tatsache, dass du überlebt hast, wäre eine zu schwache Antwort auf das Übel, welches das Imperium von innen heraus zersetzt. Ganz zu schweigen von den schrecklichen Demütigungen, die deine Mutter und deine Schwestern vor ihrem Tod erleiden mussten.«

Senator Appius Valerius Aquila rutschte unbehaglich auf seinem Stuhl hin und her, und es war offensichtlich, wie sehr ihn die Gelenkschmerzen peinigten, die ihn in den Monaten, bevor sein Sohn Rom verlassen hatte und nach Britannien gezogen war, heimgesucht hatten. Hinter ihm, im Schatten und nur schemenhaft sichtbar, standen schweigend und mit ausdruckslosen Gesichtern seine Frau und seine Töchter. In der hintersten Ecke des Raumes stand Marcus und fragte sich, ob sein jüngerer Bruder ebenso regungslos dastand, denn das Antlitz des Kindes war im Dunkeln nur schwer zu erkennen.

»Vater, ich sehe nichts.«

Der alte Mann zog eine Augenbraue hoch, und sein Gesicht nahm den überheblichen Ausdruck eines Patriziers an, den sein Sohn stets so furchteinflößend fand. »Du siehst keinen Weg, wie du unseren Tod rächen könntest, Marcus? Du hast inzwischen selbst eine Frau und einen Sohn und trägst Verantwortung für Männer, die unter deinem Befehl stehen. Du hast den Namen Valerius Aquila abgelegt und lebst nun unter dem Pseudonym Tribulus Corvus, damit man dich nicht mit einer Familie von Verrätern in Zusammenhang bringen kann. Dir ist ein neues Leben geschenkt worden, für das du gut ausgebildet und vorbereitet bist. Und dennoch...«

Marcus schluckte nervös und konnte sich unter dem prüfenden Blick seines Vaters kaum rühren. »Und dennoch?«

»Und dennoch ist all das, was du jetzt bist, ein Resultat dessen, was ich aus dir gemacht habe, mein Sohn. Ich habe dich als Baby zu mir genommen, als mein Freund Gaius Calidius Sollemnis nicht länger für dich sorgen konnte.«

Marcus berührte das Schwert des Legaten Sollemnis, das er in seiner Hand hielt und dessen goldener Schwertknauf in der Form eines Adlerkopfes im Schein der einzigen Öllampe schimmerte, die in der fast undurchdringlichen Dunkelheit für schwaches, unstetes Licht sorgte. Er begann schnell zu sprechen, als sei er erpicht darauf, Zuspruch von dem Mann zu bekommen, der ihn bis zum Erwachsenenalter aufgezogen hatte. »Vater, ich habe den Legaten gerächt, nachdem er von Titus, dem Sohn des Prätorianerpräfekten, verraten wurde. Ich habe seinen Mörder Calgus bis ans Ende des Kaiserreiches und sogar darüber hinaus verfolgt. Ich habe ihn zum Krüppel geschlagen und ihn den Wölfen überlassen.«

»Nur günstigen Umständen ist es zu verdanken, dass du für deinen leiblichen Vater Rache nehmen konntest, mein Sohn. Doch die Vergeltung für die Vernichtung deiner eigentlichen Familie darf nicht von Fortunas Launen abhängen. Du musst ins Herz des Imperiums vordringen und jeden einzelnen Mann aufspüren, der Anteil an unserem Tod hatte. Solange du das nicht vollbracht hast, wirst du niemals imstande sein, meinen Enkel in aller Öffentlichkeit unter dem stolzen Familiennamen Valerius Aquila großzuziehen. Willst du ihn denn unter einem Decknamen zum Mann heranwachsen sehen? Aber noch schlimmer als dieser Schandfleck auf unserer Ehre ist der Umstand, dass du ein Leben lang auf Gedeih und Verderb deinem Gewissen ausgeliefert sein wirst, das ich dir während deiner Jugend mit so viel Mühe anerzogen habe. Denk zurück, Marcus! Nicht nur an deine Ausbildung im Kampf, für die ich einen Gladiator und einen Soldaten angeheuert hatte, die so lange mit dir geübt haben, bis du es sowohl mit dem Schwert als auch mit der Faust mit beiden aufnehmen konntest. Erinnerst du dich denn nicht an unsere Diskussionen zum Thema Ethik und Philosophie?«

Marcus nickte und besann sich auf die tief in ihm verborgenen Erinnerungen an die herausfordernden Gespräche, bei denen er sich eher als Zuhörer und nicht als Teilnehmer gefühlt hatte, während der alte Mann ihm seine Glaubensgrundsätze und Wertvorstellungen zu vermitteln versuchte.

»Ich erinnere mich.«

»Dann weißt du nur zu gut, dass es nicht angemessen ist, dein Gesicht von den begangenen Verbrechen abzuwenden. Nur in Rom kannst du die Männer finden, die für unseren Tod bestraft werden müssen.«

Die Dunkelheit, die seine Familie umgab, wurde noch undurchdringlicher, und schon konnte Marcus seinen Bruder nicht mehr erkennen. Als er zu seiner Mutter hinüberstarrte und ihn die heftige Sehnsucht ergriff, ihre Stimme noch ein letztes Mal zu hören, verschwand auch sie in der Düsternis, sodass lediglich sein kaum zu erkennender Vater auf dem Sofa zurückblieb.

»Nur in Rom, Marcus…«

Er erwachte und schoss vom Bett hoch.

Felicia wurde ebenfalls aus dem Schlaf gerissen und wandte sich mit besorgter Stimme an ihn. »Was ist los?«

Marcus schlang seinen Arm um sie und legte eine Hand auf ihre Brust. So lagen die beiden immer vor dem Einschlafen da. »Es war nur wieder dieser Traum. Nichts weiter…«

Sie spannte sich an. »Liebster…«

Mit einem sanften Lächeln küsste er sie aufs Ohr. »Ich weiß. Ich erinnere mich gut an deine Deutung dieses Traums: Während ich schlafe, verliert mein Gehirn irgendwie die Kontrolle, die ich im Wachzustand über meine Gefühle habe, und schickt mir stattdessen Bilder aus meinem früheren Leben, damit ich mich mit meiner Trauer auseinandersetze, die ich sonst nicht verarbeiten kann. Andererseits denke ich, ein Priester wäre der Meinung, die Träume würden mir von Morpheus auf Geheiß von Mithras geschickt, damit ich mich wie ein Soldat verhalte, den Kampf aufnehme und Rache übe.«

Felicia lachte leise in die Dunkelheit des Raumes hinein, griff mit dem Arm über ihre Schulter und tippte ihm an die Stirn. »Das eigentliche Problem sitzt hier drin, Liebster. Du musst dir zugestehen, den Tod deiner Familie auf angemessene Weise zu betrauern. Solange du das nicht tust, wirst du von den Geistern deines vergangenen Lebens heimgesucht werden, da du dich von dem, was früher war, noch nicht gänzlich verabschiedet hast.«

Er küsste ihren Nacken und schmiegte seinen Körper an ihren Rücken. »Ich weiß. Das werde ich auch tun, sobald die Zeit dafür gekommen ist.« Er legte seine Hand auf ihre andere Brust und rieb mit den Fingern sanft über ihre Brustwarzen. »Und jetzt, da das Baby gerade einmal schläft…«

Später, als sie beieinanderlagen und den Geräuschen des erwachenden Lagers lauschten, hielt er sie fest in seinen Armen und dachte wieder über den Traum nach, wie er das schon so oft an unterschiedlichen Orten längs der nördlichen Grenze des Kaiserreichs im Morgengrauen getan hatte.

Den Tod meiner Familie auf angemessene Weise betrauern? Du weißt gar nicht, wie recht du damit hast, Liebste. Doch Zeit und Ort sind noch nicht reif. Es wird in der Zukunft geschehen, wenngleich ich noch nicht genau weiß, wann oder wo. Aber die Zeit wird kommen, dessen bin ich mir ganz sicher. Und der Ort? Wie ein Echo kamen ihm die Worte seines Vaters in den Sinn. *»Nur in Rom ...«*

»Wir sind den ganzen Weg hierher marschiert, nur um einen verfluchten Berg zu beschützen?« Der Standartenträger der Fünften Zenturie warf einen kurzen Blick auf die Gipfel, die sich zu beiden Seiten der Straße erhoben, und spuckte vor seine Stiefel. »Götter der Unterwelt, wir scheinen auch jede Drecksarbeit übernehmen zu müssen! Gibt es irgendwo einen kalten, nassen Steinbruch zu bewachen, damit ein paar verirrte Barbaren keine Felsbrocken entwenden können? Nur zu, schickt einfach die verdammten Tungrer hin, denn die sind ja blöd genug, alles zu machen, was man ihnen aufbürdet!« Missbilligend schüttelte er den Kopf und nahm den Schaft der Standarte in die andere Hand. »Wir können nur hoffen, dass es dort oben zumindest ein anständiges Hurenhaus gibt, sonst sind wir den ganzen Weg umsonst gelaufen. Allerdings ...« Er schüttelte den Kopf und sah über die Schulter zu seinen Zuhörern, einer Marschkolonne, die in Viererreihen hinter ihm ging. »Allerdings sind Frauen, die es bis ins Gebirge hinauf geschafft haben, wohl kaum auf der sanften Seite dieses Gewerbes tätig. Ich kann es einfach nicht ausstehen, wenn eine Matratzenschlampe meinen Schwanz lutscht und gleichzeitig ihr Bart an meinen Eiern kitzelt.«

Marcus, der neben dem stämmigen Veteranen die Straße entlangmarschierte, schüttelte den Kopf angesichts der Schmährede seines Standartenträgers. Wie immer entschied er, die bitteren Klagen des älteren Mannes zu ignorieren, die er bei jeder noch so kleinen Mühsal herunterbetete. Achtzehn Monate als Morbans Zenturio hatten ihn gelehrt, dass der seit fünfundzwanzig Jahren im Dienst befindliche Veteran zwar für eine Weile zum Schweigen gebracht werden konnte, seine Ungehaltenheit aber nur selten länger andauerte. Einer der Soldaten in den Reihen hinter ihm erhob jedoch aus der sicheren Anonymität der Menge heraus die Stimme, um den Standartenträger zum Weiterreden zu provozieren.

»Wahrscheinlich gibt es auch kein anständiges Bier hier, was, Morban?«

Der hatte jedoch Marcus' wütenden Blick bemerkt und war klug genug, sich eine Antwort darauf zu verkneifen. Er neigte stattdessen den Kopf, um das Geräusch besser zu hören, auf das er bereits rückwärtszählend wartete.

»Fünf, vier, drei, zwei…«

Ein wütendes Gebrüll brach hinter ihnen los und ließ beide Männer zusammenfahren, obwohl sie damit gerechnet hatten. Marcus tauschte einen wissenden Blick mit Morban, während sein Optio Quintus eine wutentbrannte Schimpftirade in Richtung des anonymen Soldaten losließ.

»Ich kann mir schon fast denken, wer von euch Affen gerade sein Maul aufgerissen hat, und sollte ich herausfinden, wer es war, wird er sich wünschen, nie zur Armee gegangen zu sein! Ich werde ihn derart lange Sonderschichten schieben lassen, dass sein Schwanz vertrocknet sein wird, bevor er etwas anderes mit ihm anfangen kann, als allein damit herumzuspielen! Ich werde meinen verdammten Optiostab auf seinem Rücken in Stücke hauen, und dann werde ich…«

»…einen neuen Stab besorgen, nicht wahr, Quintus?«

Die Stimme des Standartenträgers war leise genug, dass nur Marcus ihn hörte, während der Optio seine Ankündigung in die kalte Bergluft hinausschrie.

»…mir, verdammt noch mal, einen neuen besorgen! Das mache ich!«

Der Standartenträger grinste seinen Offizier an. »Das ist heute das fünfte Mal. Morban hat schon wieder eine Wette gewonnen.«

Die hochgezogene Braue seines Zenturios ignorierend, räusperte sich Morban und unterbrach den Redeschwall seines Kameraden, indem er die erste Zeile eines Marschliedes anstimmte. Dieses Lied war in den letzten Wochen häufig gesungen worden, während die tungrischen Kohorten längs der Flüsse Rhenus und Danubius die nördliche Grenze des Kaiserreichs entlangmarschierten.

»Für meinen Mantel bekam ich fünf Münzen …«

Er machte eine kurze Pause, damit die Soldaten der Zenturie einstimmen und die wütende Stimme ihres Optio übertönen konnten, während sie das Lied in perfekter Manier schmetterten.

»…fünf weitere brachte der Speer mir ein,
fünf Münzen gab's für meinen Schild,
macht fünfzehn Ficks, wie fein!«

Er zwinkerte seinem Zenturio zu, als die Männer hinter ihm Luft für den Liedrefrain holten, und Marcus konnte nicht umhin, gequält zurückzulächeln. Sein Standartenträger und sein Optio waren die meiste Zeit aufs Heftigste verfeindet, weshalb Morban jede Gelegenheit ergriff, die Oberhand in ihrem stürmischen Verhältnis zu gewinnen.

»Fünfzehn, vierzehn, dreizehn, zwölf,
elf schöne Ficks, wie fein!
Und sind die ersten zehn vorbei,
läuft das Bier noch besser rein!«

Marcus hielt an, trat von der Straße herunter und betrachtete die vorbeimarschierenden Soldaten. Seine Hände lagen auf den Griffen der beiden Schwerter, die ihm schon vor langer Zeit den Spitznamen »Zwei Klingen« eingebracht hatten. Die Zenturien der Kohorte zogen lustlos an ihm vorbei die Straße entlang, die sich vom Talboden zu den nebelverhangenen Gipfeln hinaufschlängelte, wo sie heute noch anzukommen gedachten.

»Na, hast du deinen Spaß, junger Freund?«

Marcus beantwortete den Gruß seines Kameraden Otho mit einem Nicken und lachte angesichts des Zwinkerns, welches das ramponierte, von Narben überzogene Gesicht des älteren Mannes erhellte. Er dehnte den Rücken, während die Siebte Zenturie der Kohorte vorüberzog, und ließ den Blick über die Marschkolonne schweifen. Kurz genoss er die warme Sonne auf seinem Gesicht, zog dann die Schultern zurück und rollte den Kopf, um das steife Gefühl in seinem Nacken zu lindern. Sein ohnehin schon drahtiger Körper, der durch das routinemäßige Tragen von fünfzig Pfund

Rüstung und Waffen auf dem Rücken reichlich Muskeln aufgebaut hatte, war in den drei Monaten, seit sie die Legionsfestung Bonna in Niedergermanien verlassen hatten, bis zur Perfektion gestählt worden. Er blickte zu den hoch aufragenden Hügeln auf beiden Seiten der schnurgeraden Straße, schirmte seine braunen Augen mit der schlanken Hand vor der Nachmittagssonne ab und dachte eine Weile über das Gebirgsland um ihn herum nach, bevor er aus seinen Träumereien gerissen wurde.

»Dann hast du also noch immer Probleme mit dem guten alten Quintus? Ich habe ihn sogar von hier herumbrüllen gehört; allerdings ist dies der Zeitpunkt des Tages, an dem auch die härtesten der Optiones wie alle anderen auf dem Zahnfleisch gehen.«

Marcus begann wieder zu marschieren, als der Zenturio der Achten an ihm vorbeizog, und beantwortete die Frage seines Freundes mit einem kläglichen Kopfschütteln. »Was glaubst du denn, Dubnus? Mithras weiß, dass du schon schwierig genug warst, als du mir in Britannien als Optio dientest. Aber zumindest hast du die Männer anständig behandelt. Natürlich bist du ebenfalls zuweilen hart mit ihnen umgegangen, wie man das tun muss, wenn sie Führung benötigen, doch immerhin wusstest du stets, wann du ihre Zügel ein wenig locker lassen musstest.«

Der groß gewachsene Mann nickte, kratzte sich die Haut unter seinem dichten Bart und schüttelte sich ein wenig Schweiß von den Fingern.

»Wohingegen Quintus...«

»Keinen Moment lockerlässt. Jede winzige Verfehlung, all die dummen Kleinigkeiten, die Soldaten eben tun, bringen ihn auf die Palme, und dann schreit er sie an, als seien sie grüne Rekruten und nicht kampferprobte Soldaten. Wie Julius das ausgehalten hat, ist mir ein Rätsel.«

Sein Freund warf ihm einen kurzen Blick zu. »Julius hatte nie ein Problem damit, Marcus. Er hat ja nicht umsonst den Spitznamen ›Latrine‹ erhalten, denn auch er konnte ein Scheißkerl sein, wenn er es für angemessen hielt.« Dubnus schwieg einen Moment bedeutungsvoll. »Leider hielt er es meistens für angemessen. Nicht, dass ich ihn nicht wie einen Bruder lieben würde, aber als *ich* noch sein Optio war – bevor man mir auftrug, dich von dem rotznasigen Jungen, der du einmal warst, in einen halbwegs anständigen Zenturio zu verwandeln –, hat er mir ständig gesagt, ich sei nicht hart genug zu seinen Männern. Deshalb hat er wohl, als ich letztes Jahr mit dem Kommando deiner früheren Zenturie betraut wurde, die Gelegenheit beim Schopf ergriffen und Quintus nominiert.«

Marcus nickte unglücklich. »Und jetzt muss *ich* mit den Konsequenzen leben. Ich kann den Mann nicht degradieren, zumindest nicht ohne einen guten Grund.«

»Den er dir mit Sicherheit niemals liefern wird. Er mag zwar in gewisser Hinsicht ein Arschloch sein, aber man muss zugeben, dass er mit Hingabe Soldat ist.«

»Dann kann ich ihn wohl auch nicht dazu überreden, ein wenig nachsichtiger zu sein.«

Dubnus nickte erneut. »Es wäre wohl leichter, Morban davon zu überzeugen, mit dem Spielen aufzuhören. Oder mit dem Trinken. Oder mit dem Herumhuren…«

»Schon gut. Dann werde ich mich wohl damit abfinden müssen.« Marcus seufzte und sah über die Marschkolonne hinweg zu den Gipfeln hinauf, die sich vor ihnen erhoben. »Immerhin neigt sich die Marschiererei jetzt dem Ende entgegen, wenngleich die Pause nur ein paar Tage dauern wird.«

Dubnus schnaubte. »Richtig. Allerdings zahlen wir dafür den Preis, mit einem Haufen Grubenarbeiter und Ziegen auf der Spitze eines Berges eingepfercht zu sein. Und womöglich ein paar Frauen, die bis hierher hochgeklettert sind, um Gold zu finden oder einen Ehemann zu ergattern. Auch wenn sie bestimmt ebenso attraktiv aussehen wie die Ziegen.« Sein Freund lächelte.

»Morban hat mir vorhin ziemlich dasselbe gesagt. Dann werde ich also die Kolonne hinuntergehen und nachsehen, wie Qadir meine frühere Zenturie behandelt.«

Jetzt lachte Dubnus. »In diesem Fall solltest du damit rechnen, dass Narbengesicht dich gekränkt ansehen wird. Man sagt, er erzählt jedem, der dumm genug ist zuzuhören, dass es ein Riesenfehler von dir war, nicht ein paar vertrauenswürdige Männer mitzunehmen, als Julius dir das Kommando über die Fünfte Zenturie zugesprochen hat. Mit ›vertrauenswürdig‹ meint er natürlich vor allem sich selbst und seinen Kumpel Sanga.«

Marcus zuckte die Achseln. »Als Julius mich an die Spitze seiner ehemaligen Zenturie setzte, hat er deutlich gemacht, ich solle gar nicht erst versuchen, die fähigsten Männer aus der Neunten herauszuholen. Ich hatte schon Glück, dass ich meinen Standartenträger bei mir behalten konnte, wobei die Definition von ›Glück‹ in diesem Fall zugegeben zweifelhaft ist. Julius sagte, es bestünde keine Veranlassung, weitere Männer mitzunehmen, wo ich doch im Begriff sei, die ›verdammt noch mal beste Zenturie der Kohorte‹ anzuführen. Er erwähnte außerdem, ›der Erste Speer würde es nicht gutheißen‹, falls ich auch nur daran denken sollte, einen Austausch von Männern innerhalb verschiedener Zenturien anzustreben.«

Dubnus schürzte die Lippen. »Nun, ich wünschte, Julius würde nicht ständig seinen Vorgänger zitieren, wann immer er seine eigenen Handlungen rechtfertigen muss. ›Lass nicht zu, dass die Männer den Marschschritt verlangsamen, dem Ersten Speer würde das nicht gefallen.‹«

Marcus grinste seinen Freund an und war überrascht, dass er dessen humorvolle Bemerkung durchaus schätzte, obgleich beide das Trauma noch nicht überwunden hatten, das der erst kürzlich in Germanien erfolgte Tod ihres vorgesetzten Zenturios bei ihnen ausgelöst hatte.

»In der Tat. ›Trink bloß nicht zu viel von diesem Rotwein, das würde dem Ersten Speer nicht gefallen.‹«

Dubnus schmunzelte und tat so, als würde er einen Becher an die Lippen führen. »Wo wir doch alle wissen, dass Sextus Frontinius den Wein ebenso schnell hinunterkippte wie wir.«

Marcus seufzte. »Ich weiß, dass er sein Bestes gibt, uns aufzuheitern, aber es ist wohl allmählich an der Zeit, Onkel Sextus ruhen zu lassen. Wie dem auch sei, ich werde jetzt mal nachsehen, was die Neunte macht.«

Marcus trat erneut von der Straße herunter und wartete, bis seine ehemalige Zenturie auf gleicher Höhe mit ihm war, dann gesellte er sich mit einem Nicken als Gruß zu deren Zenturio. Die Männer waren eng befreundet, und eine Weile marschierten sie in vertrautem Schweigen inmitten des Klappergeräuschs von Ausrüstungen und genagelten Stiefeln nebeneinanderher. Dann aber nahm der Standartenträger der Zenturie Blickkontakt mit ihm auf.

»Dieses Ding ist derart auf Hochglanz poliert, dass es vor lauter Materialabtragung wohl bald auseinanderbrechen wird. Muss ein echter Schock für die arme Standarte gewesen sein, nachdem sie so lange an Morbans Pflegestandards gewöhnt war.«

Qadir nickte feierlich und antwortete auf die für ihn typische kultivierte Weise, die schon viele Soldaten dazu verleitet hatte, ihn für einen Schwächling zu halten. »Mein Standartenträger hat lange in Morbans Schatten gestanden, wie du dich vielleicht erinnerst. Er scheint es zu genießen, endlich im Sonnenlicht stehen zu dürfen, wenn du weißt, was ich meine.«

Der Mann, um den es ging, ein schlaksiger Kerl, der Marcus' Trompeter gewesen war, als er noch die Neunte Zenturie befehligte, nickte seinem ehemaligen Zenturio respektvoll zu, und Marcus lächelte unwillkürlich zurück.

»Ich könnte mir vorstellen, dass du Morban noch immer vermisst, was, Standartenträger? Wer wird dich jetzt mit einer unendlichen Flut an Klagen, Beschimpfungen und schmutzigen Geschichten auf dem Laufenden halten oder deine Geldbörse erleichtern, wann immer sie dir zu schwer zum Tragen wird?«

Qadir nickte und lächelte ironisch. »Die Neunte Zenturie ist allerdings ein anderer Ort, seit er nicht mehr hier ist. Zuweilen vermisse ich tatsächlich den ständigen Unsinn, den er von sich gab, und auch seine Lust am Glücksspiel.«

»Und die restlichen neun Zehntel der Zeit?«

»Genieße ich die himmlische Ruhe und den zumeist unkomplizierten Soldatendienst, abgesehen vom gelegentlichen Murren, wann immer *ein gewisser Soldat* dich an der Spitze der Fünften Zenturie erblickt.«

Beim letzten Teil seines Satzes hob er die Stimme, um sicherzugehen, dass die Männer hinter ihm das Gesprochene hören konnten, worauf Marcus in gespielter Überraschung eine Braue hob.

»Tatsächlich? Ich dachte, sogar Narbengesicht hätte inzwischen seine Enttäuschung darüber verwunden, dass er nicht unter der liebevollen Zuwendung meines Optio seinen Dienst leisten muss.«

Soldat Narbengesicht, der an seinem gewohnten Platz einige Reihen hinter seinem ehemaligen und dem jetzigen Zenturio marschierte, schwieg würdevoll, raunte dann jedoch seinem Kumpan Sanga leise etwas zu, sobald seine beiden Vorgesetzten ihre Unterhaltung über das wieder aufgenommen hatten, was Zenturios so zu besprechen hatten.

»Das war gemein. Wirklich gemein.«

Sanga zuckte kaum merkbar die Achseln unter dem Gewicht seines Speers, des Schilds, Helms, Kettenhemds und der Gepäckstange. Er legte den Kopf zurück und atmete tief die kalte Bergluft ein. »Dann fällt es dir jetzt vielleicht leichter, ›Zwei Klingen‹ sein eigenes Leben führen zu lassen, ohne dass du ihm ständig hinterherläufst?«

Narbengesichts Blick klebte förmlich an Marcus' Hinterkopf. »Es ist einfach nicht richtig, dass wir nicht die Erlaubnis bekamen, mit ihm zur Fünften zu wechseln. Ganz und gar nicht richtig.«

Sanga schüttelte entnervt den Kopf, schwieg und konzentrierte sich lieber darauf, mit der Hälfte seines eigenen Körpergewichts auf dem Rücken die unnachgiebig ansteigende Straße hinaufzumarschieren, während sein Zeltkamerad weiter vor sich hin murrte.

Qadir sah einen Augenblick zu den Bergen auf beiden Seiten, bevor er erneut das Wort ergriff. Sein Gesicht verzog sich zu einem freundlichen Lächeln. »Wenigstens besteht so weit von Britannien entfernt nur geringe Gefahr, dass jemand den Namen Marcus Valerius Aquila schon einmal gehört hat.

Es mag uns zwar nicht gefallen, dass wir nach Osten entsandt worden sind, aber immerhin kannst du nun aufhören, dir über weitere Übergriffe zur Gefangennahme Sorgen zu machen. Stimmt's, Zenturio *Corvus*?«

Marcus nickte, und seine Miene entspannte sich. »Daran habe ich auch schon gedacht. Andererseits bedeutet das aber auch, dass ich meine Freiheit, nicht verfolgt zu werden, gegen die Wahrscheinlichkeit eintausche, meine Frau und meinen Sohn in ein Kriegsgebiet zu führen. Ich kann mir kaum vorstellen, dass wir so weit nach Osten entsandt wurden, nur um die Ränge aufzufüllen.« Er hörte Hufschlag auf dem Grasstreifen neben der Straße und wandte sich um. Eine Handvoll Reiter galoppierte die lange Soldatenkolonne entlang auf ihn zu. »Und wie um diese These zu bestätigen, scheint gerade unsere berittene Abteilung von der Leine gelassen worden zu sein.«

Der Anführer der Reiter zügelte sein Pferd und lenkte es neben die zwei Zenturios. Seinen Helm schmückte ein längs gestellter Kamm, der den Rang eines Decurios anzeigte, und der glänzende Gesichtsschutz war nach oben geschoben, um ihm ein ungehindertes Blickfeld zu gewähren. Vergnügt grinste er die beiden an. »Salve, Brüder! Nun ist die Zeit gekommen, dass das ›Erste Tungrische zu Pferde‹ erneut seinen Wert beweisen muss. Nach all den Wochen, in denen wir nur vor uns hin trotten und den Staub aushusten mussten, den ihr mit euren Plattfüßen aufgewirbelt habt, wurden wir nun ausgesandt, die Straße bis zur Abzweigung in Richtung Bergwerk auszukundschaften. Der Tribun vermutet, dass sich in dieser Gegend eine Reihe von Barbarenspähern herumtreibt, und hat mir deshalb aufgetragen, hinauszureiten und ihnen die Möglichkeit zu geben, ihre Fertigkeit im Umgang mit dem Bogen ein wenig zu üben. Da man mir erlaubt hat, eure Teilnahme an dieser gefährlichen Mission zu erbitten – natürlich nur, um meine Überlebenschancen dadurch zu erhöhen, dass wir den Feinden eine größere Auswahl an geeigneten Schusszielen anbieten –, habe ich mir gestattet, eure gewohnten Reittiere für diesen Ausflug bereits zu satteln. Wollt ihr euren Füßen und Nasen ein bisschen Erholung gönnen, indem ihr uns auf unserem Ritt begleitet?«

Marcus sah zu Qadir hinüber, doch der Hamier zuckte nur mit vorgetäuschtem Desinteresse die Achseln. Dann blickte er zu dem feixenden Decurio hoch und hob eine Augenbraue. »Das ist wirklich verlockend, Silus, wenngleich es mir scheint, als hättest du schon wieder das Untier namens Dickschädel für mich gesattelt, obwohl du wiederholt beklagt hast, das arme Vieh verfüge für ein Kavalleriepferd nicht über die notwendige Disziplin. Und sehe ich da etwa Arminius, den Vertrauten des Tribuns, am Ende eures Spähtrupps? Er klammert sich an die Mähne seines Reittiers, als sei sie ein Haltegriff.«

Ein großer Germane auf einem überaus stämmigen Pferd, das wohl das einzige in der Kavallerieeinheit der Kohorte war, das sein Gewicht tragen konnte, ohne zusammenzubrechen, blickte finster vom hinteren Teil der Reitergruppe zu Marcus.

»Ich kann dich hören, Zenturio! Auch wenn mich nichts glücklicher machen würde, als von diesem Pferd herabzugleiten und für den Rest meiner Tage nie wieder eines zu besteigen, weißt du sehr gut, dass ich dir gegenüber eine Blutschuld zu begleichen habe. Wenn mein Herr diesen Männern also gestattet, dich in Gefahr zu bringen, bleibt mir keine andere Wahl, als sie zu begleiten und an deiner Seite zu reiten.«

Silus verzog das Gesicht und beugte sich aus dem Sattel herab, um Marcus ins Ohr zu flüstern: »Unter uns gesagt, sogar der wackere Colossus macht bereits ein langes Gesicht, weil er so viel Gewicht mit sich herumschleppen muss. Zum Glück hat dein Freund Lugos kein Verlangen, dir in jede knifflige Lage zu folgen, sonst hätten wir in einer Woche keine Pferde mehr zur Verfügung. Wie steht es? Willst du uns begleiten, oder möchtest du lieber deinem Germanen einen Grund zum Absteigen liefern?«

Marcus zuckte mit den Schultern und streckte eine Hand aus. »Also gut, Decurio: Nachdem ich keine andere Wahl zu haben scheine, als Arminius' Beispiel zu folgen, nehme ich an, du bist bereits beim medizinischen Versorgungswagen gewesen und hast meine Frau überredet, dir meinen Helm mitzugeben?«

Der Reiter grinste noch breiter, zog den linken Arm von der anderen Seite seines Pferdes hoch und förderte einen Kavalleriehelm mit Gesichtsmaske zutage. Marcus hatte ihn in Tungrorum erstanden, um die Männer des Räuberhauptmanns Obduro zu narren. Seine Frau Felicia war empört gewesen, als sie den stattlichen Preis für die überaus feine Handwerksarbeit erfahren hatte.

Der Römer nahm seinen Zenturio-Helm ab und reichte ihn augenzwinkernd Qadir. »Fällt dir vielleicht ein Soldat ein, der umsichtig genug ist, damit betraut zu werden? Ich würde im Gegenzug seinen Schild und einen seiner Speere übernehmen.«

Der Hamier nickte, ging ein paar Reihen nach hinten und reichte den Kammhelm Narbengesicht. Dann nahm er ihm einen seiner Speere ab und half ihm, den Schild von dessen angestammtem Platz auf dem Rücken loszugurten.

»Hier, Soldat, ich vertraue dir den Helm des Zenturios an, bis er von seinem Ausritt mit der Kavallerie zurückkehrt.«

Narbengesicht nahm die zusätzliche Bürde mit einem feierlichen Kopfnicken entgegen und ignorierte das schallende Gelächter der Männer um ihn herum. Dann sah er zu, wie Marcus und Qadir die Pferde bestiegen, die Silus für sie gesattelt hatte, und die sanfte Steigung der Straße hinaufritten.

»Wenn du erst einmal ein paar Stunden diesen Eisenklotz mit dir herumgeschleppt hast, lernst du vielleicht, zukünftig den Mund zu halten.« Sanga hörte auf zu sprechen, als er bemerkte, dass sein Kamerad kein Wort von dem hörte, was er sagte. Stattdessen sah er mit einem Ausdruck von Stolz auf den Helm hinunter. »Na, vielleicht auch nicht...«

Die Reiter ritten etwa eine Meile über die harte Straße, und die Hufe der Pferde klapperten laut in der Stille, die in den bewachsenen Hügeln beidseits des Weges herrschte. Silus sah sich um, da er sichergehen wollte, dass sie der Marschkolonne der Infanteristen bereits weit voraus waren, und deutete dann mit der Hand auf die waldbedeckten Hänge.

»Es wird Zeit, von der Straße herunterzukommen und ein bisschen weniger Lärm zu machen, Männer, denn im Moment fallen wir auf wie ein Euter unter dem Bauch eines Bullen. Haltet Augen und Ohren offen und achtet auf alles Ungewöhnliche.«

Die Reiter teilten sich in zwei Gruppen von je einem halben Dutzend Mann und führten ihre Pferde auf die Grünstreifen beidseits der Straße, bevor sie weiterritten, damit das Geräusch des Hufschlags von dem langen Grasbewuchs gedämpft wurde. Qadir lenkte sein Pferd neben Marcus'

Grauen, wobei die elegante Gestalt der Fuchsstute einen starken Kontrast zu dem Schlachtross bildete.

Der Germane Arminius trieb sein Reittier vorwärts und schloss direkt hinter ihnen auf. Die Männer unterhielten sich leise, während sie über den Rand der Straße ritten, als Arminius plötzlich die Stirn runzelte und die Nase rümpfte. »Riecht ihr das auch?«

Marcus atmete tief ein und vernahm die Andeutung eines Geruchs, der ihm bekannt vorkam. »Brennendes Holz. Und heißes Fett.«

Qadir nickte, winkte mit der Hand zu Silus hinüber und führte einen Finger an die Nase, während Marcus sich bereits vorbeugte und seinen Schild herauszog, der an der Flanke des Grauen befestigt war. Gerade als der Decurio zurückknickte, um anzudeuten, dass er verstanden hatte, schnellte ein Pfeil aus den Bäumen fünfzig Schritte vor ihnen und schoss mit dem zischenden Geräusch der Fiederung am Kopf des Römers vorbei. Marcus klappte die glänzende Gesichtsmaske seines Helms herunter und gab seinem Pferd die Sporen. Dabei neigte er den Speer aus der senkrechten Tragestellung horizontal nach vorn, denn er wusste, dass der Anblick einer langen Speerspitze sein großes Pferd wie immer zu wildem Galopp antreiben würde. Ein zweiter Pfeil flog zwischen den Bäumen hervor und traf seine Gesichtsmaske. Die eiserne Pfeilspitze schlug klirrend gegen deren mehrlagige Beschichtung. Die Wucht des Aufpralls riss seinen Kopf zur Seite, und einen Moment lang konnte er nichts sehen. Er hob den Schild schützend vor den Körper und stand nun in den Steigbügeln, wobei er seine kräftigen Oberschenkel an die Flanken des Grauen presste und seinen Speer wurfbereit hielt. Der verborgene Bogenschütze ließ einen weiteren Pfeil los, zielte diesmal jedoch auf das Pferd. Marcus spürte, wie sein Tier beim Einschlagen des Geschosses erzitterte, aber trotzdem im selben Tempo weiter auf das Versteck des Bogenschützens zugaloppierte. Der feindliche Späher beschloss, keinen weiteren Pfeilschuss zu wagen, und rannte stattdessen davon. Marcus' Grauer galoppierte an dem Versteck vorbei, von dem aus der Stammeskrieger die Ankunft der Reiter beobachtet hatte, und der Römer schleuderte wütend wegen der Verwundung seines Pferdes den Speer mit unbändiger Kraft auf den davonlaufenden Bogenschützen. Er verfehlte ihn um eine Armlänge.

Er brachte den Grauen zum Stehen, schwang sein Bein über das Sattelhorn, glitt vom Rücken des Pferdes auf den Boden und zog sein Langschwert. Mit dem Schild vor seinem Körper marschierte er wütend in die Baumgruppe hinein, wusste aber genau, dass der mehrlagige Holzschild nur geringen Schutz vor einem aus so kurzer Entfernung abgefeuerten Pfeil gewähren würde. Der Späher vor ihm sprang zwar noch immer durch die Bäume, schien jedoch beim Laufen leicht zu wanken, und eine Seite seines Körpers war gebeugt, als sei er eine Marionette, der ein Faden fehlte. Unvermittelt stoppte er, kam holprig zum Halt und blieb einen Augenblick auf seinen Füßen schwankend stehend. Mit einer Hand packte er den Schaft eines Pfeils, der an seiner Seite herabhing, und ließ ihn dann wieder los. Marcus trat dichter an ihn heran und runzelte die Stirn, da er eine Falle witterte. Er hob die lange Klinge seiner Spatha, um einen schnellen tödlichen Schlag führen zu können, während er sich fragte, was es mit dem selbstmörderischen Verhalten des Stammeskriegers auf sich hatte. Der feindliche Späher wandte sich um und setzte dann seine Füße wie ein Schlafwandler auf den Teppich aus Tannennadeln. Sein Gesicht zeigte einen entsetzten und gleichzeitig faszinierten Ausdruck, während er auf die Hand des Römers vor ihm starrte. Mit leeren, glasigen Augen und offenem Mund, aus dem ein dünner Faden aus Blut und Spucke rann, musterte der Barbar einen Moment lang den maskierten Zenturio vor sich. Dann hob er langsam den Pfeil, bis er genau vor seinem Gesicht war, und stieß einen hellen, durchdringenden Schmerzensschrei aus. Marcus betrachtete ihn erstaunt und stellte dabei fest, dass die Beine seines Opfers so stark zitterten, dass sein ganzer Körper unkontrolliert bebte. Mit einem lang anhaltenden Stöhnen, das seine ganze Angst und Verzweiflung ausdrückte, fiel der Bogenschütze nach hinten auf den mit Tannennadeln übersäten Waldboden, blieb in Krämpfen zuckend sitzen und nässte sich ein.

Der Zenturio beugte sich hinab, um den augenscheinlich hilflosen Mann genauer zu betrachten, hielt aber das Schwert schlagbereit, während er den Barbaren mit einem Stoß seines Stiefels rücklings zu Boden zwang. Die Augen des Spähers waren weit aufgerissen. Mit winzigen Pupillen starrte er zu dem Römer hinauf, den er allerdings nicht zu sehen schien. Der Pfeil fiel ihm aus der schlaffen Hand, und Marcus bemerkte, dass dessen Ende tiefrot bemalt war. Auf dem Arm des Mannes erblickte er etwas, das seine Aufmerksamkeit erregte, und beugte sich weiter hinab, doch dann hörte er ein kaum vernehmbares Knarren, als würde eine Bogensehne gespannt. Diese winzige Vorwarnung reichte Marcus, um seinen Schild herumzureißen, in die Richtung, aus der er das winzige Geräusch gehört hatte. Ein Pfeil schlug in den Schild, durchbohrte die Schichten aus Holz und Leinen und stoppte erst, als die schwere Eisenspitze mit lautem Schlag auf die Eisenringe seines Kettenhemdes traf. Marcus stieg ein fürchterlich fauliger Gestank in die Nase, dann rollte er sich rasch hinter einen schützenden Baum. »Da ist noch einer!«, rief er Silus zu. »Greift ihn von der Seite an!«

Die tungrischen Soldaten eilten von beiden Seiten durch die Bäume und riefen sich gegenseitig Anweisungen zu, während sie versuchten, den zweiten Bogenschützen in die Zange zu nehmen, doch der Mann rannte so schnell durch die knackenden Zweige rechts an Marcus vorbei, dass die von ihren Pferden abgestiegenen Tungrer ihm nicht folgen konnten. Während der Römer ihm noch durch die Bäume hindurch nachblickte, sprang der Späher auf ein wartendes Pferd und trieb es in Richtung der Straße, wohl in der Hoffnung, entkommen zu können, noch bevor die Tungrer wieder aufsitzen konnten. Marcus lüftete die Maske seines Helms, kämpfte sich aus dem Gehölz heraus und stolperte fast gegen Qadir, der gerade in größter Ruhe einen Pfeil in seinen schweren Jagdbogen spannte und das Geschoss mit der Sehne so weit zurückzog, bis die Befiederung auf gleicher Höhe mit seinem Ohr war. Während der Späher auf seinem Pferd durch das Unterholz zur Straße ritt, wartete Qadir geduldig. Nur sein leises Ausatmen war zu hören, während er sich auf den Schuss vorbereitete. Als der Reiter den Wald and erreichte, trieb er das Ross zum Galopp an und lehnte sich tief über den Pferdehals, um eine kleinere Zielfläche zu bieten. Einen Augenblick überlegte Marcus, ob sein Freund den Schuss zurückhalten würde, um nicht das Pferd zu treffen. Doch Qadir lehnte sich nur leicht nach vorne, zog konzentriert die Brauen zusammen und schoss den Pfeil ab. Sofort senkte er die Waffe und machte keine Anstalten, nach einem zweiten Pfeil zu greifen. In der Tat war der Barbar im

Rücken getroffen worden – er zuckte zusammen, stürzte rücklings vom Pferd und schlug schwer auf der gepflasterten Straße auf.

Mit angehobenem Schild, um für einen erneuten Hinterhalt gerüstet zu sein, und gerümpfter Nase aufgrund des fauligen Gestanks, der von der im Holz seines Schildes steckenden Pfeilspitze ausging, betrachtete Marcus misstrauisch die Bäume zu beiden Seiten. Als er bei dem heruntergefallenen Reiter ankam, stieß er einen Arm des Mannes mit seiner Stiefelspitze an und schob ihn dann von dem langen Messer weg, das in einer Scheide am Gürtel hing.

»Nicht nötig, er ist schon so gut wie tot.«

Marcus blickte auf und sah Silus, der sich mit angewidertem Blick näherte. »Schade. Ich hätte gerne ein paar ruhige Minuten mit ihm verbracht, um mich hierüber zu unterhalten…«

Der Decurio streckte eine Hand aus, zog das Pfeilstück heraus, das noch in Marcus' Schild steckte, und roch daran. Er verzog das Gesicht, hielt das stinkende Geschoss eine Armlänge von sich entfernt und bat um einen leeren Futtersack.

»Vergiftet?«

Der Kavallerist bejahte Marcus' Frage mit einem Nicken, umwickelte die Pfeilspitze mit mehreren Lagen Sacktuch, bevor er sie vom Pfeilschaft abbrach und das kleine Päckchen zuknotete.

»Da, ein Souvenir. Pass nur auf, dass du deine Haut nicht daran ritzt.« Er trat dem sterbenden Mann hart gegen den Kopf, und sein Gesicht war blass vor Wut. »Lass den Mistkerl hier liegen. Dann kann er so langsam verrecken, wie es ihm genehm ist. Solltest du ein Problem damit haben, wäre es vielleicht besser, du kehrst zu deinem Pferd zurück und siehst nach, wie es ihm geht.«

Schuldbewusst zuckte Marcus zusammen und eilte zu seinem groß gewachsenen Grauen, der starr und mit steif vom Körper abstehenden Beinen am Boden lag, heftig zitterte und die Augen verdrehte. Arminius und Qadir standen über dem Tier, und als sie sich zu Marcus umwandten, schüttelten sie die Köpfe. Ein Pfeil ragte aus der rechten Schulter des Pferdes hervor, und auch dieser Schaft war mit der gleichen roten Farbe bemalt wie der andere, der in der Hand des sterbenden Bogenschützen lag. Schaum troff aus dem offenen Mund des Tieres, und jedes Ausatmen wurde von einem Ächzen begleitet, während das Pfeilgift seine Innereien zersetzte. Marcus ging kopfschüttelnd neben Dickschädel in die Hocke, streichelte sanft dessen langes Gesicht und zog ein Jagdmesser aus seinem Gürtel. Die Klinge war überaus scharf und gehörte zu einem Dutzend Waffen, die er sich einmal von einem Waffenschmied für einen hohen Preis hatte schmieden und hämmern lassen. Das Metall des Messers stammte von einem Schwert aus damasziertem Stahl, das er dem Banditen Obduro in Tungrorum abgenommen hatte. Zur großen Freude seiner Offiziere hatte Marcus jedem von ihnen eine Waffe geschenkt – obwohl er sich nicht sicher war, ob das Übel, das von dem Schwert ausging und das er schon bei der ersten Berührung von dessen Griff verspürt hatte, durch das Umschmieden neutralisiert oder nur auf mehrere Waffen verteilt worden war. Er strich mit einer Hand über den Hals des Tieres, führte dann das Messer an dessen schweißgebadeten Nacken und machte einen einzigen schnellen Schnitt. Die Adern unter dem zuckenden Fleisch brachen auf, und mit einem traurigen Lächeln sah Marcus, wie ein Strom warmen Blutes auf den Boden tropfte.

»Leb wohl, Dickschädel. Du warst ein gutes Ross.«

Er wartete, bis das Pferd die Augen schloss, dann stand er auf, wischte das Blut vom Messer und schob es mit einem bedauernden Seufzen in die Scheide zurück.

»Gut gemacht, Bruder. Wir machen aus dir also doch noch einen guten Kavalleristen.« Silus wandte sich von dem toten Tier ab und schüttelte den Kopf in Richtung der wartenden Soldaten, die um ihn herumstanden. »Heute Abend gibt es kein Pferdefleisch – es sei denn, ihr möchtet riskieren, Fleisch mit derartig viel Gift zu kosten, das genügte, um diesen großen Kerl in weniger als hundert Herzschlägen zu bezwingen.«

Marcus ging in den Wald zurück zu dem Ort, wo der erste Bogenschütze lag und noch mit dem Tod kämpfte. Er durchtrennte auch ihm mit einem einzigen Streich der furchterregenden Klinge den Hals und hob dann den Köcher voller Pfeile auf, der neben ihm lag. Als er sich dichter über den Leichnam beugte, sah er, dass das Mal auf dem Arm des Mannes, das während des Kampfes kurz seine Aufmerksamkeit erregt hatte, ein Kratzer war; die Haut am Rand der kleinen Wunde hatte ihre Farbe verloren. Danach ging er zur Straße zurück, wo der zweite Späher langsam unter Qadirs teilnahmslosem Blick sein Leben aushauchte.

»Töte ihn. Er wird uns nichts sagen, was nicht bereits aufgrund der Anwesenheit der Späher offensichtlich wäre. Und wenn ich schon einem Pferd diesen Gefallen getan habe, schulde ich ihm zumindest dieselbe gnädige Behandlung.« Er reichte dem Hamier den Köcher und deutete mit der Hand auf den sterbenden Mann vor ihnen. »Sammle seine Pfeile ebenfalls ein. Sie könnten uns nützlich sein, und außerdem möchte ich sie lieber *nicht* hier liegen lassen. Sei vorsichtig mit den rot bemalten Exemplaren. Wie es scheint, sind selbst winzige Verwundungen durch solche Pfeile tödlich.«

Er ging die sanfte Steigung der Straße hinauf, bis er den Punkt erreichte, an dem das Pferd des sterbenden Spähers nach dem Herabfallen seines Reiters zum Stehen gekommen war. Das Tier knabberte vergnügt an der Grasnarbe und wirkte vollkommen gelassen. Der Römer ging auf das Pferd zu, sprach sanfte, beruhigende Worte und näherte sich ohne jede Eile, bis er ihm nahe genug war, um es berühren zu können. Dann griff er langsam und bedächtig nach dem Zaumzeug des Tieres, wobei er dessen Flanke streichelte und ihm ins Ohr blies.

»Gib ihm das hier.«

Silus warf dem Römer einen Apfel zu, der zwar aufgrund der langen Lagerung verrunzelt, aber noch immer schmackhaft war, und das Pferd kaute ihn mit einem derartigen Eifer von Marcus' Handfläche, dass die anderen Reiter zu lachen begannen. Silus pfiff in Richtung seines Sesquiplicarius, und der Soldat warf ihm mit resigniertem Blick einen weiteren Apfel zu.

»Alle sagen, dass ich Pferden gegenüber zu nachgiebig bin, und eigentlich haben sie damit recht, aber wie könnte ein Mann ihnen widerstehen?« Das Tier stieß Marcus mit der Schnauze an, wobei seine Nüstern in Erwartung eines weiteren Leckerbissens zitterten. Der Decurio streckte den Apfel vor und trat dann zurück, um das neue Reittier seines Kameraden genau unter die Lupe zu nehmen. »Die Stute ist zwar nichts Besonderes und wird auch keine bewundernden Blicke auf sich ziehen, aber ich würde gutes Geld darauf verwetten, dass sie, wenn es sein muss, einen ganzen Tag lang läuft und dafür nur ein paar Maulvoll Gras verlangt. Wie

42

wirst du sie nennen? Ihr vorheriger Besitzer hatte ja nicht mehr die Zeit, diese feinen Details mit uns zu erörtern.«

Marcus lachte und taumelte ein kleines Stück zurück, da das Pferd ihn erneut stupste. Er gab nach und hielt ihm den Apfel hin. »Hier, nimm das, bevor du mir noch auf den Fuß trittst.« Er lächelte zu Silus hinüber und beantwortete den wissenden Blick des Decurios mit einem Kopfnicken. »Wie sie heißen soll? Ich bin versucht, sie ›Truthenne‹ zu nennen, aber das wäre wohl nicht sehr passend für ein Schlachtross. Wir sollten abwarten, wie sie sich macht, bevor wir ihr voreilig einen Namen aufbürden.«

In der Ferne ertönte ein Hornsignal. Die beiden Männer drehten sich um und sahen, wie die vorderste Zenturie der tungrischen Kohorte hinter der Bergflanke hervorkam, die sich im Westen neben ihnen erhob.

Silus wandte sich an seine Männer und erteilte barsch seine Befehle. »Schlagt euch in die Bäume und sammelt Feuerholz. Sobald die Frontschweine vorbeimarschiert sind, werden wir den guten alten Dickschädel verbrennen – nicht nur, um ihn zu würdigen, sondern auch, um andere Tiere zu schützen, die sich möglicherweise an seinem Fleisch gütlich tun wollen.« Mit hochgezogener Augenbraue wandte er sich dann an Marcus. »Und du, Zenturio Zwei Klingen, solltest zu deinen Vorgesetzten gehen und sie warnen, dass wir im Begriff sind, in einen Kampf zu marschieren.«

Der Erste Speer Julius betrachtete mit fachmännischer Betroffenheit den Schauplatz, der sich vor ihm ausbreitete, als seine vorderste Zenturie den letzten Grat der Straße erklommen hatte und die Bergbausiedlung auftauchte, die zu beschützen sie entsandt worden waren. Mit einem Kopfschütteln blickte er auf die offensichtlich ohne jede Ordnung über den Talboden verteilten Gebäude: Es sah aus, als habe eine zerstreute Gottheit eine Handvoll Ansiedlungen auf die Erde geschleudert und keinen Gedanken daran verschwendet, wohin sie fielen. Das Tal erstreckte sich eine Meile gen Osten, bevor es am hintersten Ende von einem hohen Berg abgeschlossen wurde, sodass das Ganze wie ein riesiges Amphitheater wirkte. Sein Vorgesetzter, ein hochgewachsener, drahtiger Mann, der auf die Tungrer fälschlicherweise zunächst den Eindruck gemacht hatte, er sei zum Kämpfen nicht geeignet, lachte, als er den widerwilligen Blick seines Zenturios bemerkte.

»Das hier ist also das Rabenstein-Tal? Sieht ziemlich unscheinbar aus, was, Julius? Ich weiß, was du gerade denkst: Sind wir dafür in einer solchen Hast aus Apulum abgezogen worden, dass wir noch nicht einmal Zeit für einen Becher Wein in der Offiziersmesse hatten?«

Julius hatte noch nicht überwunden, mit welcher Gleichgültigkeit der Tribun der Dreizehnten Legion mit seinem breiten Purpurstreifen sie vor den Toren der Festung Apulum behandelt hatte. Er hatte der Abteilung von drei Kohorten lediglich den Befehl seines Legaten übermittelt, dass sie in die Berge marschieren sollten, und dabei eine Hochnäsigkeit an den Tag gelegt, als sei er ein Patrizier, der einem Sklaven die Reinigung seines Aborts anwies. Während ihres Marsches hatte er ihnen keine längere Pause gegönnt als die Zeit, die es brauchte, um eine Kohorte übellauniger thrakischer Bogenschützen aus ihren Baracken zu scheuchen und in die Marschkolonne einzugliedern.

»Du weißt doch, wie es landläufig heißt, Julius? Wer keinen Spaß vertragen kann, sollte nicht zum Militär gehen.«

Tribun Scaurus lächelte, als er die Bestürzung in Julius' Gesichtsausdruck darüber sah, dass eine seiner liebsten Sticheleien gegen ihn selbst verwendet wurde. »Dann bist du also enttäuscht über das, was du hier siehst, Erster Speer? Hast du Sorge, dass du nicht genügend Trinkstuben und Bordelle nach deinem Geschmack finden wirst, oder hast du vergessen, dass mittlerweile eine Frau an deiner Seite ist, die dich von derlei Zerstreuungen fernhält?«

Der ranghohe Zenturio schüttelte mit noch immer angewiderter Miene den Kopf beim Anblick der Gebäude, die vor ihnen über das Tal verstreut lagen. »Das ist es nicht, Tribun. Annia würde mir mit einem stumpfen, rostigen Löffel die Eier abschneiden, wenn ich an so etwas auch nur denken würde. Obwohl, jetzt, wo du es sagst – nachdem wir nun schon fast drei Monate auf der Straße sind, werden die Männer vor lauter Lust auf ein bisschen Vergnügen die Wände hochgehen. Nein, was mich hier stört, ist das gänzliche Fehlen von Verteidigungsanlagen.«

Der Tribun nickte und blickte ebenfalls auf die Szenerie vor ihnen, während sie das Tal hinaufmarschierten. »Das sehe ich genauso. Wenn du also mein Kamerad Domitius Belletor wärst, was wären dann deines Erachtens unsere Prioritäten?«

Julius brauchte kaum Zeit zum Nachdenken, bevor er antwortete. »Wir müssen einen Wall errichten. Etwas, das hoch genug ist, um unfreundliche Stammesleute davon abzuhalten, über uns herzufallen. Das wäre das Erste. Außerdem würde ich sicherstellen, dass wir die Kontrolle über die höheren Berghänge behalten.«

Scaurus nickte zustimmend, hob dann die Hand und zeigte auf eine Gestalt, die sich die Straße herauf auf sie zubewegte. Die Legionsuniform des Mannes wurde von einem Stab in seiner rechten Hand vervollständigt, in der ein normaler Soldat einen Speer getragen hätte.

»Abgesehen von der Tatsache, dass uns eine feindliche Kriegshorde mehr zu tun geben würde, als uns lieb ist, nehme ich an, dass dieser Mann dir bei deiner Suche nach Unterhaltung behilflich sein könnte. Daher würde ich vorschlagen, du lässt die Marschkolonne anhalten, damit wir herausfinden können, was er uns mitzuteilen hat.«

Der einzelne Soldat schritt zielstrebig auf die beiden Offiziere zu und salutierte stramm, wobei er mit einer Vitalität und Präzision Haltung annahm, die unter den Veteranen hinter Julius erstaunte Mienen auslöste. Bei genauerer Betrachtung stellte der Erste Speer fest, dass es sich bei dem Stab des Legionärs um so etwas wie eine Standarte handelte, die er allerdings noch nie gesehen hatte: ein Speerschaft mit seltsam verziertem Kopf, der keine auf den ersten Blick erkennbare militärische Funktion innehatte.

»Seid gegrüßt, Tribun und Zenturio. Willkommen im Rabenstein-Tal und in der Bergbauanlage von Alburnus Major.« Seine blauen Augen zuckten zwischen ihnen hin und her, während er sie mit einem offenen, doch gleichzeitig abschätzenden Blick zu begutachten schien. »Mein Name ist Cattanius. Ich bin Soldat der Dreizehnten Legion Gemina sowie Benefiziarier des Legionslegaten und wurde ausgesandt, um bei der Ankunft eurer Einheit behilflich zu sein. Bist du der Tribun, der diese Streitmacht befehligt, Herr?«

Scaurus trat vor und erwiderte Cattanius' Salut. »Gaius Rutilius Scaurus, Tribun der Ersten und Zweiten Tungrischen Kohorte. Ich möchte aber hervorheben, dass ich nicht der Befehlshaber der gesamten Einheit bin.« Er deutete mit dem Daumen über die Schulter zu der langen Kolonne von

Soldaten hinter ihm, die in der Nachmittagssonne warteten. »Mein Kamerad Domitius Belletor hat das Oberkommando über unsere Gesamtstreitkräfte. Wenn du über die Kolonne schaust, wirst du zweifellos einen Mann auf einem Pferd erblicken, der auf uns zureitet und erfahren will, was es mit diesem ungeplanten Halt auf sich hat. Da es aber wohl noch einen Augenblick oder länger dauert, bis er bei uns ist, sollten wir die Zeit dazu nutzen, ein paar Dinge zu besprechen, die sowohl für mich als auch für meinen Ersten Speer von Interesse sind. Und steh bequem, Mann, es besteht kein Anlass zu Formalitäten.«

Cattanius entspannte sich ein wenig. »Was willst du wissen, Herr?«

Scaurus lächelte ironisch. »Du könntest damit anfangen, uns darüber aufzuklären, warum wir diese kostbare kaiserliche Anlage ohne jede militärische Verteidigung vorfinden. Bestimmt gehört es doch zu den Hauptaufgaben zumindest einer der dakischen Legionen, diesen Ort zu sichern, da er ja für die Provinz von so entscheidender Wichtigkeit ist?«

Der Legionär beantwortete die Frage mit ernstem Nicken. »Das ist er in der Tat, Tribun. Bestünde keine Bedrohung durch den Stamm der Sarmaten, hättet ihr eine vollständige Kohorte in der Kaserne vorgefunden, doch Legat Albinus hat entschieden, seine Streitkräfte nicht aufzuteilen ...«

Scaurus hob fragend eine Braue. »Albinus?«

Cattanius nickte rasch. »Ja, Herr. Legat Clodius Albinus, Befehlshaber der Dreizehnten Legion und mein Vorgesetzter.«

Der Tribun nickte und verhielt sich wie immer, aber Julius fragte sich, ob er sich das flüchtige Zusammenziehen der Augenbrauen seines vorgesetzten Offiziers bei der Erwähnung des Namens des Legaten nur eingebildet hatte.

»Ich verstehe und bitte um Verzeihung. Fahre fort.«

»Ja, Herr. Der Legat hat entschieden, dass in Anbetracht der Gefahr, die von den Sarmaten ausgeht...«

Julius hob die Hand, um ihn noch einmal zu unterbrechen. »Ihr habt diesen Namen bereits zweimal erwähnt. Wer oder was sind die Sarmaten genau?«

Cattanius ging in die Hocke und zog mit dem Finger einen Halbkreis in den Staub zu ihren Füßen, dessen Wölbung nach oben zeigte. Unten, wo normalerweise eine Gerade gewesen wäre, zeichnete er eine wellenförmige Linie.

»Dies soll eine grobe Karte von Dakien sein. Die Wellenlinie stellt den Fluss Danubius dar, und wir befinden uns hier.« Er markierte einen Punkt im Staub, der sich etwa in der Mitte zwischen der Wellenlinie und dem Zenit des Halbkreises befand. »Und hier« – er deutete auf das Land außerhalb des Halbkreises und strich mit der Hand dort entlang – »sind die Sarmaten. Ein freier Zusammenschluss von Nomadenstämmen, deren Lebensweise auf Pferden fußt. Die Steppe hinter diesen Bergen wimmelt von ihnen. Es ist ein Stamm namens Jazygen, und sie vermehren sich wie die Karnickel.«

Julius dankte ihm mit einem Kopfnicken und bedeutete dem Soldaten fortzufahren.

»Also beschloss mein Legat, seine Streitmächte in der Legionsfestung zu konzentrieren, um für den entscheidenden Schlag bereit zu sein, sobald der Statthalter dies wünscht. Unsere Späher sagen, die größte feindliche Bedrohung versammle sich an der nordwestlichen Grenze. Als der Legat erfuhr, dass in wenigen Tagesmärschen Verstärkung aus Germanien anrücken würde, entschied er, die Gefahr für die Bergbauanlage sei angesichts dessen, was wir über die feindlichen Kräfte wissen, minimal.«

Scaurus lehnte sich mit einem Gesichtsausdruck höchster Konzentration vor. »Das erscheint mir eine ziemlich gewagte These, insbesondere in Anbetracht der Tatsache, dass meine Reiter keine zehn Meilen die Straße zurück bereits auf barbarische Späher gestoßen sind. Was genau wissen wir über sie, Soldat Cattanius?«

Der Benefiziarier öffnete den Mund zu einer Antwort, wurde jedoch von einer Stimme hinter Scaurus unterbrochen.

»Was geht hier vor, Scaurus?«

Der tungrische Tribun drehte sich vom Benefiziarier weg und sah zu seinem Kameraden Belletor hinauf, der über ihnen auf dem Rücken seines Reittiers thronte. Der Legionstribun hatte sein Pferd hinter dem von Scaurus angehalten und betrachtete Scaurus und dessen Ersten Speer von oben herab und mit derselben kaum verborgenen Neugier, die er ihnen seit ihrem Abmarsch von der Festung Bonna entgegengebracht hatte.

Scaurus zollte dem Reiter mit einem Kopfnicken seinen Respekt und zeigte dann mit der Hand auf Cattanius. »Der Benefiziarier eines Legionslegaten, Kamerad. Er ist entsandt worden, um uns in das Tal zu führen und sicherzustellen, dass wir schnellstmöglich die Verteidigung des Bergwerks aufbauen.«

»Exzellent!« Belletor nickte zu Cattanius hinunter, der Haltung angenommen hatte. »Wie überaus fürsorglich von deinem Legaten! Du kannst uns sofort zum Badehaus führen, Soldat, denn nach dem langen Ritt auf der Straße bin ich völlig verdreckt. Kamerad, ich nehme an, du schaffst es allein, die Männer in irgendwelchen Kasernen unterzubringen, die die Legion für uns bereitgestellt hat.«

Scaurus nickte mit vollkommen ausdrucksloser Miene. »Natürlich. Ich werde mich später weiter mit dir unterhalten, Soldat Cattanius, sofern du Zeit für mich aufbringst. Ich nehme an, dass du über weiteres Wissen verfügst, was die Pläne des Legaten anbelangt.«

Cattanius salutierte, warf Scaurus und Julius einen ungläubigen Blick zu und sah dann mit völlig neutraler Miene in das selbstzufriedene Antlitz des Tribuns. »Hier entlang, Tribun. In der Unterkunft des Kommandeurs gibt es sowohl einen Heißbaderaum als auch ein Kaltwasserbecken, also habe ich mir die Freiheit erlaubt, schon vor einer Stunde ein Feuer anzünden zu lassen, als wir euch das Tal heraufziehen sahen. Ihr werdet den Schmutz der Straße in kürzester Zeit ausgeschwitzt haben.«

Scaurus und Julius sahen zu, wie die beiden Offiziere die Straße hinaufritten, und der Erste Speer schüttelte verwundert den Kopf. »Jedes Mal, wenn ich denke, der Dummschädel könnte in meiner Achtung nicht weiter sinken, findet er neue Wege, sich noch weniger wie ein Soldat zu verhalten.«

Scaurus nickte und wandte sich zu der wartenden Kolonne von Soldaten um. »Ja, ich weiß. Aber vom Herumstehen und hinter seinem Rücken Beleidigungen Ausstoßen kommen diese Männer nicht in die Kaserne und kriegen auch kein Essen, richtig? Setz die Erste Kohorte in Bewegung, Erster Speer, und dann müssen wir uns wohl darauf verlassen, dass dein Kamerad Sergius dasselbe mit seinen Legionstruppen macht.«

Julius salutierte, doch auf seiner Stirn lagen tiefe Falten. »Tribun, darf ich dich fragen, was ein Benefiziarier ist?«

Scaurus grinste ihn an und deutete mit dem Daumen über seine Schulter zurück. »Da der Mann umsichtig genug war, Belletors Badewasser rechtzeitig zu erhitzen, würde ich sagen, dass der Benefiziarier in diesem Fall zumindest ein sehr schlaues Kerlchen ist, findest du nicht?«

Nachdem Julius die Tungrer vom Exerzierplatz des Bergwerks weggeführt und ihnen aufgetragen hatte, ein Lager zu errichten, ging Marcus zu seiner Frau. Er fand sie gemeinsam mit ihrer neuen Assistentin in ihrem Reisewagen vor. Er verbeugte sich kurz vor Annia und reckte dann den Kopf vor, um das schlafende Kind in Felicias Armen zu küssen.

»Nun, immerhin sieht *er* ganz glücklich aus.«

Seine Frau sah ihn ungläubig an. »Erinnere mich daran, dass ich deine Ohren bei Gelegenheit auf Schmalz untersuche, Zenturio. Während ihr draußen eure Parade abgehalten habt, hat das kleine Monster derart gebrüllt, dass ich ihn hinten im Wagen verstecken und erneut stillen musste, obwohl ich ihn schon eine Stunde vorher reichlich abgefüllt hatte.«

Marcus rümpfte die Nase. »Ist das...?«

Felicia nickte ironisch und reichte das schlafende Kind zu ihrem Mann hinüber. »Ganz recht. Anschließend hat dein Sohn sein reichliches Mahl damit beendet, seine Unterwäsche einzudrecken, als sei sie ein frisch gepflügtes Feld, und dabei hat er im Schlaf wie ein Schwein gegrunzt, das nach Trüffeln sucht. Die Götter allein wissen, wie Annia das aushält, denn ich kann dir versichern, dass ich selbst eine gute Weile kein weiteres dieser kleinen Biester bekommen werde. Vielleicht möchtest *du* ihn wickeln?«

Ihre Assistentin lachte, und ihre Stimme war von einer glücklichen Heiterkeit erfüllt, die man nur wenige Monate zuvor für undenkbar gehalten hätte. Annia hatte nämlich in einer verhängnisvollen Nacht in Tungrorum durch Bandenmitglieder, die sie ursprünglich für ihre Beschützer gehalten hatte, entsetzliche Qualen erlitten.

»Es scheint, deine Gattin ist derzeit für dich nicht verfügbar, Zenturio – zumindest so lange, bis sie das ständige Stillen und Entleeren der Eingeweide eures Prachtkerls hinter sich hat. Komm, gib ihn mir…« Sie griff nach dem schlafenden Baby und nahm es Felicia mit einem besänftigenden Lächeln ab. »Auf diese Weise könnt ihr beide ein bisschen Zeit zusammen verbringen, während ich nachsehe, ob wir noch etwas sauberes Tuch für seinen empfindlichen kleinen Hintern übrig haben. Komm schon, Appius, lass mich mal sehen, was wir da haben…«

Felicia beobachtete Annia lächelnd, wie sie in den hinteren Teil des Wagens stieg, und wandte sich dann wieder ihrem Mann zu. »Was gibt es Neues, Zenturio?«

Marcus zuckte die Achseln. »Dasselbe wie sonst auch, wie mir scheint. Es gibt genügend Steinbaracken für eine Kohorte sowie zwei Dutzend Holzhütten in unterschiedlich reparaturbedürftigem Zustand, die jahrelang nicht benutzt wurden. Die Legion von Tribun Belletor wird natürlich in die Kaserne ziehen, und wir werden heute Nacht in Zelten lagern, sodass wir morgen gleich anfangen können, die Hütten in einen bewohnbaren Zustand zu versetzen.«

»Was bedeutet, dass Julius jeden einzelnen Mann dazu abstellen wird, die übliche Marschfestung zu bauen.«

Marcus lächelte. »Genau, mit deinem Zelt in der Mitte sowie fünfzehnhundert Tungrern zwischen dir und jedwedem, der uns etwas anhaben will. Ich muss los und den Männern helfen, den Festungswall aus Torf hochzuziehen. Wir sehen uns später, sobald alles erledigt ist. Wo wirst du heute Nacht schlafen?«

Sie lachte und legte ihm eine Hand an die Wange. »In meinem Zelt, mit Annia und dem kleinen Monster, das zu Ehren deines Vaters einen Namen trägt, der in den letzten dreihundert Jahren von niemandem mehr benutzt wurde. Komm später zu mir – vielleicht kann Annia auf das Baby aufpassen und uns einen ruhigen Moment verschaffen. Aber zuvor solltest du den Dreck abwaschen, mit dem du dich zweifellos bepflastern wirst. Danach bin ich vielleicht gewissen Annäherungsversuchen eher gewogen...«

»Noch etwas Wein, Tribun?«

Scaurus verneinte kopfschüttelnd, hob die Hand und zeigte auf den Zeltausgang. »Danke, Arminius, ich komme gut allein zurecht. Außerdem meine ich mich zu erinnern, dass du ein Kind zu unterweisen hast.«

Der große Germane verbeugte sich leicht und verließ gewohnt zielstrebig das Zelt, wobei er den Stoff der Öffnung hinter sich zuzog, um seinem Herrn ein bisschen Ruhe zu gönnen. Der Tribun goss zunächst sich selbst, dann seinem Ersten Speer einen Becher Wein ein und stellte den Becher auf der Feldkiste ab, die ihm als Tisch diente. Er ließ sich auf seinem Feldstuhl nieder und sah ungewöhnlich erschöpft aus. Er schnürte seine Stiefel auf und entledigte sich ihrer, und als er seine nackten Füße auf den Grasboden unter dem Zelt setzte, seufzte er erleichtert, stand erneut auf und ging zum Eingang hinüber. Er schob das Zelttuch zur Seite und betrachtete die Aktivitäten im Feldlager. Seine tungrischen Soldaten waren emsig dabei, Torfblöcke für einen Verteidigungswall auszustechen, den der vorherige Befehlshaber entgegen aller Vernunft nicht hatte errichten lassen – und das, obwohl ein unbekannter Feind im Gelände lauerte. Der gut einen Meter hohe Wall um ihre Zelte wurde wie immer exakt rechteckig angelegt, hatte nur eine Öffnung und war hoch genug, um einen feindlichen Ansturm zu verlangsamen und gleichzeitig die Gegner für die Speere der Verteidiger verwundbar zu machen.

»Es fällt mir immer schwerer zuzusehen, wie unsere Jungs sich abrackern, während die Legionskohorten sich ihren fetten Hintern plattsitzen.«

Der Tribun zuckte zusammen, als er diese Worte hörte. Julius stand hinter ihm und zog ein angeekeltes Gesicht.

»Ja, Erster Speer, das ist sicher richtig. Etwas Wein?«

Der hünenhafte Mann nickte dankbar und trat mit dem Tribun ins Zelt zurück, wo er seinen Helm absetzte und sich mit seiner spatengroßen Hand durch das dicke schwarze Haar strich. Schon lange hatten die Männer ihr Erstaunen über die Situation überwunden, in der sie sich befanden, doch keiner von ihnen hatte es bislang geschafft, sein tiefes Missfallen zu verdauen.

»Haben wir, abgesehen von der Errichtung unseres Lagers, irgendwelche Befehle erhalten, Herr?«

Scaurus schüttelte den Kopf. »Tribun Belletor war wie immer wenig zuvorkommend und hat mir nur gesagt, dass er den Prokurator des Bergwerks zu sich rufen wird, sobald er sich eingerichtet hat. Ich bin schon dankbar und überrascht, dass ich überhaupt zu der Besprechung eingeladen wurde.« Die Männer tauschten einen wissenden Blick. »Ich werde dich als meinen Stellvertreter mitnehmen und Zenturio Corvus als meinen Mantelträger. So kann er Augen und Ohren aufsperren. Vielleicht fällt ihm ja etwas auf, das wir nicht mitbekommen.«

Julius nippte an seinem Wein, betrachtete seinen Vorgesetzten über den Becherrand hinweg und sah in dessen Augen die gleiche Trauer wie an jenem Tag, als sie beide sich der neuen Umstände schmerzlich bewusst geworden waren. Nachdem sie mit ihren Kohorten gen Osten zur Kommandostelle der Ersten Legion Minervia gezogen waren, die sich mittlerweile über tausend Meilen von ihnen entfernt in der Festung Bonna am Fluss Rhenus befand, war Scaurus grollend aus einer Unterredung mit dem Legionslegaten zurückgekehrt. Da Julius das unerbittliche Temperament seines Tribuns kannte, wenn er einmal erregt war, vermutete er, sein Vorgesetzter habe sich nur knapp zurückhalten können, nicht auf den Befehlshaber der Legion einzuschlagen. Danach war Scaurus aus dem Gebäude der Kommandostelle herausmarschiert, und Julius war hinter ihm hergeeilt, bis der Tribun ihm schließlich mit vor Wut zusammengebissenen Zähnen von den neuesten Anordnungen berichtete.

»Wir werden nach Dakien marschieren, Erster Speer, und zwar unter dem Kommando einer Kohorte der Ersten Legion Minervia. Tatsächlich werde ich selbst Tribun Belletor unterstellt, der in allen Angelegenheiten als mein vorgesetzter Offizier agieren wird.«

Julius konnte sich gut an sein Erstaunen angesichts dieser Neuigkeit erinnern sowie an die aufflammende Wut, die aus den Antworten des Tribuns auf Julius' ungläubige Fragen herauszuhören war.

»Was mit den Befehlen von Statthalter Marcellus ist, dass ich keinem anderen Offizier unterstellt werden darf? Sie wurden noch nicht einmal gelesen, sondern direkt verworfen! Einer der Tribune der Legionskavallerie – ein Mann meines eigenen Standes, wenn man so will – nahm mich vor der Besprechung zur Seite und wies mich flüsternd darauf hin, dass der Legat den Statthalter von Britannien nicht sonderlich gut leiden könne, da er während der ersten Zeit, als Ulpius Marcellus das Kommando über diese erbärmliche Insel innehatte, unter ihm gedient habe. Dem Himmel sei Dank, dass er mich vorwarnte! So konnte ich mich fassen und vermeiden, mit den Fäusten auf den verdammten Narren loszugehen. Welche Folgen hätten wir dann wohl zu ertragen gehabt?«

Wieder hatte Scaurus sich kurz beruhigen müssen und schilderte daraufhin zähneknirschend seinem Ersten Speer, was sich während der Unterredung zugetragen hatte. Mit einem Kopfschütteln kommentierte er die Situation, in der sie sich nun befanden.

»Der Mistkerl hat einen Scheiß darauf gegeben, was wir alles in Tungrorum erreicht haben, Julius, und mir blieb nichts anderes übrig, als den Mund zu halten und mir seine idiotischen Ausführungen anzuhören. Unseren Sieg über den Räuberhauptmann Obduro erwähnte er zwar kurz, hielt sich dann aber wesentlich länger damit auf, die Zerstörung des Kornspeichers von Tungrorum zu beklagen. ›In Schutt und Asche gelegt‹ – so hat er es ausgedrückt, während mein schwachsinniger Kamerad Belletor mit einem selbstgefälligen Lächeln danebenstand und schwieg. Nicht *ein* Wort des Lobes angesichts der Riesenmenge Gold, die wir zurückgewonnen hatten, oder eine kleine Anerkennung dafür, dass der abgebrannte Getreidespeicher bei unserem Abmarsch bereits größtenteils wieder aufgebaut war. Ganz im Gegenteil. Stattdessen nannte er es ›beschämend, dass kaiserliches Eigentum und ein Jahresvorrat an Korn für die Legion zunichtegemacht‹ wurden. Es sei offensichtlich, dass ich für ein eigenständiges Kommando nicht geeignet sei, weshalb ich unter die Überwachung eines ›besonneneren Offiziers‹ gestellt werden müsse, der ›über bessere Erziehung und Charaktereigenschaften‹ verfüge.«

Den letzten Satzteil spuckte der Tribun förmlich heraus, weshalb die Wachen vor der Kommandostelle der Legion sowie vorbeiziehende Soldaten auf der Straße innerhalb der Festungsanlage ihn neugierig anstarrten. Trotz des Respekts, den er aufgrund des Ranges seines Tribuns sowie wegen dessen beängstigenden Temperaments verspürte, war Julius geistesgegenwärtig genug, ihn sanft am Arm zu ziehen und ihn außer Hörweite zu führen.

»Wir werden einem Mitglied des Senatorenstands unterstellt, Julius, einem Mann aus einer untadeligen Familie. Kurz: Dieser Trottel von Belletor wird das Kommando über uns haben. Derselbe Mann, der es wegen seiner wunden Füße und aus Atemnot noch nicht einmal zur Schlacht vor Tungrorum geschafft hat, ist nun mein Vorgesetzter!« Scaurus lachte, als er den Ärger in Julius' Gesicht sah, und schüttelte missmutig amüsiert den Kopf. »Ja, *jetzt* weißt du, warum ich kurz davor war, über den Tisch zu springen und den Mann an der Gurgel zu packen. Aber es kommt noch schlimmer: Die Anordnung von Statthalter Marcellus, gleich nach der Beseitigung der Bedrohung durch Räuberbanden, welche die Stadt Tungrorum heimsuchten, nach Britannien zurückzukehren, ist erst einmal vom Tisch, fürchte ich. Stattdessen sollen wir mit Belletors Kohorte nach Dakien ziehen, als Verstärkung für die zwei Legionen, die dort die Frontlinie unter Kontrolle halten. Anscheinend gibt es dort irgendeinen Stamm, der immer dreister wird und niedergerungen werden muss. Somit werden wir über die nächsten zwei Monate zwanzig Meilen pro Tag in die entgegengesetzte Richtung marschieren, um sie mit weiteren Speerträgern zu versorgen. Ich habe zwar gefragt, ob es nicht eine Möglichkeit gäbe, die Reise auf dem Fluss anzutreten, doch angeblich ist die Flotte nicht abkömmlich, weil sie das Nordufer des Rhenus bewacht, für den Fall, dass die Germanenstämme die Gelegenheit für einen erneuten Angriff auf die Provinz nutzen sollten.«

Julius verzog das Gesicht und schüttelte betroffen den Kopf. »Unsere Männer werden alles andere als glücklich darüber sein, nach Osten marschieren zu müssen.«

Scaurus lachte hämisch. »Was du nicht sagst! Du meinst, es wird ihnen nicht gefallen, nicht nach Hause zu ziehen? Dann warte erst einmal, wie es ihnen gefallen wird, ein paar Wochen lang Belletors Führungsstil genießen zu müssen! Wie der Legat mir mit größter Freude in seinem Beisein erklärt hat, soll Belletor mich an einem ›sehr straffen Seil‹ halten. Beim kleinsten Anzeichen, dass ich diese Situation nicht mit der angemessenen Ehrerbietung akzeptieren sollte, hat er nicht nur die *Erlaubnis*, sondern sogar die explizite Anweisung, mich gegen einen Mann auszutauschen, der aus ebenso guter Familie stammt und uns auf der Reise begleiten wird. Lucius Carius Sigilis, ein junger Tribun, der ebenfalls dem Senatorenstand angehört und noch ziemlich feucht hinter den Ohren ist. Wahrscheinlich lenkt er die älteren Zenturios schon jetzt von ihrer Arbeit ab. Für den Legaten scheint dies eine gute Gelegenheit zu sein, ein paar Muttersöhnchen loszuwerden, die keinen praktischen Nutzen für ihn haben. Gleichzeitig steigt er dadurch in der Gunst ihrer Väter, da er ihnen die Möglichkeit bietet, Ruhm zu erlangen und so ihre Laufbahn voranzutreiben. Sollte mir das nicht gefallen, kann Belletor mir mit einem einfachen Fingerschnippen das Kommando entziehen, mich nach Hause schicken und diesen Soldatenjungen meinen Platz einnehmen lassen, wobei er unseren Männern natürlich auch zwei neue Erste Speere aus seiner eigenen Kohorte aufdrücken würde – nur um sicherzugehen, dass sie auch tun, was ihnen befohlen wird. Das Einzige, was ihn von meiner sofortigen Absetzung abhalten wird, ist die angenehme Aussicht, mich demütigen zu können und zu sehen, wie ich sämtliche Erniedrigungen, die er mir zuzumuten gedenkt, respektvoll ertragen werde. Sollte ich aber von allein gehen, Erster Speer, dann bist du erneut der Befehlshaber einer Zenturie, die einem Mann aus der Legion untersteht, der die gesamte Kohorte befehligt. Solltest du oder ein anderer unserer Offiziere seine Meinung zur Sachlage äußern, werdet ihr wahrscheinlich unter dem Vorwand irgendeines Fehlverhaltens, das Belletor ad hoc erfinden wird, aus dem Heer entlassen und verliert dadurch sowohl eure Bürgerrechte als auch eure Soldatenpension. Also werden wir alle lernen müssen, uns auf die Zunge zu beißen und abzuwarten, bis das Rad des Schicksals sich wieder in eine andere Richtung dreht, nicht wahr? Sorge also dafür, dass deine Offiziere sich im Klaren sind, was ich von ihnen erwarte: nämlich die notwendige Reife, diese zeitweilige Unannehmlichkeit ohne Murren hinzunehmen...«

Wie sich herausstellen sollte, hatte Scaurus' hohes Ansehen bei seinen Männern und Offizieren zu einem verschwörerischen Schweigen in beiden Kohorten geführt, die unter seinem Befehl standen. Die Soldaten hatten sich damit begnügt, im Beisein der Legionssoldaten, die neben ihnen schritten, mit besonderer Leidenschaft genau jene Marschlieder zu schmettern, die sich auf Legionäre bezogen. Seinen Becher in der Hand haltend, ging Julius wieder zum Zelteingang zurück und sah den sich abrackernden Soldaten eine Weile zu, bevor er sich achselzuckend erneut an seinen Tribun wandte.

»Falls dich das trösten sollte, Tribun: Mein Kamerad Sergius empfindet den Befehl als hochgradig peinlich, untätig herumsitzen zu müssen, während wir die ganze Arbeit verrichten.«

Scaurus nickte zustimmend. »Das kann ich mir vorstellen. Doch jeder Soldat, der schlau genug war, den Rang eines Ersten Speers in einer Legionskohorte zu erlangen, weiß genau, wann er den Mund zu halten hat. Als ein Freund in Belletors Reihen ist er uns von wesentlich größerem Nutzen, als wenn er sich mit Protest für unsere Sache einsetzen und dadurch kurzzeitig Staub aufwirbeln würde. Außerdem glaube ich, dass der schlimmste Teil dieser Heimsuchung bereits vorüber ist. Jetzt, wo wir nicht mehr jeden Abend ein Marschlager errichten müssen, können wir uns wieder auf den wahren Soldatendienst konzentrieren. Irgendwo da draußen erwartet uns ein ordentlicher Kampf, und den werde ich mir und meinen Männern mit Sicherheit nicht entgehen lassen.«

Marcus schritt lustlos durch die Reihen der Fünften Zenturie, während sich die Sonne dem westlichen Horizont näherte. Dort fand er Arminius und Morbans Enkel Lupus vor, die bereits vor seinem Zelt auf ihn warteten. Der Junge war noch schweißbedeckt von seiner abendlichen Unterweisung im Kampf mit Schwert und Schild.

Der stämmig gebaute Germane stand auf und zeigte auf die Zeltklappe. »Tritt bitte ein, Zenturio, und nimm deine Ausrüstung ab, sodass der Junge mit seinen Bürsten herumhantieren kann. Es ist sehr schön, dass du gemeinsam mit deinen Männern den Erdwall baust, doch wir wollen ja nicht, dass du morgen früh völlig verdreckt zur Parade erscheinst. Zieh auch die Stiefel aus. Wir haben dir eine saubere Tunika und deine weichen Schuhe bereitgelegt, außerdem steht da eine Schüssel mit warmem Wasser, damit du dir das Gesicht waschen kannst. Die Medica war vor einer Weile hier und bat mich, dir auszurichten, dass sie vor dem Schlafengehen überaus gerne einen Becher Wein mit dir trinken würde, falls es dir gelingen sollte, dich von den Großtaten militärischer Baukunst loszusagen.«

Marcus wusch sich und genoss nach einem langen Tag körperlicher Anstrengung das Gefühl sauberen Wassers, das auf seiner Haut trocknete. Dann zog er sich eine saubere Tunika über und gürtete sie so, dass sich der Saum des Gewands nach militärischer Sitte oberhalb seiner Knie befand. Als er wieder aus dem Zelt in die Abendsonne hinaustrat, sah er Lupus, der seine Stiefel bearbeitete, um sie in ihren üblich glänzenden morgendlichen Zustand zu bringen. Er ging neben dem Jungen in die Hocke und bemerkte, dass das Schwert, das er und Arminius für ihn in Tungrorum erstanden hatten, in seiner abgenutzten Metallscheide neben ihm im Gras lag.

»Ziemlich lange her, dass wir uns unterhalten haben, Lupus.« Marcus schwieg einen Moment und suchte nach den richtigen Worten, während der Junge weiter, ohne aufzublicken, seine Putzarbeit verrichtete. »Ich hatte wirklich viel zu tun, und dann noch der kleine Appius ...«

Lupus half ihm mit noch immer hoher und heller Stimme über seine Verlegenheit hinweg, führte dabei jedoch konzentriert seine Arbeit fort. »Arminius sagte, es sei meine Aufgabe, deine Ausrüstung sauber zu halten und zu lernen, im Kampf so gut zu werden wie er. Alles andere sei nicht von Belang. Sobald ich gut genug kämpfen kann, sagt er, darf ich Soldat werden und meinen Dienst in deiner Zenturie antreten, wie es schon mein Vater tat.«

Beschämt darüber, wie nüchtern der Junge die harten Fakten zu akzeptieren verstand, dachte Marcus einen Augenblick nach, bevor er antwortete: »Dein Vater war ein tapferer Mann, und sobald du Arminius im Kampf die Stirn bieten kannst, werde ich stolz darauf sein, an deiner Seite meinen Dienst verrichten zu dürfen. Aber du weißt schon, dass auch dein Großvater dich lieb hat, nicht wahr?«

Lupus zog eine Grimasse zum Stiefel hinunter. »Mein Großvater liebt mich sicher, doch er liebt auch das Trinken und die Frauen. Und am meisten von allem liebt er das Glücksspiel. Das Einzige, was ich liebe, ist *dies* hier.«

Er hob die Metallscheide hoch, und Marcus glaubte, das Herz müsse ihm zerspringen.

»Gib mir den Stiefel, Lupus.« Der Junge runzelte die Stirn und reichte ihn ihm hinüber. Marcus betrachtete das glänzende Leder und nickte. »Perfekt.« Er warf ihn rücklings ins Zelt, schnappte sich dann den anderen, der noch voller Dreck war, und warf auch diesen über seine Schulter.

»Aber er ist noch nicht sauber!«

Lupus verstummte, als er bemerkte, dass der Zenturio seinen Arm mit der Handfläche nach oben ausgestreckt hielt.

»Nun gib mir das Schwert.«

Das Gesicht des Jungen verzog sich, und er schien kurz vor dem Weinen zu sein. »Aber...«

Marcus nahm ihm die Waffe aus der Hand und zwang sein Gesicht zu einem Lächeln. »Du wirst es später wiederbekommen, versprochen.« Er griff nach dem Schwert in Lupus' Händen, und der Junge leistete keinen Widerstand. »Es kann neben meinem liegen, solange wir weg sind. Keiner wird sich irgendwelche Freiheiten gegen zwei so gefährliche Schwert-kämpfer erlauben, wie wir es sind.«

Er beugte sich ins Zelt zurück, legte die Scheide neben seinen eigenen Klingen ab und begutachtete mit einem Kopf-schütteln die simple Zweckmäßigkeit der Waffe.

»Na dann komm mal mit. Wir werden uns morgen früh um die Stiefel und die Rüstung kümmern. Heute Abend kannst du mit Felicia und mir zusammen essen und mit dem kleinen Appius, falls er wach sein sollte.« Er ging in die Hocke und sah nach oben in das verwirrte Antlitz des Jun-gen. »Lupus, du wirst ein perfekter Soldat werden, wenn die Zeit reif dafür ist. Mit fünfzehn Jahren wirst du wahrschein-lich schon besser mit einem Schwert umgehen können, als ich es jetzt kann. Aber es ist nicht richtig, dich wie einen Soldaten zu behandeln, noch bevor die Zeit dazu gekommen ist.« Er legte Lupus einen Finger unter das Kinn und hob sein Gesicht an, bis er ihm in die Augen sehen konnte. Dann sprach er mit sanfter Stimme, da Lupus ihn so sehr an seinen jüngeren Bruder erinnerte. »Bevor du deinen Soldateneid schwörst, Lupus, musst du noch für eine Weile ein Junge sein und solltest eine Familie um dich haben oder zumindest so starke familiäre Bindungen, wie wir das für dich leisten kön-nen. Komm also mit, lass uns gehen und herausfinden, wer von uns beiden den kleinen Appius schneller zum Lachen bringt...«

Tribun Scaurus war mit einer längst überfälligen Überprü-fung der Aufzeichnungen der Kohorte beschäftigt, als der Be-nefiziarier an seiner Zeltklappe auftauchte und fast entschul-digend salutierte.

»Es tut mir leid, dich stören zu müssen, Tribun, aber du

hattest mich gebeten, erneut bei dir vorzusprechen, sobald ich Gelegenheit dazu fände.«

Der Tribun lehnte sich zurück, nickte seinem Schreiber zu und strich sich mit der Hand durchs Haar. »Das dürfte vorerst alles sein. Nach dem, was ich gesehen habe, müssten die Aufzeichnungen korrekt sein. Tritt ein, Benefiziarier.«

Cattanius trat ins Zelt, und die beiden Männer warteten schweigend, bis der Amtsschreiber seine Papyrusrollen eingesammelt hatte und gegangen war. Scaurus deutete auf den freigewordenen Stuhl und erlaubte dem Soldaten, sich hinzusetzen, bevor er ihn ansprach.

»Woher stammst du, Soldat Cattanius?«

»Aus der Provinz Noricum, Tribun, aus einem kleinen Dorf in den Bergen oberhalb Virunums.«

»Und wie alt bist du?«

»Vierundzwanzig, Tribun. Ich bin mit sechzehn Jahren in die Legion eingetreten.«

Scaurus zog angesichts der Laufbahn des jungen Mannes anerkennend eine Augenbraue hoch. Die Tatsache, dass ein junger, intelligenter Mann nicht über den Rang eines Soldaten hinausgekommen war, mochte für gewisse Leute enttäuschend sein, doch Cattanius eignete sich aufgrund seiner vorsichtigen, besonnenen Art offensichtlich wesentlich besser zum Repräsentanten eines Legaten, da er nicht die beiläufige Brutalität besaß, die man zur Befehlsgewalt über eine Zenturie als Wachoffizier oder Optio benötigte.

Als hätte er Scaurus' Gedanken gelesen, lächelte der Benefiziarier vielsagend. »Ohne den Legaten Albinus wäre ich wohl für den Rest meines Lebens ein Soldat geblieben, und noch nicht einmal ein besonders guter.« Er verstummte und wartete, während Scaurus ihn etwas genauer betrachtete.

Nach einer Weile lehnte sich der Tribun mit forschendem Gesichtsausdruck in seinem Stuhl zurück. »Wer steckt also dahinter?«

»Bitte, Tribun?«

»Spiel nicht den Zurückhaltenden, *Soldat* Cattanius. Auch wenn du Benefiziarier bist, stehe ich vom Rang her dennoch weit über dir, und ich kann höchst unangenehm werden, wenn ich das Gefühl habe, dass man mich zum Narren hält. Du bist klug genug, meine Frage zu verstehen; wahrscheinlich bist du sogar verschlagen genug, um die Antwort darauf zu kennen. Also noch mal: Wer steckt deines Erachtens dahinter?«

Cattanius rutschte unbehaglich auf seinem Stuhl hin und her. »Ich weiß es nicht, Tribun.«

»Aber du bist ebenfalls der Ansicht, dass es jemand aus den eigenen Reihen ist, nicht wahr? Ich würde um alles Gold wetten, das über die Straße nach Apulum gesandt werden soll, dass du selbst davon überzeugt bist, dass sich irgendwo in der Hierarchie des Bergwerks ein Verräter versteckt. Los, Junge, entweder du erzählst mir die Wahrheit, oder die Glückssträhne, die dich in letzter Zeit beflügelt hat, wird sich bald ins Gegenteil verwandeln.«

Der Benefiziarier zuckte die Achseln. »Es gab eine Zeit, da haben wir alle gedacht, es könnte jemanden innerhalb der Organisation des Bergwerks geben, der mit den Sarmaten in Kontakt steht, was auch der Grund dafür ist, warum der Legat mich in den letzten Monaten hier vor Ort haben wollte. Falls ein solcher Mann existiert, habe ich bislang jedenfalls keine Spur von ihm entdeckt. Abgesehen davon haben auch *wir* einen Spion im Land der Sarmaten: einen ehemaligen Soldaten, der mittlerweile als Kaufmann tätig ist und sich die letzten fünf Jahre in eine vertrauenswürdige Position hinaufgearbeitet hat. Bei jeder Gelegenheit verflucht er das Imperium, das ihn zum Dienst versklavt hat, und gibt sich als jemand, der seiner Vergangenheit den Rücken gekehrt hat. Er sendet uns über die Händler Informationen zu, die auf beiden Seiten der Grenze zugange sind, und seine letzte Botschaft enthielt die Nachricht, dass die Stammesangehörigen sich für einen Angriff auf Dakien bereitmachen. Er sagt, es gebe unter ihnen zwei Schlachtenführer, Boraz und Purta. Sie sind Stammeskönige, und keiner von ihnen möchte sich dem anderen unterordnen, doch sie sind übereingekommen, diesen Feldzug gemeinsam durchzuführen. Der eine wird Porolissum angreifen, die wichtigste Festung zur Verteidigung des nordwestlichen Teils der Provinz, und er hofft, zunächst unsere Verteidigungslinie zu durchbrechen und dann tiefer in die Provinz vorzudringen. Der andere will das daraus resultierende Chaos dazu nutzen, Alburnus Major einzunehmen, und zwar genau zu einem Zeitpunkt, wenn dort eine Ladung Gold zum Transport nach Rom bereitsteht.«

Scaurus brauchte einen Moment, um diese Information zu verdauen. »Was vermutlich genau jetzt der Fall ist?«

»In ungefähr einer Woche, Tribun. Normalerweise schicken wir einmal pro Monat Gold nach Apulum: etwa dreitausend Pfund pro Lieferung.«

Scaurus dachte einen Augenblick nach. »Ich verstehe. Doch wie könnt ihr euch sicher sein, dass die Botschaften tatsächlich von diesem Mann stammen, wo er das Territorium der Sarmaten doch nie verlässt?«

»Wir haben Mittel und Wege festzustellen, ob die Männer, die seine Meldungen überbringen, aufrichtig sind. Er schickt uns alle paar Monate Nachrichten und nutzt dazu jedes Mal einen anderen Händler, damit kein Muster entsteht, das ihn verraten könnte. Die Männer erhalten versiegelte Behälter, die sie für eine hohe Bezahlung in Gold über die Grenze schmuggeln – allerdings erhalten sie das Gold erst dann, wenn die Versandrohre mit intaktem Siegel an ihrem Bestimmungsort angekommen sind. Die Nachricht hinsichtlich eines drohenden Angriffs traf letzte Woche in Apulum ein – über einen Pferdehändler, der die Identifikationsmerkmale unseres Spions perfekt beschreiben konnte.«

»Er beschrieb also das Gesicht des Mannes?«

Cattanius schüttelte den Kopf und musste über die Naivität des ranghöheren Offiziers lächeln. »Aber nein, Tribun, unser Mann ist zu vorsichtig, um sein Gesicht zu zeigen. Er verhält sich so, dass die von ihm ausgewählten Boten die Nachricht niemals zu ihm zurückverfolgen könnten, falls sie unterwegs gefangen genommen werden würden. Er zeigt den Händlern, die er mit Botschaften betraut, einen raffiniert gestalteten Goldring mit einem schön eingearbeiteten Granat. Wenn sie diesen Ring beschreiben können, wissen wir, dass die Nachricht authentisch ist.«

Scaurus hob eine Braue. »Und als die Nachricht von einem bevorstehenden Angriff durch die Sarmaten eintraf, beschloss Legat Albinus, ihnen im Norden zuvorzukommen?«

Der Benefiziarier nickte. »Richtig. Die Abberufung der Kohorte, die das Bergwerk bewachte, war nicht nur die Antwort auf den drohenden Angriff auf Porolissum, wenngleich die Dreizehnte Legion Gemina gerade dorthin marschiert, um zur Fünften Legion Macedonica zu stoßen und den Angriff im Norden abzuwehren. Nachdem wir wussten, dass eure Kohorten nur wenige Tagesmärsche entfernt waren, und uns vorstellen konnten, wie lange die Sarmaten für die

Vorbereitung ihres Angriffs auf das Bergwerk brauchen würden, beschloss der Legat, dieses Risiko einzugehen.«

»Heiliger Vater! Damit hat er die ergiebigste Goldmine des ganzen Kaiserreichs aufs Spiel gesetzt!« Scaurus schüttelte ungläubig den Kopf. »Das bestätigt, was seine Zenturios während der Germanenkriege über ihn sagten: Es gibt kühne Offiziere, es gibt waghalsige, und dann gibt es noch Decimus Clodius Albinus.«

Später am Abend ging Marcus an der Zeltreihe seiner Zenturie entlang und sah, dass vor seinem eigenen Zelt ein kleines Kohlenbecken aufgestellt worden war, vor dessen kirschroter Glut einige Männer saßen und sich leise unterhielten. Der Mann, der ihm am nächsten war, stand auf und nickte ihm zum Gruß zu, wobei er in der einen Hand einen Lederstiefel und in der anderen einen Putzlappen hielt.

Der Römer entgegnete den Gruß mit einem spöttischen Kopfschütteln. »Du putzt meine Stiefel, Arminius?«

Der Germane warf mit einem Rucken des Kopfes sein langes Haar aus dem Gesicht, das er jetzt offen trug statt zu dem üblichen schweren Zopf geflochten. »Die hatten es bitter nötig, würde ich meinen. Du hättest also morgen früh entweder selbst kostbare Zeit mit Schuheputzen vergeuden müssen oder warst bei der Parade mit einem glänzenden und einem verdreckten Stiefel erschienen. Ich war vorbeigekommen, um den Jungen zum Abendessen abzuholen, da ich wusste, dass sein Großvater sich einen Krug Wein besorgt hatte und diesen mit größtem Vergnügen hinunterschüttete, ohne einen Gedanken an seinen Enkel zu verschwenden. Doch dann wurde mir berichtet, du hättest den Jungen in das Zelt deiner Frau mitgenommen. Es war offensichtlich, dass deine Ausrüstung noch etwas Pflege bedurfte, also ...«

Der einäugige Krieger, der neben ihm gesessen hatte, stand ebenfalls auf und gesellte sich zu ihnen, wobei er zuerst seine Muskeln in der Wärme des Feuers streckte und dann seinem Leibwächter bedeutete, am Kohlenbecken sitzen zu bleiben. Es war Martos, ein Prinz aus dem Stamm der Votadini, dessen Heimat in den nördlichen Bergen von Britannien hinter dem Römerwall lag. Er hatte sich gemeinsam mit den Tungrern freiwillig ins Exil begeben, nachdem seine Stammesbrüder sich an den Aufständen beteiligt hatten, die die Provinz noch immer heimsuchten.

»Daher haben wir beschlossen, die Gelegenheit für eine kleine Feierlichkeit zu nutzen. Der Germane hier und ich haben den Standartenträger besucht und ihn seines Weins beraubt, bevor er ihn ganz austrinken konnte. Wir sagten ihm, er solle es als Entgelt dafür ansehen, dass er seinen Enkel der Aufsicht anderer überlassen hatte.«

Arminius verzog das Gesicht. »Um die Wahrheit zu sagen, hat der gezähmte Riese des Prinzen aus dem Stamm der Selgovae den eigentlichen Raub vorgenommen ...«

Marcus blickte Martos fragend an, der daraufhin zustimmend nickte.

»Das hätte dir gefallen, Zenturio! Lugos nahm Morban lediglich den Krug ab, legte ihm eine Hand auf den Kopf und hielt ihn eine Armlänge von sich entfernt, bis er schließlich müde wurde, sich den Wein zurückholen zu wollen.«

Der Römer lächelte beim Gedanken daran, mit welch großer Geduld der selgovische Hüne auf ihrem langen Marsch nach Osten ganz allmählich zu einem treuen Gefährten des Votadini-Prinzen geworden war – trotz der leidenschaftlichen Hassgefühle, die der Prinz nach dem Verrat des Selgo-vae-Königs Calgus dem Stamm seines jetzigen Freundes noch immer entgegenbrachte.

Marcus betrachtete den Krug mit hoffnungsvollem Blick. »Falls ihr noch etwas Wein übrig haben solltet...«

Ein Becher tauchte wie aus dem Nichts auf, und Marcus trank einen Schluck des vollmundigen Weins.

»Hast du den Jungen bei deiner Frau gelassen?«

Er beantwortete Martos' Frage mit einem Kopfnicken. »Er ist neben Appius' Kinderbett eingeschlafen, und ich brachte es nicht übers Herz, ihn zu wecken. Es muss hart für ihn sein, sich so weit weg von seinem Zuhause zu befinden und keinen Gefährten seines Alters dabeizuhaben.«

Die Männer am Feuer nickten, und einen Augenblick herrschte Stille, während sie die Einsamkeit des Jungen innerhalb der unerbittlichen Welt der Kohorte bedachten.

Nach einer Weile stand Lugos am anderen Ende des Kohlenbeckens auf, reichte Marcus mit einer Verbeugung seine Schwerter und polterte eine Erläuterung. »Hab sie geschärft.«

Arminius stieß ein lautes, schnaubendes Lachen aus und zeigte ungläubig auf die Waffe. »Hast du wirklich *diese* Klingen geschliffen?«

Der riesige Britannier zuckte mit den Schultern und war wie immer entschlossen, sich vom derben Humor seiner Kameraden nicht beleidigen zu lassen. »Keine Klinge ist je zu scharf.« Er betrachtete die Waffe auf Marcus' Knien mit einem ehrerbietenden Ausdruck. »Dieses Schwert ist gut für den mächtigen Gott Cocidius selbst.«

Marcus beantwortete die Verbeugung mit einem freundlichen Lächeln. »Ich danke dir für deine Mühe, Lugos. Wie du selbst sagst: Ein Schwert kann nie scharf genug sein.«

Arminius schnaubte erneut. »Noch nicht einmal ein Schwert, das so kunstfertig geschmiedet ist, dass es einen Schild durchschneidet, als bestünde er aus Pergament?«

Der stämmige Britannier antwortete an Marcus' Stelle, und sein Gesicht war im Schein des Feuers von düsteren Vorahnungen verdunkelt. »Zenturio braucht bald ein scharfes Eisen. Dieser Ort wird von den Hügeln beobachtet. Lugos kann die Augen spüren.«

Der Römer warf einen Blick zu Martos und Arminius hinüber und sah, dass die beiden zustimmend nickten.

Der Prinz der Votadini ergriff das Wort. »Wir fühlen sie alle, Zenturio. Die Feinde, wer immer sie auch sein mögen, sind ganz in unserer Nähe. Dieser Ort wird schon bald einen blutigen Tag erleben.«

2. Kapitel

Gleich nach Sonnenaufgang versammelten sich die Offiziere in Tribun Belletors neuer Kommandostelle, um den Prokurator der Bergbauanlage zu treffen. Er hatte den Auftrag, so viel Gold wie möglich aus den Minen zu fördern, deren Eingänge sich an den Talhängen befanden. Die Zenturios waren von ihrem Lager die Straße zur weit über das Gelände verstreuten Stadt Alburnus Major hinaufgestiegen und hatten dabei missbilligende Blicke auf die schäbigen Trinklokale und Bordelle geworfen, die die einträglichste Einkommensquelle der Stadt zu sein schienen. Nun saßen sie eng zusammengedrängt im Besprechungszimmer der Kommandostelle und hörten aufmerksam zu, als der Verwalter der Mine ihnen die Bedeutung des Tals für das Imperium erläuterte.

Prokurator Maximus war ein hochgewachsener, hagerer Mann, der irgendwie halb verhungert wirkte, was Marcus, der ihn vom Ende des Raums betrachtete, inmitten so vieler muskelbepackter Soldaten beunruhigend fand. Die hochrangigen Offiziere der Einheit standen ihm am nächsten, während er einen offensichtlich schon häufig rezitierten Bericht bezüglich der Förderpraktiken der Mine herunterleierte. Scaurus hatte sich geflissentlich einen halben Schritt hinter seinem Kameraden und Vorgesetzten Belletor positioniert. Letzterer trug den selbstgefälligen Gesichtsausdruck eines Mannes, der sich seiner Vormachtstellung bewusst war und dieses Wissen nicht verbergen konnte. Der jüngste der drei hochrangigen Offiziere stand an Belletors anderer Seite: Seine Tunika war mit dem gleichen dicken Purpurstreifen des Senatorenstandes wie die seines Kameraden verziert und stellte einen deutlichen Kontrast zu Scaurus' dünnerem Streifen eines Kavallerie-Tribuns dar. Marcus betrachtete ihn unauffällig, da er vermeiden wollte, den Mann zu lange anzustarren und dadurch seine Aufmerksamkeit auf sich zu lenken. Vor ihrem Abmarsch zur Unterredung hatte Scaurus seine Zenturios gebeten, sich über den jüngeren Tribun eine Meinung zu bilden.

»Männer, beobachtet den jungen Sigilis bitte genau und versucht ihn einzuschätzen, sofern ihr die Gelegenheit dazu findet. Es könnte gut sein, dass ihr unter sein Kommando geratet, falls es mir nicht gelingen sollte, den inneren Impuls zu zähmen, meinem geschätzten Kameraden die Nase zu brechen. Daher wäre es günstiger, ihr würdet bereits jetzt herausfinden, aus was für einem Holz er geschnitzt ist, anstatt es erst dann zu tun, wenn ihr irgendwann seine Befehle auszuführen habt.«

Marcus studierte den jungen Tribun daher sorgfältig, wobei er darauf achtete, stets abseits zu bleiben und einen Mann zwischen ihnen stehen zu haben, um keine Aufmerksamkeit auf sich zu lenken. Sein erster Eindruck von Lucius Carius Sigilis war der eines Mannes, der ihm selbst in früheren Zeiten ähnelte, allerdings sah er ihn aus seiner heutigen Situation heraus: Nach der Massenhinrichtung seiner Familie aufgrund von Verleumdung sowie der Bezichtigung des Verrats durch zwielichtige Männer im Umfeld des Kaisers hatte sich ein Graben zwischen ihm und der römischen Gesellschaft aufgetan. All dies war nur geschehen, um den enormen Reichtum seiner Familie konfiszieren zu können. Während er den Tribun durch die Menschenmenge hindurch betrachtete, stellte Marcus fest, dass ihm der selbstsichere Gesichtsausdruck des jungen Mannes schmerzhaft vertraut war. Offensichtlich hatte Sigilis das gleiche Selbstbewusstsein, mit dem auch er in den Monaten vor seiner kopflosen Flucht nach Britannien geschlagen gewesen war. Sie waren sich so ähnlich, und dennoch... Marcus lächelte dunkel in sich hinein und dachte an den Barbarenaufstand zurück, der gleich nach seiner Ankunft das nördliche Britannien heimgesucht hatte. Es waren die ersten, verzweifelten Schlachten der Tungrer gewesen, die im Aufruhr der wilden Revolte zu überleben versuchten, die ihn selbst vom privilegierten Sohn aus einer reichen Familie zu einem fähigen Zenturio geschmiedet hatten. In der glühenden Hitze der schnell aufeinanderfolgenden grausamen Schlachten waren nicht nur seine früheren Vorurteile, sondern auch seine grundsätzlichen Erwartungen an das Leben verbrannt. Kopfschüttelnd riss Marcus sich von seinen Erinnerungen los und konzentrierte sich erneut auf die Worte des Prokurators.

»Daher heiße ich euch alle im Rabenstein-Tal und der Bergbaukolonie Alburnus Major willkommen. Im Augenblick sind rund fünftausend Grubenarbeiter mit der Förderung und weiterer Verarbeitung des Goldes beschäftigt. Sie arbeiten für drei Investoren, die das nötige Geld und Fachwissen einbringen und dafür als Gegenleistung Anteile am Profit unseres Unternehmens erhalten. Der Großteil des Abbaus findet derzeit unter Tage statt, da es an der Oberfläche so gut wie nichts mehr zu fördern gibt. Dies macht den Prozess langwieriger und für die Arbeiter wesentlich mühsamer.

Zunächst muss man Tunnel in die Berge graben, um goldhaltiges Gestein zu finden, dann das Metall aus der Erzmasse extrahieren. Währenddessen muss genügend Luft in die Grube befördert werden, um die Bergleute am Leben zu erhalten, und hunderte Hilfskräfte arbeiten Tag und Nacht daran, das Wasser aus dem Bergwerk abfließen zu lassen. Ich kann euch versichern, dass all dies *überaus* teuer ist.« Er warf einen vielsagenden Blick in die Runde der versammelten Offiziere. »Ich kann aber auch bestätigen, dass sich der hohe Preis durchaus lohnt. Meine letzte Anstellung als Prokurator einer Mine war am Mons Marianus in Spanien, wo wir mit viel Glück pro Tag zehn Pfund Gold ausgraben konnten. Hier in Alburnus Major haben wir einen täglichen Schnitt von neunzig Pfund, weshalb die Goldmine im Vergleich überaus ertragreich ist. Dies macht pro Jahr mehr als dreißigtausend Pfund, und es gibt keinerlei Anzeichen, dass die Goldadern zu schwinden beginnen. Man sagt, die Berge hier enthielten genügend Gold, um eine Straße von hier bis zum Forum in Rom zu pflastern, was ich durchaus für möglich halte.« Der Prokurator blickte sich bedeutungsvoll um. »Dies bedeutet, dass der Verlust unserer Anlage für die kaiserliche Staatskasse entsetzliche Konsequenzen hätte.«

»Ganz zu schweigen von seiner Karriere.«

Marcus ignorierte diesen geflüsterten Kommentar von Julius und richtete seine Aufmerksamkeit auf den noch immer sprechenden Prokurator.

»Daher werdet ihr nachvollziehen, dass meine Bitte an den Statthalter, uns ein paar Männer zur Absicherung zuzusenden, nicht ohne Grund geschah. In diesem Tal arbeiten Männer aus fast jeder Provinz des nordöstlichen Kaiserreichs, im Übrigen auch Mitglieder fast aller Stämme, die sich jenseits unserer nördlichen Grenze befinden. Man kann sich ihrer

Treue zum Imperium keineswegs gewiss sein. Zweifellos sind auch einige Spione der Sarmaten unter ihnen, die nur darauf warten, ihre Krieger durch die Berge hierher zu führen, um uns dann gnadenlos und ohne jede Vorwarnung zu überfallen. Daher kam es für uns überraschend, als Legat Albinus beschloss, seine Männer vom Tal abzuziehen, auch wenn man uns bereits berichtet hatte, ihr wärt nur wenige Tagesmärsche von hier entfernt.« Er blickte mit sichtlicher Erleichterung in die Runde, was Marcus glaubwürdig erschien, und breitete dann die Hände in Richtung der versammelten Männer aus. »Doch nun seid ihr hier. Alburnus Major ist wieder sicher und, wie es scheint, gerade zur rechten Zeit, wenn man eure Begegnung mit feindlichen Spähern gestern auf der Straße in Betracht zieht. Darf ich fragen, wie ihr meinen Goldminen die angemessene Sicherheit zukommen lassen wollt? Was sind eure Pläne?«

Diese Frage war an Belletor gerichtet, der kurz zusammenzuckte und dann sein bärtiges Kinn kratzte, als sei er tief in Gedanken versunken. »Nun ja…«

Die Stille, die auf seine Worte folgte, währte lange genug, um fast peinlich zu wirken, doch gerade als die anderen Männer überlegten, wie sie am besten das Wort ergreifen konnten, ohne dabei den jungen Tribun wie einen Narren aussehen zu lassen, wurde das Schweigen von Scaurus' Stimme durchbrochen.

»Ich vermute, die Nachdenklichkeit meines Kameraden ist seinem Wunsch geschuldet, die vorherigen Verteidiger der Anlage trotz ihrer Abwesenheit nicht zu beschämen. Gehe ich recht in der Annahme, dass die Dreizehnte Legion Gemina bis vor kurzem für die Verteidigung des Tals verantwortlich war?«

Der Prokurator nickte vielsagend, und Belletors Gesicht nahm einen angemessen gleichmütigen Ausdruck an ... so, als habe er tatsächlich nach den richtigen Worten gesucht, die mangelnde Verteidigung des Bergwerks zu kritisieren, ohne seine Vorgänger bloßzustellen.

»Richtig, Tribun Scaurus. Euer Vorgesetzter tut gut daran, sich über ihre Handlungsweise nicht beleidigend zu äußern, auch wenn sie gerade nicht anwesend sind. Dennoch muss ich anmerken: Als die Truppeneinheit zur Verstärkung der anderen Legionskohorten nach Apulum abbeordert wurde, ließ sie uns nicht nur ohne Soldaten, sondern auch ohne eine vernünftige Verteidigungsanlage zurück, die das Gold des Kaisers gegen die Sarmaten hätte sichern können. Mir blieben nur die paar Männer, die mit der Bewachung meiner Schatzkammer betraut sind.«

Scaurus nickte verständnisvoll. »Ich denke, in dem Wissen, dass wir nur einige Tage entfernt waren, befand der Legat, der die Dreizehnte befehligt, er könne dieses Risiko eingehen. Ich nehme an, ihr habt von den nördlichen und westlichen Hügeln keine Anzeichen von Bedrohung bemerkt?« Maximus verneinte kopfschüttelnd. »Das dachte ich mir. Dies bedeutet, dass der Hauptteil der feindlichen Kräfte noch in einiger Entfernung weilt, sodass sie sich damit begnügt haben, die Gegend rund um das Tal auszuspähen. Daher glaube ich, dass wir zunächst Tribun Belletors Absicht umsetzen sollten, dem Tal die bestmögliche Verteidigung zu gewährleisten. Der Tribun und ich haben diese Frage gestern ausführlich diskutiert, und ich bin vollumfänglich mit seinen Plänen einverstanden. Vielleicht darf ich deine Gedanken diesbezüglich zusammenfassen, Domitius Belletor?«

Marcus schoss einen Blick zu Cattanius hinüber, doch der

Soldat hielt sein Gesicht völlig ausdruckslos. Arminius hatte ihm erzählt, dass Scaurus mit dem Beauftragten der Legion bis lange nach dem Anzünden der Lampen diskutiert hatte, um so viele Informationen wie möglich über die Vorkehrungen und Notfallpläne der vorherigen Garnison zu erhalten. Der Benefiziarier war sich mit Sicherheit bewusst, dass seine Antworten als Grundlage für die Überlegungen des Tribuns dienten.

Belletor nickte indessen freundlich, und über sein Antlitz huschte ein Hauch von Erleichterung. »Sehr gerne, Kamerad.«

Scaurus' Gesicht nahm einen konzentrierten Ausdruck an, und die Männer drängten sich etwas näher an ihn heran, da alle instinktiv spürten, wer die eigentliche militärische Autorität in diesem Raum war.

»Einfach ausgedrückt, ist die Anlage ein vier Meilen langes Tal, dessen Ausgänge auf der einen Seite offen sind, das auf der anderen hingegen von zwei hintereinander liegenden Bergen verschlossen wird, die sich mehr als dreihundert Meter über die Ebene erheben. Die Talwände sind ungefähr ebenso hoch, und es scheint nur eine gangbare Wegstrecke ins Tal zu geben. Die anderen beiden Zugänge führen entweder aus westlicher Richtung über die Straße auf dem Talboden entlang oder über die Gipfel die steilen Talwände hinunter. Letztere sind leicht zu verteidigen, zumal man die Herankommenden schon von weitem sehen würde. Weiterhin ist von Bedeutung, dass die Förderarbeiten hauptsächlich in der Bergregion am verschlossenen, östlichen Talausgang verrichtet werden.«

Prokurator Maximus nickte zustimmend. »Das ist richtig, Tribun. Ebenso hatte es der Tribun der Dreizehnten Legion ausgedrückt.«

»Das heißt, dass wir zwei Hauptmaßnahmen zur Verteidigung treffen müssen. Zunächst müssen wir uns bereitmachen, einen starken Ansturm über den Talboden zurückschlagen zu können. Die Sarmaten werden wohl mehrere tausend Männer zusammentrommeln können, um eine so kostbare Örtlichkeit zu erobern. Viele von ihnen werden zu Pferd anrücken, und wir müssen imstande sein, sie allein mit den vier Kohorten zu schlagen, die ihr heute Nachmittag die Straße heraufziehen gesehen habt. Leider werden keine weiteren Kräfte zu diesem freudigen Anlass hinzustoßen. Dies bedeutet, dass wir am günstigsten Punkt des Tales einen Wall errichten müssen, Prokurator. Und zwar einen Wall, der hoch genug ist, um ohne Leitern nicht bezwungen werden zu können, außerdem mit Pfählen ausgestattet, damit eine relativ kleine Anzahl von Männern ein Vielfaches ihrer eigenen Einsatzstärke abwehren kann. Nachdem das Tal geradezu vor starken Männern strotzt, gehe ich davon aus, dass eine solche Baumaßnahme euch nicht zu sehr beanspruchen würde?«

Der Prokurator runzelte angesichts dieses Vorschlags die Stirn. »Ich weiß nicht, ob die Geschäftsleute, die im Auftrag des Kaisers das Gold aus den Minen abbauen, es gern sehen, dass ihre Arbeiter von deren eigentlicher Tätigkeit abgezogen werden. Ganz zu schweigen von den Einbußen, die dadurch sowohl für sie selbst als auch für das Imperium entstünden.«

Scaurus verzog sein Gesicht zu einem grimmigen Lächeln. »Da hast du mit Sicherheit recht. Doch wie Tribun Belletor erst gestern Nachmittag betonte, als wir in eure Anlage einmarschierten, wäre es gewiss vorteilhafter, den Ertrag einiger Tage einzubüßen, als das gesamte Bergwerk zu verlieren. Von den Menschenleben, unsere eingeschlossen, ganz zu schweigen. Stimmst du dem nicht zu? Der Tribun erläuterte weiterhin, dass der Verlust des Bergwerkes für die Minenverantwortlichen nur auf zweierlei Arten vonstattengehen könnte: Entweder sie sterben im Akt der Verteidigung, oder es droht ihnen ein wesentlich langwierigerer Tod durch die Hände eines enttäuschten Imperiums. Ich muss zugeben, dass seine Schlussfolgerung mir durchaus logisch erscheint.«

Belletor warf ihm einen erstaunten Blick zu, zog es aber vor, den Mund zu halten. Das Netz der Täuschung, das Scaurus aus den angeblichen Sichtweisen seines Vorgesetzten bezüglich der Verteidigung der Goldmine gesponnen hatte, hatte sich bereits viel zu fest zusammengezogen, als dass Belletor ihm hätte entrinnen können. Damit wäre er in größere Verlegenheit geraten, als seine Würde hätte ertragen können. Scaurus wiederum nutzte die Gelegenheit weidlich aus, um dem Prokurator klarzumachen, wer die oberste Befehlsgewalt über das Bergwerk und dessen Erträge innehatte.

»Abgesehen davon bin ich mir sicher, ihr verfügt über etwaige Druckmittel bei den Männern, die ihr mit der Förderung des kaiserlichen Goldes beauftragt habt, oder? Vielleicht könntest du diesen Geschäftsleuten zu verstehen geben, dass ihre Konten schon seit langem sorgfältig überprüft werden sollten, aber natürlich würde die aktuelle Dringlichkeit, ihre Investitionen zu verteidigen, eine derartige Untersuchung überflüssig machen.« Er hob eine Augenbraue und sah den Prokurator fragend an. »Ich vermute, es gäbe eine Vielzahl strikter Strafmaßnahmen, falls herauskäme, dass einer oder gar mehrere dieser Herren mehr Geld in ihre Hände gebracht haben, als ihnen anteilmäßig zusteht. Ich kann versichern, mein Kamerad Domitius Belletor würde mehr als verständnisvoll reagieren, falls ihr ihn unter diesen Umständen um Hilfe bei der Durchsetzung der kaiserlichen Justiz bitten solltet.«

Nachdem ihm kaum etwas anderes übrig blieb, drückte Tribun Belletor nickend sein vollstes Einverständnis mit seinem Kameraden aus. Scaurus blickte dem Prokurator in die Augen und wartete lange, bis sein Gegenüber endlich mit einem leichten Kopfnicken zustimmte.

»Also gut, dann ist das abgemacht. Während eure Geschäftspartner unseren Leuten also dabei helfen, einen Wall nach unseren Vorgaben zu errichten, werden die übrigen Arbeitskräfte Reparaturen an den baufälligen Kasernen vornehmen, damit meine Männer aus ihren Feldzelten heraus und in etwas stabilere Behausungen kommen. Wir werden mehrere Dutzend Holzöfen brauchen, die eure Schmiede wohl rasch herstellen können, da sie im Augenblick keine Bergbauwerkzeuge anzufertigen oder zu reparieren haben. Die Soldaten, die keine eigenen Unterkünfte instand setzen müssen, können derweil Dienst an den Wachposten auf den Berggipfeln verrichten und Ausschau halten, ob an den Talwänden irgendwelche Anzeichen eines Angriffs durch die Sarmaten zu entdecken sind, wenngleich mir das kaum denkbar erscheint. Wir werden im Handumdrehen eure Anlage nach außen absichern und so fest zuschnüren, als handle es sich dabei um das Mieder einer keuschen Jungfrau.«

Er wandte sich wieder zu Belletor, dessen Gesichtsausdruck von gebieterischem Gleichmut allmählich ins Verwirrte wechselte, als er sah, wie sein eigentlich untergeordneter Offizier die Kontrolle über die Situation an sich gerissen hatte.

»Ich habe deine Gedanken doch korrekt zusammengefasst, Kamerad?«

Nachdem er keine andere Wahl hatte, nickte der junge Mann freundlich, obgleich über sein Gesicht der Verdacht huschte, er sei manipuliert worden, ohne dass er genau verstand, wie oder warum.

Scaurus verbeugte sich respektvoll und wandte sich dann mit einem leisen Lächeln an Cattanius. »Es freut mich, dass ich deine Pläne deutlich machen konnte. Mit deiner Zustimmung könnten wir nun vielleicht den Benefiziarier darum bitten, uns Genaueres über den Feind zu sagen, dem wir bald gegenüberstehen werden?«

Belletor nickte erneut, und seine Stirn runzelte sich stärker, da er nun endlich verstanden hatte, dass ihm die Unterredung völlig entglitten war. Sein Kamerad Sigilis war offensichtlich schwer bemüht, seine Miene unter Kontrolle zu halten, doch Marcus hatte gesehen, wie ihm ein Ausdruck der Verachtung übers Gesicht gehuscht war, obgleich der junge Mann versuchte, sowohl den Blicken von Belletor als auch denen von Scaurus auszuweichen.

Cattanius trat vor, räusperte sich und schien keine Verlegenheit angesichts der vielen Zuhörer oder deren Rang zu verspüren. »Geehrte Anwesende, ihr solltet euch keiner Täuschung hingeben, unsere Feinde stammen aus einem stolzen und edlen Volk. Daher warne ich euch: Wenn wir ihnen erlauben, ihre Beweglichkeit zu nutzen und auf die ihnen liebste Weise zu kämpfen, sehen wir einer fast sicheren Niederlage ins Auge. Ihre Männer sind geschickte Reiter, die sozusagen im Sattel aufgewachsen sind, und tragen lange Stichwaffen, die sie Contus-Lanzen nennen. In sicherer Schlachtaufstellung haben unsere Legionäre eine Chance gegen sie, doch auf ungünstigem Gelände oder falls unsere Formation von ihren Bogenschützen aufgebrochen wird, ist dieser Feind absolut tödlich. Ihr Heldenmut hat den letzten Kaiser derart beeindruckt, dass er eine Streitmacht von der

Stärke einer Legion aus solchen Lanzenträgern zusammenstellte und diese nach Britannien schickte — als Teil des Friedensabkommens, nachdem wir sie bei der Schlacht am gefrorenen Fluss besiegt hatten. Nun sieht es aber so aus, dass ein Teil des Volkes beschlossen hat, diesem Abkommen den Rücken zu kehren und erneut Krieg gegen uns zu führen.«

Cattanius erzählte den versammelten Offizieren dann dieselbe Geschichte der zwei dakischen Stammeskönige Purta und Boraz, die er am Abend zuvor bereits Scaurus geschildert hatte. Allerdings fiel dem Tribun auf, dass er keine Andeutungen darüber machte, auf welche Weise ihm diese Informationen zugekommen waren.

»Unsere Spione sagen, Purta versammle hinter den Bergen nordwestlich der Festung von Porolissum eine Streitmacht von dreißigtausend Mann. Unsere Hilfsfestungen längs der Grenze werden wohl ihre ersten Angriffsziele sein. Danach werden sie voraussichtlich die Straße nach Südosten herabziehen und die Legionen eine nach der anderen überfallen. Der Statthalter hat angeordnet, dass unsere zwei dakischen Legionen unter keinen Umständen getrennt werden dürfen, um sie nicht zu verlieren. Es scheint ihm lieber zu sein, eroberte Gebiete aufzugeben, als seine Streitmacht auseinanderzureißen.«

»Und die Goldmine? Will er die auch aufgeben?«

Cattanius schüttelte den Kopf und warf Scaurus einen entschuldigenden Blick zu. »Falls er dazu eine Meinung haben sollte, wollte Legat Albinus diese nicht mit mir teilen, Tribun. Allerdings hat er mir erzählt, dass das von Boraz angeführte Heer, das sich auf unser Tal zubewegt, im Vergleich zur Streitmacht von Purta relativ schwach erscheint. Man geht davon aus, dass ihr die Barbaren ohne größere Schwierigkeiten abwehren könnt, insbesondere in Anbetracht der günstigen Geländeverhältnisse.« Er blickte zu Scaurus hinüber. »Der Legat fügte aber an, dass im gegenteiligen Fall Albinus Major sicher leicht zurückerobert werden könnte, sobald die Hauptstreitmacht unter Purtas Führung geschlagen ist. Wörtlich hat er es so ausgedrückt: ›Die Sarmaten können ja wohl kaum die Berge abtransportieren, nicht wahr?‹«

Scaurus wandte sich mit ironischem Lächeln an Belletor. »Na, dann haben wir wohl keinen Druck, was, Tribun? Es sollte doch recht einfach für uns sein, den Kampf zu gewinnen, und falls nicht, übernehmen die Legionen gerne die Aufräumarbeiten. Wir würden dabei nicht mehr verlieren als unseren guten Ruf. Abgesehen von unserem Leben, natürlich.«

»Götter der Unterwelt! Jetzt verstehe ich, warum die Jungs von der Dreizehnten so begierig darauf waren, bei der erstbesten Gelegenheit von hier zu verschwinden.«

Marcus blickte den Hügel zu seinem sich abrackernden Standartenträger hinab und grinste, als er dessen gerötetes Gesicht und die aufgeblasenen Backen sah. Der Rest der Zenturie war über den Abhang verteilt und kletterte hinter Morban her, der sie zu ihrer morgendlichen Arbeitsstätte führte. Rechts von ihnen erhob sich der Berg, den die Minenarbeiter »Die Rotunde« nannten, während die linke Talseite von einem langen, steil abschüssigen und leicht zu verteidigenden Höhenzug gebildet wurde. Vor ihnen jedoch, zwischen dem Berg und dem Höhenzug, lag eine etwa dreihundert Schritt weite Ebene, die »Der Sattel« getauft worden war und für eine angreifende Streitmacht einen leichten Zugang zum Tal darstellte. Die Fünfte Zenturie war beauftragt worden,

den Beobachtungsposten zu erkunden, der zur Bewachung der Talebene errichtet worden war, und frühzeitig Alarm zu schlagen, falls sich jemand von Norden her nähern sollte.

»Erst ein gutes Frühstück, dann ein netter Spaziergang über die Hügel. Was könnte es Schöneres für einen Mann geben, Standartenträger?«

Morban starrte ungläubig zu ihm hoch. »Wo soll ich da anfangen, Zenturio? Es wäre nett gewesen, wenn ich nach dem ersten Pups eines Spatzen noch etwas länger hätte im Bett bleiben können. Ein etwas reichhaltigeres Frühstück als ein trockenes Stück Brot und eine Scheibe Schweinefleisch von gestern mit gerade einmal etwas Wasser zum Hinunterspülen wäre noch schöner gewesen. Und dann…« Er machte eine kurze Pause zum Atemholen, bevor er weiter den Hügel hinaufstapfte und seine Füße in den Boden rammte, um im abschüssigen Gras nicht auszurutschen. »Und dann wäre ich gerne eine kleine Weile in Gesellschaft einiger fachkundiger Damen gewesen und hätte mit ihnen ein oder zwei entspannte Stunden in einem privaten Badehaus verbracht. All dies zusammen hätte einen perfekten Morgen ergeben. Stattdessen schleppe ich mich einen Berg hinauf, umgeben von der hässlichsten Ansammlung von Soldaten, die mir seit Jahren untergekommen ist. Und das mit nicht nur einem, sondern gleich *drei* Zenturios, die offensichtlich alles daransetzen, jegliche Annehmlichkeit zunichtezumachen, die man sich in einer solchen Situation hätte gönnen können.«

Qadir zuckte die Achseln, und ein schmales Lächeln zog über sein ansonsten undurchdringliches Gesicht. »Standartenträger, ich habe lediglich deinen Kameraden gesagt, dass ich dich in regem Gespräch mit dem Benefiziarier Cattanius gesehen habe und du kurz darauf angefangen hast, Wetten darüber abzuschließen, wie lange wir brauchen würden, um den Beobachtungsposten zu erreichen.«

Morban schnaubte, schob seine Unterlippe vor und ignorierte den Kommentar seines hämischen Zenturios, um sich ganz auf den Anstieg zu konzentrieren.

Dubnus zog die Brauen hoch und senkte verschwörerisch die Stimme. »Was ist denn mit Morban los? Seit wann ist er um eine Antwort verlegen? Ich sollte wohl öfter zu Cocidius beten, wenn er meine Anliegen so überaus gefällig erfüllt.«

Der Standartenträger kletterte weiter, schoss aber über die Schulter einen bitteren Kommentar zurück. »Das habe ich gehört! Du bist ein grausamer Mann, Dubnus. Immerhin haben wir früher zusammen gedient.«

Der stämmige Britannier lachte hämisch. »Ha! Von ›zusammen‹ kann nicht wirklich die Rede sein, wenn man in Betracht zieht, wie oft du meinen Geldbeutel mit jeder Art von Wetten erleichtert hast. Du hast sogar Wetten darüber abgeschlossen, wie lange ich außer Gefecht bleiben würde, nachdem ich letztes Jahr den Speer eines Barbaren zu spüren bekommen habe.«

Morban zog mit angewiderter Miene die Brauen hoch. »Richtig. Und bei genau dieser Wette habe ich aufgrund deines unverschämt guten Gesundheitszustands Geld verloren, weil du es ja so eilig hattest, dir wieder eine Zenturie unter den Nagel zu reißen.«

Marcus führte seine Pfeife an den Mund und blies einen kurzen Ton. »Fünfte Zenturie, formiert euch zur Kampfreihe! Wir werden den Rest des Anstiegs in Angriffsbereitschaft vornehmen.« Schnell bildeten die Soldaten zwei Reihen dicht hintereinander, und die Männer der vorderen Reihe traten vor. Unwillig starrten sie zum Gipfel des

Berges empor, setzten ihre Helme auf und lösten die Gurte der Schilde, die sie auf dem Rücken trugen. Im Zeitraum von nur einem Dutzend Herzschlägen hatte sich die Zenturie aus einer Reihe von einzelnen Soldaten in eine seelenlose Tötungsmaschine verwandelt, denn die Männer verbargen sich hinter ihren mehrlagigen Schilden aus Eisen und Holz, und nur die rasiermesserscharfen Speerspitzen ragten hervor. Größtenteils handelte es sich um ältere, gestählte Soldaten, deren Arme und Gesichter von Narben übersät waren, die sie sich im Jahr zuvor bei einer Reihe blutiger Schlachten in Britannien zugezogen hatten. Marcus wusste aus Erfahrung, dass diese Männer aufstehen und kämpfen würden, ohne sich Gedanken über ihre Siegeschancen zu machen. Überdies wussten sie genau, dass ein Weglaufen schlimmer als jede Gefahr wäre, die sie zu bezwingen hatten. Marcus platzierte sich vor ihnen und zeigte den Hügel zu dem hölzernen Wachturm hinauf, der rund zweihundert Schritte vor ihnen lag und dessen Dach zeitweise von grauen, schnell dahinjagenden Wolken verborgen wurde.

»Vorwärts, marsch!«

Die Fünfte Zenturie folgte ihrem Zenturio den Rest des Hügels hinauf. Für alle außer Morban war es das erste Mal, dass sie unter Marcus' Führung eine womöglich kriegerische Auseinandersetzung zu bestehen hatten, und jeder Einzelne hielt seinen Speer bereit, um diesen auf Anweisung des jungen Offiziers auf etwaige Feinde zu schleudern oder sie zu erstechen. Während Marcus sie in unsichere Höhen hinaufführte und sie schließlich den Bergkamm erreichten, sahen sie, dass der Wachposten nicht besetzt war, und hörten die Holzbalken im sanften Wehen des unaufhörlichen Windes knarren. Der Posten war direkt unter dem Gipfel in

einer Mulde errichtet worden, wodurch er von einem Großteil des gröbsten Windes verschont blieb und beobachtende
Blicke vom gegenüberliegenden Hügel abgeschirmt wurden.
Er bestand aus einem Holzturm, der sich viereinhalb Meter
über den Boden erhob und den Wachen eine gute Sicht über
das gesamte Gelände unterhalb der Bergspitze gewährte.

»Halt! Verteidigungsstellung, auf die Knie!«

Die Soldaten stützten sich auf Marcus' Geheiß sogleich
auf ein Knie, hielten ihre Schilde auf das vordere, gebeugte
Bein gestützt und neigten die Köpfe, sodass ihr einziger ver-
wundbarer Punkt der dünne Sichtschlitz zwischen Schild
und Augenschirm war. Quintus, der hinter der Zenturie
stand, runzelte die Stirn, und die Soldaten tauschten verwirrte Blicke, denn es erschien ihnen ungewöhnlich, dass sie
bereits fünfzig Schritte vor dem Wachgebäude in Abwehr-
stellung gebracht wurden.

»Optio!« Quintus trat durch die Reihen von Soldaten hindurch und salutierte vor dem Zenturio. »Halte die Fünfte in
Verteidigungsstellung und warte auf neue Befehle von mir.
Solltest du irgendetwas hören oder sehen, was darauf hin-
deutet, dass ich Kontakt mit Feinden habe, entscheidest du
selbst, ob Angriff oder ein kämpfender Rückzug die bessere
Strategie ist. In jedem Fall musst du sicherstellen, dass alles,
was nun geschieht, dem Tribun zu Ohren kommt. Hast du
verstanden?«

Der Optio nickte. »Willst du dich dem allein aussetzen,
Zenturio?«

Lächelnd schüttelte Marcus den Kopf. »Nicht ganz. Männer, wie sieht's aus?« Dubnus und Qadir traten vor, und beide
hatten ihre Schwerter gezogen. »Ich bezweifle, dass sich
irgendjemand in einem Umkreis von hundert Meilen befin-

det. Dennoch war der Wachposten so lange unbesetzt, dass ich nicht einfach hineinpoltern und nachsehen werde, was uns dort erwarten könnte. Arabus!«

Der Späher trat hinter der Zenturie hervor, wo er still auf seinen Einsatz gewartet hatte. Er war ein ausgebildeter Späher und Fährtenleser, der in den bewaldeten Hügeln des Arduinna-Forstes in Germanien aufgewachsen war. Marcus hatte ihn gefangen genommen, als dieser ihn umzubringen versuchte, und es war ihm gelungen, ihn zum Dienst für die Kohorte zu überreden, indem er ihm offenbarte, dass sein eigener Sohn als Menschenopfer getötet worden war – und zwar vom selben Banditenführer, der ihn angeheuert hatte. Auch die geschicktesten barbarischen Späher der Kohorte räumten ein, dass Arabus der Beste von ihnen war, da er nicht nur meisterhaft Fährten lesen konnte, sondern auch die Kunst beherrschte zu sehen, ohne selbst gesehen zu werden. Überdies war er ein tödlicher Gegner, der seine Stöße mit einer kurzen Klinge ausführte. Als die Tungrer aus dem Arduinna-Gebiet fortgezogen waren, hatte er beschlossen, lieber mit ihnen zu gehen, als in den Wald zurückzukehren. Er hatte gegenüber dem jungen Zenturio angedeutet, dass es nach dem Tod seiner Familie durch den Räuberhauptmann Obduro nichts mehr gebe, was ihn dort halten würde. Der Römer zeigte auf den Berg, und der Späher nickte. Leise rannte er die Steigung hinauf und zog verwirrte Blicke von den Soldaten auf sich, als er rechts an der Zenturie vorbeilief und zielstrebig auf eine Einkerbung zuhielt, die den Bergkopf kreuzte. Erst auf Händen und Knien, dann ganz am Boden im feuchten Gras, kroch er wie ein Wurm vorwärts, glitt in die Deckung der Einkerbung und entschwand aus ihrem Blickfeld.

Marcus führte seine Zenturionen-Kameraden voran. Er hatte nur eines seiner Schwerter gezogen, nämlich die grausam scharfe, schillernde Spatha, die er bei einem Waffenschmied in Tungrorum, der Heimatstadt der Tungrer, erstanden hatte. Die Waffe hatte ihn einen derart hohen Preis gekostet, dass seine Kameraden ungläubig die Köpfe geschüttelt hatten – bis sie die tödliche Klinge des Schwertes zu Gesicht bekamen und merkten, wie unglaublich schnell sich das leichte, biegsame Schwert schwingen ließ. Abwägend legte Marcus seine Hand auf den adlerkopfförmigen Schwertknauf seines Gladius, der ihm von seinem leiblichen Vater hinterlassen worden war – dann aber besann er sich eines Besseren und ließ das Kurzschwert in der Scheide. Die drei Zenturios bewegten sich rasch und gaben etwaigen Feinden, die ihnen im Wachposten hätten auflauern können, kaum Zeit zu reagieren. Dubnus und Qadir postierten sich zu beiden Seiten ihres Kameraden, während Marcus zum Haupttor des Gebäudes rannte, seinen Körper flach an das raue Holz drückte und aufmerksam lauschte. Allerdings gab es außer dem sanften Flüstern des Windes und einem gelegentlichen Knarzen des Holzgebälks nichts zu hören. Marcus setzte seinen Stiefelabsatz auf den Klemmkeil, der das Haupttor des Wachturms verschlossen hielt, atmete langsam tief ein, zog den Gladius des Legaten aus der Scheide und genoss das Gefühl, das die zwei Klingen in seinen geschickten Händen hinterließen.

»Los!«

Er stieß den Keil mit dem Fuß weg, riss das Tor auf und hechtete blitzschnell durch die Öffnung, um den Gefahrenmoment, wenn sich seine Gestalt im taghellen Rechteck des Eingangs abzeichnete, so kurz wie möglich zu halten. Er hielt die Schwerter in den düsteren Wachraum gerichtet und wandte sich um, um mögliche Bewegungen an der Rückwand aufzuspüren.

»Nichts. Außerdem könntest du es unterlassen, dieses Schwert so lustvoll auf mich zu richten, danke.«

Dubnus trat mit geringschätzigem Blick aus dem Schatten heraus, während Qadir den Holzplankenboden des Wachpostens kritisch untersuchte.

»Da ist nichts. Kein Dreck, keine Stiefelabdrücke. Nicht mal der Staub ist bewegt worden. Es war also entweder keiner hier drin, oder es war jemand, der ausgesprochen geschickt ist, die Spuren seiner Anwesenheit zu verwischen.«

Marcus nickte und wandte sich zu der Holzleiter ins obere Geschoss des Wachturms. Langsam stieg er hinauf und hielt dabei sein Schwert vor dem Körper. Als er in die kalte Morgenluft hinaustrat, duckte er sich, um sich vor etwaigen Beobachtern zu verbergen. Dann blickte er durch die Sichtschlitze der Aussichtsplattform und sah unten seine Fünfte Zenturie, die noch immer in Verteidigungsformation kniete, um gemäß seinen Anweisungen bereit zum Kampf oder zum Rückzug zu sein. Als er auf der anderen Seite des Turms ankam, öffnete sich vor ihm eine völlig freie Sicht über den sanften nördlichen Abhang des Hügels, der rund dreihundert Schritte maß. Dahinter befand sich offenes Gelände, das bis zum Rand des Waldes reichte. Vorsichtig kletterte er die Leiter wieder hinab, trat aus dem Gebäude und sah, dass Arabus dort auf ihn wartete.

Der Späher verbeugte sich und zeigte in Richtung Norden. »Wie du vermutet hast, Zenturio: Es gibt Fußspuren weiter unten am Abhang, überdies Abdrücke von Pferdehufen. Berittene Männer waren hier, und das vor weniger als einem Tag. In den Bäumen konnte ich keine Spuren von ihnen entdecken, und es regt sich auch nichts. Mit Sicherheit aber hat sich jemand hier befunden, als wir gestern das Tal hinaufmarschierten.«

Am Talgrund, gute fünfhundert Meter unter ihnen, sah Julius, wie seine Zenturien sich die Berghänge hinaufquälten, die sie auf drei Seiten umgaben. Zufrieden nickte er, als sie sich ihren einstweiligen Zielorten näherten.

»Gut so. Jetzt, wo wir ein paar Männer oben auf den Hügeln haben, können wir ein wenig aufatmen.«

Neben ihm stieß Scaurus ein zustimmendes Knurren aus. »In der Tat. Es wird kompliziert genug, dieses Tal zu verteidigen, auch ohne dass wir das Risiko eingehen, von Pfeilen aus der Höhe beschossen zu werden. Oder feststellen müssen, dass unser Feind einen Weg gefunden hat, unseren Wall strategisch zu umgehen.«

Der Exerzierplatz vor ihnen war wie leergefegt. Nur ein paar Dutzend Veteranen aus Scaurus' Zweiter Tungrischer Kohorte warteten in bequemer Stellung auf einer Seite. Jetzt, da die Erste Kohorte damit beschäftigt war, die Berghügel seitlich des Tales wieder zu besetzen, hatte Scaurus die Hälfte der verbleibenden Zweiten Kohorte unter dem Kommando ihres neuen Ersten Speers zur Straße hinuntergeschickt. Sie sollten den Grundriss des Verteidigungswalles anlegen, den er an der schmalsten Stelle des Tals errichten wollte.

»Du bist vielleicht kein Baumeister, alter Junge, aber du hast genügend Verstand, um den günstigsten Ort zur Abwehr eines berittenen Angriffs auszuwählen.« Nachdem die Unterredung in der Kommandostelle beendet war, hatte Julius seinen Kameraden Tertius zur Seite genommen und über das

Tal gedeutet. »Such dir einfach den schmalsten Punkt aus, bestenfalls mit einem netten kleinen Abhang vor der Verteidigungslinie, dann errichten wir einen Wall und sorgen dafür, dass noch etwas Wasser hinabgeleitet wird.« Er zeigte in die Ferne, wo ein riesiger Felshang vor dem östlichen Berggipfel das äußerste Talende verschloss. »Wir wollen ja nicht, dass die Anstrengungen von Sergius dort oben uns letztlich eine riesige Blutlache auf *unserer* Seite bescheren, oder?«

Die Soldaten der Ersten Kohorte Minervia rackerten sich am Fuß des östlichen Berghangs ab und entfernten voller Elan den Pflanzenbewuchs, um einen Abfluss aus einem recht großen See zu schaffen, der hinter ihnen hoch oben über dem Tal lag.

Julius sah sich mit einem zufriedenen Lächeln um. »Gib mir einen Monat Zeit, und ich könnte diesen Ort praktisch uneinnehmbar machen – außer man käme mit drei oder mehr Legionen; und auch dann würden sie einen hohen Preis für ihren Wagemut bezahlen.«

Scaurus hob fragend eine Augenbraue. »Einen Monat? Wie es aussieht, hast du im Glücksfall gerade mal zwei oder drei Tage, bevor eine Streitmacht von gut zwei Legionen diesen Hügel heraufdonnern wird. Was, glaubst du, kannst du in dieser kurzen Zeit ausrichten?«

Julius wollte gerade antworten, als die ersten Minenarbeiter auftauchten und in einer langen Reihe in Richtung des Exerziergeländes schritten. Sie versammelten sich auf dem flachen, offenen Platz, bis dieser und der Abhang darüber gefüllt waren. Der Lärm ihrer Gespräche war so laut, dass die beiden Männer ihre Stimme erheben mussten, um sich zu verständigen. Als Scaurus glaubte, dass keine weiteren Männer mehr kommen würden, wies er seine Trompeter an, einen langen, durchdringenden Ton zu blasen. Das Signal ihrer Hörner wurde von den felsigen Berghängen zurückgeworfen, die Grubenarbeiter verstummten und starrten auf den Tribun, der vor die Menge trat. Er räusperte sich und rief dann eine Frage in die Menschenansammlung hinein.

»Wo sind die Grubenbesitzer? Soweit ich weiß, gibt es drei von ihnen!«

Ein Mann mit schütterem Haar trat aus der Menge. Seine Kleider waren nicht nur sauberer, sondern auch gediegener als die seiner Kameraden. »Mein Name ist Felix. Mir gehört die Mine Gespaltener Fels.«

Er zeigte in westlicher Richtung ins Tal hinunter, worauf Scaurus einen vielsagenden Blick mit Julius wechselte, der die Achseln zuckte.

»Ich danke dir, Felix. Wer noch?« Ein zweiter Mann trat aus der Menge, doch im Gegensatz zu seinem Kameraden, der erst kürzlich gebadet hatte und in edles Tuch gekleidet war, trug dieser Mann die gleiche schwere, schmutzige Kleidung wie alle anderen. »Euer Name?«

»Lartius, mein Herr.«

Scaurus nickte, und sein Gesicht verzog sich zu einem kleinen Lächeln. »*Tribun* reicht, Lartius, danke. Welche Grube gehört euch?«

»Die Rotunde, mein... Tribun. Sie liegt am südlichen Abhang dieses Berges.« Er zeigte auf den nördlichen Berg, der von einer abgerundeten Kuppe gekrönt war.

»Ich verstehe. Dann fehlt also noch einer von euch. Muss ich jetzt...?«

Er brach mitten im Satz ab und hob fragend die Brauen, als eine Frau Mitte dreißig aus dem Schutz der sie umgebenden Männer hervortrat und ihm zum Gruß flüchtig zunickte. Sie trug graue, praktische Kleidung, die eher der Bequemlichkeit als dem äußeren Erscheinungsbild diente. Trotzdem brachten die Soldaten hinter Scaurus sogleich ihre Wertschätzung zu Gehör, sodass Julius sich umdrehte und sie mit scharfem Blick und einem vielsagenden Klopfen des Rebstocks gegen seinen Brustharnisch zum Schweigen brachte. Sie wartete, bis das Gewirr von Männerstimmen verstummt war, und strich sich dann eine Strähne ihrer hellbraunen Haarpracht zurück. Der Tribun spürte sofort, dass die Geste künstlich wirkte, dennoch reagierte er körperlich auf ihre offen zur Schau getragene sexuelle Ausstrahlung.

»Guten Morgen, Domina. Wer bist du?«

»Theodora, Tribun.«

»Theodora? Aus dem Griechischen?«

Die Frau nickte, und die großen Goldscheiben, die von ihren Ohren herabhingen, schaukelten. »Es bedeutet ›Gottesgeschenk‹. So zumindest hat es mir mein Vater übersetzt, als ich noch klein war und jedes Wort glaubte, das aus seinem Munde kam. Mir gehört die Grube Rabenkopf an der südlichen Talseite unterhalb des Felshangs, der denselben Namen trägt.« Sie zeigte auf den markanten Felsen, der über dem Berg an der südlichen Talseite hing, und lächelte Scaurus an. Der Römer bemerkte, dass die Frau trotz ihres aggressiven Auftretens ein hübscheres Gesicht als all die anderen, verhärmt aussehenden Frauen hatte, denen er in der Bergbausiedlung begegnet war. Der Tribun ermahnte sich selbst, sie nicht anzustarren, obwohl er seit Monaten keinen so angenehmen Anblick genossen hatte. Vielmehr wandte er sich von den drei Grubenbesitzern ab und ging ein Dutzend Schritte. Dann drehte er sich wieder um und sprach erneut mit lauter Stimme über die Menschenmenge hinweg.

»Sehr gut, dann können wir also jetzt unser heutiges Tagesgeschäft in Angriff nehmen. Wie viele Männer haben wir deiner Schätzung nach hier, Erster Speer?«

Julius verzog das Gesicht, da er es gewohnt war, das Zählen von Männern in geordneten Reihen vorzunehmen. »Etwa dreitausend, Tribun.«

»Der Prokurator, der die Verantwortung für diese Anlage hat, berichtete aber, dass fast fünftausend Männer in den Gruben arbeiten. Wo ist der Rest eurer Leute?«

Keiner der drei Grubenbesitzer verzog eine Miene angesichts des scharfen Tons, mit dem Scaurus diese Frage gestellt hatte.

Theodora ergriff erneut das Wort, wobei sie mit der Hand auf die Talseiten deutete. »Auch wenn es nicht so aussieht, Tribun, sind diese Berge um uns herum nicht etwa trockene Felstürme. Vielmehr sind sie durchzogen von Bruchlinien und Verwerfungen, durch die das Wasser von oben durchsickert. Wenn wir die Gruben auch nur einen Tag unbeaufsichtigt ließen, würden die tieferen Lagen bis Kniehöhe unter Wasser stehen, und schon nach einer Woche wären sie nicht mehr zu gebrauchen. Die fehlenden Männer leisten also einen wesentlichen Beitrag, um die Förderstätten trocken zu halten und dafür zu sorgen, dass unsere Abwesenheit keine Probleme verursacht, bevor ihr unsere Männer dann wieder an ihre eigentliche Arbeit zurücklasst.«

Scaurus musterte Theodora einen Moment lang, um abzuschätzen, ob ihre Aussage der Wahrheit entsprach. »Tatsächlich erinnere ich mich daran, dass Prokurator Maximus die Notwendigkeit ständiger Wasserableitung erwähnt hat. Er sagte aber auch, dass es ein paar hundert Männer brauche, um die Minen trocken zu halten, nicht tausende. Sobald wir

diese Diskussion beendet haben und eure Männer sich an-
schicken, das Tal gegen die Sarmaten verteidigungsbereit zu
machen, werde ich mir eine der Goldminen aussuchen und
einen – wohlgemerkt unbeaufsichtigten – Rundgang vornehmen, um mir selbst ein Bild zu machen. Und ich versichere
dir, Domina: Sollte ich auch nur einem zehnjährigen Jungen
begegnen, der mit einem Löffelchen Gold schürft, werdet
ihr alle drei die bitteren Folgen der römischen Militärjustiz
zu spüren bekommen. Daher würde ich vorschlagen, dass ihr
alle ein paar Männer zu den Gruben entsendet und sicher-
stellt, dass mein Verbot wortwörtlich befolgt wird. Ich bin
fest entschlossen, jeden einzelnen Mann, der nicht dazu abgestellt ist, eure Investitionen vor dem Absaufen zu retten, hier
unter die Sonne zu bekommen, um unsere Verteidigungsanlagen aufzubauen – ob es euch passt oder nicht. Entweder
ihr macht dabei mit, oder ihr könnt nacheinander eine kleine
Auszeit *hier* genießen.« Scaurus deutete mit der Hand auf
den Pranger, der zur Vergegenwärtigung der allseits präsen-
ten römischen Militärdisziplin diente. »Dies mag zwar nicht
die beste Art sein, unsere hoffentlich kurze und produktive
Zusammenarbeit zu beginnen, doch ihr werdet alle drei je
fünf Peitschenschläge erdulden, falls sich auch nur einer von
euch meinen Anordnungen widersetzt.«

Lartius verzog den Mund zu einem schiefen Lächeln, wobei sein schwärzliches Gesicht von weißen Zähnen erhellt
wurde. »*Wenn* ihr uns erwischt.«

Achselzuckend lächelte Scaurus unnachgiebig und gnadenlos zurück. »Ihr könnt es ja darauf ankommen lassen. Falls
einer von euch mich herausfordert, werde ich dafür sorgen, dass ihr alle nackt und blutend vor euren Arbeitern am
Schandpfahl hängt. *Sobald* ich euch erwische.«

Felix trat vor und hatte das ruhelose, beschwichtigende Lächeln eines bankrotten Schuldners inmitten gewalttätiger Schuldeneintreiber aufgesetzt. Er deutete mit seiner fein manikürten Hand in Richtung der römischen Soldaten. »Dies kann leicht bewerkstelligt werden, Tribun. Ich bin mir sicher, dass deine Anweisung nur noch nicht in alle Abteilungen unserer Unternehmen vorgedrungen ist. Ihr erlaubt doch?«

Scaurus nickte großmütig, worauf Felix seine Kameraden wegzog und eine geflüsterte Unterredung folgte.

»Würdest du tatsächlich eine Frau an den Pranger stellen, Tribun?«

Diese leise von Julius gestellte Frage zauberte ein Lächeln auf Scaurus' Gesicht. Er drehte sich von den Minenarbeitern weg, um sicherzugehen, dass seine Antwort nicht mitgehört werden konnte.

»Nein. Zumindest nicht, solange ich nicht dazu gezwungen bin. Aber es geht ja darum, dass sie *glauben*, ich würde es tun, Erster Speer. Wenn wir vor diesen Männern – und, wie ich vermute, vor dieser Frau – die geringsten Anzeichen von Schwäche zeigen, werden sie uns behandeln wie Narren. Was wir hier in ihrer Welt wahrscheinlich auch sind. Was ich hier mache, Julius, ist Schwindel, also sollten wir hoffen, dass die drei zumindest vorläufig darauf hereinfallen. Ich wünschte nur, dieser Trottel von Maximus hätte uns vorgewarnt, dass eine Frau unter ihnen ist.«

Derweil nickten sich die Grubenbesitzer in gegenseitigem Einverständnis zu, wandten sich mit eiligen Anweisungen an ihre Hilfsarbeiter und traten dann wieder vor Scaurus.

»Tribun, es ist alles geregelt. Wir werden Boten zu unseren Goldminen schicken, um sicherzustellen, dass alle Männer, die nicht mit der Trockenlegung beschäftigt sind, sich an der Arbeit beteiligen, die ihr für uns vorgesehen habt.«

Scaurus nickte gnädig. »Eine weise Entscheidung, die uns hoffentlich vor unwürdigen Spektakeln schützt, die für niemanden hilfreich wären. Und jetzt zurück zu unserer eigentlichen Aufgabe. Zweifellos fragt ihr euch, was ihr und eure Leute zur Verteidigung der Minen beitragen könnt, das drei Kohorten gut ausgebildeter und voll ausgerüsteter Soldaten nicht zu leisten imstande sind. Meine Antwort darauf ist simpel: nichts. Was ihr aber tun könnt, ist, uns bei den Vorbereitungen zur Verteidigung des Tales und eurer Investitionen zu helfen, sodass wir diese in kürzerer Zeit bewerkstelligen können. Und Zeit, meine Freunde, ist in dieser Situation von grundlegender Bedeutung, denn, um es offen zu sagen, wir haben nicht sonderlich viel davon.«

Die drei Grubenbesitzer starrten den Tribun verständnislos an, und Julius bemerkte, dass sie nicht die leiseste Ahnung hatten, wovon Scaurus sprach. Also schüttelte der Tribun den Kopf und stieß eine leise Verwünschung gegen den abwesenden Prokurator aus.

»Wie ich sehe, wisst ihr nicht, worum es hier geht. Daher sollte ich euch wohl zuerst darüber aufklären, dass dieser Teil des Imperiums im Kriegszustand ist.«

»Mit wem?« Lartius hatte diese Frage laut und in ungläubigem Staunen gestellt. Seine großen, schmutzigen Hände waren weit ausgebreitet, und er schüttelte zweifelnd den Kopf. »Der einzige Grund, weshalb ich überhaupt die Goldmine in Besitz nahm, war die Tatsache, dass Prokurator Maximus mir versichert hatte, die Sarmaten stellten keine Gefahr mehr dar. Er sagte, die Legionen hätten sie völlig zerschlagen und einen Großteil ihrer Krieger in irgendein Dreckloch von

Insel am anderen Ende des Imperiums geschickt, um die Wilden dort unter Verschluss zu halten.«

Er hielt inne, als er ein wissendes Lächeln in Scaurus' Gesicht bemerkte.

»Genau das wird eines Tages in den Annalen der Geschichte stehen. Es wurden Siegesmünzen gestanzt, der selige Marcus Aurelius bekam den Beinamen ›Sarmaticus‹, ein Triumphzug durch Rom wurde abgehalten, und man erklärte öffentlich, die Gefahr durch die Sarmaten sei gebannt. Dennoch stehen wir hier und bereiten uns darauf vor, denselben Stamm erneut zu bekämpfen. Werden unsere Bemühungen aber je für die Nachwelt aufgezeichnet werden?« Er schüttelte lächelnd den Kopf. »Aufgrund der Tatsache, dass ein offizieller Krieg gegen die Sarmaten nicht möglich wäre, ohne den Ruhm des Vaters unseres jetzigen Kaisers zu schmälern, können wir davon ausgehen, dass alles, was hier geschehen wird, nur in Form einer ›Grenzstreitigkeit‹ in die Geschichte eingehen wird. Glaubt mir aber, wenn ich euch versichere, dass man in einem Scharmützel ebenso leicht zu Tode kommt wie in einem offiziellen Krieg. Diese Stammeskrieger meinen es ernst, weshalb wir uns gut vorbereiten sollten, sofern euch euer Leben lieb ist.« Er sah für einen Moment über die schweigende Menge hinweg. »Jetzt fragt ihr euch wohl: Auf was sollen wir uns vorbereiten? Ich werde es euch zeigen.«

Er machte eine Geste zu Julius hinüber, der wiederum seinem Optio zunickte. Vier Soldaten führten ein altes Maultier heran. Vorsichtig zog der Optio einen rot bemalten Pfeil aus dem Köcher, den sie einem der toten Sarmaten abgenommen hatten. Dann stieß er die gezackte Pfeilspitze aus Knochen tief in die Flanke des Tieres. Einen Augenblick lang schrie das Maultier nur unwillig auf und wehrte sich gegen die Seile, mit denen es angebunden war, doch schon nach wenigen Herzschlägen änderte sich sein Verhalten abrupt. Es stieß einen hohen, jaulenden Schmerzensschrei aus und wankte vom Optio weg zur Seite. Dann sank es mit rollenden Augen in die Knie, während die Giftmixtur, mit der die Pfeilspitze bestrichen war, ihre ganze Wirkung entfaltete. Zu guter Letzt fiel das Maultier zu Boden, wo es regungslos liegen blieb und keuchte, während blutiger Schaum aus seinem offenen Maul rann. Julius musste sich überwinden, das krampfgeschüttelte Tier überhaupt weiter anzusehen.

Scaurus griff nach dem Pfeil, den ihm sein Optio vorsichtig reichte, und hob diesen dann für alle sichtbar über den Kopf. »Dies, meine Freunde, ist das Ende, das uns erwartet, wenn die Sarmaten das Tal noch vor Fertigstellung der notwendigen Verteidigungsanlagen erreichen. Sie mischen Schlangengift mit frischem Kuhdung, stellen daraus eine Paste her, die eine Zeit lang ruhen muss, damit sich die Wirkstoffe der beiden Substanzen verbinden, und zuletzt streichen sie das Ganze auf knöcherne Pfeilspitzen, die das Gift gut aufsaugen. Meine Männer verfügen über Rüstungen und Schilde, ihr aber seid völlig ungeschützt. Wenn sie also derartige Pfeile über unsere Verteidigungswälle schießen, werdet *ihr* wohl die Ersten sein, die einen qualvollen Tod erleiden. Ihr und eure Familien. Und nachdem wir gerade von Familien sprechen: Solltet ihr Frauen haben, werden diese gewiss vergewaltigt werden und wahrscheinlich auch ebenso viele Männer. Danach werdet ihr in die Gruben verfrachtet, um Gold für eure neuen Herren zu fördern.«

Aus der sicheren Anonymität der Menge erhob sich eine Stimme. »Grubenarbeit? Was sollte daran so schrecklich sein?«

Scaurus lächelte, als er die Frage hörte. »Nun, zuallererst werdet ihr ohne Bezahlung arbeiten, denn sie werden die Schatzkammer des Prokurators bis auf den letzten Sesterz ausräumen. Ich weiß zwar nicht, wie wenig ihr gerade verdient, bin mir aber sicher, dass es mehr als nichts ist. Außerdem werden sie euch bestehlen und keine Wertgegenstände zurücklassen. Eure Essensrationen werdet ihr mit bewaffneten Männern teilen müssen, die doppelt so viele wie ihr selbst sind und kein Interesse an eurem Überleben haben. Es werden magere Zeiten anbrechen, das ist gewiss. Am schlimmsten jedoch: Ihr solltet nicht vergessen, dass die Besetzung seitens der Sarmaten nur von kurzer Dauer sein wird, denn früher oder später werden zwei wütende Legionen diese Straße heraufmarschieren und sie fortjagen. Das wissen sie sehr gut, weshalb sie euch rund um die Uhr zur Arbeit zwingen und wie Tiere antreiben werden, um auch den letzten Krümel Gold aus diesen Hügeln herauszupressen, bevor jener Tag eintrifft. Viele von euch werden vor Erschöpfung und Hunger sterben, weil ihr nicht genügend Essen bekommt, um die Strapazen aushalten zu können. Andere wiederum werden wohl einfach hingerichtet, um dem Rest zu demonstrieren, was geschehen wird, falls euer Arbeitseifer nachlassen sollte.« Er blickte mit strenger Miene über die Runde der Männer vor ihm. »Bevor die Legionen es schaffen werden, die Sarmaten zu vertreiben, werden sie dieses Tal in ein Leichenhaus verwandelt haben. Sofern die Sarmaten dann nicht beschließen, euch alle als letzten Schlag gegen das Kaiserreich abzuschlachten, wird den wenigen Überlebenden nach einem Sieg der Legionen nur noch die Aufgabe bleiben, die verfaulenden Leichen ihrer Arbeitskameraden zu verbrennen. Ich würde euch raten, einmal darüber nachzudenken. Allerdings habe ich gerade wirklich keine Zeit für große Überredungskünste. Daher werdet ihr einfach nur tun, was euch angewiesen wird, und zwar unter der Führung meiner Soldaten. Sollte aber jemand herausfinden wollen, wie es sich anfühlt, ausgepeitscht zu werden, muss er lediglich aus der Reihe treten. Wir haben nämlich nur einen oder zwei Tage, um dieses Tal uneinnehmbar zu machen, weshalb wir keine Zeit vergeuden sollten. Erster Speer?«

Julius trat vor, und seine in barschem Ton vorgetragene Rede bewirkte, dass mehr als einer der Minenarbeiter sich kerzengerade aufrichtete. »Meine Soldaten werden mit eurer Hilfe einen Torfwall quer über den Taleingang errichten, der viereinhalb Meter hoch und an der Basis ebenso breit sein wird. An der Rückseite werden wir Zwinger in drei Metern Höhe bauen, damit meine Männer mit Speeren mögliche Angreifer abwehren können. Einige von euch werden Torfblöcke stechen, andere werden sie zum Wall tragen, damit unsere fachkundigen Bauarbeiter die Mauer hochziehen können. Wir werden so lange arbeiten, wie wir genügend Licht haben. Die Torfblöcke wiegen je fünf Pfund, was sich nicht sonderlich viel anhört. Allerdings werden wir rund eine Million davon verlegen, daher meine ich voraussagen zu können, dass ihr den ganzen Tag beschäftigt sein werdet.«

Auf sein Kommando traten die wartenden Zenturios zu den Soldaten und teilten jedem ihrer Männer zehn Grubenarbeiter zu. Scaurus beobachtete mit abschätzend gekräuselten Lippen, wie Theodora mit zwei stämmig gebauten Kerlen davonschritt, die offensichtlich damit beauftragt waren, sie in einem Meer von sexhungrigen Arbeitern nicht zu Schaden kommen zu lassen.

»Was meinst du?«

Julius blickte einen Moment auf die Minenarbeiter. In ihren Augen sah er eine Mischung aus Widerwillen und Resignation, weshalb er amüsiert auf Scaurus' Frage antwortete.

»Was ich meine, Tribun? Bezieht sich deine Frage auf diese Rotte arbeitsscheuer Tunnelratten oder auf die Frau?« Er wartete, bis Scaurus ihm wieder das Gesicht zuwandte, das einen erschöpften Ausdruck zeigte. »Ich glaube, sie hassen uns ein klein bisschen weniger, als sie die Sarmaten fürchten – die sie allerdings nur ein klein bisschen weniger fürchten als uns. Wenn wir eines Tages abmarschieren, werden sie uns gewiss ihre Ärsche zeigen, und falls sie die Gelegenheit dazu bekommen, werden sie in unsere Wasservorräte pissen. Aber ich denke auch, dass wir schon morgen bei Einbruch der Dämmerung einen Wall sowie ein paar strategische Finessen, die wir noch im Ärmel haben, errichtet haben werden. Und das, Tribun, ist das Einzige, was zählt.«

Er salutierte und schritt zu den Offizieren hinüber, die gerade dabei waren, eine gewisse Ordnung in ihre Arbeitstruppen zu bringen. Scaurus blieb zurück und starrte nachdenklich über das Tal.

Als die Zenturien ausgerückt waren, um ihren diversen Tätigkeiten nachzugehen, war Lupus zum ersten Mal seit Monaten allein im tungrischen Lager. Er wusste, dass die wenigen Soldaten, die zur Bewachung des Lagers abgestellt waren, nicht sonderlich unterhaltsam waren, also griff Lupus nach seinem Übungsschwert samt Schild und begann mit dem Kampftraining. Arminius hatte ihm verschiedene Übungen beigebracht und erwartete, dass er diese fehlerlos jeden Morgen und Abend absolvierte. Allmählich verstand der Junge, welchen Zweck der Germane mit der scheinbar unendlichen Wieder-

holung derselben Bewegungen verfolgte, denn seine Hand-
und Fußgelenke waren bereits kräftiger geworden. Auch sein
Durchhaltevermögen hatte sich gesteigert, sodass er mittlerweile nach einer Stunde Training die Bewegungen nicht
einfach nur herunterleierte, sondern sie fast ebenso frisch
und spritzig durchführte wie zu Beginn der Übungseinheit.
So stach und hieb er auf imaginäre Feinde ein, duckte und
schlängelte sich unter ihren Schlägen weg, wechselte mehrmals zwischen Angriff und Verteidigung und bereitete sich
auf den letzten Teil des Bewegungsablaufs vor: einen fronta-
len Stoß mit der Waffe, wobei er gleichzeitig seinen Schild
zum Rücken führte, um einen Angriff von hinten abzuwehren, danach eine blitzschnelle Drehung und einen Hieb mit
der Schwertklinge. Beim vorletzten Angriff keuchte er vor
Anstrengung, dann wandte er sich um, um die letzte Übung
zu machen – und stand unvermittelt vor einem etwas kleineren Jungen, der mit aufgerissenen Augen seine Drehungen
verfolgte. Verblüfft trat er zurück und hielt instinktiv seinen
Schild hoch.

»Wer bist *du* denn?«

Der Junge antwortete sofort und schien keine Scheu angesichts des Altersunterschieds zu haben. »Ich bin Mus. Was
machst du da?«

Lupus runzelte die Stirn, denn die Antwort auf diese Frage
war ja wohl offensichtlich. »Ich trainiere. Arminius sagt, nur
Übung macht den Meister.«

»Und wer ist Arminius?«

Lupus antwortete mit besitzergreifendem Klang in der
Stimme. »Mein Lehrer im Schwertkampf. Ein Germane.«

»Lebst du bei den Soldaten?«

Lupus nickte.

In Mus' Augen stiegen Tränen hoch, die er zurückzuhalten versuchte. »Mein Vater war früher auch Soldat. Ein paar böse Leute haben ihn umgebracht und unser Dorf niedergebrannt. Sie haben meiner Mutter und meinen Schwestern wehgetan. Und meine Brüder getötet...«

Lupus antwortete ernst, denn plötzlich stand ihm der Tod seines eigenen Vaters vor Augen, als ob diese Offenbarung des Jungen eine schon lange vertrocknete Schicht vernarbten Gewebes wieder aufgerissen hätte. »Mein Vater ist auch von den Barbaren getötet worden. Ich lebe jetzt bei meinem Großvater, aber meistens kümmert sich Arminius um mich.«

Die beiden Jungen schwiegen einen Augenblick. Dann ergriff Mus erneut das Wort und wischte dabei energisch eine Träne weg, die über seine Wange rann – als habe er seinen jungen Jahren zum Trotz bereits gelernt, dass Weinen nicht weiterhalf.

»Von meiner Familie ist keiner mehr übrig, daher arbeite ich im Bergwerk, aber heute dürfen wir nicht schürfen, sonst werden die Minenarbeiter ausgepeitscht. Dann wollte ich beim Bau des Walls helfen, aber der Soldat sagte, ich sei zu klein dafür, also dachte ich mir, ich könnte mich ein bisschen umsehen.«

Lupus schüttelte den Kopf. »Du solltest gar nicht hier sein. Wenn die Soldaten dich schnappen, werden sie dich wahrscheinlich auspeitschen.«

Mus riss entsetzt die Augen auf. »Du wirst es ihnen doch nicht sagen?«

Lupus dachte kurz nach. »Nein.« Er betrachtete den Jungen abwägend. »Nicht, wenn wir Freunde werden.«

»Freunde? Ich habe keine Freunde. Die Bergarbeiter sind in Ordnung, aber sie fluchen, wenn ich ihnen in der Grube im Weg stehe, und manchmal sogar, wenn ich vergesse, Öl in die Lampen zu tun, die die Gänge erhellen. Doch ich kenne jeden einzelnen Durchgang – sogar diejenigen, die die Minenarbeiter vergessen haben.« Er warf einen seitlichen Blick auf Lupus, als ob er versuchte, den Jungen einzuschätzen. »Möchtest du sie sehen?«

»Donnerwetter!«

Tribun Scaurus stand in der von einer Lampe erhellten Schatzkammer und betrachtete die Holzkisten, die sauber an der hinteren Wand aufgestapelt waren.

»Jede Kiste enthält fünfzig Pfund Gold. Im Moment haben wir« – Maximus unterbrach sich, um einen Blick auf seine Tafel zu werfen – »dreiundvierzig Kisten. Das macht zweitausendeinhundertfünfzig Pfund. Durchschnittlich füllen wir zwei Kisten pro Tag, und wir können hier problemlos die Erträge von sechs Monaten lagern. Ihr seht also, dass kein dringender Bedarf besteht, eine Ladung nach Rom zu schicken und dabei das Risiko einzugehen, dass sie von den Barbaren abgefangen wird.«

Julius schritt durch den kleinen Raum, legte seine Hand auf eine der Kisten und grinste, als er den unbehaglichen Gesichtsausdruck sah, der das Antlitz des Prokurators zierte. »Wenn ein Aureus aus einer Viertelunze Gold besteht, dann enthält jede dieser Kisten genug, um mehr als dreitausend Münzen zu prägen. Also hat der Inhalt dieser Schatzkammer einen Wert von…« Der Erste Speer runzelte die Stirn, während er im Kopf das Resultat zu errechnen versuchte, doch Maximus war schneller.

»Einen Wert von fast einhundertvierzigtausend Aurei, Erster Speer.«

Scaurus nickte, schürzte die Lippen und wandte sich wieder an den Prokurator. »Genügend Gold, um einen Mann gute zwölf Mal in den Senat zu befördern. Das wäre vermutlich schon in Friedenszeiten eine beträchtliche Versuchung – von Kriegszeiten ganz zu schweigen. Kein Wunder, dass die Sarmaten auf das Tal zumarschieren.« Er blieb stehen und betrachtete einen Moment lang die Kisten. »Natürlich kann es nicht hierbleiben.«

Maximus reagierte schneller und schockierter, als Scaurus erwartet hätte. »Was meint ihr mit ›Es kann nicht hierbleiben‹? Zweifelt ihr etwa an meiner Vertrauenswürdigkeit, Tribun?«

Scaurus blickte mit fragend hochgezogener Augenbraue zu Julius hinüber und wandte sich sofort wieder an den empörten Beamten. »Prokurator, ich bezweifle lediglich deine Fähigkeit, dieses ziemlich große Vermögen sicher verwahren zu können, falls es den Sarmaten gelingen sollte, unsere hastig aufgebauten Verteidigungsanlagen zu durchbrechen. Du würdest doch gewiss besser schlafen, wenn du wüsstest, dass das Gold irgendwo versteckt ist, wo es niemals gefunden werden kann? Wir könnten es bei Nacht wegbringen und…«

»Kommt nicht in Frage.« Maximus' Gesicht hatte einen ehernen Ausdruck angenommen, und die tungrischen Offiziere warfen sich einen kurzen Blick zu, als sie die Endgültigkeit in seiner Stimme bemerkten. »Das Gold bleibt hier, und ihr werdet schlicht eure Aufgabe wahrnehmen und sicherstellen, dass die Barbaren gar nicht erst in seine Nähe kommen. Nachdem ihr nun gesehen habt, mit welchen Sicherheitsmaßnahmen ich das Gold des Kaisers verwahre, gehe ich davon aus, dass kein weiterer Anlass zur Sorge besteht?«

»Nicht der geringste *weitere* Anlass, Prokurator. Ihr habt genügend Wachen aufgestellt, die Schlüssel des Raums unterliegen strengster Kontrolle, und außerdem kann dieser Ort offensichtlich nur durch die Tür betreten werden.« Er deutete auf die eisenverstärkte Platte aus massivem Eichenholz, die den einzigen Zugang des Raumes verschloss. »Allerdings bin ich nicht wegen eines möglichen Diebstahls besorgt. Viel mehr beunruhigt mich, was geschehen würde, wenn wir alle mit dem Gesicht im Dreck liegen sollten und die Sarmaten Zeit und Muße hätten, nach Belieben hier einzudringen.«

Maximus schüttelte den Kopf, und die Männer sahen es seinem Gesicht an, dass er sich hartnäckig jedem Vorstoß widersetzen würde, den Inhalt der Schatzkammer an einen geheimen Ort zu überführen.

»Tu einfach, was man dir aufgetragen hat, Tribun. Aber ich warne dich: Ich habe mit deinem Kameraden und Vorgesetzten Domitius Belletor gesprochen und ihn darauf aufmerksam gemacht, dass ich keine weiteren Störungen des Arbeitsablaufs im Bergwerk dulden werde. Heute Morgen war genug. Sobald euer Wall errichtet ist, werden meine Männer zurück an ihre Arbeit gehen und auch dort bleiben.« Er bedachte die Tungrer mit einem schmalen Lächeln. »Ich habe ihn darauf hingewiesen, dass es mir vorkam, als sei die Idee, die Goldförderung zu unterbrechen, nicht wirklich seine gewesen. Und dass ein Verlust an Erträgen mit Sicherheit negative Konsequenzen für die Verantwortlichen zeitigen wird, wenn all das hier erst einmal vorbei ist.«

Scaurus trat nahe an ihn heran und hatte eine Hand auf seinen Schwertgriff gelegt, fast nebenbei, doch der erbitterte Ausdruck seines Gesichts suggerierte das Gegenteil. »Du verfolgst also eine Strategie des ›Teilens und Herrschens‹, Prokurator? Schlau von dir. Allerdings solltest du wachsam bleiben, denn es könnte sein, dass du es eines Tages bereuen wirst, dich so klar gegen den Vorschlag zu stellen, das Vermögen in Sicherheit zu bringen, damit keiner in Versuchung gerät. Sollte es den Sarmaten gelingen, uns zu besiegen, werden sie höchstwahrscheinlich hier noch einen allerletzten Verteidiger vorfinden, der auf sie wartet.« Er deutete mit dem Finger auf das Gesicht des Prokurators. »Nämlich *dich*. Ich werde dich hier einsperren, damit du auf sie wartest, und sei gewiss, dass ich Domitius Belletor vorher *nicht* um Erlaubnis fragen werde. Komm, Erster Speer.«

Maximus' Gesicht lief tiefrot an, während sie an ihm vorbeigingen, und auf der Treppe nach oben ins Tageslicht hallte ihnen seine Stimme nach. »Willst du mir etwa *drohen*, Tribun?«

Scaurus ging ungerührt weiter und antwortete darauf nur mit einem Wort: *»Allerdings!«*

»Das ist meine Goldmine. Rabenkopf.«

Mus keuchte vor Anstrengung nach dem Aufstieg, der sie ein Drittel des Weges die Berge hinaufgeführt hatte. Stolz deutete er auf den massigen Felsen, der über dem Eingang der Mine aufragte: ein Felsüberhang, der wie ein Schnabel aussah und sich vor dem azurblauen Himmel wie die dunkle Silhouette eines Aasvogels abzeichnete. Vor den beiden Jungen befand sich eine Öffnung am Berghang, die von schweren Holzstützen beiderseits des Eingangs sowie einer massiven Traverse darüber eingerahmt wurde.

Lupus betrachtete zweifelnd das schwarze Viereck und schüttelte dann den Kopf. »Ziemlich dunkel.«

Der kleinere Junge lächelte und trat zur Schwelle des Mineneingangs. »Es wird besser, wenn du erst einmal drin bist. Deine Augen gewöhnen sich daran, außerdem gibt es

Lampen. Komm, lass uns reingehen und uns ein wenig umsehen.« Er griff nach einer Kanne mit Lampenöl, die auf einem Stapel neben dem Eingang stand, und trat in die Dunkelheit. Schnell war er verschwunden, als sei er weggewischt worden, doch als Lupus die Augen zusammenkniff, konnte er den undeutlichen Schatten seines neuen Freundes sehen, der in der Dunkelheit auf ihn wartete. Lupus nahm all seinen Mut zusammen und zwang sich, mit kleinen Schritten in die Schwärze hineinzugehen, bis er sich plötzlich neben Mus wiederfand und vor Schreck zusammenzuckte, denn die Augen des kleineren Jungen reflektierten das blasse Licht, das vom Eingang herüberschien.

Als Mus zu sprechen anhob, war seine Stimme nicht mehr als ein Flüstern. »Siehst du? Hier ist es auch nicht anders als draußen.«

Lupus schauderte. »Aber es ist kalt hier.«

»Deshalb hatte ich dir ja gesagt, du sollst deinen Mantel mitnehmen. Je tiefer man in den Berg vordringt, desto kälter wird es.« Mus tastete in einer Nische herum und fand eine Lampe. »Da ist sie ja.«

Einen Augenblick hantierte er in der Düsternis, dann vernahm Lupus das vertraute Geräusch von Eisen und Feuerstein. Sanft blies Mus die Funken auf den Lampendocht und brachte eine Flamme hervor, die zwar nur schwach flackerte, aber für Lupus ein willkommenes Licht in der Dunkelheit war.

Die Lampe in einer Hand, lächelte der kleine Junge glücklich zu seinem neuen Freund hinüber. »Komm, ich zeige dir alles.«

Er drehte sich um und tappte ins Dunkel, wobei sich sein kleiner Körper im blassen Licht der Lampe abzeichnete. Lupus starrte ihm nach, wandte sich dann zum Eingang des

Bergwerks um und spürte plötzlich einen heftigen Drang, wieder zu dem Rechteck aus Tageslicht zurückzulaufen. Aber er wusste, dass ein solches Verhalten ihm nicht nur den Spott seines kleinen Freundes eintragen, sondern er selbst auch nicht zufrieden damit sein würde, aus Furcht davonzulaufen. Also schritt er hinter Mus her, und da ihn die Dunkelheit noch immer ängstigte, konzentrierte er sich darauf, den Rücken des Jungen stets im Blick zu behalten. Die Wände des Gangs fühlten sich rau an, wie Lupus feststellte, als er sie zu seiner Beruhigung berührte. Der Boden des Gangs war feucht und breitete sich uneben unter seinen Stiefeln aus, während er langsam den Anstieg innerhalb des Berges hinaufstapfte. Jedes kleinste Geräusch wurde von den Tunnelwänden zurückgeworfen, sodass sich das Kratzen ihrer Stiefel wie der Lärm eines Dutzends von Füßen anhörte. Die beiden gingen schweigend weiter den Gang hinauf, sodass der Mineneingang hinter ihnen nur noch als ein entfernter Lichtpunkt zu sehen war. Zu Lupus' Erstaunen bemerkte er, dass er seine anfängliche Panik mehr und mehr vergaß, je weiter der rettende Ausgang aus seinem Blickfeld verschwand.

»So, hier ist die erste Leiter.«

Lupus runzelte die Stirn und betrachtete die Holzleitern, die sowohl nach oben als nach unten führten – allerdings wusste er nicht, wohin.

»Müssen wir hinaufsteigen?«

Mus wandte sich zu ihm um, denn er hatte womöglich die Unsicherheit in Lupus' Stimme bemerkt. »Wir müssen nach unten, wenn wir sehen wollen, wo sie das Gold fördern. Keine Angst, es ist sicher, solange du immer nur einen Fuß oder eine Hand nacheinander bewegst. Zumindest bis du dich daran gewöhnt hast.«

»Aber du nimmst die Lampe doch mit?«

»Keine Sorge, ich kann mit einer Hand Leitern hinauf- oder hinabsteigen. So, du zuerst.«

Lupus war einigermaßen beruhigt und trat vorsichtig auf die Leiter. Mit langsamen, bedächtigen Bewegungen begann er den Abstieg, fasste aber schnell Vertrauen und wurde immer schneller, sodass es ihm bald vorkam, als bewege er sich mit halsbrecherischer Geschwindigkeit.

»Gut! Mach einfach schön langsam weiter und schau nirgendwohin.«

Der andere Junge hatte den Satz noch gar nicht zu Ende gesprochen, als Lupus den Drang verspürte, in die Dunkelheit zu starren. Er hielt abrupt an und hing von den Leitersprossen, denn plötzlich war er von einem unnachgiebigen Schrecken gepackt worden, da er nicht die leiseste Ahnung hatte, wie viele Meter leerer Luft unter seinen Füßen warteten. Mus sprach ihn von oben an und hielt sich die Lampe ans Gesicht, damit Lupus beim Hochschauen sein beruhigendes Lächeln sehen konnte.

»Jetzt ist es nicht mehr weit. Steig einfach weiter hinab und warte darauf, dass dein Fuß den Boden berührt. Vertrau mir.« Lupus riss sich zusammen und setzte seinen Fuß auf die nächste Sprosse, wartete dann mit schweißbedecktem Gesicht einen Moment lang, bevor er den zweiten Fuß bewegte. »Sehr gut! Sobald wir unten angekommen sind, können wir uns etwas Wasser zum Trinken holen.«

Es ging noch ein weiteres Dutzend Sprossen hinunter, bevor Lupus' Fuß Kontakt mit dem Felsboden bekam. Er wankte von der Leiter zurück und sah, wie Mus elegant vor ihm auf dem Boden landete. Der Junge ergriff ihn beim Arm und führte ihn zu einem Kanal, der in den Boden gegraben war.

»Siehst du? Hier ist Wasser. Trink ein wenig, denn wir müssen noch ein bisschen weiter.«

Sie tranken aus ihren hohlen Händen, und Lupus stellte fest, dass das eiskalte Wasser erfrischend war und sauber schmeckte.

»Wo kommt es her?«

Mus grinste ihn aus dem Halbdunkel an. »Wenn du noch eine Leiter mit mir hinabsteigst, kann ich es dir zeigen. Und auch, wo das Gold herkommt.«

Marcus schritt zu seinem Tribun und salutierte. Dann machte er die gleiche Geste vor Tribun Sigilis, drehte sein Gesicht jedoch gleich wieder von dem jüngeren Mann weg und widmete seine Aufmerksamkeit ausschließlich Scaurus. Die Männer standen an der einzigen Öffnung des Walls: einer zehn Schritt breiten Lücke innerhalb einer Länge von achthundert Schritten, die das Bollwerk insgesamt maß. Nun wurde ein schweres Holztor dort eingepasst, hinter dem genügend Torfblöcke aufgestapelt werden konnten, um es im Verteidigungsfall zu barrikadieren. Sie begutachteten den Fortschritt der Befestigungsanlage, und Sigilis gestikulierte mit Begeisterung in Richtung der flachen Mauer. Marcus fand dies erstaunlich, da er ihn zuvor nur reserviert erlebt und Sigilis augenscheinlich auch kein Problem damit hatte, in Tribun Belletors Schatten zu stehen.

»Vielleicht machen wir es ihnen noch schwerer, indem wir Holzpflöcke auf dem oberen Teil des Walls anbringen? Die richten wir dann nach unten, um zu verhindern, dass sie Leitern an die Brüstung lehnen können.«

Scaurus lächelte, und Marcus hatte den Eindruck, als drücke sich in diesem Lächeln ein gewisses Vergnügen aus.

»Das könnten wir durchaus. Tatsächlich machte mein Erster Speer einen ähnlichen Vorschlag, als wir die Verteidigungsanlage planten. Zenturio?«

Marcus nahm unverzüglich Haltung an, denn er war schlau genug, die Rolle des gehorsamen Offiziers zu spielen. »Mein Tribun, du hast mich gebeten, die nördliche Seite des Tals auszuspähen. Ich kann berichten, dass der Wachposten zwischen der Rotunde und dem westlichen Höhenzug unberührt und menschenleer ist. Allerdings haben wir Spuren gefunden, die von berittenen sarmatischen Spähern stammen und im Laufe der vergangenen vierundzwanzig Stunden dort hinterlassen wurden. Überdies ist das Gelände hinter dem Sattel nun frei einsehbar. Wir haben es über mehrere hundert Schritte gerodet, damit es nicht für einen feindlichen Angriff genutzt werden kann.«

Scaurus verzog das Gesicht. »Es ist wohl unvermeidlich, dass sie das Tal scharf beobachten. Wie leicht ist der Sattel gegen einen Angriff zu verteidigen?«

Marcus zuckte die Achseln und griff unbewusst auf die militärischen Kenntnisse zurück, die er in eineinhalb Jahren grausamer Lektionen durch die Barbarenstämme Britanniens gewonnen hatte. »Ich selbst würde ungern eine Kavallerietruppe den nördlichen Abhang hinaufführen, Tribun. Er ist zwar flach genug für eine berittene Annäherung, aber voller Kaninchenlöcher und Felsbrocken. Und Infanteristen wären gewiss schon vom Anstieg durch den Wald ermüdet und müssten danach eine Attacke bergauf gegen unsere Verteidigungsanlage führen. Sollten sie aber *den* hier überwinden…« Er deutete auf den langen Torfwall. »Ihr Anführer könnte auf die Idee kommen, eine hohe Anzahl Fußsoldaten zu opfern, wenn es ihm dadurch gelingt, Männer in unseren Rücken zu bringen.«

Scaurus nickte und wandte sich an Sigilis. »Nun, Kamerad, der Wall und die Befestigungen verwehren unseren Feinden zwar den Angriff über die Hänge an beiden Seiten, was von größter Wichtigkeit ist. Trotzdem müssen wir wachsam gegen jeglichen Versuch bleiben, die Verteidigungsanlage strategisch zu umgehen. Unser Kamerad Belletor könnte ja vielleicht eine berittene Wache an dieser unsicheren Stelle abstellen, wenn er von einem Mann dazu ermutigt wird, den er als ebenbürtig ansieht. Ich fürchte nämlich, dass ich mittlerweile alle Kniffe unserer ohnehin schon schwierigen Beziehung ausgereizt habe. Wenn *du* jedoch einen solchen Vorschlag vorbringen würdest...«

Der jüngere Mann nickte verständnisvoll, und Scaurus lächelte erleichtert.

»Gut. Es widerstrebt mir nämlich sehr, ihn ständig manipulieren zu müssen, wo du als ein Mann, den er aufgrund seines Status für seinesgleichen hält, mit weniger Anstrengung viel überzeugender auf ihn einwirken kannst. Im Augenblick ist die einzig wichtige Frage, wie weit entfernt sich die Kriegshorde von uns befindet. Sollten sie hier ankommen, bevor der Wall seine endgültige Höhe erreicht hat, hätten wir uns wahrscheinlich die ganze Mühe sparen können. Wie wäre es mit einem berittenen Spähtrupp?« Er drehte sich um und blickte über die Verteidigungsanlage, wo eine große Anzahl Arbeiter dabei war, Torfblöcke auszustechen und diese zu der langsam anwachsenden Mauer hinüberzutragen.

Marcus stand unterdessen schweigend da und war sich der genauen Musterung durch Tribun Sigilis durchaus bewusst.

»Ja, ich glaube, ein Spähtrupp wäre die beste Lösung, um das herauszufinden. Zenturio Corvus, überbringe Decurio Silus eine Nachricht und bitte ihn, so rasch wie möglich hierherzukommen. Auch du und dein hamischer Kamerad solltet dabei sein. Ich denke, nun ist es Zeit, dass wir etwas genauer als bislang verstehen, was sich auf der anderen Seite dieses sehr speziellen Hügels befindet.«

Er unterbrach sich, da er Felix, den Besitzer der Mine Gespaltener Fels, von unten herannahen sah. Der Geschäftsmann war sichtlich aufgebracht, denn er rannte fast den Hügel zu den Offizieren hinauf.

Scaurus wandte sich mit gequältem Blick an seine Kameraden. »Ah! Darauf habe ich schon den ganzen Tag gewartet. Ehrlich gesagt, erstaunt es mich, dass er so lange dafür brauchte zu bemerken, dass er ein Problem hat.« Dann drehte er sich zu dem sorgenerfüllten Minenbesitzer um. »Sei gegrüßt, Felix«, rief er. »Können wir dir irgendwie helfen? Du siehst ein wenig bekümmert aus.«

Felix legte die letzten Schritte zu ihnen mit der Haltung eines Bittstellers zurück: Er hielt die Hände fest zusammengepresst, und sein Gesicht drückte inständiges Flehen aus.

»Tribun Scaurus, es ist ein fürchterlicher Fehler begangen worden. Dieser schreckliche Irrtum muss berichtigt werden! Ich bitte dich …«

Scaurus neigte den Kopf zur Seite und machte ein mitfühlendes Gesicht. »Ich werde alles tun, was in meiner Macht steht, um dir zu helfen. Aber sag mir: Um welchen ›fürchterlichen Fehler‹ handelt es sich denn?«

Felix wandte sich um und zeigte mit entsetztem Gesicht auf den Wall. »Diese Mauer, Tribun! Sie ist viel zu weit oben im Tal positioniert! Deshalb liegt meine Goldmine außerhalb der Verteidigungsanlage! Falls Feinde eintreffen, können sie nach Belieben über mein Geschäft herfallen, das offen und schutzlos ihrer Plünderung ausgesetzt sein wird!«

»Ich verstehe...« Scaurus kratzte sich am Kinn, als dächte er angestrengt nach. »Ja, das ist wirklich ein Problem.«

Felix' Miene hellte sich auf. »Dann wirst du den Wall versetzen lassen, Tribun?«

Scaurus schüttelte traurig den Kopf. »Ich fürchte, nein. Das wäre nicht nur eine unsinnige Vergeudung der Fortschritte, die wir bis jetzt gemacht haben, überdies darf das Bollwerk keinesfalls mehr als achthundert Schritte lang werden. Würde ich nun anordnen, es zu versetzen, um das Eigentum des *Kaisers* in südlicher Richtung zu schützen, was natürlich auch die Goldmine einschließen würde, in der du zu deinem Glück in seinem Auftrag arbeiten darfst« – Scaurus machte eine kurze Pause, damit dieser Satz auch richtig ankam –, »müsste der Wall doppelt so lang werden. Wir bräuchten doppelt so viel Torf, was wiederum zweimal so lange dauern würde, und ich bräuchte mindestens doppelt so viele Soldaten, um das Bollwerk verteidigen zu können. Wie du also sehen kannst, habe ich weder die Zeit noch die notwendigen Männer, um die Mine Gespaltener Fels in das zu verteidigende Gelände einzuschließen, Felix. Dafür aber werden du und deine Männer hier hinter dem Wall in Sicherheit sein.« Er tätschelte das zweieinhalb Meter hohe Fundament neben ihm.

Als Antwort darauf fuchtelte Felix hilflos mit den Händen. »Aber meine Goldmine...«

»Wird tatsächlich ohne Verteidigung bleiben, wenngleich ich dir gerne ein Schwert leihe, falls du so erpicht darauf bist, dein Eigentum mit Waffengewalt zu schützen.«

Die Augen des Minenbesitzers verengten sich. »Du verspottest mich. Wahrscheinlich hattest du nie wirklich vor, meine Mine zu verteidigen, oder?«

Scaurus antwortete mit einem Schulterzucken, und obwohl seine Stimme unbekümmert klang, war ein entschlossener Unterton deutlich zu vernehmen. »Um ehrlich zu sein, Felix, war das nie mein Hauptanliegen. Ich habe meine Offiziere lediglich beauftragt, den besten Ort zu finden, um das Tal und dessen Anwohner zu verteidigen, was sie auch getan haben. An deiner Stelle wäre ich dankbar, dass wir hierhergekommen sind, um uns zwischen euch und eine riesige Anzahl Barbaren zu stellen, die euch durchaus den Tag vermiesen könnten. Ich würde so viel Gerätschaften wie möglich aus der Mine herausholen lassen und jeden, der noch da unten ist, auf die Evakuierung vorbereiten, bevor die Sarmaten hier eintreffen. Es sei denn natürlich, du möchtest das Gold des Kaisers eigenhändig im Kampf verteidigen.«

»Es ist *so* kalt hier!«

Mus zuckte bei diesem Kommentar die Achseln, obwohl diese Geste in der Düsternis des Bergwerks gar nicht zu sehen war.

»Deshalb sagte ich ja, du sollst einen Mantel anziehen.«

Sie tappten weiter durch die Dunkelheit, und Lupus war darauf bedacht, immer nahe am schwachen Schein der Öllampe zu sein, die Mus trug. Letzterer hielt mehrmals an und füllte neues Öl in die Lampen in den Nischen, die in den Stein der Tunnelwände hineingehauen waren und wie winzige Lichtinseln ein wenig Helligkeit in das pechschwarze Dunkel brachten, das sie von allen Seiten umgab. Dann aber erschien nach einer Biegung ein helleres Licht.

Mus drehte sich um, legte einen Finger an die Lippen und flüsterte seinem neuen Freund ins Ohr: »Sei ganz still. Ich will nicht, dass sie uns sehen.«

Sie krochen den Gang entlang, und als Mus fand, dass sie

nahe genug an dem Ort waren, zu dem er Lupus bringen wollte, stellte er seine Lampe ab und führte ihn dann weiter. Geduckt spähten sie um die Ecke in einen geräumigen, von Fackeln erhellten Raum. In dessen Mitte stand ein riesiges Holzrad, dreimal so groß wie ein erwachsener Mann, das auf einen schweren Drehzapfen montiert war. Ein paar stämmige Arbeiter hantierten an dem Gerät und wandten die ganze Kraft ihrer muskelbepackten Arme auf, um das Rad mithilfe von Pflöcken zu drehen, die aus den Radspeichen herausragten. Zwei weitere ebenso kräftige Männer saßen am Rand des Raums neben einer Sanduhr und einer Wasserkanne.

Erstaunt flüsterte Lupus Mus eine Frage zu. »Was machen die da?«

Mus zeigte auf das Rad. »Schau auf den unteren Teil des Rades. Siehst du das Wasser?«

Das Rad stand in einem tiefen Wasserbassin, und als Lupus genauer hinsah, bemerkte er, dass es beim Drehen Eimer voll Wasser hinaufzog, die am Radkranz befestigt waren. Aufgrund der Drehbewegung schwappte zwar ein wenig Wasser aus den Eimern, trotzdem waren sie noch ziemlich voll, als sie nach oben schwangen. Nachdem Lupus schon oft den Wassereimer des medizinischen Versorgungswagens an einem Fluss oder einer Quelle nahe dem Feldlager hatte auffüllen müssen, wusste er, dass die Behälter sehr schwer waren. An der höchsten Stelle der Umdrehung kippte der Inhalt der Eimer in einen Holztrog, der dafür genau an der richtigen Stelle auf der Höhe des Rades positioniert war.

»Jetzt verstehst du, warum der Tunnel, durch den wir gegangen sind, nach unten führte. Das Rad trägt das Wasser hoch zum Durchgang, von wo aus es den Abhang und danach den Berg hinunterläuft.«

Während die beiden noch zusahen, rann der letzte Sand aus dem oberen Teil des Stundenglases, worauf die zuvor untätigen Arbeiter aufstanden, das Rad weiterdrehten und so den anderen Männern die Möglichkeit gaben, ihre schmerzenden Muskeln zu dehnen und sich auf dem felsigen Boden auszuruhen.

»Machen sie das den ganzen Tag lang?«

»Wenn sie es nicht täten, würde sich der Raum mit Wasser füllen, und schon bald wäre die Grube überflutet. Jetzt sind wir sicher hier; mein Freund Karsas ruht sich gerade aus.«

Lupus folgte Mus in den Raum, und einer der Arbeiter stand lächelnd auf und grüßte.

»Willkommen, mein Kleiner. Wen hast du uns da mitgebracht?«

»Er lebt bei den Soldaten. Er hat ein Schwert, und er hat es mich sogar in die Hand nehmen lassen.«

»Dann hast du ihn für diesen Gefallen also mit hierher genommen? Immerhin hast du dir dafür den richtigen Zeitpunkt ausgesucht. Wäre Gosakos nicht am Rad beschäftigt, würde er dich wahrscheinlich mit offenem Hosenlatz durch den Raum jagen.« Lupus runzelte die Stirn und wandte sich zu den Männern am Rad um, wobei er mit Schaudern dem hungrigen Blick des ihm am nächsten Stehenden begegnete. »Keine Sorge! Der Kerl weiß schon, was ihm und seinesgleichen blüht, wenn er einen meiner Freunde belästigt. Außerdem ist er jetzt eine gute Weile mit dem Rad beschäftigt, also können wir uns ein wenig unterhalten, wenn du magst. Es tut immer gut, sich auszusprechen.«

Mus schüttelte verneinend den Kopf. »Heute nicht. Können wir uns mal die Abbauwand ansehen?«

Karsas legte den Kopf in den Nacken und lachte. Dann

zwinkerte er Lupus zu. »Du willst wohl etwas Gold sehen, was, junger Mann? Na, dann los, folge mir. Heute wird uns niemand aufhalten, weil alle draußen sind und von deinen Freunden durch das Tal gescheucht werden. Was für ein Glück, dass wir sie los sind! Schwadronieren ständig herum und prahlen, dass sie die wahren Minenarbeiter sind, wo sie doch nur den Felsen herausbrechen. Wir hingegen *leben* praktisch hier unten, damit die Grube weiterarbeiten kann.« Er nahm eine Fackel von der Wandbefestigung und ging einen anderen Gang entlang. Mit seiner freien Hand bedeutete er den Jungen, ihm zu folgen. »Los, Jungs, seht euch an, wo das ganze Gold herkommt.«

Scaurus erfreute sich gerade am ersten Becher Wein dieses Abends, als Arminius den Kopf durch den offenen Zeltschlitz steckte und ihm ein Wachstablett hinhielt.

Scaurus runzelte angesichts dieser unerwarteten Begegnung die Stirn. »Müsstest du nicht bei Lupus sein und ihm beibringen, welches Ende eines Schwerts hässliche Löcher verursacht?«

Arminius hob die Schultern. »Anscheinend hat er einen interessanteren Zeitvertreib gefunden, daher habe ich mich damit begnügt, Morban kurz in den Hintern zu treten, weil er den Jungen ohne Erlaubnis hat fortlaufen lassen. Ich werde ihn suchen, sobald dein Essen vor dir steht. Unterdessen sieh dir das hier an.« Er hielt das Tablett mit der Nachricht hoch. »Einer der Kraftprotze im Dienst dieser Theodora hat es zum Lagereingang gebracht, und ein Soldat rannte sofort hierher zu mir. Anscheinend wartet der Bote auf eine Antwort von dir.«

Der Tribun nippte an seinem Wein. »Worum geht es denn? Ich weiß genau, dass du die Nachricht schon gelesen hast.«

Der Germane lächelte wissend. »Ich habe sie nicht nur gelesen, sondern auch gerochen.«

Scaurus hob fragend eine Braue, nahm das Wachstablett und roch daran. »Tatsächlich. Jetzt weiß ich, was du meinst. Na, und?«

Der Germane zuckte die Achseln. »Es kommt von der Domina, der die eine Goldmine gehört. Sie lädt dich zum Abendessen ein. Ihre Geschäftspartner kommen ebenfalls.«

Scaurus grinste seinen Leibwächter an. »So, so. Dann habe ich also die Wahl: Entweder ich bleibe hier sitzen, trinke diesen höchstens durchschnittlichen Rotwein und esse das nicht identifizierbare verbrannte Fleisch, das du mir vorsetzen wirst, oder ich breche mein Brot mit Leuten, deren Leben ich entweder schützen oder ruinieren werde – je nachdem, aus welchem Blickwinkel man es betrachtet. Das ist wirklich eine schwierige Entscheidung . . .«

Der Germane schüttelte unwillig den Kopf. »Lass uns nur hoffen, dass sie nach dem Chaos, das du mit deinem Wall angerichtet hast, nicht die Szene von Caesar und den Senatoren mit dir nachspielen wollen. Wenn ich du wäre, würde ich den Brustpanzer anlegen – nur für alle Fälle.«

Scaurus bejahte nickend und blickte zu der schweren gehämmerten Bronzerüstung hinüber, die an ihrem Platz in der Zeltecke stand. »Du hast recht. Dadurch werde ich mich nicht nur sicherer fühlen, sondern ich habe auch die Erfahrung gemacht, dass der alte Bronzepanzer bei den Damen stets großen Eindruck hinterlässt. Ein Familienerbstück, das mein nobler Vorfahre im Vierkaiserjahr getragen hat, und so weiter und so fort. Wobei es von Vorteil ist zu unterschlagen, dass der Gute damit auf der Verliererseite landete. Würdest du mir bitte beim Anziehen helfen?«

»Verzeih, Zenturio, aber hast du vielleicht diesen verdammten Burschen gesehen?«

Morban salutierte knapp vor seinem Zenturio und ließ seinen gequälten Blick durch Marcus' Zelt gleiten, während dieser vom Polieren seines Schwertes aufschaute.

»Wenn du damit deinen Enkel meinst – nein, ich habe ihn nicht gesehen. Ich würde davon ausgehen, dass er sein Training mit Arminius absolviert.«

»Genau das ist das Problem, Herr, denn er ist nirgends zu finden. Arminius bedrängt mich schon, dass er seine Zeit mit dem Warten auf den Jungen vergeuden muss, daher hatte ich mich gefragt...«

Er sah erneut ins Zeltinnere, als hoffte er, Marcus würde Lupus irgendwo in einer Ecke versteckt halten. Dann schüttelte er frustriert den Kopf und zog sich zurück. Der junge Zenturio folgte ihm nach draußen, und beide Männer blickten in der Abendluft über die Reihe der aufgestellten Zelte. Als sie den Germanen Arminius herannahen sahen, sprach Marcus ihn an, sobald er sie erreichte.

»Noch immer keine Spur von ihm?«

Arminius schüttelte deprimiert den Kopf. »Nichts. Die Wachen am Tor sagen, sie hätten ihn vor ein paar Stunden beim Üben mit seinem Schwert gesehen, aber danach war er verschwunden. Sollte er in die Stadt gewandert sein, weiß keiner, in welche Schwierigkeiten er dort geraten könnte...«

Er verstummte plötzlich und zeigte mit der Hand auf etwas hinter den beiden anderen Männern. Marcus drehte sich um und sah Lupus, der mit einem anderen Jungen im Schlepptau an den Zelten entlangstreifte. Der Kleine hatte einen Ausdruck im Gesicht, der dem Römer sagte, dass er genug schlechte Erfahrungen gemacht hatte, um beim kleinsten Anlass davonzulaufen.

»Sagt kein Wort, ihr beiden, sonst wird der Junge, wer immer er auch sein mag, davonrennen, und wir werden niemals die Wahrheit hinter dieser Geschichte erfahren. Arminius, bring den Standartenträger weg von hier und geht in ein Trinklokal in der Stadt. Dort könnt ihr auch gleich darüber reden, wer die neue Kleidung des Jungen bezahlen wird. Seine jetzige scheint mir mittlerweile ein wenig zu kurz für ihn zu sein.«

Der Germane nickte und packte Morban am Arm. »Na dann los, Morban. Lass uns deine Lieblingsbeschäftigung mit dem vereinen, was dir am lästigsten ist.«

Als sie davonschritten, ging Marcus in die Hocke und betrachtete die beiden Jungen, während sie sich näherten.

Lupus trat vor den Offizier und salutierte, wie es ihm die Soldaten beigebracht hatten. Seine Augen leuchteten vor Aufregung. »Zenturio, ich war in der Goldmine!«

Marcus nickte beruhigend und lächelte dem anderen Jungen zu, der außerhalb seiner Reichweite hinter Lupus hervorlugte. »Angesichts dessen, wie dein Mantel aussieht, habe ich mir schon gedacht, dass du irgendwo gesteckt hast, wo es dunkel und schmutzig ist. Du warst also in der Goldmine? Hast du dort etwa auch Gold gefunden?«

Lupus' Augen weiteten sich beim Gedanken an sein Abenteuer. Nun, da er nicht dafür bestraft wurde, dass er ausgebüxt war, konnte er seine Begeisterung kaum mehr zurückhalten. »Nein. Ein Freund von Mus namens Karsas hat uns etwas gezeigt, was sie eine Ader nennen, doch das war nur ein Felsen. Aber ich habe die Männer gesehen, die das Wasserrad drehen, und wir haben Öl in die Lampen getan, und Mus« –

er wandte sich zu dem anderen Jungen um – »Mus hat mir gezeigt, wie man die fast *zehn* Meter lange Leiter hinaufklettern muss, damit ich es so wie er machen und in einer Hand die Lampe tragen kann. Dann sind wir zur anderen Seite des Berges hinübergegangen, um den Rabenschnabel zu sehen, und...«

Marcus lächelte dem kleineren Jungen erneut zu und ignorierte geflissentlich dessen offensichtliches Bedürfnis, sich aus dem Staub zu machen. Freundlich unterbrach er Lupus und wandte sich an Mus. »Hallo Mus, ich heiße Marcus. Habt ihr beiden Hunger?« Lupus nickte eifrig, und das Gesicht seines neuen Freundes hellte sich ein wenig auf. »Dann sage ich euch etwas: Lasst uns zu Felicia und Annia hinübergehen und nachsehen, was sie zum Abendessen vorbereiten. Während wir essen, könnt ihr beiden mir dann erzählen, wo ihr gewesen seid und was ihr gemacht habt. Und danach könnt ihr dann vielleicht zusammen meine Stiefel und meine Rüstung putzen, in Ordnung?«

Er wandte sich von den Kindern ab und hoffte, nicht schon durch diese einfache Bewegung den Kleinen zum Davonlaufen zu bringen. Dann ging er langsam die Zeltreihe hinunter, ohne sich umzusehen, ob die beiden ihm folgten.

Lupus drehte sich zu seinem Freund, der in einer Mischung aus Furcht und Unentschlossenheit auf den Rücken des Römers starrte. Dann hielt er ihm seine offene Hand entgegen. »In der Mine vorhin, da hatte *ich* Angst vor der Dunkelheit und auch vor der Leiter. Da hast du zu mir gesagt, ich solle dir vertrauen, erinnerst du dich?« Mus nickte, schaute aber immer noch Marcus nach. Lupus wartete schweigend, bis der Blick des Jungen auf seine ausgestreckte Hand fiel. »Also musst du jetzt *mir* vertrauen.«

Scaurus folgte dem wartenden Boten das Tal hinauf. Es war noch früh am Abend, und doch blinkten schon einige Sterne am Himmel. Er hielt seine Hand auf den Schwertgriff gestützt, aber der schweigsame Mann vor ihm führte ihn am Lager der Grubenarbeiter vorbei und über die Straße direkt ins Herz von Alburnus Major, einer Ansammlung von Häusern, die sich unter den Schatten der Rotunde duckten. Aus dem Dunkel erschien eine Gestalt auf der Straße, und eine vertraute Stimme sprach den Tribun an, der sofort einen bitteren Unterton bemerkte.

»Sieh an, Tribun Scaurus. Es scheint dir recht gut zu gehen.«

Der Tribun nickte knapp, stützte beide Hände auf die Hüften und zwang sich zu einem höflichen Ton, während der Bote vor ihm fast unsichtbar in der Düsternis lauerte. »Guten Abend, Prokurator. Leistest du uns beim Abendessen Gesellschaft?«

Maximus lachte, und wieder hatte Scaurus das Gefühl, dass er irgendetwas nicht richtig verstand. »Nein, Tribun, ich werde dich nicht begleiten.« Er ging an Scaurus vorbei und weiter die Straße entlang, wobei er ihm über die Schulter noch etwas zurief, sodass seine Worte in die dunkle Landschaft hinaushallten. »Ich wünsche dir einen angenehmen Abend, wenngleich ich bezweifle, dass du Unterhaltung nach deinem Geschmack finden wirst. Es sei denn, natürlich, die Gerüchte, die man so hört, wären wahr: nämlich, dass Soldaten männliche Gesellschaft vorziehen...«

Scaurus sah dem Prokurator nach, wie er in der Dunkelheit verschwand, wandte sich dann wieder seinem Führer zu und bedeutete ihm mit der Hand weiterzugehen. Der Bote führte ihn in einen von Mauern umgebenen Hof, dann durch einen gepflasterten Garten, der von einem Dutzend brennender Fackeln erleuchtet und mit geschmackvoll angelegten Bäumen und Sträuchern bewachsen war. Kurz darauf erreichten sie den Eingang einer großen Villa, die sich hinter den hohen Mauern verbarg. Er hämmerte an die Tür, die sogleich von einem beeindruckend dicken Sklaven geöffnet wurde, der den Tribun hereinwinkte. Nachdem er die Tür hinter ihnen geschlossen hatte, wandte er sich mit einem schmalen Lächeln an Scaurus.

»Guten Abend, Herr. Darf ich um dein Schwert bitten, bevor ich dich in das Esszimmer führe?«

Scaurus zuckte die Achseln und zog sich den Tragegurt der Waffe über den Kopf. »Ich werde meinen Dolch bei mir behalten, wenn es dir nichts ausmacht. Immerhin muss man ja mit etwas essen können. Und pass gut auf dieses Schwert auf, denn es ist ein Familienbesitz, schon seit der selige Claudius auf dem Thron saß.«

Der beleibte Diener nickte, nahm die Waffe mit der angemessenen Ehrerbietung entgegen und führte den Tribun durch eine Tür in einen leeren Raum, wo sich zwei Sofas sowie ein niederer Tisch befanden, auf dem eine Flasche Wein und zwei Becher standen.

»Die Dame wird sich gewiss bald zu dir gesellen, Herr.«

»Die Dame?«

Ob beabsichtigt oder nicht, hatte sich der Sklave so eilig zurückgezogen, dass er die Frage nicht mehr hörte. Verwirrt schritt Scaurus mit einer Hand auf dem Dolchgriff durch den Raum und hatte das eindeutige Gefühl, an der Nase herumgeführt zu werden. Als er die Wandmalereien sah, die die Wände verzierten, runzelte er die Stirn, weil er sogleich bemerkte, was sie darstellten.

»Schön, nicht wahr? Ich habe ein Vermögen dafür bezahlt, um einen Maler zu finden, der kunstfertig und erfahren genug ist, diese Bilder korrekt wiederzugeben. Aber, sofern die Reaktion der Betrachter ein Anzeichen für ihren Wert ist, so hat er jeden einzelnen Denar davon verdient. Besonders gut gefällt mir dieses hier, wo der Mann sie von hinten besteigt. Siehst du, wie sie den Rücken biegt? Man kann geradezu ihre Lustschreie hören, während er sie in das Sofa hineinrammt.«

Scaurus nickte und wandte der Sprecherin sein Gesicht zu, das sich etwas heißer anfühlte, als ihm lieb war. Theodora stand in einer sorgfältig einstudierten Pose im Eingang an der gegenüberliegenden Seite des Raumes. Sie hatte sich gegen den Türrahmen gelehnt, und ihr elegantes Kinn war auf ihre erhobene Hand gestützt, während sie mit der anderen sanft über den hauchdünnen, halb durchsichtigen Stoff ihres Kleides strich. Er verbeugte sich tief und nutzte den kurzen Moment, um seine Gedanken zu sammeln.

»Ah, Domina. Ich muss zugeben, dass du mich ein wenig überrumpelt hast. Dein Bote hatte mir ein Abendessen angekündigt, doch deine ziemlich exotische Kleidung lässt darauf schließen, dass diese Zusammenkunft für eine etwas ausgewähltere Gruppe gedacht war, als ich angenommen hatte?«

Sie lachte, hell und unbekümmert, was in dem stillen Raum sonderbar klang, und trat mit abschätzendem Blick von der Tür weg. »Eure Verwirrung war tatsächlich beabsichtigt, Tribun. Ich wollte dich ganz für mich allein haben, war mir aber nicht sicher, wie du auf solch eine Einladung reagieren würdest. Immerhin könnte es so aussehen, als wollte ich mir dadurch deine Gunst erschleichen.«

Scaurus hob fragend die Augenbrauen und stützte sich

die Hände in die Hüften. »Was du wohl tatsächlich vorhast, nehme ich an.«

Theodora lächelte sichtlich erfreut. »Oh ja, natürlich will ich das. Wie schlau von dir, mich so genau zu durchschauen. Übrigens hatte ich auch gehofft, dich mit dieser Einladung dazu zu bewegen, diese herrliche Rüstung anzulegen, denn ich *liebe* Männer in Uniform. Ich wünschte, mein Künstler wäre jetzt hier, dann könnte er dich genau so porträtieren, wie du jetzt so ernst und männlich vor mir stehst.« Sie ging durch den Raum und strich mit einem Finger seinen Brustpanzer hinab. »Er glänzt sogar! Einfach wundervoll. Hättest du nur noch deinen Helm dazu angelegt!«

Scaurus lächelte. »Nun, wenn ich das gewusst hätte...«

»Aber besteht nicht das halbe Vergnügen solcher Begegnungen in der Überraschung? Was würde denn geschehen, wenn ich diese hier lösen würde?« Sie zog an den Riemen, die seinen Brustpanzer sicherten, und öffnete mit ihren delikaten Fingern die Haken daran. »Wir sollten die viele Bronze ablegen, nicht? Sie ist zwar von größtem Nutzen, wenn es darum geht, Zivilisten einzuschüchtern, aber als Abendkleidung eignet sie sich nicht wirklich gut, oder?«

Er lächelte noch breiter. »Ich warne dich, Domina. Ich hatte einen ziemlich anstrengenden Tag, und die Dringlichkeit deiner Einladung ließ mir keine Zeit, ein Bad zu nehmen. Daher könnte ich ein bisschen... überreif riechen.«

Theodora fuhr fort, mit ihren geschickten Händen die engen Knoten zu lösen, welche die beiden Hälften der Brustplatte zusammenhielten. Dann nahm sie die schwere Bronzerüstung ab, legte sie auf den Boden, beugte sich zu ihm und atmete tief ein. »Wundervoll! Dies, mein lieber Tribun, ist genau der Geruch, den ein Mann haben sollte. Und vermutlich finden wir hier unten auch…« Sie führte eine Hand unter seine Tunika und rieb sein anschwellendes Glied. »Genau das, wonach ich suchte!« Sie richtete sich auf, lachte über seinen überrascht-erfreuten Gesichtsausdruck und zog ihn an seinem mittlerweile sehr groß gewordenen Glied in Richtung Tür. »Hier entlang, Gaius. Ich darf dich doch Gaius nennen, denke ich, nachdem ich kurz davorstehe, mich auf dieses durchaus eindrucksvolle Exemplar zu setzen? Lass uns den ersten, schnellen Ritt gleich hinter uns bringen, in Ordnung? Ich möchte ja nicht, dass du in freudiger Erwartung über meine Möbel spritzt, wo wir doch mithilfe von ein paar Minuten leidenschaftlicher Lust die Sache für eine Weilchen beruhigen können.«

»Für ein Weilchen?«

Sie lächelte keck, denn sie wusste ja, dass sie ihn buchstäblich in ihren Händen hielt. »Oh ja. Zuerst brauchen wir ein gutes, langes Abendessen mit genügend Wein, um deine Empfindsamkeit zu berauschen, ohne dir dabei deine Manneskraft zu nehmen. Unterdessen könnten wir auch darüber sprechen, wie du die Rabenkopf-Goldmine gegen diese bestialischen Barbaren verteidigen willst. Danach aber erwarte ich, dass du mich mehrere weitere Male mit *dem* hier pfählst. Und zwar so lange, bis, um es offen zu sagen, du gar niemanden mehr zu pfählen imstande bist.«

3. Kapitel

Julius war gerade dabei, den Wachen am Tor in einprägsamer und fast schon brutaler Weise ihre vielen Fehler vorzuhalten, als ihn eine Nachricht von Annia erreichte. Soeben hatte er bei den zwei betreffenden Zeltmannschaften jeden Zweifel ausgeräumt, dass weitere Verfehlungen ihrer Pflichterfüllung nicht nur eine beträchtliche Kürzung ihres Solds zur Folge haben, sondern auch schmerzhafte Peitschenhiebe nach sich ziehen würden.

»Nein! Die Tatsache, dass der Junge womöglich unversehrt zurückkehrt, macht das Ganze keinen Deut besser, denn er hätte verdammt noch mal gar nicht erst unbemerkt verschwinden dürfen! Und schon gar nicht hätte ein anderer Junge in dieses verdammte Lager vordringen sollen!« Er nahm die Wachsplatte entgegen, die ihm ein sichtlich erschütterter Soldat seiner eigenen Ersten Zenturie entgegenhielt, und überflog kurz den Inhalt, bevor er den wartenden Mann mit einer Geste entließ. »Sag der Domina, ich werde gleich bei ihr sein. Und hol genügend Portionen vom Abendessen, dass sechs Personen davon satt werden. Sollten die Speisen nicht im Zelt der Medica sein, wenn ich dort ankomme, kannst du den Kerlen hier bei ihrem Strafdienst helfen und dein Schwert zum Putzen der Latrinen verwenden.«

Der Soldat salutierte stramm, fuhr herum und rannte

davon, denn er hatte das heftige Temperament des Ersten Speers schon häufig zu spüren bekommen.

Julius richtete indessen seine Aufmerksamkeit auf die ihm am nächsten stehenden Torwächter. Die beiden konnten offensichtlich kaum ihr Vergnügen darüber verbergen, was ihrem Kameraden bevorstand. Also hob Julius die Stimme erneut und brüllte nun derart laut, dass das halbe Lager ihn hören konnte. »Was ihr beiden zu lachen habt, weiß ich nicht, denn wie ich gerade gelesen habe, ist der andere Junge soeben mit Lupus in das Lager zurückgekehrt, und schon wieder hat das keiner von euch Idioten bemerkt! Sobald ihr mit eurer Schicht fertig seid, will ich, dass die gesamte Wache vor meinem Zelt exerziert, und zwar ohne Ausnahme!«

Erfreut stellte er fest, dass die heutige Nachtwache zufällig von Zenturio Otho kommandiert wurde. Letzterer war der übellaunigste all seiner Offiziere und wurde seit langem von den Soldaten und Zenturios »Die Faust« genannt, weil er eine starke Tendenz dazu hatte, seinen Anweisungen körperlichen Nachdruck zu verleihen. In einer kurzen, energischen Rede schlug er dem Veteranen vor, er solle die Wachen des Lagers gefälligst auf Trab bringen, wobei sein Ton und seine Ausdrucksweise prägnant genug waren, um dafür zu sorgen, dass es wohl bald eine Reihe von blauen Augen und geschwollenen Lippen zu sehen geben würde. Dann schritt er in Richtung des Zelts der Medica und schüttelte noch immer wütend den Kopf darüber, dass seine Männer nicht imstande gewesen waren, im hellen Tageslicht zwei Kinder aufzugreifen, die im Lager herumschlichen. Auf dem Wachstablett, das Annia ihm gesandt hatte, stand, er sei zum Abendessen eingeladen, vorausgesetzt, er sorge selbst für die Mahlzeit. Als er gerade forschen Schrittes durch den Zelteingang gehen wollte, trat

Annia ihm entgegen, legte ihm eine Hand auf die Brust und schob ihn bestimmt von der Öffnung weg. Ihr Blick hieß ihn schweigen, dann bewegte sie ihren Kopf nahe an seinen heran und machte dabei ein Gesicht, das er gut kannte und von dem er wusste, dass er es ernst zu nehmen hatte. Im Flüsterton stieß sie ihm ein paar warnende Worte entgegen, verwendete dafür jedoch ihre »Kommandostimme«, wie er sie nannte, wenn er sich sicher war, dass sie nicht zuhörte.

»Ich wusste, dass du hier entlangkommen würdest, denn ich konnte dich ja jeden beschimpfen hören, der dir in den Weg trat! Wir haben einen Gast, Julius, und wenn du jetzt brüllend in das Zelt stürmst und wie üblich über die ›Scheiß-Wachen‹ herziehst, wird er aufspringen und verschwunden sein, noch bevor du Luft holst. Ich bin mir nicht sicher, was dem Jungen angetan wurde, aber ich weiß zumindest, dass Soldaten sein Leben ruiniert haben, weshalb er nun fürchterliche Angst vor Uniformen hat – und zwar vor *jeder* Art von Uniform. Was er also gar nicht brauchen kann, ist eine Uniform, in der ein selbstherrlicher Zenturio mit dem Temperament eines Preisbullen steckt, der zu lange von Kühen ferngehalten wurde.«

Julius blickte ihr über die Schulter und stellte empört fest, dass der Soldat, der damit beauftragt war, das Abendessen für die Gesellschaft zu bringen, die ungeplante Verzögerung seines Ersten Speers dankbar als Gelegenheit nutzte, um mit einem großen Topf in das Zelt zu eilen, der wahrscheinlich mit allem gefüllt war, was der Mann von seinen Kameraden zusammenbetteln, borgen oder sogar stehlen konnte. Er öffnete protestierend den Mund, wurde aber sogleich von einem harten Finger gestoppt, der ihm an die Lippen gehalten wurde. »Falls du deine Füße also heute Nacht woanders wärmen willst als unter deinem Mantel, solltest du ein Lächeln in dein großes, hässliches Gesicht zaubern, mir in das Zelt folgen und so tun, als sei die Anwesenheit des Kleinen das Beste, was dir den ganzen Tag passiert ist. Habe ich mich klar ausgedrückt?«

Wieder öffnete Julius den Mund, diesmal aber, um eifrig zuzustimmen. Er hatte genügend Erfahrung mit dieser Frau gesammelt, um ihre Gunst nicht für selbstverständlich zu halten. Doch ihr Kommentar, während sie ins Zelt zurückging, ließ ihn nicht nur verstummen, sondern machte ihn perplex.

»Außerdem sollten wir ohnehin baldmöglichst herausfinden, ob du einen guten Vater abgeben würdest, findest du nicht?«

»Was immer sie ihm gesagt hat... er wurde bleich wie der Arsch eines Legionärs, jedenfalls hat das der Soldat erzählt, den er beauftragt hatte, ihnen etwas zum Abendessen zu bringen. Als die Abendwache ihm dann wie befohlen Bericht von einer Schlägerei erstattete, ist er noch nicht einmal auf sie losgegangen. Stattdessen hat er sie weggeschickt und lediglich gewarnt, dass so etwas besser nie wieder passieren sollte. Mein Kumpel aus der Siebten Zenturie sagte, der arme Kerl habe ausgesehen, als hätte man ihm den Stiel einer Axt über den Schädel gezogen. Und sieh nur, wie er jetzt gerade da steht...«

Morban und Arminius drehten sich gleichzeitig um und betrachteten den Ersten Speer Julius, der mit trübsinniger Miene an der Zeltreihe der Fünften Zenturie vorbeischritt.

Der Standartenträger hob vielsagend eine Augenbraue und blickte zu seinem Kameraden hinüber. »Die Wetten darauf, ob sie schwanger ist oder nicht, sind bereits abgeschlossen. Ich biete eine Quote von zwei-zu-drei im Falle eines Jungen, eins-zu-eins bei einem Mädchen. Dann lass uns mal schauen, ob wir eine Bestätigung hinsichtlich des Wettausgangs bekommen können...«

Er salutierte schnittig und entgegen seiner Gewohnheit sogar korrekt, was Julius jedoch ignorierte.

»Guten Morgen, Erster Speer, Herr!« Die Tatsache, dass Julius auf seinen gekünstelt fröhlichen Gruß nicht reagiert hatte, heizte Morban nur weiter an. »Es ist ein schöner, sonniger Tag, Herr, und vielleicht bekommen wir heute diesen Wall...«

Er unterbrach sich, als der Erste Speer abrupt anhielt, den Kopf wandte und ihn ausdruckslos anstarrte. Dann ging er direkt auf Morban zu und hielt seine Nase nur Zentimeter von seinem Gesicht entfernt. Schließlich hob er die Stimme zu einem tiefen Brummen.

»Guten Morgen, Standartenträger. Du hast recht: Es ist tatsächlich ein guter Tag, um einen Wall zu bauen, und ja, wir werden den Unterbau noch heute fertig bekommen. Falls du irgendwelche weiteren Fragen an mich haben solltest, möchte ich dich darauf hinweisen, dass in diesem speziellen Fall Diskretion vorteilhafter ist als Wagemut. Du kannst gerne die Gerüchteküche weiter anheizen und Wettquoten festsetzen, aber erwarte bloß nicht von mir, dass ich dich dabei unterstütze. Und jetzt verschwinde zum Parade-Exerzieren.«

Julius kehrte dem Standartenträger den Rücken zu. Der spitzte zwar die Lippen, hielt ansonsten aber den Mund fest geschlossen.

Der Erste Speer wandte sich an Arminius. »Wo ist Zenturio Corvus?«

Der Germane deutete auf die Reihe von Zelten, wo der medizinische Versorgungswagen direkt neben Felicias Krankenstation stand. »Er ist bei seiner Frau und verabschiedet sich.«

Als Julius eintrat, sah er seinen Kameraden auf einer Holzkiste sitzen. Er wiegte seinen winzigen Sohn auf dem Schoß, während Felicia ihrer Arbeit nachging.

»Bist du bereit?«

Marcus nickte, stand auf und reichte den kleinen Appius seiner Frau. Dann küsste er sie zärtlich und folgte dem Ersten Speer aus dem Zelt. Gemeinsam gingen sie zu dem Teil des Lagers hinüber, wo sich die Kavallerieeinheit der Kohorte eingerichtet hatte. Fünf Reiter warteten aufbruchbereit neben ihren Tieren. In ihrer Mitte stand das Pferd, das Marcus gefangen hatte. Ihr Anführer salutierte, was Julius mit einem Nicken zur Kenntnis nahm. Dann grüßte er auch den Späher Arabus, der dem Erkundungskommando offenbar ebenfalls zugeteilt worden war.

»Morgen, Silus. Weißt du schon, wie du die Anordnungen des Tribuns ausführen willst?«

Der grauhaarige Decurio zeigte auf eine Landkarte, die grob in den Boden vor ihnen geritzt war. »Laut dem, was die Grubenarbeiter sagen, gibt es nur eine Straße, über die sich mögliche Invasoren der Mine nähern können. Der Weg, auf dem wir hier heraufgekommen sind, führt bis zum Ende des Tals und dann weiter nach Norden, bis er schließlich in ein anderes Tal mündet. Durch dieses Tal verläuft ein Strom, den die Einheimischen passenderweise den Goldenen Fluss nennen und der schließlich in den Marisus mündet, der bereits auf feindlichem Territorium liegt. Wenn man also eine Kriegshorde aus der Ebene hierherbefördern wollte, so denke ich, würde man sie am besten an den Ufern des Marisus entlangführen, danach beim Goldenen Fluss abbiegen und dem Strom aufwärts bis zu diesem Tal folgen. Eine so große Anzahl Männer wird eine Menge Wasser benötigen, überdies könnte der Fluss als ein zuverlässiges Transportmittel dienen. Daher plane ich, die Ufer des Goldenen Flusses hinabzureiten, und der Späher des Zenturios soll nach Spuren suchen, die sie womöglich hinterlassen haben. Falls wir nichts Besonderes entdecken, stelle ich auf der Talseite einen Wachposten auf und warte ab, was weiter geschieht. Sobald sie eingetroffen sind, reiten wir zurück und warnen euch. Ihr müsst aber unbedingt dafür sorgen, dass wir danach irgendwie wieder ins Innere des Walls gelangen, klar?«

Julius nickte grimmig. »Dann solltet ihr darauf achten, euer Willkommensfest nicht zu lange andauern zu lassen, wenn die Barbaren erst einmal auftauchen. Es wäre mir lieber herauszufinden, dass sie auf einem anderen Weg hergekommen sind, als eure Köpfe aufgespießt auf Speeren zu sehen.«

Silus drehte sich um und schwang sich auf den Sattel seines Reittiers. »Macht euch keine Sorgen um uns. Wir bringen den ungewaschenen Horden schon das nötige Maß an Respekt entgegen. Und ihr dürftet unterdessen genug damit zu tun haben, die Verteidigungsanlagen fertigzustellen und einen Namen für den Neuankömmling auszusuchen, richtig?«

Julius nickte ungerührt. »In der Tat. Ich habe dieses Thema bereits gestern Abend mit der Kindsmutter besprochen, und wir waren uns fast einig, dass wir das Baby nach dir benennen werden.« Er wartete einen Augenblick, damit Silus die Nachricht verdauen konnte, doch noch bevor dieser eine Antwort hervorstoßen konnte, schüttelte Julius traurig den

Kopf. »Dann aber hat Annia angemerkt, dass es eine zu große Bürde für ein Kind wäre, wenn man es ›Neugieriges Arschloch‹ nennen würde.«

Silus warf den Kopf in den Nacken und lachte schallend. »Hart, aber fair, Erster Speer, das muss ich schon sagen. Und jetzt los, Zenturio Zwei Klingen: Spring auf dein Pferd und lass uns reiten. Bevor die Sonne zu hoch am Himmel steht, würde ich gerne in unserem Versteck hocken. Und da das Thema Nachwuchs bei unserem Ersten Speer tabu zu sein scheint, sollten wir darüber nachdenken, welchen Namen wir dieser verfressenen kleinen Stute geben, die du nun dein Eigen nennst.«

Die versammelten Zenturios der beiden tungrischen Kohorten nahmen Haltung an, als Julius die morgendliche Besprechung der Offiziere erreichte. Einige starrten unbewegt auf die Hügel hinter ihm, da sie nicht wagten, ihm ins Gesicht zu sehen, während andere, die ihn länger kannten und zum Teil einen ihm übergeordneten Rang innehatten, seinem Blick mit harten, ungerührten Augen begegneten.

»Männer, die Gerüchte haben sich bereits im ganzen Lager verbreitet, also sollten wir die Geschichte nicht weiter anfeuern. Ja, ich werde Vater. In nicht allzu langer Ferne, wenn wir betrunken umhertaumeln werden, um die Niederlage der Barbaren zu feiern und auf diejenigen anzustoßen, die den Angriff nicht überlebt haben, dürft ihr euch gerne über mich lustig machen – sofern ihr kein Problem damit habt, dass auch ich eure vielen und mannigfaltigen Verfehlungen aufzählen werde. Jetzt aber« – er ließ den Blick über die Runde seiner Offiziere gleiten und musterte forschend ihre grimmigen, bärtigen Gesichter – »ist mir das alles völlig gleichgültig. Denn heute haben wir nur ein Ziel: den Wall hoch und stark genug zu bauen, dass wir einen entschlossenen Angriff durch tausende goldgieriger Barbaren überstehen. Der Tribun ist bereits losgeritten, um sicherzustellen, dass die Zenturien der Legion auf den Hügeln beiderseits des Walls ihre Verteidigungsanlagen ebenfalls fertig bekommen, aber wie wir alle wissen, werden die Feinde ihre Attacke durch das Tal und somit gegen *uns* führen. Gewiss werden sie Patrouillen über die Flanken schicken, daran allerdings wenig Freude haben. Daher wird es letztendlich auf einen direkten Kampf am Wall hinauslaufen, weshalb ich sichergehen möchte, dass wir ihn noch vor der Abenddämmerung verteidigungsbereit haben.« Er sah seine Offiziere unerbittlich an. »Das heißt, Schluss mit der sanften Behandlung. Es ist von größter Wichtigkeit, dass die Bergleute heute wie Tiere schuften und dies nicht nur als Möglichkeit nutzen, ein wenig Sonne auf ihren Rücken zu bekommen. Daher ist meine Anweisung für jeden von euch: Beim ersten Mann, den ihr nachlassen seht, ganz gleich, ob es sich dabei um einen Soldaten oder einen Grubenarbeiter handelt, werdet ihr euren Rebstock gebrauchen und allen klarmachen, dass dem Nächsten ein paar Hiebe *damit* drohen.« Er hob eine Peitsche hoch, deren geflochtene Lederstreifen in der Luft baumelten. »Falls es nicht anders gehen sollte, schickt ihr den Übeltäter zu mir. Ich werde am Haupttor einen Prangerpfosten errichten lassen, damit jeder, der ein wenig Zeit daran verbringen will, von allen anderen gesehen werden kann. Nun fangt an und hütet euch, mich zu enttäuschen.«

Der Spähtrupp ritt in flottem Trab die Straße hinter dem schnell anwachsenden Wall hinab, wobei jeder Reiter in eine andere Richtung blickte, um frühzeitig gegen womöglich herumstreifende sarmatische Späher gerüstet zu sein, die aus dem dichten Wald neben ihnen hervorbrechen könnten. Als sie am Ende des Rabenstein-Tals angekommen waren, wandten sie sich nach Norden und folgten dem Pfad längs der Straße, über die die Kohorten auf ihrem Weg zum Bergwerk entlanggekommen waren. Zwei Stunden später befanden sie sich auf dem Bergkamm am äußersten Ende des Tales. Dort setzten sie sich zum Mittagessen in ein kleines Wäldchen mit Bäumen, deren Stämme und Äste sich aufgrund des steten Windes in Richtung Osten neigten.

Silus hatte seinen groben Wollmantel eng um sich geschlungen, kaute auf Brot herum und betrachtete mit fachkundigem Blick das Tal. »Sieht nicht viel anders aus als die Berge nördlich des Walls in Britannien, findet ihr nicht? Fühlt sich so an, als würden wir gleich Calgus und seine Blaunasen jagen, statt Katz und Maus mit den Sarmaten zu spielen. Aber lass uns jetzt die Sache mit dem Namen für dein Pferd besprechen.«

Marcus lehnte sich zurück und streichelte liebevoll den Nacken der Stute, worauf diese ihn sogleich mit der Schnauze in den Rücken stupste. »Mir scheint, die Auswahl eines Namens kann Unglück bringen, so zumindest ist es mir mit dem guten alten Dickschädel ergangen. Vielleicht sollten wir sie einfach namenlos lassen, damit sie sicher in ihrer Anonymität weiterleben kann.«

Der Decurio schnaubte verächtlich. »Das mag für dich angehen, da du sie nur ab und zu reitest. Wir aber müssen sie täglich füttern und trainieren. Was soll ich denn meinen Männern sagen? ›Geht mal die Stute füttern‹? Stell dir vor, welche Verwirrung wir damit stiften. Also: Wenn du ihr selbst keinen Namen geben willst, tun wir das. Was meint ihr, Jungs?«

Einer der Reiter hinter ihm erhob die Stimme. »Heute Morgen hat die kleine Hexe versucht, mich zu beißen. Was haltet ihr von ›Kneifzange‹?«

Silus nickte. »Kneifzange, ja, das gefällt mir. Wie du siehst, Zenturio, ist das Problem bereits gelöst. Jetzt müssen wir nur noch...« Er drehte sich um und blickte mit schmalen Augen ins Tal. »Keine Bewegung!«

Marcus blieb stocksteif sitzen, drehte aber den Kopf langsam in Richtung dessen, was die Aufmerksamkeit des Decurios auf sich gelenkt hatte. Etwa eine Meile vor ihnen im Tal, wo der Fluss eine enge, hufeisenförmige Windung in Richtung Norden nahm, war eine Gruppe Reiter zu sehen.

Silus verzog kopfschüttelnd das Gesicht. »Das müssen mindestens fünfzig sein. Wir können keinesfalls den Kampf mit ihnen aufnehmen, und wenn wir das Weite suchen, ist es gut möglich, dass sie uns erwischen, noch bevor wir in Deckung gehen können. Daher wird es das Beste sein, wenn wir uns mucksmäuschenstill verhalten und hoffen, dass sie an uns vorbeireiten. Verzieht euch hinter die Bäume, ganz langsam, und haltet vor allem den Mund. Mit ein bisschen Glück bleiben sie am Fluss, und wir haben hier ein hübsches, gemütliches Plätzchen.«

Die Soldaten beobachteten, wie die feindlichen Späher vorsichtig zum Talboden ritten, wobei sie sich misstrauisch umblickten.

»Die sind schon auf Ärger vorbereitet, als wüssten sie, dass wir hier sind.«

Silus beantwortete Marcus' geflüsterte Bemerkung mit einem Kopfnicken. »Natürlich wissen sie, dass wir das Tal besetzt haben. Sicher haben die Späher, deren Spuren der Zenturio gestern aufgespürt hat, die Anzahl unserer Leute zusammengerechnet, während wir hier einmarschiert sind. Sie werden genauen Bericht erstattet und auch bemerkt haben, dass nur wenig Kavalleristen unter uns sind. Daher wurden diese Jungs wohl in ausreichender Kampfstärke ausgesandt, um es mit den Reitern aufnehmen zu können, die wir zum Auskundschaften losgeschickt haben. Zum Glück befanden wir uns bereits hinter den Bäumen.«

»Was machen wir, wenn sie an uns vorbeigezogen sind?«

Der Decurio beantwortete Marcus' Frage mit einem schwachen Lächeln. »Wenn sie an uns vorbei sind, Zenturio, geht der Spaß erst richtig los.«

Die tungrischen Späher blieben regungslos sitzen, während die feindlichen Reiter sich langsam durch das Tal bewegten. Vom spärlichen Schutz des Wäldchens aus beobachteten sie, wie die Sarmaten den Boden nach Spuren römischer Kavalleristen absuchten.

Silus schüttelte erbittert den Kopf und starrte auf die Reiter, die augenscheinlich lustlos das Gelände beidseits des Flusses inspizierten. »Ihr Anführer hat wohl kein Hirn im Schädel. Ich an seiner Stelle hätte das gesamte Tal abgesucht und jeden Zentimeter Boden überprüft, anstatt nur am Ufer entlangzureiten.« Er seufzte. »Vermutlich sollten wir dankbar dafür sein, aber ich kann es nicht leiden, wenn andere ihre Arbeit unsauber verrichten.«

Sie warteten, bis der feindliche Spähertrupp hinter dem Hügelausläufer verschwunden war, auf dem die Tungrer zusammengekauert ausharrten.

Silus erhob sich langsam. »Ich nehme an, dass der Rest ihrer Streitmacht schon bald hinter ihnen herziehen wird, daher sollten wir uns aus dem Staub machen. Ansonsten könnte es passieren, dass die Späher umkehren und wir uns plötzlich zwischen Hammer und Amboss wiederfinden. Ihr drei, reitet gen Süden über den Hügel und durch den Wald, bis ihr einen sicheren Pfad zurück nach Rabenstein findet. Warnt Julius, dass er im Bestfall bis heute Abend Zeit hat, den Wall fertig zu bekommen. Falls ihr erneut Sarmaten begegnet, kauert am Boden und wartet, bis sie weg sind. Sollten sie euch trotzdem entdecken, reitet wie Wahnsinnige zur Bergbauanlage, und der Himmel stehe euch bei. Der Rest von uns sucht nach einem Aussichtsposten, der ein bisschen besser geschützt liegt.«

Die drei Männer bestiegen ihre Pferde und ritten in schnellem Trab ins Tal hinunter. Silus blickte besorgt nach Osten, wo die feindlichen Reiter aus dem Blickfeld verschwunden waren. Zum Glück konnten seine Männer den flachen Fluss überqueren und die andere Seite des Tals hinaufreiten, ohne eine Spur der sarmatischen Vorhut zu Gesicht zu bekommen.

»Hier sollten wir ausreichend gedeckt sein.«

Sie führten ihre Reittiere tiefer in den Wald, der die Spitze des Hügels bedeckte, und ließen Arabus als Wache zurück, während Marcus und Silus das Tal aus dem Schutz der Bäume beobachteten. Nach etwa einer Stunde trotteten die ersten Reiter der sarmatischen Vorhut an ihrem Versteck vorbei... teilweise so nah, dass Marcus ihre Gesichter sehen konnte.

Silus betrachtete sie forschend, wobei er dem Römer ins Ohr flüsterte: »Diese hier machen ihre Arbeit wenigstens ordentlich, auch wenn ich selbst wahrscheinlich nicht nur die Talhänge, sondern auch die Wälder durchkämmt hätte. Außerdem muss man eingestehen, dass sie einen Haufen beeindruckender Pferde haben. Beobachte, was sie tun, wenn sie am Ende des Tals ankommen.«

Während die beiden Männer die Reiter aus ihrem Versteck

heraus überwachten, wandten sich Letztere gen Süden Richtung Rabenstein. Es waren etwa zweitausend Mann, und sie ritten unter blutroten Bannern mit weißen Schwertern darauf, die anmutig im Wind flatterten.

»Falls wir je einen Zweifel hatten, dass sie zu den Goldminen wollen, haben wir hier den Beweis. Bei diesem Tempo werden sie den Wall noch weit vor der Dunkelheit erreichen. Lasst uns also hoffen, dass Julius ihn bereits so hoch gebaut hat, dass ihre Pferde nicht darüberspringen können. So viel scharfes Eisen hinter dem Wall würde unseren Verteidigern ziemlich übel mitspielen.«

»Blutrote Flaggen mit weißen Schwertern darauf? Das muss Boraz sein, denn er zieht unter einer solchen Flagge in den Krieg.« Cattanius blickte mit einem matten Lächeln in die Runde der Offiziere, die an den Wänden aufgereiht standen. »Ich denke, wir können dankbar sein, dass unsere Spione korrekte Informationen übermittelt haben. Wie ihr sehen könnt, ist Boraz aufgrund der geringeren Größe seiner Kriegshorde der kleinere Mitstreiter.«

Während die Tribune und ihre Ersten Speere beobachteten, wie die barbarische Vorhut bedächtig das Tal heraufzog, waren ihre Männer noch immer an der Arbeit. Um sie herum wimmelte es von Soldaten, die Torfblöcke holten und sie oben auf den Wall legten, um ein eineinhalb Meter hohes Bollwerk zu bauen, hinter dem die Truppen vor feindlichen Speeren und Pfeilen geschützt waren.

Julius betrachtete abschätzend die herannahende Ansammlung von Reitern. »Wenn das die Größe ihrer Vorhut ist, würde ich sagen, es ist ziemlich egal, um welchen der beiden Stammeskönige es sich dabei handelt. Sollte unsere Mauer nicht ausreichen, sie zu stoppen, sind wir sowieso alle tot.« Er sah sich mit grimmigem Lächeln um. »Allerdings scheint ihre Ankunft die Dringlichkeit der Bauarbeiten etwas deutlicher gemacht zu haben.« Zuvor hatten die Bergleute gerade genug gearbeitet, um den angedrohten Peitschenhieben zu entgehen. Nun aber, da sie die Kavallerie der Barbaren erblickt hatten, schufteten sie doppelt so schnell. »Wir sollten besser verschweigen, dass der Wall bereits hoch genug ist, um die Kerle fernzuhalten, was? Es gefällt mir zu sehen, dass sie sich jetzt besonders ins Zeug legen.«

Die Offiziere beobachteten, wie die sarmatische Vorhut langsam talaufwärts ritt. Als sie etwa fünfzig Schritte vor der Stelle angelangt waren, die von den Pfeilen möglicher Bogenschützen auf dem Zwinger zu erreichen war, hielten sie an. Einer von ihnen ritt vor, wobei der Zipfel eines blutroten Banners über seiner Schulter flatterte.

Wenige Schritte vor dem Wall zügelte er sein Pferd, betrachtete mit einem amüsierten Lächeln das Bollwerk und rief: »Typisch Römer.« Seine Stimme war in der nachmittäglichen Stille gut zu hören, und Julius vernahm den selbstsicheren Klang edler Herkunft darin. »Ihr versteckt euch hinter euren Mauern, und die Feigheit, die ihr dadurch offenbart, ist euch egal. Es ist wesentlich besser, Feinden in direktem Schwertkampf auf dem Schlachtfeld zu begegnen, als sich selbst auf derartige Weise in Schande zu bringen.« Er deutete vielsagend auf den Wall und schüttelte in vorgetäuschter Betrübtheit den Kopf. »Wenn ihr im Jenseits eure Vorfahren trefft, werden sie euch fragen, ob ihr als wahre Männer gestorben seid, und alles, was ihr darauf antworten könnt, ist, dass ihr eine hohe, starke Mauer gebaut und euch mit zitternden Knien dahinter verschanzt habt.«

Scaurus sah ihn ungerührt an. »Mag sein. Allerdings werde ich nicht allzu bald mit meinem Großvater sprechen, wohingegen du, mein Freund, dir bereits einen Platz am Tisch deiner Ahnen reserviert hast, falls du nicht bald damit herausrückst, was du zu sagen hast, und deinen arroganten Barbarenarsch außerhalb der Reichweite meiner Bogenschützen beförderst.«

Der Reiter nickte zu Scaurus hinauf. »Wie du wünschst. Ich bin Galatas, Sohn von König Asander Boraz und Kommandant dieser Reiter. Mein Vater hat mich vorausgeschickt, um euch ein überaus großzügiges Angebot zu machen. Falls ihr morgen bei Tagesanbruch eure Verteidigungsanlagen aufgegeben habt, werdet ihr diesen Ort lebend verlassen und dürft eure Waffen und Rüstungen mitnehmen. Mein Vater gewährt euch diese Gunst, sofern ihr schwört, euch aus diesem Teil eurer Provinz zurückzuziehen, und versprecht, nie wieder hierher zurückzukommen.«

Scaurus betrachtete den Reiter einen Augenblick, bevor er ihm antwortete, wobei er milde den Kopf schüttelte. »Ein wahrlich großherziges Angebot, und ich bitte dich, deinem ehrenwerten Vater für seinen Edelmut zu danken. Allerdings bin ich gezwungen, diese ›Gunst‹ abzulehnen. Selbst wenn wir diesen Ort lebend und mit unversehrter Ausrüstung verlassen würden, so scheint mir doch, unsere Würde und Ehre wären dadurch irreparabel beschädigt. Ich bin mir sicher, dein Vater, der ja zweifellos ein Ehrenmann ist, wird verstehen, dass ich seiner Aufforderung nicht nachkommen kann.«

Galatas lächelte mit finsterer Miene zu dem Römer hinauf. »Das habe ich nicht nur erwartet, sondern auch erhofft. Unser Stamm zeichnet sich durch hohen Stolz aus, weshalb kein Mann sich als echten Krieger betrachtet, bevor er nicht den Kopf eines feindlichen Soldaten abgeschlagen hat und dies durch den Helm des Besiegten bezeugen kann. Dein Helm mit seinem Federbusch wird an der Wand des großen Saales gut aussehen, wenn ich eines Tages meinem Vater nachfolge. Vielleicht sollte ich dir, bevor ich dich töte, noch die Ohren abschneiden, damit ich sie danebenhängen kann?«

Scaurus zog seinen hochpolierten Helm ab und drehte ihn absichtlich ein wenig, damit er das Licht reflektierte und blitzende Sonnenstrahlen auf den sarmatischen Edelmann warf. »Dieses alte Ding? Der Helm gehörte meiner Familie bereits, bevor dein Großvater den aufrechten Gang gemeistert hat, und nicht eine der sieben Generationen, die ihn tragen durften, hat je Schande über ihn gebracht. Daher bitte ich dich inständig, Galatas, Sohn des Asander: Komm zu mir, dann nehme ich mir einen Augenblick Zeit, dir zu demonstrieren, warum es unklug ist, etwas zu versprechen, was ganz offensichtlich außerhalb deiner Fähigkeiten liegt. Und nun fort mit dir! Solltest du noch in der Reichweite eines Pfeils sein, wenn ich bis dreißig gezählt habe, befehle ich meinen Bogenschützen, dich in ein Nadelkissen zu verwandeln.«

Die Römer beobachteten, wie der sarmatische Prinz davonritt.

»So. Jetzt, wo sie da sind und wahrscheinlich gleich dort drüben ihr Lager aufschlagen werden, sollten wir am besten ein paar thrakische Zenturien hier oben postieren, damit sie ein Auge auf sie halten. Man kann einem Mann zwar mit Bogenschützen drohen, aber es ist eine ziemlich leere Drohung, wenn man nicht tatsächlich Bogenschützen hinter dem Wall hat. Erster Speer, ich schlage vor, du entsendest einen laufenden Boten zu dem Präfekten und bittest ihn, ein paar Männer mit einem Haufen Pfeilen hierherzubringen. Ich hingegen sollte jetzt wohl besser meinen geschätzten Kameraden darauf aufmerksam machen, dass der Krieg begonnen hat.«

Marcus und Silus beobachteten schweigend, wie der Hauptteil des sarmatischen Heeres an ihrem Versteck vorbei das Tal hinuntermarschierte. Bevor sie erneut zu sprechen wagten, warteten sie noch eine Weile, bis die gesamte barbarische Infanterie und danach die Kavallerie vorbeigezogen waren.

»Etwa viertausend Fußsoldaten, ungefähr weitere viertausend Reiter, plus die zweitausend, die zuvor an uns vorbeigezogen sind. Vieh haben sie auch dabei, wohl um die zweihundert Ochsen. Hast du die Sklaven gesehen, die sie inmitten der Infanterie vorangetrieben haben?«

Marcus nickte. Sein Gesicht war dunkel vor Wut. »Habe ich. Es sah aus, als seien viele von ihnen Römer. Und nicht alle von ihnen waren Männer.«

Silus zuckte die Achseln. »Es wird immer Narren geben, deren Gier größer ist als ihre Vernunft. Als der letzte Kaiser den Krieg gegen die Sarmaten für beendet erklärt hatte, gab es zweifellos ein paar Idioten, die die Grenze überquert haben, um dort Handel zu treiben. Allerdings ist es mir ein Rätsel, wie ein Mann so dumm sein kann, seine Frau und seine Kinder einer derartigen Gefahr auszusetzen.«

Marcus blickte ins Tal und auf die Nachhut des Barbarenheers. »All unsere Bemühungen werden fruchtlos sein, wenn eine so große Anzahl Männer einen Angriff auf uns startet.«

Silus lächelte wissend. »Das werden sie aber nicht. Du hast doch die Spuren ihrer Späher um den Sattel auf der nördlichen Seite des Rabenstein-Tales gefunden, also können wir mit großer Sicherheit davon ausgehen, dass der Anführer einen Teil seiner Leute dorthin schicken wird, um einen Flankenangriff hinter dem Wall durchzuführen. Es werden nicht allzu viele sein, wohlgemerkt, denn sonst würde es uns auffallen, dass vor der Verteidigungslage weniger Männer stehen. Wenn aber ein paar tausend Fußsoldaten den nördlichen Hügel hinter uns herabkommen sollten, hätten wir keine Chance. Ich glaube, sie werden uns von zwei Seiten gleichzeitig angreifen und sich darauf verlassen, dass wir unsere Leute aufteilen müssen, um uns gegen beide Angriffe zu verteidigen. Komm mit.«

Er führte den Römer zurück zwischen die Bäume, und dort bestiegen sie ihre Pferde und ritten den Sarmaten vorsichtig nach. Arabus leitete die Gruppe, damit er die Spuren deuten konnte, die das feindliche Heer hinterlassen hatte.

»Diese Männer reisen mit großem Gewicht.« Der Späher deutete auf die Stiefelspuren der Fußsoldaten im weichen Gras und hinterließ selbst einen Abdruck daneben, damit sie deren Tiefe vergleichen konnten. »Ihre reichen weit tiefer als meine. Und schaut...« Er beugte sich und hob eine Kornähre vom Boden auf. »Sie tragen Getreidesäcke. Es scheint, als hätten sie vor, das Tal zu besetzen, falls sie nicht sofort einen Sieg erringen können.«

Sie folgten den Spuren gen Süden in Richtung Rabenstein-Tal, und nach etwa einer Meile hielt Arabus an und deutete auf den Boden.

»Die Kriegerhorde hat sich aufgeteilt. Die meisten Männer und sämtliche Pferde sind hier entlang zum Taleingang weitergezogen. Dort aber« – er deutete nach links auf einen schmalen Hohlweg, der fast gänzlich von Bäumen verdeckt war – »ist eine große Fußtruppe vom Hauptweg abgezweigt. Sie marschieren zum Sattel, wie ich vermute. Allerdings wer-

den sie Stunden bis dorthin brauchen, denn der Pfad bergauf wird schwierig. Trotzdem bin ich mir sicher, dass sie ihn
gut genug ausgespäht haben, um ihr Ziel noch vor Einbruch
der Dunkelheit zu erreichen. Das heißt, sie werden entweder schon heute Nacht oder in der kommenden Morgendämmerung über diese Strecke einen Angriff auf das Tal wagen.«

Marcus nickte und starrte zu den Hügeln hinauf. »Sie
könnten damit durchaus Erfolg haben, falls wir diese Nachricht dem Tribun nicht rechtzeitig übermitteln können.«

»Egal, ob Boraz nun der geringere Gegner in diesem Konflikt
ist oder nicht, es scheint, unsere Verteidigungsanlage wird
keine Minute zu früh fertig, um den Barbaren etwas Stärke-
res entgegenzusetzen, als sie erwarten. Unsere Späher gingen
von sechstausend Reitern und womöglich drei- bis viertausend Infanteristen von anderen Stämmen aus, die mit ihnen
zusammenarbeiten.« Tribun Belletor blickte in die Runde der
versammelten Offiziere, bevor er weitersprach. »Wir erwarten, dass sie gleich nach dem Morgengrauen einen ernsthaften Versuch wagen werden, unseren Wall zu bezwingen oder
ihn zu umgehen. Daher soll beim ersten Sonnenstrahl jeder
verfügbare Mann kampfbereit auf dem Wall oder dahinter
stehen. Tribun Sigilis?«

Der jüngste der höheren Offiziere trat vor und deutete
mit dem Finger auf den langen Höhenzug auf der Karte, der
die nördliche Talseite bildete. »Herr, nach dem Erkundungs-
bericht von Zenturio Corvus scheint es, als plane der Feind
aus nördlicher Richtung einen Angriff in unsere Flanke.«

Marcus und seine Kameraden hatten kurz vor Anbruch
der Dunkelheit über den Sattel das Tal erreicht. Sie waren
auf Jägerpfaden geritten, die Arabus auskundschaftet hatte,

um ihre Pferde an den sarmatischen Kriegern vorbeizuführen, denen sie in das Seitental gefolgt waren. Dann hatten sie sich vorsichtig einen Weg durch die Fallen gebahnt, welche die tungrischen Kundschafter auf dem flachen Boden ausgelegt hatten, und waren erschöpft im Tal angekommen. Ihr Eintreffen hatte einerseits zwar Erleichterung ausgelöst, weil sie unversehrt waren, ebenso jedoch Bestürzung über das, was sie zu berichten hatten. Sigilis hatte sich sofort bereit erklärt, Scaurus' Vorschlag aufzunehmen und Belletor dazu zu überreden, den augenscheinlich schwächsten Punkt der Bergbausiedlung zu verteidigen. Daher zeigte er nun auf die Stelle der Karte, wo sich der Sattel befand.

»Ich muss zugeben, dass ich aufgrund des Berichts des Zenturios ein solches Vorgehen bereits erahnt hatte, daher habe ich unserem Kameraden Rutilius Scaurus vorgeschlagen, seine Pioniere dort hochzuschicken und sich ein wenig umzusehen. Voraussichtlich wird es auf einen Kampf hier oben hinauslaufen...«

Scaurus trat vor, und sein Gesicht drückte keinerlei Emotionen aus. »Was ich natürlich gerne getan habe, da ich den Vorschlag für sehr weise hielt. Doch wie wir alle wissen: Für entschlossene Feinde gilt ein Hindernis ohne die Präsenz von Verteidigungskräften als nicht existent. Daher wäre es wohl klug, einen Teil unserer Streitmacht dort zu postieren, um diesen potenziellen Angriffsort zu überwachen – vielleicht fünf Zenturien aus meiner Ersten Kohorte und drei Zenturien thrakischer Bogenschützen? Außerdem glaube ich, Kamerad, dass das Kommando an einem so kritischen Ort nur einem hochrangigen Offizier übertragen werden kann, weshalb ich vorschlagen würde, dass vielleicht Tribun Sigilis die Befehlsgewalt übernimmt? Möglicherweise könnte Zenturio Corvus als sein zweiter Kommandeur dienen und ihm bei der Führung der ihm noch unbekannten Soldaten helfen?«

Sigilis sah Belletor fragend an, und einen Moment später nickte der Tribun höflich zu Scaurus hinüber, der darauf mit ernstem Gesicht salutierte. Dann wandte sich Scaurus wieder an den jüngeren Mann.

»Ich danke dir, Kamerad. Tribun Sigilis, hiermit teile ich dir die Hälfte der Ersten Tungrischen Kohorte zu. Zenturio Corvus soll dir behilflich sein. Behandle sie gut, Tribun, denn es wäre mir lieb, sie in ordentlichem Zustand zurückzuerhalten. Du wirst die Bewegung der notwendigen Streitkräfte heute Abend vorbereiten und deine Leute vor Anbruch der Nacht aufstellen. Ich erwarte, dass der Angriff im Morgengrauen stattfinden wird, aber wir haben keine Ahnung, wie dieser Boraz vorgeht, daher sollten wir das Risiko vermeiden, dass sie attackieren, noch bevor du deine Männer richtig positioniert hast. Brecht auf, Männer. Was jedoch den Rest der Verteidigung anbelangt, würde ich gerne einen Vorschlag unterbreiten…«

Marcus und Sigilis verließen die Besprechung durch die Reihe der Zenturios, um Scaurus' Anordnungen für die Schlacht am folgenden Morgen auszuführen. Vor dem Kommandozelt hob der junge Tribun, als er die fragenden Blicke seines Gegenübers sah, die Hände in kapitulierender Geste und schüttelte den Kopf.

»Zenturio, wir wissen beide, warum Gaius Rutilius Scaurus dich für diese Aufgabe unter mein Kommando gestellt hat, also sollten wir uns nichts vormachen. Du weißt es aufgrund deiner Erfahrung, wie solche Dinge anzugehen sind, ich wiederum weiß es, weil er mich zur Seite genommen und es mir lange und deutlich erklärt hat, ohne einen Zweifel aufkommen zu lassen. Der erfahrene Soldat bist du. Ich hingegen bin ein Neuling auf diesem Gebiet. Wenn es also jemanden gibt, der hunderte von Soldaten diesen Hügel hinaufbekommen und kampfbereit machen kann, dann bist du das, nicht ich. Um es ganz deutlich zu sagen: Meine Absicht ist es, dir bei der Arbeit zu assistieren, daraus zu lernen und dir vor allem in den nächsten Stunden nicht im Weg zu stehen.«

Marcus nickte. »Wenn das so ist, Tribun, würde ich vorschlagen, wir gehen beide zu unseren Zelten und holen unsere dicksten Mäntel und ein zusätzliches Paar Socken, denn dort oben wird es bitterkalt, wenn die Sonne erst einmal verschwunden ist. Bring überdies auch das wichtigste Stück deiner Ausrüstung mit.«

Sigilis nickte ernst. »Das werde ich. Worum handelt es sich denn?«

»Um deinen Löffel, Tribun.«

Scaurus ging zu seinem Quartier zurück, wo Theodora mit glaubhaft ängstlicher Miene vor dem Zelt auf ihn wartete. Er verbeugte sich höflich und hob fragend eine Augenbraue.

»Ich hoffe, es geht dir gut, Domina? Du musst meine eher flüchtige Aufmerksamkeit entschuldigen, aber ich habe gerade sehr viel zu tun.«

Sie lächelte ihn freundlich an, trat aus einer Wolke von Parfüm auf ihn zu, nahm seine Hände und sah zu ihm hoch. »Vergib mir, Tribun, ich möchte dir keine Zeit rauben. Ich wollte nur sagen, dass wir alle sehr dankbar dafür sind, dass du hier bist, um uns vor den Barbaren zu verteidigen. Stimmt es, dass sie in wenigen Stunden angreifen werden?«

Der Tribun legte beruhigend seine Hand auf ihren Arm.

»Deiner Aufmerksamkeit scheint nichts zu entgehen, Theodora. Aber sei versichert, dass der Aufbau der Verteidigungsanlagen für dieses Tal zu meiner Zufriedenheit abgeschlossen ist. Niemand wird die Bergbauanlage betreten, sofern er nicht über wesentlich mehr Kampfstärke verfügt, als dieser Boraz aufzubieten imstande ist.«

»Aber habe ich nicht Männer gesehen, die die Nordseite des Tals hinaufmarschierten?«

»Das ist nur eine Vorsichtsmaßnahme.« Er verbeugte sich erneut. »Und nun muss ich dich um Verzeihung bitten. Du entschuldigst doch?«

Sie ließ seine Hände los, strich ihm dabei aber mit den Fingerspitzen über die Handflächen. »Im Gegenteil, Tribun. Du musst *mir* verzeihen, dass ich dich von deiner Pflicht abhalte. Ich wünsche dir viel Glück.«

Scaurus lächelte ihr sehnsüchtig nach, während sie längs der Zeltreihe verschwand. Dann betrat er seine eigene Behausung und rief nach seinem Leibwächter. »Arminius! Wo ist der verdammte …?« Als er bemerkte, dass die Decke des stämmigen Germanen nicht an ihrem üblichen Platz am Fuß seines eigenen Bettes lag, wo der Leibwächter für gewöhnlich schlief, schüttelte er den Kopf, denn ihm war eingefallen, wo er sich höchstwahrscheinlich befand. »Ich hoffe, du hast warme Kleidung dabei, alter Freund …«

»Lass dich von Arminius' furchteinflößendem Äußeren nicht täuschen: Sobald man ihn besser kennt, ist er der zugänglichste Mann, den du dir vorstellen kannst.« Marcus steckte sich ein Stück Schweinefleisch in den Mund und blies etwas Dampf aus, während er gierig auf dem heißen Bissen herumkaute. »Zum Glück war ich vor etwa einem Jahr zur rechten Zeit am rechten Ort und konnte verhindern, dass er zu Schaden kam. Aber noch immer lässt er es nicht zu, dass ich mich unfreundlichen Menschen nähere, ohne dass er hinter meiner Schulter auftaucht und dabei aussieht wie ein unwirscher Schuldeneintreiber.«

Sigilis lachte, ebenfalls mit vollem Mund, und wurde dafür von dem Germanen mit einem strafenden Blick bedacht.

»Keine Sorge, ich bin an furchterregende Barbaren gewöhnt. Mein Vater besitzt ein halbes Dutzend Haussklaven, die während der Germanenkriege gefangen genommen wurden. Er verwendete sie dazu, weibliche Familienmitglieder in die Stadt zu begleiten, und verließ sich auf ihr angsteinflößendes Aussehen, um die Damen vor Räubern und Scharlatanen zu beschützen. Allerdings« – er sah Arminius abschätzend an – »konnte keiner von ihnen deinem Freund das Wasser reichen. Womit füttert ihr ihn denn?«

»Mit Tribunen.«

Marcus lachte kopfschüttelnd, als er Arminius' Kommentar hörte. »Seit er in Rutilius Scaurus' Diensten ist, hat der versucht, ihm die Untugend abzugewöhnen, seinen Vorgesetzten freche Antworten zu geben. Ein vergebliches Unterfangen. Und da er mich nirgendwohin gehen lässt, wo es vielleicht gefährlich werden könnte, ohne mich mit seiner Anwesenheit zu beglücken, hielt ich es für besser, seine gelegentlichen Scherze zu tolerieren, statt mich darüber aufzuregen. Wenngleich es mir ein Rätsel ist, warum er noch immer glaubt, in meiner Nähe bleiben zu müssen – immerhin gibt es ja noch Lugos hier, der doppelt so groß und stämmig ist wie er.«

Der angesprochene Britannier grinste über das Feuer zu Arminius hinüber und heimste sich damit ein verächtliches Schnauben ein.

»Sobald dieses Ungeheuer mich im Schwertkampf schlagen kann – mit einem *Schwert*, Lugos, wohlgemerkt, nicht mit deinem beschissenen Streithammer –, darf er dich gerne allein beschützen. Aber bis dahin werde ich tun, was ich mir zu tun geschworen habe, und darauf hoffen, dass der junge Lupus ein einigermaßen anständiger Schwertkämpfer wird, sodass er mich an deiner Seite vertreten kann, wenn mein Herr einem anderen Kommando zugeteilt wird.« Er warf Sigilis einen niederträchtigen Blick zu. »Oder, um es anders auszudrücken: sobald euer Freund Belletor die Nase voll davon hat, wie ein Narr behandelt zu werden, und ihn fortschickt.«

Marcus und Sigilis wechselten einen Blick. Die offensichtliche Tatsache, dass der junge Tribun den befehlshabenden Scaurus voraussichtlich ersetzen würde, falls dieser bei Belletor das Fass zum Überlaufen brachte, war schon den ganzen Abend in ihrem Gespräch mitgeschwungen.

Sigilis seufzte und setzte seine Schüssel ab. Er betrachtete die Lagerfeuer, die über den nördlichen Abhang des Hügels verstreut waren, lehnte sich vor und sah zuerst Arminius und dann Marcus in die Augen. »Das würde ich niemals tun.«

Der Germane beantwortete diesen Kommentar mit ungläubigem Starren, wohingegen der Römer eine neutrale Miene aufsetzte.

Darauf schüttelte Sigilis ärgerlich den Kopf und legte eine Reife zutage, die man ihm aufgrund seines jugendlichen Alters kaum zugetraut hätte. »Behandle mich nicht so gönnerhaft, Zenturio! Und tu bitte nicht so, als wüsstest du nicht, wovon ich spreche.« Er schürzte die Lippen und zeigte auf Arminius. »Schau, du kannst die Wahrheit in seinen Augen lesen. Ich habe Domitius Belletor gesagt, ich sei nicht bereit, die Kohorten von unserem Kameraden Scaurus zu übernehmen, falls er es darauf anlegt, ihn loszuwerden. Erstens habe ich gar nicht die Erfahrung dafür, und zweitens… nun, es wäre mir unangenehm.«

Marcus hob fragend die Brauen. »Aber deine Karriere? Eine solche Chance auszuschlagen wäre gewiss ungünstig für deinen weiteren Aufstieg…«

Sigilis lachte so laut, dass die Soldaten an den umliegenden Lagerfeuern die Köpfe drehten. »Auf einen weiteren Aufstieg verzichte ich gern, Zenturio. Im Gegensatz zu meinem Vater finde ich keinen Gefallen an der Politik, weshalb ich auch darauf bestanden habe, an die Grenze entsandt zu werden. Das war mir immer noch lieber, als ihm zu erlauben, seine Kontakte spielen zu lassen und mich in eine gekaufte Position im Herzen des Kaiserreichs zu manövrieren. Hätte mein Vater entschieden, säße ich jetzt in einer Stellung höchsten Ansehens, ohne aber tatsächlich Verantwortung übernehmen zu müssen. Einmal abgesehen davon, dass die Politik in Rom derzeit alles andere als ungefährlich ist.«

Er hielt Marcus' Blick lange fest, bevor er sich abwandte und dabei den Eindruck erweckte, als wüsste er mehr, als er sagte. Dann schob er sich einen weiteren Löffel Eintopf in den Mund. Während er auf dem knorpeligen Fleisch herumkaute, erschien eine Gestalt aus der Dunkelheit, setzte sich neben Marcus, nahm dankbar eine bereits für ihn vorbereitete Schüssel entgegen und ergriff das Wort. Seine Stimme klang weicher, als der junge Tribun es erwartet hätte.

»Ich habe mit sämtlichen Spähern gesprochen. Keiner hat irgendetwas gesehen oder gehört, was darauf schließen ließe, dass unsere Feinde einen nächtlichen Angriff planen.«

Marcus setzte seine nun leere Schüssel ab, schluckte den

letzten Rest Eintopf hinunter und wandte sich an Sigilis. »Tribun, dies ist mein Freund, Zenturio Qadir. Er stammt aus Hama im Osten, und seine Leute sind erfahrene Jäger. Wenn sie sagen, dass keine Bedrohung vorliegt, können wir sicher sein, dass die Sarmaten heute Nacht nicht angreifen.«

Arminius dehnte die Muskeln, streckte sich auf dem Grasboden aus und machte es sich gemütlich. »Sie werden voraussichtlich im Morgengrauen kommen. Weckt mich, sobald der östliche Himmel nach der nächtlichen Schwärze zu ergrauen beginnt.«

Der Römer stand auf und legte beschwichtigend seine Hand auf Qadirs Schulter, um zu vermeiden, dass dieser ihm folgte. »Du hast für heute genug getan, mein Freund. Versuch, etwas zu schlafen. Ich werde dich früh genug wecken, sodass du dich für das Kampfvergnügen bereitmachen kannst. Ich hingegen werde nun meine Runde drehen und überprüfen, ob meine Offiziersbrüder unsere Strategie für morgen genau verstanden haben.«

Sigilis sprang auf. »Ich begleite dich, Zenturio.«

Sie verließen den Schein des Feuers, und Marcus streckte seine Hand aus und zog den Tribun am Ärmel. »Geh weiter rechts, Tribun – es sei denn, du willst mit dem Fuß in eine Mulde oder auf Exkremente treten. Titus' Leute haben die unselige Angewohnheit, ihre Gedärme in die Löcher zu entleeren, die zum Aufstellen der Holzpfähle dienen.«

Sigilis schwieg einen Augenblick und betrachtete den blinkenden Sternenhimmel, bevor er sagte: »Zenturio, vor langer Zeit, noch bevor der letzte Kaiser starb, sagte mein Vater mir etwas, das ich nie wieder vergessen habe. Er sagte, das Übel gedeihe immer dann besonders gut, wenn die Guten im Imperium derart eingeschüchtert würden, dass sie bei

Ungerechtigkeiten nicht eingriffen. Vor zwei Jahren wiederholte er diesen Satz im Zusammenhang mit dem Tod eines hoch angesehenen Senators, der dafür bekannt war, getreu der langen Tradition seiner Familie den Dienst an Rom weit über seine eigenen Interessen zu stellen. Er sagte, dieser Mann sei trotz seines Ansehens bei den Edelleuten und ungeachtet der Tatsache, dass er auf der Höhe seiner Macht stand, ermordet worden, und zwar aufgrund falscher Anschuldigungen des Verrats. Dabei sei es nur darum gegangen, sein beträchtliches Vermögen an sich zu bringen. Da mein Vater diesem Senator sehr nahestand und dessen politische Ansichten weitgehend teilte, war er verständlicherweise hocherfreut, dass der Sohn dieses Mannes angeblich an einem unbekannten Ort irgendwo im Imperium untergetaucht war und auf diese Weise der schändlichen Rechtsverdrehung entkommen konnte. Eine Zeit lang wurde im Forum über nichts anderes gesprochen, doch dann wurde klar, dass jener Sohn nicht allzu bald gefunden werden würde.« Sigilis blickte Marcus im Schein des Feuers lange in die Augen. »Und nun stehe ich hier vor einem Römer von mysteriöser Herkunft, der dem Sohn jenes ermordeten Mannes sehr ähnlich zu sehen scheint.«

Marcus zuckte mit den Schultern, denn er war seit langem darauf vorbereitet, wie er zu reagieren hatte, falls er erkannt würde. »Es wäre nicht das erste Mal, dass man jemanden verwechselt, Tribun, außerdem scheinst du keine präzise Beschreibung des betreffenden Mannes zu haben. Wir sollten ein wenig den Berg hinaufsteigen, denn ich vermute, wir finden dort Otho, der gerade dabei ist, einen seiner Leute zu verprügeln.«

Sigilis schüttelte den Kopf und legte Marcus, der sich ab-

wenden wollte, seine Hand auf den Arm. »Lass mich aussprechen, Zenturio. Bevor ich in die Legion eintrat, war mein
Vater darauf bedacht, dass ich die Art des Dienstes verstehen
würde, den ich für das Kaiserreich zu verrichten im Begriff
stand. Also arrangierte er für mich eine Reihe von Aufenthal-
ten bei den Militäreinheiten, die in der Nähe von Rom stationiert waren. Ich bin auf einem Kriegsschiff aus Misenum
fortgesegelt, habe beobachtet, wie die Dritte Legion Augusta
bei Lambaesis im Staub von Afrika zur Parade aufzog, und ich
habe einen Tag in der Prätorianerfestung auf dem Viminal-
Hügel verbracht, übrigens das interessanteste Erlebnis von
allen. Ich kann mich noch gut an das Panorama der Stadt erinnern, das man vom Aussichtsturm der Festung genoss, und
an den untadeligen Ausmarsch der Soldaten. Aber ganz besonders, Zenturio, erinnere ich mich an einen jungen Offizier, der die Aufgabe hatte, mich durch die Festung zu führen.
Du warst damals jünger, noch nicht von Waffengewalt oder
den Ränkespielen des Schicksals gezeichnet, aber ansonsten
sahst du genauso aus wie jetzt. Natürlich hast du mich sofort
wiedererkannt, als du mir in der Festung Bonna begegnet
bist, das konnte ich in deinen Augen lesen, wenngleich ich
selbst eine ganze Weile nicht begriff, was es mit dir auf sich
hatte.« Marcus hielt an und drehte sich zu Sigilis hinüber,
um ihm eine abschlägige Antwort zu erteilen, doch Sigilis
schüttelte den Kopf und blickte ihn mit vom Feuerschein
rot glänzenden Augen unverwandt an. »Spar dir die Mühe, es
zu leugnen, Valerius Aquila, denn ich werde dich nicht verraten. Es hat in letzter Zeit schon genügend Meuchelmorde
in Rom gegeben, auch ohne deinen Namen mit auf die Liste
zu setzen.«

Marcus nickte und hielt seine Gesichtszüge völlig ausdruckslos. »Warum erzählst du mir das alles? Und warum jetzt?«

»Die Antwort ist einfach. Sollten eure Erwartungen korrekt sein, werden wir schon morgen tausenden Barbarenkriegern auf diesem schmalen Streifen Land gegenübertreten. Ich war noch nie in einer Schlachtsituation, weshalb ich durchaus Fehler begehen könnte, die mich womöglich das Leben kosten. Wenn ich dir also nicht jetzt die Wahrheit sage, könnte es sein, dass ich nie wieder Gelegenheit dazu bekomme. Dann würdest du ohne eine Information weiterleben, die von unschätzbarem Wert für dich sein könnte, falls du, wie ich glaube, tatsächlich Marcus Valerius Aquila bist.«

Marcus blickte einen Moment lang zu den Sternen hoch, bevor er antwortete: »Um ehrlich zu sein, habe ich es schon fast aufgegeben, mich in diesem Namen wiederzuerkennen. Ich bin Marcus Tribulus Corvus – Zenturio, Ehemann und Vater. Nichts weiter. Mein früheres Leben ist nur der graue Schatten von etwas, das mir einst gehörte, jetzt jedoch zerstört und für immer verloren ist. Ich gebe zu, dass ich zuweilen von Rache träume und dass mein Schlaf von den Geistern meiner Familie gestört wird.« Er schüttelte müde den Kopf. »Dann aber frage ich mich, warum ich mir den Kopf über etwas zerbrechen soll, das ich sowieso nicht ändern kann. Etwas, das meiner Familie durch Männer angetan wurde, deren Namen ich nie erfahren werde, zumal diese Untaten ohnehin nicht rückgängig zu machen sind. Wie sollte ein Mann hoffen, den Thron herauszufordern und dabei etwas anderes zu finden als den Tod sowohl für sich selbst als auch für seine Lieben?«

Sigilis nickte, und als er antwortete, lag ein Klang von Dringlichkeit in seiner Stimme. »Ich nehme an, an deiner

Stelle würden mich dieselben Fragen quälen. Doch bevor ich aus Rom wegzog, war ich bei einigen Unterredungen zwischen meinem Vater und einflussreichen Männern derselben Gesinnung zugegen. Diese Männer sind äußerst wohlhabend und haben den besten Untersuchungsbeamten der Stadt bestochen. Einmal kam er sogar zu uns nach Hause, schlich zu diesem Zweck durch den Dienstboteneingang und hatte eine Hand auf den Griff seines Messers gelegt. Er war ein unauffälliger, grauhaariger Mann, der sich am liebsten im Schatten bewegte. Als er schließlich sprach, berichtete er uns, was er über den Mord an deinem Vater herausgefunden hatte, und einige Einzelheiten seiner Erzählung würden mich an deiner Stelle nicht nur mit Verzweiflung, sondern auch mit Hoffnung erfüllen und mein Bedürfnis nach Rache anfeuern. Sollte ich morgen sterben, ohne dir all das berichtet zu haben, wäre deine Chance, diese Informationen zu erfahren, für immer verloren.«

Marcus schüttelte den Kopf und blickte in die Finsternis hinaus. »Ich kann mich im Moment nicht damit befassen.« Er deutete mit dem Arm auf die Lagerfeuer, die längs des Berghangs entzündet worden waren. »Du nennst mich Zenturio, und in der Tat ist dies hier nun meine Familie. Jeder einzelne dieser Männer steht unter meiner Verantwortung. Wenn ich meinen Geist von Mordgedanken und Rachelust verdunkeln lasse, werde ich die Konzentration verlieren – und das genau zu dem Zeitpunkt, da ich sie am nötigsten brauche. Ich schätze dein Hilfsangebot, aber es muss so lange warten, bis ich es mir leisten kann, abgelenkt zu werden. Deshalb würde ich vorschlagen, Tribun, dass wir nun zu meinem Offiziersbruder Otho gehen und herausfinden, wie viele Veilchen er seinen Männern heute beigebracht hat.«

Im frühen Morgengrauen nahmen die Tungrer und die thrakischen Bogenschützen ihre Positionen auf dem Abhang ein. Die Zenturios schritten an ihren Truppenabschnitten die Verteidigungslinie entlang und korrigierten die Stellungen ihrer Männer, bis die Front der Infanterie eine einzige ununterbrochene Reihe von Soldaten bildete. Fünfzig Schritte weiter hinten war die Verteidigung auch an den äußeren Enden geschlossen, wo das Gelände auf beiden Seiten zu den Bergen hin anstieg. Dort hatte die Vorhut der Zehnten Zenturie undurchdringliche Barrieren aus Bäumen errichtet, die sie so abgeschlagen hatten, dass ihre Äste jeden Angreifer zurückhalten würden. Hinter den Barrieren rechts und links der tungrischen Soldatenreihe lauerte Martos mit rund zweihundert Kriegern. Der Prinz der Votadini hatte darauf bestanden, seine Männer am Abend zuvor hinter den Soldaten zu positionieren, und dabei die nervösen Blicke der thrakischen Bogenschützen ignoriert. Nach einem kurzen Frühstück mit den Offizieren war er zu seinen Männern zurückgekehrt und lieferte sich jetzt ein ungehobeltes Wortgeplänkel mit Arminius, das von Sigilis mit angespanntem Gesicht verfolgt wurde.

Dann hatte Martos Marcus' Arm umklammert, seine narbenübersäte Faust in die Höhe gehalten und mit einem breiten Grinsen den bevorstehenden Kampf kommentiert. »Sollten deine Männer müde werden, ruf einfach nach den Votadini. Wir werden ihnen und dir zeigen, was Krieg ist.« Er lehnte sich näher an den Römer und flüsterte ihm ins Ohr: »Und pass auf den Jungen dort auf, denn wer vor einer Schlacht ein bleiches Gesicht hat, ist immer ein wilder Kämpfer, wie du weißt. Ehe du dichs versiehst, wird er losstürmen und versuchen, den Feind aufzuschlitzen. Vorausgesetzt, du gibst ihm die Gelegenheit dazu.«

Marcus versammelte seine Offiziersbrüder am Abhang hinter der Frontlinie. Er trank Wasser aus einem Humpen und beobachtete, wie die Soldaten sich aufstellten und darauf warteten, dass die Sarmaten erscheinen würden. Die Tungrer sprachen miteinander und taten dies so nüchtern, als diskutierten sie über ihre liebsten Gladiatoren oder Streitwagenfahrer. Allerdings sah er auch einige kleine Gruppen, die von altgedienten Frontsoldaten mit harten Worten und lauten Parolen darüber aufgeklärt wurden, welcher Schrecken ihnen bevorstand.

»Mir scheint, Brüder, als hätten wir dies schon einmal erlebt oder zumindest etwas sehr Ähnliches.« Die anderen vier Zenturios nickten vielsagend und dachten an einen ähnlichen Berghang zurück, auf dem die Kohorte im Jahr zuvor um ihr Leben gekämpft hatte. »Diesmal hatten wir allerdings genügend Zeit, das Gelände anständig vorzubereiten, sodass jede Armee, die zum Angriff den Hügel heraufzieht, ihren Einfall zutiefst bereuen wird. Als ich gestern auf Erkundung war, habe ich das sarmatische Heer gesehen, das uns heute Morgen gegenübertreten wird. Ich würde sagen, es waren gerade einmal fünfzehnhundert Mann. Das heißt, es sind keinesfalls genug, um eine schwere, erfahrene Infanterie in einer Stellung wie der unseren erfolgreich attackieren zu können. Insbesondere, weil ich davon ausgehe, dass unsere Bogenschützen die der Sarmaten ausschalten werden.«

Er sah in die Runde seiner Kameraden, und seine Stimmung erhellte sich beim Anblick des kampflustigen Otho, der trügerisch unschuldigen Miene von Caelius, Qadirs üblicher Gelassenheit und Titus' finsterem Blick.

»Keine Kriegshorde dieser Größe kann uns gefährlich werden, Brüder, solange wir Disziplin wahren. Daher werden wir uns hinter unserer Verteidigungsanlage verschanzen und abwarten, bis sie zu uns kommen, wie wir das gestern Abend besprochen haben. Sobald der richtige Moment gekommen ist…«

»Werden wir vorpreschen und sie niedermachen, was, junger Freund?«

Der Römer grinste seinen Kameraden an. »Genau das, Otho. Ja, im richtigen Moment werden wir vorrücken und ihnen den Todesstoß versetzen. Wartet auf mein Zeichen, und sobald ich es gebe, lasst ihr die Hölle los.«

Am unteren Teil des Abhangs ertönte ein Hornsignal, das kurz darauf von einem zweiten Horn wiederholt wurde. Die Offiziere wandten sich um und beobachteten, wie ihre hamischen Späher dreihundert Schritte entfernt aus der Baumreihe brachen und den Hügel zu den wartenden Soldaten hinaufrannten, um sich in Sicherheit zu bringen. Während die Tungrer noch zusahen, preschten die ersten feindlichen Krieger aus dem Bäumen hervor, und einige hatten bereits die Hände an ihre Bögen gelegt.

Qadir, der sofort begriff, in welcher Gefahr seine Männer schwebten, hob die Stimme und rief ein Kommando. *»Ausweichen!«*

Die fliehenden Späher rannten im Zickzack und änderten alle paar Schritte ihre Laufrichtung, um den barbarischen Bogenschützen das Zielen zu erschweren. Sie spurteten mit aller Kraft, um aus der Reichweite der sarmatischen Bogenschützen zu kommen, doch einer von ihnen wurde zwischen den Schulterblättern getroffen und sank in die Knie; er wand sich vor Schmerz angesichts der tiefen Wunde, die die Pfeilspitze in seinem Körper hinterlassen hatte. Ein halbes Dutzend Barbaren stürmte mit gezogenen Schwertern

166

und Messern vorwärts, eifrig bedacht, sich die erste Trophäe zu sichern. Qadir sah grimmig zu Marcus hinüber und schritt dann zu seiner eigenen Zenturie. Dort nahm er einem der Männer einen Bogen und eine Handvoll Pfeile ab und nockte ein Geschoss in der Bogensehne ein, während er sich durch die Reihe tungrischer Soldaten hindurchkämpfte.

»Aber die Entfernung für einen treffsicheren Schuss ist doch viel zu groß?«

Otho schnaubte durch seine ramponierte Nase und blickte kopfschüttelnd auf Sigilis, ohne sich um dessen hohen Rang zu kümmern. »Schau einfach zu und lerne, junger Herr.«

Sigilis hob die Augenbrauen und wandte sich wieder Qadir zu, dessen erster Pfeil den verletzten Kameraden direkt in die Brust traf, sodass er zu Boden fiel und sich nicht mehr regte.

»Bemerkenswert...«

Otho schnaubte erneut. »Er ist noch nicht fertig.«

Während die Sarmaten, die auf den verwundeten Späher zugelaufen waren, dessen Gnadentod erst noch verdauen mussten, bohrte sich ein zweiter Pfeil in den Körper des vordersten Mannes und warf ihn in das hochgewachsene Gras. Gleich darauf ging ein weiterer Krieger, gerade als er davonlaufen wollte, in die Knie, und ein befiederter Pfeilschaft stak aus seiner Seite. Den letzten seiner Pfeile schoss Qadir auf den hintersten Mann, während die anderen schon den Hügel hinabrannten, doch er verfehlte ihn um eine Handbreite, da der Krieger seitlich auswich. Mit mürrischer Miene angesichts seines Fehlschusses schritt Qadir wieder den Hügel hinauf und gab den Bogen im Vorbeigehen seinem eigentlichen Besitzer zurück.

»Das wird ihre Bogenschützen lehren, nicht zu aufdringlich zu werden, solange sie nicht all ihre Leute beisammenhaben.«

Marcus beantwortete diese trockene Feststellung mit einem Kopfnicken und drehte sich dann wieder zu den anderen Befehlshabern. »Geht zurück zu euren Zenturien, Brüder.«

Er schritt zu seinen Leuten und ignorierte dabei die sarmatischen Krieger, die sich am Waldrand dreihundert Schritte unter ihnen versammelten. Dann ging er an der tungrischen Kampfreihe entlang und blickte auf die Soldaten aus fünf Zenturien, die unter seinem Kommando standen. Einige erwiderten seinen Blick mit grimmiger Miene angesichts der blutigen Auseinandersetzung, die ihnen bevorstand, andere schienen ihn gar nicht zu bemerken, weil sie sich in sich selbst zurückgezogen hatten, um sich auf den drohenden Schrecken vorzubereiten. Marcus stellte sich vor sie, zog seine Spatha und hielt die lange Damaszener-Klinge hoch über seinen Kopf, um ihre Aufmerksamkeit auf sich zu lenken. Dann rief er mit lauter Stimme seine Kampfansage über den Berghang.

»Tungrer! Wir sind tausend Meilen marschiert, um uns hier diesen Barbaren zu stellen. Unter all den Männern, denen unser Tribun die Verteidigung dieses Tals anvertraut hat, wurdet ihr dazu auserwählt, die härteste Aufgabe zu meistern. Unsere Brüder stellen sich den Feinden nämlich auf einem Wall entgegen, der zu hoch ist, als dass man ihn erklimmen könnte. Oder sie kauern sich hinter eine Wand aus Holzpfählen, die so dicht stehen, dass kein Pferd hindurchreiten kann. Wir aber werden den Feind auf genau die Weise besiegen, die wir gewohnt sind: Wir werden ihnen ins Gesicht blicken, und das nahe genug, um unseren Arm auszustrecken und ihnen das Leben mit der Waffe zu nehmen...« Als er bemerkte, dass ein Großteil der ersten Reihe auf die Feinde hinter ihm sah, wandte er sich um und blickte ebenfalls den Hügel hinab. Mit einem mulmigen Gefühl in der Magengegend stellte er fest, dass das feindliche Heer, das sich vor ihnen formierte, bereits jetzt wesentlich größer war, als er vermutet hatte, und immer noch strömten Männer aus den Bäumen hinter ihnen. Also betrachtete Marcus seine Leute schweigend, bis die Soldaten ihm wieder ihre Aufmerksamkeit schenkten. »Ja, sie kommen in großer Zahl, aber wir haben das Gelände vor uns präpariert, außerdem verfügen wir über dreihundert Bogenschützen. Ich versichere euch, Brüder, dass wir diesen Kampf gewinnen werden, wie wir schon viele andere gewonnen haben: indem wir zusammenstehen und einer für den anderen kämpft. Macht euch also bereit, dem Feind entgegenzutreten, und seid gewiss, dass ihr einen mehr als würdigen Gegner für alles abgebt, was sie euch entgegenzuwerfen haben!«

Er schob sich durch die erste Reihe, zog einen Soldaten aus der zweiten Reihe heraus und nahm ihn mit, um außer Hörweite seiner Kameraden mit ihm zu sprechen.

»Gib mir deinen Speer und deinen Schild und dann lauf zu Tribun Scaurus. Sag ihm, wir stehen dreitausend feindlichen Kriegern gegenüber und benötigen dringend Verstärkung. *Lauf!*«

Der Soldat rannte sofort los und tauchte hinter dem Bergkamm ab, weshalb einige seiner Kameraden neidische Blicke auf die Stelle richteten, wo er verschwunden war.

»Wie machst du das? Wie schaffst es, so sicher zu wirken, wo die Umstände doch so klar gegen uns sprechen?«

Marcus wandte sich um und sah Tribun Sigilis hinter sich

stehen. Er wartete derart lange mit seiner Antwort, dass der junge Mann sich gezwungen fühlte, das Schweigen zu brechen.

»Entschuldige, dass ich frage, aber ich wollte nur...«

»Ich verstehe dich, Tribun. Du bist im Begriff, in eine Welt einzutauchen, die dir völlig fremd ist. Nun fragst du dich, wie du reagieren wirst, wenn das Töten beginnt.« Sigilis nickte, und Marcus zuckte mit einem traurigen Lächeln die Achseln. »Vor weniger als zwei Jahren ist es mir genauso ergangen.« Er schüttelte den Kopf bei dieser Erinnerung. »Ein altgedienter Zenturio, der aus dem Ruhestand zurückkehrte, um mich vor den Mördern des Kaiserreichs zu schützen, hat mir einmal gesagt: Manche Führernaturen werden geboren und schreien ihr Bedürfnis, andere zu kommandieren, bereits heraus, während ihre Mütter sie noch aus dem Bauch herauspressen. Andere hingegen sind innerlich weniger getrieben und werden aus eigener Entscheidung oder aufgrund der Umstände zu Anführern, weil sie im Kampf gezwungen sind, alle Kraft aufzubringen, die in ihnen liegt. In solchen Momenten, so sagte er, erwerben wir Fähigkeiten, die wir in anderen Situationen niemals ausbilden würden. Wir werden mit Narben geschlagen und verlieren Freunde, und wenn wir dann hart genug sind, um damit umzugehen, was dort unten am Hügel auf uns wartet, werden wir nicht mehr dieselben wie vorher sein. Dadurch, dass wir unseren Ängsten entgegentreten und sie zum Aufgeben zwingen, weil wir überleben wollen, werden wir gestählt, sodass wir einen Teil dessen verlieren, was uns früher ausgemacht hat. Natürlich hatte er recht, auch wenn ich selbst damals gar nicht bemerkt habe, dass ich mich veränderte.«

»Dann hast du also Freunde verloren?«

Marcus beantwortete diese Frage mit einem Kopfnicken und starrte mit leeren Augen den Hügel hinunter, von wo die Sarmaten bereits auf sie zu rückten. »Das habe ich. Dabei denke ich insbesondere an den pensionierten Zenturio, von dem ich vorher sprach. Sein Name war Rufius, möge Mithras ihm Ehre erweisen. Ich war damals nahe daran, ihm vor lauter Wut über seinen Tod über den Fluss zu folgen. Schlachten üben einen unterschiedlichen Einfluss auf uns aus, Tribun: Sie zeigen sowohl unsere Schwächen als auch unsere Fähigkeiten. *Meine* Schwäche ist die Neigung zu unkontrollierbarem Zorn, sobald ich genügend angestachelt werde – eine scharfe, kalte Wut, die zwar mein Können steigert, dabei aber meine Vernunft vernebelt, welches Handeln klug oder wenigstens angemessen wäre. Ich habe eine Tendenz zum Irrsinn, Tribun, zu nutzloser Raserei, die nur noch darauf erpicht ist, das Blut der Feinde zu vergießen, bis ich so erschöpft bin, dass ich kein Schwert mehr halten kann. Sollte ich mich also aus irgendeinem Grund getrieben fühlen, mich in die feindlichen Reihen zu stürzen, so darfst du mir unter keinen Umständen folgen. Ich habe das schon einmal getan, weil mich der Tod meines engsten Freundes fast in den Wahnsinn getrieben hat, aber damals hatte ich das Glück, aus diesem Akt entsetzlicher Dummheit mit dem Leben davonzukommen. Allerdings bezweifle ich, dass das Schicksal einem Menschen diese Gunst zweimal in seinem Leben erweist.«

Der Tribun nickte, und sein Gesicht war angesichts des kommenden Kampfes noch immer blass. »Ich verstehe.«

Marcus wandte sich wieder den Stammeskriegern zu. Das Heer der Sarmaten war nun vollständig aus dem Wald herausmarschiert und formierte sich zur Attacke. »Wir scheinen die Absichten ihres Anführers unterschätzt zu haben. Er hat uns genarrt, indem er ein kleineres Heer durch das Tal zu diesem Berghang geführt hat, als wir jetzt vor uns sehen. Er muss es letzte Nacht aufgestockt haben, als unsere Späher sich bereits zurückgezogen hatten.« Er tauschte einen Blick mit Sigilis. »Falls er beschlossen hat, dass dies sein Haupt-Angriffspunkt sein wird, bezweifle ich, dass wir ihn mit vierhundert Infanteristen und drei Zenturien von Bogenschützen lange abwehren können – auch wenn Martos und seine Votadini bereits die Hälse recken, um in den Kampf zu ziehen. Da wir aber in dieser Sache kaum eine andere Wahl haben, nehme ich an, wir sollten zumindest versuchen, anständige Arbeit zu leisten.« Er setzte die Pfeife an und blies, um seine Offiziere auf sich aufmerksam zu machen. Dann hob er den Rebstock und zeigte damit auf die nahende Horde aus Stammeskriegern. »Tungrer, vorbereiten zum Schildwall!«

Die vorderste tungrische Reihe ging geschlossen auf ein Knie und hielt ihre Schilde so angewinkelt, dass sie gerade noch über die Eisenränder sehen konnten. Die zweite Reihe trat nahe an ihre Kameraden heran. Marcus nickte Sigilis zu und deutete mit einer Kopfbewegung auf die Bogenschützen, die hinter den Tungrern aufgereiht standen. Daraufhin rief der junge Tribun ihnen einen Befehl zu, wobei der Druck, der auf ihm lastete, deutlich in seiner Stimme zu hören war.

»Bogenschutzen, fertig machen!«

Die Thraker hasteten nach vorne in den Schatten der Frontreihe, wobei jeder von ihnen einen Pfeil aus dem Köcher zog und ihn an die Sehne legte. Marcus beobachtete mit unbewusst angehaltenem Atem den herannahenden Feind und berechnete im Kopf die Entfernung zwischen Angriffs- und Verteidigungslinie. Hundertfünfzig Schritte vor den Tungrern blieben die Sarmaten stehen, dann traten ihre Bogenschützen, etwa fünfhundert an der Zahl, vor die Schildreihe. Mit der umsichtigen Gelassenheit von Männern, die eher das Bogenschießen übten, als tatsächlich in eine todbringende Schlacht zu ziehen, spannten sie die Sehnen und schienen zuversichtlich, dass die Römer keine Chance gegen ihren Angriff hatten.

»Hintere Reihe, Schilde hoch!«

Die Angesprochenen hoben ihre Schilde und legten sie über die ihrer knienden Kameraden, um einen zweieinhalb Meter hohen Wall aus Holz zu bilden. Marcus spähte zwischen zweien seiner Leute hindurch und sah, wie die Sarmaten die Bogensehnen spannten und offensichtlich auf das Kommando zum Schießen warteten.

»Jetzt geht es los…«

Marcus duckte sich hinter dem Schildwall und zog Sigilis am Arm mit nach unten, um sicherzugehen, dass der Tribun vor dem unvermittelt bevorstehenden Angriff geschützt war. Ein Befehl ertönte, die feindlichen Bogenschützen ließen ihre Geschosse fliegen, und die Tungrer lauschten stumm dem Zischen der Pfeile. Wie Hagel auf Holzdächern prasselte der Sturm von Pfeilen auf die tungrischen Reihen herab: Hunderte Pfeilspitzen aus Eisen und Knochen hämmerten auf die erhobenen Schilde. Einige steckten in den Ritzen des Holzes fest, andere fanden ein Schlupfloch in der Verteidigung, flogen an den erhobenen Schutzwaffen vorbei und in die Menge dahinter. Ein Thraker brach taumelnd von seinem Platz hinter den Infanteristen hervor; ein Pfeil steckte in seinem Oberschenkel. Er fiel zu Boden, während das Gift auf der knöchernen, mit Widerhaken versehenen Pfeilspitze seine zuckenden Beine zu lähmen begann.

Marcus erhob die Stimme und rief einen Befehl zu den

Thrakern hinüber. »Wartet! Sie sollen ihre Pfeile auf unseren *Schilden* vergeuden!«

Er schob zwei Schilde auseinander, um einen kurzen Blick auf die Feinde zu werfen, und sah, dass diese keinen Versuch starteten vorzurücken, sondern stattdessen zusahen, wie ihre Bogenschützen die römische Verteidigungslinie mit Pfeilen überzog. Als Marcus glaubte, dass die Bogenschützen langsamer wurden und weniger Pfeile verschossen, rief er einen weiteren Befehl.

»*Bogenschützen!*« Die gesamte tungrische Reihe kippte die Schilde leicht zur Seite, damit die Bogenschützen hinter ihnen Platz fanden, ihre Pfeile auf die Feinde zu richten. »*Schuss!*«

Die ungedeckten feindlichen Bogenschützen waren ein leichtes Ziel für die Thraker, und tatsächlich fielen Dutzende bereits beim ersten Pfeilhagel. Einige blieben regungslos liegen, andere taumelten verwundet umher. Eine zweite Salve zischte aus dem tungrischen Schildwall und streckte erneut viele Schützen nieder. Dann schallte ein scharfer Befehl über den Abhang, worauf die feindlichen Bogenschützen sich umdrehten und davonrannten. Die meisten schafften es jedoch nicht und wurden getötet, bevor sie die schützenden Schilde ihrer Kameraden erreichten.

»*Bogenschützen, halt! Hintere Reihe, rührt euch!*«

Die Thraker ließen die Bögen sinken und nickten sich zu, da sie so schnell einen ersten Sieg über die Stammeskrieger errungen hatten. Die tungrischen Soldaten setzten ihre Schilde ab, rieben sich die schmerzenden Arme und warteten auf den nächsten Schachzug des sarmatischen Anführers. Nach einer kurzen Pause schlugen die feindlichen Krieger rhythmisch mit den Speeren gegen ihre Schilde und spornten sich damit für den Angriff über den unebenen, mit Felsbrocken übersäten Berghang an.

»Anscheinend ist der Anführer da unten der Meinung, auch ohne seine Bogenschützen noch gute Chancen zu haben...«

Marcus wandte sich dem jungen Tribun zu, konnte zu seiner Erleichterung in dessen Gesicht jedoch keine Furcht vor den kommenden Ereignissen entdecken.

»Der Meinung wäre ich in Anbetracht ihrer Zahl an seiner Stelle auch. Andererseits haben wir unsere Unterzahl damit ausgeglichen, dass Titus und seine Männer gestern einen ganzen Tag auf diesem Gelände verbracht haben. Lass uns also hoffen, dass unsere Leute imstande sind, mit dem Fortlaufen aufzuhören, sobald ihre Zenturios ihnen auftragen, stehen zu bleiben und zu kämpfen.«

Er hob die Stimme, damit sie trotz des Kampfgeschreis der Sarmatenkrieger gehört werden konnte. Dann rief er den Befehl, auf den seine Männer gewartet hatten.

»Tungrer, fertig machen zum Rückzug! Bogenschützen, wegtreten!«

Die Zenturios standen hinter ihren Soldaten und betrachteten mit düsterem, halb amüsiertem Blick, wie die Thraker ihre Befehle ausführten, aus der Reihe wegtraten und in schnellem Lauf den Hügel hinaufhasteten. Als die Sarmaten das sahen, brüllten sie erfreut auf, und einige Krieger traten aus der Reihe und winkten den Römern mit ihren Speeren zu. Dabei sprangen sie vor ihren Kameraden herum, stießen in primitivem Latein Drohungen und Verwünschungen aus, fuchtelten mit ihren Schwertern herum und schrien ihren bevorstehenden Sieg zum Himmel empor. Das Hämmern der Waffen auf den Schilden beschleunigte sich, dann erklang ein durchdringender Befehl seitens des Anführers, und die Kriegshorde rückte auf die römische Verteidigungslinie zu. Noch bevor der Kommandoruf des Sarmaten gänzlich verklungen war, hatte Marcus bereits seine eigenen Befehle geschrien.

»*Tungrer, wegtreten!*«

Die Soldaten wandten sich von den Feinden ab und rannten, ebenso schnell wie die Bogenschützen kurz zuvor, den Abhang hinauf. Ihre Zenturios spurteten sogar noch rascher, um sie zu überholen und sich vor ihren Männern zu positionieren. Die Stammeskrieger johlten vor Freude und verloren den Zusammenhalt der Formation, denn in ihrer Entschlossenheit, die scheinbar fliehenden Römer zu erwischen, brachen ihre schnellsten Männer aus der Horde heraus. Nach fünfzig Schritten hielten die Zenturios an, drehten sich zu ihren Leuten und senkten zur Befehlsgabe ihre Rebstöcke Richtung Boden. Als die Tungrer bei den Offizieren ankamen, stoppten auch sie ihren Lauf, machten kehrt, formierten sich in aller Schnelle neu und hielten die Speere kampfbereit in den Händen. Die äußeren Enden der Soldatenreihe schlossen jetzt an die Bäume an, welche die Pioniere tags zuvor gefällt und präpariert hatten, wodurch die Stammeskrieger es nun mit einer lückenlosen Verteidigungslinie zu tun bekamen.

Die Barbaren schien die Neuformation ihrer Feinde nicht zu bekümmern, denn sie stürmten mit Hass- und Triumphschreien unverändert schnell auf sie zu. Dann aber gerieten die ersten Krieger in die Fußfallen, die tags zuvor sorgsam unter dünnen Torfteppichen verlegt worden waren. Der Boden unter ihren Füßen brach ein, und sie fielen in knietiefe Löcher mit feuergehärteten Holzpflöcken, die mit Exkrementen beschmiert waren. Mit grimmigen Gesichtern beobachteten Marcus und Sigilis, wie der Vorstoß der Sarmaten zum Erliegen kam, denn jeder gefallene Krieger riss zwei oder drei seiner unkontrolliert vorpreschenden Kameraden mit zu Boden. Marcus wartete noch einen Augenblick, damit in dem Tumult weitere Krieger in die vorbereiteten Fallen geraten konnten. Dann entschied er, dass nun genügend Männer hinter der Markierung waren, die seine Leute in weiser Voraussicht angebracht hatten.

»Zieht!«

Die Votadini, die außen an der Verteidigungslinie warteten, zogen ruckartig an den Enden eines Seils, das vor der gesamten Frontreihe ausgelegt und um Bäume herumgeschlungen worden war, um besseren Halt zu gewähren. Unvermittelt tauchte ein faustdickes Tau auf, das in einem schmalen Graben verborgen gelegen hatte. Das unerwartete Hindernis brachte Dutzende Sarmaten zum Straucheln, worauf die Kriegshorde hinter ihnen ins Chaos verfiel, als sie versuchten, über oder neben ihren gestürzten Kameraden vorbeizukommen, und diesen damit verwehrten, wieder aufzustehen.

»Bogenschützen! Schießt!«

Die Thraker hatten sich auf dem Gipfel des Hügels neu formiert und standen bereit. Jetzt konnten sie den Höhenvorteil ausnutzen und über die Helme ihrer tungrischen Kameraden hinweg Pfeile auf den ungeordneten Haufen barbarischer Krieger hinabregnen zu lassen. Auf Marcus' Geheiß schossen sie ihre Pfeile ab und zielten dabei in die wuselnde Menge, während der Römer seine Aufmerksamkeit auf jene Krieger richtete, denen es gelungen war, sich durch die sorgsam ausgelegten Fußfallen hindurchzukämpfen.

»Tungrer! Speere bereit!«

Mehrere hundert Krieger hatten sich einen Weg durch die

Hindernisse gebahnt, indem sie zuweilen einfach über die Leichen ihrer glücklosen Kameraden kletterten. Nun sammelten sie sich, um den Hügel hinauf zu den Römern vorzustoßen, doch ihr vorheriger Ansturm hatte sie bereits ermüdet. Daher wusste Marcus, dass jetzt der Moment gekommen war, in die Offensive zu gehen.

»Erste Reihe ... Wurf!«

Die tungrischen Soldaten machten zwei rasche Schritte, um Schwung zu holen, und schleuderten ihre Speere dann mit aller Kraft nach vorn. Die mit Eisenspitzen versehenen Wurfspieße flogen in hohem Bogen in die feindliche Horde, und lautes Gebrüll zerriss die Luft, als die schweren Geschosse ihr Ziel erreichten. Die feindlichen Krieger wurden getötet oder verwundet, und ihr Blut spritzte auf ihre Kameraden nieder.

»Hintere Reihe ... Wurf!«

Nun schleuderten die übrigen Soldaten ihre Speere über die kniende vordere Reihe hinweg und brachten die Angriffslinie der Sarmaten mit einer zweiten Ladung scharfen Eisens erneut zum Erzittern. Dann traten die Soldaten zu ihren Kameraden vor und machten sich kampfbereit.

»Schwerter!«

Mit dem schleifenden Geräusch von Klingen gegen Scheiden zogen die Soldaten ihre Schwerter. Ihre Füße standen fest auf dem Boden, ihre Schilde waren erhoben. Hunderte Barbaren lagen bereits tot oder verwundet vor ihnen – dennoch waren die Feinde noch immer in der Überzahl, und die Verteidigungslinie erschien gefährlich dünn. Mit dröhnendem Wutgebrüll stürmten die Sarmaten über ihre sterbenden Kameraden hinweg oder an ihnen vorbei auf die Römer zu und warfen sich gegen die Schilde der Verteidiger. Ihr Heulen ließ das Blut der Römer gefrieren, während sie mit aller Macht auf die tungrische Verteidigungslinie einschlugen und diese übel zurichteten.

»Was jetzt?«

Marcus sah einen Augenblick auf die schillernde Klinge seiner Spatha hinunter, bevor er Sigilis' Frage beantwortete und währenddessen seinen Gladius mit dem Schwertknauf in Form eines Adlerkopfes aus der Scheide an seinem Hüftgürtel zog. »Jetzt, Tribun, warten wir ab, ob unser Plan aufgeht. Die Bogenschützen werden weiter in die feindliche Nachhut schießen, bis sie ihre Pfeile aufgebraucht haben. Meine Männer hingegen wissen genau, dass sie dem Angriff entweder standhalten oder hier sterben müssen.«

»Sollten wir vielleicht zum Kriegsgott Mars für den Sieg beten?«

Marcus nickte und hob seine Spatha, um Sigilis eine eingravierte Zeichnung auf einem Amulett am Griff zu zeigen: Sie stellte Mithras dar, wie er gerade den heiligen Stier erdolchte. Während des langen Marsches der Kohorte längs des Flusses Danubius hatte Marcus einen Priester dafür bezahlt, das Bildnis mit feinem Golddraht am Schwertknauf zu befestigen. Der ovale Amethyst mit der eingravierten Zeichnung leuchtete im frühen Morgenlicht in einem matten Purpurrot.

»Wenn dir das hilft, Tribun, ja. In der Tat solltest du zu deinem Gott beten. Wie du siehst, huldige ich Mithras, um meinem Schwertarm Kraft zu verleihen, doch jede Unterstützung von jedweder Gottheit deiner Wahl wäre im Augenblick überaus hilfreich.«

Er wandte sich ab und winkte mit seinem Schwert zur Reservezenturie unter dem Kommando von Caelius hinüber, die auf dem Bergkamm hinter den Thrakern wartete. Zenturio Caelius winkte zurück und befahl seinen Männern, an den Bogenschützen vorbei den Hang hinunterzumarschieren. Die Überzahl sarmatischer Krieger machte sich bereits bemerkbar, denn sie schoben die Tungrer allmählich den Hügel in Richtung der Bogenschützen hinauf. Tatsächlich metzelten die Tungrer noch immer viele Barbarenkrieger nieder, waren jedoch langsam, aber sicher dabei, den Kampf zu verlieren, da die Sarmaten aufgrund ihrer größeren Zahl unausweichlich mehr und mehr an Boden gewannen. Die Luft war erfüllt vom Zischen der Pfeile, die die Thraker über die Helme der römischen Soldaten in das Gewimmel von Feinden schossen, doch dieser Angriff schien für die rasenden Stammeskrieger nicht mehr als ein lästiges Ärgernis zu sein. Caelius' Zenturie warf sich in die Schlacht und verstärkte so das Zentrum der tungrischen Kampflinie, aber auch ihre zusätzliche Kampfkraft schien kaum einen Einfluss auf das Geschehen zu haben. Kopfschüttelnd beobachtete Marcus, wie die Stiefel der Verstärkung den weichen Boden aufwühlten, während sie vom feindlichen Ansturm zurückgedrängt wurden. Ihm wurde klar, dass die Männer unter seinem Kommando praktisch dem Untergang geweiht waren.

»Sie müssen uns gar nicht töten. Es reicht, dass sie uns weitere hundert Schritte nach hinten drängen, und wir haben verloren. Denn sobald wir nicht mehr bergabwärts stehen und dadurch stärkere Schlagkraft besitzen, werden sie uns mühelos über den Bergkamm treiben, dort unsere Verteidigungslinie durchbrechen und uns einzeln ins Tal hinunterjagen.«

Marcus sah sich um und hoffte auf irgendein Anzeichen, dass seine Nachricht an Tribun Scaurus Resultate zeitigte, wusste aber auch, dass der Läufer in dieser kurzen Zeit gerade den Talboden erreicht haben würde.

Sigilis trat mit geballten Fäusten vor. »Wir können doch sicher nicht zusehen, wie dieser Abschaum uns immer weiter zurückdrängt? Was können wir tun? Es muss doch etwas geben...«

Marcus sah dem jungen Tribun direkt in die Augen und schüttelte bedächtig den Kopf. Dann aber sprach Arminius mit hartem Gesichtsausdruck.

»Was wir tun können? Gar nichts, außer kämpfen und, wenn es dann so weit ist, wie Männer sterben. Bist du bereit, zu kämpfen und zu sterben, Lugos?«

Der hünenhafte Britannier neben ihm knurrte, ergriff seinen Streithammer und starrte auf die Krieger, die ihre Leiber gegen die tungrischen Schilde warfen. »Lugos ist bereit. Ich schicke viele Krieger vor mir in Tod.«

Dann ertönten, etwa hundert Schritte hinter ihnen, vom Bergkamm herab die Schreie von Bogenschützen. Marcus drehte den Kopf, um über die Schilde seiner Männer zu blicken und herauszufinden, was der Zenturio der Bogenschützen ihm mit einer Geste seiner Hand zu zeigen versuchte. Als er begriff, was der thrakische Offizier ihm mitteilte, sanken seine Schultern unvermittelt herab, denn nun wurde ihm das Schicksal bewusst, das ihnen allen bevorstand.

»Heiliger Mithras, da sind noch *mehr*!«

Weitere Krieger tauchten aus den Bäumen hinter dem vorderen Heer auf. Es waren mindestens tausend bewaffnete Männer in voller Rüstung. Der sarmatischen Tradition entsprechend trugen sie eiserne Schädelkappen, und manche hielten Bögen, andere waren mit Äxten und langen Speeren ausgestattet.

Finster schüttelte Marcus den Kopf in Sigilis' Richtung und hob sein Schwert zum Kampf. »Nun, Tribun, wenn jemals der Moment für Gebete günstig war, dann jetzt.«

4. Kapitel

Von der Spitze des Torfwalls aus beobachteten die hochrangigen Offiziere, wie die sarmatische Kavallerie an der Befestigungsanlage entlanggaloppierte. Es war eine große Anzahl von Reitern, die jedoch nicht angriffen, sondern nur vereinzelt Pfeile abschossen, die Dutzende Schritte vor dem Wall niedergingen.

Tribun Belletor starrte mit gebieterisch hochgezogener Braue auf das offene Gelände, das die Soldaten über eine Strecke von mehreren hundert Schritten gerodet hatten. »Nun, sie scheinen keine Eile zu haben, hereinzukommen und uns zu holen. Ich dachte, diese Barbaren seien furchtlose Bestien, doch alles, was ich erkennen kann, sind Angst und Verunsicherung. Vielleicht wird die Sache doch ein wenig einfacher, als du dachtest, Kamerad.«

Scaurus nickte zustimmend und betrachtete die feindlichen Infanteristen, die regungslos weit außerhalb der Reichweite von Pfeilen warteten, während ihre Anführer in einer kompakten Reitergruppe den Wall hinauf- und hinunterritten. »Jedenfalls ist das ein ganz anderes Verhalten als jenes, was ich üblicherweise zu sehen bekomme. Während der Germanenkriege hätten die Feinde schon eine Stunde vor Morgengrauen versucht, den Wall zu überwinden.«

Belletor zuckte die Achseln und schlang seinen Mantel fester um sich. »Vielleicht haben diese Barbaren etwas mehr Angst um ihre eigene Haut als die Männer, gegen die du in Germanien gekämpft hast? Mir scheint es eher, als versuchten sie, einen Schwachpunkt in unserer Verteidigung aufzuspüren.«

Scaurus schnaubte lachend. »Nun, wenn das der Fall ist, so ist es unwahrscheinlich, dass sie einen finden werden. Dafür haben sie uns zu viel Zeit gelassen, um den Ort zu befestigen. Dennoch scheint mir das nicht der entscheidende Punkt zu sein...«

Der Boden vor dem Wall war aufgeweicht, da sie ihn mit Wasser aus dem See oberhalb der östlichen Bergseite des Rabenstein-Tales getränkt hatten. Sorgfältig hatten Sergius' Legionäre einen Kanal in den Abhang gegraben und Rohre angebracht, um ihn unter dem Wall hindurchführen zu können, noch bevor die ersten Torfblöcke gesetzt worden waren. Über die gesamte Länge der Verteidigungsanlage zogen sich Bogenschützen mit eingenockten Pfeilen, und neben jedem von ihnen standen zwei Tungrer, die etwaige Versuche, den Erdwall zu erklimmen, vereiteln sollten. Die Talseiten rechts und links des Walls waren mit unzähligen Holzpflöcken befestigt, die Belletors Legionäre aufgestellt hatten. Die römischen Offiziere auf dem Wall konnten gut nachvollziehen, warum der Anführer der Sarmaten seine Männer nicht in die Spieße einer so eindrucksvollen Verteidigungsanlage hineinjagen wollte.

Julius beobachtete noch einen Augenblick, wie die Reiter erneut den Wall abritten und sich dabei noch immer sorgsam außerhalb der Reichweite der Bogenschützen bewegten. Er runzelte die Stirn und neigte verwirrt den Kopf. »Irgendetwas stimmt hier nicht.«

Sein Tribun hob fragend eine Augenbraue, während Belletor missmutig die galoppierenden Reiter betrachtete. »Was stört dich denn, Erster Speer?«

Der stämmige Julius trat vor und zeigte auf die Krieger, die geduldig hinter der Linie warteten, auf der die sarmatische Kavallerie auf und ab ritt. »Eine Unstimmigkeit, Tribun. Zenturio Corvus berichtete, dass gestern etwa viertausend Infanteristen an ihm vorbeigezogen sind. Wie viele kannst du dort unten sehen?«

Scaurus schwieg einen Moment und überschlug rasch die Anzahl der Männer, die auf dem abschüssigen Talboden standen. »Nicht viele. Vielleicht eintausend?«

»Ganz genau. Es müssten aber viel mehr sein. Und wenn sie nicht hier sind...«

»...wo sind sie dann?«

Die beiden Männer wechselten einen besorgten Blick, dann nickte Scaurus entschlossen, ignorierte Belletors ungläubiges Starren und schritt auf die Stufen zu, die an der hinteren Seite des Walls eingehauen waren.

»Sehr gut erkannt, Julius! Bleib mit Tribun Belletor hier, falls sie womöglich doch entscheiden, etwas aggressiver zu werden. Ich hingegen schnappe mir die Reservezenturien. Mit etwas Glück ist es noch nicht zu spät!«

Er hastete zu den verbliebenen vier Zenturien der Ersten Tungrischen Kohorte, die unter Dubnus' Kommando standen und fünfzig Schritte hinter dem Wall warteten, falls ein Abschnitt der Verteidigung Verstärkung benötigen sollte. Doch noch bevor er erklären konnte, was ihn an dem verdächtig kleinen sarmatischen Heer störte, rannte ein einzelner Soldat atemlos zu ihm und überbrachte seine Botschaft.

Scaurus hörte zu, zeigte dann zum Sattel hinauf und sprach mit dringlicher Stimme zu den Zenturios. »Es ist genau so, wie ich befürchtet hatte. Was wir für ein Ablenkungsmanöver der Feinde gehalten haben, ist in Wirklichkeit ihr Hauptangriff. Sie haben genügend Männer hier im Tal positioniert, damit wir keinen Verdacht schöpften, doch unterdessen führt ihre Infanterie den entscheidenden Schlag aus. Wir müssen dort hinauf und unsere Kameraden unterstützen, bevor sie ins Tal hinuntergetrieben werden und einen Mob blutrünstiger Barbaren am Hals haben.«

Die Tungrer folgten ihm den Hügel hoch, so schnell sie den steilen Anstieg mit ihrer schweren Rüstung bewältigen konnten. Je näher sie dem Bergkamm kamen, desto stärker schwoll der Kampflärm an.

Kurz vor dem Grat hielt Scaurus inne, rang keuchend nach Luft und deutete auf das Gelände vor ihnen. »Formiert euch und macht euch kampfbereit!«

Er führte die Soldaten mit pochendem Herzen in doppelter Schlachtreihe die letzten fünfzig Schritte des Berghangs hinauf und wusste, dass sie womöglich in einen bereits verlorenen Kampf zogen. Dann aber starrte er mit offenem Mund auf die Szenerie, die sich vor seinen Augen ausbreitete. Die Tungrer hielten mit Mühe ihre Stellung, da die Feinde in großer Überzahl waren, und einen Moment lang schaute der Tribun ungläubig auf die Schlacht, bis er begriff, was er auf den ersten Blick nicht gesehen hatte. Die Sarmaten vorne an der römischen Linie führten ihren heftigen Angriff fort, doch ihre hinteren Reihen waren selbst in Bedrängnis geraten, denn eine große Horde Krieger, von denen immer mehr aus dem Wald herausströmten, hatte sich in die Schlacht geworfen. Diese Angreifer konnten allerdings keine Römer sein, denn dann wären sie in der für sie typischen geordneten Reihenformation vorgerückt. Als Scaurus seine Verblüffung überwunden hatte, zeigte er auf die belagerte tungrische Linie und stieß einen Befehl aus, den seine Zenturios sogleich laut wiederholten.

»Schlachtreihe verstärken!«

Seine Männer riefen ihren Kameraden Aufmunterungen zu und rannten los. Als sie die vorderste Reihe erreicht hatten, drängten sie sich an den erschöpften Soldaten der Frontreihe vorbei, zogen Männer aus der Schlacht und ersetzten diese sogleich, um den blutverschmierten Stammeskriegern neue Entschlossenheit entgegenzusetzen. Die Barbaren wichen erschrocken zurück, als die frischen, noch unverletzten Tungrer sich wutentbrannt auf sie stürzten und mit ihren Speeren zwischen den Schilden hindurch zustachen, um die bereits erschöpften Männer niederzumetzeln.

Steifbeinig und völlig ermattet verließ Marcus die Frontlinie. Seine beiden Schwerter waren blutig, und seine Rüstung glänzte schwarz vom Blut der Männer, die er getötet hatte. Ihm folgten Arminius und Lugos.

Marcus rammte seine gemusterte Spatha in den weichen Torf und salutierte matt vor seinem Tribun. »Gerade zur rechten Zeit, Herr. Wir waren kurz davor einzubrechen.«

Scaurus sah an ihm vorbei. »Wo ist Sigilis?«

Marcus deutete mit dem Daumen über seine Schulter zurück. »Irgendwo da hinten. Er bestand darauf, selbst an vorderster Front zu kämpfen.«

Scaurus nickte bedeutungsvoll zu Arminius hinüber, worauf der große Germane ins Gefecht eilte und den jungen Tribun am Halsstück seiner bronzenen Brustplatte aus dem Schlachtgewühl zerrte. Schwer atmend ließ Sigilis den Schild fallen, den er einem Verwundeten abgenommen hatte, und stützte sich auf sein Schwert. Unter dem Augenschirm seines Helms hervor blickte er zu Scaurus hoch, der nickte und lächelte.

»Gut, dich zu sehen, Tribun Sigilis. Und wahrhaftig, nicht weniger gut ist, wie du den Männern gezeigt hast, dass ein römischer Ehrenmann seinen Teil zur Schlacht beiträgt. Jetzt solltest du dir aber einen Augenblick Ruhe gönnen, findest du nicht?«

Sigilis nickte matt und betrachtete seinen Schwertarm, als würde er jetzt erst bemerken, dass dieser bis zum Ellbogen blutbedeckt war. Dann knickten seine Knie ein, weil seine Beine in verspäteter Reaktion auf den Kampf zu zittern begannen, doch Arminius streckte sofort seinen muskelbepackten Arm aus, packte seinen Bizeps und hielt ihn aufrecht.

Scaurus wandte sich wieder Marcus zu. »Das war knapper, als du dir gewünscht hattest, nehme ich an, Zenturio?«

Marcus nickte, beobachtete allerdings noch immer die Neuankömmlinge, welche die andere Seite der Falle bildeten, die sich langsam, aber sicher um die gebeutelten Sarmaten zuzog.

»Ohne sie wären wir niedergestreckt worden, noch bevor deine Verstärkung uns erreichte. Wer sind sie?«

Scaurus schüttelte den Kopf. »Ich habe nicht die leiseste Ahnung, Zenturio. Doch wer immer sie sein mögen – wahrscheinlich haben sie durch ihr Eingreifen das gesamte Tal gerettet. Jetzt aber erlaube mir zu sagen, dass es an der Zeit ist, die Schlacht zu beenden und ein paar Köpfe abzuschlagen, die wir auf unserer Festungsmauer ausstellen können.«

Marcus nickte, und die beiden traten in die nun drei Reihen umfassende tungrische Verteidigungslinie, die mittlerweile relativ leicht zu halten war. Scaurus erhob die Stimme und brüllte, wie er dies auf dem Exerzierplatz tat. Was all jene, die ihn zum ersten Mal hörten, erstaunte, da er sich üblicherweise eher kultiviert und höflich ausdrückte.

»Tungrer, wir haben sie an den Eiern! Und jetzt machen wir sie fertig!«

Ein Pfeil schoss am Kopf des Tribuns vorbei, und zwar so dicht, dass beide Männer das Zischen vernahmen. Dennoch rührten sie sich nicht, während die hintere Reihe sich umdrehte und sie ansah.

»Vordere Reihe! Speere… *bereit*!«

Jubelschreie ertönten aus der Kampflinie, als die frischen Soldaten der Verstärkung sich auf das vorbereiteten, was jetzt kommen würde.

»Hintere Reihe! Mit aller Kraft… *vorwärts*!«

Die Römer stampften voran und schoben die Krieger mit ihren Schilden gnadenlos in die hilflos hinter ihnen eingekesselte Menschenmenge. Einige Sarmaten wurden hochgehoben und mussten ohnmächtig mit ansehen, wie der heftige Druck der Schilde sie daran hinderte, ihre Schwerter zu benutzen. Die frische tungrische Frontreihe setzte jetzt die Speere ein, und die Soldaten stießen damit auch nach Kriegern, die sich drei oder vier Reihen weiter hinten befanden. Wieder und wieder rammten sie die eisernen Klingen in Hälse und Brüste, rissen sie wieder heraus und stachen erneut zu. Marcus sah zu Sigilis hinüber, der das Gemetzel mit einem Ausdruck von Übelkeit beobachtete, und deutete mit der Hand über das blutige Schlachtgewühl.

»*Das* ist Krieg, Tribun! Nicht die Kämpfe, die du aus den Geschichtsbüchern kennst, sondern primitives, bluttriefendes Abschlachten, an dessen Ende eine Seite sich am Blutvergießen berauscht und die andere entweder stirbt oder versklavt wird!«

Der junge Zenturio verstummte, da er im Gewühl etwas erblickt hatte: ein Aufblitzen von Gold, das sofort wieder verschwand, dann aber erneut zu sehen war, als sich die barbarischen Reihen einen Augenblick lichteten. Bei genauerem Hinsehen erkannte er, dass ein blutrotes Banner mit einem weißen Schwert darauf über der Schlacht wehte. Marcus schritt wieder in Richtung Kampfgeschehen, riss seine Spatha aus dem Torfboden und rief einen Befehl über seine Schulter.

»Arminius, Lugos, kommt mit!«

Gefolgt von den beiden Barbaren, zwängte er sich durch die Menge und rief den Männern um ihn herum durch den brausenden Schlachtlärm ein Kommando zu.

»Tungrer, zu mir! Formiert euch! *Angriffsspitze!*«

Er packte den Soldaten vor ihm an der Schulter, neigte sich vor und schrie ihm so laut ins Ohr, dass auch die anderen Männer es verstehen konnten: »Ihr König befindet sich nur ein Dutzend Schritte vor dir, und er hat genügend Gold an sich hängen, dass du für eure Zeltmannschaft eine hübsche Belohnung erzielen kannst. Auf mein Kommando schlagen wir uns durch und werden ihn entweder töten oder gefangen nehmen. Bist du bereit?«

Der Soldat nickte und stemmte seine Füße angriffsbereit in den Boden, während seine Kameraden sich dichter um ihn scharten. Marcus sah, dass die Männer auf beiden Seiten auf sein Kommando warteten, während Arminius und Lugos sich hinter den vordersten Punkt der Angriffsspitze drängten.

»Tungrer, *vorrücken!*«

Die Formation bewegte sich ruckartig vorwärts, wobei immer wieder Speere herauszuckten und Feinde auf beiden Seiten niederstreckten. Die erschöpften Sarmaten wichen vor dem Angriff zurück und machten kehrt, um sich in das Menschengedränge hinter ihnen zu flüchten, doch ohne Erfolg. Stattdessen sanken sie aufgrund der vielen Wunden, die die Tungrer ihnen bei ihrem gnadenlosen Vorstoß versetzten, zu Boden. Nach einem Dutzend Schritten hatte Marcus einen freien Blick auf den sarmatischen Edelmann, den er kurz im Schlachtgewühl erblickt hatte, denn die Feinde zwischen ihm und den Tungrern waren entweder tot oder lagen sterbend am Boden. Zwei hünenhafte Krieger mit Langschwertern drängten sich mit verächtlicher Leichtigkeit durch den chaotischen Rückzug ihrer Kameraden und traten in den freien Raum zwischen den Römern und ihrem Anführer, um die Tungrer in wilder Verzweiflung zu attackieren.

Der vorderste Soldat der Angriffsspitze fiel sofort, denn er wurde unter wütendem Kampfgeschrei vom Hieb der langen Klinge enthauptet, sodass sein kopfloser Leichnam vor die Füße seines Widersachers fiel. Der zweite Leibwächter hob darauf ebenfalls sein Schwert in die Luft und ließ es auf den Mann neben Marcus herabsausen, worauf der Niedergestreckte mit gespaltenem Helm zurücktaumelte, ein Ächzen ausstieß und die Augen verdrehte, sodass nur noch das Weiße zu sehen war. Bevor der junge Zenturio reagieren konnte, drängte sich Lugos an ihm vorbei. Er hob seinen Streithammer und hieb ihn mit einem kehligen Angriffsschrei auf den Kopf seines Widersachers. Die grobe Eisenspitze des Hammers durchdrang die eiserne Schädelkappe, bohrte sich tief in den zerschmetterten Schädel und streckte ihn wie einen Schlachtochsen nieder, während Arminius mit dem Schwert den Racheversuch des zweiten Leibwächters unterband. Der Germane parierte den Hieb der Klinge, trat rasch vor und schlug dem Leibwächter die Faust gegen den Hals, sodass Marcus das Knacken von Knorpeln trotz des Schlacht-lärms hören konnte.

Mit wutverzerrtem Gesicht löste sich jetzt der König selbst aus der Kriegshorde und hob sein Schwert. Mordlust glühte in seinem bärtigen Gesicht. Er beugte leicht die Knie und packte das Schwert mit beiden Händen, während die Zeit stillzustehen schien. Als der König dann vortrat, um unter dem noch immer wehenden Banner Schwert gegen Schwert zu kämpfen, schrie er den Feinden seinen Schlachtruf entge-gen: »Boraz!«

Marcus trat dieser Attacke direkt entgegen und antwor-tete mit seinem eigenen Schlachtruf: »Mithras!«

Mit dem Klirren von Metall auf Metall trafen sich die bei-den Klingen, doch noch bevor der König sein Schwert wie-der heben konnte, trat Marcus einen weiteren Schritt vor. Mit der linken Hand schwang er seinen Gladius in raschem Bogen und rammte dessen Spitze durch die Rüstung des Sarmatenführers hindurch in dessen Seite. Boraz sank in die Knie, sein Gesicht von schrecklichem Schmerz gezeichnet, und er starrte mit leeren Augen auf Marcus. Der Römer aber stieß den Verwundeten zur Seite und hieb dann auf den Fah-nenträger hinter ihm ein, sodass die blutrote Flagge samt der Hand des Kriegers auf den zerstampften, blutgetränk-ten Boden fiel.

Als sie den Sturz ihres Königs und seiner Leibwächter so-wie den Erfolg des tungrischen Angriffs bis tief in ihre Mitte sahen, packte die Sarmaten die Angst vor der Niederlage, zu-mal ihre Reihen noch immer von hinten durch die unbekann-ten Krieger ausgeblutet wurden. Marcus hob seine Schwerter, um mit Lugos und Arminius Seite an Seite erneut den Kampf aufzunehmen, setzte dann aber ein grausames Grinsen auf, als er sah, wie sich die Kriegshorde in eine Schafherde zu verwandeln schien, die von einem Rudel Wölfe überrannt wurde. Nach nicht einmal einem halben Dutzend Herzschlägen hatten die Männer ihren Kampfgeist verloren und flüchteten in sämtliche Richtungen, um ihren Feinden von vorne und hinten zu entkommen. Wie Jagdhunde, die noch angeleint waren, sahen die Tungrer zu ihren Offizieren hinüber und warteten auf deren letztes Kommando, das die Schlacht zu Ende bringen würde. In der hinteren Reihe stand Scaurus, der nickte, den Kopf hob und genau die Worte brüllte, die die Männer hören wollten.

»Blast zur Verfolgung!«

Die Soldaten sprinteten nach vorn, noch bevor das Hornsignal ertönte, denn alle wollten Stammeskrieger gefangen nehmen, die nicht zu sehr verwundet waren und als Sklaven dienen konnten. Sigilis verfolgte erstaunt, wie sich die geordnete römische Reihe in ein wimmelndes Gewühl rennender Soldaten verwandelte. Die Zeltmannschaften halfen sich untereinander, um feindliche Krieger zu Boden zu werfen und sie zu entwaffnen. Sobald sie unschädlich gemacht worden waren, blieb einer von ihnen bei dem jeweiligen Gefangenen sitzen und legte ihm sein Schwert an den Hals, worauf die übrigen Soldaten lospreschten, um neue Opfer zu suchen. Scaurus beobachtete die Szenerie mit grimmigem Lächeln und sah dann mit erhobener Braue zu Marcus hinüber, der mit dem Banner des Königs in der Faust aus dem Chaos hervortrat. Ihm folgten Arminius und Lugos, die den besiegten Sarmatenanführer schleppten, wobei der kräftige Britannier jedem Soldaten seine gefürchtete Faust entgegenreckte, um ihnen zu verdeutlichen, dass sie sich auf den goldenen Schmuck des Königs keine Hoffnungen zu machen brauchten. Tatsächlich hielt Arminius einen fein gearbeiteten Helm sowie eine goldene Krone in der Hand, die er dem Leichnam eines der Leibwächter abgenommen hatte, da er diese wohl für seinen Herrn getragen hatte, solange dessen Kopf vom Helm geschützt werden musste.

»Gut gemacht, Zenturio! Es scheint, als hätten unsere Verstärkung und deine übliche vernunftlose Raserei auf dem Schlachtfeld den Tag gerettet.« Er wandte sich an Sigilis und deutete auf die Nachwirkungen des Kampfes. »Wie du sehen kannst, Kamerad, bringt der Anreiz, feindliche Krieger lebend und einigermaßen unversehrt gefangen zu nehmen, die Niederlage zur Vollendung, findest du nicht? Hätten wir verloren, hätten sie unsere Verwundeten abgeschlachtet und die Lebenden den Hügel hinab unwiederbringlich in die Sklaverei geführt. Aber zum Glück, Dank sei unserem Gott Mithras, sind im letzten Moment unbekannte Retter aufgetaucht und haben uns in bester Manier die Kohlen aus dem Feuer geholt. Dies bedeutet, dass wir die Sieger dieser Schlacht sind, trotz des geschickten Schachzugs, mit dem dieser arme Mann seine wahren Absichten verschleierte.« Er lächelte auf den geschlagenen Sarmatenkönig hinunter und beugte sich hinab, um ihm auf die Schulter zu klopfen. »Ich muss dir für deine Strategie mein Kompliment aussprechen. Es fehlte nicht viel, und wir wären dir auf Gedeih und Verderb ausgeliefert gewesen.«

Der Verwundete war etwa vierzig Jahre alt und stand ganz offensichtlich in der Blüte seines Lebens. Seine Rüstung und Kleidung unterschieden sich deutlich von den groben Panzern aus hufeisenförmigen Schuppen, die seine Kameraden trugen. Der Helm, den ihm Arminius vom Kopf gezogen hatte, war aus Silber mit eingelegten Goldverzierungen, und seine Rüstung bestand aus fein geschmiedeten, auf Hochglanz polierten Eisenschuppen. Von seinem Gürtel hing eine kunstvoll dekorierte Schwertscheide, deren Gravuren zu dem schön gearbeiteten Schwert passten, das Lugos in der Hand hielt. Auch die Beinschienen, die er noch immer an den Schienbeinen trug, waren meisterhaft gefertigt.

Der Tribun tippte mit einem hämischen Lächeln auf die schweren goldenen Armreifen, welche die Handgelenke des Gefangenen zierten. »Gut gemacht, Männer. Es freut mich, dass es euch gelungen ist, dem vorhersehbaren Wunsch meiner Soldaten, ihm alles abzunehmen, entgegenzutreten und seinen Schmuck unversehrt zu halten. Ich vermute, wir werden ihn brauchen, um seinen Stamm davon zu überzeugen, dass ihr Krieg gegen Rom tatsächlich beendet ist.«

Der König spuckte blutigen Schleim auf den Boden zu Scaurus' Füßen, dann antwortete er mit zusammengebissenen Zähnen, da seine Wunde ihm offenbar sehr große Schmerzen bereitete. »Dies ist nur ein einstweiliger Sieg, Römer. Mein Sohn hat noch genügend Reiter unter seinem Befehl, um euch alle hier in diesem Tal auszulöschen, als hättet ihr nie existiert.«

Scaurus bedachte ihn mit einem entspannten Lächeln. »Richtig, ich habe ihn bereits unseren Wall auf und ab reiten sehen, ohne dass er die leiseste Ahnung hatte, wie er ihn überwinden oder daran vorbeikommen sollte. Und nachdem du sicherlich mit gutem Grund diesen Ort für deinen Angriff ausgesucht hast, werde ich die Verteidigungsanlagen verbessern und ihn unpassierbar machen, sobald wir alle eure Toten verbrannt haben.« Er wandte sich an seinen Leibwächter und zog ihn außer Hörweite. »Arminius, sei so gut und such mir einen Verbandträger, der die Wunde des Königs versorgen kann. Bring ihn danach, so schnell du kannst, ins Hospital. Bitte die Medica, ihre magischen Künste bei ihm anzuwenden, und sag ihr, dass sein Überleben der Schlüssel dazu sein könnte, mit diesem Volksstamm ein Friedensabkommen auszuhandeln.« Dann wandte Scaurus sich an die wartenden Offiziere. »Und nun, Kameraden, lasst uns losziehen und dem Kommandeur unserer Unterstützer unseren Dank aussprechen. Wer immer er sein mag, er hat uns gerade zum richtigen Zeitpunkt aus der Klemme geholfen. Möchtest du mitkommen, Zenturio Corvus, und mit deinen Schwertern für unsere Sicherheit sorgen?«

Marcus nahm seine Spatha wieder an sich und ging einige Schritte vor den Tribunen über das leichenübersäte Schlachtfeld, wobei er mit Blicken die Gefallenen absuchte, ob sich dort womöglich noch etwas bewegte. Ein Verwundeter links von ihm stöhnte laut und hielt bittend eine Hand hoch, während ein anderer versuchte, seine Eingeweide zusammenzuhalten. Der junge Zenturio zog die Hand des Letzteren zur Seite und untersuchte mit prüfendem Blick die Gedärme, entschied dann aber, dem Sarmaten mit dem Schwert die Kehle durchzuschneiden. Er wischte die Waffe sauber, schüttelte den Kopf, ignorierte Sigilis' entsetzten Blick und schritt langsam weiter über das Schlachtfeld.

»Ein Akt der Barmherzigkeit.«

Scaurus' Worte mussten auf seinen jüngeren Kameraden den gewünschten Effekt gehabt haben, denn Sigilis schwieg lange, bevor er etwas entgegnete. »Es ist nur der Geruch. Er ist ... ich finde keine Worte.«

Marcus konnte den bitteren Unterton hören, als Scaurus antwortete.

»Abstoßend? Zweifellos. Unbeschreiblich? Wohl kaum. Das

ist schlicht der Geruch, der über jedem Schlachtfeld wehte, das ich je betreten habe. Es reicht, frisches Blut von Tausenden Männern im Gras zu vergießen und ihre Bäuche aufzuschneiden, dann steigt der Geruch ihrer Gedärme in die Luft. Ziemlich streng, nicht wahr? Doch glaube mir: Der Geruch von frischem Blut und Exkrementen ist nichts im Vergleich zu dem kostbaren Duft, der sich verbreitet, wenn dieselbe Mischung ein oder zwei Tage im Freien liegt und noch ein bisschen Verwesung dazukommt. Sollten die Sieger aber keine Zeit oder auch einfach keine Lust zum Aufräumen haben, und alles bleibt eine Woche lang liegen – dann, mein Freund, wird es erst richtig spannend! Man kann die verwesenden Leichen aus fünf Meilen Entfernung riechen, wenn man das Pech hat, im Gegenwind zu stehen, und wenn man dann an dem Schlachtfeld vorbeikommt, gibt es kaum jemanden, der sich nicht übergeben würde – sei es aufgrund des Gestanks oder auch nur aufgrund der Tatsache, dass all seine Kameraden neben ihm sich die Seele aus dem Leib kotzen. Aus diesem Grund werden wir einen Scheiterhaufen errichten und jeden Leichnam verbrennen, unsere wie ihre, sobald wir ihnen die Rüstungen ausgezogen haben. So, wir sind da.«

Die Gruppe blieb etwa zehn Schritte vor der Stelle stehen, wo die Männer sich aus dem Wald heraus in die Schlacht geworfen hatten. Aufmerksam betrachteten sie ihre ordentliche Formation und die offensichtliche Disziplin, mit der sie ihre Toten einsammelten und die Verwundeten zur Behandlung führten. Marcus meinte, die Stempelprägungen regulärer Soldaten auf ihren Rüstungen, Helmen und Schilden zu erkennen, die allesamt in der gleichen Weise gearbeitet waren und mit Sicherheit aus demselben Waffenarsenal stammten. Trotzdem runzelte er die Stirn, da andere Aspekte ihres Aussehens ihn verdutzten: Es schien, jeder Mann habe seine Waffe frei wählen können, weshalb er in ihren Reihen ein buntes Sammelsurium von Schwertern, Speeren, Äxten, Streithämmern und sogar Keulen erblickte. Viele von ihnen trugen ihr Haar lang, und dichte Bärte verdeckten ihre Gesichter. Während er ihnen zusah, trat ein Mann aus der Menge und hob eine Hand zum Gruß. Er war stämmig gebaut und trug die Brustplatte aus Bronze sowie den Helm mit Kamm eines hochrangigen römischen Offiziers. Zu seinem größten Erstaunen bemerkte Marcus, wie Arminius den Mann zunächst kurz ansah, sich dann auf ein Knie herunterbeugte und in Ehrerbietung den Kopf senkte. Scaurus zog bei diesem Anblick fragend die Brauen hoch, murmelte etwas Unverständliches und wartete darauf, dass der Mann sich ihnen nähern würde.

»Beim heiligen Mithras...«

Der große Mann salutierte und grüßte die Tribunen auf Latein, das er mit einem kaum vernehmbaren germanischen Akzent sprach.

»Sei gegrüßt, Tribun. Ich habe die Ehre, Kommandeur der Hilfs-Kohorte des Stamms der Quaden zu sein. Mein Name ist Gerwulf, Präfekt Gerwulf.«

Scaurus starrte ihn einen Augenblick neugierig an, bevor er seinen Gruß erwiderte. »Entschuldige, Präfekt, aber ich versuchte herauszufinden, woher ich dich kenne. Das ziemlich unübliche Verhalten meines Soldaten Arminius hat da durchaus einen wertvollen Hinweis geliefert. Du bist der Prinz der Quaden, der zu Beginn der Germanenkriege gefangen genommen wurde, wenn ich mich nicht irre?«

Marcus schob eine Hand zum Griff seiner Spatha, unauffällig, um zu vermeiden, dass der Mann sich dadurch beleidigt fühlen würde, doch zu seiner Erleichterung warf ihm der Präfekt nur einen anerkennenden Blick zu. Mit geschürzten Lippen und einem tiefen Kopfnicken bestätigte er dann Scaurus' Annahme.

»Du beeindruckst mich, Tribun. Nicht viele können sich an so kleine Details erinnern. Tatsächlich wurde ich nach einer Schlacht gefangen genommen, und zwar schon zu Beginn des Krieges zwischen Rom und dem Volk meines Vaters.« Er deutete auf den knienden Mann neben Scaurus. »Darf ich?«

Der Tribun nickte, und Gerwulf streckte den Arm aus, um Arminius' Hand zu ergreifen.

»Steh auf, Bruder. Die Tage, als jeder Quaden-Krieger seine Knie vor mir beugen musste, sind lange vorbei. Heute bin ich eher an das Salutieren meiner Soldaten gewöhnt.«

Arminius erhob sich mit hochrotem Gesicht. »Vergib mir, Herr... Präfekt... ich hatte nicht zu hoffen gewagt, dein Gesicht noch einmal zu erblicken. Wir waren ungefähr gleich alt, als der Krieg begann, und...«

»Und der Krieg kam uns wie eine vielversprechende Gelegenheit vor, nicht wahr? Natürlich wurden wir rasch eines Besseren belehrt, doch immerhin scheinen wir beide, wie ich sehe, wenigstens auf der richtigen Seite zu stehen.« Er nickte dem stämmigen Germanen zu und schlug ihm auf die Schulter. »Und schon bald können wir uns gegenseitig die Geschichten erzählen, wie es dazu kam. Jetzt ist aber nicht die richtige Zeit dafür, denn zunächst muss ich dem Tribun hier Bericht abstatten.«

Scaurus schnaubte hörbar, und sein Mund verzog sich zu einem Lächeln. Er trat vor und ergriff Gerwulfs Arm. »Dein verdammter Bericht kann warten, Mann! Im Augenblick ist es mehr als genug, dass du gerade im richtigen Moment im

Rücken unserer Feinde aufgetaucht bist, denn nur wenig später hättest du lediglich zusehen können, wie die Sarmaten das Tal verwüsten. Der Zeitpunkt deiner Ankunft hätte nicht willkommener sein können, weshalb dir die Dankbarkeit einer ganzen Kohorte sicher ist, die andernfalls tot wäre oder die Sklaverei zu erwarten hätte. Sobald meine Tungrer damit fertig sind, Sklaven zu erbeuten, haben wir allerdings ein Tal zu verteidigen, also würde ich vorschlagen, wir machen uns an die Arbeit. Wir müssen die Verteidigungsanlagen optimieren und die Toten zur Verbrennung einsammeln, bevor die Aasvögel ihr grausiges Treiben beginnen.«

»Bist du dir sicher, dass du das wirklich tun willst? Du könntest genauso gut deine Meinung ändern, und keiner von uns würde sich beklagen. Nicht mal der Trottel Belletor könnte etwas sagen, wenn du es dir noch mal überlegen würdest.«

Marcus sah kopfschüttelnd seinen Freund Julius an, der diesen Satz gefährlich laut gesprochen hatte, und blickte dann warnend zu der Gruppe hochrangiger Offiziere hinüber, die sich nicht weit außer Hörweite versammelt hatten. »Sprich leiser, Julius, sonst wird der ›Trottel Belletor‹ sich mehr für dich interessieren, als dir lieb ist. Jetzt, wo ich zugestimmt habe, diese Aufgabe auszuführen, werde ich das auch tun. Immerhin wird es für mich eine neue Erfahrung sein, das Lager eines sarmatischen Stammes zu erkunden. Bewahr die hier derweil für mich auf.« Er legte den Helm des Sarmatenkönigs ab und löste seinen Schwertgurt. Dann reichte er die Klingen seinem Freund. »Und falls ich aus irgendeinem Grund...«

Der Erste Speer grinste ihn im frühen Morgenlicht an. »Ich weiß, ich weiß. Du möchtest, dass Dubnus und ich deine Schwerter erben.«

Marcus schenkte seinem Freund ein finsteres Lächeln und spürte, wie sich seine harten Nackenmuskeln entspannten, als er den prachtvoll dekorierten Helm aufhob. »Es sei denn, ihr zwei wollt den Zorn einer Frau ertragen, die in der Verwendung von Operationsmessern kundiger ist, als euch lieb sein wird.«

Julius nickte ihm bedächtig zu, und sein Grinsen wurde zu einem freundlichen Lächeln. »Du schaffst das schon. Denk nur daran...«

»Keine Schwäche zu zeigen? Wie könnte ich das vergessen? Diesen Satz hast du mir ständig eingebläut, seit Gerwulf unseren Gefangenen heute Morgen zum ersten Mal erwähnt hat.«

Zu Beginn war Tribun Belletor hinsichtlich des Schicksals des feindlichen Anführers fest entschlossen gewesen, nachdem er am Abend zuvor bei der Unterredung der Kommandeure von der Gefangennahme des sarmatischen Königs erfahren hatte. Aber da war er noch freudig erregt gewesen, den knappen Sieg am Sattel errungen zu haben, weshalb er im Kopf wohl bereits einen triumphierenden Bericht an den Statthalter erdichtete.

»Wir müssen ihn hinrichten! Ich werde ihn auf dem Wall enthaupten und seine Stammesbrüder dabei zusehen lassen, damit sie vor Schreck zittern! Das wird sie rasch in die Flucht jagen!«

Die Reaktionen auf seine Absichten hatten sich zwischen ungläubigem Staunen und höflicher Belustigung bewegt, wenngleich Belletor viel zu tief in seinen selbstgerechten Zorn verstrickt war, um die Blicke der versammelten Offiziere und Zivilisten zu bemerken. Scaurus hatte in kluger Voraussicht beschlossen, den Mund zu halten und abzuwarten, welcher Offizier als Erster den Ärger ihres Befehlshabers auf sich ziehen würde, indem er ihm widersprach. Zum Erstaunen von Marcus, der als Assistent hinter seinem Tribun stand, war es Prokurator Maximus gewesen, der als Erster das Wort ergriffen hatte. Seine Stimme klang zweifelnd.

»Mir scheint, als befänden wir uns hier in einer delikaten Situation, Tribun. Außerhalb dieser Mauern stehen genügend Männer, um uns alle abzuschlachten, falls sie einen Weg über unseren Wall finden. Noch begnügen sie sich damit, auf Neuigkeiten von ihrem Angriff an der Nordseite des Tals zu warten, und natürlich wollen sie wissen, welches Schicksal ihren König ereilt hat. Wenn wir ihn am Leben lassen, könnten wir sicher...«

»*Kommt nicht in Frage!*« Belletor hatte es sich angewöhnt zu schreien, wann immer er sich respektlos behandelt fühlte, wobei die Lautstärke seiner Stimme dem Grad seiner Wut entsprach. »Dieser Mann hat einen Angriff gegen das Imperium geführt, und das nur mit dem Ziel der Plünderei. Also soll er jetzt auch den Preis für den Versuch zahlen, Gewinn aus dem wirtschaftlichen Geschick Roms zu schlagen. Ich werde ihn hinrichten lassen, und das, noch bevor er an seinen Wunden sterben kann. Ich werde seinen Kopf auf einen Speer stecken und anweisen, seinen Leichnam den Hunden zum Fraß vorzuwerfen...«

Eine ungemütliche Stille hatte sich über der Versammlung ausgebreitet, als jeder Einzelne sich vorstellte, was die Reaktion der tausenden von Kriegern sein würde, die im unteren Tal lagerten, wenn man ihren Anführer hinrichten ließe. Dann hatte Präfekt Gerwulf das Schweigen mit einem sanften Hüsteln durchbrochen. Alle Augen hatten sich auf ihn gerichtet, insbesondere aus Erstaunen über die höfliche

Art und Weise, mit der er um die Erlaubnis zu sprechen ersuchte.

Belletor hob zwar eine Augenbraue, nickte dem Germanen aber dennoch zu. »Du hast etwas zu sagen, Präfekt?«

Gerwulf hatte ihn ohne jede Spur von Arglist in seinen blauen Augen angeblickt, doch Marcus konnte in seiner Stimme einen Anflug von Ironie vernehmen.

»Tribun Belletor, ich habe den größten Teil meines Erwachsenenlebens gegen diesen Volksstamm gekämpft, der vor unserem Wall lagert. Als ich während des Krieges meines Volkes gegen Rom als Geisel genommen wurde, habe ich beschlossen, eure Sprache zu lernen und mir eure Gewohnheiten anzueignen. Nachdem ich Krieger eines germanischen Volksstamms war, gleichzeitig aber euren zivilisierten Lebensstil angenommen hatte, wurde ich zum untergeordneten Offizier der Armee ernannt, die gegen die Markomannen und meinen eigenen Stamm in den Krieg zog. Nur glücklichem Geschick war es zu verdanken, dass ich nach Ende des Krieges und dem Abschluss des Friedensvertrags die Befehlsgewalt über das Heer erhielt, das mein Stamm freiwillig zum Dienst an Rom entsandte ...«

Belletor war seufzend und offensichtlich gelangweilt auf seinem Stuhl hin und her gerutscht. »Präfekt, ich kann hoffentlich davon ausgehen, dass deine Lebensgeschichte auf *irgendetwas* hinausläuft?«

Gerwulf hatte gleichmütig genickt und den ungeduldigen Unterton in Belletors Stimme ignoriert. »In der Tat, Tribun. Seit die germanischen Kriege mit einem Friedensvertrag beendet wurden, hat meine Armee einen Großteil ihrer Kraft darauf verwandt, die sarmatischen Stämme unter Kontrolle zu halten, die auf der weiten Ebene nördlich des

Flusses Danubius leben. Und wenn mich meine Bemühungen in dieser Angelegenheit etwas gelehrt haben, so ist es die Tatsache, dass die Hinrichtung dieses Mannes einen Kampf verlängern würde, der andernfalls in ein oder zwei Tagen erfolgreich zu beenden wäre.«

»Ein oder zwei Tage? Wie sollte das gehen?«

Gerwulf hatte sich knapp verbeugt. »Tribun, meiner Erfahrung nach verhält es sich so: Wenn der Anführer eines sarmatischen Stammes einen Krieg beginnen will, opfert er zunächst einen Stier, lässt das Fleisch des Tieres kochen und legt dessen Haut auf dem Boden aus. Dann setzt er sich auf die Tierhaut und hält seine Arme hinter den Rücken, als ob er an Handgelenken und Ellbogen gefesselt sei. Alle Männer, die ihm folgen wollen, nähern sich ihm und versprechen ihm die Treue. Sie teilen sich das Fleisch, essen es gemeinsam und stellen dann einen Fuß auf die Stierhaut, die als Symbol für ihren Donnergott Targitai steht, wodurch sie sich verpflichten, ihrer Aufgabe alle Kraft zu widmen. Meine Geschichte läuft also darauf hinaus, Tribun, dass der König zweifellos Blutsbrüder außerhalb unseres Walles stehen hat, wahrscheinlich sogar eigene Söhne. Wenn wir ihn nun umbringen, werden wir ihre gemeinsame Mission gegen Rom nur verlängern und die Wahrscheinlichkeit erhöhen, dass sie erneut angreifen.«

Marcus hatte gesehen, wie sich das Gesicht des Germanen verhärtete, während er einen abschätzigen Blick auf Belletor warf.

»Tribun, du hast gewiss in der kurzen Zeit, die dir zur Verfügung stand, zahlreiche Heldentaten begangen, dennoch kann man unsere Verteidigungsanlagen keinesfalls als perfekt bezeichnen. Sollten die Feindseligkeiten mit dem Stamm andauern, können wir nur hoffen, dass sie davonreiten und sich den anderen Kriegern weiter nördlich anschließen werden, womit sie aber weiterhin ein Problem für das Kaiserreich bleiben würden. Wenn wir ihnen den König jedoch unversehrt zurückgeben, ohne seine Ehre zu verletzen, können wir fordern, dass sie im Gegenzug schwören, in Frieden fortzuziehen und uns vielleicht sogar Geiseln auszuliefern. Auf diese Weise könnten wir ihn loswerden und gleichzeitig seine Armee an einen Schwur binden, keinen Krieg mehr gegen Rom zu führen. Damit hättest *du*, Tribun, das Tal vor der Einnahme gerettet und gleichzeitig einen beträchtlichen Teil feindlicher Kampfesstärke aus dem Weg geräumt.«

Belletor hatte den Germanen lange und unerbittlich angestarrt. »Du bist dir sicher, dass diese Leute ein solches Vorgehen gutheißen werden?«

Gerwulf hatte die Achseln gezuckt und sich mit der Hand über sein kurz geschorenes blondes Haar gestrichen. »Nein, Tribun, das bin ich nicht. Die Sarmaten sind immer außerordentlich auf ihre Ehre bedacht, allerdings hat jede Regel eine Ausnahme. Natürlich setzt sich jeder, der den Wall hinabsteigt, um mit den Stammeskriegern zu verhandeln, einem gewissen Risiko aus.«

Belletor hatte ihn fassungslos angeblickt. »Den Wall hinabsteigen? Dann schlägst du also vor, wir sollten einen Unterhändler aussenden, der mit ihnen spricht?«

Gerwulfs Gesicht war ausdruckslos geblieben, obwohl Marcus in seiner Antwort darauf einen leicht angestrengten Ton vernahm.

»Natürlich, Tribun. Wir müssen eine offene Unterredung mit demjenigen führen, der den Stamm in seiner Abwesenheit befehligt. Nur so können wir beweisen, dass wir ihren König gefangen halten und alles dafür tun werden, ihn in guter Verfassung zurückzuschicken. Derartige Verhandlungen müssen Auge in Auge geführt werden; man kann das nicht schreiend von der Befestigungsanlage aus erledigen. Abgesehen davon: Wer immer die Kriegshorde in Abwesenheit des Königs anführt, wird niemals in Betracht ziehen, sich in die Reichweite von Pfeilen vor dem Wall zu begeben. Daher wird einer unserer Männer in ihr Lager gehen müssen, damit wir einen Vertrag aushandeln können. Ich würde sogar selbst gehen, wenn ich nicht sicher wäre, dass meine Kohorte ohne mich im Chaos versinken würde.« Er betrachtete mit nüchterner Miene die versammelten Offiziere. »Macht euch keine Illusionen: Wer immer die Verhandlungen mit ihnen aufnimmt, bringt sich selbst in beträchtliche Gefahr.«

Belletor hatte sich fragend umgeblickt. »Was haltet ihr davon, meine Herren? Sollten wir versuchen, Frieden mit diesen Wilden zu schließen, und wenn ja, wen sollen wir zur Aushandlung der Bedingungen zu ihnen senden?«

Nach längerer Diskussion, während derer sich sowohl Scaurus als auch der Tribun der thrakischen Kohorte auf Gerwulfs Seite stellten und betonten, dass die Möglichkeit, die Feindseligkeiten mit den Sarmaten zu beenden, zu verlockend war, um ignoriert zu werden, hatte Belletor den Vorschlag widerwillig akzeptiert. Sein Sinneswandel wurde von denen, die ihn gut kannten, mit Erleichterung aufgenommen, doch die Konditionen, die er daran band, ließen Scaurus' Augen erneut vor Ärger aufblitzen.

»Nun gut. Nachdem ihr alle sicher seid, dass dies der richtige Ansatz zum Umgang mit diesen Barbaren ist, schließe ich mich eurer Meinung gerne an. Allerdings möchte ich nicht riskieren, dass einer meiner hochrangigen Offiziere gefangen genommen und vor unserem Wall niedergemetzelt wird. Tribun Scaurus, du kannst stattdessen einen *deiner* Zenturios losschicken, um mit den Stammeskriegern zu reden. Falls sie dann entscheiden sollten, ihren Rachegelüsten nachzugeben, hätten wir unsere Verluste zumindest begrenzt. Gut, dann ist die Sache damit entschieden. Noch etwas Wein, die Herren?«

Als die Besprechung vorüber war, hatte sich Marcus sofort bereit erklärt, über den Wall zu steigen, und sich Scaurus' Bemühungen widersetzt, ihn von der besseren Eignung eines anderen Mannes zu überzeugen.

»Bei allem Respekt, Tribun, wen sonst könntest du mit gutem Gewissen dorthin schicken? Otho und Clodius würden sogar in einem Vestalinnen-Tempel eine Schlägerei anzetteln, Milo und Caelius verfügen nicht über die erforderliche Redegewandtheit, und wenn du Titus entsendest, würde er die Sarmaten von oben herab behandeln und ihnen auch ohne Worte deutlich machen, dass er sie für Abschaum hält. Daher *muss* ich gehen.«

Scaurus hatte ihn einen Moment abschätzend betrachtet, bevor er erwiderte: »Was ist mit Dubnus? Ihn hast du gar nicht erwähnt. Dubnus hat weder Frau noch ein kleines Kind, die er zurücklassen würde, wohingegen du, Zenturio, eine Verantwortung trägst, die du in Betracht ziehen solltest.«

Marcus hatte den Kopf geschüttelt und eine Hand ans Gesicht gelegt. »Dubnus ist aber kein *Römer*, Tribun. Seine Haut und seine Augen haben die falsche Farbe. Wenn die Sache klappen soll, müssen die Stammesleute glauben, dass sie es mit einem Mann zu tun haben, der auch zu Entscheidungen befähigt ist. Was bedeutet, dass ich es machen muss.«

Ein Dutzend Schritte von der Stelle entfernt, wo Julius seinen Freund Marcus auf den Abstieg vom Wall vorbereitete, stand Scaurus inmitten einer kleinen Gruppe von Offizieren. Mit steinernem Gesichtsausdruck hörte er Belletors Geschwätz über das ein oder andere Thema zu und warf gelegentlich Blicke zu seinen Zenturios.

Tribun Sigilis entschuldigte sich, ging zu den tungrischen Offizieren hinüber und streckte Marcus die Hand entgegen. »Du bist ein mutiger Mann, Zenturio, und ich zolle dir meinen Respekt. Ich werde zu Mars beten, dass er dich unversehrt zu uns zurückkehren lässt.«

Marcus lächelte ironisch. »Das scheint gestern ja ganz ordentlich funktioniert zu haben, Tribun.«

Sigilis lachte und schüttelte den Kopf. »Dort oben am Berg? Da hatte ich gar keine Zeit zum Beten, um ehrlich zu sein. Stattdessen war ich damit beschäftigt herauszufinden, wie es sich anfühlt, menschliche Wesen aufzuspießen.« Er warf Julius einen Blick zu. »Könnte ich vielleicht einen Moment alleine mit dem Zenturio sprechen, Erster Speer?«

Julius hob zweifelnd eine Braue, nickte dann aber. »Natürlich, Herr.«

Julius entfernte sich am Wall entlang, und die beiden Männer lächelten, als sie sahen, wie die Soldaten unter seinem prüfenden Blick erstarrten.

»Es ist nur eine Frage von Sekunden, bis er etwas entdeckt, was nicht seinen Erwartungen entspricht. Und dann gibt es Ärger.«

Als hätte er diesen Kommentar gehört, blaffte Julius einen Soldaten an, der unwissentlich seinen Zorn auf sich gezogen hatte. Mit einer wortreichen, gehässigen Schimpftirade ging er auf den Missetäter los, und die beiden Männer wechselten einen mitleidsvollen Blick.

Dann lehnte Sigilis sich vor und sagte leise: »Wir müssen miteinander sprechen, Zenturio. Eigentlich wollte ich abwarten, bis du selbst entscheidest, dass die Zeit dafür reif ist, aber nachdem du entschlossen scheinst, dich in Gefahr zu bringen, solltest du wissen, dass du vielleicht noch Blutsverwandte hast. Ich weiß zwar nicht, wer oder wo sie sind, doch der Untersuchungsbeamte meines Vaters berichtete, er habe die Vermutung, dass noch einige andere Mitglieder deiner Familie der Vernichtung ihrer Sippe entronnen sind. Allerdings hatte er dafür keine Beweise.«

Marcus nickte mit versteinerter Miene. »Dieser Hoffnung kann ich mich nicht hingeben. Sollte ich mich irgendwann wieder in Rom befinden und das Gegenteil der Fall sein, wäre meine Enttäuschung zu groß. Dennoch danke ich dir für deine Bemühungen.«

Sigilis schüttelte unwillig den Kopf und sprach in dringlichem Ton weiter. »Da ist noch etwas. Wenn sie dich nachher den Wall hinunterlassen, denk bitte daran, dass du noch nicht Rache geübt hast im Namen all jener, die gemeinsam mit deinem Vater einen ungerechten Tod erlitten haben. Sorge also dafür, dass du die Brüstung heil wieder heraufsteigst, Zenturio, denn du bist wahrscheinlich der einzige lebende Mann auf der Welt, der diese Rache vollstrecken kann.« Er nickte Marcus zu und wandte sich dann wieder in Richtung seiner Kameraden.

Julius kam zu Marcus zurück und gab seinem Optio ein Zeichen, worauf dieser eine Strickleiter an der Brüstung anbringen ließ. Dann drehte er sich zu seinem Freund um, ergriff Marcus' Hand und legte einen Arm um seine Schultern. »Viel Glück. Und komm lebend zurück.«

Der Römer schwang sich über die Brüstung aus Torf und kletterte vorsichtig die Leiter hinab, bis er sicheren Boden unter seinen Stiefeln spürte. Dann sah er nach oben und bedeutete Julius mit einer Geste, die Leiter wieder hinaufzuziehen. Marcus drehte sich zu den Sarmaten um und stellte fest, dass seine Anwesenheit auf dem Gelände vor dem Wall bereits bemerkt worden war. Ein halbes Dutzend Männer rannte vor, blieb aber in sicherer Entfernung vor der Befestigung stehen, sodass sie außerhalb der Schussweite der thrakischen Bogenschützen waren, die ihre Bögen erhoben und bereits Pfeile an die Sehnen gelegt hatten. Ein anderer Sarmate rannte laut rufend zu der Ansammlung von Zelten, die abends zuvor errichtet worden waren, als die Barbaren verstanden hatten, dass dies kein schneller Sieg werden würde. Marcus atmete tief ein, trat aus dem Schatten des Walls heraus und ging langsam mit erhobenen Armen voran. Als er sich dem Lager der Barbaren näherte, trabte eine Gruppe Reiter zwischen den Zelten hervor und den Talhang hinauf, bis sie auf derselben Höhe wie die auf sie wartenden Bogenschützen waren. Marcus ging im selben langsamen Tempo weiter, bis er ein paar Schritte vor den Bogenschützen stand und sah, dass deren knöcherne Pfeilspitzen schwärzlich verfärbt und wohl mit dem gleichen Gift behandelt worden waren, das sein Pferd getötet hatte. Einer der Reiter hinter der Reihe von Bogenschützen rief Marcus mit grimmigem Gesicht etwas zu. Sein Helm war das Gegenstück zu demjenigen, den sie dem Gefangenen in der Nacht zuvor abgenommen hatten und den Marcus in der Hand hielt. Der Sarmate trug eine lange Lanze, deren Spitze nur knapp einen Meter von Marcus' gepanzerter Brust entfernt war.

»Nicht weiter, Römer. Solltest du gekommen sein, um dich

zu brüsten und über uns lustig zu machen, hast du dir dafür das falsche Gegenüber ausgesucht. Gestern Nacht haben wir anhand der Färbung der Wolken das Glühen eurer Scheiterhaufen auf dem nördlichen Gipfel bemerkt. Und wie ich sehe, hast du den Helm meines Vaters dabei.«

Marcus beugte sich bedächtig vor und stellte den Helm auf dem Boden ab, wobei er bemüht war, durch seine Geste den Rang des Helmträgers entsprechend zu würdigen.

Der Reiter legte daraufhin beide Hände auf das Sattelhorn, beugte sich herab und betrachtete den Römer genauer. »Mein Name ist Galatas Boraz. Ich bin der Sohn von König Asander Boraz, und in der Abwesenheit meines Vaters und meines Onkels führe ich diese Heerschar an. Erkläre also, welche Absicht dich dazu gebracht hat, dein Leben in meine Hände zu legen. Und zwar schnell, denn gerade heute bin ich nicht mit besonderer Geduld gesegnet.«

Marcus trat einen Schritt vor, wobei sich die Handknöchel der Bogenschützen weiß verfärbten, da sie ihre Bogen gespannt hielten und mit den Pfeilen seine Bewegungen verfolgten. Die Mienen der Männer um den Prinzen waren unerbittlich; sie brachten ihm nur Feindseligkeit entgegen. Ein Krieger zur Rechten von Galatas starrte sogar mit offensichtlichem Ekel unter dem Rand eines verbeulten Legionärshelms hervor, den er wohl bei einem kürzlichen Sieg über die Römer erbeutet hatte.

»Mein Name ist Marcus Tribulus Corvus. Ich bin Zenturio der Ersten Tungrischen Kohorte und von meinem Tribun beauftragt worden, gemeinsam mit dir über eure Absichten zu verhandeln. Ich...«

Galatas lehnte sich in seinem Sattel zurück und lachte barsch. »Meine *Absichten*? Nun, ich *beabsichtige*, meine Männer hinter den Wall zu führen und jeden Mann niederzumetzeln, der sich dort versteckt. Danach werde ich das Gold abtransportieren, das bereits auf mich wartet.« Er rückte im Sattel vor und betrachtete Marcus einen Augenblick, bevor er erneut das Wort ergriff. »Aber ich werde mit dir reden, Römer, denn du hast dich ohne jede Spur von Angst vor meine Contus-Lanze gestellt. Nur wenige Männer sind zu unserem Lager zurückgekehrt und haben uns von der Niederlage erzählt, doch keiner weiß, was mit dem König geschehen ist. Sag mir also die Wahrheit: Was ist mit meinem Vater und meinem Onkel geschehen?«

Marcus verzog das Gesicht. »Eine Zeit lang sah es so aus, als ob euer Angriff uns vom Berghang vertreiben würde, aber dann erreichte uns im letzten Moment Verstärkung, weshalb sich dieser Ort in ein blutiges Schlachtfeld verwandelte. Wir haben tausend Leichen verbrannt und doppelt so viele Gefangene genommen, darunter auch deinen Vater. Natürlich wird er mit dem einem König gebührenden Respekt behandelt, doch er ist schwer verwundet. Unsere Medica versorgt ihn mit dem bestmöglichen ärztlichen Beistand, allerdings ist noch nicht klar, ob er leben oder sterben wird. Was deinen Onkel anbelangt, über dessen Schicksal weiß ich nichts.«

Der Reiter nickte finster und warf einem älteren Mann neben ihm einen vielsagenden Blick zu. »Gut. Jetzt du. Was willst du von mir wissen?«

Marcus sah einen Augenblick zu ihm hoch, bevor er erneut sprach. »Dein Latein ist ausgezeichnet. Es würde mich interessieren, wie es dazu kam.«

Galatas verzog in Anbetracht der unerwarteten Frage das Gesicht, antwortete aber sofort. »Mein Vater hat all seinen Söhnen die römische Sprache und Schrift beibringen lassen.

Er war der Meinung, wir könnten unsere Feinde nie richtig verstehen, solange wir ihre Schriften nicht lesen können. Damit hatte er recht. Nun wieder ich: Was ist so wichtig, dass du ausgesandt wurdest, um Verhandlungen zu führen? Die Nachricht der Gefangennahme meines Vaters hättet ihr mir auch vom sicheren Wall zurufen können, ohne dass ein Mann wie du das Risiko eingeht, von einem übereifrigen Bogenschützen erschossen oder von meinem Leibwächter in Stücke gerissen zu werden. Ich warne dich: Die Männer um mich herum sind begierig darauf, dich als Spielzeug zu bekommen, um das Unheil, das unserem König widerfahren ist, zu rächen.«

Marcus blickte auf den hartgesottenen Krieger zu Galatas' Rechten und erkannte dessen Mordabsichten deutlich in seinen Augen. »Du wirst bemerkt haben, dass ich unbewaffnet zu dir gekommen bin, um die Ernsthaftigkeit unseres Ersuchens zu unterstreichen. Wir würden gern ein Übereinkommen aushandeln, das unserem Konflikt ein Ende setzt.« Marcus kontrollierte zwar seine Stimme, damit sie sachlich klang, doch aufgrund der auf ihn gerichteten Blicke schlich sich ein eiserner Unterton ein, während seine Wut wuchs. »Allerdings werde ich mich keinem Mann beugen. Leih mir dein Schwert und lass deine Hunde auf mich los, dann werden wir schon sehen, wer zwanzig Herzschläge später noch aufrecht steht und am Leben ist.«

Der Sarmatenprinz lachte erneut, diesmal etwas weniger barsch, und das Lächeln, das über sein Antlitz zog, schien ehrlich gemeint. »Du musst wahrhaftig die Eier eines Ochsen haben, um diesem Mann zu drohen, Römer.« Er deutete auf den Krieger mit dem Legionärshelm. »Amnoz ist der Vorkämpfer der Leibgarde meines Vaters und, nebenbei gesagt, ein mörderischer Bastard. Es gibt im ganzen Lager keinen Einzigen, der es im Kampf mit ihm aufnehmen könnte.«

Marcus zuckte die Achseln. »Keiner lebt ewig. Gib mir eine Waffe, Prinz Galatas, und ich demonstriere ihm die Wahrheit dieses Satzes. Ansonsten kannst du deinem Preiskämpfer erklären, dass man einem Unterhändler, der unbewaffnet und nur zum Zweck eines Gesprächs erscheint, mit etwas mehr Respekt begegnen sollte.«

Galatas' Lächeln erlosch, und er runzelte die Stirn. »Für einen ›Unterhändler, der nur zum Zweck eines Gesprächs erscheint‹, bist du aggressiver, als ich es erwarten würde. Immerhin steht mir dank der Gunst der Götter eine Kriegerhorde zur Verfügung, die deine Armee restlos auslöschen könnte. Dennoch schlägst du vor, mit meinem besten Krieger zu kämpfen, nur weil er dich missbilligend angesehen hat?«

Marcus lächelte und verneigte sich leicht. »Verzeih, Prinz Galatas, das ist eine schlechte Angewohnheit von mir. Ich bitte dich, deinem Krieger Amnoz zu sagen, dass seine Erscheinung ebenso erschreckend wie kriegerisch ist, weshalb ich schon bei seiner puren Anwesenheit vor Angst erzittere.«

Der Klang in seiner Stimme und der schiefe Blick, mit dem er den Leibwächter betrachtete, ließen in Amnoz keinen Zweifel hinsichtlich Marcus' tatsächlicher Meinung von ihm aufkommen.

Dann richtete der Römer seine Augen wieder auf den Prinzen und sprach in freundlicherem Ton weiter. »Können wir nun verhandeln, Hoheit?«

Der sarmatische Prinz nickte resigniert. »Sag, was du zu sagen hast.«

»Das ist ganz einfach, Prinz Galatas. Wir werden alles in

unserer Macht Stehende tun, um deinen Vater von seiner Verwundung zu heilen. Auch deine besiegten Stammesbrüder werden keinen Schaden erleiden, solange sie sich friedlich verhalten. Wir haben mehr als genug Essen, um eine lange Belagerung zu überdauern, und deine Krieger werden ebenso gut ernährt wie unsere eigenen Soldaten. Du bist herzlich eingeladen, in diesem Tal zu lagern und unseren Wall anzustarren, solange es dir beliebt oder zumindest so lange, wie deine Essensvorräte reichen. Doch jeder weitere Versuch, unsere Befestigungsanlagen zu durchbrechen, wird mit der gleichen harten Bestrafung geahndet werden wie euer Versuch, den nördlichen Hügel einzunehmen. Wir haben einen unerschöpflichen Vorrat an Feuerholz und werden so viele eurer Männer verbrennen, wie ihr uns zu schicken gedenkt. Oder...«

Er machte eine kurze Pause, und der Prinz lehnte sich erneut in seinem Sattel vor.

»Oder was? Sind wir nun an dem Punkt angelangt, wo du mir ein wenig Honig um den Mund schmierst, damit ich den bitteren Beigeschmack deiner Worte loswerde?«

Marcus verneinte kopfschüttelnd. »Weit gefehlt, Prinz Galatas. Ich bin lediglich angewiesen worden hervorzuheben, dass Rom und das sarmatische Volk über das letzte Jahrhundert hinweg eine lange Geschichte der Zusammenarbeit miteinander teilten. Wir haben schon unter der Herrschaft von Kaiser Trajan gemeinsam gegen die Daker gekämpft, und in neuerer Zeit hat uns euer König Zanticus achttausend Reiter geschickt, um unsere Armee in Britannien zu verstärken. Könnte dies hier nicht eine weitere Gelegenheit sein, unsere Kräfte zu vereinen oder zumindest in Frieden nebeneinander zu leben?«

Der Mann links von Galatas lachte lang und bitter und hob dann ein Bein, um sich von seinem Pferd herunterzuschwingen. Er hatte ein hageres, falkenartiges Gesicht und einen graumelierten Bart, postierte sich vor Marcus, stemmte seine Hände in die Hüften und lächelte herausfordernd. Sein Latein war jedoch ebenso elegant wie das des Prinzen.

»Zanticus? Dieser fette alte Sack mit Glatze und Glubschaugen? Zanticus war versoffen und hatte drei Legionen am Arsch. Nur deshalb hat er mit seinen Reitern aufgegeben und tausende römische Soldaten, die er gefangen genommen hatte, zu euch zurückgesandt. Als mein Bruder Asander die genaueren Umstände dieser Niederlage erfuhr, ging er mit mir zum heiligen Schwert, das stolz im Boden unseres Heimatlandes begraben liegt. An dieser Kultstätte haben wir ein Trankopfer unseres besten Weines auf den Geist des Schwertes vergossen und die Klinge mit unserem eigenen Blut benetzt. Der König schwor, Rom niemals den Treueeid zu leisten und einen Weg zu finden, euren Kaiser seine Überheblichkeit bereuen zu lassen, als er glaubte, die Niederlage eines unseligen Narren käme einer Niederlage unseres gesamten Volkes gleich.«

Marcus nickte anerkennend in Anbetracht dieser Rede und blickte mit fragend hochgezogener Braue zu Galatas.

Der Prinz seufzte leise. »Dies hier ist Inarmaz, ein Onkel mütterlicherseits und der treueste Bundesgenosse meines Vaters. Mehr als ein Drittel unserer Armee hat ihm den Eid geschworen.«

Marcus nickte verständnisvoll. »Dann war er der Erste, der den König unterstützte, als dieser sich auf das Ochsenfell begab?«

Galatas lächelte, diesmal aber ohne jeden Anflug von Heiterkeit. »Dann kennst du also unsere Gebräuche, Römer? Ja, mein Vater hat eigenhändig einem Stier das Fell abgezogen, sich auf die noch blutige Tierhaut gesetzt und seine Verwandten aufgefordert, ihm in dieser heiligen Handlung zu folgen.«

»Doch wenn der König sterben würde? Ich schwöre dir, dass ich euch seinen Leichnam übergeben werde, falls er seinen letzten Kampf verlieren sollte – ebenso, wie ich dir seinen Helm als ein Symbol unseres guten Willens übergeben habe. Was wird geschehen, wenn ich erneut vor dir stehen sollte und den Leichnam deines Vaters in den Armen halte?«

Inarmaz stieß eine erbitterte Antwort hervor, noch bevor Galatas Gelegenheit dazu hatte. »Wir haben eine große Anzahl an Vieh hinter unseren Speeren hergeführt, und die Klinge *meines* Contus ist noch immer scharf. Der Tod von Asander Boraz würde uns zutiefst betrüben, aber das würde nichts ändern, Römer. Ich glaube, du hast dich ausreichend bemüht, uns vom Kriegsvorhaben abzubringen. Zu unserem nächsten Treffen solltest du besser bewaffnet erscheinen, damit du deine Worte mit der Klinge bekräftigen kannst. Doch ob bewaffnet oder nicht – sei gewiss, dass ich deinen Kopf auf meinen Langspeer stecken werde. Dies werde ich auf der blutigen Tierhaut schwören, die mich hierhergebracht hat, um gegen dein verfluchtes Imperium Krieg zu führen.« Er spuckte auf den Boden vor Marcus und wandte sich ab.

Der Sohn des Königs zuckte daraufhin nur ausdruckslos die Achseln. »Ich würde vorschlagen, du begibst dich auf deine Seite des Walls zurück, bevor die Versuchung, deinen Körper mit ihren Eisen zu zerfetzen, zu groß für meine Männer wird und sie nicht mehr widerstehen können.«

»Das könnte natürlich eine Finte sein, weil sie uns glauben machen wollen, es läge in unserem Interesse, den König am Leben zu erhalten, statt ihn heimlich zu ermorden. Um die Hoffnung zu nähren, der Krieg, den er angezettelt hat, könnte beendet werden?«

Marcus beantwortete diese Frage seines Tribuns mit einem Kopfschütteln. »Das glaube ich nicht, Tribun. Der Prinz erschien mir ehrlich, als er sagte, er folge den Anweisungen seines Vaters, doch der Schwager des Königs verhält sich wie ein tollwütiger Hund. Falls der König sterben sollte, werden wir meines Erachtens derselben Bedrohung gegenüberstehen, wie wenn er am Leben bleibt.«

»Sollte er überleben, ist er uns jedoch womöglich so dankbar, dass er den Krieg beenden wird?«

Die Offiziere wandten sich an Belletor, und es war Gerwulf, der antwortete und dabei ausdrückte, was sie alle empfanden.

»Das ist unwahrscheinlich, Tribun. Wenn ein König seinen Eid auf der blutigen Tierhaut geschworen hat, muss er seine Aufgabe zu Ende führen ... egal, ob es auf einen Sieg oder den Untergang hinausläuft. Die Männer, die vor unserem Wall warten, haben bis jetzt noch keine Niederlage erlitten, wenngleich wir ihren Angriff auf den nördlichen Bergkamm stoppen konnten.«

Belletor seufzte frustriert. »Dann sollten wir zurückschlagen und sie aus dem Weg räumen. Ein Überraschungsangriff, womöglich bei Nacht, könnte doch sicher ...«

»Der würde höchstwahrscheinlich in einer Katastrophe enden.« Alle Augen richteten sich auf Scaurus, der am Tischende saß. »Fünf Kohorten, von denen nur zwei zuvor gemeinsam gekämpft haben und deren Soldaten zudem kaum Erfahrung mit nächtlichen Schlachten haben? Das wäre eine Wette wert. Allerdings würde ich mein Geld darauf setzen, dass die Sarmaten das Kämpfen im Dunkeln besser beherrschen als die meisten unserer Leute.« Er machte eine Geste zu Gerwulf. »Abgesehen von unseren Bundesgenossen aus dem Stamm der Quaden, versteht sich. Ein Befehlshaber, der die Sicherheit einer gut zu verteidigenden Stellung aufgibt, um ein derartiges Risiko einzugehen, wäre überaus kühn, denn man weiß ja, wie das Imperium auf spektakuläres Scheitern reagiert.«

Belletor blieb einen Augenblick still sitzen und dachte wohl über die Gerüchte aus Rom nach, die er bezüglich der Regentschaft des jungen Kaisers gehört hatte, denn man erzählte sich, Militäroffizieren sei schon bei kleinsten Verfehlungen befohlen worden, Selbstmord zu begehen. Schließlich erklärte er: »Dann können wir also nichts anderes tun, als hinter dieser Mauer darauf zu warten, dass unseren Feinden langweilig wird oder sie, was wahrscheinlicher ist, ihre Vorräte aufbrauchen? Wenn das so ist, gehe ich jetzt zu Bett. Ihr könnt mich ja wecken, falls etwas passiert.« Er stand auf, reckte sich und verließ den Raum.

Nach einer langen Stille musterte Scaurus mit erhobener Braue die Runde seiner verbliebenen Kameraden. »Was mich anbetrifft, war diese Nacht viel zu interessant, als dass ich jetzt schlafen könnte, insbesondere, wo so viele Feinde vor unserem Wall lauern. Daher halte ich es für klug, dass jemand wach bleibt. Vielleicht sollten wir ein frühes Mittagessen einnehmen?«

Die Gruppe zog weiter zu seinem Zelt und genoss ein herzhaftes Mahl, bei dem Scaurus und Gerwulf sich über ihre militärischen Laufbahnen austauschten und Marcus, Sigilis sowie der thrakische Präfekt interessiert zuhörten. Als Scaurus von ihrem Krieg gegen die britannischen Stämme im vergangenen Jahr erzählte, lauschte Gerwulf aufmerksam und nickte, während der Römer die Einzelheiten ihrer diversen Kriegshandlungen beschrieb.

Als Scaurus mit seiner Geschichte fertig war, sah Gerwulf ihn mit neuem Respekt an. »Da hattest du aber ein aufreibendes Jahr. Es scheint, die Garnisonen in Britannien sind ebenso gebeutelt wie die an der germanischen und dakischen Grenze. Ich hatte mich schon gefragt, warum Dakien nicht mehr Verstärkung aus den Festungen längs des Flusses Rhenus bekam.«

Scaurus griff nach seinem Becher. »Nachdem die Sechste Legion die Hälfte ihrer Kampfstärke an nur einem fürchterlichen Nachmittag verloren hatte, blieb dem Kaiserreich keine andere Wahl, als Britannien mit Truppen aus Germanien zu verstärken. Hätte man dies nicht getan, wäre lediglich ein Rückzug in den Süden des Landes möglich gewesen, um sich neu zu organisieren. Dadurch hätten wir aber die Nordhälfte der Insel auf Jahre verloren, vielleicht sogar für immer. Obgleich Britannien ein tristes Land ist, in dem man nichts anderes tun kann, als Sklaven zu züchten und Hunde zu jagen, wäre das dennoch einer Niederlage gleichgekommen.« Er lächelte die Männer um sich herum an. »Alle wissen ja, was Statthaltern passiert, die dem Thron die Nachricht einer Niederlage überbringen müssen.« Er trank einen weiteren Schluck, während die Offiziere vielsagend nickten. »Wohlgemerkt: Trotz der Verstärkung aus Germanien war es eine Zeit lang schwer vorauszusehen, wer letztendlich den abgetrennten Kopf seines Gegners hochhalten würde...« Scaurus bedeutete Arminius, die Becher neu zu füllen. »Doch was ist mit dir, Präfekt? Wie kommt der Sohn eines Stammeskönigs dazu, sich in Rom zum Dienst zu verdingen?«

Gerwulf lehnte sich freundlich lächelnd zurück, während Arminius seinen Becher mit kaum verhohlenem Interesse nachfüllte. »Wie du vielleicht weißt, Tribun, ist die Geschichte meines Volkes eigenartig. Der Stamm der Quaden steht Rom freundschaftlich gegenüber, und dennoch haben wir an einigen der blutigsten Kriegshandlungen gegen das Kaiserreich teilgenommen, die je an der nördlichen Grenze stattfanden. Bei mehr als einer Gelegenheit sind Männer, die als Soldaten im Dienste Roms standen, ihren Stammesbrüdern auf dem Schlachtfeld begegnet, wenngleich mir das selbst, Thunaraz sei Dank, nie passiert ist. Oder zumindest *noch* nie.« Er unterbrach sich, um einen Schluck des stark mit Wasser verdünnten Weins zu trinken. »Vor über fünfzehn Jahren kam ich als Geisel nach Rom. Ich war damals erst dreizehn Jahre alt. Mein Stamm hatte sich an der Invasion von Obergermanien beteiligt, von der die Gelehrten heute sagen, dass sie den Anstoß zu den Germanischen Kriegen darstellte. Bedenkt, dass dies zu einer Zeit geschah, bevor die Pest die germanischen Legionen samt dem Rest des Imperiums von Osten her verwüstete. Deshalb waren die verfügbaren Truppen noch zahlreich genug, um uns mit Leichtigkeit zu besiegen. Ich wurde als eine von mehreren Geiseln königlichen Blutes an Rom übergeben, als Gegenleistung dafür, dass die Legionen unseren Stamm aus Rache für unser Eindringen in kaiserliches Territorium nicht einfach auslöschten. In Wirklichkeit standen wir lediglich der Ersten Hilfslegion und einem starken Kavallerietrupp gegenüber, aber das wussten wir nicht, weshalb mein Vater sich dafür entschied, lieber Frieden zu schließen, als die Vernichtung seines gesamten Volkes zu riskieren. Ich wurde nach Rom gebracht, wo ein Mann, der wesentlich aufgeschlossener war als seine Gleichgestellten, mich wie den Sohn aufnahm, der ihm nie vergönnt war. Als der Krieg fünf Jahre später erneut aufflammte, war ich bereits zu zivilisiert, als dass man mich als einen Feind des Imperiums hätte betrachten können. Außerdem stand ich kurz davor, dank des Einflusses meines ›Vaters‹ die Position eines rangniederen Tribuns in der Armee einnehmen zu können.« Er trank erneut einen Schluck und hielt Arminius anschließend den Becher hin, damit der ihn noch einmal füllte. »Ich danke dir. Also zog ich in den Krieg, und, bei allen Göttern, ich fand es herrlich! Begonnen habe ich als besserer Laufbursche, doch nachdem ich meine Fertigkeiten im Schwertkampf unter Beweis gestellt hatte, wurde mir schon bald eine eigene Kohorte unterstellt. Mein erster richtiger Kampf war das Desaster von Aquileia, als wir unter dem Kommando des Prätorianerpräfekten Titus Furius Victorinus losmarschierten, um die Stadt von der Belagerung durch die Barbaren zu befreien. Was für eine Riesenscheiße das war! Schon einen Tag nach Beginn des Konflikts mussten wir uns zurückziehen, hatten bereits die Hälfte unserer Leute verloren und hinterließen einen Teppich von toten und verwundeten Soldaten, über die sich die Stammeskrieger nur lustig machen konnten. Sogar in der Nacht wurden wir immer wieder angegriffen. Die Geschichtsbücher sagen, Furius Victorinus sei an der Pest gestorben, doch ich habe ihn im Kampf fallen sehen. Sie pflockten seinen Kopf auf einen Speer, um dem Rest von uns genügend Angst einzujagen – was ihnen auch ziemlich gut gelang, wie ich euch versichern kann.« Er trank einen weiteren Schluck Wein. »Den letzten Teil jenes Jahres verbrachten wir in der Defensive und kämpften lediglich darum, sie daran zu hindern, noch weiter in den Süden vorzudringen. Wir taten alles, um eine neue Schlacht zu vermeiden, denn glaubt mir, wir waren in einem schlechten Zustand. Natürlich ist es den zwei Kaisern irgendwann gelungen, uns Verstärkung zukommen zu lassen, weshalb wir letztendlich erneut in die Offensive gingen und die Stämme über den Danubius zurückdrängen konnten. Aber es stimmt schon, wenn altgediente Militärs sagen, dass man aus einer einzigen Niederlage mehr lernt als aus einem ganzen Sommer voller Siege. Jenes Jahr hat mich und meine Männer gestählt, weshalb wir danach, wann immer wir auf Barbaren stießen, weder Gnade walten ließen noch solche erwarteten. In fünf Jahren haben wir fast ein Dutzend Schlachten geschlagen, weil wir die Grenze auf und ab marschierten und es daher ständig mit Übergriffen von Volksstämmen zu tun bekamen. Als der Krieg endlich vorbei war, wusste jeder in meinem Umfeld, dass ich imstande war, mehr als eine einzige Kohorte zu befehligen. Das Problem war nur« – er trank einen weiteren Schluck und schmatzte anerkennend mit den Lippen –, »dass ich aus Sicht der Armee noch immer ein Barbar war. Ein nützlicher Barbar, wohlgemerkt, der grobschlächtige Soldaten zu Veteranen erziehen und feindliche Krieger in Aas verwandeln konnte, aber dennoch keiner von ›ihnen‹.« Gerwulf blickte mit hochgezogener Braue zu Scaurus hinüber, der vielsagend nickte. »Natürlich hätte ich nie eine eigene Legion erhalten oder auch nur die kleinste Einheit römischer Legionäre kommandieren dürfen, solange es noch jemand anderen gab, der eine dunklere Hautfarbe oder die richtige Nasenform hatte. Daher sah es eine Weile so aus, als würde ich den Rest meiner Militärlaufbahn ein niederer Tribun bleiben. Dann jedoch erreichte eine Einheit von Männern meines eigenen Stammes die Festung, in der meine Legion ihr Winterquartier aufgeschlagen hatte. Ich schien am besten geeignet, sie zu kommandieren, obwohl sie eigentlich bereits eine Art Präfekten hatten. Einer meiner Cousins hatte sich nämlich freiwillig angeboten, sie anzuführen, als die Römer nach einem weiteren Sieg gegen uns zweitausend Männer für ihre Dienste einforderten. Allerdings beging er den Fehler, mich für einen Römer zu halten. Vermutlich hatte ich mich aufgrund meiner Erfahrungen so verändert, dass er mich nicht wiedererkannte. Als er seinen Irrtum bemerkte, versuchte er, dieses Missgeschick wieder wettzumachen, indem er mich vor der ganzen Kohorte beleidigte. Er hatte rasch begriffen, dass ich seinen Platz einnehmen würde. Hätte ich gekuscht, hätte ich damit seine Frechheiten gebilligt, also habe ich ihn auf der Stelle zum Kampf aufgefordert. Als ich mein Schwert dann zum Todesstoß erhob, habe ich ihm offenbart, wer ich wirklich bin. Ich hatte eigentlich erwartet, dass der zuständige Legat den Kampf an diesem Punkt beenden würde, doch er schien die Sache amüsant zu finden und ließ uns daher bis zum Ende gewähren. Natürlich waren die Männer der Kohorte danach ein wenig misstrauisch mir gegenüber, doch das ging bald vorbei. Jetzt sind wir hier und kämpfen noch immer gegen die Feinde Roms, die uns zugeteilt werden. Als wir vor zwei Tagen in Apulum einmarschierten, wurden wir abberufen, und mir ist es durchaus recht, dass wir hierher entsandt worden sind, statt in den Norden zu ziehen und dort die Dreizehnte Legion zu verstärken.« Er trank einen weiteren Schluck Wein und sah dann fragend über die im Zelt versammelte Runde. »Das war meine Geschichte. Und was ist mit euch, Männer? Tribun?«

Scaurus neigte den Kopf. »Was mich anbelangt, so halte ich es für einen Glücksfall, überhaupt eine Stellung wie die jetzige erlangt zu haben. Ebenso wie du, bin auch ich ein Mann, der wahrscheinlich nie die Befehlsgewalt über mehr als eine einzige Kohorte erhalten hätte. Doch im Gegensatz zu dir, der du aufgrund deiner Herkunft aus einem Barbarenstamm Schwierigkeiten hattest, wurde ich in die richtige Familie hineingeboren – nur leider etwa hundert Jahre zu spät. Einer meiner Vorfahren hatte den Fehler begangen, sich im Vierkaiserjahr auf die Seite von Vitellius zu schlagen. Wir hatten zwar das Glück, dass Vespasian in seinem Siegestaumel großzügig beschloss, uns nicht allesamt hinrichten zu lassen, dennoch stieg meine Familie dadurch im Laufe eines unseligen Nachmittags in die Bedeutungslosigkeit ab.« Er hob die Hand und zeigte auf Marcus. »Der junge Zenturio hier trägt den Namen Corvus. Auch er kommt aus Rom und brachte ein Empfehlungsschreiben mit, das ihm sogleich einen Platz in der Kohorte sicherte, als die Aufstände in Britannien begannen.«

Gerwulf schnaubte belustigt und prostete Marcus zu. »Für einen jungen Burschen aus der Hauptstadt muss das eine unangenehme Überraschung gewesen sein. Bist du seither in irgendwelche Kriegshandlungen verwickelt gewesen?«

Marcus nickte mit feierlicher Miene. »Ja, Präfekt. Ich habe Köpfe abgeschlagen und Freunde verloren.«

»Das möchte ich wetten. Und dieser junge Herr hier?«

Sigilis antwortete, noch bevor Scaurus ihn vorstellen konnte. »Mein Name ist Lucius Carius Sigilis.«

Gerwulf maß ihn von Kopf bis Fuß. »Wohl gerade im Begriff, die Amtsleiter nach oben zu steigen? Da hattest du einen schwierigen Einstand und musstest gleich die hässliche

Fratze des Schlachtfelds sehen. In Anbetracht dessen hast du dich recht gut geschlagen. Es freut mich, deine Bekanntschaft zu machen. Und du, Bruder?« Er betrachtete Arminius mit hochgezogener Augenbraue. »Wie kommt es, dass du im Dienste Roms stehst? Als ich dich das letzte Mal sah, warst du gerade erst dem Kindesalter entwachsen.«

Der stämmig gebaute Germane nickte und senkte sogleich ehrerbietig den Kopf. »Aus mir ist ein Kämpfer geworden, Prinz Gerwulf. Als die Quaden erneut in den Krieg zogen, habe ich meinen Platz neben meinen Brüdern eingenommen. Doch wir wurden von Thunaraz betrogen, denn er sandte Donner und Blitze auf uns herab, weshalb wir unglücklicherweise kurz vor dem Sieg eine Niederlage erlitten.«

Gerwulf lächelte. »Oh ja, ich erinnere mich an das berühmte Regenwunder. Du hättest hören sollen, welche Wellen diese Geschichte zu jener Zeit in Rom schlug. Du gibst dem Donnergott die Schuld an eurer Niederlage, doch innerhalb der Legionen herrschte die Überzeugung, dass Merkur die Gebete eines römischen Priesters erhört hatte und die entscheidenden Hiebe führte, die euer Schicksal besiegelten. Doch wie ich hast auch du dein Geschick angenommen und ein neues Leben im Dienste Roms begonnen. Und nun bedanke ich mich für das Mittagessen und den Wein, denn ich muss euch verlassen. Meine Männer haben die unselige Neigung, Unheil zu stiften, sobald sie keine feste Hand in ihrem Nacken spüren.« Er stand auf, salutierte vor den Tribunen und wandte sich Richtung Zeltklappe.

Marcus sprang ebenfalls hoch, salutierte knapp vor Scaurus und folgte dem Präfekten in die nachmittägliche Hitze hinaus. »Lass mich dich eskortieren…«

Unvermittelt blieb Gerwulf stocksteif stehen und starrte

durch die Reihe von Zelten auf etwas, das Marcus nicht sehen konnte. Als der Römer zur Seite trat, begriff er, dass der Germane mit finsterem Blick Lupus und Mus betrachtete, die angeregt plaudernd auf sie zukamen und nicht bemerkten, dass Gerwulf ihnen im Weg stand.

»Na sieh mal einer an!«

Der Klang von Gerwulfs Stimme ließ die beiden Jungen innehalten. Lupus starrte den Germanen nur verwirrt an, doch der Effekt, den seine Anwesenheit auf Mus hatte, war ein gänzlich anderer: Sobald er begriffen hatte, wer vor ihm stand, drehte er sich um und rannte durch das Lager davon, ohne sich auch nur umzusehen. Ganz offensichtlich hatte er entsetzliche Angst vor dem großen Mann.

»Komm zurück, du kleiner Bastard!«

Der Germane rempelte Lupus in seiner Hast zur Seite und rannte hinter dem fliehenden Kind her. Flugs hatte er Mus eingeholt und schnappte ihn am Rücken seiner Tunika. Mit einem triumphierenden Lachen hob er den Kleinen vom Boden hoch.

»Jetzt habe ich dich, du kleiner Scheißer. Damals bist du uns vielleicht entkommen, aber jetzt...«

»Präfekt?«

Etwas in Marcus' Stimme musste Gerwulf gewarnt haben, denn er wandte sich um, packte den strampelnden Jungen mit der anderen Hand und griff nach seinem Dolch. Mit finsterem Blick hastete der Zenturio an der Zeltreihe entlang und legte automatisch die Hand auf den Griff seiner Spatha, als er das Verhalten des Germanen sah.

Gerwulf streckte ihm Einhalt gebietend die Handfläche entgegen und schüttelte herrisch den Kopf. »Diese Sache geht dich nichts an, Zenturio, außerdem stehe ich im Rang weit über dir. Misch dich also nicht ein, sondern lass mich mit diesem diebischen kleinen Bastard allein.«

Statt klein beizugeben, trat Marcus näher. Seine Nasenflügel bebten vor Wut, während er durch zusammengebissene Zähne entgegnete: »*Lass das Kind los.*«

Gerwulf zögerte, und sein Griff um den Dolch verkrampfte sich, während er abwog, wie seine Chancen standen, das tungrische Lager unversehrt verlassen zu können.

Der Römer aber schüttelte bedrohlich den Kopf und sprach erneut mit eiskalter Stimme. »Sollte dein Messer aus der Scheide gleiten, wirst du keine Hand mehr haben, um es wieder hineinzustecken. Lass das Kind los.«

Die beiden Männer schienen jeden Moment kämpfen zu wollen, als Scaurus mit erstauntem Blick aus seinem Zelt trat, zu ihnen eilte und sich zwischen sie stellte. Arminius folgte ihm mit entsetztem Gesichtsausdruck. Scaurus brüllte einen Befehl, und seine Stimme verlangte unbedingten Gehorsam.

»Was beim Hades geht hier vor? Gib mir das Kind.« Er ergriff Mus am Arm, zog ihn von Gerwulf weg und schob ihn zu Marcus hinüber. »Halte ihn fest, Zenturio, bis wir ergründet haben, was unseren Kameraden dazu gebracht hat, so ungestüm zu reagieren.«

Marcus zog Mus zur Seite und konnte dabei die Spannung und das Fluchtbedürfnis des Kindes am Zittern seines Körpers spüren.

Der Tribun wandte sich mit fragender Miene an Gerwulf. »Also, Präfekt?«

Gerwulf starrte Mus zornig an und zeigte anklagend mit dem Finger auf ihn. »Vor ein paar Monaten haben wir das Kind dabei erwischt, wie es unsere Vorräte plünderte. Als wir versuchten, ihn zu fangen, hat er einem meiner Männer sein

Messer durch die Hand gebohrt, sodass er nun kein Schwert mehr führen kann. Dem Jungen gelang mit knapper Not die Flucht, aber ich habe geschworen, dass ich ihn für diesen miesen Trick mit dem Tod bestrafen würde, falls ich ihn je wieder zu Gesicht bekäme.«

»Das ist wirklich interessant.«

Scaurus drehte den Kopf und sah Julius hinter sich stehen.

»Als es meiner Frau gestern Abend gelang, den Jungen zum Reden zu bringen, erzählte er uns etwas ganz anderes: Sein Dorf wurde von bewaffneten Männern niedergebrannt, die ähnlich gekleidet waren wie wir und im Übrigen verblüffend deinen Männern glichen, um es geradeheraus zu sagen. Er ist der Ermordung durch jene Soldaten nur deshalb entkommen, weil er in den Wald flüchtete. Die Gewalttaten, die er schilderte, hörten sich für mich wie kaltblütiger Mord und Vergewaltigung an. Und jetzt kommt der schlimmste Teil, Präfekt. Das Dorf, von dem der Junge sprach, war eine Kolonie, die von Veteranen der Dreizehnten Legion am Rande der Provinz gegründet wurde. Das heißt: Wer immer ihre Welt zum Einsturz brachte, hat wissentlich römische Bürger umgebracht, nämlich Veteranen, die mit allen Ehren aus dem Dienst entlassen wurden. Welcher Mann würde eine derartige Schandtat begehen, frage ich dich? Und welche Art von Männern würde einen derartigen Befehl überhaupt befolgen?«

Gerwulf stieß ein ärgerliches Lachen aus und winkte ab. »Glaub mir, Erster Speer, ich merke es, wenn ich angelogen werde. Allerdings frage ich mich, ob das bei *dir* auch der Fall ist?«

Julius trat mit erbitterter Miene vor, bis er Nase an Nase vor dem Germanen stand. »Ich glaube schon, Präfekt. Meiner Erfahrung nach ist eines der deutlichsten Anzeichen für einen Lügner die Tatsache, dass er Fragen mit Fragen beantwortet, statt wahre Antworten zu geben.«

Noch bevor der wutentbrannte Germane etwas erwidern konnte, beendete Scaurus kopfschüttelnd, aber entschieden den Disput. »Das reicht jetzt, ihr habt bereits genügend in aller Öffentlichkeit gestritten. Wir werden diese Diskussion in privaterem Rahmen wieder aufnehmen, sobald alle Fakten geklärt sind. Vor allem aber, was viel wichtiger ist, werden wir uns mit dieser Geschichte erst wieder befassen, wenn keine zehntausend wütenden Stammeskrieger außerhalb unseres Walls lagern. Ist das klar?«

Er sah zu Marcus und Julius hinüber, die sofort nickten, und wandte seine Aufmerksamkeit dann Gerwulf zu, der mit ungläubiger Miene dastand.

»Dann zählt also sein Wort mehr als…«

»Ist das *klar*, Präfekt?«

Der Germane hatte alle Mühe, sich zusammenzureißen. »Ja, Tribun.« Gerwulf salutierte und machte mit vor Ärger bleichem Gesicht kehrt.

Scaurus sah ihm nach, bis er die Wachen am niederen Erdwall des Lagers passiert hatte. »Nun, jetzt haben wir noch einen Feind mehr. Dabei war alles so gut gelaufen.« Er seufzte und blickte auf Mus, dessen Körper unter Marcus' festem Griff immer noch heftig bebte. »Junger Mann, ich glaube, wir beide müssen uns ernsthaft unterhalten. Bring ihn zu meinem Zelt, Zenturio, aber sei nett zu ihm. Ich denke, er hat für heute genügend Angst erlitten. Erster Speer, begleite uns bitte, denn du scheinst mehr über diese Angelegenheit zu wissen als wir alle.«

Als sie im Zelt angekommen waren, betrachtete Scaurus den Jungen lange forschend und wandte sich dann mit hochgezogener Augenbraue an Julius. »Was ist das für eine Geschichte, die er dir erzählt hat?«

Julius schürzte ironisch die Lippen. »In Wirklichkeit hat er sie nicht *mir* erzählt, Tribun. Für ihn sind wir nur Soldaten, und Soldaten darf man nicht trauen. Er sprach mit Annia, während Zenturio Corvus und ich im Hintergrund saßen, wie Annia uns angewiesen hatte.«

»Sie hat euch *angewiesen*...?«

Marcus ergriff das Wort. »Sie sagte, wir sollten den Mund halten und dem Jungen erlauben, uns seine Geschichte so zu erzählen, wie er das für richtig hielt.«

Scaurus seufzte. »Eigentlich weiß ich schon lange, was der Grund dafür ist, warum Soldaten nicht heiraten dürfen. Es scheint, wir verstoßen dann gegen eine lange Liste von Regeln, die unserer Sicherheit dienen sollen.«

»Bei allem Respekt, Tribun«, entgegnete Julius empört. »Die Dame und ich sind nicht verheiratet.«

Scaurus lachte dumpf. »Bei allem, was ich höre, solltet ihr das aber besser sein. Nun, sei's drum, erzähl mir lieber, was der Junge zu berichten hatte.«

Julius und Marcus wechselten einen Blick, und einen Augenblick später begann Marcus zu sprechen.

»Der Junge scheint Zeuge gewesen zu sein, wie sein gesamtes Dorf abgeschlachtet wurde. Von dem wenigen, was er uns über den Ort erzählen konnte, scheint es, die Leute dort seien einigermaßen wohlhabend gewesen. Da es sich bei den Dorfbewohnern um pensionierte Soldaten handelte, wurden die Barbarenstämme schnell müde, sie zu belästigen, denn sie wussten, dass die Dreizehnte Legion Gemina wie ein Steinschlag über sie herfallen würde, falls sie sich irgendwelche Übergriffe gegen Veteranen der Legion erlaubten. Das

Dorf wurde sogar von der Armee unterstützt, die regelmäßig Nahrungsmittel dort kaufte. Tatsächlich erzählte der Junge, er habe mehrmals einen Soldaten gesehen, der einen Helm mit dem gleichen Kamm trug, wie er bei uns üblich ist. Eines Nachts aber war alles vorbei. Bewaffnete Männer tauchten auf, die das Dorf verwüsteten und alle Männer töteten, egal, ob sie nur ihre Häuser verteidigen wollten oder nicht. Dann haben sie die Frauen geschändet und die Haustiere geschlachtet, um sich Nahrung zu verschaffen. Mus hat zugesehen, wie sein Vater und seine Brüder getötet wurden, und die Schilderung, die er vom Mörder seines Vaters ablieferte, deckt sich ziemlich genau mit unserem neuen Freund, dem Präfekten Gerwulf. Und ...«

»Er *war* es.« Die Soldaten wandten sich zu dem Jungen, der nahezu vergessen in einer Ecke saß. »Er ist der Mann, der meinen Vater getötet hat.« Der Junge verstummte, und frische Tränen strömten über sein Gesicht.

»Das Schlimmste, was der Junge uns erzählte, war, dass seine Mutter und seine Schwestern vergewaltigt wurden, während er um sein Leben rannte. Dann klärte er uns darüber auf, wie alt die Mädchen waren.«

»Und?«

»Die Jüngste war sieben, die Älteste dreizehn Jahre.«

Der Tribun wandte sich mit angewiderter Miene ab und betrachtete einen Moment lang den Jungen. »Wir haben keine Beweise, nur das Wort eines Neunjährigen gegen das eines wertvollen Verbündeten des Kaiserreichs, der seine Treue bereits unter Beweis gestellt und die Befehlsgewalt über zweitausend schlachterfahrene Männer hat. Falls, oder besser: *sobald* Gerwulf sich in dieser Angelegenheit an Belletor wendet, wird mein Kamerad mich anweisen, den Jungen auszuliefern, und das war's. Jeglicher Versuch, das Thema mit ihm zu besprechen, wird ihm genau den Anlass bieten, auf den er schon lange gewartet hat, insbesondere, seit ich seine Inkompetenz öffentlich gemacht habe, als er die Verteidigung der Goldminen hätte planen müssen.« Er starrte nachdenklich an die Zeltdecke. »Vielleicht ist die Zeit gekommen, dass ich aufhöre, nach der Pfeife zu tanzen, die der Legat der Ersten Legion Minervia mir auferlegt hat. Stattdessen sollte ich wohl beginnen, Domitius Belletor ein wenig auf die Füße zu treten.«

5. Kapitel

»Es ist mir ein Rätsel, wie hundert gelangweilte Soldaten so viele Stammeskrieger unter Kontrolle halten können. Sollten sie aus der Deckung herausstürmen, könnte eine einzige Zenturie sie doch niemals aufhalten, oder?«

Als die Dunkelheit über das Tal hereinbrach, hing feiner Nieselregen wie ein grauer Vorhang über den Hügeln. Die Nässe durchdrang die Rüstungen der Soldaten und rann entmutigend schnell ihre Nacken und Rücken hinunter. Dubnus war der diensthabende Zenturio, und nachdem die Fünfte Zenturie dazu abkommandiert worden war, die sarmatischen Gefangenen zu bewachen, hatte sich Marcus zu ihm gesellt, während Dubnus seine Runde machte, um die Wachposten zu kontrollieren.

Als Antwort auf Marcus' Frage knurrte Dubnus nur, zuckte die Achseln und zitterte angeekelt, als noch mehr kaltes Regenwasser seinen Rücken hinablief. »Sie fühlen sich klamm, kalt und hungrig, also schauen sie nur auf die Speere der Wachen und stellen sich vor, wie sinnlos ihr Leben auf diese Weise beendet werden würde. Abgesehen davon sind noch mal doppelt so viele Truppen in nur zweihundert Schritten Entfernung positioniert. Daher werden sie uns höchstens finster anschauen, denn sollte einer aufmucken, wird er aus der Gruppe geholt und verprügelt. Schau sie dir doch an!«

Sie hielten inne und betrachteten den ein Meter zwanzig tiefen Graben um die Umfriedung, innerhalb derer sich die Gefangenen befanden. Auf dessen Grund hatte sich bereits genügend Wasser angesammelt, um wie ein Spiegel die lodernden Fackeln zu reflektieren, die alle zwanzig Schritte aufgestellt waren. Auf der anderen Seite der Schanze drängten sich die gefangenen Sarmatenkrieger auf engem Raum zusammen. Ein paar Kohlenbecken glühten rot zwischen den vielen Leibern hindurch, die sich darum scharten. Die Gefangenen waren ganz offensichtlich mehr daran interessiert, sich warm zu halten, als zu fliehen.

Entnervt schüttelte Dubnus den Kopf. »Zu dieser Jahreszeit werden sie erfrieren, wenn sie den ganzen Tag mit Nichtstun verbringen. Die Kohlenbecken reichen nur aus, sofern sie sich dort ständig abwechseln, was natürlich nie der Fall ist. Überdies haben sie gerade einmal genug Nahrung erhalten, um nicht aufzubegehren. Dies bedeutet, dass manche mit Sicherheit Hunger bekommen werden, was sie wiederum gegeneinander aufbringen wird. Selbst wenn sie Steine hätten, um sie auf die Wachen zu schleudern, müssten sie immer noch in das Ding hier hinuntersteigen.« Er zeigte auf den Graben, der um die Schanze ausgehoben worden war. »Danach müssten sie sich auf unserer Seite hochhangeln und würden direkt in die Schilde und Speere der Wachen laufen. Ganz zu schweigen von den Fußfallen, die Julius in den Boden des Grabens hineingeschnitten hat und die der Hälfte von ihnen die Fußgelenke brechen würden. Nein, ich denke, wir sind einigermaßen sicher vor...«

Dubnus unterbrach sich, da er eine Gestalt in Rüstung erblickte, die vom Rand der Schanze auf sie zukam. Nachdem er offensichtlich bereits wusste, dass sein Zenturio sich hier aufhielt, schritt Marcus' Optio mit entschlossenem Gesichtsausdruck zu den Offizieren. Er nahm vor den beiden Haltung an und salutierte mit seiner üblichen Präzision vor Marcus.

»Zenturio Corvus, Herr!«

Marcus erwiderte den Salut, so enthusiastisch er konnte. »Rühr dich, Optio Quintus. Ich hoffe, bei dir ist alles in Ordnung?«

Quintus nickte. »Ja, Herr, alles in Ordnung. Die Gefangenen verhalten sich einigermaßen ruhig, wenngleich wir vorhin ein kleines Problem hatten, das wir aber rasch lösen konnten.« Er grinste die beiden Zenturios an, hob eine Faust und küsste seine Handknöchel.

Aus Höflichkeit und in der Absicht, ein besseres Verhältnis zu dem Mann herzustellen, der sein Stellvertreter war, zeigte Marcus ein wenig Interesse und hoffte, auf etwas zu stoßen, für das er ihn loben konnte. »Ein Problem, Optio? Welche Art von Problem?«

Quintus, der noch immer kerzengerade dastand, begann seine Erzählung. »Einer der Gefangenen hatte sich einer Wache genähert und diese ersucht, den Offizier sprechen zu können, der über den Torfwall gestiegen ist und im Barbarenlager war. Er schwafelte, er sei der Bruder des Königs oder sonst irgendeinen Blödsinn. Ich habe ihm eine Kopfnuss verpasst und den unverschämten Mistkerl damit außer Gefecht gesetzt.«

Dubnus hob skeptisch die Augenbrauen. »Wie konnte der Mann denn von diesem kleinen Abenteuer unseres Zenturios erfahren haben, Quintus? Haben deine Kumpane vielleicht mit den Gefangenen Freundschaft geschlossen? Oder hat Morban wieder mal neue Wettfreunde gesucht, da ihm der Geruch von Gold in die Nase gestiegen war?«

Der Optio schüttelte empört den Kopf und sah aufrichtig entsetzt aus. »Keinesfalls, Zenturio! Ihr wisst ja, wie es ist: Die Männer reden untereinander, und wenn ein Gefangener der lateinischen Sprache mächtig ist, kann er leicht etwas mithören.«

Marcus war mit einem Schlag hellwach. Er beugte sich über Quintus' Gesicht, und das mit einer Miene, die den Optio dazu brachte, entsetzt die Augen aufzureißen.

»Lateinisch? Er sprach *Latein* mit dir?«

Quintus nickte bedächtig, und sein selbstgefälliger Gesichtsausdruck schmolz in dem glühend-forschenden Blick des Zenturios.

»Ja, Herr, und zwar ebenso gut wie ihr oder ich. Trotzdem konnte ich es ihm nicht durchgehen lassen, dass er ...«

Augenblicklich verwandelte sich Marcus' Verdacht in ungläubigen Zorn. »Befördere deinen Arsch sofort in die Umfriedung und such ihn, Optio Quintus! Solltest du ihn nicht lebend vorfinden, brauchst du aus dem Gefängnis gar nicht mehr herauszukommen. *Beweg dich!*«

Quintus drehte sich um und rannte davon, während Marcus sich wutentbrannt zu den Wachen umwandte und nach einer Zielscheibe suchte, seinen Ärger loszuwerden.

Dubnus lachte sanft und zog dadurch Marcus' Aufmerksamkeit von zwei Soldaten ab, die augenscheinlich nur mit Mühe ihr Feixen zurückhalten konnten. »Nun, falls Quintus seinen früheren Zenturio Julius und dessen grobschlächtige Direktheit vermisst haben sollte, hast du ihn wohl soeben von seiner Sehnsucht befreit. Das war ebenso ungehobelt wie der Umgang, den der gute Julius mit *mir* pflegte, als ich noch sein Optio war, was du gerne als Kompliment auffassen kannst.«

Nach einer spannungsreichen Wartezeit kehrte Quintus mit einem schmutzigen Mann im Schlepptau zurück, und seine offensichtliche Betrübtheit über die schlechte Behandlung durch Marcus blieb bestehen, da Letzterer ihn sofort wieder losschickte, um einen Teller Essen und ein heißes Getränk für den Gefangenen zu besorgen.

»Heißes Essen, wohlgemerkt, Quintus. Sicherlich steht irgendwo in der Nähe ein Topf auf dem Feuer, um die Wachen zu speisen. Wir werden unterdessen ins Zelt des diensthabenden Offiziers gehen.«

Er schritt vor dem Gefangenen her und Dubnus in bedrohlicher Haltung hinter ihm, was den Sarmaten jedoch völlig unbeeindruckt ließ. Stattdessen sah er sich mit einem Interesse um, das weder von einem Tag Gefangenschaft noch dem Bluterguss unter seinem rechten Auge getrübt zu sein schien. Als sie die heimelige Wärme des Zeltes erreicht hatten, rief Marcus nach weiteren Lampen, hieß den Mann sich zu setzen und hängte dessen feuchten Mantel in die Nähe des Kohlenbeckens, das den kleinen Raum heizte.

»Während wir darauf warten, dass mein Stellvertreter dir etwas zu essen bringt, sollten wir vielleicht versuchen herauszufinden, ob du dieses Mahl auch verdient hast. Wer bist du?«

Der Gefangene sah ihn mit festem Blick an. »Falls es stimmt, dass du heute Prinz Galatas Boraz getroffen hast, solltest du bereits eine ziemlich genaue Vorstellung davon haben, wer ich bin, Zenturio.«

Marcus schüttelte den Kopf, verschränkte die Arme vor der Brust und klopfte sich ungeduldig mit seinem Rebstock auf die Schulter. »Verzichten wir auf diese Spielchen. Wer auch immer du bist – der Ausgang dieser Unterredung ist für dich wesentlich bedeutsamer als für mich. Solltest du nämlich nur ein ausgeprägtes Sprachtalent haben, landest du bei deinen Kameraden hinter dem Graben, noch bevor du auch nur an einer Schüssel Eintopf schnuppern kannst. Also, ich frage dich noch einmal: Wer bist du?«

Der Gefangene zuckte mit den Schultern und schien von der Ungeduld des Römers völlig ungerührt zu sein. »Galatas wird natürlich zuerst nach seinem Vater gefragt haben, doch ich nehme an, er hat sich auch nach dem Schicksal seines Onkels erkundigt. Ich bin sein Onkel, Balodi Boraz. Gestern noch hätte ich diese Behauptung beweisen können, indem ich euch meine Goldkette zeigte, doch kurz bevor eure Männer mich gefangen nahmen, habe ich sie auf dem Schlachtfeld versteckt.«

Dubnus nickte. »Das war klug von dir, sonst wäre sie dir gestohlen worden, oder sie hätte deine adlige Herkunft verraten und dir damit einen Sonderstatus vermittelt. Glaubst du, du kannst sie wiederfinden?«

Balodi zuckte die Achseln. »Das hoffe ich.« Er warf Marcus einen schrägen Blick zu. »Ist Asander noch am Leben?«

Marcus schüttelte den Kopf. »Ich stelle hier die Fragen, Balodi, falls das wirklich dein Name ist. Du wolltest mich sehen. Warum?«

Der sarmatische Adlige lehnte sich auf seinem Stuhl zurück und lächelte. »Weil mir berichtet wurde, du wärst über den Wall gestiegen und in unser Lager gegangen, um Verhandlungen mit dem Sohn meines Bruders zu führen. Ich wollte unbedingt selbst den Römer sehen, der sich von Angesicht zu Angesicht mit Inarmaz, dem Schwager meines Bruders, unterhalten hat und mit dem Leben davongekommen ist.« Er beobachtete Marcus' Gesichtsausdruck prüfend, während er sprach, und als er die Reaktion des Römers auf den Namen Inarmaz sah, verwandelte sich sein Lächeln in ein hämisches Grinsen. »Oh ja, jetzt haben wir beide den Beweis erhalten, den wir suchten. Du weißt, dass ich bin, wer ich vorgebe zu sein, und dein Gesichtsausdruck verrät mir, dass du tatsächlich mit Galatas gesprochen hast. Denn zweifellos stand Inarmaz bei der Unterredung direkt hinter ihm. Höchstwahrscheinlich hat er überlegt, wo er meinem Neffen sein Messer in den Rücken rammen sollte, wenn er einst die Macht an sich reißen wird.«

Sein nasser Mantel trocknete allmählich in der Hitze des Kohlenbeckens, weshalb Dampfschwaden aus der feuchten Wolle aufstiegen.

Marcus betrachtete den Gefangenen einen Moment lang, bevor er fragte: »Dann befürchtest du also, dass Inarmaz Ansprüche auf den Thron erhebt?«

Der Edelmann schüttelte gereizt den Kopf. »Nein, ich befürchte gar nichts, ich *weiß* es. Der Schwager meines Bruders war schon immer der heftigste Gegner unserer Stammesführer, da er mit eurem Kaiserreich überhaupt nichts zu tun haben wollten – im Gegensatz zu meinem Vater, der seine Söhne dazu anhielt, realistisch zu sein. Einmal hat er uns beide auf die große Ebene mitgenommen, zu der Kultstätte, aus deren Boden unser stolzes, heiliges Schwert hervorragt. Dort hat er zunächst nach Osten, dann nach Süden und schließlich nach Westen gezeigt. Bei jeder Richtung, in die er wies, sagte er nur ein Wort« – Balodi machte eine bedeutungsvolle Pause –, »und dieses Wort war ›Rom‹. ›Meine Söhne‹, sagte er uns, ›das Land unserer Stämme grenzt überall, außer in nördlicher Richtung, an Rom. Das ist ein Volk von derartigem Reichtum, dass sie Armeen aus Zehntausenden Männern besitzen, die nichts anderes tun, als Kriege zu führen oder sich auf Kriege vorzubereiten. Ihre Oberen denken ausschließlich daran, wie sie den Reichtum ihres Imperiums noch weiter vergrößern können. Wenn wir diesen Männern auch nur den geringsten Grund dafür liefern, werden sie unsere Krieger abschlachten, unsere Frauen und Kinder versklaven und unsere Wiesen in Ackerland verwandeln, das wir dann für sie bestellen müssen. Ich habe mein Leben lang versucht, dieses Volk auf Distanz zu uns zu halten, und zwar dadurch, dass ich eine zurückhaltende Freundschaft mit ihnen pflegte, gleichzeitig aber auch deutlich machte, dass wir unerbittlich gegen das Imperium in den Krieg ziehen würden, sollten sie sich nördlich des Flusses Danubius wagen. Wenn ich einmal sterbe, wird diese Aufgabe euch beiden zufallen, und möge das Schwert euch bei ihrer Bewältigung helfen.‹«

Balodi blickte zu seinem Mantel hinüber, der am Rand des Kohlenbeckens noch stärker dampfte. »Allerdings beging mein Vater gegen Ende seiner Amtszeit einen Fehler, als sich seine Augen zu verdunkeln begannen. Er verheiratete meinen älteren Bruder Asander mit der Tochter des Nachbarkönigs. Sie war zwar zeit ihres Lebens ein süßes Mädchen, doch sie hatte einen Bruder, Inarmaz, und der brachte all das Gift mit, mit dem *sein* Vater ihn von klein auf gefüttert hatte. Wie du wohl bereits verstanden hast, stand der Schwager meines Bruders eurem Kaiserreich in größter Feindseligkeit gegenüber, und vieles von dem, was er sagt, findet Widerhall im Herzen meines Volkes. Über die Jahre – ähnlich dem Dampf, der gerade aus diesem Mantel steigt – brannte sein hitziger Hass den Ansatz der Vernunft weg, den mein Vater so hingebungsvoll in das Denken unseres Stammes eingepflanzt hatte. Seine kontinuierlichen Hetztiraden gegen das Imperium haben meine Leute dazu gebracht, dass sie nun bereit sind, wieder gegen Rom in den Krieg zu ziehen.«

»Und was tut dein Bruder dagegen?«

Balodi schüttelte den Kopf. »Asanders Frau starb bei der Geburt ihres Sohnes Galatas. Ihr Bruder Inarmaz hat die Erinnerung an sie gnadenlos dazu benutzt, um den König auf seine Seite zu ziehen und seine feindliche Haltung gegenüber Rom zu teilen. Asander Boraz war diesbezüglich zwar ein wahrer Sohn seines Vaters und tendierte eher zu einer Art Verständigung mit Rom, doch über die Jahre hat Inarmaz ihn mehr und mehr dazu getrieben, die Beziehungen zu eurem Imperium zu vernachlässigen, sodass er sich zuletzt aufstacheln ließ, in diesen Krieg zu ziehen. Man hatte ihm einen leichten Sieg vorausgesagt, da die römischen Armeen im Norden der Provinz beschäftigt sind. Inarmaz verhieß meinem Bruder überdies einen Berg von Gold, der nur darauf wartete, abtransportiert zu werden. Und dann wurde der Ärger meines Volkes über die letzten Monate weiter angeheizt, weil uns Gerüchte hinsichtlich der Plünderung und Brandschatzung einiger Siedlungen am Rande eurer Provinz erreichten. Augenscheinlich wurden entsetzliche Gräueltaten von Soldaten begangen, die die Uniform eures Kaiserreichs trugen.«

Marcus und Dubnus wechselten bedeutungsvolle Blicke, während der sarmatische Edelmann weitersprach.

»Bei all diesen Entscheidungen war Inarmaz natürlich immer nur der Mann *hinter* dem Thron, der den König beriet und umschmeichelte, aber größten Wert darauf legte, sich nicht als tatsächlicher Entscheidungsträger zu offenbaren. Daher geht der Stamm davon aus, dass der jetzige Krieg von Asander geführt wird, denn Inarmaz war sorgsam darauf bedacht, lediglich als treuer Gefolgsmann aufzutreten. Wenn der süße Wein des Sieges, den mein Volk erwartet, sich irgendwann in eine saure Brühe verwandeln sollte, werden sie den König und seine Entscheidungen hinterfragen — und nicht den Berater, der ihn zu diesen Beschlüssen veranlasste.« Er schüttelte bekümmert den Kopf und verstummte, gerade als Quintus mit einer Holzschüssel dampfenden Eintopfs eintrat.

Marcus nahm das Gericht mit einem Dankeschön an seinen Stellvertreter entgegen und reichte es Balodi, der einen knöchernen Löffel aus seiner Kleidung zog und zu essen begann. Die beiden Zenturios beobachteten, wie er das Essen hinunterschlang, und als er den letzten Löffel Eintopf in den Mund gesteckt hatte, griff Marcus nach der Schüssel und hob fragend eine Augenbraue.

»Was wird nun passieren?«

Balodi blickte resigniert zu Marcus hoch, kaute auf dem letzten Bissen Fleisch herum und schluckte es hinunter, bevor er antwortete: »Ich verfüge zwar nicht über die Gabe, in die Zukunft zu blicken, Zenturio, doch es braucht keinen Seher, um vorauszusagen, dass mein Bruder und ich unser Volk wohl nie wiedersehen werden. Daher steht mein Neffe ziemlich allein in einem Meer von Feinden. Die Beute, die Inarmaz seinem Vater versprochen hat, ist schwer bewacht, weshalb er nicht auf einen raschen Sieg hoffen kann, und ebenso verhält es sich mit dem unermesslichen Reichtum, der ihnen zugesagt wurde. Hinter seinem Rücken lauert ein Mann von größter Schläue, der überdies zwei Söhne besitzt, welche die Adligen des Stammes mithilfe von Gewalttaten im Griff halten. Amnoz und Alardy sind tollwütige Hunde, und keiner von ihnen hätte Schwierigkeiten oder gar Skrupel, meinen

Neffen ›zum Wohle des Stammes‹ umzubringen. Also würde ich davon ausgehen, dass Inarmaz morgen früh Galatas anraten wird, eine weitere Attacke auf eure Befestigungsanlage zu versuchen, und er wird seine Söhne dazu anhalten, rechts und links des Prinzen zu kämpfen, um dessen Unversehrtheit zu gewährleisten. Irgendwann im Kampf, ganz egal, ob unsere Krieger einen Sieg erringen oder eine Niederlage einstecken, werden Inarmaz' Söhne eine unscheinbare Klinge durch die Rüstung meines Neffen bohren und sein Leben beenden. Das wird keiner bemerken, denn sie werden von den Leibwächtern des Königs abgeschirmt, die, wie ich stark vermute, bereits in Inamarz' Dienst stehen.«

Dubnus nickte verständig. »Und du? Was könntest *du* tun, um diese Vorhersage zu ändern, wenn du auf der anderen Seite des Walls stehen würdest?«

Balodi erhob sich, atmete tief ein und betrachtete den stämmigen Zenturio mit einem freundlichen Lächeln. »Du hältst mich für einen geschlagenen Mann, nicht wahr? Für einen, der sich bereits damit abgefunden hat, der Letzte aus der Blutlinie meines Vaters zu sein. Doch das Blut, das die Ebenen hinter diesen Bergen in ein Königreich verwandelte, fließt noch immer stark in meinen Adern, Zenturio. Wenn ich mich also gegen Inarmaz durchsetzen müsste, könnte ich auf die Unterstützung tausender Speere zählen, die du vor eurem Wall lagern siehst. Ich würde nicht dastehen und tatenlos zusehen, wie das Erbe meines Vaters vom zweiten Sohn eines konkurrierenden Königs an sich gerissen wird. Und ich würde auch nicht zulassen, dass mein Neffe mit einem Messer im Rücken ins Grab sinkt, wenn ich neben ihm stünde. Natürlich könnte er auch auf andere Weise ums Leben kommen, doch dann hätte er eine Wunde auf der Vorderseite seines Körpers und würde in einem ehrlichen Kampf fallen, statt aufgrund von Täuschung und Verrat gemeuchelt zu werden.« Mit einem bitteren Lächeln schüttelte er den Kopf. »Aber nachdem ich mich hier vor euren Speerspitzen befinde, spielt das alles wohl kaum eine Rolle, hab ich recht?«

Die Zeltklappe öffnete sich, und ein Soldat streckte mit einem respektvollen Salut seinen Kopf durch den Schlitz. »Verzeiht, Zenturios, aber ich habe vom Hospital eine Botschaft für euch. Die Medica hat sie mir übergeben und gesagt, es sei dringend.«

Marcus nahm das Wachstablett entgegen, las den Text, reichte ihn dann weiter an Dubnus und rief nach Quintus. »Optio, bewache diesen Mann. Zenturio Dubnus und ich haben eine Unterredung mit dem Tribun.«

»Ich finde wirklich nicht, dass du das tun musst.«

Marcus war gerade dabei, die Kreuzbinden wieder straff zu ziehen, die den unteren Teil seiner Beinkleider an den Stiefeln befestigten. Das war eine mühsame Aufgabe, weshalb er sorgfältig vorging, um sicherzustellen, dass bei einem Kampf kein Stoff herumflatterte.

»Doch, das muss ich. Ich habe versprochen...«

»Du hast versprochen, mich zu lieben und für mich zu sorgen. Dasselbe gilt für Appius, und es ist das einzige Versprechen, an das ich mich erinnere. Was soll aus uns werden, wenn du den Wall hinabsteigst und nicht mehr wiederkommst? Was geschieht, wenn ich dein Gesicht auf der Spitze eines Speeres wiedersehen sollte? Was ist, wenn...?«

Marcus schüttelte den Kopf, straffte die Kreuzbinden am anderen Bein und stand auf. Er zog Felicia fest an sich und umschloss ihren Körper mit beiden Armen. »Ich habe versprochen, den Leichnam des Königs seinem Sohn zu übergeben, falls das Schlimmste eintreten sollte. Ich bin ein Mann, der zu seinem Wort steht.«

Felicia sah zu ihm auf, und ihre Augen füllten sich mit Tränen. »Sein Onkel wiederum hat versprochen, dich zu töten, falls er dir je wieder begegnen sollte.«

Marcus lächelte finster und schüttelte den Kopf. »Das war das letzte Mal, dass ich Julius etwas erzähle, das du nicht erfahren sollst.«

»Aber es stimmt doch, oder etwa nicht?«

Marcus nickte. »Ja. Und ich denke, auch *er* ist ein Mann, der zu seinem Wort steht.«

»Dann wirst du bei hellem Tageslicht wehrlos in ein Barbarenlager gehen, ohne auch nur deine Schwerter mitzunehmen?«

Marcus warf automatisch einen Blick zu den zwei Schwertscheiden, die an seinem Feldhocker lehnten. »Es ist nicht besonders sinnvoll, die Sarmaten durch die Zurschaustellung von Waffen zu provozieren. Ich gehe davon aus, dass sie mir eine Klinge aushändigen werden, falls es dazu kommt, dass ich die Ehre des Kaiserreichs verteidigen muss. Sorge du dafür, dass du einen guten Preis für mein Schwert bekommst, falls ich …«

Felicia schnaubte verächtlich. »Bist du dir sicher, dass du deine Waffen nicht schon einem deiner Freunde versprochen hast?«

Marcus öffnete den Mund, um etwas zu entgegnen, als die Zeltklappe plötzlich zur Seite gezogen wurde und Julius in der Öffnung auftauchte, der draußen auf ihn wartete.

»Falls du noch immer den Kopf in diese Schlinge legen willst, wäre jetzt der richtige Zeitpunkt dafür.«

Marcus nickte Julius zu, küsste Felicia auf die Wange und wandte sich zum Gehen. »Ich werde schon bald zurück sein.«

»Und falls nicht?«

Der Römer drehte sich noch einmal zu seiner Gattin um und strich ihr eine Träne von der Wange. »Dann werde ich in Mithras' Obhut sein. Und du, Liebste, wirst mein Andenken in Ehren halten.« Er trat aus dem Zelt und schritt auf den mächtigen Wall zu.

Julius ging neben ihm und sprach leise in der morgendlichen Stille. »Du bist ein sturer Hund, das muss ich schon sagen. Willst du es dir nicht noch einmal überlegen?« Die einzige Entgegnung seines Freundes darauf war ein knappes Kopfschütteln. Sein kampflustig zusammengebissener Kiefer ließ den Ersten Speer in nur teilweise vorgetäuschter Verzweiflung aufseufzen. »Ich weiß, dass du dein Wort gegeben hast, und natürlich ist Vertrauenswürdigkeit das Letzte, was einem römischen Ehrenmann fehlen sollte. Nur bist du kein römischer Ehrenmann mehr, nicht wahr, Marcus? Jetzt bist du der Zenturio einer kaiserlichen Hilfskohorte am Arsch der Welt, und glaub mir: Den Leuten da draußen ist dein Wort nicht mehr wert als der Dampf deiner Pisse. Gib also diesen Akt des Wahnsinns auf, denn wir können den Leichnam auch vom Wall abseilen. Oder wir bieten ihnen einen Waffenstillstand an, sodass sie kommen und ihren verstorbenen König selbst holen können. Du wirst diesen Galatas nie wiedersehen, also wird es auch niemand erfahren. Was meinst du: Sollten wir nicht lieber beschließen, dass wir den morgigen Tag gemeinsam erleben werden?«

Marcus blieb stehen und wandte sich Julius zu. »Und wenn *du* einem Mann dein Wort gegeben hättest? Was wäre dann, Julius? Wenn du wüsstest, dass die einzige Belohnung ein

Hieb kalten Eisens sein würde, aber du einem Krieger in die Augen gesehen und einen feierlichen Eid geleistet hättest? Wie könntest du es danach für den Rest deines Lebens mit dir selbst aushalten, im Wissen, ein Versprechen gegeben und nicht erfüllt zu haben?«

Der Erste Speer schüttelte entgeistert den Kopf. »Marcus! Niemand wird geringere Hochachtung vor dir haben, nur weil du keinen Selbstmord begehst, indem du dich diesem Pack brüllenden Abschaums von Barbaren auslieferst. Denk an deine Frau und dein Kind!«

Der Römer nickte, wandte sich wieder zum Wall und schritt weiter. »Genau das tue ich. Ich verschone sie vor der Schmach, mir dabei zusehen zu müssen, wie ich von Bitterkeit und Selbstverachtung überwältigt werde, falls ich meinem Instinkt in dieser Sache nicht folge. Lass uns die Sache nun hinter uns bringen und versuche nicht weiter, mich von dem Weg abzubringen, den mir mein Ehrgefühl auferlegt.«

Der Erste Speer verstummte, denn er wusste, dass er geschlagen war. Schweigend legten sie den Rest des Weges zum Wall zurück, dann folgte er seinem Freund die Treppe auf das Bollwerk hinauf, wo der Leichnam des Königs fest eingewickelt auf dem Zwinger bereit stand. Tribun Scaurus stand daneben und sah über das feindliche Lager. Als er Marcus erblickte, zeigte er auf die feindlichen Bogenschützen, die außerhalb der Reichweite ihrer eigenen Bogenschützen im grauen Licht der Morgendämmerung auf ihn warteten.

»Schon nach fünfzig Schritten wirst du in Reichweite ihrer Pfeile sein, Zenturio. Du wirst nicht fortlaufen können, ohne dass sie dich damit übersäen, bevor du auch nur die Hälfte des Rückwegs geschafft hast. Daher schlage ich vor, du gibst diese wahnsinnige Idee auf, damit ich nicht noch einen erfahrenen Offizier verliere.«

Marcus zuckte die Achseln. »Ich werde nicht fortlaufen, Tribun. Was immer mich in diesem Lager erwartet, ist besser, als in Sichtweite unseres Walls mit einem Pfeil im Rücken zu sterben. Natürlich kannst du mir *befehlen*, nicht dort hinauszugehen, aber in diesem Fall würdest du zwei Dinge opfern.«

Scaurus lachte leise in sich hinein. »Das erste kann ich erraten: dein Ehrgefühl, stimmt's?« Marcus nickte ernst. »Und was ist das zweite?«

»Die Chance, dass es uns noch immer gelingen könnte, einen Friedensvertrag mit diesem Stamm auszuhandeln.«

Scaurus hob eine Braue. »Es ist wesentlich wahrscheinlicher, dass uns nichts dergleichen gelingt. Aber ich kann deine Denkweise nachvollziehen, und wenn ich dich wirklich nicht davon abhalten kann...« Marcus schüttelte den Kopf, worauf sich der Tribun mit hilflosem Achselzucken an Julius wandte. »Na dann... lasst es uns hinter uns bringen, ja?«

Marcus beobachtete ernst und schweigend, wie der verstorbene sarmatische Anführer von der Oberkante des Walls auf den Boden hinuntergelassen wurde. Als der Leichnam sicher unten angekommen war, blickte er Julius mit einem grimmigen Lächeln ins Gesicht. »Es wird Zeit herauszufinden, welches Schicksal mir bevorsteht. Falls das Schlimmste passieren sollte, kümmere dich um meine Frau und meinen Sohn.«

Bevor irgendeiner von ihnen etwas entgegnen konnte, legte Marcus seine Hand an die Strickleiter, stieg über die Brüstung und kletterte hinab, bis er den Leichnam des Königs erreichte. Als er wieder fest auf den Füßen stand, warf er einen Blick auf das feindliche Lager und sah, wie es plötzlich in Bewegung geriet, denn Krieger strömten aus den Zelten, um sich für einen Angriff bereit zu machen. Marcus ging in die Hocke, löste das Seil, an dem der Körper des Königs befestigt war, und nahm den Leichnam in seine Arme. Dann stand er mühsam auf, dreht sich um und begann langsam den langen Marsch zum Barbarenlager, ohne sich zu den Offizieren umzudrehen, die ihn vom Wall aus beobachteten. Wie beim letzten Mal wurde er von einer Gruppe Reiter empfangen, die vom Sohn des toten Königs angeführt wurde, wenngleich er bemerkte, dass der Prinz diesmal auf seine bedrohliche Lanze verzichtete. Ein paar Schritte vor dem Römer zügelte er sein Pferd und starrte mit ängstlichem, sorgenvollem Blick auf die Last, die der Zenturio trug.

»Du bringst mir meinen Vater, Römer?«

Marcus nickte, blieb regungslos stehen und hielt den schweren Körper des Königs vor seiner Brust. »Wie ich es dir geschworen habe, Galatas Boraz. Er ist letzte Nacht an seinen Wunden gestorben.«

Der Prinz senkte den Kopf. »Sag mir die Wahrheit: War er allein, als er starb?«

Marcus schüttelte den Kopf. »Nein. Als deutlich wurde, dass sein Ende nahte, zollte mein Tribun, der ein erfahrener und mutiger Krieger ist, ihm seinen Respekt, wie es angemessen ist, und blieb bei ihm bis zum Schluss. Der König ist mit seinem Schwert in den Händen verstorben.«

Galatas seufzte und starrte auf den Leichnam in Marcus' Armen. »Dafür bin ich dankbar.«

Der Prinz winkte seinen Männern, worauf zwei Sklaven vortraten, um dem Römer seine Bürde abzunehmen. Marcus blieb weiter regungslos stehen, denn er wusste, dass Pfeilspitzen aus Eisen und Knochen auf ihn gerichtet waren.

Einen Augenblick später hob Galatas den Kopf, ohne sich

der Tränen zu schämen, die ihm über die Wangen liefen. »Um dich herum stehen Männer, die versucht sind, ihre Pfeile auf dich abzuschießen und dir beim Sterben zuzusehen, um den Tod meines Vaters zu rächen. Hast du gesehen, was die rot gefärbten Pfeile bei einem Menschen anrichten können?«

Marcus blickte ihm fest in die Augen. »Das habe ich. Einer eurer Späher hatte sich versehentlich selbst mit einem solchen Pfeil geritzt, als wir auf unserem Marsch hierher sein Versteck aufstöberten. Es sah nicht so aus, wie sich ein Krieger seinen Tod wünschen würde. Ich habe ihn erlöst, denn es erschien mir unangemessen, einen Krieger auf so unwürdige Weise aus dem Leben scheiden zu lassen.«

»Ich verstehe.« Galatas schüttelte den Kopf, und Marcus spürte, wie sich die Spannung, die in der Luft hing, ein wenig löste. »Und dafür zolle ich dir meinen Respekt.«

Er rutschte in seinem Sattel hin und her und blickte auf den Leibwächter neben ihm. Es war der Mann, der Amnoz hieß und sich beim letzten Besuch des Römers so feindselig verhalten hatte. Noch immer trug er den im Kampf errungenen römischen Helm, sein Gesicht hatte harte Züge, und seine Augen waren mit unverkennbarem, glühendem Hass auf Marcus geheftet. Neben ihm stand ein Mann, der ihm sehr ähnlich sah, aber offensichtlich einige Jahre älter und kräftiger gebaut war, worauf Marcus sich daran erinnerte, dass Balodi erwähnt hatte, Inarmaz habe zwei Söhne. Während Amnoz' Miene lediglich Mordlust ausdrückte, schien das Gesicht seines Bruders Alardy eher berechnend. Galatas ergriff erneut das Wort, und Marcus konnte einen resignierten Unterton in seiner Stimme vernehmen.

»Du wirst dich an den Eid erinnern, den mein Onkel Inarmaz schwor: dass er dir nämlich den Kopf abschlagen würde, sollte er dich wiedersehen. Amnoz ist sein Sohn und hat seinen Eid bekräftigt. Ich habe die Angelegenheit mit beiden lange besprochen und meine Enttäuschung darüber ausgedrückt, dass sie die Gastfreundschaft meines Lagers derart zu verletzen gedenken, doch mein Onkel erklärte, er werde sich nur dem König unterordnen. Und nachdem ich von den Edelleuten noch nicht ernannt wurde, weigert er sich, meinem Befehl in dieser Sache Folge zu leisten. Es ist ein schmaler Grat, auf dem wir uns hier bewegen, doch in Abwesenheit meines Onkels habe ich nicht die nötige Macht, um ihnen Gehorsam aufzuerlegen. Zumindest *noch* nicht ...«

Marcus blickte zu ihm auf und konnte im erschöpften Antlitz des jungen Prinzen erkennen, dass er schon genügend eigene Probleme hatte, mit denen er umgehen musste. Daher nickte er und sah Amnoz direkt in die Augen. »Ich verstehe. Du kannst mich nicht vor diesem Mann schützen, ohne deine eigene Position zu gefährden oder sogar einen Aufstand auszulösen.«

Galatas nickte. Marcus betrachtete die Krieger hinter ihm und versuchte herauszufinden, welche von ihnen schwankten und Zweifel hatten, ob sie ihren jungen Anführer unterstützen sollten. Dabei stieß er auf viele Gesichter, die Balodis Behauptung bekräftigten, dass die Stellung seines Neffen alles andere als sicher war.

»Ich verstehe. Da der Tod deines Vaters erst jetzt bestätigt wurde, bist du noch nicht zum neuen König eures Stammes ernannt worden. Daher werden deine Krieger dich genau beobachten und sich ihr eigenes Urteil bilden, wenn du die Männer deines Vaters davon abhältst, Rache an denjenigen zu üben, die ihren Regenten getötet haben. Andererseits würde die kaltblütige Ermordung eines Mannes, der euch den Leichnam eures Königs ausliefert, den Zorn eurer Götter auf euch ziehen. Ich bin mir deines Dilemmas durchaus bewusst, Prinz Galatas, daher darf ich vielleicht einen Vorschlag machen, der unserer beider Bedürfnisse befriedigen würde?«

Ein barsches Lachen ertönte hinter dem Prinzen. Inarmaz trieb sein Pferd an die Spitze der Reitergruppe, wobei sein kräftiger Hengst sich übellaunig an den anderen Pferden vorbeibiss.

»Nur zu, Römer! Zeig dem Prinzen einen Weg aus seinem Dilemma. Zweifellos wird dieser Weg beinhalten, dass du unversehrt von dannen ziehen kannst?«

Marcus hob die Hände und breitete sie aus. Dann schritt er langsam vor, während die Bogenschützen jede seiner Bewegungen verfolgten. Die auf Hochglanz polierte Eisenspitze von Amnoz' Contus-Lanze senkte sich und näherte sich drohend seiner gepanzerten Brust, doch Marcus lächelte nur breit zu dem Mann hinauf.

»Was deinen letzten Punkt anbelangt, Inarmaz, ist die Antwort höchstwahrscheinlich ›ja‹, denn ich versichere dir, dass ich diesen Ort lebend verlassen werde. Um aber den Grund dafür zu verstehen, solltest du die Möglichkeit in Betracht ziehen, dass Prinz Galatas weniger *mich* vor dir und den Gefolgsleuten seines Vaters schützen will, sondern womöglich *euch* vor mir?« Er starrte Amnoz noch eine Weile an und spuckte dann vor die Hufe des Pferdes auf den Boden.

Galatas' Hand schnellte zu Amnoz vor, schnappte die Tunika, die unter seinem Kettenhemd hervorragte, und hielt ihn mit einem scharfen Befehl davon ab, von seinem Pferd herabzusteigen. Dann wandte er sich mit zusammengekniffenen Augen fragend an Marcus. »Willst du tatsächlich den

Schutz ausschlagen, den ich dir zu geben verpflichtet bin, weil du mir den Leichnam meines Vaters zurückgebracht hast?«

Marcus nickte knapp und starrte Amnoz mit nur teilweise gespielter Intensität an. »Das will ich. Stattdessen fordere ich *ihn* zu einem Duell auf, und zwar in der Weise, die bei eurem Stamm üblich ist: ein Schwert und zwei Männer, von denen nur einer den Kreis aus Schilden lebend verlassen wird. Nimmt er die Herausforderung an, oder ist seine Kühnheit nur vorgetäuscht, um den Jungen zu beeindrucken, der in seinem Zelt schläft?«

Inarmaz sah mit einem hässlichen Grinsen auf ihn herab. »Mein Sohn spricht deine Sprache vielleicht nicht so gut wie ich, aber ich bin sicher, er hat die Anspielung verstanden, die du gerade gemacht hast. Falls du im Kampf nicht ganz so gut bist, wie du zu glauben scheinst, Römer, wirst du dich schon bald auf dem Rücken im Dreck liegend wiederfinden – mit aufgeschlitztem Bauch und umringt von Hunden, die sich um deine Eingeweide streiten.«

Er nickte seinem Sohn zu, worauf der Leibwächter den Infanteristen, die eigentlich Landarbeiter waren und hinter den Pferden versammelt standen, eine Reihe von Befehlen zurief. Marcus sah, wie sie hastig einen großen Kreis um ihn bildeten und ihre Schilde so hielten, dass sie eine ununterbrochene Barriere aus Holz und Eisen formten, wodurch eine Art Arena entstand, in der sich ihr Schicksal entscheiden würde.

Der Prinz stieg von seinem Pferd, nahm einen der Schilde und trug ihn zu Marcus hinüber, wobei er eine Grimasse schnitt. »Du bist womöglich der mutigste Mann, den ich je getroffen habe, Zenturio – oder der dümmste. Wahrscheinlich sogar beides. Sollte dein übergroßes Selbstvertrauen nicht gerechtfertigt sein, wird Amnoz eine Weile mit dir herumspielen, bevor er dich aus reinem Vergnügen zum Krüppel schlägt. Wenn du dann irgendwann sogar zu schwach bist, um den Gnadenstoß zu erbitten, wird er dich aufschlitzen und hier liegen lassen — zwar noch lebendig, aber hilflos den Hunden ausgeliefert. Ich habe ihn Dutzende solcher Duelle ausfechten sehen, und glaube mir: Für ihn ist es noch nicht einmal ein Wettstreit, sondern lediglich ein kleines Vergnügen.« Er musterte Marcus intensiv und schüttelte dann leicht den Kopf. »Die Bedingungen des Kampfes sind einfach: Zunächst einmal kämpft ihr ohne Helm.«

Marcus löste den Riemen seines Helms, zog ihn ab und reichte die schwere Eisenhaube Galatas, der sie wiederum den Männern übergab, die den Kreis aus Schilden bildeten. Amnoz rief einen Kommentar in die Runde, und die Männer feixten, während Galatas nur finster lächelte und sein Schwert aus der Scheide zog. Marcus betrachtete die Klinge und fragte sich, wie viel schwerer als seine eigene Spatha sie wohl sein würde. Der Schwertgriff war mit einem Knauf in der Form eines Adlers versehen, der mit den Klauen eine Metallkugel umklammerte.

»Falls du noch etwas Antrieb für das Duell brauchst, hilft es dir vielleicht zu wissen, dass Amnoz den Männern gesagt hat, sie sollen gut auf deinen Helm aufpassen, da er ihn schon bald selbst tragen werde. Gleich stecke ich mein Schwert in der Mitte des Kreises in den Boden, und sobald ich das Signal gebe, wird der Kampf beginnen. Der Erste, der das Schwert erreicht, darf es aus dem Boden ziehen und seinen Gegner auf beliebige Weise angreifen. Dieser wiederum darf den Angriff auf beliebige Weise abwehren. Hast du das verstanden?«

Marcus sah über den Kreis zu seinem Kontrahenten hinüber. Mit größtem Selbstvertrauen blickte Amnoz zurück und schwang die Arme, um seine Muskeln aufzuwärmen.

»Ich verstehe. Man hat mir berichtet, dass Amnoz ein guter Schwertkämpfer ist. Zwar nicht übermäßig talentiert, doch schneller und stärker als die meisten deiner Männer. Er ist auch etwas *zu* selbstsicher, und mit der rechten Hand schlägt er besser als mit der linken. Im Übrigen soll ich dir Grüße von deinem Onkel Balodi ausrichten. Hast *du* das verstanden?«

Etwas verblüfft nickte Galatas und wandte sich ab. Er steckte sein Schwert fest in den Torfboden zwischen den Kämpfern und trat aus dem Kreis von Schilden heraus, der sich sofort wieder hinter ihm schloss. Somit standen die beiden Männer nun allein in einer Arena von ungefähr neun Metern Durchmesser. Amnoz nickte seinem Vater kurz zu, bevor er sich Marcus zuwandte. Stille breitete sich im Kreis aus, während die Männer mit erwartungsfrohem Grinsen zusahen, wie der Römer sich ihrem besten Kämpfer stellte. Galatas gab einem Krieger, der ein Horn in den Händen hielt, sein Signal. Schon als dieser das Instrument an die Lippen führte, stürmte Amnoz vor und riss das Schwert mit einem Jubelschrei aus dem Torfboden. Marcus blieb stehen und sah ihm dabei zu, wobei er seinen Schild auf dem Boden vor seinen Füßen aufgestützt hatte. Der Sarmate drehte sich zu seinen Kameraden und hielt triumphierend die Waffe hoch. Mit ausgestreckten Armen wie ein siegreicher Gladiator ließ er sich von ihnen feiern, doch sein fröhlicher Gesichtsausdruck verblasste, als er sich dem Römer zuwandte und sah, dass dieser das Spektakel mit augenscheinlichem Desinteresse verfolgte. Dann hob Amnoz das Schwert an die Lippen, küsste unter neuem Jubelgeschrei der Zuschauer ehrerbietig die Klinge und richtete die Waffe mit einem selbstgefälligen Grinsen auf Marcus. Der Sarmate ging in Kampfstellung und bewegte sich langsam auf sein Opfer zu.

Noch immer blieb der Römer regungslos stehen und wartete. Bis die Schwertspitze nur noch knapp einen Meter von seinem Gesicht entfernt war, hielt er vollkommen still. Dann schob er einen Fuß nach hinten und hob den rechten Arm, um seinen Schild richtig zu positionieren. Er beobachtete über den Rand seines Schildes Amnoz' Blick, wartete gleichmütig darauf, dass dieser einen Vorstoß machen würde, und hoffte, der grinsende Barbar würde seine Reglosigkeit für Angst halten. Mit einem beiläufigen Achselzucken in Richtung seiner Kameraden trat der Wettkämpfer näher und führte einen kräftigen Hieb auf Marcus' helmlosen Kopf, doch der Römer hielt den Schild hoch, sodass die Klinge vom eisernen Rand der Schutzwaffe abprallte und einen Funkenregen auslöste. Darauf trat der Zenturio zurück und hielt den Schild wieder nahe an seinem Körper, während die Zuschauer seine Taktik mit Spottgeschrei kommentierten. Ohne Pause schwang Amnoz die schwere Klinge erneut, diesmal mit einem waagrechten Hieb, der auf der Holzplatte des Schildes eine tiefe Furche hinterließ und Marcus nach hinten schleuderte, worauf die Männer in neues Jubelgeschrei ausbrachen. Der Römer trat einen weiteren Schritt zurück und zog den Schild so nahe an seinen Körper heran, dass seine Nase fast den Eisenrand berührte. Dann führte er heimlich seine vom Schild gegen Blicke geschützte linke Hand an den Gürtel. Da Amnoz bereits den Sieg witterte, schwang er das Schwert hoch über dem Kopf und war sichtlich entschlossen, es mit so viel Kraft auf den Schild herabsausen zu lassen, dass dessen Eisen- und Holzumrandung gespalten werden würde. Doch noch während sich die schwere Klinge hoch in der Luft befand, trat Marcus entschieden vor und atmete tief ein. Blitzschnell schob er den rechten Rand seines Schildes hinter den Schild seines Gegners, brüllte Amnoz unvermittelt ins Gesicht und nutzte dann das Überraschungsmoment, um dessen Schild von seinem Körper wegzuziehen. Darauf warf er seinen eigenen Schild zu Boden, trat nahe an Anmoz heran und packte dessen Schwertarm so fest, dass die Waffe nutzlos in der Luft schwebte.

In dem Augenblick, der folgte, begriff Amnoz zwar, dass der Römer eine Waffe besaß, doch schon im nächsten Moment steckte das Messer zwischen seinen Rippen. Als Marcus das lange Jagdmesser aus hochpoliertem Metall eine Hand tief durch das Kettenhemd seines Gegners in dessen Brust stieß, erzitterte Amnoz, starrte in ungläubigem Schock auf die tiefe Wunde und das seltsame Muster, mit dem der Teil der Klinge verziert war, der aus dem Fleisch ragte. Der Kreis der Zuschauer verstummte entsetzt und beobachtete wie erstarrt, wie Marcus, der den Schwertarm des verwundeten Kriegers noch immer mit der Linken festhielt, mit seiner Rechten den Messergriff umdrehte, um die scharfe Seite der Klinge nach oben zu richten. Amnoz stieß ein qualvolles Stöhnen aus, worauf der Römer mit zusammengebissenen Zähnen das Messer durch die Rippen zog, die Klinge dann anwinkelte und die Messerspitze direkt ins Herz seines Gegners stieß. Amnoz starb auf der Stelle. Seine Augäpfel verdrehten sich, und sein Körper sackte kraftlos über den im Tod erstarrten Beinen zusammen. Marcus ließ sein Jagdmesser los, riss dem Sterbenden das Schwert aus der kraftlosen Hand und trat heftig gegen dessen taumelnden Körper, sodass er in die Mitte des Kreises fiel und liegen blieb, wobei das Jagdmesser noch immer in seiner Brust steckte.

Nach einer Weile stummen Erstaunens trat Galatas in die Arena, doch gerade als er zu sprechen beginnen wollte, schob Inarmaz sich von hinten durch den Kreis aus Schilden, gefolgt von seinem zweiten Sohn. Er rempelte seinen Neffen beiseite und riss sein eigenes Schwert aus der Scheide. Inarmaz stakste vorwärts, um den Schild seines verstorbenen Sohnes aufzuheben, und ignorierte die wütenden Worte, die ihm der Prinz zurief. Gleichzeitig holte sich Amnoz' Bruder Alardy einen Schild von einem der Zuschauer. Während Galatas seinen Onkel zurechtwies, betrachtete Marcus dessen älteren, stämmig gebauten Sohn genau, der nun sein Schwert ergriff und über den Rand seines Schildes zu ihm herüberstarrte. Inarmaz richtete seine Klinge auf Marcus und rief Galatas über die Schulter einen Satz in ihrer eigenen Sprache zu, der daraufhin schwieg. Dann traten die beiden Männer vor, sodass ihre Schwerter sich nur eine Armlänge vor Marcus befanden.

Hasserfüllt gab Inarmaz seiner unbändigen Wut Ausdruck. »Mein Neffe meint, ich würde Schande über mich und unserem Stamm bringen, wenn ich weiter Gewalt an dir übe. Er sagt, du hättest meinen Sohn in einem fairen Kampf besiegt, weshalb wir nun Respekt vor deinem Sieg zeigen und dich gehen lassen sollten. Ich hingegen, Römer, habe ihm erwidert, dass ich entweder deinen Kopf oder *seinen* abschlagen werde.«

Marcus lächelte ihn grimmig an, hob das Schwert und richtete es auf Alardy. »Und du bist sicher, dass du das tun willst, Inarmaz? Du hast nur noch *einen* Sohn. Was ist, wenn ich Alardy auf den Scheiterhaufen neben Amnoz befördere?

Wer soll dann gemäß deinem Komplott anstelle von Galatas auf dem Thron sitzen? Du selbst vielleicht?«

Inarmaz kniff die Augen zusammen. »Dass du mich des Verrats bezichtigst, wird dich nicht vor meiner Rache bewahren, Römer. Verteidige dich!«

Die zwei Männer näherten sich Marcus von beiden Seiten. Als Inarmaz das Zeichen gab, attackierten sie schnell und hämmerten mit der Wut von Menschen, deren Welt in Stücke gerissen worden war, auf seinen Schild ein. Marcus duckte sich vor einem Schwerthieb auf seinen Kopf, drehte sich rasch und hieb das Schwert des Prinzen in Alardys Beine, da er hoffte, ihn damit unschädlich zu machen. Allerdings war dieses Schwert schwerer und somit langsamer zu schwingen, als er es gewohnt war, weshalb der Krieger mit einem spöttischen Grinsen vor ihm wegsprang und das Schwert nach Marcus' Hieb auf seiner eigenen Schulter zum Liegen kam. Inarmaz mischte sich in den Kampf und schmetterte seine Waffe auf den Schild des Zenturios, der den Schlag jedoch mit dem eisernen Mittelteil seines Schilds parierte. Als Klinge und Schildbuckel heftig aufeinandertrafen, zuckte Marcus zusammen, und seine linke Hand wurde augenblicklich taub. Nur mit Mühe konnte er den Schildgriff festhalten, trat aber dennoch entschieden in Inarmaz' Deckung, wobei Galatas' Schwert noch immer mit der Klinge nach hinten auf seiner Schulter lag und der schwere, verzierte Eisenknauf nach vorn zeigte. Marcus ließ seinen Schild fallen und packte stattdessen die schwere Goldkette, die der Edelmann um den Hals hängen hatte, um ihn am Zurückweichen zu hindern. Während Inarmaz noch versuchte, sein eigenes Schwert zum Einsatz zu bringen, hatte der Römer ihm bereits mit aller Kraft den Knauf von Galatas' Schwert gegen die Stirn gerammt.

Das Wutgeheul, das hinter ihm ertönte, warnte Marcus vor Alardys Attacke, worauf er aus einer plötzlichen Eingebung heraus Inarmaz an der Goldkette zu sich heranriss, sich sofort wegduckte und damit den benommenen Edelmann direkt vor seinen Sohn schob. Der Krieger drängte ihn mithilfe seines Schilds zur Seite und ignorierte, dass sein Vater der Länge nach in den Dreck fiel. Mit wutentbranntem Blick stellte er sich dem Römer und trat dessen weggeworfenen Schild beiseite, damit er ihn sich nicht zurückholen konnte.

»Ich denke, dein Vater wird nicht allzu glücklich sein, wenn er wieder zu sich kommt.«

Halb lachend, halb knurrend stieß Alardy eine Antwort hervor, wobei er sein Schwert in einem eleganten Bogen schwang. »Sein Glücksgefühl wird zurückkehren, wenn ich ihm deine Leiche zeige oder vielmehr das, was von dir übrig ist, wenn die Hunde mit dir fertig sind. Du hast keinen Schild mehr, daher können dir auch keine fantasievollen Schwertkniffe mehr helfen.«

Er griff mit neuer Energie an, und Marcus geriet unter großen Druck, als unzählige Schwerthiebe auf ihn niedersausten. Der Ansturm trieb ihn zurück, und er konnte nicht viel mehr tun, als die Schläge abzulenken und darauf zu warten, dass sich eine Lücke in der Verteidigung seines Gegners öffnete. Als er einen weiteren Schritt zurücktrat, spürte er an seiner Ferse bereits die harte Oberfläche eines Schildes, und eine Hand stieß heftig gegen seinen Rücken. Einen Moment verlor er das Gleichgewicht und wankte nach vorn. Alardy schwang seine schwere Klinge in einem tödlichen Bogen, den Marcus gerade noch mit seiner eigenen Waffe ablenken konnte. Darauf hakte Alardy seinen Fuß hinter den Knöchel des Römers, und Marcus verlor erneut das Gleichgewicht und wurde zu Boden geworfen. Alardy setzte sogleich den Fuß auf das Schwert des Prinzen und richtete die Spitze seiner eigenen Waffe auf Marcus' Hals. Schwer keuchend grinste er ohne jede Gnade auf ihn herab.

»Schau an! Kein Schild und jetzt auch kein Schwert mehr.«

Marcus sah zu ihm hoch und lenkte seinen Blick dann auf die gegenüberliegende Seite der Arena. »Das ist wahr. Aber ich habe noch eine letzte Waffe: euren Onkel Balodi.«

Einen Moment runzelte Alardy die Stirn und blickte verständnislos auf den Römer, doch dann weiteten sich seine Augen vor Entsetzen. Sein Körper bog sich nach hinten, und er keuchte unvermittelt, als ihn etwas hart in den Rücken traf. Marcus rollte sich unter der Schwertspitze hindurch und stand auf. Da sah er, wie der junge Krieger seine Waffen fallen ließ und mit der Hand an die Stelle griff, wo ein rot bemalter Pfeil aus seinem Rücken ragte. Marcus hob das Schwert des Prinzen vom Boden auf und ging zu dem benommenen Inarmaz hinüber, der mittlerweile wieder auf die Beine gekommen war. Er setzte die Waffe an den Hals des sarmatischen Edelmannes, der fassungslos auf das Übel starrte, das seinen Sohn heimgesucht hatte. Als die Pfeilwunde ihre Wirkung zeigte, wankte Alardy einen Moment lang und sank dann auf ein Knie. Blutige Spucke rann über sein Kinn herab und tropfte auf seine gepanzerte Brust. Für einen Moment hob er den Blick und traf Marcus' unerbittliche Augen, doch dann verdrehte er seine, sodass nur noch das Weiße zu sehen war. Er fiel rücklings in den Dreck und blieb zuckend neben seinem Bruder liegen, während sich mehrere Krieger mit gezogenen Schwertern durch Inarmaz' Gefolgsleute drängten. Sie schrien laut in ihrer Stammessprache und benutzten die Breitseiten ihrer Klingen, um im Weg stehende Männer beiseitezuschieben. Rasch durchquerten sie die Arena und sammelten sich um ihren Prinzen, während Balodi, der in die Pelztracht eines Adligen gekleidet war, die Schildreihe auseinanderschob und ebenfalls mit einer größeren Gruppe von Gefolgsleuten in die Arena trat. Sein selbstsicheres Auftreten machte den Eindruck eines Mannes, der wusste, dass sich das Schicksal zu seinen Gunsten gewendet hatte.

Balodi schob Marcus von Inarmaz weg und riss diesem die schwere Goldkette vom Hals. Dann trat er ihm brutal in die Beine, sodass er den Halt verlor, zog aus seiner Kleidung die schmale Goldkrone des verstorbenen Königs hervor und hielt sie hoch über den Kopf. Er wandte sich an Galatas, verbeugte sich ehrfürchtig und setzte die Krone auf den Kopf des jungen Mannes. Schließlich drehte er sich zu Inarmaz' Kriegern um und rief ihnen einen kurzen Befehl zu, wobei er mit geöffneter Hand auf den Prinzen deutete und dann mit gebeugtem Haupt auf ein Knie sank. Das unvermittelt ertönende Geklirr von Eisen hinter den Schildträgern kündigte die Ankunft von Dutzenden seiner Gefolgsleute an, wobei immer weitere aus dem Lager hinter ihnen strömten. Als sie den Befehl ihres Anführers vernommen hatten, begannen sie, ihre Schwerter und Schildbuckel gegeneinanderzuschlagen, und riefen Galatas' Namen. Dann verstummten sie, und nach einem Moment erstaunten Schweigens sank einer der Männer aus dem Schildkreis ebenfalls auf die Knie. Rasch folgte ihm der nächste, und in nur wenigen Sekunden waren alle niedergesunken, denn sie hatten erkannt, dass sie ohne Anführer und in der Unterzahl waren. Galatas trat mit erhobenem Arm vor, um ihren Salut entgegenzunehmen, und wechselte einen überraschten Blick mit Marcus, während weitere Männer aus dem Lager traten und in den Chor der Huldigungen einstimmten.

»Dann ist der Bruder des Königs also genau im richtigen Moment eingeschritten?«

Marcus beantwortete Tribun Belletors Frage mit einem erschöpften Kopfnicken. »Ja, Tribun. Er schoss einen vergifteten Pfeil in den Rücken von Inarmaz' Sohn Alardy, als der gerade dabei war, mich zu filetieren und seinen Hunden zum Fraß vorzuwerfen. Er hatte seine Krieger dabei, die dem alten König die Treue geschworen hatten. Die Tatsache, dass er zudem die Krone des verstorbenen Königs vorweisen konnte, war ein Meisterstück, denn so konnte er an Galatas herantreten und sie ihm gleich aufsetzen. An diesem Punkt blieb Inarmaz' Gefolgsleuten nichts anderes übrig, als auf der Stelle den Kampf aufzunehmen oder dem neuen König Treue zu schwören.« Marcus trank einen Schluck Wasser aus dem Becher, der vor ihm stand, bevor er weitersprach. »Der Prinz brachte mich, so schnell er konnte, aus ihrer Mitte, aber er bat mich auch, dir eine Nachricht zu überbringen, Tribun.« Er öffnete ein Wachstablett, wobei er große Mühe hatte, den angemessenen Klang von Respekt in seine Stimme zu legen. »Tribun, es scheint, als ob mein Vater, König Asander Boraz, einen Krieg gegen euch angezettelt habe, weil er von meinem Onkel Inarmaz fälschlicherweise dazu gedrängt wurde. Nachdem mein Vater einen ehrenvollen Tod im Kampf erlitt und gleichzeitig mein Onkel einen Aufstand gegen mich anstrebte, würde ich es vorziehen, ein Friedensabkommen mit eurem Imperium zu schließen und meine Armee ohne weitere Gefechte ins Heimatland unseres Stammes zurückzuziehen. Ich wäre erfreut, mich an einem Ort eurer Wahl mit euch zu treffen und eine offizielle Übereinkunft mit euch zu schließen, die unsere Feindseligkeiten beendet.«

Belletor blickte fragend Scaurus hinüber. »Es verblüfft mich, dass dieser Balodi in den Besitz der goldenen Krone des Sarmatenkönigs kam, denn man hatte mir versichert, das wertvolle Schmuckstück sei in Sicherheit, damit ich es als Kriegsbeute nach Rom senden könne. Wie kann das nur passiert sein, Tribun Scaurus?«

Scaurus setzte ein bemerkenswert ungerührtes Gesicht auf. »Das ist kein Geheimnis, Kamerad. Ich selbst habe Balodi die Krone übergeben, als ich ihn freiließ, gleich nachdem ihn der Zenturio hier unter den Gefangenen entdeckt hatte.« Belletor glotzte ihn verdutzt an, doch Scaurus fuhr fort, als sprächen sie über nichts Wichtigeres als das Wetter. »Ich habe ihn von meinen Zenturios über den Nordrand des Tals eskortieren lassen und dann über einen Rundweg zu einem Ort, der etwa eine Meile vom feindlichen Lager entfernt lag. In der Zwischenzeit haben wir den Leichnam des Königs für seine letzte Reise zu den Sarmaten bereit gemacht, sodass zum selben Zeitpunkt, als Zenturio Corvus von unserem Wall aus auf das feindliche Lager zuging, Balodi heimlich auf der gegenüberliegenden Seite in einen Abschnitt des sarmatischen Lagers schlüpfte, der von seinen eigenen Leuten bewacht war.« Er lächelte Belletor höflich zu. »All dies hat hervorragende Ergebnisse gezeitigt, würde ich sagen. Immerhin haben wir einen Aufstand niedergeschlagen, noch bevor größerer Schaden angerichtet werden konnte, und überdies einen neuen König eingesetzt, der gute Gründe hat, unserem Kaiserreich dankbar zu sein.«

Belletor schnaubte missbilligend und wischte die Begründung seines Kameraden mit einer Handbewegung weg, während er seine eigene Meinung zu dem Thema zu Gehör brachte. »Im Gegenteil, Tribun Scaurus, du hast erneut ohne die Genehmigung deines übergeordneten Offiziers gehandelt...«

Scaurus lachte laut, und der zynische Klang seines Ausbruchs sowie seine Miene ließen die versammelten hochrangigen Offiziere die Augen weit aufreißen.

»Genug von diesem Schwachsinn! Deine Genehmigung einzuholen hätte den halben Morgen gedauert und wäre dann ohnehin nicht eingetroffen. Warum also hätte ich mich darum scheren sollen? Du bist an nichts interessiert, was nicht deine eigenen Bedürfnisse befriedigt, außerdem bist du in militärischer Hinsicht der größte Dilettant, den ich je in einer Uniform gesehen habe. Diese Entscheidung musste sofort getroffen werden und nicht erst dann, wenn du aufgewacht bist, gebadet hast, dich für eine Unterredung mit mir bereit zeigst und dann eine Stunde damit zugebracht hast, die Sache mit deiner offensichtlich limitierten Intelligenz zu durchdenken. Also habe ich einen sofortigen Beschluss gefasst. Und nun, fürchte ich, musst du tun, was du für richtig hältst.«

Belletors Erwiderung kam sofort, wenngleich etwas stotternd. »Ich werde dir die Befehlsgewalt entziehen, *das* werde ich tun!«

Scaurus schüttelte bedächtig den Kopf. »Ich befürchte, das wirst du nicht. Diese Drohung deinerseits hat nur funktioniert, als wir uns noch auf der südlichen Seite des Flusses Danubius befanden, wo stets eine Legionsfestung in der Nähe war und damit die sachkundige Meinung eines Legaten, dessen Weltsicht deiner gleichkam. Hier am hintersten Ende des Imperiums würde dir dieser Beschluss gleich zwei Probleme verursachen. Erstens: Ohne einen hochrangigen Offizier, der dir den Rücken stärkt, bleibt deine Drohung wertlos. Ich habe zwei Kohorten kampfgestählter Männer unter mir, während du nur eine Kohorte von Rekruten und Nichtsnutzen befehligst, daher kannst du mir nichts Glaubwürdiges entgegensetzen. Zweitens: Ich werde meine zwei Kohorten weder deiner Inkompetenz ausliefern, noch werde ich dir erlauben, unseren noch unerfahrenen Kameraden Sigilis an ihre Spitze zu setzen, wenngleich ich ihn für einen guten Mann halte. Solltest du also nicht den selbstmörderischen Drang verspüren, dich mithilfe einer Klinge gegen mich durchzusetzen, kannst du auf keine militärische Strafmaßnahme zurückgreifen, bis wir beide vor einem Legaten der Legion stehen. Erst dann werde ich widerspruchslos akzeptieren, welche Konsequenzen eine so illustre Persönlichkeit für meinen Ungehorsam vorsieht. Bis es so weit ist, denke ich, werden wir einfach irgendwie miteinander auskommen müssen, nicht wahr?«

Belletor blickte durch den Raum und schien nach jemandem zu suchen, der seinen hilflosen Vorstoß bekräftigen würde, doch der Präfekt der thrakischen Kohorte blickte zu Boden und hoffte sichtlich, nicht in die Geschichte verwickelt zu werden, wogegen ihm Gerwulf direkt in die Augen sah.

»Präfekt Gerwulf?«

Der Germane salutierte respektvoll. »Tribun?«

»Wirst du meinem Befehl Folge leisten?«

Gerwulf nickte. »Das werde ich, Tribun.«

»Dann entwaffne diesen Meuterer und übernimm das Kommando über seine Kohorten!« Belletors zuvor wütender

Gesichtsausdruck nahm einen listigen Zug an. »Ich glaube, er hat etwas, das du selbst begehrst?«

Scaurus machte eine wegwerfende Geste in Richtung Belletor. »Das wird ebenfalls nicht funktionieren. Du wirst dir die Gefolgstreue des Präfekten nicht mit dem Blut eines Kindes erkaufen können, da wir den Jungen nämlich bereits an einem Ort versteckt haben, wo ihr ihn nie finden werdet.«

Gerwulf schüttelte den Kopf und ignorierte Scaurus' Kommentar. »Bei allem Respekt, Tribun: Dein Kamerad widersetzt sich zwar ganz offensichtlich deinen Befehlen, doch kann ich mich in dieser Angelegenheit nicht zwischen euch stellen, da ich es für alles andere als eindeutig halte, wer hier tatsächlich der hochrangigere Offizier ist. Jetzt, wo das Rabenstein-Tal vor Angriffen geschützt ist, wäre es für dich gewiss die beste Entscheidung, nach Apulum und von dort Richtung Norden zu marschieren, um beim Legaten der Dreizehnten Legion ein Urteil in dieser Sache zu erwirken. Natürlich könntest du mir befehlen, deinen Wunsch auszuführen, doch die unvermeidliche Weigerung meinerseits würde dich noch mehr in Verlegenheit bringen, meinst du nicht? Die Geschichte mit dem Kind wird sich ohnehin bald von allein regeln, nehme ich an.«

Belletor schüttelte frustriert den Kopf und traf dann schnell seine Entscheidung. »Nun gut, wir werden diesen Galatas beim Wort nehmen und eine friedliche Beendigung des Aufstands mit ihm aushandeln; gleich danach werde ich mit unseren drei Kohorten nach Norden ziehen und mich dem Hauptheer anschließen. Ich bin sicher, der Legat der Dreizehnten Legion wird froh über die Verstärkung sein, und ebenso bereitwillig wird er ein Urteil über deinen Ungehorsam fällen. Präfekt Gerwulf, du kannst die Goldminen in unserer Abwesenheit bewachen. Und du, Tribun, wirst schon bald eine grausame Lektion darüber erhalten, welche Konsequenzen es hat, wenn du die Befehle von Respektspersonen ignorierst, die über dir stehen!«

»Das soll ihr König sein? Dieser Jungspund, der inmitten all der hässlichen Kerle reitet?«

Marcus antwortete, ohne seine Augen von der sarmatischen Reitergruppe abzuwenden. Aufmerksam beobachtete er die Männer neben Galatas, um zu sehen, ob es irgendwelche Anzeichen von Problemen gab, wobei die Finger seiner rechten Hand bereits den verzierten Griff seiner Spatha berührten. »Ja, Standartenträger, dies ist der König der Sarmaten.«

Galatas wurde, wie sie in den ersten Unterhandlungen übereingekommen waren, von fünfzig Reitern begleitet. Die Anzahl war so gewählt, dass sie keine Bedrohung der römischen Infanteriekohorten darstellte, die sich längs des offenen Geländes vor dem Tor des Walles aufgereiht hatten. Galatas' Onkel Balodi ritt an der Spitze, der Möchtegern-Usurpator Inarmaz hinter ihm, doch mit vor dem Körper gefesselten Händen. Die Gruppe hielt an und stieg von den Pferden, worauf Balodi seine Leute anwies, Inarmaz beim Absitzen zu helfen. Dann traten die drei Männer vor, um die hochrangigen römischen Offiziere zu treffen, die bereits auf sie warteten.

Nach einer kurzen Unterredung der beiden Parteien verließ Scaurus die Gruppe und bedeutete Marcus mit der Hand, sich ebenfalls von seiner Zenturie zu entfernen und zu ihnen zu stoßen. Scaurus kam dem Zenturio entgegen und sprach leise mit ihm, während sie zu den wartenden

Männern zurückgingen. »Der König hat ausdrücklich darum gebeten, dass du an der Besprechung teilnimmst. Ich glaube, er mag dich, und Belletor kann seinen Wunsch ebenso wenig abschlagen wie den Wunsch des guten alten Balodi, der darauf bestanden hat, dass ich selbst ebenfalls bei den Unterhandlungen anwesend bin.«

Galatas lächelte, als er Marcus in Gesellschaft des Tribuns sah. Er trat vor und ergriff in aller Form den Arm des Römers. »Sei gegrüßt, Zenturio! Es freut mich sehr, dich wiederzusehen.«

Marcus verbeugte sich tief. »Ebenso, wie es mich freut, dich in deiner angestammten Rolle anzutreffen, *König* Galatas Boraz.«

Er verbeugte sich auch vor Balodi, der ihm zunickte und auf Inarmaz deutete, der neben ihm stand.

»Ich grüße dich, Zenturio, und freue mich ebenfalls. Gewiss würde der Schwager dich auch überschwänglich begrüßen, hätte ich nicht dafür gesorgt, dass er kein weiteres Gift gegen die Interessen des Königs verspritzen kann, wie er das schon so oft getan hat.« Tatsächlich war der Mund des sarmatischen Edelmannes fest mit einem Stoffstreifen verbunden, und er warf Balodi einen bösen Blick zu, weil der den Römer auf diesen unglücklichen Umstand aufmerksam gemacht hatte. »Oh weh, wenn Blicke töten könnten! Allerdings befürchte ich, dass Blicke das Einzige sind, was der Schwager meines Bruders noch in seinem Köcher hat. Ich habe ihn darauf hingewiesen, er solle gar nicht erst zu reden versuchen, denn sonst würde ich ihm den Mund zunähen lassen – und das wäre doch schade, zumal ich vorhabe, ihm seine endgültige Strafe an der Kultstätte des heiligen Schwertes zukommen zu lassen, statt zusehen zu müssen, wie er uns auf der Heimreise verhungert. Nun aber zu unseren Verhandlungen, Tribun.«

Scaurus bedeutete seinem Kameraden mit einer Geste vorzutreten, und Belletor tat dies mit einem so hasserfüllten Seitenblick, dass Balodi fragend eine Augenbraue hochzog. Dann aber riss er sich zusammen und hob den Kopf, um den sarmatischen Edelleuten aufrecht entgegenzutreten.

»Dann lass uns beginnen, König Galatas Boraz. Ich bin Tribun Lucius Domitius Belletor, der befehlshabende Offizier über dieses Bergwerk und somit verantwortlich für deine Niederlage. Du hast um die Aushandlung eines Friedensvertrages zwischen eurem Volk und dem Kaiser Lucius Aurelius Commodus Antonius Augustus gebeten. Was sind deine Konditionen?«

Galatas trat vor, und sein Gesicht drückte weder Demut noch Stolz aus. »Wir werden uns aus euren Gebieten zurückziehen, in unsere eigenen zurückkehren und keine weiteren Auseinandersetzungen mit eurem Volk anstreben. Außerdem werden wir euch mit genügend Fußsoldaten ausrüsten, um eure Verluste in der Schlacht auszugleichen. Als Gegenleistung dafür verlangen wir lediglich die Rückgabe unserer Gefangenen... und vielleicht ein kleines Unterpfand der wiederhergestellten Freundschaft zwischen unseren Völkern?«

Belletor nickte gnädig. »Euer Angebot von Männern, die in unseren Reihen dienen können, ist überaus großzügig, und natürlich werden wir die Krieger freilassen, die wir während der Verteidigung der Besitztümer des Kaisers gefangen genommen haben.« Er wandte sich um und grinste Scaurus an, da er wusste, dass die tungrischen Kohorten damit ihre Kriegsbeute verlieren würden. »Du wirst dafür sorgen, dass die Gefangenen zu ihrem Stamm zurückkehren können, Kamerad.«

Scaurus nickte knapp, denn er hatte seinen Offizieren bereits mitgeteilt, dass er keine weiteren Auseinandersetzungen mit Belletor auszufechten gedenke, da der Bruch zwischen ihnen ohnehin schon weit fortgeschritten war.

»Überdies würde ich eine Gefälligkeit vorschlagen, um die Verständigung zwischen unseren Völkern zu bekräftigen. Prokurator?«

Scaurus starrte verkniffen auf Belletors Hinterkopf, während Prokurator Maximus auf das von Soldaten umgebene Gelände trat und mit den Fingern schnippte. Vier Männer erschienen mit einer schweren Schatztruhe. Sie gingen zu Galatas und hatten dabei alle Mühe, das Gewicht zu bewältigen. Dann stellten sie die Truhe vor dem jungen König ab.

Belletor lächelte den König an und hielt einen eisernen Schlüssel hoch. »Diese Truhe enthält zehntausend Goldaurei, Galatas Boraz, was du als eine *erste* Zahlung seitens des Kaiserreichs betrachten darfst, sofern du zwei Bedingungen erfüllst. Zum einen schlage ich einen Freundschaftsvertrag zwischen unseren Völkern vor, in dem beide Seiten sich verpflichten, die Gegenpartei in Kriegszeiten bei der Verteidigung zu unterstützen. Weiterhin und in Anbetracht der Tatsache, dass sich das Imperium im Krieg mit deinen Nachbarstämmen befindet, verlange ich eintausend Reiter aus eurem Volk. Solltest du beiden Bedingungen zustimmen, werde ich den Statthalter bitten, regelmäßige Zahlungen an euch zu leisten, solange die Freundschaft zwischen unseren Völkern andauert. Ein treuer, guter Dienst eurer Reiter und fortwährender Friede an unserer gemeinsamen Grenze werden sein Einverständnis zu gegebener Stunde gewiss fördern.

Nimm dir gern einen Augenblick Zeit, diese Angelegenheit mit deinen Beratern zu besprechen.«

Belletor wandte sich mit einem triumphierenden Grinsen Scaurus zu und genoss sichtlich den ungläubigen Ausdruck in dessen Miene.

»Was zum Teufel hast du da ausgeheckt, Domitius Belletor?«

»Rutilius Scaurus, ich mache mir nur die Lehren aus den Geschichtsbüchern zunutze und wende sie an. Barbarenkönige sind leicht mit römischem Gold zu verführen, also können wir auf diese Weise sicherstellen, dass sie nicht gegen uns kämpfen und gleichzeitig die berittenen Abteilungen unserer Armee verstärken. Ich habe keinen Zweifel daran, dass der Legat der Dreizehnten Legion überaus glücklich über eintausend Reiter sein wird.«

»Ich verstehe.« Scaurus hatte dies zwar so leise gesagt, dass die sarmatischen Edelleute es nicht hören konnten, doch sein Ton war bitter. »Du willst dir die Gunst der Behörden sichern, indem du ihnen Kavalleristen zukommen lässt, und gleichzeitig willst du unsere Gefangenen zurückgeben, um *mir* eins auszuwischen. Damit gibst du das Gold des Kaisers aus, als ob es Wasser wäre – und das, nur um Frieden mit einer ohnehin schon besiegten Armee zu erkaufen. Was ist mit den Sklaven? Wir waren doch übereingekommen, dass die Befreiung aller römischen Bürger unter ihnen eine unabdingbare Voraussetzung des Friedensvertrags sei? Wir wissen ja, dass sie römische Bürger gefangen halten.«

Belletor lachte leise und schüttelte den Kopf über Scaurus' Verärgerung. »Lieber Kamerad, manchmal ist die Wirklichkeit eben schwer zu ertragen. Du hast recht: Ich werde alles tun, um den Männern an der Macht zu zeigen, dass ich weiß, wie solche Dinge funktionieren. Im Gegensatz zu dir habe ich nämlich nicht die Absicht, den Rest meines Dienstlebens ein Tribun zu bleiben. Dieser Schachzug wird den wichtigen Leuten klarmachen, wozu ich fähig bin. Ganz nebenbei gesagt bringt die Goldmine dem Kaiserreich fast zwei Millionen Aurei pro Jahr ein, also ist eine Zahlung von zehntausend ein relativ kleiner Betrag, meinst du nicht? Das habe ich auch Maximus gesagt, als er angesichts des Verlusts von so viel Gold die Hände rang, und ihn darauf hingewiesen, dass wir das große Ganze im Auge behalten müssen. Dieser Preis ist gewiss nicht zu hoch, wenn man bedenkt, dass das Imperium in diesem Fall nicht eine halbe Legion hier stationieren muss, um den Ort zu sichern. Was aber die Sklaven anbelangt: Wenn sie so blöd waren, sich in derartige Gefahr zu begeben, kann es wohl kaum eine Priorität des Kaisers sein, sie vor ihrer eigenen Dummheit zu retten, oder?«

Scaurus antwortete langsam, als würde er einem Kind eine komplizierte Fragestellung darlegen. »Wie dir jeder Budenbesitzer erklären kann, *Kamerad*, ist das Problem bei der Bezahlung von Schutzgeldern die Tatsache, dass die Leute, die den Schutz garantieren sollen, nur selten mit der ursprünglich vereinbarten Summe zufrieden sind, sobald sie die Chance auf noch mehr Geld wittern. Außerdem ist der Zweck bei der Rekrutierung von einheimischen Kräften doch der, sie zum Dienst ans andere Ende des Kaiserreichs zu entsenden, und nicht, sie gegen ihre eigenen Stammesbrüder in den Kampf zu schicken. Gleichzeitig willst du römische Bürger in der Sklaverei belassen und sie damit dem sicheren Verderben aussetzen? Mir fehlen die Worte.« Traurig schüttelte er den Kopf. »Doch immerhin hast du in einer Hinsicht recht: Dein Verhalten wird den Befehlshabern dieser Provinz mehr sagen, als ich es je mit Worten hätte tun können.«

Ein leises Hüsteln hinter ihnen wies darauf hin, dass die Sarmaten ihre Überlegungen beendet hatten. Die Römer wandten sich um und sahen, dass Galatas und sein Onkel bereits auf sie warteten.

»Ich habe die Angelegenheit mit meinen Edelleuten diskutiert, und wir sind mit deinem Vorschlag einverstanden. Als Gegenleistung für euer Gold werden wir euch eintausend Reiter schicken, die treue Dienste bei der Verteidigung eurer Provinz leisten werden. Dürften wir aber vielleicht vorher die Qualität des Goldes überprüfen?«

Balodi trat vor und verbeugte sich vor Belletor, dann nahm er den Schlüssel entgegen und öffnete die schwere Kiste. Er versenkte seine Hand in den darin enthaltenen Münzen, zog einen Aureus vom Grund der Truhe hervor und untersuchte ihn genau, indem er auf das Metall biss. Er nickte Galatas zu, der sich mit offenen Armen Belletor zuwandte.

»Tribun, dein großzügiges Geschenk beweist deinen ehrlichen Wunsch nach Freundschaft zwischen unseren Völkern. Ich akzeptiere dieses Gold und schwöre, friedlich in mein Land zurückzuziehen.«

Der Römer verbeugte sich. »Ich wiederum akzeptiere eure günstigen Konditionen sowie euer hoch geschätztes Entgegenkommen, uns Männer und Pferde zu schicken. Allerdings bräuchte ich noch eines von euch, ohne das es mir womöglich schwerfallen würde, meinen Herrn, den Statthalter dieser Provinz, davon zu überzeugen, dass unsere Vereinbarung dauerhaft ist.« Galatas hob fragend die Augenbrauen, doch Marcus sah, wie ein wissender Ausdruck der Mittäterschaft über das Gesicht seines Onkels Balodi zog. »Liefere mir den

Usurpator Inarmaz aus, damit ich ihn der römischen Justiz übergeben kann, die ebenso hart wie die eure ist. Immerhin hat er den Zenturio hier angegriffen, obwohl dieser in der friedlichen Absicht gekommen war, den Leichnam deines Vaters zurückzubringen. Und er hatte offensichtlich Ambitionen, dich vom Thron zu stürzen.«

Galatas sah zu seinem Onkel hinüber, der seine unausgesprochene Frage mit einem langsamen, nachdenklichen Nicken beantwortete. Dann wandte er sich unsicher an Scaurus. »Unsere Strafe für das von Inarmaz begangene Verbrechen wäre, im Angesicht des heiligen Schwertes seinen Kopf vom Körper abzuschlagen, wobei die Hinrichtung schnell und ehrenvoll wäre. Könnt ihr mir ein ebenso rasches Ende seines Lebens garantieren, wenn ich ihn eurer Justiz ausliefere?«

Belletor nickte ernst. »Auf dein Ansinnen hin, König, und all seinen Verbrechen zum Trotz werde ich für einen redlichen Tod dieses Mannes sorgen.«

Galatas bedeutete den Männern um ihn, Inarmaz vorzuführen. »Gut. Sobald ich diesen Ort verlassen habe, werdet ihr ihn mit der Würde, die einem Mitglied meiner königlichen Familie angemessen ist, zu seinen Vorfahren schicken.«

Belletor lächelte. »Das werde ich. Und jetzt, wo unsere Übereinkunft besiegelt ist, wäre es mir eine große Ehre, wenn du und dein Onkel mir und meinen Kameraden Gesellschaft leisten würdet, damit wir die Allianz zwischen unseren Völkern gebührend feiern können.«

Später am Abend, als die Edelleute und Zenturios bereits genügend getrunken hatten, um rauflustig zu werden, ertönte aus dem Festzelt das Geschrei und Gejohle von lebhaften, doch harmlosen Spielen, die aus Axtwerfen und Armdrücken bestanden. Balodi, der Dubnus beim Axtwerfen fast geschlagen hätte, was der große Britannier mit lauter Empörung kommentiert hatte, stand auf und ging durch das Zelt, um sich von Scaurus zu verabschieden.

»Meinen Respekt, Tribun! Nur deiner klugen Eingebung, mich freizulassen, ist es zu verdanken, dass uns allen ein quälend langer Stillstand und meinem Neffen hier die Ermordung erspart blieb!« Galatas unterhielt sich indessen ernsthaft mit Belletor, der, nach seinem Gesichtsausdruck zu schließen, ein Thema größter Bedeutung darzulegen hatte. »Wenngleich ich befürchte, Galatas steht gerade einer neuen und schrecklichen Gefahr gegenüber – dem Tod aufgrund von Langeweile!«

Scaurus lächelte angesichts des Scherzes, doch seine Augen nahmen einen harten Ausdruck an, als er den sarmatischen Adligen betrachtete. »Es scheint, ich habe einen großen Fehler begangen, Balodi Boraz. Ich habe dich unterschätzt, was dazu führte, dass der Preis eurer Niederlage nun etwas höher zu euren Gunsten ausschlägt, als ich es für möglich gehalten hätte.«

Balodi erhob sein Trinkhorn, um ihm zuzuprosten, und lächelte unbeirrt weiter, obwohl die Missbilligung des Römers deutlich sichtbar war. »Du hast das Richtige getan, Tribun, denn du hast mich freigelassen und damit diesen Krieg beendet. Willst du mich dafür tadeln, dass ich jede Möglichkeit ausnutze, die Bedingungen für uns so ertragreich wie möglich zu machen?«

Scaurus schüttelte den Kopf. »Nein, das kann ich nicht. Doch leider hast du unsere Achillessehne schneller aufgespürt, als ich gehofft hatte. Du hast den Vertrag mit meinem Kameraden Belletor ausgehandelt, noch bevor wir beide überhaupt über Frieden gesprochen hatten, stimmt's?«

Balodi lächelte breit und nickte zufrieden. »Gut erkannt, mein Freund! Wie mein Vater mir so oft sagte, dass es mich mit der Zeit mehr und mehr langweilte: Man lernt nie aus! Wenn man beobachtet, zuhört, auch in tiefster Not, ja sogar in *Gefangenschaft*, wird einem zu guter Letzt etwas zu Ohren kommen, das man zu seinen Gunsten nutzen kann. Soldaten plaudern viel miteinander. Sobald ich von eurem feindseligen Verhältnis erfahren hatte und klar war, dass Belletor der Beeinflussbarere von euch beiden sein würde, wusste ich, was ich zu tun hatte.«

Der Römer nickte verständig. »In diesem Fall kann ich dir nur gratulieren, Balodi Boraz, auch wenn du das Spiel für meinen Geschmack zu gut gespielt hast. Nun hast du ein Vermögen in Gold, einen jungen König, den du nach Belieben manipulieren kannst, und die Hinrichtung eines potenziellen Rivalen wird uns überlassen, damit eure Hände sauber bleiben und Inarmaz' Gefolgsleute nicht rebellieren. Belletor hat es noch nicht einmal geschafft, dir die römischen Sklaven abzuhandeln, die ihr, wie wir wissen, mit hierhergebracht habt.«

Der Edelmann zuckte die Achseln. »Ich habe ihm nur die Wahrheit gesagt: Viele meiner Brüder würden ihre Sklaven eher töten, als sie euch unter Zwang auszuliefern. Da ihr ja nicht genau wisst, wie viele von ihnen wir besitzen, würde ein Großteil von ihnen mit Sicherheit sterben, wenn unser König ihre Freilassung durchsetzen wollte. Es ist viel einfacher, sie in aller Stille davonziehen zu lassen, ohne Pauken und Trompeten, sobald wir von diesem Ort weg sind. Darauf gebe ich dir mein Wort.« Er betrachtete Scaurus abschätzend. »Und wegen Inarmaz: Was ist mit dem schnellen Tod, den Belletor meinem Neffen versprochen hat?«

Der Römer zuckte mit den Schultern und zeigte mit dem Daumen hinter sich auf Marcus. »Mein Zenturio besitzt ein Schwert, das scharf genug ist, um feine Baumwolle zu durchschneiden, die man auf die Klinge fallen lässt. Seine Gefühle für Inarmaz sind alles andere als liebevoll. Wenn ich ihn darum bitte, wird er den Kopf des Mannes mit einem einzigen Hieb abschlagen.«

Balodi starrte ihn einen Augenblick an. »Welche anderen Methoden der Bestrafung verwendet ihr üblicherweise, um Verrat an eurem Kaiserreich zu ahnden?«

Scaurus hob fragend eine Braue. »Für gewöhnlich erhält der verurteilte Verräter dreißig oder vierzig Hiebe mit einer Peitsche, deren geflochtene Schnüre Nägel oder Glassplitter enthalten. Ein erfahrener Scharfrichter kann einen Menschen bis kurz vor den Tod peitschen, ohne ihm einen leichten Abgang zu ermöglichen. Danach wird er mit nur drei Nägeln durch seine Hand- und Fußgelenke auf ein Kreuz genagelt, und das von einem Scharfrichter, der das Eisen so eintreibt, dass keine Blutgefäße verletzt werden. An dem Punkt ist es nur eine Frage der Zeit, bis er erstickt, weil das Gewicht, das an seinen Armen hängt, seine Atmung unterbindet. Sofern die Beinknochen nicht gebrochen werden, kann ein kräftiger Mann sein Gewicht mithilfe der nur von einem Nagel durchbohrten Fußgelenke abstützen, was ihm jedoch unsägliche Schmerzen bereitet. Ein solcher Mann könnte zwei oder sogar drei Tage überleben. Allerdings haben die Krähen ihm in diesem Fall normalerweise bereits die Augen ausgepickt, bevor sein tatsächliches Ende kommt. Es ist also kein Tod, den du jemandem wünschen würdest, für den du familiäre Gefühle hegst.« Er blickte Balodi fest in die Augen und wartete auf dessen Antwort.

»Tribun, der Schwager meines Bruders ist für dessen Tod verantwortlich, ferner für die Abschlachtung einiger der mutigsten und besten Krieger unseres Stammes. Ich finde die Aussicht auf einen schnellen und barmherzigen Tod alles andere als angenehm. Wäre es meine Entscheidung, würde er genau das Schicksal erleiden, das du soeben beschrieben hast. Ich glaube, das Versprechen eines solchen Todes für Inarmaz wäre der bestmögliche Weg, einen lang anhaltenden Frieden zwischen unseren Völkern zu sichern. Nebenbei gesagt sind die Männer, die ich an euch entsenden werde, Inarmaz' Gefolgsleute, wie du wahrscheinlich bereits erraten hast. Mein Volk gehorcht am besten, wenn man ihm Stärke demonstriert, daher werde ich Belletor anraten, schon ihren ersten Tag in eurer Armee damit zu beginnen, dass ihr ihnen die eiserne Hand zeigt – wenn du verstehst, was ich meine.«

Scaurus nickte bedächtig. »Ich verstehe durchaus.« Seine Stimme klang matt, als er sagte: »Vermutlich wird er diesen Vorschlag ebenso bereitwillig annehmen wie alle anderen, die du ihm unterbreitet hast.«

Balodi klopfte Scaurus auf die Schulter, erhob sich leicht wankend und rief eine Kampfaufforderung in den Lärm des Zeltes. »Hervorragend! Wo ist denn nun dieser große, hässliche Ochse, der hier als Erster Speer dient? Er hat mir einen Wettstreit im Armdrücken versprochen, und jetzt« – er trank seinen Becher leer und hob ihn über den Kopf, wobei die letzten Weintropfen über seine Haare rannen – »ist der rechte Moment dafür gekommen!«

»Jetzt sieht er nicht mehr so selbstsicher aus, nicht wahr, Zenturio?«

Marcus blickte über den Exerzierplatz auf das Kreuz, an

das Inarmaz tags zuvor genagelt worden war. Gleichgültig bemerkte er, dass der zusammengesackte Körper nun regungslos war – im Gegensatz zu dem verzweifelten Überlebenskampf, den der Sarmate am Tag zuvor gezeigt hatte.

Morban beugte sich dichter zu seinem Offizier und flüsterte ihm aus dem Mundwinkel zu: »Ich habe gehört, es wäre in der Nacht jemand hergekommen und habe ihm einen Speer durchs Herz gebohrt. Als die Wachen ihn in der Früh anstießen, war er bereits steif wie ein Brett. Vielleicht irgendein weichherziger Idiot, der es besser hätte wissen müssen.«

Marcus schürzte die Lippen und sah auf den Standartenträger hinunter, ohne auf dessen missbilligenden Blick zu reagieren. »Ich habe verstanden, Standartenträger, und werde es in Erinnerung behalten, wenn dein ständiger Ungehorsam und deine findigen Kniffe, deinen Kameraden ihr Geld abzuknöpfen, dich irgendwann in die Lage bringen, selbst mit einem Nagel durch die Füße am Kreuz zu hängen. Oder wäre das vielleicht ein anderer Fall?«

Die beiden Männer standen schweigend da und beobachteten, wie die Zweite Kohorte auf den Exerzierplatz schritt und ihren Platz hinter der Ersten einnahm. Die Tungrer waren marschbereit und trugen ihr Gepäck an den Stäben über der Schulter. Der Mangel an Begeisterung angesichts eines ganztägigen Marsches war den Soldaten deutlich anzusehen. Als die Tungrer in Position waren, trat die Legionskohorte auf, und sofort begannen die Soldaten hinter Marcus mit ihren üblichen Sticheleien und Beleidigungen. Allerdings taten sie dies flüsternd, um zu verhindern, dass ihre Schimpftiraden außerhalb ihrer eigenen Reihen zu hören waren. Marcus wandte sich mit dem Gesicht zu seinen Leuten und erhob seinen Rebstock in Richtung von Quintus, der an seinem üblichen Platz hinter der Zenturie stand.

»Optio Quintus, ich gestatte dir, deinen Stab dem nächsten Mann durch den Kopf zu rammen, der sich ungefragt zu Wort meldet. Ich werde deine Auswahl an Übeltätern nicht kritisieren! Selbst wenn du fälschlicherweise dem größten Mistkerl in der Zenturie starkes Kopfweh bereiten solltest, weiß der Betreffende gewiss selbst, wen er dafür zu tadeln hat, sobald der erste Schock überwunden ist.«

Er wandte sich um, um der Ankunft der Legionskohorte zuzusehen, und lächelte, als er die völlige Stille hinter sich bemerkte, mit der die Soldaten die drohenden Konsequenzen weiterer amüsanter Kommentare zu umgehen suchten.

»Wie ich sehe, ist sogar der Germane gekommen, um uns Lebewohl zu sagen.«

Als der Römer diese geflüsterte Bemerkung von Morban hörte, drehte er den Kopf und sah Gerwulf allein in voller Uniform am Rande des Exerzierplatzes stehen.

»Tatsächlich. Allerdings frage ich mich…«

Eine heraneilende Gestalt fiel ihm ins Auge. Es war eine Frau, die von zwei stämmig gebauten Männern begleitet wurde, und sie trug einen schweren Mantel, um die morgendliche Kälte abzuwehren. Einer der beiden Kraftprotze hielt ein langes Bündel in den Armen. Die Frau hastete über den Exerzierplatz und sah sich um, als ob sie jemanden suchte.

»Das ist das Flittchen, dem die Rabenstein-Mine gehört. Götter der Unterwelt, diese Frau könnte einen Mann all seine Sorgen vergessen lassen. Schöne Beine, ordentliche Titten, ein hübsches Gesicht… und nicht zu vergessen, das viele *Gold*.«

Marcus ignorierte die Betrachtungen des Standartenträgers und beobachtete, wie Theodora direkt auf Scaurus zuging. Eine plötzliche Vorahnung, was die Frau so aufgebracht haben könnte, bewegte Marcus dazu, seinen Platz vor der Zenturie zu verlassen und entlang der Kohorte zum Tribun und dem Ersten Speer zu gehen, die gerade der fast hysterisch klingenden Erzählung der Frau bezüglich der Ereignisse der vergangenen Nacht lauschten.

»Sie sind beim Morgengrauen in die Villa eingedrungen und haben meine Bediensteten mit dem Schwert bedroht. Sie haben den Jungen ermordet, Gaius!«

Scaurus lehnte sich vor und starrte aus zusammengekniffenen Augen auf die Frau, die angesichts seiner mordlustigen Miene verstummte.

»Was heißt ›sie‹?« fragte er mit unerbittlicher Stimme.

Als die Frau sich umwandte und auf die starr dastehende Gestalt des germanischen Präfekten zeigte, stöhnte Scaurus vor Wut und Verzweiflung auf. Gerwulf blickte unterdessen vom Rand des Exerzierplatzes herüber und hatte ein Lächeln aufgesetzt.

»Sie haben nicht gesagt, wer sie waren, aber er *muss* es gewesen sein! Schau doch nur seinen selbstzufriedenen Gesichtsausdruck an! Willst du vielleicht behaupten, es seien *nicht* seine Männer gewesen?«

Als Marcus das Bündel in den Armen des Leibwächters sah, wurde ihm bewusst, dass es sich dabei um Mus' Leichnam handelte, der in ein Leintuch gewickelt war. Ein kleiner Blutfleck hatte sich auf dem Stoff gebildet. Die Erkenntnis, dass das Kind mit einer Klinge getötet worden sein musste, rollte wie eine Woge eiskalter Wut über Marcus hinweg, doch bevor er reagieren konnte, hatte Scaurus ihm bereits seinen Befehl zugerufen.

»*Nicht!*«

Der Tribun starrte mit bitterer Miene auf seine wutentbrannten Offiziere.

»Solange wir keine Beweise dafür haben, können wir nichts tun. Zurück an die Arbeit, Männer.«

Weder Julius noch Marcus rührten sich und starrten stattdessen mit mordlustigen Blicken über den Exerzierplatz zu Gerwulf hinüber.

Doch bevor einer von ihnen seine Absicht in die Tat umsetzen konnte, ergriff der Tribun erneut das Wort. Seine Stimme war sachlich. »Diesen Kampf haben wir verloren, daran gibt es nichts zu rütteln. Ich glaubte, es würde reichen, wenn ich Theodora bitten würde, ihn zu verstecken, aber ich habe mich getäuscht. Jetzt ist er tot und mit ihm der letzte Zeuge, der berichten könnte, wie Gerwulf seine Leute auf das Dorf gehetzt hat. Falls einer von uns nun versucht, ihn für die Ermordung von Mus zur Rechenschaft zu ziehen, würde das Belletor genau den Beweis liefern, den er zur Bekräftigung meines Ungehorsams noch braucht. So wie die Situation augenblicklich ist, kommt der Dreckskerl ungeschoren davon, und das weiß er genau.«

Der Germane starrte noch eine Weile zu ihnen herüber und hob dann den Arm zu einem ironisch gemeinten Salut. Einen Moment später wandte er sich um und schritt, ohne sich umzusehen, den Hügel hinab. Die drei Männer starrten ihm weiter auf den Rücken, bis er zwischen den Zelten seiner Kohorte aus ihrem Blickfeld verschwunden war.

6. Kapitel

»Der Legat empfängt euch jetzt, Tribune.«

Scaurus gestikulierte in Richtung der Tür und bedeutete Belletor, die Amtsstube des Legaten vor ihm zu betreten. Dieser nahm die Einladung bereitwillig an und war sichtlich entschlossen, sich dem Mann, der das Schicksal seines Rivalen zu entscheiden hatte, direkt gegenüberzusetzen. Der Legat erhob sich von seinem Stuhl und ging um den Schreibtisch, um ihn zu begrüßen, dann nahm er zunächst Belletors und schließlich Scaurus' Salut mit der seinem Berufsstand angemessenen, höflichen Miene entgegen. Die Form seiner Wangenknochen und seine Haarfarbe deuteten darauf hin, dass er aus Nordafrika stammte, wahrscheinlich aus den Küstengebieten, die früher von Roms alten Feinden in Karthago besetzt waren. Sein Teint war allerdings erstaunlich blass, womit er sich deutlich von der sonst üblichen dunkleren Hautfarbe unterschied, die für diese Gegend typisch war.

»Domitius Belletor, willkommen in Porolissum. Mein Name ist Decimus Clodius Albinus. Ich bin der Legat der Dreizehnten Legion und der Feldkommandeur sämtlicher kaiserlicher Heeresverbände in der Provinz.«

Belletor salutierte förmlich und runzelte die Stirn. »Ich danke dir, Legat, obgleich es mich erstaunt, woher du wissen konntest, wer von uns beiden wer ist.«

Albinus lächelte knapp und deutete mit der Hand auf Scaurus. »Das war ganz einfach, Tribun, denn ich kenne Gaius, seit er fünfzehn war. Es wundert mich, dass er dir nie von unserer langjährigen Bekanntschaft erzählt hat.«

Belletor kniff die Augen zusammen, als er zu begreifen begann, was der Legat gerade gesagt hatte. Einen Moment zögerte er, dann ergriff er erneut das Wort. »In diesem Fall, Legat, wirst du zweifellos wissen, dass ich der Kommandant der Hilfseinheit bin, die heute Morgen hier angekommen ist. Meine Befehlsgewalt umfasst eine Legionskohorte, zwei Hilfskohorten, eine Abteilung der Hilfskavallerie sowie eintausend einheimische Reiter.«

Albinus nickte ungezwungen, setzte sich wieder hinter den Schreibtisch und deutete auf zwei Stühle, die schon für die Männer bereitstanden. Die Holzplatte vor ihm war sauber, und nur zwei Gegenstände lagen auf der ansonsten leeren Oberfläche: der Gladius eines Infanteristen, der in einer kunstvoll verzierten Scheide steckte, und eine kleine silberne Glocke, die auf Hochglanz poliert war. Erst als die Tribune saßen, antwortete er Belletor, wobei sich sein Gesicht zu einem milden Lächeln verzog.

»In der Tat, Tribun. Mein Benefiziarier ist vor zwei Tagen hier eingetroffen und hat mir deine Ankunft angekündigt. Ferner hat er mir einen *außerordentlich* detaillierten Bericht über die erfolgreiche Verteidigung von Alburnus Major geliefert. Gut gemacht! Ich bin mir sicher, der Statthalter wird euch *beide* in seiner nächsten Depesche nach Rom mit der größten Anerkennung erwähnen.« Er unterbrach sich und betrachtete Belletor scharf, um zu sehen, wie der Tribun darauf reagieren würde.

»Uns *beide*, Legatus? Nachdem ich die Befehlsgewalt über

die Einheit ausübe, die das Bergwerk verteidigte, hätte ich erwartet...«

Mit erhobener Hand gebot Albinus ihm Einhalt und lächelte erneut. »Alles zu seiner Zeit, Tribun. Ich denke, das erste Thema, das wir besprechen sollten, ist die Disziplinarangelegenheit, über die du mich in Kenntnis setzen willst. Wie mein Amtsschreiber bereits sagte, geht es wohl um die Verhaltensweise von Rutilius Scaurus bei eurer kürzlich erfolgten Auseinandersetzung mit den Sarmaten? Wie ich kaum erklären muss, ist deine Anklage sehr ernst – sie könnte einen durchschlagenden und womöglich endgültigen Einfluss auf die Laufbahn eines jeden Mannes ausüben. Bist du sicher, dass du dieses Anliegen weiter verfolgen willst?«

Belletor antwortete in steifer Manier, da er allmählich Verdacht schöpfte, dass Albinus' Sympathie nicht ihm zugetan war. »Ich halte es für meine Pflicht, den Ungehorsam von Rutilius Scaurus zu Gehör zu bringen, Legat, und dafür zu sorgen, dass er eine angemessene Strafe für seine willentliche Widersetzung gegenüber meinen Anweisungen erhält.«

Albinus zuckte die Achseln und machte eine beiläufige Handbewegung. »Ich verstehe. In diesem Fall sollte ich wohl einen Blick in die Schriftrolle werfen, die laut meinem Amtsschreiber eure Befehle vom Legaten der Festung Bonna enthält. Ich glaube nämlich, dass dies von Bedeutung sein wird, um festzustellen, wem das Kommando der betreffenden Einheit zugesprochen wurde.«

Belletor reichte ihm die Schriftrolle und schoss Scaurus einen triumphierenden Blick zu. »Wie du sehen kannst, Legat, sind die Anweisungen meines kommandierenden Offiziers eindeutig und bestätigen unmissverständlich, dass *ich* die absolute Befehlsgewalt über die Einheit besitze.«

Er wartete geduldig, bis Albinus den Inhalt des Schreibens gelesen und verdaut hatte.

»Ich verstehe. Nun, dies ist höchst erbaulich, Domitius Belletor. Vielleicht sogar erbaulicher, als du selbst begreifst.« Er betrachtete den Tribun mit einem Blick, der Belletors Verdacht verstärkte, dass diese Angelegenheit nicht in seinem Sinne verlief. »Sag mir: Wer hat diese Order verfasst?«

Der Tribun runzelte erneut die Stirn, da er nicht verstand, was es mit dieser Frage auf sich hatte. »Legat Decula, der Kommandant der Ersten Legion Minervia in der Festung Bonna, wie du aus dem Namen ersehen kannst, der unten auf...«

Albinus unterbrach ihn mit einem mitleidigen Kopfschütteln. »Du verstehst meine Frage nicht, Tribun.« Nun seufzte er, und seine Stimme hatte einen Beiklang von übermäßig strapazierter Geduld. »Domitius Belletor, für gewöhnlich gibt es in jeder Institution eine kleine Gruppe erfahrener Leute, die sehr genau durchschauen, welche Ansprüche das Kaiserreich an all ihre Handlungen stellt. Sie wissen, wie diese Ansprüche am besten zu befriedigen sind, und nehmen alle Mühe auf sich, um sicherzustellen, dass die Anweisungen ihrer Vorgesetzten erfolgreich umgesetzt werden. Dies gilt, mit allen Vor- und Nachteilen, doppelt für die Armee. Ich selbst verfüge über einen so erfahrenen Mitarbeiter, nämlich den Mann, der dich hereingeführt hat. Er ist zwar nur ein Soldat, aber er hat fünfzehn Jahre Erfahrung mit dem Verfassen und Schreiben von Ordern durch hochrangige Offiziere. Daher habe ich es mir zur Angewohnheit gemacht, bei allen administrativen Fragen, die auf meinem Schreibtisch landen, seine Meinung einzuholen. Dies habe ich auch bei dem Schreiben getan, das ich gerade in der Hand halte, nach-

dem du es ihm bei deiner Bitte um eine Unterredung gezeigt hattest. Er war der eindeutigen Meinung, diese Order
sei von einem Kameraden von ihm, einem Amtsschreiber,
verfasst worden, der eine eigene *Auslegung* der ursprünglich
mündlich geäußerten Befehle des Legaten Decula in Bonna
niederschrieb. Eine Auslegung, die dieser Trottel natürlich
ohne weiteres Nachdenken signierte.« Mit einem gelassenen
Lächeln blickte Albinus in Belletors wutentbrannte Augen
und schüttelte dann freundlich amüsiert den Kopf. »Tribun,
ich kenne Sextus Tullius Decula schon seit den schlechten
alten Zeiten der germanischen Kriege. Er ist mit Abstand
der aufgeblasenste und engstirnigste Mensch, mit dem ich je
gedient habe, und natürlich ist er zutiefst davon überzeugt,
dass nur Männer aus dem Senatorenstand dazu befähigt sind,
unsere Legionen zum Sieg zu führen. Gleichzeitig ist er hinsichtlich der alltäglichen Aspekte seiner Befehlsgewalt leider
etwas laxer, als klug wäre. Zweifellos hat er eine Hetztirade
hinausgebrüllt, die auf seinen tief verwurzelten Vorurteilen
basierte, und dann seinen Amtsschreiber beauftragt, seinen
wüsten Ausbruch in eine schriftliche Form zu bringen, damit
du sie als niedergeschriebene Order mitnehmen kannst und
obendrein einen Beweis dafür bekommst, dass du deinem
Kameraden hier überlegen bist.«

Belletor rutschte unbehaglich auf seinem Stuhl herum,
während Scaurus keine Miene verzog.

Albinus blickte erneut in die Schriftrolle und zeigte dann
auf den Papyrus. »Nun, der erste Teil der Order ist ziemlich klar, daher werde ich ihn nur kurz zusammenfassen. Du,
Domitius Belletor, erhältst die Befehlsgewalt über die Trup-
peneinheiten, die du mir vorhin aufgelistet hast, natürlich
ohne die eintausend sarmatischen Reiter, welche du kühn zu

deinem Kommando dazugerechnet hast. Weiterhin darfst du ›absolute Entscheidungsgewalt‹ ausüben, was das Recht beinhaltet, deinen Kameraden von dem untergeordneten Kommando der tungrischen Kohorten abzuziehen, sofern er dir einen angemessenen Grund dafür liefert. Ich nehme an, das war fast wörtlich das, was der Legat dir auch mündlich anbefohlen hat?«

Belletor nickte energisch und hatte den Eindruck, seine Position in der Sache bewege sich nun endlich von dem dünnen Eis weg, das die Beziehung des Legaten zu Scaurus darstellte. Vielmehr schien die Angelegenheit jetzt auf festeren Boden zu gelangen, da ihm die eindeutige Machtbefugnis über Scaurus schriftlich zugesichert war.

»Das ist in der Tat richtig. Dennoch hat Rutilius Scaurus, als ich versuchte, meine Befugnis umzusetzen und ihm das Kommando zu entziehen, sich geweigert, meine Entscheidung zu akzeptieren.«

Albinus nickte. »Wie es aussieht, ist der Widerstand von Tribun Scaurus, deinen Befehl zu befolgen und das Kommando über seine Kohorten abzugeben, als schlichte Verweigerung des Gehorsams zu betrachten, richtig?« Belletor nickte eifrig. »Ich verstehe. Natürlich ist dies ein Vergehen, das ich mit aller Strenge bestrafen muss.« Er verstummte und starrte Belletor ins Gesicht. »Es sei denn, ich wäre imstande, eine Rechtfertigung für die Handlungsweise von Tribun Scaurus zu finden.«

Der Tribun schoss von seinem Stuhl hoch, als sei er gestochen worden. »Eine *Rechtfertigung*, Legat?«

»Eine *Rechtfertigung*, Domitius Belletor. Damit meine ich eine gute Begründung dafür, warum dein Kamerad deine Anweisung, die Befehlsgewalt abzugeben, missachtet hat.«

Albinus winkte mit der Schriftrolle zu Belletor hinüber, und nun war sein Lächeln wesentlich weniger freundlich. »Und damit kommen wir zum zweiten Teil der Order, also zu dem Teil, den du vermutlich weniger genau gelesen hast als den bereits besprochenen. Vielleicht hast du ihn deines Interesses nicht für wert genug erachtet. Womit ich meine, dass er *deinen* Interessen wesentlich weniger entgegenkommt. Dabei handelt es sich um eine nachträgliche Einfügung, nämlich den üblichen Standardbefehl, den die Amtsschreiber der Kommandostelle an jede Order anhängen, die sie von den Befehlshabern erhalten. Kein Legat wird je daran Anstoß nehmen, denn diese Einfügung ist durchaus sinnvoll, sofern man daran interessiert ist, seinen eigenen Hintern zu schützen.« Albinus gestikulierte theatralisch mit der Schriftrolle. »Lasst uns nun ansehen, was darin geschrieben steht, in Ordnung?« Albinus las den Text vor. »Du bist angewiesen, ›deine Befehle auf dem Marsch von Niedergermanien nach Dakien in allen Einzelheiten zu erfüllen und jede erforderliche Handlung vor Ort mit der angemessenen Mischung aus *notwendiger* Aggressivität und gebührender Rücksicht auf die Erhaltung deiner Befehlsgewalt durchzuführen‹. Oh ja, dies wurde definitiv von einem professionellen Verwaltungsangestellten verfasst, denn du wirst aufgerufen, gleichzeitig aggressiv und vorsichtig zu handeln. Damit hat der Mann alle etwaigen Schwierigkeiten zugunsten seines Legaten abgedeckt, denn jedes Missgeschick, das im Laufe eures Einsatzes passiert, ist deine eigene Schuld und kann keinesfalls irgendwann auf seinem Schreibtisch landen. Mein Amtsschreiber macht dies ebenso — tatsächlich bin ich der Meinung, diese hohe Kunst wurde über Generationen von einem Amtsschreiber zum nächsten weitergegeben.« Er lächelte Belletor erneut an, doch diesmal war es ein so schmallippiges Lächeln, dass es kaum wahrzunehmen war. »Damit kommen wir zum Kern der Sache, Tribun Belletor. Den letzten Abschnitt dieses Schreibens hat Legat Decula zweifellos kaum bemerkt, als er seinen Namen auf das Papier kritzelte, da er ihn schon so oft gesehen und unterschrieben hat, dass er mittlerweile unsichtbar für ihn geworden ist. ›Sollte die Notwendigkeit bestehen, wirst du durch deinen Stellvertreter ersetzt, bis du demonstriert hast, dass du wieder tauglich bist, die betreffende Einheit zu befehligen.‹ Eine so unscheinbare kleine Klausel – dennoch fürchte ich, sie besiegelt den Untergang deiner Argumentation, warum Rutilius Scaurus zu entlassen ist.«

Belletor klappte erstaunt den Mund auf. Als er etwas entgegnete, hörte es sich wie ein erbostes Schnattern an. »Aber es bestand doch *nie* die Notwendigkeit, dass Scaurus mich ersetzte! Ich hatte die Einheit stets unter Kontrolle und war zu keinem Zeitpunkt untauglich, meine Befehlsgewalt auszuüben!« Er glotzte den Legaten mit unverhohlener Wut an. »Das ist unerhört, Legat Albinus! Ich weiß genau, was du hier versuchst, und es wird dir . . .«

Belletor verstummte abrupt, als Albinus nach der silbernen Glocke griff und damit läutete. Der hohe Klang rief seinen Amtsschreiber aus dem Nebenzimmer herbei, der dort offensichtlich auf diesen Moment gewartet hatte.

»Somit, Tribun, hängt wohl alles davon ab, wie wir den Begriff *Kommandotauglichkeit* interpretieren wollen, nicht wahr? Ah, Julius, da bist du ja. Wärst du so freundlich, den Benefiziarier Cattanius zu uns zu bitten? Und vielleicht könntest du auch einige Notizen für mich machen? Du weißt ja, dass die Armee derartige Angelegenheiten gerne sauber dokumentiert vorliegen hat.«

»Was geht hier vor? Was für einen Blödsinn macht ihr Affen denn da gerade? Und stellt die Scheiß-Eimer ab!«

Sanga und Narbengesicht nahmen unverzüglich Haltung an und starrten auf die Festungsmauer, während Quintus mit zornigem Gesicht auf sie zukam. Marcus ging hinter ihm, und seine Augen waren aufgrund der Szene, die er mit angesehen hatte, vor Ärger zusammengekniffen. Zu Narbengesichts größter Freude waren die beiden Soldaten samt dem Rest ihrer Zeltmannschaft nach Beendigung der Feindseligkeiten mit Galatas' Kriegern von Qadirs Zenturie zu Marcus versetzt worden, um die Verluste auszugleichen, die dessen Zenturie beim Kampf um den Sattel erlitten hatte. Kurz darauf wurden sie dann von einem der Krieger verstärkt, die Balodi als Teil des Friedensvertrages angeboten hatte. Wie die Offiziere der Kohorte bereits erwartet hatten, waren die Soldaten findig darin, ihre Geringschätzung hinsichtlich der unglückseligen neuen Rekruten zu demonstrieren. Als der junge Zenturio mit seinem Optio um die Ecke gebogen war, hatten sie gesehen, wie die beiden Veteranen vier Eimer Wasser aus einem der Regentröge schöpften, die um die Festung herum aufgestellt waren. Ihr Opfer, ein neuer Soldat namens Saratos, wie sich Marcus erinnerte, stand stoisch daneben und beobachtete mit leicht bestürztem Gesichtsausdruck, wie sie die Eimer füllten. Weit hinter ihm entdeckte der junge Zenturio Morban, der wie immer einen sechsten Sinn für die Ankunft von Offizieren bewies und bereits in Richtung der Zelte verschwand und vortäuschte, mit ganz anderen Dingen beschäftigt zu sein. Marcus beschloss, seine Abrechnung mit dem Standartenträger auf später zu verschieben, trat hinter seinen Optio und schürzte die Lippen, als Quintus die beiden Veteranen zur Rede stellte.

»Ihr haltet euch wohl für klug, was, Jungs? Ihr glaubt, ihr

könntet euch ein wenig Spaß mit den neuen Rekruten gönnen, solange ich nicht in der Nähe bin? Worauf sollte es denn hinauslaufen? Ihm vier Eimer aufladen und schauen, wie oft er damit um das Lager rennen kann? Ein so großer Kerl wie er? Ich würde mein Geld darauf verwetten, dass er mindestens zehn Runden schafft. Worauf habt ihr gesetzt, Jungs?«

Sanga schwieg und heftete seinen Blick weiter auf die Festungsmauer, doch Narbengesicht fehlte die Begabung seines Kameraden, um zu wissen, wann er besser den Mund zu halten hatte.

»Du weißt doch, wie es ist, Quintus. Wir wollten nur sehen, ob diese Barbaren wirklich so harte Kerle sind...«

Der Optio hieß ihn mit erhobenem Finger schweigen und zeigte auf die Eimer, die vor den beiden Soldaten auf dem Boden standen. Sanga nickte fast unmerklich, und sein Gesichtsausdruck verriet Marcus, dass er nur zu gut wusste, was jetzt kam. Quintus klopfte dem neuen Rekruten auf die Schulter, deutete in die Richtung, in die Morban verschwunden war, und sagte ihm freundlich, er möge gehen. Dann wandte er sich wieder den Soldaten zu. Er hielt sein Gesicht dicht vor das von Narbengesicht und erhob die Stimme zu der Lautstärke, die er normalerweise auf dem Exerzierplatz anwandte.

»Er ist kein Barbar, sondern ein verfluchter *Soldat*! Und es gibt einen *verdammt* guten Grund dafür, warum er eurer Zeltmannschaft zugeteilt wurde, ihr Arschlöcher! Ihr seid nämlich diejenigen, denen man ein bisschen Verantwortungsgefühl zugetraut hätte, damit ihr den Neuen helft, sich einzugewöhnen.« Unwillig schüttelte er den Kopf und wandte sich an Sanga. »Wenn ich euch beide oder sonst einen aus eurer beschissenen Zenturie dabei erwische, wie ihr den armen Kerl malträtiert, werden eure Schwänze schon bald an mei-

294

nem Gürtel hängen. Von jetzt an ist er euer Baby, also solltet ihr dafür sorgen, dass es ihm gut geht!«

Die Veteranen nickten beflissen, wobei Narbengesicht einen kurzen Blick zu Sanga hinüberwarf, der daraufhin den Kopf schüttelte.

Quintus grinste ihn boshaft an und nickte energisch, während seine Stimme wieder eine normale Lautstärke annahm. »Dumm gelaufen, denn das habe ich gesehen. Dein bescheuerter Kamerad glaubt tatsächlich, die Sache wäre mit einem kleinen Anschiss abgetan, aber du bist sicher viel zu schlau, um das ebenso zu hoffen, nicht wahr?« Sanga nickte und schoss einen giftigen Blick zu Narbengesicht hinüber. »Na dann, Soldat Sanga: Welche Bestrafung würdest du euch beiden an meiner Stelle auferlegen? Wenn du richtig rätst, lasse ich euch damit davonkommen, falls nicht, verdopple ich das Strafmaß.«

Sanga blickte auf die Eimer hinab und dann wieder zu Quintus, der nickte.

»Gut erkannt. Also?«

Sanga dachte fiebrig nach. »Zehn Mal um das Lager?«

»Richtig geraten! Und jetzt ab mit euch! Solltet ihr mit den Scheiß-Eimern – und zwar vollen Eimern, wohlgemerkt – nicht zurück sein, wenn der Zenturio und ich mit unserer Arbeit hier fertig sind, könnt ihr die Anzahl an Runden verdoppeln, und jeder Wachposten erhält die Erlaubnis, euch die Haut zu gerben.«

Die Veteranen ergriffen je zwei Eimer und eilten davon, wobei das Wasser über die Ränder schwappte.

Mit einem Lächeln beobachtete Quintus, wie sie sich entfernten. »Ich hätte ihnen nur fünf Runden aufgebrummt, aber nachdem sie so versessen darauf sind, wollte ich sie nicht aufhalten.«

»Ich hätte nicht gedacht, dass du den neuen Rekruten gegenüber so weichherzig bist, Optio.«

Quintus sah einen Augenblick zu seinem Zenturio auf, bevor er mit hochgezogener Braue antwortete. »Nun, Herr: Nur, weil ich zuweilen ein wenig grob mit den Männern umgehe, heißt das nicht, dass ich vergessen hätte, wie es ist, irgendwo neu hinzukommen. Ich wurde fast zu Tode schikaniert, bevor ich begriff, dass man Feuer am besten mit Feuer bekämpft, also begann ich, die Männer zu verprügeln und so lange weiterzumachen, bis sie liegen blieben und nicht mehr aufzustehen versuchten. Der sarmatische Junge wird schon bald in einer unserer Schlachtreihen stehen. Wenn wir ihn gut behandeln, wird er seinen Speer in die Feinde stoßen und nicht in Narbengesichts Hintern, wenn du verstehst, was ich meine.«

Marcus betrachtete ihn lächelnd und mit neuem Respekt. »Ich bewundere deine Weitsicht, Optio. Sollen wir weitergehen?«

Quintus nickte ehrerbietig und wandte sich um, um den Veteranen nachzusehen. »Schneller, ihr Affen! Und verschüttet gefälligst das verdammte Wasser nicht!« Er drehte sich wieder zu Marcus zurück. »Nach dir, Herr. Lass uns herausfinden, welche der Wachen deinen reizenden Standartenträger darüber informiert hat, dass wir in der Nähe waren. Wer immer es ist – er wird den beiden bei ihren Vergnügungsspielchen Gesellschaft leisten.«

»Der Ausgang dieser Geschichte bereitet mir keine besondere Freude, Erster Speer.« Scaurus betrachtete Julius über den Rand seines Bechers hinweg, während er einen Schluck Wein trank.

Julius schüttelte den Kopf, leerte seinen eigenen Becher

und stellte ihn mit einem Knall auf den Tisch. »Vergib mir, Tribun, denn ich bin von der Sache hellauf begeistert! Ich werde Cattanius aufsuchen und ihm zur Belohnung für seine Tat einen Wein ausgeben, denn immerhin hat er dafür gesorgt, dass der Legat in allen Einzelheiten erfuhr, zu was für einem Narren Belletor sich selbst gemacht hat. Was dich anbelangt, so bist du den Mistkerl endlich los und hast wieder das ungeteilte Kommando über die Kohorten. Nur schade, dass wir die sarmatischen Reiter nicht behalten konnten, aber das scheint mir im Vergleich dazu ein geringer Preis zu sein.«

Der Tribun dachte einen Augenblick an das Ende der Unterredung und an Belletors zorniges Auftreten, als klar geworden war, dass Albinus sich auf die Seite seines alten Freundes stellen würde. »Dennoch befürchte ich, dass die Sache ein Nachspiel haben wird. Belletor dürfte wohl gerade jetzt, wo wir hier darüber reden, einen langen Brief nach Rom verfassen und seinem Vater berichten, wie ihm die Befehlsgewalt entzogen wurde, die ihm Legat Decula übergeben hatte – und das nur aufgrund meiner politischen Verbindungen mit Clodius Albinus. Vergiss nicht, dass er auch auf seinen berühmten Sieg über die Sarmaten hinweisen kann und dass er zuvor die Räuberbanden in Germanien vernichtete. Ich hatte dir ja schon erzählt, dass meine Familie aufgrund unserer Vergangenheit in einem ungünstigen Licht steht. Außerdem stammt er aus einem Senatorengeschlecht, wogegen ich nur ein simpler Reitersoldat bin. Nein, mein Gespür sagt mir, dass Albinus in dieser Angelegenheit womöglich falsch geurteilt hat.« Kopfschüttelnd griff der Tribun nach der Weinflasche. »Jugendfreunde hin oder her – ich vermute, es wäre klüger gewesen, in diesem Fall beim Status quo zu bleiben.«

Julius zuckte die Achseln und nahm dankend einen weiteren Becher Wein entgegen. »Du wusstest aber doch, dass der Legat sich auf deine Seite schlagen würde?«

Scaurus bejahte nickend. »Das wusste ich tatsächlich. Schon im Moment, als Cattanius zum ersten Mal seinen Namen erwähnte, wusste ich, dass ich alles tun konnte, was zur Verteidigung der Goldminen notwendig war, da Albinus mich in letzter Konsequenz vor Belletors Unzulänglichkeit schützen würde, falls ich ihm zu hart auf die Zehen treten sollte. Allerdings hatte ich nicht erwartet, dass er *derart* grob mit ihm verfahren würde. Außerdem glaube ich auch nicht, dass Cattanius sich mit dieser Sache Freunde machen wird.«

Schon bei der Erinnerung daran, wie der Benefiziarier seine Meinung hinsichtlich Belletors Verteidigungsstrategien für das Bergwerk kundgetan hatte, zuckte Scaurus zusammen.

»Natürlich hat er versucht, nicht allzu direkt zu werden, doch als Clodius Albinus ihn anwies, endlich Klartext zu reden, drückte er sich geradezu vernichtend aus. ›Es war offensichtlich, dass der Tribun mehr an seinem Bad interessiert war als am Wohlergehen seiner Leute‹ war noch eines der freundlicheren Urteile, die er geäußert hat.« Er hob sein Glas erneut an den Mund und schüttelte den Kopf, als wolle er das Thema aus dem Raum verbannen. »Wie dem auch sei: Jetzt sitzen wir hier und sind wieder mehr oder minder unseres eigenen Glückes Schmied – solange wir die beiden Legaten vergessen, deren Launen wir in den nächsten Wochen ausgesetzt sein werden. Was ist, Tertius? Du brauchst vor mir nicht die Hand zum Sprechen erheben. Spuck einfach aus, was du willst, wie das dein Kamerad hier tut.«

Der hochrangige Zenturio der Zweiten Kohorte gewann in der Anwesenheit seines Tribuns mehr und mehr Zutrauen, weshalb er nun bereit war, seine Anliegen zu äußern, was er noch einen Monat zuvor seinem Offizierskameraden überlassen hätte. »Verzeihung, Herr, aber nachdem bereits Schnee liegt – sollten wir uns nicht um ein Winterquartier kümmern? Es wird doch bis zum Frühling sicher keine Gefechte mehr geben?«

Scaurus lächelte kläglich. »Das könnte man meinen, Erster Speer, aber in diesem Fall würden wir die Daker unterschätzen. Dies ist nämlich ein *Wolfsland*, wie aus der buchstäblichen Übersetzung des einheimischen Landesnamens hervorgeht, und Wölfe jagen das ganze Jahr über. Die Volksstämme werden sich nicht zurückziehen, weshalb Legat Albinus die Ausrüstungslager der Legion angewiesen hat, uns mit angemessener Kleidung gegen Kälte auszustatten. Sobald die Sachen eingetroffen sind, wird man uns für einsatzbereit erklären.« Er betrachtete die beiden hochrangigen Zenturios mit angehobener Braue und schüttelte dann den Kopf. »Ob aber die Ausrüstung, die man uns schickt, wirklich für das Wetter hier geeignet sein wird, ist eine ganz andere Frage.«

»Komm rein, Zenturio. Darf ich dir einen Becher Wein anbieten?«

Falls Tribun Sigilis überrascht gewesen sein sollte, Marcus an seiner Tür vorzufinden, ließ er sich das nicht anmerken. Er zog einen Stuhl für seinen römischen Mitbürger heran und wartete, bis Marcus seinen Mantel abgestreift hatte und sich setzte.

Als Marcus sah, dass Sigilis nur Wasser trank und die Weinflasche noch verkorkt war, lehnte er das Angebot mit einem Lächeln ab und sammelte sich, bevor er zu sprechen begann. »Danke, dass du mir deine Zeit schenkst, Tribun.«

Der jüngere Mann hob seine Hand und schüttelte freundlich abwehrend den Kopf. »Nicht doch! Ich werde kaum hier sitzen und dir erlauben, mich ehrerbietig zu behandeln, wo wir doch beide wissen, dass du aus einer ebenso hochrangigen Familie stammst wie ich selbst. Überdies bist *du* derjenige, der Narben trägt und über genau die Erfahrung verfügt, die ich so dringend benötige, wenn ich in meiner Laufbahn erfolgreich sein will. Solange wir im Privaten miteinander umgehen, wo du deine Maske fallen lassen kannst, würde ich mich geehrt fühlen, wenn du mich beim Vornamen nennst.« Er blickte den Zenturio abschätzend an. »Um die Wahrheit zu sagen, hatte ich es schon lange aufgegeben, dass wir beide je diese Unterhaltung führen würden.«

Marcus nickte. »Um die Wahrheit zu antworten, Lucius, hatte ich das auch. Als du mir von den Ermittlungen deines Vaters zum Niedergang meiner Familie berichtet hast, beschloss ich spontan, die Sache nicht weiter zu verfolgen. Ich dachte, es sei klüger, mich mit dem Leben zufriedenzugeben, das ich jetzt hier habe, meine Familie zu lieben und zu beschützen und nicht irgendwelchen Schatten hinterherzujagen und zu riskieren, dabei alles zu verlieren.«

Sigilis hob fragend eine Augenbraue. »Das hatte ich vermutet, denn immerhin sind wir den ganzen Weg vom Rabenstein-Tal bis an diesen eisigen hintersten Zipfel des Imperiums marschiert, ohne dass wir ein Wort zu diesem Thema gewechselt hätten. Was hat dich bewogen, deine Meinung zu ändern?«

Marcus lächelte. »Es war weniger ein ›was‹ als ein ›wer‹. Meine Frau ist in dieser Sache nämlich fest entschlossen, obgleich sie die Gefahren kennt, denen wir alle ausgesetzt wären. Es ist nämlich so…« Er schüttelte den Kopf, als könnte er nicht glauben, was er gleich sagen würde. »Wie ich dir wohl bereits gesagt habe, erscheint mir der Geist meines Vaters im Traum. Er verfolgt mich, während ich schlafe, manchmal allein, manchmal mit anderen Familienmitgliedern. Letzte Nacht träumte ich von einem Schlachtfeld mit verstümmelten Körpern, über dem der Gestank von Blut und Exkrementen waberte.« Marcus warf Sigilis einen wissenden Blick zu, den der Tribun mit einem kleinen Nicken beantwortete. »Und dort, am Rande meines Blickfelds, stand er und wartete auf mich. Seine Toga war zerrissen und blutbefleckt, und man hatte ihm die Nägel von den Fingern abgezogen. Er hielt mir seine Hände entgegen, damit ich sie sehen konnte, und sagte mir, diese Folter habe er erlitten, bevor man ihn tötete... in der Hoffnung, er würde den Ort meines Verstecks preisgeben.« Seufzend legte Marcus eine Hand über die Augen.

Sigilis griff nach der Weinflasche, entkorkte sie und schenkte ihm ein Glas ein.

»Danke. In jedem dieser Träume sagt er, ich müsse Rache für den Tod meiner Familie nehmen und ich könnte diese Vergeltung nur durch meine Rückkehr nach Rom erreichen. Die schlimmsten Träume sind jedoch die, in denen mein jüngerer Bruder neben ihm auftaucht: Er steht einfach nur da, stumm, und starrt mich ausdruckslos an.« Marcus trank einen Schluck Wein. »Felicia sagt, ich muss diesen inneren Konflikt lösen, um nicht dem Wahnsinn zu verfallen, denn sie befürchtet, ich werde mich dem Trinken hingeben oder mich umbringen, um Frieden zu finden. Außerdem glaubt sie, dass der Verlust des Selbsterhaltungstriebs, den ich bei Gefechten häufig erleide, ebenfalls in diesem Problem begründet liegt.«

Sigilis runzelte die Stirn. »Dann glaubt deine Frau also

nicht, dass es tatsächlich der Geist deines Vaters ist, der dich heimsucht?«

Marcus schüttelte den Kopf und lächelte. »Meine Frau ist der rationalste Mensch, der mir je begegnet ist. Nicht viele Frauen wären mit den Qualen zurechtgekommen, die sie letztes Jahr erdulden musste. Immerhin wurde sie von einem kaiserlichen Meuchelmörder entführt, der sie als Lockvogel benutzen wollte, um mich zu finden und zu töten. Als er einen einzigen Augenblick nicht richtig aufpasste, stach sie ihm ein Messer durch die Zunge, um unser ungeborenes Kind zu schützen. Dennoch scheint sie nicht einen Augenblick Schlaf angesichts dieser Sache verloren zu haben. Andererseits macht es keinen Unterschied, ob mein Vater aus der Unterwelt zu mir spricht oder einfach von hier.« Er tippte sich an den Hinterkopf. »In beiden Fällen muss ich tun, was er mir aufträgt, und die Mörder meiner Familie aufspüren. Erst wenn sie in ihrem kalten Grab liegen, werde ich den Frieden finden, den ich mir so wünsche.« Marcus hob den Blick und sah dem Tribun in die Augen. »Erzähl mir also bitte so detailliert wie möglich, was dieser Untersuchungsbeamte deinem Vater und dessen Kameraden über den Tod meines Vaters berichtet hat, Lucius.«

Sigilis griff nach einem Becher und füllte ihn. »Sein Bericht enthielt vieles, was dich aufwühlen wird, doch das Wichtigste ist, dass sich ein Name wie ein roter Faden durch die gesamte Geschichte zieht. Es scheint eine Gruppe von Männern zu geben, die dem Kaiser zu Willen sind, oder, um genau zu sein, sie sind dem Mann verpflichtet, der hinter dem Thron steht: dem Prätorianerpräfekten Perennis. Wann immer man Männer ohne Gewissen und Skrupel braucht, treten diese Leute vor, ohne sich um die Folgen ihrer Handlungen zu scheren. Sie übernehmen die schmutzigen Aufgaben, bei denen unschuldiges Blut vergossen wird, um den kaiserlichen Zielen zu dienen. Wenn eine Adelsfamilie aus der Stadt verschwindet, als hätte sie nie existiert, ist das für gewöhnlich auf diese Männer zurückzuführen. Der Untersuchungsbeamte hat uns ihren Namen genannt – nicht die Namen der Einzelpersonen, sondern den Namen ihres Zusammenschlusses, und diese Bezeichnung jagte den Männern, die in jener Nacht im Haus meines Vaters waren und der Geschichte lauschten, kalte Schauer über den Rücken. Er nannte sie ›Die Klingen des Kaisers‹.«

»Stillgestanden!«

Als die beiden Legaten den Raum betraten und der Erste Speer der Legion den Befehl brüllte, nahmen die versammelten Offiziere unverzüglich Haltung an.

»Ein angsteinflößender alter Mistkerl, dieser Secundus.«

Scaurus nickte kaum merklich, als er diesen geflüsterten Kommentar von Julius hörte, und antwortete ebenso leise. »Ja, er ist ganz alte Schule, ein Relikt aus der Zeit der Republik.«

Der altgediente, hochrangige Zenturio war für sein bösartiges Temperament bekannt, falls seine Anweisungen nicht unverzüglich ausgeführt wurden. Außerdem scheute er sich nicht, Tribune, die sich dessen schuldig gemacht hatten, in wütendster Art zu beschimpfen, ohne dass ihn ihr gesellschaftlicher Rang in irgendeiner Weise zu stören schien. Während sie auf den Beginn der Sitzung warteten, hatte Cattanius den beiden Männern angedeutet, dass der Legat erst tags zuvor einen untergeordneten Tribun vor lauter Wut über dessen Fehler heftig verprügelt hatte. Dann hatte Cattanius sich umgesehen, um sicherzugehen, dass keiner mithörte, und den genauen Bericht des Zenturios wiedergegeben.

»Das Einzige, was Secundus dazu sagte, war: ›Die Dreizehnte Legion ist verdammt noch mal die beste Legion des Imperiums, junger Herr. Wir sind die Nachfolger jener Männer, die der gottgleiche Julius Caesar aussandte, die Welt zu erobern. Seit jenen berühmten Tagen wird die Dreizehnte von *wahren* Soldaten angeführt, beginnend beim Legaten. Wenn du es also nicht schaffst, dich wie ein *wahrer* Soldat aufzuführen, junger Herr, kannst du dich auf der Stelle verpissen!‹ Ich glaube nicht, dass der Vater des betreffenden jungen Mannes eine solche Behandlung erwartete, als er seinen Jungen zur Rekrutierung einschrieb!«

Unter den stechenden Augen des Altgedienten standen die Offiziere also stramm, während die beiden Legaten ihre Plätze am Landkartentisch einnahmen. Albinus sah sich mit einem leicht irritierten Lächeln um, der Gesichtsausdruck seines Kameraden Gaius Pescennius Niger jedoch war wesentlich mürrischer.

»Sehr gut, meine Herren. Rührt euch und tretet zur Landkarte vor.«

Die Offiziere gehorchten und scharten sich um den detailliert ausgearbeiteten Landkartentisch. Julius betrachtete die Nachbildung aus Gips, welche das Gelände wiedergab, auf dem der Feldzug gegen die Sarmaten geführt werden würde.

»Gib mir bitte deinen Rebstock, Erster Speer.«

Secundus reichte seinen Amtsstab dem Legaten, doch sein Gesicht verriet, wie unangenehm er es fand, dem vorgesetzten Offizier seinen wichtigsten Besitz ohne Murren überlassen zu müssen.

Niger schien der tadelnde Blick des Zenturios nicht aufzufallen. Stattdessen blickte er sich mit erhobenem Stock in der Runde um, bis er sicher war, die volle Aufmerksamkeit eines jeden Mannes zu haben. »Nun, hier stehen wir mit zwei Legionen oder zumindest mit der Anzahl von Männern, die man in der heutigen Zeit als zwei Legionen bezeichnen kann. Ferner haben wir acht Hilfskohorten und weitere siebzehn, wenn wir die Festungsgarnisonen in Marschnähe mit einbeziehen, von denen zwei aus Reitereinheiten bestehen, die in Britannien rekrutiert wurden.« Er bemerkte Belletors hochgezogene Augenbrauen. »Zuzüglich natürlich die Siebte Kohorte der Ersten Minervia und eintausend verbündete Reitersoldaten, die erst kürzlich in der Provinz rekrutiert wurden. Von jetzt an ist unser Hauptquartier hier in Porolissum.«

Er deutete mit dem Rebstock auf die liebevolle Nachbildung des örtlichen Landstrichs, und Marcus betrachtete interessiert die Einzelheiten des Geländes, auf dem der Feldzug stattfinden würde.

»Unser Gegner ist ein sarmatischer Stammeshäuptling namens Purta, der laut unseren Informationen ungefähr zwölftausend Kavalleristen und zehntausend Männer der leichten Infanterie zur Verfügung hat. Gegen unsere schwere Infanterie sollten diese Fußsoldaten eine vernachlässigbare Gefahr sein. Der Erste Speer Secundus und seine Kameraden könnten sie vermutlich in ein oder zwei Stunden bezwingen. Die feindlichen Reiter jedoch stellen uns vor eine grundsätzlich andere und wesentlich ernstere Herausforderung. Um es deutlich zu sagen, die Kampfkraft der barbarischen Reiter bedeutet zweifellos eine ernst zu nehmende Gefahr, und das sogar für eine so starke Armee wie die unsere.« Er verstummte kurz und blickte sich um. »Einige von euch, die es noch nie mit einer Barbaren-Kavallerie dieser Art zu tun hatten, fragen sich vielleicht, ob meine Feststellung nicht ein wenig übertrieben ist. Ich kann es in euren Gesichtern lesen. Unsere militärische Geschichte ist tatsächlich voll von Episoden über erstklassige Befehlshaber, welche die Fähigkeiten der Sarmaten unterschätzt haben, wie die der Parther zuvor, und einen hohen Preis für diese Fehleinschätzung bezahlen mussten. Die Sarmaten bewohnen die weitläufigen Grasebenen hinter diesen Bergen und lernen das Reiten schon in einem Alter, in dem die meisten Nachkommen des Kaiserreichs noch als Kleinkinder betrachtet werden. Sie brauchen keine Hände, um ihre Reittiere zu lenken, sondern tun dies allein mit dem Druck ihrer Knie. Das lässt ihnen die Hände frei für ihre Bogen, und sie sind erstklassig darin, Ziele vom galoppierenden Pferd aus zu treffen – ganz egal, ob sie vorrücken, sich zurückziehen oder nur im Kreis reiten. Als ob das nicht ausreichen würde, tragen sie eine lange Lanze, die sie Contus nennen und die einen Mann töten kann, noch bevor sie nahe genug herankommen, um von unseren eigenen Speeren getroffen zu werden.« Niger schüttelte den Kopf. »Ihr könnt mich also gerne hinter meinem Rücken als Pessimisten bezeichnen, aber ich werde es nicht riskieren, dass meine Legion einen Kampf mit ihren Reitern im offenen Gelände aufnimmt. Mein Kamerad hier und ich« – er deutete auf Albinus, der mit einem ernsten Kopfnicken seine Ausführungen bekräftigte – »sind zu dem Schluss gekommen, dass diese Schlacht nur gewonnen werden kann, wenn wir diesen eigenwilligen Feind in sorgfältig vorbereitete und gut befestigte Stellungen locken. Sobald die feindlichen Reiter mit ihren Pferden stecken bleiben, werden wir unsere Legionäre loslassen, um sie niederzumetzeln.« Er hob warnend einen

Finger und sah mit strengem Blick über die versammelten Offiziere. »Doch bis dahin seid gewarnt: Ich bin nicht gewillt, ihnen die Chance für eine verheerende Niederlage zu geben, die sie uns durchaus bereiten könnten, *falls* wir so unklug sind, ihnen freien Lauf zu lassen. Kamerad, möchtest du vielleicht unsere Strategie erklären?«

Albinus nickte und übernahm den Rebstock, wobei er dessen eigentlichem Besitzer zuzwinkerte. »Wie ihr Neuankömmlinge in Porolissum sehen könnt, befinden wir uns hier, auf der Höhe des Bergkamms, der von Südwesten nach Nordosten verläuft. Diese Berge werden Messerberge genannt, und der Name ist gut gewählt, denn sie sind praktisch in keiner militärischen Formation zu überwinden, außer für leicht ausgerüstete Späher. An einigen wenigen Punkten befinden sich Pässe, die aufgrund ihrer Enge lächerlich einfach zu verteidigen sind. Unsere Festungen an der Hinterseite der Berge sind perfekt positioniert – nicht nur, um einem direkten Angriff zu widerstehen, sondern auch, um den dortigen Kohorten zu erlauben, schnell zur Verteidigung der Pässe zu gelangen.« Er blickte mit wissendem Lächeln über die Anwesenden. »Was bedeutet, dass die Natur uns mit einem sehr praktischen Bollwerk versehen hat, um einen Barbarenangriff aus Nordwesten abzuwehren. Dennoch« – er zeigte auf das südliche Ende des Kamms – »haben alle guten Dinge natürlich ein Ende, und so ist es auch bei dieser Verteidigungslinie. Wie ihr sehen könnt, werden die Berge von einem Tal durchschnitten, nämlich hier, das einen natürlichen Zugang bildet, den ein feindlicher Kommandeur zweifellos als den Schlüssel betrachten würde, um diese Tür zu öffnen. Aus diesem Grund wurden längs des Tales drei Kastelle errichtet, und zwar auf einer Linie von Südosten nach

Nordwesten.« Er deutete mit seinem Stab auf die Vorposten. »Dies hier ist der Vorposten am See, das hier ist Stein-Kastell, und hier liegt der Zweifluss-Vorposten. Zwei von ihnen sind gerade mal bessere Beobachtungsposten, doch Stein-Kastell ist eine wesentlich härtere Nuss zum Knacken und stellt den Kernpunkt zur Verteidigung des Tales dar. Wir haben die Kastelle mit zwei Kohorten von Britanniern, nämlich der Ersten Britannica und der Zweiten Britannorum, besetzen lassen, da sie die blutrünstigsten Männer zu sein scheinen. Das Kommando zur Verteidigung des Tales haben wir einem unserer tatkräftigsten jungen Tribune übertragen. Ich vermute, er hat das Kastell bereits jetzt so engmaschig mit Verteidigungsanlagen bestückt wie die Prätorianerfestung in Rom.« Er deutete mit dem ausgeliehenen Rebstock auf das Tal. »Sollten die Sarmaten also versuchen, unsere Streitkräfte zu umgehen, indem sie durch dieses Tal angreifen und damit bezwecken, hinter den Bergkamm und somit hinter unsere Armee zu kommen, müssen sie zunächst den Kampf mit den Garnisonen dieser Hilfslager aufnehmen. Purta steht dann vor dem Dilemma, entweder nacheinander jedes einzelne Kastell und jeden Vorposten zu überfallen und die Garnisonen zu schlagen oder an ihnen vorbeizuziehen und dabei zu riskieren, dass sie ihm in den Rücken fallen. Beides wäre natürlich problematisch, denn entweder würde sein Vorstoß erheblich verzögert, wodurch weitere Streitmächte aufziehen und seinen Weg durch das Tal behindern könnten, oder er findet sich urplötzlich von beiden Enden durch unsere Speere bedrängt.« Er tippte auf die Karte. »Allerdings haben wir sehr verlässliche Informationen erhalten, dass Purta der Ansicht ist, die Verteidigungsanlagen im Tal seien zu stark für ihn. Er befürchtet, dass seine Armee, noch bevor sie sich dort hindurchgekämpft und den Weg auf das offene Gelände für seine Reiter freigeräumt hat, dann einer Legion gegenüberstehen würde, die sein Weiterkommen blockiert. Daher plant er laut unseren Informationen, unsere Strategie gegen uns selbst zu richten. Er wird einen Scheinangriff auf das Tal starten, mit dem Zweck, eine Legion genau in diese Blockadestellung zu locken, dann aber seine Hauptstreitmacht zu einem anderen Punkt irgendwo auf dem Kamm führen. Somit wird er ein riskantes Spiel eingehen und darauf hoffen, die Hauptverteidigungslinie der Provinz genügend schwächen zu können, um dann durch das Haupttor einzufallen, während die Aufmerksamkeit der Torwächter vom Gefecht in einer anderen Ecke abgelenkt ist.« Der Legat lächelte in die Runde seiner Offiziere, und seine Augen glänzten freudig in Anbetracht der nahenden kriegerischen Auseinandersetzung. »Wohingegen wir, die wir diese interne Information besitzen, alles tun werden, um ihn davon zu überzeugen, dass sein Plan aufgeht. Gleichzeitig werden wir unsere Hauptstreitmacht zusammenhalten und uns darauf vorbereiten, einen einzigen entscheidenden Schlag zu führen, der diesen Krieg in nur einer Schlacht beendet. Egal, über welchen Pass Purta sein Hauptheer führen wird, er stößt in jedem Fall auf zwei Legionen, die für diese Begegnung gerüstet sind, und das sogar auf einem sorgfältig vorbereiteten Gelände. Irgendwelche Fragen?«

Scaurus hob die Hand.

»Tribun?«

»Legat, wenn du die Dreizehnte Legion Gemina und die Fünfte Makedonische Legion für die Hauptschlacht zurückhalten willst, wie kannst du Purta dann davon überzeugen, dass wir seinen ausgelegten Köder geschluckt haben?«

Der Legat grinste ihn an. »Scharfsinnig, Rutilius Scaurus,

in der Tat sehr scharfsinnig. Wir werden natürlich berittene Späher aussenden, und sobald wir erfahren, dass die Sarmaten auf das Tal zumarschieren, werde ich eine erste Entsatzarmee vom südwestlichen Ende der Linie entsenden. Feindliche Späher, die längs der Kastelle am Fluss entlangreiten, werden die Heeresbewegung sehen und sie für die Vorhut der Blockade-Streitkräfte halten. Sie werden Purta berichten, dass wir angebissen haben, worauf er seinen Hauptangriff führen und keine Ahnung haben wird, was ihn dort erwartet. Außerdem wird das vermeintliche Entsatzheer dafür sorgen, das Tal von Spähern zu befreien, und sie davon abhalten, weiter vorzudringen und zu bemerken, dass gar keine Legion nachrückt. Eine ziemlich elegante Lösung, wie ich meine. Aber jetzt, wo du es erwähnst: Nachdem deine Tungrer mehr Schlachterfahrung als die meisten unserer Streitkräfte besitzen, halte ich sie für ideal, eine Aufgabe zu übernehmen, die höchstwahrscheinlich mit Kriegshandlungen verbunden ist. Glaubst du, du könntest eine solche Mission durchführen?«

Scaurus nickte, starrte auf die Landkarte und stellte bereits angestrengt Überlegungen an.

»Legat!«

Albinus wandte den Kopf zu Tribun Belletor, der weit von seinem Kameraden entfernt am anderen Ende des Tisches stand und einen besorgten Ausdruck im Gesicht trug.

»Tribun?«

»Meine Einheiten sind ebenso leistungsfähig wie die von Rutilius Scaurus, und überdies verfügen wir über eine starke Kavallerie. Daher würde ich vorschlagen, dass die Tungrer auf der einen Seite des Flusses vorrücken, während wir das andere Ufer übernehmen.«

Albinus wechselte einen Blick mit Niger, und dieser antwortete schließlich auf Belletors Vorschlag.

»Wenn mich mein Gedächtnis nicht täuscht, Tribun, wurde eure Kavallerie erst kürzlich aus Sarmatenkriegern rekrutiert, als ihr Alburnus Major verteidigt habt. Daher frage ich mich, ob es nicht ein zu großes Risiko wäre, sie in eine Schlacht gegen ihre eigenen Stammesbrüder zu führen.«

Belletor, der diese Antwort erwartet hatte, reagierte untypisch bescheiden. »Ich verstehe eure Bedenken, Legat. Doch vielleicht hilft es euch zu wissen, dass sie uns bereits auf unserem Marsch nach Norden als Kundschafter dienten. Bei mehr als einer Gelegenheit haben diese Reiter die Leichen sarmatischer Späher samt ihrer Pferde zurückgebracht. Aufgrund meiner Unterhaltungen mit ihnen bin ich überzeugt, dass sie wenig Sympathie für die anderen Stämme besitzen, sondern sich nur ihrem eigenen Zweig der Stammeslinie verpflichtet fühlen, und in Abwesenheit ihrer eigenen Leute leisten sie mir als ihrem Zahlmeister Gefolgstreue. Überdies« – Marcus sah, wie Tribun Scaurus die Augen bereits zusammenkniff, bevor Belletor seine Argumentation zu Ende brachte – »würde der Einsatz ihrer eigenen Reiter als Teil der Gesamtstrategie, um Purta an einer Invasion der Provinz zu hindern, meines Erachtens in Rom gut ankommen.«

»Hm, ich verstehe.« Niger strich über sein bärtiges Kinn und betrachtete Albinus abschätzend. »Militärische und politische Vorteile in einem, was? In Ordnung, Tribun Belletor. Wir werden deinen Vorschlag überdenken und dir bald unsere Entscheidung mitteilen. Noch weitere Fragen? Nein? Dann bitte ich euch, zu euren Kohorten zurückzukehren und dafür zu sorgen, dass eure Männer in erstklassigem Zustand und kampfbereit sind. Hier, dein Rebstock, Erster Speer Secundus.«

Drei Tage später im Morgengrauen machten sich die tungrischen Kohorten von Porolissum aus auf den Weg und folgten der Heerstraße, die sich aus südwestlicher Richtung an den Messerbergen entlangzog. Begleitet wurden sie von den thrakischen Bogenschützen, die die Verteidigung von Stein-Kastell verstärken sollten; dahinter marschierte das zusammengewürfelte Heer von Tribun Belletor. Die sarmatischen Reiter ritten in einer weit verstreuten Gruppe am Ende der Kolonne, denn sie waren, wie sich schon bei ihrer Rekrutierung herausgestellt hatte, für jede Marschdisziplin ungeeignet.

»Dein Tribun reitet mit seinen neuen besten Freunden, was? Sitzt auf seinem Pferd, als sei er ein siegreicher General.«

Julius hatte gewartet, um hinter seine Truppe zu gelangen, und hatte dort zufällig den Ersten Speer Sergius angetroffen, der mit düsterer Miene, als quäle ihn eine dunkle Vorahnung, seine Legionäre anführte. Nun marschierten die beiden gemeinsam und hatten ihre Mäntel fest zugezogen, um dem bitterkalten Wind etwas entgegenzusetzen.

»In der Tat. Seit Belletor den Legaten Niger überreden konnte, ihm das rechte Flussufer für den Marsch zum Vorposten am See zuzusprechen, brüstet er sich damit und spielt sich auf, als sei er gerade dabei, in Rom einzureiten, wo man ihm Rosenblätter vor die Füße wirft.« Kopfschüttelnd spuckte Sergius an den Straßenrand. »Ich habe versucht, ihm klarzumachen, dass er keine Ahnung hat, wem seine sarmatischen Gefolgsleute in Wirklichkeit dienen, aber im Moment verhält er sich wie ein Mann, der seiner gerade erst angetrauten Frau hörig ist. Alles, was er sagt, ist ›Meine Stammeskrieger hier, meine Stammeskrieger da‹, und derweil kümmert er sich nicht im Geringsten um seine eigenen Soldaten.« Er zeigte auf Julius' Stiefel, die um die Knöchel neuerdings mit einem Pelzfutter ausgestattet waren. »Unsere Stiefel haben ein Strohfutter, nicht Kaninchenpelz wie eure. Der Lagerverwalter sagte, eure Männer hätten bereits alles eingesackt, was er entbehren konnte, und da Belletor keinen Legaten hinter sich hat, musste er mit leeren Händen wieder gehen. Natürlich sind *seine* Stiefel mit Pelz gefüttert, wie er auch einen hübschen, warmen Pelzmantel trägt. Den haben ihm seine verdammten Sarmatenfreunde geschenkt.«

Die beiden Männer marschierten eine Weile schweigend weiter, genossen die frische Herbstluft und das kontinuierliche Klappern der genagelten Stiefel auf der gepflasterten Straße.

»Immerhin sind sie doch gute Späher, oder?«

Sergius verzog das Gesicht und stimmte widerwillig zu. »Es scheint so. Du hast ja genauso wie ich gesehen, was sie von ihrer Patrouille über die Berge mitgebracht haben.«

Der entscheidende Faktor für Nigers Beschluss war ein Erkundungskommando gewesen, das Belletor über die Berge entsandt hatte, um an den nördlichen Hängen nach feindlichen Spähern Ausschau zu halten. Die dreißig Mann starke Reitertruppe war zwar mit zwei leeren Satteln zurückgekommen, an ihren Sattelhörnern jedoch hingen die Köpfe von einem halben Dutzend Stammeskriegern, weshalb der Legat sich entschied, die Sarmaten zusätzlich zu den regulären Soldaten der Ersten Legion Minervia mitzunehmen.

Julius nickte. »Das habe ich. Mein Respekt für euren Tribun ist zwar nicht der allergrößte, aber es scheint, als habe er diesmal auf Sieg gesetzt.«

Die beiden Einheiten marschierten zügig nach Südwesten, und als die Sonne sich zum Horizont neigte, erreichten sie das Kastell Waldblick. Als sie das ansehnliche Marschlager an den Mauern des Kastells betraten, das üblicherweise von mehreren Legionskohorten gleichzeitig benutzt wurde, trafen die Tungrer auf Infanteristen einer Hilfskohorte, deren Name viele Kommentare auslöste. Marcus hörte, wie Morban einem der jüngeren Männer der Fünften Zenturie den Zusammenhang erklärte.

»Die Erste Britannica! Du weißt schon, was das bedeutet, oder? Diese Männer sind Nachfolger der Stammeskrieger, die in Britannien dienten, als die Legionen vor hundert Jahren Soldaten für die Kriege in Dakien rekrutierten. Was meinst du, wie stehen die Wettchancen, dass sie irgendwo aus der Nähe unseres alten Kastells Vercovicium stammen? Ich gebe dir fünf-zu-eins darauf...«

Wie sich schon bald herausstellte, waren die Britannier zwar durchaus gastfreundlich, aber in Wirklichkeit stammten sie genauso wenig aus Britannien, wie der Großteil der Tungrer tatsächlich aus dem Ackerland um die Stadt Tungrorum kam.

Ein hartgesichtiger Veteran trat vor, um den Standartenträger und seinen wettfreudigen Kameraden zu begrüßen. »Ja, mein Großvater stammte aus Britannien. Mein Vater erzählte, der alte Mann habe sich freiwillig zum Dienst verpflichtet, als in der Provinz noch Frieden herrschte, also wurde er mit weiteren fünfhundert Blaunasen dorthin verschifft, um die Einheimischen in Schach zu halten.«

Morban dankte ihm und wandte sich an den jungen Soldaten, wobei er den Einsatz des armen Kerls mit geübter Schnelligkeit in seinem Geldbeutel verschwinden ließ. »Großväter zählen nicht, fürchte ich.«

Scaurus und Julius suchten gemeinsam mit Belletor und

Sergius nach dem Präfekten der Britannier. Sie betraten das Kastell, in dem sich die Kommandostelle befinden musste, denn es war exakt nach den Vorgaben der Armee erbaut worden.

Scaurus klopfte im Vorbeigehen mit seinen Fingerknöcheln an die Wand des Kasernenblocks. »Das Kastell mag zwar nach den üblichen Vorgaben errichtet worden sein, doch die Materialien hier sind besser als sonst. Die Männer leben offensichtlich unter einer ernsthaften Bedrohung; man muss nur schauen, wie sie ihre Gebäude konstruiert haben.«

Die Baracke bestand aus Steinmauern, und ihr Dach war mit dicken Schieferplatten bedeckt. Wo Holz verwendet worden war, nämlich für Türen und Fenster, waren die Öffnungen zurückgesetzt und so gut wie möglich mit überhängenden steinernen Sturzen geschützt, um zu verhindern, dass brennende Pfeile auf Holz treffen konnten. Die vier Männer fanden den Befehlshaber des Kastells, einen gehetzt aussehenden, altgedienten Zenturio, in der Kommandozentrale, wo er ein rasches Mahl einnahm. Er zog Stühle für die Gäste heran und rief nach mehr Essen und Wein.

»Ich habe nur zwei Zenturien, Männer, die gerade mal ausreichen, den Ort zu bewachen und die Einheimischen davon abzuhalten, uns auszuplündern, sobald wir ihnen den Rücken kehren. Der Großteil der Kohorte befindet sich im Tal weiter unten, in Stein-Kastell, zusammen mit der Zweiten Britannorum. An dieser Stelle laufen zwei Täler zusammen, weshalb Angreifer aus dem Norden einen engen Punkt des Tales durchqueren müssen, der schon fast einer Schlucht gleicht. Wenn wir sie dort nicht aufhalten können, können wir das nirgendwo; außerdem kommt man von hier aus schnell nach

Napoca.« Er lächelte die Tribune vielsagend an. »Und falls ihr den Eindruck haben solltet, dieses Kastell sei massiv erbaut, solltet ihr euch ansehen, wie Tribun Leontius Stein-Kastell hat befestigen lassen!«

Am Morgen darauf marschierten die drei Kohorten auf der Straße neben dem gewundenen Fluss das Tal hinunter. Eine Stunde später sahen sie bereits das zweite der drei Kastelle, die zur Verteidigung des Tals dienten.

Julius betrachtete die Befestigungsanlagen rund um die Mauern und stieß einen anerkennenden Pfiff aus. »Schau mal, Tribun: Dieses Kastell ist von einem Mann errichtet worden, der sein Geschäft versteht.«

Das Gebäude, das die engste Stelle des Tales beherrschte, hatte höhere und längere Mauern als üblich und war offenkundig groß genug, um wesentlich mehr Menschen als die fünfhundert Mann starke Kohorte der Garnison zu beherbergen. Selbst aus einer Meile Entfernung war zu erkennen, dass das Kastell größtenteils aus Steinen statt aus Holz gebaut war. Schwere Türme ragten an jeder seiner Ecken empor, und die Straße mündete am östlichen Rand der Festung in ein massives, doppeltüriges Torhaus aus Stein, das von zwei weiteren Türmen begrenzt war.

»Sind das Ballistas?«

Der Erste Speer folgte mit dem Blick der Hand des Tribuns und schüttelte den Kopf. »Schwer zu sagen, inmitten so vieler Verteidigungsanlagen.«

Die Türme trugen flache Holzdächer, die so tief hinabreichten, dass die Männer, die mit der Bedienung der schweren Waffen beauftragt waren, noch nicht einmal in Stehhöhe arbeiten konnten. Allerdings war dies ein geringer Nachteil im Vergleich zu dem Schutz, den die Dächer vor feindlichen

Bogenschützen boten. Als die Tungrer näher kamen, sahen sie, dass die Türme tatsächlich mit Ballistas bewehrt waren, und zwar eine an jeder Ecke des Kastells. Die dazugehörige Waffenbesatzung verfolgte derweil jeden Schritt ihres Heranrückens.

Julius starrte mürrisch zu ihnen hinauf und schüttelte ärgerlich den Kopf. »Sehr lustig. Sollte ich herausfinden, dass die Dinger geladen sind, reiße ich jemandem den Kopf ab und scheiße ihm ins Genick. Ein unbeabsichtigter Schuss würde auf so kurze Entfernung drei oder vier Leute gleichzeitig auslöschen.«

Der Boden an beiden Seiten der Straße war mit sogenannten »Feldlilien« übersät – Löchern, in denen spitze Hölzer steckten, sodass etwaige Angreifer nur auf der Straße festen Boden fanden und somit zwingend in Reichweite der Ballistas gerieten. Ein tiefer Graben zog sich über die vierhundert Schritt breite Talebene, etwa einhundert Schritte vor der hinteren Mauer des Kastells.

Wieder nickte Julius anerkennend; die Verteidigungsanlagen hatten ihn von seinem Zorn über die Ballistaschützen abgelenkt. »Gute Arbeit. Ein Graben, der am äußeren Ende tief und steil genug ist, dass Männer auf allen vieren herauskriechen müssen, und dahinter eine ein Meter zwanzig hohe Mauer. Zweifellos haben sie auch auf dem Grund des Grabens einige Überraschungen vorbereitet.«

Scaurus spähte in den Graben, als sie die darüberführende Holzbrücke überquerten, und nickte. »Das stimmt. Wenn das die Verteidigung ist, die sie an ihrer Rückwand angelegt haben, fragt man sich, wie die andere Seite aussehen wird, von der aus etwaige feindliche Angriffe zu erwarten sind.«

»Dann sollt ihr wohl an beiden Seiten des Flusstals zum Vorposten am See marschieren und nach Unheil Ausschau halten, was? Das hört sich außerordentlich abenteuerlich für einen Mann wie Pescennius Niger an – es sei denn, natürlich, er wurde von seinem Kameraden Albinus gedrängt, dieses Risiko einzugehen!« Der Befehlshaber von Stein-Kastell lachte schallend und deutete mit dem Kopf auf den Präfekten der anderen britannischen Kohorte. »Dabei dachte ich immer, mein Kamerad und ich hätten den kurzen Strohhalm gezogen. Doch immerhin haben *wir* eine hübsche, dicke Steinmauer, hinter der wir uns verstecken können!«

Scaurus lächelte zurück. »Wenigstens werden meine Männer heute Nacht unter einem richtigen Dach schlafen, mit Öfen, um ihre Füße aufzutauen.«

Leontius nickte. »In der Tat. Es tut mir leid, dass ich euch keine bessere Gastfreundschaft anbieten kann, aber wie ihr seht, ist das Kastell sehr spartanisch ausgestattet. Es gibt keine Badehäuser für uns und gerade einmal genügend Kasernen für eine halbe Legion. Jedes weitere Fitzelchen Platz brauchen wir als Warenlager. Das hat allerdings wiederum den Vorteil, dass wir genügend Rationen besitzen, um fünftausend Männer zwei Wochen zu ernähren, ohne dass jemand Hunger leiden muss, solange sie mit Brot und Trockenwurst von etwas zweifelhafter Qualität zufrieden sind. Doch lasst mich sagen, dass eure Ankunft uns überaus willkommen ist, insbesondere die eurer Bogenschützen, denn ich befürchte, in ein oder zwei Tagen ein Rudel wütender, blutdürstiger Sarmatenhunde auf der anderen Seite meines westlichen Grabens auftauchen zu sehen. Welche Nachrichten gibt es aus Porolissum? Wo genau erwarten die hohen Herren den ersten Schlag durch die Sarmaten?«

Scaurus lächelte angesichts der respektlosen Betitelung ihrer Vorgesetzten. »Die Legaten sind überzeugt, dass ein Angriff durch das Tal lediglich eine Finte sein wird. Sie haben wohl Geheiminformationen, die direkt aus dem sarmatischen Lager stammen. Domitius Belletor und ich sind angewiesen, von hier aus Erkundungskommandos zu entsenden, um den Feind zu lokalisieren. Die ›hohen Herren‹ haben beschlossen, Purta davon zu überzeugen, dass sie seinen Köder geschluckt haben, und riskieren dafür etwa zweitausend Mann, die zur Überprüfung ihrer These in dieses Tal geschickt werden.«

Leontius antwortete mit zynischem Gesichtsausdruck. »Dir ist aber schon bewusst, dass ihr im Falle eines ernsthaften Angriffs durch die Sarmaten wie zwei Faustkämpfer dasteht, die ihr Kinn zu weit vorgereckt haben und mit größter Wahrscheinlichkeit Prügel einstecken? Wo ich herkomme, Tribun, sagt man: Wenn etwas aussieht wie eine Ente, watschelt wie eine Ente und quakt wie eine Ente, dann handelt es sich wahrscheinlich auch um eine Ente. Daher werden wir, ganz egal, ob die Legaten geheime Informationen haben oder nicht, jedes barbarische Heer, welches das Tal heraufzieht, als das Hauptheer und somit als echte Gefahr betrachten. Ich weiß nicht, wie ihr das seht, Kameraden, aber dieses Land ist ganz anders als jedes andere, in dem ich stationiert war. Nur fünfzig Meilen nördlich von hier gibt es zehntausende wie diese barbarischen Reiter, mit denen ihr hier einmarschiert seid, und alle suchen Streit. Was also als Finte beginnt, kann schon im Laufe einer Nacht zur Hauptangriffslinie werden. Es könnte also sein, dass ihr eure Leute direkt in eine Armee von zwanzigtausend solcher Dreckskerle jagt. Zieht ruhig ins Tal hinunter, doch haltet euch für einen raschen Rückzug bereit, falls ihr euch Fuß an Fuß mit dem gesamten sarmatischen Stamm wiederfindet. Dann könnt ihr uns zumindest hier helfen, den Pass zu verteidigen. Und nun ein Trinkspruch, Männer!« Er erhob seinen Becher. »Auf die Geheiminformationen! Lasst uns beten, dass sie ebenso *korrekt* wie *geheim* sind!«

Wenn die vorherige Woche bereits kalt gewesen war, so fanden sich die tungrischen Wachen in der nächsten Morgendämmerung, wann immer die Aufmerksamkeit ihres diensthabenden Zenturios von etwas anderem beansprucht wurde, um ihre Kohlenbecken geschart und versuchten, sich so viel Wärme wie möglich zu sichern. Ein bitterkalter Wind blies von Norden, wehte Schleier aus Schnee von den Bergen auf das Kastell herab, und zum ersten Mal schien es, als würde das Wetter die Kohorten davon abhalten, ihre üblichen Aufgaben zu erfüllen. Zum größten Missvergnügen jedoch klärte die Sturmfront auf, kurz nachdem die Soldaten ihr Frühstück eingenommen und sich schon darauf gefreut hatten, einen Tag lang nichts Anstrengenderes zu tun, als in ihren Zelten zu schlottern. Nun lag Stein-Kastell unter einem wolkenlosen Himmel, doch die Temperatur war eisig genug, um das Wasser in den Pferdetrögen zu Eis gefrieren zu lassen.

Scaurus versammelte seine Zenturios in seinem Quartier und gab die Order, die seine Männer bereits befürchtet hatten. »Wir marschieren. Die Legaten bauen darauf, dass wir die Sarmaten glauben machen, eine ganze Legion würde diesen Pass verteidigen. Daher werden wir unser Versprechen einhalten. Sorgt dafür, dass eure Männer jedes Stück Stoff anlegen, das sie tragen können, obgleich sie bei diesen Temperaturen wahrscheinlich gar nicht erst dazu aufgefordert werden müssen.«

Unter der Beobachtung der Britannier marschierten die

Kohorten aus dem Westtor des Kastells hinaus und über die Holzbrücke, die – ebenso wie beim östlichen Ausgang – den einzigen Weg über den Graben darstellte, der die gesamte Breite des Tales durchzog.

»Was sollte die Angreifer davon abhalten, die Berge auf beiden Seiten des Grabens hinaufzusteigen und ihn dadurch zu umgehen?«

Marcus, der diese Frage von einem seiner klügeren Soldaten mitgehört hatte, beantwortete sie trotz Quintus' missbilligendem Blick sogleich. »Was sie davon abhält, Soldat, ist die Tatsache, dass die Britannier das Gelände über Wochen hinweg präpariert haben. Ihre Pioniere haben genügend Bäume gefällt und ausreichend angespitzte Pfähle zwischen ihre Äste gesteckt, um eine undurchdringliche Barriere zu bilden, was heißt, dass der einzige Weg auf die andere Seite der Festung dieser hier ist.« Er zeigte auf ein Seitental zu ihrer Rechten. »Das würde aber bedeuten, einen großen Umweg in nördlicher Richtung zu nehmen, der fast einen Tag kosten würde. Titus und seine Jungs aus der Zehnten Zenturie sahen ganz schön neidisch aus, als sie gestern die vielen gefällten Bäume entdeckten.«

Die Tungrer überquerten den gefrorenen Fluss, um das linke Ufer zu erreichen, wobei sie mit ihren genagelten Stiefeln über die spiegelglatte Oberfläche glitten. Derweil bewegte sich die Erste Kohorte Minervia, gefolgt von ihrer Kavallerie aus einheimischen Reitern, die rechte Flussseite entlang.

»Wenn ich das vorher gewusst hätte, hätte ich Wetten darüber anbieten können, wer auf dem Wasser zu laufen imstande ist. Damit hätte ich einen Riesengewinn erzielt«, sagte Morban.

»Stimmt, aber wenn ich mich recht entsinne, hast du zu diesem Thema schon einmal Wetten angeboten, nicht?«

Marcus lächelte über den angsterfüllten Gesichtsausdruck des Standartenträgers, als dieser sich daran erinnerte, wie er seinem Zenturio auf ihrem Marsch nach Norden eine Wette von heldenhafter Größenordnung angeboten hatte. Marcus wandte seine Aufmerksamkeit wieder seinen Männern zu, die trotz der pelzgefütterten Stiefel bereits sichtlich von Taubheitsgefühlen in ihren Zehen geplagt wurden.

»Sie werden es überleben, solange sie sich weiterbewegen. Ich habe mir ihre Füße heute Morgen vor dem Abmarsch genau angesehen, und keiner von ihnen hat ernsthafte Probleme. Die armen Kerle dort drüben dürften Schlimmeres zu ertragen haben, würde ich meinen.« Quintus zeigte über den rund zehn Meter breiten Fluss auf Belletors Legionäre. »Einige von ihnen sehen aus, als würden sie gleich zusammenbrechen...«

Während sie noch zusahen, trabte eine berittene Patrouille von Belletors Sarmatenkriegern an ihnen vorbei. In dicke Pelzmäntel gehüllt, schienen sie der Kälte ohne Schwierigkeiten zu widerstehen und verschwanden rasch hinter einer Flussbiegung aus ihrem Blickfeld. Als die beiden Heere sich längs des gefrorenen Flusses vorankämpften, weitete sich das Tal auf einer Strecke von einer Meile plotzlich auf das Dreifache. Marcus stieg auf einen niedrigen Hügel und konnte von dort aus fast zwei Meilen weit blicken. Mit zusammengekniffenen Augen blinzelte er in das Licht der Wintersonne, das von einer weiten Eisfläche reflektiert wurde. Der See musste etwa eine Meile von ihnen entfernt sein.

Ein Soldat rannte die Kohorte entlang auf ihn zu und salutierte. »Zenturio! Der Erste Speer sagt, wir werden bis zu dem See marschieren und dann eine Pause einlegen.«

Marcus nickte und winkte dem Mann, bevor er sich umdrehte und seinem Optio zurief: »Quintus! Übernimm mal die Jungs, ich bleibe zurück, um mich mit Qadir und Dubnus zu unterhalten.«

Er wartete, bis die Achte Zenturie an der Stelle angekommen war, wo er angehalten hatte, bewegte unterdessen probehalber seine Zehen und fand sie beunruhigend gefühllos. Dann marschierte er neben Dubnus weiter und schnitt eine Grimasse.

Der Britannier lachte. »Ich hatte vergessen, dass du die Freuden winterlicher Feldzüge noch gar nicht kennst. Und, wie findest du es, mal abgesehen von der Blaufärbung deiner Zehen?«

Der Römer zuckte die Achseln. »Es scheint, ich bin dazu verurteilt, immer in zu großer Hitze oder eisiger Kälte zu marschieren, daher wäre es vielleicht das Beste, das Wetter zu ignorieren und mehr an unsere bevorstehende Aufgabe zu denken. Ich wollte sowieso etwas ausprobieren, sobald wir an diesen See kommen, um herauszufinden, ob die Geschichtsbücher tatsächlich die Wahrheit sagen. Gerade habe ich Morban nämlich an jene Wette erinnert, die er mir auf dem Marsch aus Apulum vorgeschlagen hat. Er wurde ziemlich bleich, als ich das Thema zur Sprache brachte.«

Als sie den See erreicht hatten, liefen die Soldaten umher, denn sie wollten ihre Leiden nicht noch dadurch vergrößern, dass sie sich auf den gefrorenen Boden setzten. Marcus und Dubnus hingegen, die von einem neugierigen Qadir, dem nervösen Morban und ein paar ebenfalls neugierigen Soldaten begleitet wurden, wagten sich aufs Eis. Auf der anderen

Seite des Sees erblickten sie die Legionäre der Ersten Minervia, die trostlos herumhantierten, denn der Erste Speer Sergius hatte wohl beschlossen, seine Männer ebenfalls rasten zu lassen, damit die beiden Heere auf einer Höhe blieben. Die nicht dem Spähtrupp zugehörigen sarmatischen Reiter waren von ihren Pferden gestiegen, machten aber wie immer keine Anstalten, sich unter die Soldaten zu mischen.

»Wenn ich verdammt noch mal wüsste, was wir hier draußen auf diesem verfluchten Eis sollen!«

Sanga wandte sich mit ärgerlicher Miene an Narbengesicht. »Was wir hier draußen machen, du Trottel, ist, Zwei Klingen zu folgen, als wären wir Dreijährige, die am Rockzipfel ihrer Mama hängen. Was *er* wiederum da draußen macht, ist klar: Hast du nichts von der Wette gehört?« Als sein Kamerad ihn verständnislos anblickte, hob er erstaunt die Augenbrauen. »Bei dir steckt das Hirn wohl im Hintern statt im Kopf? Die *Wette*!« Kopfschüttelnd zuckte Narbengesicht mit den Schultern, worauf Sanga mit der Hand über die gefrorene Oberfläche des Sees deutete. »Es scheint, der Tribun hat seinen Jungs von einer Schlacht erzählt, die vor ein paar Jahren auf einem gefrorenen Fluss ausgetragen wurde, ganz hier in der Nähe. Er sagte, einige unserer Leute seien damals von sarmatischen Reitern angegriffen worden, genau wie die Kerle, die da drüben stehen. Aber unsere Männer konnten sich behaupten und haben zum Schluss den Kampf gewonnen. Ich weiß zwar nicht, wie sie das geschafft haben sollen, doch unser Offizier schien sich dessen ganz sicher zu sein. Jedenfalls: Morban laberte daraufhin, das könne niemals wahr sein, weshalb er zehn-zu-eins darauf setzen würde, die Geschichte sei nur ein Riesenblödsinn. Daraufhin kam *dein* Zenturio, warf ihm einen goldenen Aureus zu und nahm die Wette an.«

Narbengesicht sah sich interessiert um und erblickte den sichtbar nervösen Standartenträger. Dann gluckste er amüsiert. »Jetzt gerade sieht er nicht mehr so überzeugt davon aus, nicht? Zehn-zu-eins in Gold, Morban? Das sind für dich mit Sicherheit fast sechs Monate Lohn.«

»Nun, damit wäre schon mal der erste Teil der Geschichte bewiesen.« Marcus stand auf dem gefrorenen See und streckte die Arme weit aus. »Es ist zweifellos möglich, auf dem Eis zu stehen, solange man die Nägel unter den Stiefeln fest genug hineinrammt. Allerdings wäre es Mord an meinen Füßen, wenn ich sie vorher nicht mit Leder umwickelt hätte. Und jetzt gebt mir bitte den Schild.« Einer der Soldaten reichte ihm seine Schutzwaffe, und Marcus legt sie probeweise auf der Eisoberfläche ab. »Hm. Ich kann mir kaum vorstellen, wie das Ding ausreichend stabil sein sollte, um einen gestiefelten Fuß daraufzustellen.«

»Schau, ich habe eine Idee: So könnte es klappen.« Dubnus nahm ihm den Schild ab, zog sein Schwert und hieb rasch ein ungefähr kreisrundes Loch in das dicke Eis. Die Mulde war etwa so breit und tief wie der schwere Messingbuckel des Schildes. Dann legte er den Schild mit der Vorderseite nach unten auf das Eis und schob die halbkugelförmige Erhebung in das von ihm geschlagene Loch, was den Soldaten, dem der Schild gehörte, zutiefst erboste. »Hör auf, das Gesicht zu verziehen! Das hier ist ein Teil der Kampfausrüstung und nicht euer altes Familiensilber. So, jetzt…« Er zeigte auf den Schild und stellte seinen Fuß auf dessen Holzoberfläche. »Seht ihr? Man kann viel leichter auf dem Eis stehen, wenn man einen Fuß auf den Holzschild setzt. Jetzt gebt mir den Speer.«

Er schnippte mit den Fingern, und der inzwischen resigniert aussehende Soldat, dessen Schild von Dubnus' Fuß auf dem Eis festgehalten wurde, reichte ihm seinen Speer. Der stämmige Zenturio berichtigte seine Fußstellung und posierte dann vor Marcus: Mit einem Fuß auf dem Schild führte er eine Reihe schneller Stiche mit dem Speer aus.

»Sieht tatsächlich kriegerisch aus. Wenn wir es nicht besser wüssten, könnte man gar meinen, du seist ein Soldat.«

Dubnus wandte sich um und sah, dass Julius sich näherte. Ein paar Schritte hinter ihm ging Scaurus, und beide starrten neugierig auf die Vorführung. Dubnus zog seinen Fuß von dem Schild herunter und bedeutete dem Soldaten, ihn wieder aufzuheben.

»Zenturio Corvus hat eine beträchtliche Summe bei einer dir wohlbekannten Person darauf gesetzt, dass sich die von dir erwähnte Schlacht auf dem Eis tatsächlich zugetragen hat. Wie du sehen kannst, war deine Geschichte durchaus fundiert, Tribun.«

Marcus strich sich amüsiert über das Kinn und sah zu Morban. »Nun, Standartenträger: Es *ist* also möglich. Wie viel schuldest du mir?«

Der ältere Mann zog mitleidheischend eine Augenbraue hoch. »Zenturio, du solltest es besser wissen: Die Wette, die ich angenommen habe, bezog sich darauf, dass du nicht beweisen könntest, eine brüllende Horde von sarmatischen Reitern auf diese Weise abzuwehren – und nicht etwa, dass du Dubnus dazu überredest, sich auf einen Schild zu stellen und mit einem Speer herumzufuchteln. Ich dachte, du wüsstest inzwischen, dass bei Wetten alles davon abhängt, wie sie formuliert sind.« Morban, der nun wieder zuversichtlich war, dass er auf der Gewinnerseite stand, zwinkerte dem großen Britannier zu. »Du siehst wirklich sehr attraktiv aus, Dubnus, wenn ich mir die Bemerkung erlauben darf.«

Marcus wandte sich lächelnd seinem Freund zu, sah dann aber, dass dessen Aufmerksamkeit auf die andere Talseite gerichtet war, wo der Fluss sich gen Osten bog und aus dem Blickfeld verschwand.

»Belletors Späher kommen bereits zurück. Ich frage mich, was sie wohl entdeckt haben…«

Sie beobachteten, wie der Erkundungstrupp um die Flussbiegung und durch das Tal zu den wartenden Legionären hinaufritt.

Dubnus hingegen zeigte mit dem Arm auf eine Stelle hinter den Reitern. »Seht! Da ist Rauch!«

Aus der kalten, stillen Luft weiter unten im Tal stieg Rauch auf, und Julius runzelte die Stirn. Mit besorgtem Gesichtsausdruck blickte er über den See zu den sarmatischen Spähern hinüber.

»Was immer dort unten brennt, ist von hier aus nicht sichtbar, aber die Späher müssen es zuvor bemerkt haben. Dennoch verhalten sie sich so, als sei alles in bester Ordnung. Irgendetwas stimmt hier nicht.«

Scaurus trat vor. »Ich habe den Dummkopf gewarnt!« Er legte die Hände rechts und links an seinen Mund und rief über die gefrorene Seeoberfläche hinüber: »Belletor! *Tribun Belletor!*«

Tribun Belletor war deutlich zu erkennen. Er war gerade dabei, auf sein Pferd zu steigen, wandte dann aber den Kopf, um zu sehen, wo das Rufen herkam. Scaurus winkte ihm zu und zeigte auf den Rauch, der unterdessen zu einer dicken, ölhaltigen Säule angeschwollen war. Belletor blickte sich um, winkte den Männern gegenüber zu und trieb sein Pferd zu den zurückkehrenden Spähern.

Scaurus' Gesicht verhärtete sich. »Heiliger Mithras! Der

verdammte Narr hört gar nicht zu! Er kann den Rauch aufgrund des Hügels neben ihm nicht sehen. *Belletor! Die Späher sind …*«

Er verstummte, als er seinen Kameraden herrisch herumbrüllen hörte, was über die Eisfläche deutlich zu ihnen herüberdrang, obgleich die genauen Worte sich in der leichten Brise verloren. Dann hob der Tribun zum Gruß seine Faust, während der Anführer des sarmatischen Spähtrupps mit zum Boden gesenkter Lanze zu ihm hinüberritt.

»Das ist ihr Anführer, oder?«

Qadir kniff die Augen zusammen, um über der blendenden Eisfläche Genaueres erkennen zu können. »Richtig. Der Helm, den er trägt, ist ziemlich unverwechsel …«

Plötzlich keuchte er, denn er sah, wie der Anführer der Sarmaten die Spitze seiner Contus-Lanze anhob und sie geradewegs in Belletors Hals rammte. Während der Tribun auf dem Sattel ins Wanken geriet, riss der Sarmate die eiserne Speerspitze wieder heraus, hob die Arme und rief seinen Gefolgsleuten ein Kommando zu. Mit einem Chor von Antwortschreien ritten die Sarmaten heran, schwärmten an ihm vorbei und fielen über die ahnungslosen und unvorbereiteten römischen Infanteristen her, wobei ihre Waffen in der klaren Winterluft glitzerten. Die Männer am Ende der Kohorte hatten bereits still ihre Pferde bestiegen, als die Aufmerksamkeit der Legionäre abgelenkt war, und stürzten sich nun ebenfalls auf die Soldaten.

Qadir wandte sich entsetzt an Marcus. »Heilige Göttin Deasura! Das wird ein Massaker!«

Julius schüttelte noch ungläubig den Kopf, als ihn bereits die ersten Schreie sterbender Männer erreichten. Die Soldaten, die den angreifenden Sarmaten am nächsten standen, versuchten verzweifelt, sich ohne jede Vorbereitung oder Formation zu verteidigen. Die feindlichen Reiter, die sie von vorne und hinten bedrängten, veranstalteten derweil ein blutiges Gemetzel mit ihren Speeren, die so lang waren, dass sie die Legionäre von den Pferden aus leicht erreichten.

»Als Nächstes werden sie sich uns vorknöpfen!« Qadir deutete mit dem Daumen über seine Schulter. »Zurück zu euren Zenturien!«

»*Wartet!*«

Qadir runzelte ungläubig die Stirn, als er Scaurus' erhobene Hand sah. »Tribun?«

»Ich habe diese Krieger schon einmal auf dem Rücken von Pferden kämpfen sehen. Selbst wenn wir eine geordnete Linie bilden und ihrem Angriff mit Speeren begegnen, werden sie sich nur ein Stück zurückziehen und uns dann von allen Seiten mit Pfeilen beschießen. Jedes Mal, wenn wir ihnen nahe kommen, werden sie zurückweichen, bis wir schließlich aufgrund der Kälte und unserer Verluste schwächer werden. Dann werden sie ihren letzten, blutigen Schlag gegen uns führen und uns durch das Tal jagen. Wenn wir also auf trockenem Boden gegen sie ankämpfen, werden wir verlieren, das garantiere ich euch!«

Julius schüttelte heftig den Kopf. »Wenn wir aber davonlaufen, werden sie uns ebenso vernichten wie die Erste Minervia. Wir *müssen* kämpfen!«

Scaurus nickte. »Ich weiß. Aber nicht dort oben.« Er zeigte mit der Hand auf das Seeufer. »Wir müssen *hier* kämpfen, auf dem Eis.«

Julius trat vor, und sein todernstes Gesicht war nur wenige Zentimeter von dem seines Tribuns entfernt. »Es ist eine Sache, einen solchen Kniff nach ein paar Tagen Übung durchzuführen, Tribun. Wenn es sich dabei jedoch nur um eine Erzählung aus den Geschichtsbüchern handelt, die womöglich von irgendeinem Schreiberling erfunden wurde, damit sein verdammter Vorgesetzter dabei besser wegkommt, ist das etwas ganz anderes! Dir ist schon klar, dass die Sache höchstwahrscheinlich in einem Desaster enden wird?«

Mit dumpfem Blick zeigte der Tribun auf die Szenerie des Schreckens, die sich vor ihren Augen abspielte. Mittlerweile rannten die Soldaten in alle Richtungen und wurden von den sarmatischen Reitern verfolgt. Manche erstachen ihre Opfer rasch, wogegen andere ihre Pferde leichtfüßig hinter den flüchtenden Soldaten hertraben ließen, damit diese genügend Zeit hatten, sich ihres nahenden Todes bewusst zu werden. Während sie noch zusahen, sprang eine Gruppe von fünfzig oder mehr Soldaten auf das Eis und rannte unter verzweifelten Hilferufen auf die Tungrer zu. Eine große Anzahl Reiter folgte ihnen, trabte neben ihnen auf beiden Seiten, die Lanzen zum Todesstoß erhoben. Noch als Marcus auf sie zeigte, fielen die ersten Männer zu Boden und hinterließen eine Spur blutiger Körper hinter den Voranlaufenden.

»Ist das Tribun Sigilis, der sie anführt?«

Scaurus sah einen Augenblick auf die Flüchtenden, bevor er betrübt nickte. »Ja.«

Die sarmatischen Krieger scharten sich um die hilflosen Soldaten und stachen mit ihren Lanzen auf sie ein, ohne dass sie selbst in Reichweite der römischen Speere kamen. Marcus wandte sich ab, als er sah, wie sein Freund Sigilis zunächst von einer, dann von zwei weiteren Lanzen getroffen wurde. Einen Moment blieb er aufrecht, doch als die Lanzen wieder herausgezogen wurden, fiel er auf das Eis. Als Marcus einen weiteren Blick wagte, lagen alle Flüchtenden auf dem Boden,

und die berittenen Krieger salutierten ironisch vor den tungrischen Zuschauern, bevor sie ihre Pferde wendeten.

»Du hast recht, wir sind als Nächste dran. Sie spielen gerade ein bisschen mit diesen Jungs, Erster Speer, und ich
glaube nicht, dass es schlimmer sein wird, hier draußen auf
dem Eis zu sterben. Außerdem bin ich entschlossen, meinen
Vorfahren erst dann zu begegnen, wenn ich ihnen zumindest
einen guten Grund geliefert habe, auf die Art meines Todes
stolz sein zu können.« Er nickte entschlossen und wandte
sich an die beiden hochrangigen Zenturios. »Ich übernehme
ab sofort die oberste Befehlsgewalt. Bringt eure Leute aufs
Eis hinaus, formiert sie in zwei Reihen mit dem Rücken zu-
einander und bildet einen Kreis. *Los!*«

Als die Tungrer ohne weitere Rückfragen auf das Eis
strömten, rannte die Erste Kohorte auf Geheiß von Julius
voran und bildete schnell eine Reihe, während sich die
Zweite Kohorte hinter ihr aufstellte. Der Tribun schritt zwischen ihnen hindurch und sah Silus mit seiner Reiterabteilung, der bereits am Seeufer auf ihn wartete.

Silus salutierte und sah mit feierlicher Miene zu seinem
Kommandeur hinunter. »Deine Anweisungen, Tribun?«

Scaurus zeigte in das Tal hinauf. »Verschwindet, solange
ihr es noch könnt, Decurio. Informiere Tribun Leontius über
diesen Verrat, aber sag es nur *ihm*. Es würde nichts bringen,
euer Leben gleichzeitig mit unseren zu opfern, falls das, was
ich vorhabe, nicht funktionieren sollte.«

Silus nickte grimmig und salutierte erneut. »Wie du befiehlst, Tribun. Viel Glück!«

Er wendete sein Pferd und führte seine Männer das Seeufer hinauf, während die Tungrer sich in zwei Reihen formierten, wie sie das bereits in rund tausend Übungseinhei-

ten getan hatten. Scaurus nickte Julius zu, der den wartenden Soldaten sogleich einen weiteren Befehl zurief.

»Zweite Kohorte, wenden! Erste und Zweite Kohorte, *formiert euch! Kreis bilden!*«

Die Zenturien in der Mitte der zwei Reihen gingen rasch dreißig Schritte aus der Formation heraus nach vorne, und die Soldaten fluchten, als sie auf der glatten Eisoberfläche ausrutschten. Die Zenturien rechts und links von ihnen stoppten jeweils fünf Schritte hinter ihren Kameraden, bis beide Reihen in Keilformation standen, wobei die vordere auf die feindlichen Reiter und die hintere in die entgegengesetzte Richtung blickte.

»Reihen ausrichten!«

Die Zenturios und ihre Optiones bewegten sich rasch, um ihre Männer in die korrekte Stellung zu bringen, damit die dichten Reihen zwei halbrunde Linien und schließlich einen Kreis bildeten.

»Reihen schließen!«

Die Offiziere zogen ihre Männer zurück und machten den Kreis kleiner, bis jeder Mann der Frontreihe Schulter an Schulter neben seinem Nachbarsoldaten stand.

Scaurus nickte Julius und Tertius anerkennend zu. »Hervorragend eingeübt, Erste Speere!«

Gefolgt von den beiden Männern, drängte er sich in den Kreis, wo Julius noch ein letztes Kommando rief.

»Gesichter nach innen!«

Mit einem lauten Klappern von Ausrüstung wandten sich die Tungrer um, wodurch sich ein ununterbrochener Kreis aus Gesichtern um den Tribun bildete.

Scaurus trat in die Mitte und besah den gesamten Kreis mit prüfendem Blick. »Versteht ihr nun den Nutzen stumpfsinnigen Exerzierens?« Er lächelte den Männern verschwörerisch zu und musste sich sehr anstrengen, eine Zuversicht auszustrahlen, die er überhaupt nicht besaß. »Vor einem Moment noch habt ihr diesen Reitern zugesehen, wie sie eine Legionskohorte niedergemetzelt haben, und euch gefragt, ob wir kämpfen oder fliehen werden. Und ihr seid davon ausgegangen, dass uns der Tod in beiden Fällen sicher ist. Jetzt hingegen steht ihr in einer dichten Formation, die es uns erlauben wird, diesen mordlustigen Bastarden entgegenzutreten und sie zu schlagen!«

Er hielt erneut inne und betrachtete die Gesichter um ihn, wo er erwartungsgemäß auf viele ungläubige, hoffnungslose Blicke stieß. Die wenigen übrig gebliebenen Legionäre hatten sich unterdessen der verzweifelten Flucht ergeben und rannten in alle Himmelsrichtungen um ihr Leben. Mit lauten Kampfschreien wurden sie von den Reitern niedergestreckt, und als sie in ihrer Not versuchten, durch Hinaufsteigen der Talseiten zu entkommen, warteten an jenen Stellen, die für die Reiter unpassierbar waren, bereits Bogenschützen auf sie.

»Sie sind gute Kämpfer, und im richtigen Gelände sind so viele von ihnen für zwei Kohorten Infanterie kaum zu schlagen, egal, wie gut wir sind. Hier draußen auf dem Eis ist das jedoch eine andere Sache! Auf dem Eis gewinnt der, der am besten auf den Füßen steht! Ein Pferd kann darauf zwar im Schritt gehen und womöglich auch traben, aber eine Kavallerieattacke umfasst mehr als nur die Tatsache, dass man einen berittenen Angriff führt!« Scaurus senkte seine Stimme ein wenig, damit die Soldaten gezwungen waren, sich vorzulehnen und aufmerksam zuzuhören. »Ein Pferd, Männer, wird niemals in eine Kampflinie von Soldaten hineinreiten. Ein kühner Reiter könnte zwar womöglich die Reihe überspringen, doch hier auf dem Eis hat das Tier nicht genügend Halt, um einen solchen Sprung zu wagen. Man könnte die Pferde vielleicht dazu bringen, rückwärts in unsere Reihe zu stoßen, aber ich bin mir sicher, dass eure hässlichen Gesichter und die scharfen Eisen, die ihr tragt, die meisten Tiere davon abhalten werden.« Er wartete eine Weile, bis er ein paar Soldaten grimmig lächeln sah, und sprach dann weiter. »Begeht keine Fehler, Männer, denn sie werden schon bald über das Eis auf uns zureiten!« Mittlerweile trabten die Sarmaten am Seeufer entlang, und einige stiegen ab, um den niedergestreckten Römern Waffen und etwaige Wertgegenstände abzunehmen, die sie bei sich trugen. »Ihre Speere werden vom Blut von fünfhundert Legionären gerötet sein...«

»Und dem eines Volltrottels.«

Narbengesicht hatte dies geflüstert, und die Männer neben ihm nickten zustimmend, wandten dann aber schnell ihre Aufmerksamkeit wieder dem Tribun zu.

»...doch ihr wisst ebenso gut wie ich, dass dies nicht wirklich etwas bedeutet. Ein paar hundert unerfahrene Jungen unversehens auf offenem Gelände zu schlagen ist eine Sache! Zwei vollzählige Kohorten der besten Infanteristen des Kaiserreichs, die in Formation stehen und sich gegen den Angriff gewappnet haben, ist etwas ganz anderes! Sie werden zum Angriff über das Eis auf uns zureiten, doch im letzten Augenblick, wenn sie erkennen, dass ihre Pferde wahrscheinlich eher scheuen werden, als in unsere Kampfreihe hineinzureiten, werden sie anhalten und versuchen, mit ihren Lanzen aus sicherer Entfernung Löcher in unsere Reihen zu stoßen. Doch auf dieser glatten Oberfläche werden ihre Tiere ausrutschen, sie werden nicht rechtzeitig anhalten können und sich dann vor den Spitzen *unserer* Speere befinden. Und sobald dies geschieht, *müssen* wir die günstige Gelegenheit nutzen und dasselbe mit ihnen machen, was sie den Legionären angetan haben.« Er senkte seine Stimme wieder, sprach dann erneut in die Stille hinein, und seine Männer spürten, dass er gleich etwas sagen würde, das sie noch nicht wussten. »Der Mann, der diese Reiter anführt, hat einen fatalen Fehler begangen! Hätte er uns zuerst angegriffen, als wir noch ohne Formation auf der Straße marschierten, wäre sein Vorstoß höchstwahrscheinlich von Erfolg gekrönt gewesen. Die Legionskohorte wäre gewiss um ihr Leben gerannt und hätte ein leichtes Opfer dargestellt, um den Tag im Triumph zu Ende zu bringen. Stattdessen hat er beschlossen, sein Abendessen mit leicht zu jagendem Fleisch zu beginnen. Wir hingegen werden ihm zeigen, dass wir aus Knochen und Knorpeln gemacht sind! Wir werden ihm seinen verdammten Hals umdrehen und seinen Triumph in Asche verwandeln!«

Er nickte seinem Ersten Speer Julius zu, der vortrat. Der stämmige Mann blickte umher und wusste, dass seine Männer trotz der zuversichtlichen Worte des Tribuns nun seine harte Kommandostimme benötigten, um mit unverzüglichem Gehorsam zu reagieren, wie sie das unzählige Male eingeübt hatten.

»Genug geredet, Tungrer! Ihr werdet jetzt kämpfen und entweder siegen oder geschlagen werden und sterben. Ich persönlich habe nicht vor, Letzteres zu tun. Frontreihe!«

Narbengesicht und Sanga wechselten einen Blick, dann flüsterte Sanga seinem Kumpel etwas zu, worauf mehrere Köpfe in der Nähe erneut nickten.

»Scheiße, jetzt kommt's.«

»Beim Kommando ›Kampfbereit machen‹ werdet ihr Folgendes tun!« Julius zog sein Schwert und nahm einen Schild, der auf dem Eis neben ihm lag. Mit wohldosierten Hieben schlug er rasch ein Loch wie jenes, das Dubnus vorher ins Eis gehackt hatte, und legte dann seinen Schild darauf.

»Seht ihr? Ihr reicht euren Speer zu dem Mann hinter euch, schlagt mit dem Schwert ein Loch in der Größe des Schildbuckels und legt euren Schild dann so hinein, dass ihr sicheren Fußes darauf stehen könnt und Halt habt. Dann steckt ihr das Schwert in die Scheide, holt euren Speer zurück, nehmt euch den Schild des Hintermanns und geht in Kampfstellung! Hintermänner! Sobald die Barbaren auf unsere Kampfreihe zuschlittern und versuchen werden, ihre Pferde unter Kontrolle zu halten, stürmt ihr aus der Reihe heraus, schnappt euch die Zügel und zieht die Tiere so nahe heran, dass die Männer aus der vorderen Reihe die Reiter töten können. Falls ihr das nicht hinbekommt, zieht ihr die Reiter selbst vom Pferd und erledigt sie mit euren Schwertern und Dolchen! Denkt aber daran, dass das Eis glatt sein wird, wenn ihr mit ihnen zu Boden sinkt. Schaut also, dass ihr eure Füße sofort in ihre Körper rammen und sie wegschieben könnt, dann habt ihr genug Zeit, wieder aufzustehen und sie mit euren Waffen niederzumetzeln!«

Die Sarmaten gruppierten sich am Ufer, und als der letzte Reiter aufgestiegen war, stieß ihr Anführer Flüche und Verwünschungen aus. Einige feindliche Reiter waren beladen mit der Beute, die sie den getöteten Legionären abgenommen hatten, und trugen nun römische Helme und Waffen.

»Alle Reihen – kehrt! Frontreihe, runter mit den Schilden!«

Narbengesicht und Sanga schnitten Grimassen, als sie ihre Schwerter zogen und nebeneinander Löcher ins Eis schlugen. Narbengesicht legte seinen Schild probeweise auf die gefrorene Oberfläche und bewegte ihn hin und her, bis der Schildbuckel sich sauber in das Loch einfügte, das er kurz zuvor geschlagen hatte.

»Das funktioniert tatsächlich, verdammt! Welcher Trottel sagte noch, hochrangige Offiziere würden nur Scheiße erzählen?«

Sanga spuckte aufs Eis und setzte den Fuß auf seinen eigenen Schild. »Wenn ich mich recht erinnere, warst du das selbst. Du da« – er streckte die Hand nach seinem Hintermann aus – »gib mir meinen Speer und deinen Schild.« Als er seinen Hintermann ansah, bemerkte er, dass es einer der sarmatischen Fußsoldaten war, die den Römern als Ausgleich für ihre gefallenen Soldaten zugesandt worden waren. Abschätzend kniff Sanga die Augen zusammen. »He, Saratos oder wie immer du heißt. Soll ich darauf warten, dass du hinter meinem Rücken deine Klinge zückst, während deine Kumpel versuchen, mich von vorn zu erstechen? Wohl kaum!«

Er packte den Sarmaten am Hals seines Kettenhemds, zog ihn zu sich heran und schob den Soldaten, der neben ihm stand, nach hinten, damit dieser dessen Platz einnahm. Dann tauschte er selbst seinen Platz mit dem Krieger, sodass der unglückselige Kerl nun zwischen den beiden Veteranen eingeklemmt war.

Schließlich tätschelte Sanga mit vielsagendem Blick seinen Speer. »Solltest du auch nur *eine* falsche Bewegung machen, ramme ich dir diesen kleinen Schatz die Nase hinauf!«

Narbengesicht betrachtete den vor Angst schlotternden Sarmaten einen Augenblick. »Ich denke, du gehst gerade ein wenig hart mit unserem neuen Freund um, Kumpel. Schau ihn dir doch an: Er trägt unsere Ausrüstung und steht in unserer beschissenen Kampfreihe, nicht? Daher wird er entweder um sein Leben kämpfen oder mit einem ihrer langen Speere im Arsch enden, sodass er wie ein Schwanz aus ihm herausragt.« Er klopfte dem Sarmaten auf die Schulter, streckte den Kopf vor und schrie dem Mann ins Gesicht: »Wirst du *kämpfen?*«

Auch wenn der neue Rekrut die vorherige Auseinandersetzung nicht genau begriffen hatte, war diese Frage für ihn doch unmissverständlich. Energisch nickte er. »Ich *kämpfen!* Ich Reiter *töten!*«

Sanga nickte seinem Freund zu. »Ist wahrscheinlich trotzdem besser, ihn im Auge zu behalten. Warte, Latrine schreit wieder herum…«

Julius schlug mit der Schwertklinge gegen seinen Dolch und sah sich in der Runde um. Sein Blick verriet, dass er keine Diskussionen duldete. »Tungrer, macht ein wenig Krach! Zeigt den Pferdefickern, dass wir nirgendwohin fliehen werden!«

Innnerhalb weniger Sekunden war das Klirren aufeinanderschlagender Klingen zu einem donnernd pulsierenden Rattern von Speerschäften gegen Schildbuckel angeschwollen – eine Klangmauer, die über den See schallte, während sich die Reiter in einer Linie formierten und auf die wartenden Tungrer zubewegten, wobei ihre Pferde unsicher die gefrorene Eisfläche des Sees betraten.

»Jetzt kommt es nur noch auf *Andreia* an.« Julius blickte fragend zu seinem Tribun, und Scaurus schüttelte missbilligend über sich selbst den Kopf. »Verzeih, Erster Speer. Spontane Ausbrüche in fremden Sprachen sind wohl der Preis dafür, wenn man von klein auf mit einer guten Erziehung bedacht wurde. Mein Geschichtslehrer quasselte mir den Kopf mit seinen Erzählungen aus den Griechischen Kriegen voll, wobei er immer wieder das Wort *Andreia* benutzte, um die Tapferkeit eines Mannes zu beschreiben.«

»Dann war er wohl Grieche, Tribun?«

Scaurus lachte. »Gut geraten. Ja, er war Grieche. Und wenn mein Onkel gewusst hätte, wie er unser Kaiserreich im Vergleich zur ehrenhaften Geschichte seiner früheren Heimat einschätzte, hätte er ihn wahrscheinlich verprügeln lassen und aus dem Haus geworfen. Der Mann nahm mich immer auf den Balkon mit, zeigte über die Stadt und ihre unzähligen Gebäude und sagte dabei: ›All dies wird eines Tages in sich zusammenfallen, ebenso, wie die Zeit des mächtigen Griechenlands unter der Sonne ein Ende fand, als wir die *Andreia* verloren, die uns den Triumph über Troja gewährt und die Stärke vermittelt hatte, den Persern zu trotzen.‹«

Er beobachtete, wie die Sarmaten schneller wurden und ihre Pferde Dampfwolken aus den Nüstern stießen, während sie über das Eis trabten.

»Jetzt läuft es bei diesem hässlichen Kampf also darauf hinaus, wessen *Andreia* größer ist – unsere oder ihre. Falls wir ihrem Ansturm nicht standhalten können, werden wir alle sterben. Falls wir aber lange genug durchhalten, bis sie auf *unsere* Speere schlittern, könnten wir noch immer gewinnen.«

Julius reckte den Hals, um über die behelmten Köpfe seiner Männer zu schauen, wandte sich an Tertius und murmelte eine Anweisung. Der hochrangige Zenturio der Zweiten Kohorte nickte und schritt an das hintere Ende des Kreises, wo seine eigenen Leute standen. Unterdessen kamen die Feinde näher, und ihre Schreie durchschnitten die Luft, während sie ihre Lanzen über den Köpfen schwangen.

Narbengesicht, der der Mauer aus heraneilendem Pferdefleisch direkt gegenüberstand, rollte die Schultern, duckte
sich unter seinen schützenden Schild und hielt seinen Speer
wurfbereit. »Wer will diesem Haufen Dreckskerle schon ins
Gesicht sehen?«

Sanga lachte grimmig. »Hast du bereits die Hosen voll?«

Sein Kamerad schüttelte mürrisch den Kopf. »Noch nicht.
Nach dem miesen Essen, das du gestern Abend zusammenge-
kocht hast, wirst du es bestimmt merken, wenn mein Arsch
nicht mehr zusammenhält: Es wird nämlich stinken, als hätte
ich einen Leichnam ausgeschissen, der bereits eine Woche
tot ist.« Während die Reiter ihre Lanzen in einer glitzernden Woge polierten Eisens senkten, hob er die Stimme und
warf in einem Ton gelangweilter Verachtung den Männern
neben ihm einen Kommentar zu: »Haltet bloß eure Stellung,
ihr Mistkerle! Ihr habt gehört, was der Tribun gesagt hat: Wir
können die Dreckskerle schlagen!«

Marcus stellte sich hinter seine Leute und rief mit lauter
Stimme über das Donnern der Hufe und den Chor von Er-
munterungen und Verwünschungen hinweg, mit denen die
altgedienten Soldaten ihre weniger erfahrenen Kameraden
bedachten.

»Speere ... bereit!«

Die vorderen Männer lehnten sich zurück und warteten
begierig auf das Kommando, ihre Speere auf die Reiter zu
werfen, doch Marcus ging davon aus, dass Julius diesen Befehl
erst im letzten Moment erteilen würde. Immerhin wusste
der Erste Speer, dass seine Männer ihre Wurfgeräte nicht mit
der üblichen Kraft würden schleudern können, denn auf dem
Eis konnten sie nicht den Ausfallschritt machen, der den Geschossen den notwendigen Schwung gab. Also beobachtete

Marcus ihn aufmerksam und wartete darauf, dass Julius seinen erhobenen Rebstock senken würde.

»Bereit... wartet... bereit... *Wurf!*«

Ein Hagel von Holz und Eisen schoss in hohem Bogen aus der tungrischen Kampfreihe, die Speere regneten auf die herannahenden Feinde nieder und verwandelten ihre relativ geordnete Formation unverzüglich in ein wirres Chaos. Reiter, die noch eben die Spitzen ihrer Lanzen auf die Römer gerichtet hatten, wurden unversehens durchbohrt, und ihre Körper fielen vor die Hufe der Pferde hinter ihnen. Die hilflosen Tiere wurden wild, einige stolperten, während diejenigen Männer, die mit Schilden aus Weide ausgestattet und noch imstande waren, diese zu benutzen, die fliegenden Speere abwehren konnten, sie dabei aber auf die Männer neben und hinter ihnen lenkten. Damit wurde ihr Ansturm für einen Augenblick gestoppt, wodurch die tungrischen Frontkämpfer Zeit fanden, nach hinten zu greifen und sich einen zweiten Speer zu schnappen.

»*Standhalten!*«

Entlang der tungrischen Linie beugten sich die Zenturios und Optiones zu ihren Soldaten und ermutigten, überredeten oder drangsalierten sie, ihre Stellung zu halten, während die Reiter erneut Tempo aufnahmen und die letzten Schritte trabend hinter sich brachten. Narbengesicht spürte eine Hand auf seinem Arm, und als er sich umwandte, sah er, dass Marcus hinter ihm stand.

»Warte...«

Als sie auf die sich auftürmende Mauer von Pferden blickten, wurde sogar Marcus vom Eindruck überwältigt, es sei unmöglich, einer solchen Angriffsflut zu widerstehen, und tatsächlich wankten die Speerspitzen seiner Männer angesichts der stürmischen Attacke. Da er wusste, dass dieser Moment die größte Gefahr für alle sein würde, schrie er ihnen eine letzte Anweisung zu.

»Ihre Augen! Schaut euch die Augen der Pferde an!«

Die Tiere waren völlig in Panik geraten und verdrehten die Augen, während die Reiter sie auf die wartenden römischen Soldaten zutrieben, um ihren Gegenschlag auszuführen. Ungestüm versuchten die Pferde, den auf sie gerichteten Speerspitzen auszuweichen, wobei sie aber das Gleichgewicht verloren und ihre Hufe auf dem glatten Eis ausrutschten. Als ein Reiter hilflos auf die tungrische Kampfreihe zuschlitterte und dabei mit seiner Lanze auf Narbengesicht einstechen wollte, hielt dieser seinen Schild hoch, worauf die scharfe Eisenklinge lediglich durch die mehrlagige Schutzwaffe drang und dort stecken blieb. Der feindliche Sarmate fluchte. Narbengesicht packte seinen Schildgriff fester und wollte dem Reiter gerade die Lanze wegreißen, als sich ein Soldat von hinten zwischen ihm und dem sarmatischen Rekruten hindurchdrängte. Narbengesicht trat zur Seite, damit sein Hintermann den Fuß auf den Schild setzen konnte, um besseren Halt zu gewinnen. Dann schnappte er sich die Zügel des Pferdes und riss das widerstrebende Tier in die Reichweite ihrer Speere. Als der Reiter daraufhin seine Lanze losließ und stattdessen nach seinem Schwert griff, führte der sarmatische Rekrut namens Saratos blitzschnell seinen eigenen Speer nach vorn, versenkte ihn tief im Hals des Pferdes und drehte den Schaft einmal herum, bevor er die Waffe wieder herauszog.

Mit einem ohrenbetäubenden Heulen wich das Pferd zurück und riss den Soldaten zu Boden, dem die Zügel aus der Hand glitten. Dann begann es zu wanken, als ein dicker Schwall Blut aus der aufgeschlitzten Arterie an seinem Hals

spritzte. Der Reiter sprang unter unverständlichem Wutgeheul vom Rücken des Tieres und hob sein Schwert, doch
Sanga nutzte geistesgegenwärtig die kurze Chance für einen
Angriff und stieß ihm seinen Speer in die Achselhöhle. Der
Barbar wich zurück und landete auf der Flanke des mittlerweile hilflos in die Knie gesunkenen Pferdes, sodass beide
unter ihren Wunden zusammenbrachen. Ein Reiter neben
ihnen lehnte sich vor und stieß seine Lanze in Sangas unge-
schützte Schulter. Eine Handvoll Ringe des Kettenhemdes
brachen heraus, als die lange Klinge unterhalb des Schlüs-
selbeins tief in die Brust des Soldaten drang. Sanga wankte
zurück und hatte seine rechte Hand fest um den Speergriff
geschlossen, während der Sarmate versuchte, seine Waffe aus
der Wunde zu ziehen. Obschon seine Augäpfel bereits nach
hinten rollten und Sanga in die Knie auf seinen eigenen Schild
sank, ließ er den Griff des feindlichen Speers nicht los. Narbengesicht sah, dass der sarmatische Reiter abgelenkt war,
solange er versuchte, seine Waffe aus dem Griff des Tungrers
zu befreien, weshalb er sogleich wutentbrannt seinen eigenen
Speer auf ihn schleuderte und diesen tief in seiner Hüfte versenkte, worauf er fiel und sich am Boden wand. Narbengesicht trat einen Schritt vor und riss wütend sein Schwert aus
der Scheide, um ihn zu töten, spürte dann aber eine Hand auf
seinem Arm. Wieder war es Marcus, und er sprach mit ruhi-
ger Stimme über das wilde Waffengeklirr hinweg.

»Nicht! Bring lieber deinen Kameraden in Sicherheit!«

Dann zog der Römer seinen eigenen Gladius aus der
Scheide, richtete die zwei blitzenden Stahlklingen aus, schritt
an seinem Untergebenen vorbei und trat aus der Kampfreihe.
Als er von einem Angreifer mit einer Lanze attackiert wurde,
duckte er sich, hieb seine lange Spatha auf dessen Pferd und

schlug die Vorderläufe des Tieres sauber auf Kniehöhe ab. Das Pferd brach zusammen, worauf Marcus nach rechts wegtänzelte, mit seinem Gladius einen weiteren Stoß einer Contus-Lanze parierte und dann mit einem Hieb seiner Spatha die glänzende Eisenspitze von deren Holzschaft abtrennte. Er stürzte sich auf das Pferd seines Angreifers, das im Gedränge gefangen war und sich nicht bewegen konnte, duckte sich unter dessen Bauch und rammte ihm seinen Gladius in die Muskeln unter der Haut. Als er die Waffe wieder herauszog, wankte das Tier und konnte sich nicht mehr auf den Beinen halten. Es sank auf die Knie, weg von dem Römer, und sein Reiter fiel der Länge nach aufs Eis. Marcus warf einen Blick über die Schulter zurück, um herauszufinden, ob Narbengesicht seinen Kameraden in Sicherheit gebracht hatte, doch dann verfing sich sein Fuß unter dem Rand eines Schildes. Einen Augenblick taumelte er, dann fiel er schwer auf den Rücken und lag eine Weile hilflos da, während neue Reiter mit stoßbereiten Lanzen ihre Pferde um die beiden von ihm niedergestreckten Tiere herumführten.

Mit einem donnernden Schrei trat Saratos vor und schmetterte ein paar Lanzenspitzen mit seinem Schild beiseite. Gleichzeitig rammte er seinen eigenen Speer durch den Kiefer des vordersten Pferdes bis tief in dessen Schädel hinein, worauf das Tier so unvermittelt zusammenbrach, dass sein Reiter vom Sattel heruntergeschleudert wurde und auf Marcus' Beinen zu liegen kam. Sogleich hieb der junge Zenturio seinen Gladius in den Hals des benommenen Kriegers, zog die Knie an und stieß ihn mit einem Tritt unter die Hufe des vorantaumelnden Pferdes, aus dessen Wunde ein Schwall frischroten Blutes strömte. Plötzlich spürte Marcus Hände auf seinen Schultern, und er wurde an seinem Kettenhemd in die tungrische Kampfreihe zurückgezogen. Als er aufblickte, sah er seinen Optio von oben auf sich heruntergrinsen, während er gleichzeitig mehrere Soldaten nach vorne schob, um die Lücken in der Verteidigungslinie zu schließen.

»Dass du ein guter Kämpfer bist, wusste ich, Zenturio. Aber für dieses Meisterstück werde ich dir einen Becher Wein ausgeben, falls wir je wieder eine Schänke betreten sollten.«

Er deutete mit dem Kopf auf das Schlachtfest, das sich vor den Tungrern abspielte: Der Boden war übersät von toten oder sterbenden Tieren, während die Pferde dahinter aufgrund des Gestanks von Blut und Innereien wild herumtänzelten und laut wieherten.

»Was ist mit Sanga?«

Quintus schüttelte grimmig den Kopf und zeigte auf die Stelle, wo der verwundete Soldat hilflos auf dem Eis lag. »Narbengesicht hat gut daran getan, ihn aus der Schlacht zu ziehen. Der Verbandträger hat seine Wunde versorgt, doch auch wenn wir diese Dreckskerle überleben sollten, bezweifle ich, ob er das Morgenlicht erblicken wird.«

Marcus ging zu dem am Boden liegenden Veteranen hinüber, und noch immer zitterten seine Hände aufgrund der Wut, die seinen Körper durchströmte. »Richte ihn auf. Er wird erfrieren, wenn er noch länger hier herumliegt!«

»Was ist, wenn er nicht imstande sein sollte zu stehen?«

Marcus betrachtete Sangas Gesicht und schüttelte finster den Kopf. »Dann wird er sterben.« Er beugte sich hinab und sprach dem Verwundeten ins Ohr. »Soldat Sanga, komm auf die Füße und bleib stehen. Ich habe gerade keine Zeit zu vergeuden, doch solltest du immer noch aufrecht stehen, wenn wir hier fertig sind, werde ich dich höchstpersönlich sicher zur Festung zurückgeleiten. Steh also sofort auf oder lass es bleiben und geh zu deinen Vorfahren!«

Der Soldat nickte schwach, und sein Gesicht war ebenso weiß wie das Eis unter ihm. Taumelnd richtete er sich auf, kam auf die Füße, erhob sich mit vorgebeugtem Rücken und starrte auf seine Knie. Marcus tätschelte ihm freundlich die Schulter und wandte sich zur tungrischen Kampffreihe, um zu sehen, wie die Schlacht weiter verlief. Die vordere Hälfte des Verteidigungskreises wurde von den sarmatischen Reitern heftig bedrängt, und die tungrischen Soldaten kämpften um ihr Leben. Marcus sah zu Scaurus und seinen Ersten Speeren hinüber, die den Kampf mit geduldiger Gelassenheit verfolgten. Der Tribun nickte nachdrücklich, worauf Julius ans Ende seiner Kohorte rannte und den Befehl gab, den Marcus erwartet hatte.

»Erste Kohorte, zurück zu mir!«

Die Soldaten, die in Richtung der Sarmaten standen, schritten mit vorsichtigen Blicken nach rechts und links zurück, um eine gleichförmige Rückzugslinie zu bilden. Vor dem Halbkreis von Schilden vor ihnen war der Boden mit feindlichen Reitern und Pferden übersät – ein blutiger Haufen von Gefallenen und Sterbenden, die noch im Todeskampf schrien. Ein Befehl ertönte, worauf sich barbarische Bogenschützen durch die Reiter drangten und Pfeile auf die sich zurückziehenden Tungrer schossen. Ihr Anführer feuerte sie an, denn er spürte, dass die Kampfmoral der Römer zu schwinden begann. Ein Soldat aus Marcus' Fünfter Zenturie wurde am Fuß getroffen, zuckte vor Schmerz zusammen und starrte ungläubig auf den langen Pfeilschaft, der aus seinem Stiefel hervorragte. Er sackte zusammen und fiel nach vorne auf das Eis, war jedoch aufgrund ihres Rückzugs zu weit von seinen Kameraden entfernt, als dass sie ihn hätten packen und mit sich schleifen können.

»Linie halten!«

Die Soldaten um Marcus gehorchten seinem Kommando mit mürrischen Gesichtern und mussten entsetzt zusehen, wie sich einer der Reiter herablehnte und seine Lanze durch den Oberschenkel des gefallenen Soldaten bohrte. Dann trieb ein anderer sein Pferd voran, hob seinen Contus theatralisch in die Höhe und grinste den Tungrern zu, bevor er ihn mit Triumphgeheul in den Hals des Soldaten rammte. Noch immer war die römische Linie im Rückzug begriffen, weshalb die Sarmaten näher herandrängten, denn der nahende Sieg verlieh ihnen neue Energie. Die tungrische Formation begann allmählich, unter dem Druck der barbarischen Angreifer zu bröckeln, und die beiden Kohorten standen in einem Dutzend Schritten Entfernung voneinander in zwei langen, halbkreisförmigen Reihen. Der Anführer der Sarmaten trieb sein Pferd durch seine Leute hindurch, die sich ihres Sieges schon gewiss waren und mit wild grinsenden Gesichtern auf die Soldaten einstachen.

7. Kapitel

Unter den wachsamen Augen der Ballistaschützen, die an beiden Seiten des Haupttors bereitstanden, ritt Silus mit seinen Männern in das Kastell hinein. Als die Waffenkommandeure ihre Leute anwiesen, die schweren Eisengeschütze aus den Ballistas zu nehmen und die durch Torsion angespannten Seile zu lockern, verzog sich das Gesicht des Decurio zu einem freudlosen Lächeln. Er stieg vom Pferd und sah sich nach dem diensthabenden Zenturio um.

»Schon zurück?« Silus erblickte den Gesuchten, der mit fragender Miene auf ihn zuging. »Ich nehme an, ihr habt keine guten Neuigkeiten zu berichten.«

Silus schüttelte den Kopf, beugte sich näher zu dem grauhaarigen Offizier und sprach so leise, dass kein anderer mithören konnte. »Die Neuigkeiten, die ich bringe, sind für euren Präfekten bestimmt, und mir wurde aufgetragen, sie keinem anderen mitzuteilen.«

Der Zenturio verzog keine Miene. »Dann weiß ich wohl bereits alles, was ich wissen muss. Du da!« Er deutete auf einen der Soldaten, die neben dem Tor Wache standen. »Führe den Decurio in die Kommandostelle.«

Leontius schien von der Meldung ebenfalls nicht überrascht, wenngleich er den Kopf schüttelte, als er vom Verrat der sarmatischen Reiter an Belletor und der blutigen Niederlage der Legionskohorte hörte. »Was für ein Desaster, Decurio! Drei vollzählige, intakte Infanteriekohorten an nur einem Morgen zu verlieren bedeutet, dass ich jetzt gerade noch die Männer habe, die sich in der Festung befinden, denn die Einheiten weiter unten im Tal werden ebenfalls schon überrannt worden sein. Nun denn, in diesem Fall sollten wir uns schnellstmöglich zum Kampf bereit machen. Ich danke dir, dass du mir die Kunde überbracht hast, ganz zu schweigen davon, was sie für dich selbst bedeuten muss. Zumindest hat euer Entkommen zur Folge, dass ich nun ein paar Reiter entsenden kann, um die Legaten zu warnen. Allerdings glaube ich kaum, dass die Übermittlung dieser Nachricht uns rechtzeitig Verstärkung verschaffen wird.« Er schenkte Silus ein bitteres Lächeln. »Ich bezweifle nämlich, dass zwei Kohorten von fünfhundert Mann ausreichen werden, um den Pass gegen einen Großangriff feindlicher Krieger zu halten, zumindest so lange, bis eine Legion zu unserer Unterstützung aufmarschiert, weshalb es eigentlich egal ist, ob eine solche entsandt wird oder nicht. Doch man sollte die Hoffnung ja nie aufgeben, nicht?«

Silus salutierte. »Wie du wünschst, Tribun. Bleibt mir noch Zeit, die Medica unserer Kohorte über das Verhängnis zu informieren? Sie war eng mit einem der betroffenen Zenturios befreundet.«

Der hochrangige Offizier machte eine zustimmende Geste. »Tu, was du tun musst, Decurio, und komm gleich danach zurück, um meine erste Botschaft abzuholen. Wir brauchen so schnell wie möglich Verstärkung, wenn wir diese sarmatischen Irren davon abhalten sollen, an uns vorbei in die Provinz hineinzureiten. Und sende auch einen Erkundungstrupp ins Tal hinunter. Ich hätte gern ein paar genauere Informationen darüber, wer und wie viele die Straße heraufziehen werden, bevor die Bastarde an unsere Tore klopfen und sagen, sie hätten ihr Land wieder zurückerobert.«

Silus salutierte erneut und verließ den Raum. Er beauftragte fünf seiner Männer, die Anweisungen des Präfekten auszuführen, und ritt wieder die Straße ins Tal hinunter. Er eilte zum Hospital des Kastells, wo er Felicia und Annia vorfand, die gerade eine Bestandsaufnahme der medizinischen Vorräte machten.

»Nur noch ganz wenig von dem kostbaren getrockneten Mohnsaft, keine Alraunwurzeln mehr und gerade mal genügend Beinwell für ein halbes Dutzend Patienten.« Unglücklich schüttelte Felicia den Kopf und blickte zu ihrer Gehilfin. »Alle Soldaten, die Stichwunden davontragen, werden ihre Behandlung ohne lindernde Arzneimittel überstehen müssen. Immerhin haben wir einen ausreichenden Vorrat an Bandagen und Honig.« Felicia blickte auf und sah Silus mit unglücklichem Gesicht in der Tür stehen. Sie runzelte die Stirn. »Kann ich dir helfen, Decurio? Du bringst schlechte Nachrichten, nicht wahr?«

Silus schüttelte traurig den Kopf und erzählte von der Katastrophe, die Belletors Kohorte heimgesucht hatte. »Der Tribun wies mich an, hierher zurückzureiten, noch bevor die Barbaren damit fertig waren, die Legionäre in Stücke zu reißen. Hätte er das nicht getan, wären auch meine dreißig Leute jetzt tot, ganz egal, ob die arme Infanterie den Kampf nun gewonnen oder verloren hat oder die Sache womöglich unentschieden ausging. In jedem Fall verdanke ich ihm mein Leben.«

Felicia neigte den Kopf zur Seite, und in ihren Augen schimmerten Tränen, die sie nur mit Mühe zurückhalten konnte. »Dennoch würdest du dir wünschen, du wärst dort geblieben und hättest gemeinsam mit ihnen kämpfen können, nicht wahr?«

Der Kavallerist nahm ihre Hand und hielt sie in seiner. »Auch wenn wir oft darüber scherzen, dass die beste Verteidigung gegen Waffen zwanzig Meilen Straße zwischen uns und den Feinden sind, will kein echter Soldat je vor einem Kampf davonlaufen, Medica. Außerdem waren dein Mann und seine Kameraden meine Freunde.«

Annia zuckte nur die Achseln und wandte sich wieder den medizinischen Vorräten zu. »In diesem Fall, Decurio, solltest du dir deinen Glauben bewahren – sowohl den Glauben an unsere Götter als auch daran, was unsere Männer zu leisten vermögen. Weder der Mann dieser Frau noch der Riesen-Blödian, den ich meinen eigenen Gatten nenne, werden so schnell aufgegeben haben und gestorben sein, wie du dir das vorzustellen scheinst.«

Silus lächelte und verbeugte sich. »Ich hoffe und bete, dass du damit recht behältst, Domina. Wenn ihr mich nun entschuldigen würdet?«

»Zweite Kohorte!« Als Tertius' Stimme über den Schlachtlärm hallte, machten sich die wartenden Zenturios für das Kommando bereit, das gleich ertönen würde. »Attacke!«

Die hinterste Reihe der Kohorte teilte sich in der Mitte und bildete zwei Flügel, die um die Stellen kreisten, wo die Zweite mit der Ersten Kohorte zusammentraf. Die zwei mittleren Zenturien rannten, so schnell sie konnten, über das glatte Eis, um die bedrängten vorderen Reihen der Formation auf beiden Seiten zu überholen. Innerhalb weniger Herzschläge und noch bevor der Sarmatenanführer begriffen hatte, dass er auf den Trick eines vorgetäuschten Rückzugs hereingefallen war, der ursprünglich die Taktik seines eigenen Stammes gewesen war, stürzten sich die beiden Flügel in einer wilden Attacke auf die ungesicherten Flanken der Kriegshorde. Mit ihren Speeren stachen sie von der Seite auf die wehrlosen Pferde ein, ein halbes Dutzend Männer schwärmten um jene Reiter herum, die sich ungeschützt an den seitlichen Flanken befanden, und zogen sie von ihren Tieren. Dann erschlugen sie sie mit den Messingrändern ihrer Schilde oder traten sie mit ihren genagelten Stiefeln tot. Während die Pferde aufgrund ihrer Verwundungen zusammenbrachen oder an den Zügeln aus der Schlacht herausgeschleift werden mussten, zogen sich die Absperrketten zu beiden Seiten der sarmatischen Krieger fester zusammen. Ihr Anführer blickte sich in wachsendem Entsetzen um, als er begriff, dass seinen Männern der Tod drohte, falls sie es nicht schaffen sollten zu fliehen. Wild fuchtelte er mit den Armen und versuchte, sein Reittier zu wenden, um seine Krieger vom Schlachtfeld zu führen, doch es gelang ihm nicht, denn nun stellte er genau die Zielscheibe dar, auf die Qadir mit der ihm eigenen Geduld schon lange gewartet hatte. Ein gefiederter Pfeil bohrte sich in seine Seite, und der Barbarenhäuptling starrte entsetzt auf den Pfeilschaft, bevor er in blindem Schmerz zusammensackte und auf den Reiter neben ihm fiel.

Julius wandte sich an den Zenturio seiner Reservezenturie, der vor seinen Männern stand und beide Hände auf den stark abgenutzten Griff seiner Axt gelegt hatte. »Nun ist dein Moment gekommen, Bär! Führe deine Männer um die rechte Flanke herum und mach den Sack zu, in den wir sie gesteckt haben!«

Der große Mann nickte zustimmend, brüllte einen Befehl zu seinen Leuten hinüber und trampelte mit zielgerichtetem

Blick voran. Als er an der hinteren Reihe der Fünften Zenturie vorbeikam, zwinkerte er Marcus zu. »Sieh zu, dass sie noch eine Weile durchhalten, kleiner Bruder!«

Der Erste Speer ließ den Blick über seine Kohorte schweifen und sah erste Anzeichen verzweifelter Erschöpfung bei seinen Männern, nachdem sich der Brennpunkt des Kampfgeschehens von ihnen wegverlagert hatte und die Sarmaten weniger Druck auf sie ausübten.

»Erste Kohorte!« Die Zenturios blickten von beiden Seiten auf ihn und erwarteten müde seinen Befehl. Ihre ausdruckslosen Gesichter ließen erkennen, dass sie alles tun würden, was ihr Anführer anordnete. »Linie ausrichten und halten!«

Marcus nickte und bedeutete Qadir mit einer Geste, ihm dabei zu helfen, die Überlebenden aus seiner Kohorte nach vorne neben die seitlichen Zenturien zu drängen und eine geschlossene Formation zu bilden, sodass trotz der Verluste und Erschöpfung der Zenturien eine zumindest einigermaßen gerade Verteidigungslinie entstand.

»Sie haben nicht mehr allzu viel Kraft, befürchte ich.«

Der Römer nickte und betrachtete seine Soldaten mit finsterem Blick, der auf seiner militärischen Erfahrung gründete. Er sah, dass viele der Männer sich auf ihre Schilder stützten, sobald die Kampflinie ausgerichtet war, während andere sich gegen ihre Kameraden lehnen mussten.

»Du hast recht. Aber wir sind noch nicht fertig.« Er erhob seine Stimme, damit sein Befehl im Schlachtlärm zu hören war, und musste innerlich lächeln, als er sah, wie sich die Soldaten aufgrund seines barschen Untertons aufrichteten und die Köpfe hoben. »Soldaten! Die Schlacht ist noch nicht zu Ende! Sobald die Zehnte Zenturie die hinteren Reihen der Feinde angreift und diese sehen, dass wir ihnen den Fluchtweg abgeschnitten haben, werden sie in Panik geraten und in alle Richtungen zu entkommen versuchen. Außerdem stehen uns ihre Pferde direkt gegenüber! Daher müsst ihr noch eine letzte Anstrengung unternehmen, wenn wir verhindern wollen, dass unser Sieg in eine Katastrophe umschlägt.« Er sah über die Kohorte und stellte fest, dass seine Offizierskameraden ihren ebenfalls ausgelaugten Soldaten ähnliche Anweisungen zuriefen. »Noch ein letzter Kraftakt, Männer, bei dem wir überdies im Vorteil sind: Auf unserer Seite haben wir eine geschlossenen Linie gestählter Soldaten, die mehr Kampferfahrung als die meisten Legionen besitzen – die Feinde hingegen sind umzingelt, in Furcht und Schrecken versetzt, und das Einzige, was sie nun wollen, ist, unseren Speeren zu entfliehen! Schon bald, wenn ihr letzter, verzweifelter Angriff scheitern wird, werden uns diese verfluchten Krieger um Gnade anflehen! Ich würde vorschlagen, wir erweisen ihnen diesen Akt der Barmherzigkeit dann auf die einzige Art, die ihrem Verrat gerecht wird: Wir werden ihnen die Gnade eines schnellen Todes zukommen lassen! *Keine Gefangenen!*«

»Keine Gefangenen!«

Die Soldaten nahmen die Kampfansage auf und schrien sie mit lauter Stimme den Kriegern zu, die vor ihnen umherritten. Fast sofort stimmten die seitlichen Zenturien mit ein, bis schließlich die gesamte Kohorte den Schlachtruf herausbrüllte.

»Unter deiner zivilisierten Fassade bist du in Wahrheit eine blutrünstige kleine Bestie, nicht wahr?«

Marcus zuckte mit den Schultern in Richtung Julius, der zu ihm herübergekommen war. »Sind wir das nicht alle, wenn Speere herumfliegen und die Luft nach Blut stinkt? Außerdem weißt du ja, was passieren würde, wenn ...«

Der Schlachtlärm wurde lauter, wobei sich die Schreie nun noch furchterregender anhörten, weshalb sich den Soldaten die Nackenhaare sträubten, als Menschen und Tiere angesichts der ihnen angetanen Gewalt in größter Qual aufheulten.

»Der Bär scheint mit seinen Männern ganze Arbeit zu leisten. Es gibt nichts, was Reiter mehr in Angst und Schrecken versetzt, als eine Zenturie stämmiger Kerle, die durch die Hintertür kommen und sich ihren Weg mit Äxten freischlagen. Und da sind sie schon!«

Als seien sie von einer geheimen Stimme dazu beordert worden, die nur sie selbst vernehmen konnten, jagten die Reiter ihre Pferde in einer Einheit auf die Tungrer zu, als wollten sie instinktiv in einem verzweifelten Ansturm den Ring scharfen Eisens durchbrechen, der sich um sie geschlossen hatte. Wild traten die Reiter ihre Tiere in die Flanken und trieben sie trotz ihrer vor Panik weit aufgerissenen Augen auf die Römer zu, sodass sie sich schließlich Nase an Nase mit ihnen befanden. Die Soldaten hielten ihre Stellung, und jene Männer, die noch über intakte Speere verfügten, stachen sie in die Flut von Pferdefleisch, die auf sie einströmte, und fügten den hilflosen Tieren entsetzliche Wunden zu, wobei die vordere Kampfreihe von den Hintermännern unterstützt wurde.

Ein Reiter lehnte sich aus seinem Sattel herab, um die Tungrer mit seiner langen Contus-Lanze zu attackieren. Die kalte Eisenklinge traf einen Soldaten, der mit bis zum Knochen offenem Kiefer zurücktaumelte, worauf Qadir sogleich einen anderen Mann an seinen Platz schob und ihn anfauchte, seinen Schild hochzuhalten. Der Verwundete wankte zum Verbandsträger der Zenturie hinüber, doch dieser riss ihm lediglich seinen Schal vom Hals und presste den Stoff gegen die Wunde, worauf er sich abwandte, um sich mit ernsthafteren Verletzungen zu befassen. Über die gesamte Länge der tungrischen Linie hinweg fluchten die Sarmaten angesichts ihrer Umzingelung aus Speeren und Schwertern, konnten ihre Reittiere jedoch nicht dazu bringen, in das Aufgebot von Schilden vor ihnen einzubrechen, wodurch die Soldaten vor ihnen mehr und mehr Zutrauen gewannen.

Saratos zog sein Messer und blickte mit hochgezogener Braue zu Marcus hinüber, wobei er mit der anderen Hand auf den Anführer der Sarmaten deutete, der zusammengesackt am Hals seines Pferdes hing; Qadirs Pfeil steckte noch in seiner Seite. Der junge Zenturio nickte und beobachtete, wie Saratos seinen Schild fallen ließ und durch den Wald von Pferdebeinen kroch, wobei er sich tief am Boden bewegte, um kein Ziel für die feindlichen Lanzen zu bilden. Während seine neuen Kameraden ihm noch ungläubig nachsahen, schob er sich unter den Bauch des Pferdes und stieß sein Messer zwischen dessen Fleisch und den Sattelgurt des Sarmatenführers. Mit einer kurzen sägenden Bewegung zerschnitt er das dicke Leder und zog dann am Bein des Häuptlings. Der Mann glitt vom Pferd herab, und der Sattel befand sich noch immer zwischen seinen Beinen. Als der wehrlose Barbar auf den Boden fiel, hatte er sofort Saratos' Messer am Hals, worauf er entsetzt japste und die verbliebenen Reiter nun ganz ohne Anführer waren.

In weniger als einem Dutzend Herzschlägen gab die sarmatische Kriegshorde wie in einem letzten Aufflackern einer bereits abgebrannten Kerze ihren Kampf auf. Die Männer, die der Verteidigungslinie der Ersten Kohorte am nächsten waren, fielen von ihren Pferden, warfen ihre Waffen zu Boden und hielten ihre nunmehr leeren Hände vor den Soldaten hoch. Sie flehten die Tungrer an, sie vor dem Massaker zu verschonen, das hinter ihnen wütete, und blickten sich voller Schrecken um, als sie die Äxte und Speere sahen, die ihre bereits dem Untergang geweihte Kriegshorde stets weiter verkleinerten und niedermetzelten. Jetzt, wo die Wut des Kampfes aus seinen Knochen wich, reagierte der junge Zenturio eher mit Erstaunen als Ärger, denn immerhin hatten seine Männer unter höchst widrigen Umständen überlebt, sodass er sich nun außerstande sah, das Blutbad, das er noch vor wenigen Augenblicken angedroht hatte, in die Tat umzusetzen. Also wandte er sich um und sah Julius, winkte ihm zu und führte seine Handgelenke aneinander, um ihm zu bedeuten, man möge die Sarmaten gefangen nehmen. Darauf blickte der Erste Speer zu seinem Tribun hinüber, und dieser stimmte mit ernster Miene und einem Kopfnicken zu.

Silus war bereits aufgesessen und bereit, in Begleitung von vieren seiner Männer mit der Botschaft des Tribuns gen Nordosten zu reiten, als er sah, wie die Späher, die ausgesandt worden waren, um das Schicksal der Tungrer auszukundschaften, das Tal heraufgaloppierten. Also saß er ab und wartete, bis sie das Tor erreicht hatten, während der diensthabende Zenturio seiner mürrischen Ballistabesatzung erneut auftrug stillzuhalten.

»Die Tungrer, Decurio! Sie haben gesiegt! Sie marschieren bereits wieder die Straße herauf!«

Silus grinste ungläubig und blickte kopfschüttelnd zu dem Zenturio hinüber. »Dann solltest du wohl gleich einen Läufer entsenden, um deinen Tribun herzuholen, oder?«

Der verdrießlich dreinblickende Offizier nickte und rief

nach seinem Optio. »Schick einen Mann in die Kommandostelle und sag dem Tribun, dass einige der Hilfstruppen den
Barbaren anscheinend entkommen sind. Sende auch gleich
ein paar Karren aus, denn die armen Kerle tragen ihre Verwundeten sicher auf dem Rücken hierher. Und gib dem Hospital Bescheid, dass sie mit Verletzten zu rechnen haben.«

Silus drehte sich wieder den Männern zu, die ihn bei seiner Mission nach Porolissum begleiten sollten. »Ich werde
das allein übernehmen. Ihr vier hingegen reitet mit derselben
Botschaft nach Süden. Sollte es euch nicht gelingen, sie zu
überbringen, braucht ihr gar nicht erst zurückkommen, denn
dann werden wir verdammt noch mal nicht mehr hier sein!«

Er bestieg sein Pferd und nahm ein Dutzend Männer ins
Tal mit, wo er auf die Tungrer stieß, die sich den Berghang
die letzten zwei Meilen zum Kastell hinauf kämpften. Er zügelte sein Pferd neben Scaurus und sprang dann mit einem
raschen Salut aus dem Sattel. Sein vorgesetzter Offizier trat
indessen aus der langsamen, erschöpft wirkenden Marsch-
reihe heraus.

»Ich würde vorschlagen, du lässt deine Männer anhalten,
Tribun. Es sind bereits Maultierkarren für eure Verwundeten
unterwegs und…« Er verstummte mitten im Satz, als er den
Gesichtsausdruck des Tribuns bemerkte.

»Danke, Decurio, aber wir werden ohne Hilfe hinaufmarschieren.«

»Aber was ist mit den Verwundeten, Herr?«

»Die sind entweder schon tot oder werden lange genug
am Leben bleiben, um ins Hospital zu gelangen. Außerdem
scheinst du nicht begriffen zu haben, Silus: Diese Männer
sind Tungrer, weshalb sie keinen einzigen Mann zurücklassen
werden, den die Feinde plündern könnten. Zumindest nicht,

solange sie noch die Kraft besitzen, die Körper ihrer Kameraden zu tragen.«

Der Decurio blickte über die Kolonne, die langsam an ihm vorbeizog, und sah, dass die Soldaten infolge der Schlacht und des darauffolgenden Marsches ganz offensichtlich am Ende ihrer Kräfte waren. Die stämmigeren Männer hatten sich zu zweit zusammengetan, und manche beförderten Tote, die sie von ihrer Rüstung und den Waffen befreit hatten, andere wiederum trugen jene Soldaten, die zu schwer verwundet waren, um selbst gehen zu können. Die Verletzten, die sich noch auf ihren eigenen Beinen fortbewegen konnten, wurden auf beiden Seiten von ihren Kameraden gestützt. Silus sah auch den narbengesichtigen Soldaten, der oft in der Nähe von Marcus anzutreffen war. Er stützte mit dem Arm einen anderen Mann unter der Achsel, da der Verwundete kaum etwas anderes vermochte, als mit vor Schmerz und Erschöpfung erbleichtem Gesicht den steilen Anstieg der Straße hinaufzutorkeln.

Scaurus unterbrach ihr Gespräch, um seine Männer zu einem letzten Kraftakt anzutreiben. »Immer voran, Tungrer! Nur noch eine Meile, dann könnt ihr mit erhobenem Kopf ins Kastell einmarschieren!«

Julius gesellte sich zu ihnen, und seine Miene war ebenso entkräftet wie die seiner Männer. Silus packte seinen Arm zu einer herzlichen Begrüßung, und der Erste Speer nickte ihm mit berechnendem Gesichtsausdruck zu.

»Genau der Mann, den ich sehen wollte!«

Silus runzelte erstaunt die Stirn. »Tatsächlich? Ich hätte eher gedacht, du willst in deinem ganzen Leben keinen einzigen Reiter mehr sehen.«

Kopfschüttelnd schenkte Julius ihm ein mattes Lächeln.

»Nein, Silus. Stattdessen bist du wirklich der Mann, den es jetzt braucht, um diese Männer mit erhobenen Köpfen ins Kastell hinaufzubringen. Steig also wieder auf dein Pferd und führe deine Leute an die Spitze der Kolonne, dann wirst du schon sehen, was ich meine.«

Scaurus erwog den Vorschlag einen Augenblick und nickte dann nachdenklich. »In der Tat kann ich mir kaum eine bessere Aufmunterung für die Männer vorstellen.« Er klopfte Silus auf die Schulter. »Dann mal los, Decurio, führe uns nach Hause.«

Mit einem ratlosen Kopfschütteln stieg der Reiter wieder auf sein Pferd und führte seine Männer in leichtem Trab an die Spitze der Marschkolonne. Viele Soldaten, an denen er vorbeikam, nahmen seine Anwesenheit kaum wahr, andere hingegen warfen ihm geringschätzige Blicke zu und richteten ihre Augen dann wieder auf die Rücken der Männer, die vor ihnen gingen. Von hinten erklang die Stimme von Julius, der laut genug rief, um das Klappern der genagelten Stiefel auf der gepflasterten Straße zu übertönen. Plötzlich begriff Silus und legte entnervt eine Hand an die Stirn, als ihm klar wurde, was Julius da hinten herausbrüllte.

»Kavalleristen waschen ihre Schwänze nie,
selbst wenn sie jucken vor Dreck ...«

Augenblicklich stimmten hunderte Soldaten mit ein, und schnell verbreitete sich der Gesang über beide Kohorten, die nun aus tiefster Seele eines ihrer Lieblingslieder schmetterten.

»Beim ranzigen Geschmack
ihres stinkenden Sacks
fühlen sie sich wie Maden im Speck!«

Julius rief dem Kavalleristen Silus noch einen Satz hinterher, und trotz aller Erschöpfung klang seine Stimme nun fröhlich. »Gut gemacht, Silus, genau das haben wir jetzt gebraucht! Dann mal weiter, Jungs: *Kavalleristen ist beim Zechen nicht nach Hurerei zumute...*«

Auch diesmal waren die Soldaten sofort dabei, und die meisten hatten den Vers schon beendet, noch bevor er selbst so weit war.

»...warum zahlen für Mösen,
wenn der Drang sich lässt lösen
im Hintern einer Stute?!«

»Für Männer, die vor nicht viel mehr als einer Stunde gegen Kavallerie gekämpft haben, scheinen sie bester Laune zu sein!«

Leontius' Erster Speer schüttelte zweifelnd den Kopf. »Schau sie dir genauer an, Tribun.«

Die beiden Männer blieben eine Weile auf ihrem Aussichtspunkt oberhalb des Tores stehen und betrachteten die herannahenden tungrischen Kohorten.

Dann ergriff der Präfekt wieder das Wort. »Ich weiß, was du meinst. Sie singen zwar, aber sie sehen vollkommen fertig aus.«

Sein Zenturio nickte und wandte sich ab. »Genau, Herr. Ich würde sagen, diese Männer haben für einen Tag genügend Schlacht gesehen. Wenn du mich nun entschuldigen würdest?«

Leontius bedeutete ihm mit der Hand zu gehen, und der Erste Speer eilte die Holztreppe an der Mauer hinab. Am Boden angekommen, duckte er sich durch die kleine Schlupftür und ging rasch die Straße hinunter, um Scaurus und Julius an der Spitze der Ersten Kohorte zu begrüßen. Er salutierte vor dem Tribun und streckte Julius dann mit einem Ausdruck größten Respekts seine Hand entgegen.

»Willkommen zurück, Kameraden! Euer Decurio ist euch vorangeritten und hat uns bereits über den Zustand eurer Männer aufgeklärt, weshalb ich mir die Freiheit genommen habe, ein paar Leute auszusenden, um Wachfeuer bei euren Unterkünften zu entzünden. Schon bald wird ein Fleischeintopf fertig sein, daher müsst ihr nun lediglich eure Soldaten in die Kasernen schaffen, damit sie sich ausruhen können und für den Spaß bereit sind, der uns morgen früh erwartet. Wir übernehmen heute Nacht den Wachdienst, sofern euch das recht ist.«

Julius nickte dankbar und rief nach seinem Optio. »Schick einen Läufer ans Ende der Kolonne. Alle Zenturien sollen ins Feldlager einziehen, ihre Waffen säubern und schärfen und sich dann für die morgigen Kampfhandlungen bereitmachen. Essen ist bereitgestellt, und der Wachdienst wird von den Britanniern übernommen, daher gibt es keinen Grund, warum die Männer nicht eine gute, erholsame Nacht verbringen sollten. Die Verwundeten und Verbandträger sollen sich ins Hospital begeben.«

Scaurus trat näher an den Ersten Speer heran. »Erster Speer, welche Art von Spaß erwartet ihr denn morgen früh, wenn ich fragen darf?«

Der hochrangige Zenturio der Ersten Britannica spitzte die Lippen und schüttelte leicht den Kopf. »Ehrlich gesagt wissen wir das nicht genau, Tribun. Tribun Leontius hat eine Unterredung der Kommandeure angeordnet, die gleich nach dem Abendessen stattfinden soll, daher gehe ich davon aus, dass er euch alles mitteilen wird, was es zu wissen gibt.« Er unterbrach sich und betrachtete abschätzend die tungrische Marschkolonne. »Ich wollte eben sagen, dass eure Leute in einem erstaunlich guten Zustand sind, Herr, wenn man bedenkt, dass sie gerade einen Reiterangriff erfolgreich abgewehrt haben. Doch wie es aussieht, habt ihr trotz allem große Verluste erlitten.«

Der Tribun folgte dem Blick des Ersten Speers über die Truppen und nickte, als er einen Strom von Verwundeten herannahen sah. Einige von ihnen konnten gehen, wiesen jedoch tiefe Schwert- und Speerwunden an den Armen und in den Gesichtern auf. Andere wiederum mussten von ihren Kameraden gestützt werden, und ihre Beine waren grob mit Wollfetzen verbunden, die ganz offensichtlich aus der Kleidung der Barbaren stammten.

»Dreiundsechzig sind im Kampf gefallen, und weiteren sieben musste nach der Schlacht der Gnadenstoß erteilt werden. Was die gut hundert Verwundeten anbelangt, ist mit der üblichen Anzahl an Sterbefällen zu rechnen. Unsere Heiler werden heute Abend eine Menge zu tun haben.«

»In der Tat, Herr. Und sobald sie alles für die armen Kerle getan haben, was in ihrer Macht steht, werde ich sie mit einem Karren und einer Eskorte von Reitern nach Osten schicken. Wir haben keine Ahnung, wer oder was morgen dieses Tal heraufziehen wird, aber ich werde nicht zulassen, dass eure Frauen hier in der Gefahrenzone verweilen. Niemand weiß, was ihnen zustoßen könnte, wenn es den Barbaren gelingen sollte, unsere Verteidigung zu durchbrechen.«

Scaurus hob skeptisch eine Augenbraue. »Da kann ich dir nur viel Glück wünschen. Die gute Medica ist äußerst starrsinnig, wenn es um die Pflege ihrer Patienten geht.«

Der Erste Speer hatte bereits den Mund zu einer Antwort geöffnet, wurde dann aber von der Marschkolonne abgelenkt. »Sind das Gefangene?«

Der Tribun nickte. »Ja, und ihr könnt sie alle haben. Ich denke, zumindest *wir* haben für heute genug Blut gesehen.«

Die Tungrer waren noch immer auf dem Weg in ihre Lagerabschnitte, als eine Trompete vom Wehrgang des Kastells erklang und die Ankunft der ersten feindlichen Späher ankündigte. Scaurus und Julius beschlossen, ihre Männer ruhen und sich von den Strapazen des heutigen Tages erholen zu lassen, und machten sich zur Festungsmauer auf. Dort fanden sie Tribun Leontius vor, der die sarmatischen Reiter beobachtete, wie sie das Tal in Richtung des Grabens heraufritten, der das Kastell umgab.

Der befehlshabende Kommandeur ergriff das Wort, ohne seine Augen von den Reitern abzuwenden. »Wir geben ihnen ein wenig Zeit, um herauszufinden, dass das Tal unzugänglich ist, es sei denn, sie reiten durch uns durch. Danach werden wir ein paar kleine Maßnahmen ergreifen, die ihnen zu denken geben sollten.«

Sie warteten schweigend, während die Späher die gesamte Länge der Festung abritten. Leontius lächelte grimmig, als er beobachtete, wie sie auf die Reihen gefällter Bäume stießen, deren angespitzte und dicht miteinander verflochtene Äste die Talhänge zu beiden Seiten unpassierbar machten.

»Bald werden sie zurückreiten und einen Blick auf die Brücke werfen. Ballistaschützen, bereit!«

Die Besatzung der schweren Waffen wartete bereits neben ihren Torsionsgeschützen. Schnell spannten sie die mächtigen Seile und luden mit ernster Miene Bolzen mit eisernen

Spitzen in die Ballistas. Stille herrschte, als die sarmatischen Späher durch das Tal zurückritten und sich versammelten, wohl um über die Geländeformation zu sprechen, die das Kastell umgab.

»Wartet auf mein Kommando! Ich möchte so viele wie möglich von ihnen erledigen!« Er wandte sich mit einem aufgeregten Lächeln an die Tungrer. »Jetzt werden wir gleich herausfinden, wie gut unsere Jungs mit beweglichen Zielobjekten sind.«

Die Späher versammelten sich an der einzigen Brücke, die über den Graben führte. Im blassen Sonnenlicht des Winternachmittags konnte Julius einen Mann sehen, der auf den Übergang zeigte und dann mit den Armen auf das Tal deutete.

Leontius drehte sich mit einem jungenhaften Grinsen zum Befehlshaber über die Ballistas. »Ich denke, dies ist der Mann, den wir töten sollten, nachdem er gerade so eifrig dabei ist, den anderen seine Meinung darzulegen. Mal schauen, ob die Waffenbesatzung das ebenso sieht. Zielen!« Er legte die Hände an den Mund und rief seinen Männern das Kommando zu, auf das sie gewartet hatten. »Ballistaschützen, bereit zum Schuss!« Er wartete einen Moment, damit die Männer das Geschütz ausrichten konnten. »*Schießt!*«

Ein dumpfer Schlag erklang, als die vier Schützen ihre Bolzen abfeuerten. Jeder von ihnen maß etwa eine Armlänge und hatte ausreichend Kraft, um jede Art von Rüstung zu durchschlagen. Eines der Geschosse flog eine Handbreit über die Köpfe der Späher, was die betreffende Waffenbesatzung heftig zum Fluchen brachte. Die anderen drei Geschosse aber, die nach wochenlangem Üben geradezu perfekt ausgerichtet waren, trafen ihre Ziele exakt. Der augenscheinliche Anführer der Späher wurde wie die Stoffpuppe eines Kindes von seinem Pferd geworfen, und ein hellroter Sprühregen zeigte, welchen Schaden der Bolzen bei ihm angerichtet hatte. Ein zweites Geschoss flog etwas tiefer und durchtrennte sauber den Hals eines Pferdes, weshalb es auf den Boden sackte und seinen Reiter unter sich begrub. Der dritte Bolzen tötete zwei Männer nacheinander, indem er zuerst durch den einen hindurchschoss und dann tief im Körper des anderen stecken blieb. Die übrig gebliebenen Späher wendeten ihre Pferde und flüchteten im Galopp, wobei sie von den reiterlosen Tieren verfolgt wurden. Die Männer an den Ballistas lachten und klopften sich angesichts ihres Erfolgs gegenseitig auf die Schultern.

Während das fast enthauptete Pferd unter ihnen im Todeskampf zuckte, rief der Präfekt über die Mauer zur Waffenbesatzung hinauf: »Gut gemacht, Männer! Jetzt wissen die Barbaren, dass sie Stein-Kastell mit ein wenig mehr Respekt betrachten sollten! Ballistaschützen, wegtreten! Das Einzige, was wir jetzt tun können, ist abwarten und sehen, wer oder was als Nächstes das Tal heraufzieht.«

Dieses Rätsel löste sich schon bald. Laute Hornsignale ertönten, was wohl die Verteidiger einschüchtern sollte, dann sahen sie, wie das sarmatische Heer heranzog. Leontius warf einen kurzen Blick ins Tal und ordnete an, dass die Verteidigungsmauer hinter dem langen Graben mit beiden britannischen Kohorten bemannt werden sollte. Die Thraker stellten sich fünfzig Schritte hinter ihnen auf, um jeden Angriff mit einem Pfeilhagel zu erwidern. In ungerührter Stille verfolgten die Infanteristen hinter der rund einen Meter zwanzig hohen Mauer, wie die feindliche Horde das Tal herauf auf sie zukam. Sie wurde von einem Reiterheer angeführt, das gut zehntausend Mann zählte, und dahinter marschierten mehrere Kolonnen von Fußsoldaten, die aufgrund ihrer großen Zahl den Talboden schwärzten.

»Zwanzigtausend?«

Julius beantwortete diese Frage von Scaurus mit einem Kopfschütteln, während sie von der Mauer oberhalb des Eingangstors des Kastells hinabblickten. »Sieht eher nach dreißigtausend aus. Was wesentlich mehr ist, als wir gemäß den Informationen deines Legatenfreundes erwartet hatten. Ich frage mich...« Er kniff die Augen zusammen, blickte auf die feindlichen Massen, und seine Stimme nahm einen angewiderten Klang an. »Schau dir die *Fahnen* an, Tribun, dann hast du bereits die Antwort auf meine Frage.«

Scaurus starrte einen Augenblick verständnislos über das Tal und wusste nicht, wonach er schauen sollte, dann aber führte er eine Hand an den Kopf, weil er plötzlich begriffen hatte. »*Galatas?* Das kann nicht sein...«

Julius schüttelte grimmig den Kopf. »Das *sollte* nicht sein, ist aber verdammt noch mal so. Ich würde diese Fahne überall wiedererkennen.«

Das blutrote Banner mit dem vertrauten weißen Schwert wehte stolz über einem Aufgebot von Fußsoldaten, die in der Mitte der Formation marschierten.

Tribun Scaurus beobachtete ihr Herannahen einen Augenblick, bevor er erneut sprach, und war nun so wütend, dass er die Worte förmlich ausspuckte. »Fürwahr, das ist tatsächlich die Fahne von König Galatas. Zehntausend Goldaurei scheinen heutzutage nicht mehr dieselbe Gefolgstreue zu sichern wie in vergangenen Zeiten, was? Ein Teil von mir wünscht sich gerade, unser verstorbener Kamerad Domitius Belletor wäre hier, um selbst zu sehen, wie lange der Frieden andauerte, den er meinte sich erkauft zu haben. Nur ein *kleiner* Teil von mir, wohlgemerkt.«

Sie beobachteten, wie das Barbarenheer fünfhundert Schritte unterhalb des Kastells anhielt und mit eindrucksvoller Geschwindigkeit sein Feldlager errichtete.

Leontius kam am Festungswall entlang zu ihnen, und einer seiner Mundwinkel war zu einem bitteren Lächeln hochgezogen. »Ich habe meinen Ersten Speer beauftragt, seinen Einfallsreichtum an einem der Gefangenen zu erproben, die ihr heute Morgen mitgebracht habt. Das wird diesem Haufen ungehobelter Zeltbewohner etwas zum Nachdenken geben, wenn die Zeit reif ist.« Er deutete über die Mauer. »Jetzt kommt der Teil der Vorstellung, bei dem sie uns anbieten werden, mit heiler Haut von dannen ziehen zu dürfen.«

Eine Gruppe von rund zwanzig Mann näherte sich der Brücke und hielt eine weiße Fahne hoch. Etwa die Hälfte von ihnen war kostbar gekleidet, und Gold blitzte an ihren Hälsen. Die anderen waren hartgesottene Krieger mit schweren Schilden. Sie hielten einen Speer in die Höhe, auf dem ein abgeschlagener Kopf steckte, und daneben erhob sich ein weiteres Dutzend Lanzen, das ihre Absichten deutlich machte. Sie stoppten am hinteren Ende der Brücke und starrten auf die Soldaten, die auf beiden Seiten des Übergangs längs des Grabens Position bezogen hatten.

Leontius grinste, als er sah, wie sie zögerten, noch näher heranzukommen. »Wollen wir herausfinden, was unsere Feinde uns zu sagen haben? Allerdings vermute ich, dass sie nicht wirklich eine Unterredung mit uns anstreben, sondern eher einen Blick auf unsere Verteidigungsmaßnahmen werfen wollten.«

Die Tribune und Ersten Speere der Kohorten traten aus

dem Haupttor des Kastells heraus. Vor ihnen marschierte ein Halbkreis von Soldaten, die aufgrund ihrer Größe und eindrucksvollen Hässlichkeit ausgewählt worden waren, denn das Gesicht jedes Einzelnen war aufgrund vieler Jahre Schlachterfahrung mit Narben übersät.

Über die dreißig Schritt lange Brücke starrten sie die sarmatischen Edelmänner an, und dann rief Tribun Leontius über den freien Raum zwischen den beiden Parteien hinweg: »Ich nehme an, einer von euch ist König Purta?«

Ein in Pelz gekleideter Adliger trat vor. Eine goldene Krone saß auf seinem Haupt, und zwei Männer mit Schilden standen vor ihm, um ihm Schutz zu bieten.

Der Tribun grinste zunächst über die Brücke hinüber und stieß dann ein trockenes Lachen aus, bevor er sich an seinen Gegner wandte. »Ich habe Respekt vor dem Wunsch deiner Männer, dich abzuschirmen, Purta, doch sollte ich dich tatsächlich töten wollen, würde eine einzige Geste in Richtung meiner Ballistaschützen ausreichen, um dich schneller zu deinen Vorfahren zu befördern, als du denkst. Doch ich bin ein Ehrenmann, also werde ich darauf verzichten, dich hinzurichten, obwohl du ganz offensichtlich die Absicht hegst, *mich* lieber früher als später tot zu sehen. Das nächste Mal, wenn du dich dieser Brücke näherst, wird die Geschichte anders ablaufen – es sei denn, du kommst unter der weißen Fahne der Kapitulation.« Er atmete tief ein und deutete dann mit der Hand auf die Verteidigungsanlagen hinter ihm. »Wie dem auch sei – es sieht jedenfalls ganz danach aus, dass ihr einen langen Weg zurückgelegt habt, nur um euch eine Abfuhr einzuhandeln. Findest du nicht auch?«

Der Anführer der Sarmaten trat noch einen Schritt vor und antwortete ebenso laut. »Weit gefehlt, Römer! Was ich sehe, ist eine freie Straße, die nur von einem kleinen Hindernis abgesperrt wird, das leicht überwunden werden kann. Ob ihr nun versucht, mich am Weiterkommen zu hindern, oder vor mir davonlauft – das Ergebnis wird mehr oder minder dasselbe sein. Während sich eure Legionen schlotternd vor Angst hinter den Bergen verschanzen, werde ich mir meinen Weg durch eure Verteidigung ins Herz eurer angeblichen ›Provinz‹ bahnen, schon allein deshalb, weil die Zahl unserer Männer die eurer um etliches übersteigt. Wie ihr gut wisst, brauche ich nur hinter eure Verteidigungslinie zu kommen. Dann lasse ich meine Reiter los und zwinge den Rest eurer Armee zum Rückzug, indem ich eure Siedlung in Napoca angreife. Wir werden ja sehen, wie mutig eure Legionäre sind, wenn sie aus ihren Mauern herauskommen müssen und einer feindlichen Armee von unserer Größe in einer Schlacht auf offenem Gelände begegnen.«

Leontius nickte und murmelte einen Kommentar zu seinen Kameraden hinüber. »In dieser Hinsicht, scheint mir, hat er sogar recht.« Er wandte sich wieder an die Sarmaten, zuckte vielsagend mit den Schultern und breitete seine Arme aus. »Du hast dich tatsächlich sehr klar ausgedrückt. Nachdem ich mich selbst nie für einen besonders redegewandten Mann gehalten habe, denke ich, ich werde dir meine Entschlossenheit auf praktische Weise demonstrieren, um sicherzugehen, dass du meinen Respekt vor deiner weißen Fahne nicht als ein Zeichen von Schwäche missverstehst.«

Er drehte sich zum Kastell zurück, gab mit dem Arm ein Zeichen und wandte sich dann erneut dem Gesicht des sarmatischen Häuptlings zu. Ein Kreuz wurde auf dem Wehrgang des Kastells aufgerichtet. Daran hing der nackte Körper eines Kriegers, der an das Holz genagelt war.

»Die Reiter, die unserer Legionskohorte heute Morgen so übel mitspielten, taten dies unter dem Kommando eines Mannes, der zwar verschlagen genug war, sich den richtigen Moment für seine Attacke auszusuchen, aber weniger Weitblick in Bezug auf die Auswahl seiner weiteren Opfer bewies. Ich nehme an, ihr werdet die Überreste seiner Bande auf dem gefrorenen See unten im Tal gefunden haben? Sie haben den Fehler begangen, einen Kampf zu beginnen, auf den sie nur unzulänglich vorbereitet waren.«

Er wartete einen Moment, damit sie den Anblick eines ihrer Männer verdauen konnten, der gekreuzigt oberhalb der Festungsmauer hing, und lächelte, als ein zweiter Edelmann mit einer goldenen Krone hinter den Schildmännern hervortrat. Scaurus runzelte die Stirn, denn er erkannte den Mann, weshalb er fragend eine Augenbraue in Richtung Julius hob.

Der Sarmate starrte Scaurus ebenfalls eine Weile an, bevor er ihm über die Brücke zurief: »Schön, dich wiederzusehen, Tribun Scaurus.«

Scaurus nickte. »Balodi. *König* Balodi mittlerweile, nehme ich an, da du ja einen Haufen mehr Gold mit dir herumzuschleppen scheinst als bei unserer letzten Begegnung.« Der Sarmate nickte ungerührt, und Scaurus betrachtete ihn lange, bevor er weitersprach. »Also gut, *König* Balodi: Es wird dich nicht erstaunen zu hören, dass ich keine Freude über unser erneutes Treffen empfinde, insbesondere in Anbetracht des zusätzlichen Gewichts, das du jetzt auf deinem Haupt trägst.«

Der Sarmate lachte laut und tippte sich mit dem Zeigefinger an dieselbe Krone, die er nur eine Woche zuvor seinem Neffen aufgesetzt hatte, um ihn zum König zu erklären. »Du meinst *das* da? Nun, es erschien mir vergeudet auf dem Kopf eines Grünschnabels wie dem Sohn meines Bruders. Abgesehen davon fühlte er sich an das Versprechen gebunden, das er dir gegeben hatte, und wollte seine Männer aus dem Krieg abziehen.« Balodi hob die Hände in einer Geste vorgetäuschten Erstaunens. »Wohingegen ich als älterer und erfahrenerer Mann in weltlichen Dingen natürlich keinen langen Kampf mit meinem Gewissen auszufechten hatte.«

Scaurus starrte Balodi fest in die Augen. »Du weißt gar nicht, wie frustrierend es ist zu entdecken, dass ein Mann, den man ursprünglich für sehr vernünftig gehalten hatte, sich plötzlich als ein Dreckskerl wie viele andere entpuppt. Allerdings bist du, Balodi, nicht einfach *nur* ein Dreckskerl – du bist ein schlauer, berechnender, skrupelloser und mörderischer Dreckskerl, das muss ich dir lassen. Sobald dein Bruder tot war, wusstet du, dass Inarmaz dir den Thron streitig machen würde. Also hast du die von uns gebotene Gelegenheit genutzt und uns dazu gebracht, den größten Teil der Drecksarbeit für dich zu erledigen.«

Der Sarmate nickte. »In der Tat. Wenngleich ich, um ehrlich zu sein, von deinem Zenturio Corvus nicht mehr als ein bisschen Ablenkung erhofft hatte, die mir genügend Zeit verschaffen sollte, zu meinen Männern zu gelangen und zuzuschlagen, solange Inarmaz' Aufmerksamkeit auf etwas anderes gerichtet war. Stattdessen hat euer Mann einen Großteil der Arbeit an meiner statt erledigt. Natürlich war es ein Kinderspiel, meinen Neffen unschädlich zu machen. Er war ja ein so vertrauensseliger Narr – ebenso wie dein Kamerad Belletor, wie es scheint. Habe ich dir womöglich einen Gefallen damit getan, seinen Kopf als ersten in meine Sammlung römischer Häupter einzureihen? Ich warne dich: Mein Waffenbruder Purta hat die feste Absicht, all eure Köpfe zu dem von Belletor zu gesellen.«

Leontius trat näher, hob die Hand und zeigte erneut auf das Kastell. »Mir scheint, es gibt hier nichts mehr zu besprechen. Daher werde ich euch mit einer kleinen Demonstration dessen beehren, was euch erwartet, falls ihr töricht genug sein solltet, diese Brücke zu überqueren, in der Hoffnung, euch den Weg nach Dakien freizuschlagen.«

Er gestikulierte mit der Hand in die Luft, und in der Düsternis des späten Winternachmittags blitzte eine helle Flamme auf der Mauer hinter ihm auf. Es war eine Fackel, geschwenkt von einem der grimmigen Zenturios, welche die Aufsicht über die Ballistaschützen innehatten. Kurz herrschte Stille, dann wurde die Flamme heller, als sie den Brennstoff erreichte, der in Vorbereitung auf das Schauspiel um das Kreuz ausgeschüttet worden war. Innerhalb weniger Sekunden stand das Kreuz in hellen Flammen, und die noch kurz zuvor halb bewusstlose Gestalt, die daran genagelt war, begann aus tiefstem Herzen zu schreien, als das Feuer ihr Fleisch verbrannte. Während die sarmatischen Anführer teilnahmslos zusahen, wand sich der Mann aufs Fürchterlichste, bevor er regungslos in die Flammen sackte und aufgrund des hell lodernden Feuers nicht mehr zu sehen war.

Der Tribun drehte sich wieder zu den Sarmaten, und auch er zeigte keine Regung. »Ziemlich grobschlächtig, ich weiß, aber es macht unsere Haltung deutlich. Immerhin hatte er vorgegeben, dem Kaiserreich dienen zu wollen, nur um dann den richtigen Moment abzuwarten und seinem neuen Herrn in die Hand zu beißen. Also muss er nun den Preis dafür bezahlen und unter entsetzlichen Schmerzen ins Jenseits gehen. Und genau das werdet ihr alle tun, wenn euer verzweifelter Versuch, Roms Regentschaft über Dakien zu unterminieren, erst gescheitert ist. Noch ist es nicht zu spät, umzukehren und von diesem unbesonnenen Angriff auf unsere Grenzen abzulassen.«

Purta schüttelte lächelnd den Kopf. »Das sehe ich anders, Römer. Und wenn wir hier schon öffentlich Gerechtigkeit üben…« Er gab den Männern hinter ihm ein Zeichen, worauf diese eine sich wehrende Gestalt heranschleiften und sie vor dem Sarmatenkönig auf die Knie zwangen. Purta zog ein langes Messer hervor, griff mit der Hand in das Haar des Gefangenen und zog seinen Kopf zurück. »Kopf um Kopf — wenngleich ich bedauerlicherweise nicht die Zeit habe, diesen Eindringling ebenso grausam leiden zu lassen, wie du das umsichtigerweise für unseren Bruder arrangiert hast, der die letzten Augenblicke seines Lebens in wild schreiendem Todeskampf verbringen musste.« Er blickte auf und lächelte, als er sah, dass sie den Mann nicht wiedererkannten. »Ihr glaubt, ihn nicht zu kennen? Vielleicht hilft euch das weiter.« Er steckte sein Messer in die Scheide zurück, griff in eine Tasche und zog etwas heraus, das im schwachen winterlichen Nachmittagslicht aufglänzte. Dann warf er den Gegenstand über die Brücke, sodass er vor den Füßen der Tribunen zum Liegen kam.

Scaurus bückte sich und hob das Schmuckstück auf. Es war ein Goldring, in den ein großer Granat eingearbeitet war. Scaurus hielt ihn hoch, damit Leontius ihn sehen konnte. »Jetzt wissen wir, wie geheim die Informationen der Legaten wirklich waren. Dieser Ring diente als Beweisstück, dass die Überbringer der Botschaften tatsächlich von ihm und nicht von irgendwelchen Handlangern ausgesandt wurden.«

Purta lachte, als er seinen Gesichtsausdruck bemerkte. »Wie ich sehe, erkennt ihr den Ring. Wir benutzen ihn schon seit fast einem Jahr, um euren Anführern auf der anderen

Seite der Grenze falsche Informationen zukommen zu lassen. Dieser arme Narr hat unter den wohldosierten Zuwendungen meines Folterers geschwitzt und sich gewunden, dann aber hat er uns alles erzählt, was er wusste. Ihr könnt euch gar nicht vorstellen, wie oft man einem Mann die Glieder brechen kann, ohne dass dieser dem Wahnsinn verfällt.«

Marcus blickte über die Brücke und stellte fest, dass die Arme und Beine des Gefangenen auf widerliche Weise verdreht waren, und sogar seine Finger zeigten in verschiedene Richtungen.

Purta zuckte die Achseln und zog dann erneut das Messer aus seinem Gürtel. »Alles hat ein Ende, wie man weiß.« Er schnitt dem wehrlosen Spion die Kehle durch und warf dessen zuckenden Körper mit einem verächtlichen Stoß auf die Holzplanken der Brücke. »Dies ist natürlich nur der Anfang. Wenn euer Graben erst einmal aufgefüllt ist und eure Mauern durchbrochen sind, werden wir den langsamen Tod unseres Mannes tausendfach rächen. An eurer Stelle würde ich zu jedem einzelnen eurer geliebten Götter beten, dass ihr im Kampf sterben dürft, denn ich werde von dem Gold, das Balodi unserer Sache zur Verfügung gestellt hat, eine reiche Belohnung für jeden aussetzen, der einen von euch in ordentlichem Zustand zu mir bringt, damit ich ihm mit meinem Messer die Haut abziehen kann. Römisches Gold als Entgelt für die Haut römischer Offiziere — ich finde, das ist mehr als angemessen.«

Zufrieden, nachdem seine Männer gegessen und sich zur Ruhe gelegt hatten, ging Marcus die kurze Strecke vom Kastell zum Hospital hinüber. Quintus hatte explizite Anweisungen gegeben, darüber zu wachen, dass die Männer in ihren

Zelten blieben und nicht auf der Suche nach Alkohol durch das Lager wanderten. Was er im Gebäude der Krankenstation antraf, war ziemlich genau das, was er erwartet hatte: Die nur leicht verwundeten Soldaten saßen in kleinen Gruppen zusammen und warteten, bis die Mediziner mit den dringenden Fällen fertig waren. Die weniger ernsthaften Verletzungen waren größtenteils oberflächlich und benötigten nur ein paar Stiche seitens der Verbandträger, die sich mit müden Augen und tauben Fingern durch die anstehenden Fälle arbeiteten. Allerdings sah Marcus auch viele Männer, die aufgrund tiefer Wunden im Gesicht auf Dauer entstellt sein würden. Manche von ihnen schliefen, und einer der Soldaten, der einen langen Schnitt durch die Augenbraue bis zur Wange hinunter davongetragen hatte und bereits genäht worden war, wimmerte zur stillen Erheiterung seiner Kameraden im Schlaf vor sich hin.

»Das macht er nach jeder Schlacht, Herr. Wie ein alter Hund, der davon träumt herumzurennen und dann zu bellen anfängt... nur wird *er* im Traum wohl Barbaren töten, statt Schafen hinterherzujagen.«

Marcus lächelte traurig und machte sich auf die Suche nach seiner Frau. Doch noch bevor er sie fand, wurde aus einem Nebenzimmer nach ihm gerufen, das den schwer verletzten Männern vorbehalten war.

»Zenturio!«

Marcus wandte sich um und sah Narbengesicht, der respektvoll salutierte und ihn hereinwinkte. Drinnen fand er ein halbes Dutzend Männer auf Strohmatratzen vor, von denen die meisten vor Schmerz die Augen geschlossen hielten. Die Brust eines Mannes war mit Bandagen umwickelt, und er stöhnte leise vor sich hin, zeigte ansonsten aber kein weiteres

Lebenszeichen als ein schnelles, flaches Atmen. Seine Haut war bleich und sah im Licht der Lampe wächsern aus. Narbengesichts Freund Sanga indessen war hellwach und schien trotz seiner offensichtlichen Beschwerden recht lebendig zu sein. Er schenkte Marcus ein mattes Lächeln und wollte seinen Arm zum Salut erheben, doch sofort weiteten sich seine Augen aufgrund des Schmerzes, den diese unwillkürliche Armbewegung in seiner Verwundung auslöste.

»Entspann dich, Sanga. War die Medica schon bei dir?«

Narbengesicht antwortete an seiner Stelle, denn sein Freund rollte nur die Augen und schloss sie gleich darauf wieder. »Ja, Zenturio. Sie hat einen Blick auf ihn geworfen und gesagt, dass er überleben wird. Ich bin vorhin an ihrem Zimmer vorbeigegangen und habe gesehen, dass sie bis zu den Ellbogen mit Blut beschmiert war und fluchte wie ein Zenturio mit sechs Abzeichen, weshalb ich mich ganz schnell zurückgezogen habe, noch bevor sie mich bemerken konnte.«

»Das hast du nicht, Soldat. Ich war lediglich zu beschäftigt damit, einen Mann am Verbluten zu hindern, sodass ich meinen Zorn lieber auf seine Verletzung als auf dich gerichtet habe.« Felicia trat ins Zimmer, und ihre Augen waren glasig vor Erschöpfung. Sie sah sich um und war dabei, den Zustand der zu verarztenden Männer einzuschätzen, während ein paar Gehilfen hinter ihr warteten. »Diesen hier, bitte.« Sie zeigte auf den Mann neben Sanga, der ein dickes Leinenbündel auf eine lange, klaffende Wunde an seinem Oberschenkel gedrückt hielt. »Sorgt dafür, dass der Tisch sauber ist, bevor ihr ihn hinauflegt.« Sie beugte sich über den stöhnenden Mann und schüttelte den Kopf. »Danach könnt ihr diesen armen Kerl in den Ruheraum legen. Ich befürchte, ihm ist nicht mehr zu helfen, also sollten wir ihm die Möglichkeit geben, in Ruhe auf die andere Seite zu wechseln. Du, Zenturio, kannst mich begleiten.«

Sie führte Marcus über den Korridor zu einer winzigen Amtsstube, in der Annia vor sich hin schlummerte. Der kleine Appius lag auf ihrem Schoß und gluckste friedlich.

»Den Göttern sei Dank, dass unser Baby so genügsam ist. Hier.« Sie nahm ihrer Assistentin den Kleinen ab und reichte ihn Marcus. »Bist du gekommen, um einen Bericht für deinen Tribun zu erfragen?«

Er lächelte sie an und steckte dem Baby seinen Finger in den Mund, worauf Appius sofort zu nuckeln begann. »Eigentlich wollte ich sehen, wie es dir geht, aber wenn du es schon erwähnst . . .«

»Wir haben nur fünf Patienten verloren, worauf ich stolzer bin, als ich vielleicht sein sollte. Keiner der Männer in dem Zimmer, wo wir gerade waren, wird an seinen Verletzungen sterben, abgesehen von dem Soldaten mit der durchbohrten Brust. Allerdings kann ich nicht versprechen, dass wir keine Probleme mit Infektionen haben werden, obwohl ich die Wunden mit Honig bestreiche, bevor ich sie schließe. Wahrscheinlich werden wir rund zwanzig Bettlägerige eine Weile hierbehalten müssen. Die anderen kannst du wiederhaben, denn die Schlacht hat bei ihnen nicht viel mehr hinterlassen als ein paar recht attraktive Narben.«

Sie griff nach dem Kind, doch dann fiel ihr etwas ein, weshalb sie einen Finger vor Marcus hob. Er kannte diese Geste bereits und wusste, dass Felicia sie immer dann benutzte, wenn sie zu etwas fest entschlossen war und keine weitere Debatte duldete.

»Oh, und du kannst deinem Tribun dasselbe ausrichten, was ich bereits dem Ersten Speer der Britannier gesagt habe, als er vorhin bei mir war: Ich werde dieses Kastell *nicht* verlassen, nicht jetzt und auch nicht morgen früh. Solange ich hier Patienten habe, werde ich bleiben.«

Marcus hob eine Augenbraue. »Wahrscheinlich ist der Tribun ein wenig nervös, weil eine unbekannte Anzahl sarmatischer Krieger westlich von uns im Tal lagert und die Straße nach Osten nicht mehr lange offen sein wird.«

Felicia schüttelte den Kopf und nahm ihm den kleinen Appius aus den Armen. »Das ist nicht mein Problem, mein Gemahl. In diesem Fall solltet ihr wohl schnellstmöglich herausfinden, wie ihr sie fernhalten könnt, nicht wahr? Es sei denn, eure Planung sähe vor, alle Verwundeten mitzunehmen. Wenn du mich jetzt entschuldigen würdest, ich möchte diesen kleinen Mann stillen. Da du ihn ja bereits angestachelt hast, werde ich ihm gestatten, seine Lippen um etwas Befriedigenderes zu legen als deinen Finger – der im Übrigen ein wenig Wasser und Seife gebrauchen könnte. Und jetzt fort mit dir!«

»Ich verstehe. Dann besteht also keine Chance, eure Medica davon zu überzeugen, das Kastell zu verlassen, Rutilius Scaurus?«

Scaurus schüttelte den Kopf und lächelte spöttisch. »Nicht die geringste, fürchte ich, Leontius. Wir haben bessere Chancen, die Sarmaten davon zu überzeugen, dass der Augenblick für ihren Angriff gerade nicht passend ist und sie lieber nächste Woche vorbeischauen sollten.«

Leontius verzog das Gesicht. »Nun gut. In diesem Fall sollten wir unsere Aufmerksamkeit vielleicht auf ein Thema richten, das ohnehin dringlicher ist. Es scheint, jeder verdammte Barbar aus sämtlichen Ecken der großen Ebene hat gerade sein Zelt hier unten im Tal aufgeschlagen, statt einfach weiter oben im Norden zu bleiben. Da draußen müssen mehr als fünfundzwanzigtausend Mann sein: Über ein Drittel davon sind Kavalleristen, inklusive einiger Stammeskrieger, von denen wir angenommen hatten, sie hätten das Schlachtfeld mit eingeklemmtem Schwanz verlassen.«

Scaurus schüttelte bedauernd den Kopf. »Es ist offensichtlich, dass die Legaten von dem Spitzel, den sie ins feindliche Lager eingeschleust hatten, in die Irre geführt wurden. Es nützt jedoch nichts, über diese Enttäuschung weiter nachzudenken und dadurch kostbare Zeit zu verlieren, denn das wird uns nicht dabei helfen, mit den Barbaren fertigzuwerden.«

Leontius nickte. »Das wird es in der Tat nicht. Hier also unsere aktuelle Lage: Trotz dem überaus willkommenen Entrinnen eurer zwei Kohorten gestern haben wir noch immer wenig mehr als dreitausend Mann im Vergleich zu den zehnmal so vielen Kriegern, denen wir gegenüberstehen. Daher sieht es so aus, als ob sich die Verteidigung des Passes morgen früh als sehr kurze Episode gestalten wird, und selbst wenn sie gelingen sollte, ist die Sache insgesamt dem Untergang geweiht.« Er zog ironisch eine Augenbraue hoch, um den versammelten Offizieren vorzugaukeln, diese Situation amüsiere ihn. »Nichtsdestotrotz muss ich zugeben, dass mir die Vorstellung eines Rückzugs unerträglich ist. Zum einen habe ich die Order, diesen Ort gegen jedwede Bedrohung der Provinz von Norden her zu verteidigen, und wir wissen ja, was Offiziere erwartet, die ihre Befehle nicht ausführen. Abgesehen davon bin ich fest entschlossen, nach Beendigung meiner Zeit in der Armee meine Karriere weiterzuverfolgen, und es ist ausgeschlossen, dass man mir die Stellung eines Magistrats anbieten wird, wenn ich diesen Barbaren gestatte, einfach so in die Provinz einzudringen, ohne ihnen etwas Handfestes entgegenzusetzen oder dies zumindest zu versuchen. Daher« – er blickte sich herausfordernd um – »werden wir den Kampf aufnehmen. Es ist ja nicht so, als hätten wir uns während der letzten Wochen den Hintern plattgesessen, wie dieser Purta morgen schon bemerken wird, wenn er seine Leute auf unsere Verteidigungsanlagen loslässt. Nun, Männer, lasst uns überlegen, wie wir die nächtlichen Patrouillen organisieren. Der Feind könnte versuchen, unseren Widerstand schon heute Nacht auf die Probe zu stellen. Nachdem sie überdies oft genug den Trick angewandt haben, einen Scheinangriff kurzerhand in einen Hauptangriff zu verwandeln, könnte es sogar sein, dass sie uns zu überrumpeln gedenken und den Graben stürmen. In beiden Fällen habe ich vor, sie bereits für die bloße Absicht schwer bezahlen zu lassen.«

»Dies hier erinnert mich an etwas. Entsinnst du dich noch an das letzte Mal, als ich dich nach Einbruch der Dunkelheit auf eine Erkundungsmission mitgenommen habe?«

Marcus, der dabei war, sich sorgfältig Dreck auf die Stirn zu schmieren, stoppte einen Augenblick, hob fragend eine Braue und antwortete seinem Freund mit ironischem Unterton. »Wie könnte ich das vergessen, Dubnus? Wenn ich mich recht entsinne, gelang es dir damals, meinen Helm komplett zu verbeulen, und du musstest mich ins Hospital bringen, weil ich doppelt sah.«

Der stämmige Britannier schnaubte ungläubig. »So, wie *ich* mich erinnere« – er wartete einen Augenblick, um sicherzugehen, dass Marcus sich nicht gegen das verteidigen würde, was er gleich zu sagen gedachte –, »gelang es vielmehr *dir*, einen Blaunasen-Spähtrupp anzulocken, indem du über einen Baum fielst. Während wir dich dann nach Kastell Cilurnum zurücktrugen, konntest du an nichts anderes denken als daran, wie du am schnellsten zwischen die Beine der Medica gelangen könntest! Bei Cocidius, könntest du vielleicht damit aufhören, dir dieses Zeug ins Gesicht zu schmieren? Warum lässt du dir nicht einfach einen ordentlichen Bart wachsen?«

Marcus ignorierte ihn und verteilte eine weitere Handvoll feuchten Drecks auf seinen Wangen. »Das müsste reichen. Sollen wir nachsehen, wen Julius auserkoren hat, heute Nacht mit uns auf die Jagd zu gehen?«

Vor dem Kommandozelt stand ein Dutzend Männer und hatte Haltung angenommen, während der Erste Speer sie inspizierte. Er hatte gerade den Letzten von ihnen genau überprüft, als er die Ankunft seiner Offiziersbrüder bemerkte. Er nickte ihnen kurz zu und wandte sich dann wieder an die Reihe der vor ihm stehenden Soldaten.

»Hüpfen!«

Die Tungrer hüpften auf der Stelle, während er aufmerksam lauschte und schließlich widerwillig zustimmend nickte.

»Kein Geklimper, keine Münzen, keine Gürtelschnallen, keine Amulette, und alle Schwertscheiden sind mit Wolle umwickelt. Ich nehme an, das wird ausreichen, wenngleich ich sagen muss, dass ich in all meinen Dienstjahren noch nie einen so abstoßenden Haufen Soldaten gesehen habe.« Er wandte sich an den Versorgungsoffizier, der ein bisschen weiter hinten stand. »Dann statte sie mal aus.«

Der Verantwortliche für das Materiallager trat vor und gab jedem Mann etwas Weißes, das zusammengefaltet war, wie Marcus im Licht der Fackeln bemerkte.

»Die hatte ich schon sehr lange in meinem Vorrat.«

Die Stimme des Offiziers klang betrübt, was Julius zu einem verächtlichen Schnauben reizte.

»Dann ist es ja schön, dass du eine gute Verwendung dafür findest und wieder etwas Platz im Lager geschaffen wird.« Er sah zu, wie die Soldaten sich in die weißen Leintücher wickelten, und nickte sachverständig. »Sobald ihr euch draußen im Schnee befindet, werdet ihr praktisch unsichtbar sein.« Er nickte den Zenturios zu und trat zurück. »Nun gehören sie euch, Brüder. Viel Glück mit ihnen.«

Dubnus inspizierte den Spähtrupp ebenso sachkundig und gab schließlich seiner eigenen Befriedigung Ausdruck, worauf Marcus begann, die Gruppe zu instruieren.

»Die Aufgabe, die uns erwartet, ist denkbar einfach, Männer. Gleich nach Einbruch der Dunkelheit hat Tribun Leontius seine Kohorte vom Verteidigungsgraben abgezogen und sie ins Kastell zurückbeordert – eine nachvollziehbare Entscheidung, denn hätte er sie bei dieser Kälte die ganze Nacht über draußen gelassen, wäre die eine Hälfte von ihnen am Morgen erfroren und die andere aufgrund von Schlafmangel unbrauchbar gewesen. Was sie allerdings verteidigten, *bevor* er sie abzog, war ein mit Wall versehener Graben, der genauso aussieht wie der, den wir heute Morgen auf unserem Marsch überquert haben. Es gibt nur einen Übergang, der leicht zu bewältigen ist, nämlich eine Holzbrücke, die zweifellos das Hauptziel der Feinde sein wird, wenn sie angreifen. Die Sarmaten werden versuchen, sie einzunehmen und uns davon abzuhalten, sie zu verbrennen, damit sie sie dazu benutzen können, ihre Krieger über den Graben und in eine Stellung zu bringen, von der aus sie das Kastell attackieren können. Daher besteht unsere Aufgabe aus zwei Teilen: Zunächst müssen wir nach jeglichen Anzeichen feindlicher Aktivitäten forschen, die womöglich in der Deckung der Dunkelheit unternommen wird. Weiterhin müssen wir sicherstellen, dass sie nicht auf die geniale Idee verfallen, die Brücke auszuspähen oder womöglich sogar einzunehmen. Ihr seid ein Dutzend Leute, wir drei Zenturios, daher wird jeder von uns vier Männer befehligen. Dubnus wird mit seinen Leuten Ausschau halten und lauschen, was links der Brücke geschieht, Qadir wird dasselbe rechts der Brücke tun. Ich hingegen werde meine Männer *über* die Brücke führen und vorsichtig das jenseitige Gelände auskundschaften. Mal sehen, was wir herausfinden können.«

Er betrachtete die Reihe von Soldaten vor ihm und war kaum überrascht, dass mehrere von Qadirs Hamiern für diese Aufgabe ausgesucht worden waren. Immerhin handelte es sich bei ihnen um erfahrene Jäger, deren Geschicklichkeit in der lautlosen Fortbewegung, ohne Spuren zu hinterlassen, sich bereits im vergangenen Jahr in Britannien bewährt hatte. Dann fiel sein Blick auf ein Gesicht, das er erwartet hatte: ein Mann, der mit sturer und ungerührter Miene am Ende der Reihe stand.

»Narbengesicht. Hast du heute noch nicht genügend Aufregendes erlebt? Wäre es nicht besser, wenn du schlafen gingst? Immerhin scheint uns morgen ein ziemlich anstrengender Tag zu erwarten.«

Der Soldat zuckte mit den Schultern und ignorierte das mitleidige Lächeln, das ihm Dubnus zuwarf. »Ich werde später noch genügend Zeit zum Schlafen haben, junger Herr. Es geht nicht an, dass du allein in die Dunkelheit hinausziehst und dabei nur diesen Haufen bettnässender Weichlinge zwischen dir und den Barbaren stehen hast.«

Kopfschüttelnd wandte sich Marcus wieder an die anderen

Soldaten und überprüfte wie gewöhnlich, dass keiner von ihnen irgendwelche unerwünschten Geräusche machen würde, worauf er sich derselben Kontrolle durch Dubnus unterzog. Als dies vollbracht war, wickelte er das weiße Leintuch um sich und war dankbar, in dieser bitterkalten Nacht eine zusätzliche Schicht wärmendes Tuch zu tragen. Er salutierte vor Julius und führte seine Gruppe vom tungrischen Lager fort und in die schneebedeckte Weite zwischen den Mauern des Kastells und den bewaldeten Hügeln, die zweihundert Schritte weiter südlich lagen. Nach nur fünfzig Schritten langsamen Vorantastens waren sie allein in dem offenen Gelände, das in völliger Dunkelheit lag. Der Nachthimmel über ihnen war wolkenlos, doch obwohl kein Mond zu sehen war, leuchteten die Sterne über ihnen hell genug, dass der junge Zenturio seinen Weg über den leicht unebenen Boden finden konnte, und nur die leise knirschenden Schritte seiner Kameraden auf der gefrorenen Schneedecke durchbrachen die Stille. Als sie an der ersten Baumreihe angekommen waren, wartete er einen Augenblick, bis der Rest der Gruppe bei ihnen eintraf, deren schnaufendes Atmen Dampfwolken in das blasse Nachtlicht hinaufstieß. Dann führte er sie in gleichmäßigem Tempo am Rand des Waldes entlang, bis sie bei dem rund ein Meter zwanzig hohen Torfwall angelangten, der den Verteidigungsgraben auf der westlichen Seite begrenzte. Als er über das Bollwerk spähte, konnte er in fünfhundert Schritten Entfernung die dunkle Ansammlung sarmatischer Zelte sehen, und die lodernden Flammen ihrer Fackeln leuchteten in der Dunkelheit. Während er weiter beobachtete, ertönte ein dumpfer Schlag vom nahestehendsten der vier Türme in westlicher Richtung, denn ein Ballistaschütze hatte ein Geschoss in die Nacht geschleudert, das in hohem Bogen irgendwo im feindlichen Lager landen würde. Dubnus stieß am Wall zu ihm und lauschte aufmerksam nach einer Reaktion der Sarmaten, doch offensichtlich war das Geschoss unbemerkt von den Barbaren zu Boden gegangen.

Er zuckte die Achseln, deutete auf den Wall und flüsterte seinem Freund ins Ohr: »Da haben sie einen guten Bolzen vergeudet, doch immerhin zeigt es den Barbaren, dass wir sie nicht vergessen haben. Trotzdem verstehe ich das Ganze nicht: Worin liegt der Sinn eines Walls, wenn er unbemannt bleibt? Ein Hindernis funktioniert doch nur als Verteidigung, wenn Männer dahinterstehen. Das müsste dieser diensthabende Tribun doch wissen, oder?«

Marcus zuckte erneut die Achseln. »Er muss sich wohl sicher sein, dass sie heute Nacht nicht angreifen werden.« Plötzlich wandte er den Kopf und neigte ihn zur Seite, um besser horchen zu können. »Hast du das gehört?«

Der Britannier schüttelte den Kopf. »Was gehört?«

Der Römer lauschte noch einen Moment angestrengt, bevor er seinen Blick über die weiße Ebene zwischen dem Graben und dem Wall streifen ließ. Dann flüsterte er erneut, wobei er seine Augen nicht von dem offenen Gelände abwandte. »Offensichtlich nichts, aber ich dachte, ich hätte Schritte vernommen. Der Schnee dämpft die Geräusche zwar, doch jeder Tritt hört sich wie eine knarzende Fußbodendiele an. Lass uns weitergehen.«

Er wandte sich nach rechts und führte seine Gruppe am Wall entlang. Sie duckten sich, um im Schatten der Mauer zu bleiben, bis die Brücke in Sicht kam. Dann gab er Dubnus ein Signal, der nickte und an den Ärmeln seiner Männer zog, um ihnen zu bedeuten, dass die anderen ihren Beobachtungsposten erreicht hatten. Marcus ging zunächst weiter am

Torfwall entlang und stoppte dann an dessen Ende. Darauf winkte er Qadir zu, dass dieser seine Männer an das andere Ende des Walls jenseits der Brücke führen und sie dort in Deckung gehen sollten. Er wartete, bis die Hamier geräuschlos über das offene Gelände geschlüpft waren, und gab seinen eigenen Männern mit der Hand ein Zeichen, ihre Stellung zu halten. Dann glitt er um die Ecke des Walls, trat ins Freie hinaus und schlich sich mit langsamen, verstohlenen Schritten auf die Brücke.

Als er in der Mitte angekommen war, kauerte er sich zusammen und lauschte erneut, konnte aber nichts anderes hören als das leise Wehen des Windes, der durch die Holzplanken der Brücke strich. In der beißend kalten Luft lag ein schwacher Geruch von Pech, und Marcus rümpfte die Nase. Einen Augenblick später erklang ein Geräusch hinter ihm, so schwach, dass es kaum hörbar war. Als darauf jedoch nichts Weiteres folgte, nahm er an, es sei einer seiner Männer gewesen, der die Stellung gewechselt hatte. Marcus schob sich voran, erreichte das hintere Ende der Brücke und verharrte lange, um noch einmal zu lauschen. Noch immer davon überzeugt, dass die Spähpatrouille allein in der Dunkelheit war, wandte er sich um und sah Narbengesicht fünf Schritte hinter sich auf der Brücke. Er hatte einen entschlossenen Gesichtsausdruck, blickte über die schneebedeckte Landschaft und vermied es, Marcus in die Augen zu sehen. Irritiert schüttelte der Römer den Kopf, zeigte auf die Holzplanken der Brücke zu Füßen des Soldaten und gab ihm mit nach vorn ausgestreckter Hand unmissverständlich zu verstehen, er solle dort stehen bleiben. Dann drehte er sich wieder zu dem offenen Gelände vor ihm. Langsam schritt er weiter, und seine gestiefelten Füße sanken mit wiederholtem Knirschen in dem gefrorenen Schnee ein – so deutlich, dass Marcus sich sicher war, das Geräusch sei aus hundert Schritten Entfernung zu hören. Ein Dutzend Schritte hinter der Brücke ging er in die Hocke, kauerte sich unter die Deckung seines Leintuchs und blickte über die Landschaft. Die weiße Ebene wurde von schwach umrissenen Schatten durchbrochen, die das dürftige Licht der Sterne über den Bäumen auf die Erde warf.

In diesem Moment absoluter Stille klickte etwas links von ihm – nur ein winziges Geräusch, dem aber sogleich eine huschende Bewegung folgte, worauf Marcus sich noch weiter herunterduckte und das Leintuch über den Kopf zog, sodass nur noch seine Augen zu sehen waren. In völliger Regungslosigkeit blieb er hocken und wartete. Ein Wolf lief von links nach rechts durch sein Blickfeld, und die graue Farbe seines Fells verschmolz fast gänzlich mit der schneebedeckten Weite. Es war offensichtlich, dass das Tier von etwas aufgeschreckt worden war und nun eilig in den Schatten flüchtete. Noch immer regungslos wartete Marcus geduldig hinter einem Busch, hörte aber das raue Atmen von Narbengesicht gleich hinter ihm, der anscheinend seine Anweisung, auf der Brücke zu bleiben, missachtet hatte. Marcus zählte bis fünfzig und zwang sich trotz der Eiseskälte, die seine Beine hinaufkroch und drohte, ihn zum Schlottern zu bringen, keine Bewegung zu machen. Dann zog er sich das Leintuch vom Gesicht, worauf er bei seinem erleichterten Ausatmen eine Wolke Dampf aus den Nasenlöchern stieß. Er war gerade dabei, seine steif gewordenen Waden zu bewegen, als er erneut aus dem Augenwinkel eine Bewegung bemerkte und erstarrte. Aus dem weißen Schneeteppich hatte sich ein Mann erhoben, der langsam, aber entschlossen auf ihn zuschritt.

Hinter ihm folgte ein weiterer, und während Marcus noch zusah, standen eine dritte und eine vierte Gestalt auf und gingen ihm nach.

»*Feindliche Späher!*«

Unfähig, im Angesicht des Feindes still zu bleiben, hatte Narbengesicht sich bereits erhoben und ging mit gezogenem Schwert an Marcus vorbei. Er ignorierte den ersten Pfeil, der an ihm vorbeizischte, und schon erklang ein Chor von Antwortschreien. Bevor Marcus überhaupt reagieren konnte, war ein zweiter Pfeil aus der Dunkelheit geschossen und hatte den Soldaten in der Brust getroffen, worauf Narbengesicht zurücktaumelte. Während Marcus noch versuchte zu begreifen, mit wem sie es zu tun hatten, bohrte sich mit einem klatschenden Geräusch ein neuer Pfeil in den Hals des wankenden Soldaten, und der Tungrer fiel rücklings in den Schnee. Ein Ruf ertönte, und das Gelände vor Marcus wimmelte plötzlich von Männern, die ungelenk über den Schnee auf ihn zurannten. Alle waren auf dieselbe Weise verhüllt, die der römische Spähtrupp angewandt hatte, um in der Winterlandschaft unsichtbar zu bleiben. Marcus wandte sich um und lief schlitternd in Richtung der Brücke zurück, denn er erinnerte sich schmerzlich daran, was Tribun Leontius ihnen gesagt hatte, bevor er sie auf die Erkundungsmission geschickt hatte: »Falls ihr feststellen solltet, dass die Mistkerle im Schutz der Nacht die Brücke einzunehmen versuchen, dann verhaltet euch so, dass es echt aussieht. Verstanden, Zenturio? Wir müssen so viele von ihnen wie möglich auf unsere Seite des Walls locken, bevor wir unsere Karten aufdecken.«

Marcus rannte, so gut er das im hohen Schnee vermochte, auf die Brücke zu. Ein Pfeil zischte an seinem Kopf vorbei, und ein weiterer schlug in die Holzplanken ein, nachdem er die Brücke erreicht hatte und sich nun aufgrund des festen Bodens schneller fortbewegen konnte. Als er zurückblickte, sah er Dutzende sarmatische Fußsoldaten, die sich durch den Schnee kämpften und ihre Schwerter und Speere schwangen. Dahinter folgte etwas, das aussah wie eine riesengroße Wand von Männern, die aus der Dunkelheit herausjagten.

Er hob die Hand, deutete auf sie und rief zu Dubnus und Qadir hinüber: *»Das sind keine Späher, das ist ein Großangriff! Lauft zum Tor!«*

Marcus zog unter seiner Tunika eine Pfeife hervor, die wie immer an einer Kordel um seinen Hals hing, und stieß drei kurze Pfiffe aus. Dankbar bemerkte er, dass seine Offiziersbrüder mit ihren Männern von beiden Seiten zu ihm stießen. Arminius und Martos rannten ebenfalls heran, worauf der Römer verstand, was das Geräusch gewesen war, das er zuvor hinter seiner Gruppe vernommen hatte.

»Sie haben die verdammte Brücke eingenommen!«

Marcus warf einen Blick zurück und stellte fest, dass Dubnus die Wahrheit gerufen hatte, denn schon stürmten die ersten Sarmatenkrieger hinter den fliehenden Spähern über die Brücke.

Vor ihnen schwangen die Flügel des westlichen Tores weit auf, und eine dichte Kolonne von Soldaten strömte heraus, um dem Angriff der Barbaren mit Speeren und Schilden zu begegnen.

Dubnus schüttelte den Kopf, als sie auf die Britannier zurannten, und seine Stimme klang verächtlich, als er das Ausmaß der Katastrophe zusammenfasste. »Zu spät und zu wenige. Bis sie eine kampfbereite Kohorte hier herausgebracht haben, werden ihnen bereits fünftausend Männer gegenüberstehen. Wir sind am Arsch.«

Der kleine Spähtrupp stoppte vor den herannahenden Soldaten und rief die Parole. Derweil reihten sich die Soldaten in einer organisierten Linienformation auf, und wie gewöhnlich begannen alle Zenturien, sobald sie in Stellung waren, mit den Speeren auf ihre Schilde zu schlagen. Weitere Truppen rannten aus den Doppelflügeln des Tores heraus, und das mit einer Geschwindigkeit, die Dubnus' Einschätzung Lügen strafte. Während die Tungrer zusahen, tauchte noch eine Soldatenkolonne hinter der nordwestlichen Ecke des Kastells auf. Dubnus wandte sich um und stellte fest, dass dasselbe am anderen Ende der westlichen Kastellmauer geschah. Er starrte einen Augenblick auf die heranstürmenden Truppen, bevor er sich mit verwundertem Gesichtsausdruck an Marcus wandte.

»Das ist doch eine Falle, oder? Jeder einzelne Mann muss in voller Rüstung und kampfbereit hinter diesen Toren gewartet haben, sonst könnten sie niemals so schnell hier auftauchen. Wusstest du davon?«

Marcus schüttelte den Kopf. »Man hat mir die Einzelheiten nicht erklärt. Mir wurde lediglich befohlen, nach etwaigem Ärger Ausschau zu halten und, falls ich auf etwas stoßen sollte, sofort ein Signal zu geben und zum Tor zu rennen. Warum hätten die Tribune uns alles erzählen sollen, was sie vorhatten? Wäre einer von uns gefangen genommen worden, hätte man sämtliche Details ihres Plans aus ihm herausfoltern können. Aber ich glaube nicht, dass das bereits alles war ...«

Arminius nickte zustimmend. »Die Sarmaten werden zehntausend Krieger über den Graben schicken, wenn man ihnen genügend Zeit dafür lässt. Daher muss es einen Weg geben, sie zu stoppen – warum sonst hätte man ihnen gestatten sollen, den einzigen Übergang einzunehmen?«

Marcus reckte den Hals, um zwischen den Soldaten vor ihm hindurchzuschauen, und bemerkte, dass schon jetzt über tausend Männer jenseits des Grabens gelangt waren. Die meisten hielten ihre Stellung, während hinter ihnen mehr und mehr nachrückten und ihre Kampfstärke mit jedem Mann wuchs, der die Brücke überquerte. Ein paar wenige Scharmützler stürmten voran und schossen Pfeile auf die Schilde der Hilfstruppen.

Martos trat zur Seite und begann ebenfalls zu rechnen. »Zwei Infanteriekohorten und die thrakischen Bogenschützen sind alles, was dem Präfekten zur Verfügung steht, es sei denn, er bringt unsere eigenen Leute in das Kampfgeschehen ein. Ich denke, falls er tatsächlich eine Falle für die Feinde vorbereitet hat, dann müsste...«

Ein lautes Kommando ertönte von den Mauern über ihnen, worauf die Ballistaschützen an beiden Ecken der Festung ihre Geschosse gleichzeitig auf die Brücke schleuderten: lodernde Feuerbolzen, die direkt unterhalb des Rahmens einschlugen. Sofort begannen die Holzbalken zu brennen, und nur einen Augenblick später stand die Brücke in Flammen. Über das gierige Lodern des Feuers hinweg waren die rauen Rufe und Schreie vieler Krieger zu hören, die sich über die Brücke gekämpft hatten, um auf ihre Feinde zu treffen.

Marcus sah zu seinen Kameraden hinüber und nickte bedächtig. »Jetzt verstehe ich: Pech. Es wurde wahrscheinlich auf sämtliche Holzplanken der Brücke gestrichen. Ich dachte bereits, ich hätte einen seltsamen Geruch wahrgenommen, als ich sie passierte. Aber das kann trotzdem nicht alles sein, denn was sollte sie davon abhalten, einfach in den Graben zu springen und davonzulaufen?«

Als wollte es diese Frage beantworten, verbreitete sich

das Feuer rasend schnell von der Brücke weg in beide Richtungen, denn offensichtlich war das Pech genau zu diesem Zweck auch über den Graben verteilt worden. Die Krieger, die sich bereits diesseits der Brücke befanden, zauderten vor der römischen Verteidigungslinie, die immer stärker wurde. Die tosenden Flammen entzündeten schon bald Nadelbäume, die zunächst gefällt und dann über den Grund des Grabens verteilt worden waren, und auch deren Äste hatte man mit dem zähen Saft bestrichen. Im Zeitraum eines Dutzends Herzschläge stand die gesamte Verteidigungslinie in Flammen und verwehrte den Sarmaten die Flucht auf die andere Seite des Grabens. Hörner schmetterten, und die wartenden Soldaten rückten zum Kampf auf ihre Gegner vor, die sich vor den lodernden Feuermassen abzeichneten. Als Marcus in die von Flammen erhellten Gesichter seiner Kameraden blickte, fiel ihm auf, dass die vorrückenden Römer in ihren durch den Schein des Feuers goldglänzenden Rüstungen fast wie die Vollstrecker einer rachelüsternen Gottheit aussahen. Die Sarmaten wurden von Panik erfasst und verloren jede Spur von Disziplin, denn sie waren zwischen dem lodernden Graben und den unbarmherzigen Soldaten eingeklemmt. Einige stürmten in blinder, gedankenloser Wut auf die Römer los, während andere sich in die Flammen warfen und mitten in den Graben sprangen, da sie hofften, die andere Seite unbeschadet zu erreichen. Einigen wenigen, die ihre Waffen und Rüstungen vorher weggeworfen hatten, gelang dies auch, doch die meisten sprangen nicht weit genug und fielen unter fürchterlichem Geschrei auf die brennenden Bäume. Sogleich fingen ihre Haare und ihre Kleidung Feuer, weshalb sie brüllend vor Schmerz herumrollten, bevor sie schließlich das Bewusstsein verloren. Die restlichen Männer kämpften wie Besessene, die zwischen den beiden Bedrohungen des Feuers und der Feinde eingekeilt waren, doch das half ihnen nichts: Als sie sich auf die vorrückende Reihe von Schilden warfen, fällten die Speere der Britannier sie mit der Effizienz von Dreschflegeln.

»Vielleicht nur ein kleiner Sieg, wenn man bedenkt, welche Heeresstärke sich noch auf der anderen Seite des Grabens befindet. Doch womöglich ist unser Erfolg groß genug, um Purta zum Nachdenken zu bewegen, welche anderen Tricks wir sonst noch im Ärmel haben könnten. Ich sehe, du hast ein paar Männer mehr um dich, als beim Verlassen des Lagers bei dir waren?«

Tribun Scaurus war hinter dem letzten Britannier durch das Tor geschritten und betrachtete Arminius und Martos mit erhobener Braue, worauf die beiden als Antwort nur mit den Schultern zuckten.

Marcus salutierte müde, wandte sich ab und machte sich auf den Weg zurück ins tungrische Lager. Sein Gesicht zeigte einen niedergeschlagenen Ausdruck. »In der Tat ein Sieg, Tribun. Allerdings zu einem Preis, den ich unwillig zu bezahlen gewesen wäre, hätte ich im Voraus gewusst, um welche Art von Geschäft es sich dabei handelte.«

Im ersten Licht des Morgengrauens griffen die Sarmaten erneut an, und ihre Wut wurde vom Anblick der fünfzehn Holzkreuze befeuert, die hinter dem nunmehr schwer bewachten Graben aufgestellt worden waren. An jedem von ihnen wand sich einer der wenigen feindlichen Reiter, welche die Römer tags zuvor auf dem Eis gefangen genommen hatten.

Tribun Leontius nickte grimmig in Richtung der zum Tod verurteilten Gefangenen, während er in plauderndem Ton mit seinen Kameraden sprach. »Dies wird den Ballistaschützen ein paar Übungseinheiten in Sachen Zielgenauigkeit verschaffen, nehme ich an.«

Wie er vorausgesagt hatte, rannten trotz der drohenden Gefahr durch die Artillerie sogleich feindliche Bogenschützen in Schussweite der Gekreuzigten, die Pfeile auf ihre hilflosen Brüder abschießen wollten, um deren bevorstehende Tortur abzukürzen. Ein unvorsichtiger Bogenschütze nockte, anstatt sich gleich wegzubewegen, nach seinem ersten Schuss noch einen weiteren Pfeil ein, worauf ihn ein gut gezielter Bolzen traf und ihm die Wirbelsäule zerriss. Darauf rannten weitere Bogenschützen vor, sodass schon bald ein halbes Dutzend der Gefangenen leblos an den Kreuzen hing, weshalb Leontius anordnete, diese anzuzünden. Während die Flammen rasch die Menschenopfer verschlangen, zogen ölige Rauchschwaden in den Himmel, und die Bogenschützen rannten im gleichen Zickzack-Lauf zurück, wie sie gekommen waren.

Scaurus wandte sich an Julius, und in seiner Stimme war ein widerwilliger Beiklang von Respekt zu vernehmen. »Bewundernswert, würde ich sagen. Ich möchte nicht auf diese vier Monstermaschinen zulaufen, ganz egal, ob ich dabei herumtänzeln und sie von ihrem Ziel ablenken könnte oder nicht. Nachdem dies aber nun auch vorbei ist, gehe ich davon aus, dass Purta schon bald seinen nächsten Schlag landen wird. Er weiß ja, dass jeder Augenblick, den er auf der falschen Seite dieser Mauern verbringt, die Ankunft unserer Legionen wahrscheinlicher macht.« Er rieb nachdenklich an dem Amulett, das er sich um sein rechtes Handgelenk gebunden hatte. »Immer vorausgesetzt, unser Herr und Gott sorgt dafür, dass Tribun Leontius' Nachricht sie erreicht...«

Purtas Antwort auf das Desaster der vergangenen Nacht kam rasch genug und versetzte insbesondere Scaurus in höchste Bestürzung. Eine Flut von Sklaven in zerfetzter Kleidung strömte auf den Graben zu, die mit Peitschen und Speeren angetrieben und von hochgehaltenen Schilden abgeschirmt wurden. Auf ihren Rücken trugen sie Eimer voller Erde und Steine, weshalb sie unter ihrer Last wankten. Zunächst wurden sie angehalten, die Gräben aufzufüllen, auf deren Grund angespitzte Pflöcke angebracht waren, um unvorsichtige Eindringlinge zu Krüppeln zu machen. Während sie sich abrackerten, die Befehle ihrer Herren auszuführen, rückte eine große Anzahl feindlicher Bogenschützen nach und entsandte Pfeile auf alle Verteidiger, die sich oberhalb des Grabens oder auf den Festungsmauern blicken ließen. Nachdem sie aufgrund des Pfeilhagels zur Deckung gezwungen waren, verbargen sich die Soldaten hinter ihrem Verteidigungswall, während die Sklaven der Barbaren ihre Aufgabe, den Graben zu sichern, zu beenden versuchten. Nachdem sie ihre Eimer in den Graben entleert hatten, wandten sich die Sklaven um, um denselben Weg zurückzugehen, wobei sie von ihren sarmatischen Herren angetrieben wurden. Da das feindliche Heer an Bogenschützen so überaus groß war, konnten die thrakischen Bogenschützen nicht auf die Arbeiter schießen, weshalb es den Ballistaschützen überlassen wurde, die schuftenden Sklaven zu töten. Mit finsteren Gesichtern beobachteten die Offiziere, wie die gnadenlosen Bolzen ihr Unheil unter den Arbeitenden anrichteten.

»Diese Sache scheint von langer Hand geplant zu sein, denn unsere Feinde waren ja ganz offensichtlich auf eine Belagerung vorbereitet, wenngleich ich bezweifle, dass sie einen so verbissenen Widerstand erwartet hatten. Natürlich müssen sich auch Römer unter den Sklaven befinden...«

In Wahrheit bestätigte Leontius lediglich, was die meisten von ihnen ohnehin schon wussten, denn sie hatten in der Ansammlung von Sklaven einzelne Fetzen römischer Kleidung wiedererkannt. Nun mühten sich die Geschundenen ab, einen bereits erkennbaren Steg über den Graben zu bauen – und es waren nicht bloß Männer, sondern auch Frauen und sogar Kinder darunter.

»Wir können uns nur damit trösten, dass alle, die wir umbringen, von einer grauenhaften Existenz befreit werden, die ihnen schon jetzt genug Leid und Entwürdigung zugefügt hat, ohne dass es für sie ein gutes Ende oder einen Weg des Entrinnens gäbe. Du da!«, rief er dem am nächsten stehenden Ballistaschützen in tadelndem Ton zu. »Schieß nicht auf die Männer direkt am Graben, sondern ziele etwas weiter weg, damit dein Geschoss zwei oder drei von ihnen auf einmal wegrafft und sie nicht einzeln am Boden festnagelt!«

Der Zenturio salutierte knapp und rief seinen Männern, die die Seile des schweren Torsionsgeschützes wieder anspannten, neue Befehle zu. Marcus wandte sich ab, da er es nicht ertragen konnte, das unumgängliche Abschlachten hilfloser Sklaven mit ansehen zu müssen. Ein lauter Schlag ertönte, und wildes Schmerzgeheul ließ darauf schließen, dass eine unerwartete Katastrophe eingetreten war. Die Besatzung der Ballistas war in hellem Aufruhr, einer von ihnen wankte wie betrunken herum, und in seiner zerschmetterten Stirn steckte ein Holzstück. Der Soldat fiel der Länge nach auf den Holzboden des Turms und blieb liegen, wobei einer seiner Füße krampfartig zuckte.

»Einer der Drehstäbe muss gebrochen sein. Der arme Kerl ist so gut wie tot.«

Leontius nickte finster, als er Julius' Worte hörte, und zeigte auf das demolierte Geschütz. »Ebenso wie meine verdammte Ballista. Und ich habe keine Möglichkeit, das verfluchte Ding zu reparieren, es sei denn, ich lasse einen Drehstab von den Geschützen an der hinteren Festungsmauer entfernen, um dieses hier wieder schussbereit zu machen.«

Er besprach sich kurz mit Scaurus und ordnete dann die Reparatur an, denn die beiden Männer waren übereingekommen, dass sie kaum eine andere Wahl hatten, als alle vier Geschütze auf der westlichen Festungsseite funktionstüchtig zu halten. Die sarmatischen Sklaven rackerten indessen ohne Unterlass und füllten den Graben mit ihren Eimern voll Dreck und Felsbrocken, unter die sie auch die Leichen derjenigen mischten, die unter den Geschützen der Verteidiger gefallen waren. Langsam, aber sicher wuchs die Spitze des Stegs an und zeigte bereits wie eine Zunge in den Graben hinein.

Kurz nach Mittag betrachtete Julius mit fachkundigem Blick das Geschehen und äußerte dann seine Meinung dazu. »Schlau gemacht. Seht ihr, dass sie ihn höher bauen als die Verteidigungsanlagen auf der anderen Seite, obwohl das länger dauert? Auf diese Weise werden sie im Falle eines Angriffs weiter oben stehen als wir.« Mit einem besorgten Stirnrunzeln schüttelte er den Kopf. »Sie haben das Ganze gut begonnen, auch wenn es beizeiten schwieriger werden wird, denn der Graben wird ja mit jedem Schritt tiefer. Und wenn sie die Sklaven in diesem Tempo weiterschuften lassen, werden sie sie langsam, aber sicher zu Tode quälen.« Er betrachtete den Steg erneut und zuckte zusammen, als das

Geschütz einer Ballista inmitten der Arbeiter landete und einen Aufschrei unter denen erzeugte, die sich in der Nähe der Aufschlagsstelle des Bolzens befanden. »Ein Tag, würde ich schätzen, vielleicht sogar weniger. Dann werden die Barbaren den Verteidigern hinter dem Wall auf Speernähe gegenüberstehen, und Bogenschützen auf beiden Seiten werden aus nächster Nähe Pfeile auf die Männer abschießen, sodass ihre Schilde nutzlos sind. Überdies gibt es kein Mittel, mit dem man einen Steg aus Erdreich vernichten oder abbrennen könnte. Kurz danach werden sie in großer Kampfstärke über den Wall und hinter den Graben geklettert sein, falls sie die Entschlossenheit besitzen, ein paar hundert Krieger zu opfern, die sich ihren Weg über den Wall erzwingen.«

Scaurus nickte zustimmend. »Was sie natürlich tun werden. Sobald sie hinter dem Graben sind, können sie zu den Festungsmauern laufen, und ganz egal, ob diese aus Stein oder sonst einem Material erbaut sind, werden sie schon kurz darauf die Torflügel zerschmettert haben. Bei aller Zuversicht, die Leontius an den Tag legt, würde ich behaupten, dass die Verteidigung des Kastells in diesem Fall nicht mehr lange andauern wird, schon allein deshalb nicht, weil sie über eine so große Zahl kampfbereiter Männer verfügen. Wir können es ihnen also nur schwer machen und sie für ihre Kühnheit bezahlen lassen, aber wir werden sie nicht aufhalten.«

Am späten Nachmittag brach der Drehstab einer weiteren Ballista und verursachte ebenso großen Schaden, denn die Besatzung verlor zwei Männer, die von den durch die Luft schnellenden Spannseilen getroffen und schwer verwundet wurden. Leontius überlegte, ob er Ersatz von dem einzig noch verbliebenen Torsionsgeschütz an der Ostwand holen lassen sollte, entschied sich dann aber dagegen.

»Es ist vielleicht besser, noch über ein Geschütz zu verfügen, das man auf die Brücke auf eurer Seite der Verteidigung abfeuern kann, was, Tribun? Es kann ja nun nicht mehr lange dauern, bis euer Freund Balodi die Bühne betritt...«

Als die Dunkelheit hereinbrach und sein Erster Speer fragte, ob er die Britannier von den Verteidigungsanlagen abziehen und in das Kastell zurückbeordern sollte, schüttelte er den Kopf. »Die Drecksäcke sind nur ein Dutzend Fuß vom Bollwerk entfernt und somit nahe genug, dass ihnen schon ein solides Holzbrett ausreichen würde, um über den Wall zu kommen. Du kannst also immer nur eine halbe Kohorte abziehen, denn ich will fünf Zenturien in Bereitschaft haben, die den Feind abwehren können, falls er versuchen sollte, den Graben zu überspringen, ohne den Steg vorher fertigzubauen.«

Die Leibeigenen ackerten auch in der Nacht unter dem Licht von Fackeln weiter, hochgehalten von den feindlichen Kriegern, die trotz der offensichtlichen Erschöpfung ihrer Arbeitskräfte weiter ihre Stöcke und Peitschen benutzten, um sie voranzutreiben. Nach einem stillen Abendmahl begleitete Scaurus die Offiziere des Kastells wieder auf die Festungsmauern hinauf. Während des Essens hatte er sich den Kopf über ihre Lage zerbrochen und dabei ein Gesicht aufgesetzt wie jemand, der ein persönliches Dilemma auszufechten hatte. Die Fackeln, die den Steg erhellten, waren in der Stunde, die das Essen ungefähr gedauert hatte, deutlich näher gerückt, was hieß, dass Julius' Voraussage wohl eher früher als später eintreffen würde.

Mit einem entschiedenen Nicken wandte Scaurus sich schließlich an Leontius und zeigte auf das Geschehen unter ihnen. »Purta hat einen Fehler begangen, indem er das Errichten des Stegs auch nach Einbruch der Nacht fortsetzen ließ. Ich denke, nun ist die Zeit gekommen, seinen Handlungen Einhalt zu gebieten, zumindest vorerst.«

Scaurus erklärte Leontius seinen Einfall, der wie gewöhnlich enthusiastisch reagierte, wenngleich seine Begeisterung ein wenig davon gedämpft wurde, welche Auswirkungen diese Idee unweigerlich auf die schuftenden Sklaven haben würde. Nachdem alle Lichtquellen von den Festungsmauern entfernt worden waren, die ihre neue Taktik hätten preisgeben können, wurden die thrakischen Bogenschützen auf den Zwinger gebracht, jeweils eine Zenturie nach der anderen. Zuletzt war die Seite des Kastells, die den Angreifern direkt gegenüberlag, von Männern übersät, die wie befohlen in völliger Stille bereitstanden.

Leontius murmelte seinem Läufer eine Anweisung zu, wobei er eine Hand zur Faust ballte und damit fest auf die Handfläche der anderen schlug. »Gib das Signal, Lichter auf die Feinde zu werfen, und evakuiere dann die vorderen Positionen.«

Nach einigen Augenblicken, die es dauerte, bis der Befehl die vorderen Truppen erreicht hatte, tauchte eine Handvoll Lichter unter ihnen auf. Es waren dünnwandige Gefäße, die mit Pech gefüllt waren und auf deren Oberfläche brennende Stofffetzen lagen. Männer hielten diese improvisierten Geschütze in den Händen und warfen sie prompt über den Verteidigungswall des Grabens in die Ansammlung arbeitender Sklaven. Dort zerbrachen sie, ihr zähflüssiger Inhalt wurde von dem brennenden Stoff entzündet und ergoss sich sowohl über den Boden als auch über die Sklaven. Aus der Dunkelheit ertönten Schreie, mehrere Körper wanden sich in heftigen Schmerzen, weil ihre Kleidung Feuer gefangen hatte, und Marcus beobachtete, wie Scaurus sich bestürzt eine

Hand über die Augen legte. Von der Festungsmauer aus sah er dunkle Schatten, die vom Graben wegliefen, und einen Moment später war zu hören, wie der thrakische Präfekt seinen Bogenschützen einen Befehl zurief.

»Bogenschützen, Distanz einhundert Schritte, bereit!«

Unter Geknister zogen die Thraker Pfeile aus ihren Köchern und machten sich schussbereit, wobei ihre Bögen in der Stille der Nacht knarrten. Falls die Sarmaten begriffen hatten, was gleich passieren würde, sorgten die Schreie der brennenden Sklaven dafür, dass sie keinen Rückzugsversuch einleiten konnten.

»Bogenschützen... *schießt*!«

Die Thraker zielten auf die tanzenden Lichter unter ihnen. Hunderte Pfeile segelten in die kompakte Menschenmasse von Sklaven, die sich in Reichweite ihrer Bogen befanden. Erneut zerriss ein Chor entsetzlicher Schreie die nächtliche Luft, als Dutzende Männer, Frauen und Kinder wankten und vom Pfeilhagel getötet wurden.

»Bereit... *schießt*!«

Ein weiterer Pfeilschauer fegte von den Mauern herunter und fällte Sklaven und Krieger gleichermaßen, wodurch ihr Schmerz- und Wehgeheul sich verdoppelte. Männer stießen hinter den Sklaven Schreie aus, doch ob sie nun das Kommando zum Rückzug oder zum Stellunghalten gaben, war unter dem lauten Hagel eiserner Pfeilspitzen nicht auszumachen.

»Bereit... *schießt*!«

Der dritte Pfeilhagel trieb die Sklaven ebenso auseinander, wie das ein Infanterieangriff getan hätte, worauf der Lärm, der zur Festungsmauer hinaufdrang, sich immer panischer anhörte. Die Nacht war erfüllt von den verzweifelten

Schreien jener, die noch nicht getroffen worden waren, aber um ihr Leben fürchteten, und dem herzzerreißenden Wehklagen der anderen, die von Pfeilen durchbohrt oder schlicht von der trampelnden Menge überrannt worden waren.

Der thrakische Präfekt sah fragend zu Leontius hinüber, doch der Kommandeur des Kastells schüttelte den Kopf und hob die Hand, um einen weiteren Pfeilhagel anzuordnen.

»Bogenschützen, Distanz zweihundert Schritte, bereit!«

Die Bogenträger richteten ihre Waffen nach oben, um den Pfeilen mehr Reichweite zu geben. Dann spannten sie die Bogensehnen bis hinter ihre Ohren und waren bereit, die Pfeile hoch in die Luft zu entsenden. *»Schießt!«*

Der vierte Pfeilhagel zischte durch die Nacht und hinterließ einen Augenblick Stille, bevor die Pfeile zwischen den flüchtenden Sklaven und Kriegern niedergingen, worauf mehr Schreie ertönten und die Panik noch größer wurde. Marcus spürte instinktiv, dass Leontius seinen Befehl noch einmal wiederholen würde, noch bevor dieser die Hand erhoben hatte.

»Bogenschützen, Distanz dreihundert Schritte, bereit!« Jetzt zielten die Bogen bereits in Richtung der Sterne, und die Schützen legten all ihre Kraft ins Spannen der Sehnen, um die Pfeile zur weitestmöglichen Entfernung in den Nachthimmel zu schicken. *»Schießt!«*

Das Schmerzgeheul kam nun aus der Ferne und hörte sich in Marcus' Ohren seltsam müde an, so als seien die Menschen von ihrer Flucht bereits derart erschöpft, dass sie keine Energie mehr aufbringen konnten, angesichts ihres grausamen Schicksals mehr als ein Stöhnen herauszubringen. Leontius nickte dem thrakischen Präfekten zu, der sich mit undurchdringlicher Miene zu seinen Männern wandte.

»Bogenschützen, wegtreten. Erster Speer, führe sie in ihre Quartiere zurück.«

Die Offiziere sahen zu, wie die Thraker mit ausdruckslosen Gesichtern in einer langen Reihe von der Festungsmauer herabtraten und sich keine Gedanken darüber zu machen wagten, welche Leiden sie den hilflosen Sklaven zugefügt hatten. Vom Graben unter ihnen erklangen jetzt nur noch die Schreie der Verwundeten, ansonsten herrschte nach all dem chaotischen Lärm dieses langen Tages eine plötzliche, seltsam anmutende Stille.

Leontius gratulierte Scaurus in düsterem Ton, doch seine Stimme verriet, wie erleichtert er war. »Nun, das scheint für den Rest der Nacht das Ende ihrer Bemühungen zu bedeuten. Eine überaus erfinderische Taktik, Tribun, insbesondere, da die feindlichen Bogenschützen in der Dunkelheit keine Möglichkeit hatten, unseren Angriff zu rächen.«

Scaurus nickte, doch seine Miene war angespannt. »Ich danke dir, Leontius, und möchte einen weiteren Vorschlag unterbreiten. Meine Kohorte kann für den Rest der Nacht die Verantwortung für den Graben übernehmen. Warum solltest du deinen Britanniern nicht eine kleine Ruhepause gönnen? Vermutlich müssen sie schon morgen früh ihre nächste Schlacht bestreiten.«

Der Tribun nickte dankbar, und Marcus bemerkte, dass Leontius überhaupt nicht auf diesen Gedanken gekommen war, der ihm selbst völlig offensichtlich erschien. Der Erste Speer Julius warf ihm einen Blick zu, und der Ausdruck in seinen Augen zeigte, dass Scaurus' Vorschlag, die Nachtwache zu übernehmen, auch ganz in seinem Sinne war.

»Vielen Dank, Tribun. Vielleicht können unsere Ersten Speere die Übergabe organisieren?«

Scaurus nickte abwesend, wandte sich um und starrte mit harter Miene in die Finsternis hinaus.

Marcus trat hinter ihn und sprach ihm ruhig, aber flehend ins Ohr. »Vergib mir, Tribun, dass ich so offen mit dir spreche, doch du *darfst* das nicht tun. Mir ist klar, dass du dich für die Verletzten dort unten verantwortlich fühlst, aber...«

Scaurus Erwiderung kam mit dumpfer, gefühlloser Stimme, als sei er schlicht taub für das Ansinnen seines Zenturios. »Solange du nicht selbst so etwas anordnen musst, Zenturio, hast du keine Ahnung, wie sehr es die Seele eines Mannes zerreißt, unschuldige Männer, Frauen und Kinder aus Angst und vor Schmerzen schreien zu hören, weil man ihnen ihr Leben als Bestrafung für ein Verbrechen entreißt, das sie gar nicht begangen haben. Ich habe ein Kind gehört, Marcus, das nach seiner Mutter rief. Einen Mann, der verzweifelt den Namen seiner Frau schrie.« Er atmete tief ein. »Ich habe einen Mann gehört, der in tiefster Verzweiflung zu unserem Gott Mithras flehte, doch er erhielt keine Antwort – dafür aber einen weiteren Hagel unserer verdammten Pfeile. Vielleicht hätte ich einige dieser Leute retten können, wenn ich mich im Laufe unserer Verhandlungen gegen Belletor hätte durchsetzen können. Stattdessen habe ich einem selbstverliebten Idioten gestattet, politische Ränkespiele höher zu bewerten als schlichte Menschlichkeit. Daher kann ich jetzt nicht einfach untätig hier stehen, während die Unschuldigen, die durch *meine* Untätigkeit zur Sklaverei verdammt wurden, hilflos, verwundet und blutend im Dreck liegen, nur damit wir vielleicht ein klein wenig länger leben können. Julius, mach die Kohorten fertig, damit sie die Britannier am Graben ablösen können. Und treib bei der Gelegenheit ein verdammtes Seil auf, verstanden?«

405

8. Kapitel

Die Befestigungsanlage längs des Grabens hatte sich seit dem letzten Mal, als Marcus sie betrachtet hatte, verändert. Nun war sie mit Pfeilen übersät, die ihre Ziele verfehlt hatten und tief im Erdwall und dem Boden dahinter steckten. Julius entsandte eine Gruppe Männer, um die unbeschädigten Geschosse aufzusammeln.

»Ich nehme an, wir werden sie noch brauchen, bevor die Belagerung zu Ende geht«, sagte er. »Sie sind ein nützlicher Notvorrat für Qadirs Männer.« Plötzlich trat er in eine Mulde und geriet aus dem Gleichgewicht. Als er auf den Boden sah, stellte er zu seiner Bestürzung fest, dass er in eine flache Latrinengrube hineingetreten war. Die Britannier hatten sie angelegt, damit sie sich bei ihrem ganztägigen Wachdienst über den Graben wenigstens erleichtern konnten. Mit einer angewiderten Grimasse hob Julius seinen Fuß. Die Stiefelsohle war mit Exkrementen beschmiert. »Nun, sieht das nicht genau wie eine Zusammenfassung dieses verfluchten Kampfes aus? Wir landen immer und immer wieder in der *Scheiße*! Schafft die verdammten Seile her!«

Marcus blickte über den Wall auf den Steg, dessen Spitze nun weniger als zehn Schritte von der steilen Grabenwand auf der westlichen Seite entfernt war.

»Sie werden im frühen Morgengrauen zurückkommen,

und zwar mit noch mehr Leuten. Dann ist es hell genug für ihre Bogenschützen, jeden abzuschießen, der es wagen sollte, mit Pech gefüllte Behälter auf sie herabzuwerfen.« Martos war herangetreten, und sein gesundes Auge glänzte im Mondlicht. Er sprach leise dicht neben Marcus' Ohr. »Der Steg ist schon fast vollendet. Wenn ich an ihrer Stelle wäre, würde ich meine Sklaven zu einer letzten Anstrengung peitschen, um den letzten Teil doppelt so breit zu machen, damit man drei oder vier schwere Holzplanken darauf legen kann. Auf diese Weise können sie in großer Zahl herüberkommen und ihre wildesten Krieger vorangehen lassen, die ohnehin schon rasend vor Wut sind und denen überdies so viel Gold als Lohn versprochen wurde, wenn sie unseren Wall überwinden, dass sie den Rest ihrer Tage davon leben können. Natürlich werden von den ersten hundert, die den Steg überqueren, neunundneunzig zu Tode kommen, aber sie werden sich schon aufgrund ihrer Zahl eine Position auf der anderen Seite erkämpfen. Und in der Zwischenzeit werden uns die Bogenschützen von beiden Seiten mit ihren Pfeilen eindecken.« Der Prinz der Votadini unterbrach sich, als er Marcus' Gesichtsausdruck sah. »Was ist los? Was hast du gerade gedacht?«

»Ich dachte an etwas, das du gesagt hast. Warte hier und mache ein paar Männer von dir kampfbereit, falls du Lust auf ein Abenteuer hast.«

Der Prinz der Votadini tippte auf seine Augenklappe und wandte sich an seine Leute. »Ich hatte schon Lust auf Abenteuer, als ich geboren wurde, Zenturio.«

Marcus ging zu Julius hinüber und verzog das Gesicht bei dem widerlichen Gestank, der von dem verdreckten Stiefel seines Freundes aufstieg.

Der Erste Speer drehte sich um, und seine Miene wurde grimmig, als er den Gesichtsausdruck des Römers sah. »*Du* kannst dich auch gleich verpissen! Gerade habe ich mich mit Dubnus herumgeschlagen, der wissen wollte, ob ich einen Job als Putzkraft im Badehaus suche.«

Marcus schüttelte lächelnd den Kopf und erklärte Julius rasch seinen Einfall. Noch bevor er seine Idee zum Durchkreuzen der sarmatischen Pläne vollständig darlegen konnte, nickte Julius bereits entschieden.

»Meines Erachtens würde das funktionieren. Du da, Soldat Beulengesicht oder wie auch immer du heißt, such den Tribun und bitte ihn, zu uns zu kommen. Und beweg deinen Arsch, denn wir haben nicht die ganze Nacht Zeit!«

Der Angesprochene eilte davon, murmelte zuvor aber noch seinem Kameraden einen Kommentar zu, der besagte, dass der Spitzname des Ersten Speers nun endlich auch zu seinem Geruch passte. Julius hatte das zwar gehört, ignorierte es jedoch, denn er war damit beschäftigt, weitere Soldaten auszusenden, um die Offiziere der Kohorte zusammenzutrommeln.

Einen Moment später tauchte Scaurus aus der Dunkelheit auf, und sein düsterer Gesichtsausdruck erhellte sich einen Augenblick, als ihm der Geruch in die Nase stieg, den Julius verströmte. »Auf mein Wort, Erster Speer, zurzeit benutzt du wirklich ein *höchst* aromatisches Parfüm. Wenigstens hilft es uns, dich im Dunkeln schneller zu finden.«

Sein Untergebener erwiderte den Scherz mit einem gequälten Lächeln und erklärte ihm dann Marcus' Vorschlag. »Wir werden aber Ausrüstung aus dem Kastell brauchen, und zwar schnell, bevor die Gelegenheit vorüber ist. Wenn *ich* jedoch einen Mann losschicke, der um die Sachen bitten soll, wird dieser nur vom diensthabenden Zenturio zu hören bekommen, er solle verschwinden, weil das alles zu viel Mühe kostet. Du, Tribun, hingegen...«

»Nun, ich hingegen komme wohl eher nicht mit dem schmutzigen Ende des Rebstocks in Kontakt? Also gut.« Er drehte sich zum Kastell um, warf aber über die Schulter noch einen Kommentar in Richtung Julius: »Und da wir gerade bei Rebstöcken sind – *du* könntest deinen dazu benutzen, ein wenig von dem stinkenden Zeug abzukratzen, das an deinen Stiefeln hängt!«

Wenige Minuten später war er – von zwei Soldaten begleitet – zurück, die das Notwendige mit sich trugen. In seiner Abwesenheit hatten die Zenturios dabei zugesehen, wie Martos und ein Dutzend seiner Männer sich über die steile westliche Grabenseite bis zu dessen Grund abseilten, der noch immer von Asche und den Überresten verbrannter Leichen vom Feuer der vergangenen Nacht übersät war. Dann kletterten sie rasch die Steilseite des Stegs hinauf, bis sie auf dessen Oberfläche standen, und duckten sich, um zu vermeiden, dass etwaige feindliche Späher, die das verlassene Schlachtfeld überwachten, ihre Anwesenheit bemerkten. Die Tungrer hievten ihnen die erste der schweren Holzplanken hinüber, die Scaurus aus dem Kastell hatte hertransportieren lassen, und sahen dann nervös zu, wie die Votadini sie über das fehlende Stück Steg legten. Vorsichtig betrat Martos den leicht geneigten Übergang und tastete sich weiter, bis er drei Fuß vom Torfwall entfernt stand, wobei er die Festigkeit der Holzplanke überprüfte.

Zufrieden wandte er sich leise an Julius und hielt dabei einen Finger hoch. »Immer einer nach dem anderen, würde ich vorschlagen, und keinesfalls eines der Monster aus deiner Zehnten Zenturie!«

Julius betrat die Ersatzbrücke, doch der Tribun legte ihm eine Hand auf die Schulter. »Du nicht. Dich brauche ich auf dieser Seite, damit du das Kommando übernehmen kannst, falls *mir* dort drüben etwas zustoßen sollte.«

Sein Erster Speer runzelte widerwillig die Stirn und bedeutete Marcus mit der Hand, zu ihnen zu kommen. »Ich darf nicht hinübergehen, daher wird dir die Verantwortung zuteil, den Tribun hier am Leben zu erhalten. Sag Martos, er soll einen maximalen Umkreis festsetzen. Falls irgendjemand dort unten noch atmet, macht ihnen schnell und still den Garaus, ganz egal, ob es sich dabei um Sarmaten, Sklaven oder Römer handelt.« Er blickte seinen Vorgesetzten herausfordernd an. »Ich nehme an, damit kannst du leben, Tribun?«

Scaurus nickte bedächtig und wandte sich wieder dem Holzsteg zu.

Hinter seinem Rücken schoss Julius einen vielsagenden Blick zu Marcus hinüber und flüsterte dann seinem Offiziersbruder ins Ohr: »Beim *ersten* Anzeichen feindlicher Bewegung will ich ihn wieder diesseits der Brücke und hinter dem Wall haben, hörst du? Ich habe absolut nicht vor, als derjenige in die Geschichtsbücher der Kohorte einzugehen, der es seinem Tribun gestattete, sich umbringen zu lassen, nur weil ihn wegen ein paar toter Sklaven das Gewissen plagte.«

Er gab den von ihm ausgewählten Soldaten ein Signal, worauf der Geschickteste unter ihnen rasch und lautlos über die Holzplanke eilte und dabei eine zweite Planke mit sich führte, um den Übergang doppelt so breit zu machen. Marcus trat auf die improvisierte Brücke und tastete sich prüfend vorwärts. Die zweite Planke bog sich zwar etwas unter seinem Gewicht, aber er erreichte sicher die andere Seite. Da der Mond nicht schien, war der Boden vor ihm stockdunkel, weshalb er den Barbarenprinzen mit lautem Flüstern rufen musste.

»Martos!«

Eine amüsiert klingende Stimme neben seinem Ohr ließ ihn zusammenzucken.

»Du brauchst nicht zu schreien, Zenturio. Offenbar sehe ich mit einem Auge besser als du mit beiden.«

Marcus verkniff sich eine bissige Antwort und deutete stattdessen in die Finsternis. »Wir müssen die Soldaten bewachen, wenn sie die Rampe zu demolieren versuchen, zumindest so lange, bis die Sarmaten begreifen, was wir da gerade tun. Deine Männer sollen sich in einem dreißig Fuß messenden Kreis um uns aufstellen. Jeder Verwundete, den sie beim Vorrücken lebend antreffen, wird lautlos umgebracht. Noch etwas, Martos: Falls mir etwas zustößt, gibt es für dich nur eine Priorität, nämlich den Tribun zurück über die Brücke zu bringen. Verstanden?«

Der Prinz nickte und versammelte seine Männer um sich. Flüsternd wies er sie an voranzugehen und hielt dabei demonstrativ einen Finger vor die Lippen. Als Marcus sich wieder zu der Holzplanke zurückdrehte, sah er, wie Scaurus neben einem liegenden Körper kniete. Mit gezogenem Gladius ging er zu den beiden. Hinter ihm hantierten die tungrischen Arbeiter emsig mit den vom Kastell ausgeborgten Spaten an beiden Seiten des Stegs. Sie schaufelten, so schnell sie konnten, das Erdreich und die Steinbrocken weg, die tags zuvor von beiden Seiten in den Graben geworfen worden waren. Dabei ließen sie nur einen dünnen Erdstreifen stehen, der als Verbindung zu ihrem improvisierten Holzplankensteg diente.

»Der arme Mann hatte nicht die geringste Chance.«

Marcus folgte der Hand des Tribuns, die auf einen Pfeil zeigte, der in der Brust des Sklaven versenkt war. Die Wunde war so tief, dass er daran sterben würde, und zwar langsam und qualvoll. Der Todgeweihte sah erstaunt zu ihm auf, und seine Lippen bewegten sich, während er in einer unbekannten Sprache etwas sagte. Scaurus hob seinen Dolch und stieß ihn dem Mann durch die Rippen direkt ins Herz, worauf er sofort tot war. Er zog die Klinge aus der Wunde, hielt sie hoch und betrachtete den schwarzen Blutfleck darauf.

»Ich schwöre, dass ich in der kurzen Zeit, die mir zur Verfügung steht, so vielen dieser armen Kerle wie möglich dabei helfen werde, Frieden zu finden. Ich würde vorschlagen, du tust es mir gleich.«

Marcus wandte sich ab und starrte erneut in die Nacht hinaus, doch noch immer konnte er keine Anzeichen entdecken, dass ihr gewagtes Unterfangen bemerkt worden war. Er ging wieder auf die Suche nach Martos und duckte sich tief, um zu vermeiden, dass sich seine Silhouette gegen das aus dem Kastell fallende Licht abzeichnete. Während er die Dunkelheit nach seinem Freund absuchte, packte ihn plötzlich eine Hand am Knöchel. Er fuhr herum und umklammerte seine Spatha fester, um den, der ihn angefasst hatte, damit zu durchbohren. Sein Vorhaben wurde von einem rauen Flüstern zunichtegemacht: Ein Mann am Boden, der um jeden Atemzug kämpfte, stieß mühevoll zwei Worte aus.

»Hilf mir ...«

Der niedergestreckte Römer drehte sich mühsam auf den Rücken, und seine Augen waren vor Schmerz weit aufgerissen. Der Geruch seiner durchbohrten Eingeweide verpestete die Luft, und Marcus sah ihn mitleidig an, denn er wusste, dass der Mann einer tagelangen Qual ausgesetzt sein würde, wenn er ihm nicht den Gnadenstoß gewährte. Dann krächzte der Mann mit gepeinigter Stimme ein paar Worte.

»Alle ... tot.«

Der junge Zenturio schüttelte verzweifelt den Kopf. »Wer?«

»Frau ... tot. Gestern ... getötet. Tochter ... geschändet.« Der altgediente Veteran schluchzte vor Schmerz und Trauer, wobei ihm eine Träne über die Wange rann. »Söhne ... hier ... irgendwo.« Er griff ungeschickt an seinen Nacken, packte eine dünne Kordel und zog einen Anhänger vom Hals. »Nimm ... gib ihn ... zurück ... an unseren Gott.« Marcus nickte zu ihm hinab, wie betäubt vor Betroffenheit, und schloss seine Hand um die Metallscheibe. Der sterbende Mann packte seine Faust und hielt sie trotz seiner Schmerzen erstaunlich fest. »Zenturio ... flehe dich an ... Rache ...« Er krümmte sich über den Pfeil, der in ihm steckte, als eine neue Schmerzwelle durch seinen Körper rollte. Dann zog er seinen Ärmel hoch und offenbarte das eintätowierte Zeichen eines Legionsangehörigen. »Rache ... für einen ... Soldaten.«

Marcus befreite, so sanft er konnte, seine Hand und klopfte dem zuckenden Mann auf die Schulter. »Geh in Frieden, Bruder. Ich werde dir über den Fluss helfen.«

Er stieß dem Sterbenden die Schwertspitze durch das Kinn tief ins Gehirn und sah, wie die Augen des Veteranen sich verdrehten und der Tod ihn holte. Darauf zog Marcus eine Kupfermünze aus seiner Gürteltasche und legte sie in den Mund des Mannes. Er schob sie so weit wie möglich nach hinten, um zu vermeiden, dass sie von etwaigen Dieben entdeckt werden würde, dann nahm er erneut seine Suche nach Martos auf, stellte aber fest, dass der Prinz bereits geduldig auf ihn wartete.

»Ich fürchte, du hast nicht genügend Münzen bei dir, um ihnen allen hinüberzuhelfen.«

Mit der Hand deutete er auf das Gelände um sie herum, und als der Mond nach langer Abwesenheit hinter den Wolken hervortrat, blieben sowohl die Soldaten als auch Martos' Barbarenkrieger regungslos stehen, denn sie wussten, dass jede Bewegung ihre Position verraten würde. Obwohl die Szenerie unter dem bleichen Mondlicht nicht anders aussah als jedes andere Schlachtfeld, auf dem Marcus gestanden hatte, sank ihm das Herz augenblicklich, als er die zahllosen toten und verendenden Menschen erblickte. Jenseits des Stegs aus Erdreich lagen sie über den Schnee verstreut, und ihr Blut, das in verschwenderischen Pfützen oder zarten Spritzern aus unterschiedlich schweren Wunden rann, zeichnete hässliche dunkle Muster in die weiße Weite. Dann verschwand der Mond erneut hinter einer Wolke, worauf Martos' Männer wieder an ihre grausige Arbeit gingen, Julius' Befehl gemäß keinen Menschen in dem festgesetzten Umkreis am Leben zu lassen.

»Wir haben ohnehin nicht die Zeit, all diesen Leuten hier den Gnadenstoß zu erteilen. Daher würde ich vorschlagen, du konzentrierst dich darauf, den Steg niederzureißen.«

Marcus wurde bewusst, wie recht der Prinz der Votadini hatte, weshalb er zum Steg zurückging. Dort fand er Scaurus, der neben einem weiteren verwundeten Sklaven kniete. Die Soldaten hatten bereits große Lücken in die Flanken des Stegs gerissen, doch ihre langsamen, mühevollen Bewegungen machten deutlich, wie erschöpft sie bereits waren. Daher ignorierte er vorerst seinen von Trauer geplagten Vorgesetzten und trat stattdessen vorsichtig über die Holzplanken, wo er vor Julius salutierte und auf den Graben zeigte. »Die

Männer, die wir über den Steg gesandt haben, sind erschöpft. Wir sollten sie gegen neue Arbeiter austauschen.«

Julius nickte und gab die Anweisung, neue Soldaten über den Graben zu schicken, worauf sie gemeinsam zusahen, wie sich die entkräfteten Männer über die Brücke zurückschleppten.

Als die neuen Arbeitskräfte das Einreißen des Stegs fortsetzten, schnitt Marcus eine Grimasse. »Diese Grabesstille kann nicht mehr lange andauern«, sagte er zu seinem Vorgesetzten. »Sobald die Sarmaten ihre Wunden zu Ende geleckt haben, werden sie zurückkommen, und dann ist es nur noch eine Frage der Zeit, bis sie bemerken, was wir hier machen. Deshalb schicke ich den Tribun jetzt zurück ins Kastell, egal, ob ihm das gefällt oder nicht.«

Julius wandte sich mit fragendem Blick an ihn und schürzte die Lippen. »Und wenn er sich weigert, mit dir zu gehen? Du kannst ihn wohl schlecht über den Graben tragen.«

Marcus nickte finster. »Ich denke, er wird Vernunft walten lassen, denn ich werde ihm etwas zum Nachdenken geben, das wichtiger ist als seine Verzweiflung und die Aufgabe, die er hier verrichtet. Sollte es mir nicht gelingen, müssen wir drastischere Maßnahmen ergreifen... Wo steckt Arminius?«

Kurz darauf überquerte er die Brücke und hatte den Leibwächter des Tribuns im Schlepptau.

Auf der anderen Seite wartete Martos bereits ungeduldig inmitten der sich abrackernden Soldaten. »Jetzt wird es Zeit, dass wir uns beeilen, Zenturio. Nach der Geräuschkulisse zu urteilen kehrt der Feind zurück, um das Schlachtfeld wieder für sich zu beanspruchen.«

Marcus deutete mit der Hand auf die über das Gelände verstreuten Soldaten. »Bring alle deine Männer außer einem über die Brücke und sorge dafür, dass derjenige, den du auf unserer Seite lässt, flinke Beine und dazwischen die Eier eines Hengstes hat. Weise ihn an, zur Brücke zu laufen und uns zu warnen, sobald sie fünfzig Schritte von ihm entfernt sind. Aber erst dann, nicht früher!«

Der Barbarenprinz wandte sich ab, und Marcus wisperte den schuftenden Soldaten ein paar ermutigende Worte zu. Dann ging er neben Scaurus in die Hocke, der noch immer bei dem gefallenen Sklaven kniete.

»Er ist tot, Tribun.«

Der hochrangige Offizier legte sanft die Hand des Leichnams auf dessen Brust. »Ich muss sie um Vergebung bitten, Zenturio. Sag Julius, er soll das Komman…«

»Nein.«

Scaurus drehte den Kopf und sah seinen Untergebenen ausdruckslos an. »Vielleicht schätzt du das Gewicht *deiner* Meinung in dieser Angelegenheit nicht richtig ein, Zenturio.«

Marcus schüttelte schroff den Kopf und antwortete dann mit der Unnahbarkeit eines Patriziers, wie er sie gelegentlich in der Stimme seines Vaters vernommen hatte. »Ich habe *nein* gesagt, Tribun, und es ist mir ernst damit.« Scaurus öffnete den Mund, um etwas zu entgegnen, doch der junge Zenturio unterband seinen Protest, noch bevor er ihn äußern konnte. »Du hast eine größere Verantwortung als die, Abbitte zu leisten, indem du dich selbst opferst… ganz egal, wie nobel ein solcher Tod auch sein mag. Und du hast das hier.« Er schob dem Tribun den Glücksbringer des Veteranen in die Hand. Scaurus drehte den Anhänger um und erkannte sofort die darauf dargestellte Szene aus dem Wirken des Gottes Mithras. »Der Mann, der dieses Schmuckstück um den Hals trug, war ein pensionierter Soldat, der mit seiner gesamten Familie von den Sarmaten gefangen genommen wurde. Sie haben ihn gezwungen zuzusehen, wie seine Lieben geschändet, ermordet oder mit so schwerer Arbeit geplagt wurden, bis sie daran zugrunde gingen. Er gab mir dieses Amulett, kurz bevor ich ihn zu unserem Herrn schickte, und dabei bat er mich um zweierlei: dafür zu sorgen, dass das Schmuckstück wieder in einen Tempel gebracht wird, und Rache für sein Schicksal zu üben.« Marcus beugte sich vor, um dem Tribun ins Ohr zu flüstern, wobei seine Stimme vor Dringlichkeit zischte. »Tribun, du bist *unschuldig* an dieser Sache! Es war Tribun Belletor, der die Entscheidung traf, die Bürger Roms in der Sklaverei zu belassen, nicht du! Seine Urteilsfähigkeit war getrübt vom dringlichen Verlangen, einen Frieden zu erkaufen, der sein eigenes Ansehen verbessern und deines verschlechtern würde. Allerdings ist es wohl offensichtlich, dass er bereits den Preis für diesen Eigennutz bezahlt hat.« Er deutete mit der Hand auf die toten und sterbenden Sklaven, die den Boden um sie herum übersäten. »Elend und Tod wären ohnehin das Schicksal dieser Leute gewesen, und das Einzige, was du durch deinen Einfall mit dem Pfeilhagel getan hast, war, ihren Todeszeitpunkt vorzuziehen und ihnen weitere Demütigungen zu ersparen. Wer diese Männer zur Zielscheibe unserer Geschosse gemacht hat, waren ihre Häscher... nicht du, Tribun. Ich selbst habe bereits die Pflicht auf mich genommen, Balodi vor den Augen unseres Gottes zu richten.« Er nahm den Anhänger von der Handfläche seines Vorgesetzten und schloss seine Faust darum. »Ich fordere dich auf, mich bei dieser Pflicht zu unterstützen. Oder möchtest du lieber hierbleiben und dein Leben wegwerfen? Immerhin warst *du* es, der mir auftrug, die Bedürfnisse meiner Männer im Kopf zu behalten, wenn der Tod eines von ihnen mich entmutigen sollte. Dabei kommandiere ich gerade mal eine *Zenturie*.«

Scaurus blickte zu Boden, und einen Moment lang war Marcus sich sicher, dass er ablehnen würde.

Dann aber sprach Arminius aus dem Dunkel hinter dem Zenturio hervor, und auch seine Stimme hatte einen entschlossenen Klang. »Sollte es nötig sein, werde ich dich über diese Brücke tragen, egal, ob du das willst oder nicht. Du wirst dein Leben nicht wegen dieser Tragödie wegwerfen, und schon gar nicht, bevor du deine Verantwortung gegenüber diesen Männern erfüllt hast. Wenn die Angelegenheit erst einmal vorbei ist – vorausgesetzt, wir überleben sie und du willst noch immer eine großmütige Geste im Angesicht der Götter vollbringen –, werde ich dir dabei sekundieren und sicherstellen, dass du ein rasches, sauberes Ende findest. Jetzt aber musst du handeln wie der Krieger, als den wir dich kennen.«

Scaurus starrte noch eine Weile auf den toten Sklaven. Als er dann den Blick hob, war in seinen Augen wieder ein wenig des Ingrimms zu erkennen, den die beiden Männer von ihm gewohnt waren.

»Trotz deiner dämonischen Schwertkünste habe ich dich immer eher für einen vornehmen Herrn als für einen Soldaten gehalten, Zenturio Corvus, doch es scheint, du bist aus härterem Holz geschnitzt, als ich dachte. Ob *ich* dich bei der Pflicht unterstütze, einen toten Soldaten und seine Familie zu rächen? Wenn ich nicht wüsste, aus welchem Grund du mich derart provozierst, würde ich dich einen ungehorsamen jungen Bastard schimpfen und dafür sorgen, dass du degradiert wirst.« Er seufzte und betrachtete noch einmal den toten Mann. »Aber ich glaube kaum, dass der Geist dieses Mannes es mir danken würde, wenn ich nichts täte, um ihm irgendeine Art der Rache zuteilwerden zu lassen.« Er kam auf die Füße, blickte Marcus und Arminius mit frischer Entschlossenheit an und biss die Zähne zusammen. »Nun gut, Zenturio: Was soll ich deiner Meinung nach tun, um für dieses Gemetzel Wiedergutmachung zu leisten?«

Der jüngere Mann zeigte auf den Graben und die undeutlichen Gestalten, die im Schutz des Walls dahinter herumschlichen. »Übernimm wieder das Kommando, Tribun. Du kannst nur als Befehlshaber wahre Rache üben, mit tausend Schwertern statt nur deinem eigenen.«

Der Tribun nickte und wandte sich ab. Ohne einen Blick zurück ging er über die Holzplanke, die als Brücke diente, und Arminius folgte ihm. Marcus drehte sich um und ließ den Blick über das offene Gelände schweifen, wo er verschwommen Martos und seine Männer wahrnahm, die sich ihren Weg durch das Feld von Leichen zu ihm bahnten.

»Wie du angeordnet hast, habe ich den schnellsten meiner Krieger zurückgelassen, damit er das Herannahen der Feinde überwacht. Wenngleich sie noch zu weit entfernt sind, als dass wir sie sehen könnten, ist bereits zu hören, wie sie sich versammeln.«

Der Römer legte seine Hand auf die Schulter des Britanniers und führte ihn zu der improvisierten Brücke. »Bring deine Männer in Sicherheit. Ich werde sicherstellen, dass dein Läufer ebenfalls auf die andere Seite gelangt, bevor wir die Holzplanken entfernen.«

Er sah sich um und überprüfte, wie weit die Tungrer in der kurzen Zeit, die ihnen zur Verfügung stand, den Steg der Sarmaten bereits eingerissen hatten. Ein Soldat wankte schon über seiner Schaufel, weshalb Marcus ihm das Werkzeug abnahm und auf die wackelige Brücke zeigte. »Geh!« Während der Soldat sich dankbar in Sicherheit begab, sprach Marcus zu seinen Kameraden und packte dabei die Schaufel fester. »Männer, es wird nicht mehr lange dauern, bis der Feind uns entdeckt. Doch bevor er das tut, müssen wir diesen Steg unpassierbar machen, jedenfalls wenn wir das Abendrot des morgigen Tages noch erleben wollen.« Er deutete mit der Hand auf den Erdhaufen, der angesichts der hektischen Bemühungen der Soldaten so zerklüftet und voller Gruben war, dass die Planken nun nach oben zeigten und nicht mehr auf den Wehrgang der Tungrer zuliefen. »Und damit dies passiert, müssen wir so viel wie möglich hiervon weghacken.« Er zeigte auf die Spitze des Stegs, auf der sie standen. »Also buddeln wir jetzt, so schnell wir können, und wenn die Zeit dafür gekommen ist, werde ich euch entlassen, damit ihr euch in Sicherheit bringen könnt. Und jetzt grabt!«

Die Tungrer machten sich mit frischem Elan an die Arbeit, denn die Tatsache, dass ein Offizier gemeinsam mit ihnen mit der Schaufel auf die festgetretene Erde einhackte, verlieh ihnen neue Kraft. Als er aufblickte, sah Marcus wieder Martos neben sich, der in einer Hand ein Seil hielt und ein zweites um sich geschlungen hatte. Martos packte die Schaufel und schob den Römer beiseite. Er reichte ihm ein Ende des Seils und nahm dann seinen Platz unter den Soldaten ein. Mit mächtigen Hieben schwang er die Schaufel, stach sie in die Erde und warf, so schnell er konnte, die gelösten Erdklumpen in den Graben.

»Binde dir das Seil um, und zwar fest!«

Der Votadini-Krieger, den Martos zurückgelassen hatte, rannte aus der Dunkelheit heran und deutete hinter sich.

Marcus hatte sich das Seil fest um die Brust gebunden und wandte sich seinen Männern zu. Er nahm dem Soldaten, der ihm am nächsten stand, die Schaufel aus der Hand. »Geht! Über die Brücke, sofort!«

Die Soldaten rannten los, wobei die Holzplanken unter ihren stampfenden Schritten so stark ins Wanken gerieten, dass eine davon kippte und zwei Tungrer auf den Grund des Grabens stürzten. Man warf ihnen Seile zu, doch Marcus hatte keine Zeit abzuwarten, ob ihre Rettung gelingen würde, denn Martos bückte sich zu der zweiten Planke und stieß sie mit seinem Stiefel in den Graben hinab. Dann zeigte er auf den letzten Teil des Stegs.

»Nur wir beide, Zenturio!«

Marcus nickte und packte erneut die Schaufel. Die beiden Männer rissen Klumpen aus der Spitze des Stegs und warfen sie mit der Energie Besessener in den Graben, wobei sie sich duckten, um nicht von den Barbarenkriegern gesehen zu werden, die aus der Düsternis in Richtung Westen herannahten. Sie rutschten an der steilen Seite des Stegs hinunter und konzentrierten ihre Anstrengungen nun nur noch auf dessen Spitze, um in fieberhafter Eile so große Stücke wie möglich davon abzuschlagen. Zwischendurch richtete Marcus sich auf, reckte die müden Arme und sah sich um. Hinter dem Torfwall erblickte er vertraute Gesichter und Bögen, die bereits zum Schießen angehoben waren. Unvermittelt tauchte ein Barbarenkrieger am Rand des Stegs über ihm auf. Er riss vor Schreck den Mund auf, als er den Römer zu seinen Füßen erblickte. Bevor er jedoch einen Warnschrei ausstoßen konnte, wurde er von einem ersten Pfeil getroffen, dem zwei weitere folgten. Geräuschlos stürzte er über Marcus' Schulter hinweg in den Graben.

Marcus riss einen weiteren Klumpen Erdreich heraus und warf ihn in die Tiefe, dann noch einen und ignorierte die herannahende Gefahr aufgrund seiner Hast, dem Steg so viel Schaden wie möglich zuzufügen. Eine Hand legte sich auf seine Schulter, er wandte sich um und erblickte Martos, der einen Finger an die Lippen gelegt hatte und mit der anderen Hand nach unten zeigte. Dann glitt Martos an der Seite des Stegs entlang in den tiefen Graben hinunter, und der Römer folgte ihm in die Dunkelheit, wobei er seine Schaufel benutzte, um den Schwung des Hinabrutschens ein wenig zu dämpfen. Als er auf dem Grabengrund landete, spürte er, wie seine Stiefel in das Gemenge aus Schnee, Asche und der ranzig riechenden, öligen Masse einsanken, die von den vielen verbrannten Körpern übrig geblieben war.

Er rümpfte die Nase angesichts des Gestanks, der die kalte Nachtluft erfüllte, und flüsterte Martos zu: »Zum Glück ist es so kalt. Bei wärmerem Wetter würde dieses Loch stinken wie das Höllentor zum Hades.«

Martos zeigte hoch. »Auch dort oben könnte bereits der Hades sein.«

Über ihnen riefen Männer laut durcheinander, mehr Stimmen, als Marcus zu zählen vermochte. Außerdem sahen sie Pfeile aus beiden Richtungen vorüberfliegen.

Marcus betrachtete Martos mit einem schiefen Lächeln. »Qadir und seine Bogenschützen werden den Sarmaten eine üble Überraschung bereiten, zumal jetzt ja nichts mehr vorhanden ist, hinter dem sie in Deckung gehen könnten.«

Als sie nach oben blickten, sah ein Gesicht von hinter dem Wall auf sie herab, und ein Arm zeigte den Graben nach Westen entlang. Die beiden Männer lösten das Seil und schlichen leise etwa fünfzig Schritte den Graben entlang in die angedeutete Richtung, bis sie auf zwei weitere herabhängende Seile stießen, deren Enden bereits zu Schlaufen gebunden waren, die über ihre Köpfe und Arme passten, sodass sie ihre jeweiligen Seile bequem unter den Achseln sichern konnten. Ein weiteres vertrautes Gesicht tauchte auf, dessen Bart unter dem Helm eines Zenturios hervorragte. Marcus wechselte einen kurzen Blick mit Martos, während beide gleichzeitig begriffen, was nun passieren würde. Mit einem heftigen Ruck wurden sie in die Luft gehievt, und ihre Körper schossen derart schnell die steile Seite des Grabens entlang nach oben, dass sie keine Chance hatten, irgendeine Kontrolle über ihr Aufsteigen auszuüben. Einen Moment noch scharrte Marcus mit den Füßen am Torfwall, im nächsten wurde er bereits auf die andere Seite gerissen und krachte schwer auf den Boden. Über ihm ragte Titus auf, der hünenhafte Zenturio der Zehnten, und grinste auf ihn herunter. Hinter dem Zenturio befanden sich zwei Zeltmannschaften seiner Männer, zu deren Füßen die Seile lagen. Julius stand neben dem stämmigen Mann und war trotz seiner beachtlichen Größe noch immer einen Kopf kleiner als sein Offizier.

Als Marcus wieder zu Atem gekommen war, nickte er seinem Offiziersbruder dankbar zu. »Vielen Dank, Titus. Das war zwar eine etwas ungewöhnliche Heimkehr in die Kohorte, aber durchaus willkommen.«

»Zu deinen Diensten, kleiner Bruder. Ein Knirps wie du ist für meine Jungs gar kein Problem. Allerdings... vielleicht gehst du los und besorgst dir ein wenig Wasser.« Er rümpfte die Nase. »Der Geruch, der von deinen Füßen hochsteigt, ist schlimmer als der Gestank, den dein geliebter Erster Speer verströmt. Falls das überhaupt möglich ist.«

»Nun, das wurde aber auch Zeit, verdammt. Ich habe jegliches Gefühl in meinen Füßen schon vor Stunden verloren.«

Als Marcus diese von Morban ausgestoßenen Worte hörte, schaute er auf und sah, dass die Tore des Kastells geöffnet waren, damit die Britannier ins Morgengrauen hinausmarschieren konnten. Er drehte sich um und blickte über den Graben zu den Sarmaten, die sich außerhalb der Reichweite von Qadirs Bogenschützen versammelten. Die Zielsicherheit der hamischen Bogenträger hatte offenbar jeden Versuch, den Steg wieder aufzubauen, zunichtegemacht. Nun aber, da der Tag anbrach, wusste er, dass auch die feindlichen Bogenschützen Pfeilhagel auf den Festungswall und das Kastell niedergehen lassen würden, um ihren Sklaven den Wiederaufbau zu ermöglichen.

»Sie werden diesen Steg noch heute fertig bekommen... egal, was sie hineinverbauen müssen.«

Sein Stellvertreter stapfte die Zenturie entlang und fluchte angesichts seiner frostigen Füße.

»Soll ich die Männer bereitmachen, Zenturio?«

Marcus nickte zustimmend und sah seinem gedrungenen Optio nach, wie er an der Grabenlinie entlangging und seinen Männern Befehle zurief.

Tribun Leontius führte gerade seine Leute heran, betrachtete über den Torfwall hinweg den Steg und lächelte zufrieden, als er dessen üblen Zustand sah. »Gut gemacht, Tungrer, das wird einen Knoten in ihre Schwänze binden. Sie werden einige Zeit brauchen, um den Steg wieder aufzubauen und für einen Angriff bereitzumachen. Und nun, geht zurück in die Kaserne, wo bereits heißes Essen auf euch wartet.«

Die Soldaten formierten sich und marschierten ohne einen Blick zurück vom Wall weg. Als seine Männer in ihren

Lagern waren, gegessen hatten und die meisten von ihnen schliefen, ging Marcus für einen raschen Besuch bei seiner Frau ins Hospital. Doch Felicia sah nur eindringlich in sein erschöpftes Gesicht und schickte ihn sogleich zu Bett. Nach einer Weile, die ihm nur wie Minuten vorkam, wurde Marcus von heftigem Klopfen geweckt. Als er die Tür öffnete, sah er Julius, der auf ihn wartete.

»Wie spät ist es?«

Der Erste Speer deutete mit dem Daumen über die Schulter zurück. »Nachmittag. Die Sarmaten werden nur noch etwa eine Stunde brauchen, um den Steg fertig zu bekommen, daher haben Leontius und der Tribun beschlossen, unsere Jungs nach vorne zu schicken und sie neben den Britanniern aufzustellen. Sag Quintus, er soll deine Leute aufwecken und sie kampfbereit machen, dann komm zu mir auf die Festungsmauer. Der Tribun möchte, dass wir das Schlachtfeld von oben betrachten, bevor wir unsere endgültigen Positionen einnehmen.«

Als der junge Römer auf der Mauer ankam, warteten bereits Julius und Scaurus auf ihn und beobachteten schweigend das Treiben der Feinde. Das Duell zwischen den barbarischen und den thrakischen Bogenschützen dauerte noch immer an, wenngleich die Feinde sich nun darauf konzentrierten, die Köpfe der Britannier geduckt hinter dem Wall zu halten, da der Bau des Stegs zentimeterweise immer näher rückte. Als er über die Festungsmauer blickte, bemerkte Marcus, dass die Ballistaschützen ihre schweren Geschosse nicht mehr auf die arbeitenden Sklaven richteten.

»Anscheinend sind unterdessen auch die übrigen Drehstäbe zerbrochen. Leontius war vor ein paar Minuten hier und murmelte, er müsse sich mit einem gewissen Legionsoffizier unterhalten, der für die Artillerie zuständig ist. Wenngleich es nicht so aussieht, als ob er dazu noch Gelegenheit bekommen würde.« Der Tribun verstummte und starrte nachdenklich auf die Menschenmenge, die jenseits der feindlichen Bogenschützen herangetrieben wurde. »All die Toten der letzten Nacht ... und jetzt scheint es, als hätten wir uns den Versuch sparen können. Da sind immer noch tausende.«

Julius nickte. »Purta muss die gesamte Ebene nach jedem einzelnen Sklaven durchforstet haben, den er kaufen oder gefangen nehmen konnte. Kein Wunder, dass er seine Arbeitskräfte gestern so freimütig vergeuden konnte – wie es scheint, hat er noch immer genügend Reserven, die er auf uns hetzen kann. Er hat die ganze Sache offensichtlich exakt geplant.« Er wandte sich an Scaurus, nahm Haltung an und salutierte. »Die Kohorten werden schon bald einsatzbereit sein, Tribun. Ich würde vorschlagen, wir lassen sie vor den Baracken zur Parade aufziehen und bereiten uns darauf vor, uns so teuer wie möglich zu verkaufen. Es war mir eine Freude, unter deinem Befehl gedient zu haben, Herr, und ...«

Seine Augen verengten sich, als er aus der Ferne ein Horn hörte, das aus westlicher Richtung hinter den Barbaren erschallte und sofort von einem zweiten beantwortet wurde, das von den Hügeln östlich erklang.

Scaurus lehnte sich über die Brüstung, um das feindliche Heer zu betrachten, und ignorierte dabei das Risiko, von einem sarmatischen Pfeil getroffen zu werden. »Das hört sich an wie eines von unseren ...«

Hinter ihnen eilte Leontius die Treppe hoch, setzte seinen Helm auf und gesellte sich mit ungläubigem Blick zu Scaurus auf die Brüstung. Wieder erschallten Hörner, und als sie das leichenübersäte Schlachtfeld betrachteten, deu-

tete Julius mit der Hand auf einen Punkt hinter dem feindlichen Heer.

»Meine Augen mögen sich täuschen, aber diese Soldaten
sehen auch so aus wie unsere…«

Marcus starrte ebenfalls über das Sarmatenheer hinweg
und sah, worauf Julius gezeigt hatte: eine Reihe von Männern
in Rüstungen, die in der Entfernung winzig erschienen.

»Sie rücken aber nicht vor.«

Leontius schnaubte in finsterem Vergnügen. »Das würdest
du auch nicht, Zenturio, wenn du um die Ecke biegen und
dich Auge in Auge mit so vielen barbarischen Reitern wiederfinden würdest. Ich könnte mir vorstellen, dass die Soldaten wie wild Holzpflöcke zum Errichten von Lagern in den
Boden rammen, während die Offiziere hektisch zu entscheiden versuchen, ob sie besser angreifen, verteidigen oder einfach nur weglaufen und so tun sollen, als seien sie nie hier
gewesen.«

Julius warf ihm einen amüsierten Blick zu und wandte
sich dann an Marcus. »Deine Augen sehen schärfer als meine,
Zenturio. Welches Emblem ist auf ihren Fahnen abgebildet?«

Der Römer starrte durchdringend auf die sich rasch
formierende Linie der Legionssoldaten. »Ein Löwe, Erster
Speer.«

Der stämmige hochrangige Zenturio wandte sich mit einem
Grinsen an Leontius. »Nun, in diesem Fall könnt ihr vergessen,
dass die Jungs das Weite suchen, denn es handelt sich um die
Dreizehnte Legion Gemina. Ihr Erster Speer Secundus wird
eine Flucht noch nicht einmal in Erwägung ziehen.«

»Exzellente Arbeit, Gaius! Der junge Leontius wird mit den
besten Empfehlungen nach Rom zurückkehren und zweifels-

ohne eine Sprosse der Karriereleiter hinaufsteigen, weil er die Sarmaten lange genug hingehalten hat, bis wir ihnen den Rest geben konnten. Er war freundlich genug, mir auch detailliert zu berichten, was deine Männer letzte Nacht geleistet haben, und bei allem, was ich gehört habe, hattest du eine Schlüsselrolle in der ganzen Sache inne.«

Legat Albinus war kurz vor Einbruch der Dunkelheit mit zwei Legionärskohorten von Osten in das Kastell geritten und hatte damit das drohende Risiko zunichtegemacht, dass die Sarmaten einen letzten, verzweifelten Versuch wagen würden, den Graben zu überqueren und der Falle zu entkommen, in die sie geraten waren. Nun saßen er und Scaurus allein in der Kommandostelle, während Leontius dem Tribun der Fünften Legion Macedonica dabei half, seine Männer durch das Kastell zu schleusen, damit sie die Bollwerke auf der anderen Seite der Festung während der Nacht verteidigen konnten.

Scaurus schüttelte angesichts des Lobs seines Mentors abwehrend den Kopf. »Wir waren nur zum richtigen Zeitpunkt am richtigen Ort, Legat, nichts weiter. Tribun Leontius ist es zu verdanken, dass das Kastell gut genug vorbereitet war, um Angriffe zurückschlagen zu können, was mehr ist, als die meisten seiner Kameraden zu tun imstande gewesen wären.«

Albinus nickte vielsagend. »Ich verstehe, junger Mann. Dennoch werde ich auf die eine oder andere Weise sicherstellen, dass auch dein Anteil an dieser Geschichte gesehen wird. Du bist ein viel zu guter Offizier, als dass man dir noch länger nur das Kommando über eine Hilfskohorte geben sollte.«

»Ich danke dir, Herr. Und was geschieht nun mit dem Feind?«

Der Legat lächelte breit. »Als wir durch Leontius' Botschaft darüber aufgeklärt wurden, dass wir falsche Informationen erhalten hatten, sind Pescennius Niger und ich übereingekommen, dass wir nur eine Möglichkeit hatten: durch die Berge vorzurücken und dem Feind in den Rücken zu fallen und so Stein-Kastell zum Amboss für unseren Hammer zu machen.« Er wartete einen Moment und sah den Tribun mit hochgezogenen Augenbrauen an. »Was natürlich *extrem* riskant war. Denn was wäre gewesen, wenn wir hier angekommen wären und hätten feststellen müssen, dass die Sarmaten euch bereits niedergerungen hatten und nun die Provinz unsicher machten? Ein solches Ergebnis ist dazu angetan, einen Mann zum Ehrentod durch sein eigenes Schwert zu zwingen, weshalb ich keine Ahnung habe, was meinen Kameraden geritten hat, sich überhaupt auf ein so hastiges Vorgehen einzulassen. Allerdings vermute ich, dass sein Erster Speer dabei eine zentrale Rolle spielte und ihm half, seine übliche Vorsicht zu überwinden. Er ist nämlich ein ziemlich furchterregender Mann, wenn er gereizt wird, und nachdem er von Anfang an angemahnt hatte, wir sollten nicht alle Informationen für bare Münze nehmen, die aus dem sarmatischen Lager kommen, war er fuchsteufelswild, als wir schließlich die Wahrheit erfuhren.« Er lächelte Scaurus triumphierend an und gestikulierte mit der Hand, als wolle er den Beifall eines dankbaren Volkes entgegennehmen. »Immerhin scheint es, alles in allem, ganz gut funktioniert zu haben. Die einzigen Ausgänge aus diesem Tal sind, von diesem Kastell einmal abgesehen, die beiden Täler westlich von hier, und die haben wir durch Streitkräfte der Infanterie absichern lassen. Ferner wurden starke Torfwälle gebaut und ein Haufen angespitzter Holzpflöcke gesetzt, um die feindlichen Reiter von jeglichen Dummheiten abzuhalten. Über die Talhänge sind auf allen Seiten Hilfskohorten mit Bogenschützen und Ballistas verteilt, insofern werden wir die Feinde in Stücke hacken, falls sie versuchen sollten, über die Hügel zu entkommen. Wenn sie aber ihren Angriff auf Stein-Kastell fortsetzen wollen, brauchen wir nur den Hammer zu schwingen und sie an dieser Festungsmauer zu zerquetschen. Wir haben die Sarmaten eingekesselt, Gaius, und Purtas Eier befinden sich praktisch in unserer Hand, weshalb es relativ einfach sein sollte, ein Übereinkommen auszuhandeln, das Roms Interessen dient – es sei denn, er möchte seinen Kopf gern auf einen angespitzten Stock stecken.«

Scaurus hob fragend eine Braue. »Ihr wollt also nach allem, was er hier verbrochen hat, Frieden mit ihm schließen, Legat?«

Albinus lächelte ihn wohlwollend an. »Oh ja! Ich habe explizite Befehle vom Statthalter der Provinz, die wahrscheinlich sogar vom Kaiser selbst stammen. Es liegt nicht in Roms Interesse, diese Leute abzuschlachten, Tribun, denn wenn wir das täten, würde daraus nur eine neue Generation kleiner Dreckskerle erwachsen, die die Zähne fletschen und darauf warten, dass sie Rache üben können. Wenn wir hingegen Frieden mit ihnen schließen und diesen Frieden stark genug überwachen, sind sie gezwungen, ihr Leben einfach fortzuführen wie bisher, und werden so viele Luxusgüter von uns kaufen, wie sie sich leisten können. Diese werden sie mit Gold, Pferden und allem Getreide bezahlen, auf das sie verzichten können. Und ich muss dich wohl kaum darauf hinweisen, dass das Imperium diese drei Dinge dringend benötigt. Als Krönung des Ganzen werden sie überdies als wirksamer Puffer gegen die Barbaren weiter im Norden dienen. Wenn wir sie vernichten, müssen wir wieder von vorne anfangen und uns gegen all jene wehren, die in ihr Stammes-gebiet vordringen und es für sich beanspruchen. Jeder ver-dammte Barbar denkt ja, er könne sich den Weg nach Rom freischlagen, wenn er nur fest genug an unsere Tore klopft. Also ist der Statthalter der Meinung, es sei günstiger, mit Leuten umzugehen, die ihre Lektion bereits gelernt haben, aufgrund der bitteren Erfahrungen, die sie mit Männern wie dir und mir gesammelt haben. Wer könnte behaupten, dass er damit unrecht hat? Daher ist meine Antwort ›ja‹, wir werden mit Purta einen Friedensvertrag aushandeln und ihn dann nach Hause schicken. Nachdem wir eine angemessene Anzahl Geiseln genommen haben, versteht sich.«

»Und was ist mit dem Gold, das dieser Trottel Belletor Balodi übergeben hat? Es scheint doch ziemlich offensicht-lich, dass er sich seine Königswürde damit erkauft hat und Purta einen Teil davon abgab, um sich dessen Unterstützung zu sichern.«

Albinus schüttelte den Kopf und machte bei der Erwäh-nung des gefallenen Tribuns eine Banngeste. »Domitius Bel-letor scheint keine besonders gute Menschenkenntnis ge-habt zu haben, stimmt's? Mögen die Götter uns beide vor derartigen Fehleinschätzungen bewahren! Wenn das, was du sagst, der Wahrheit entspricht, kann Purta sich mit Gold und dem Leben seiner Kinder aus der Falle freikaufen, in die wir ihn hineinmanövriert haben. Ein oder zwei Tage, an denen er unseren Soldaten zusieht, wie sie die Hügel um sein Lager befestigen, müssten ihm Anreiz genug sein.«

Die zwei Legaten trafen Purta jenseits der Brücke, die sie neu über den westlichen Graben des Kastells errichtet hat-ten. Die Unterredung war im Lager der Dreizehnten Legion anberaumt, auf dem zentralen Platz, um den sich die Unterkünfte der fünftausend Soldaten scharten. Der Erste Speer der Dreizehnten überwachte die Vorbereitungen mit scharfem Auge und einer noch schärferen Zunge. Die Hilfskohorten, die das Kastell verteidigt hatten, standen hinter dem Erdwall längs des Grabens, der so großes Blutvergießen erlebt hatte, und die Zenturios der Legion dienten als Ehrenwachen für die hochrangigen Offiziere: ein Kreis von sechzig harten, furchteinflößenden Gesichtern, in den Purta und seine Edelmänner wie besprochen hineinschreiten und dabei ihre Schwerter mit beiden Händen vor dem Körper tragen mussten. Clodius Albinus wartete schweigend, während der König und seine Männer ihre Waffen dem Ersten Speer der Legion übergaben. Dieser unterzog sie einer sorgfältigen Prüfung und bestätigte dann, sie seien von ausreichender Qualität, um als erste Sühnegabe dienen zu können. Als die feindlichen Anführer entwaffnet waren, trat Albinus vor und baute sich vor dem besiegten Sarmatenanführer auf. Er maß den König grimmig von Kopf bis Fuß, bevor er das Wort ergriff.

»Das hier ist keine *Verhandlung*, König Purta, und die Konditionen, die ich dir darlegen werde, sind nicht als *Vorschlag* zu verstehen. Um es kurz zu machen: Du hast dein Spiel gespielt und verloren. Du hast es gewagt, deinen Arm gegen das Heer des größten Imperiums zu erheben, das die Welt je gesehen hat, und bist bei diesem Versuch gescheitert. Daher kannst du nun entweder zu unseren Konditionen mit uns Frieden schließen, oder du gehst zu deinen Leuten zurück und sagst ihnen, dass sie sich auf einen kurzen, gnadenlosen Kampf einstellen sollen. Unsere Bogen- und Ballistaschützen werden von allen Seiten Eisengeschosse auf euch niederregnen lassen, und wenn wir beschließen, dass der richtige Zeitpunkt gekommen ist, werden unsere Legionäre vorrücken, um auch den letzten Widerstand in euren Reihen zu zermalmen. Wenn wir diesen Kampf dann gewonnen haben – was unvermeidlich ist, nachdem wir eure Fluchtwege blockiert haben und auch auf den Talhängen zu allen Seiten unsere Männer stehen –, werden deine Leute versklavt werden. Aber nicht nur diese Männer hier, sondern dein gesamtes Volk. Der Kaiser hat mir befohlen, entweder hier und jetzt zu Roms Konditionen einen Frieden auszuhandeln oder eure Länder von jedem Mann, jeder Frau und jedem Kind zu befreien, sodass wir dort *gefügigere* Nachbarn ansiedeln können. Wenn du mich dazu zwingst, werde ich deinen Stamm schlicht aus den Geschichtsbüchern ausradieren und dein Land neu besiedeln lassen.« Albinus hielt ein Stück Papier hoch. »Die Konditionen, die euch der Kaiser anbietet, sind folgende: Erstens werdet ihr das Gold zurückgeben, das kürzlich an Balodi als Zeichen unseres guten Willens ausgehändigt wurde. Sollte Gold fehlen, werdet ihr das aus euren eigenen Schatzkammern ersetzen. Sollte dies nicht vollumfänglich möglich sein, werdet ihr das Imperium in Form von Sklaven entschädigen, von denen jeder Einzelne zum halben Marktpreis angerechnet wird, nachdem das aus dieser Maßnahme resultierende Überangebot ihren Verkaufspreis nach unten treiben wird. Zweitens werdet ihr Rom mit noch einmal fünftausend Reitern ausstatten, die an den Grenzen des Kaiserreichs ihren Dienst verrichten. Drittens werdet ihr eure eigenen Kinder sowie die eurer Adligen als Geiseln nach Rom entsenden. Dort werden sie so erzogen werden, dass sie zu vorbildlichen römischen Bürgern heranwachsen, und ihre Unversehrtheit wird euch als Belohnung dafür dienen, dass ihr die Konditionen dieses Vertrags akzeptiert. Wir werden sie zu euch zurückschicken, sobald sie imstande sind, an unserer statt eure Länder zu regieren. Dann werdet ihr zu ihren Gunsten abdanken. Viertens werdet ihr einwilligen, dass die Einhaltung dieser Konditionen von unseren Legionen wiederholt und gewissenhaft überprüft werden kann, wozu wir ohne jegliche Behinderungen frei durch eure Länder marschieren werden. Jede Zusammenkunft von mehr als hundert Männern wird unter der Kontrolle römischer Offiziere stattfinden, wobei unbeaufsichtigte Versammlungen dieser Größenordnung bereits als kriegerischer Akt angesehen werden. Zu guter Letzt werdet ihr auf der Stelle jeden römischen Bürger freilassen, der noch bei eurem Volk als Sklave weilt. Und höre meine Warnung, Purta: Falls unsere Offiziere bei ihrer Überwachung der Einhaltung unserer Konditionen herausfinden sollten, dass sich auch nur ein einziger römischer Bürger noch in Gefangenschaft befindet, sind diese autorisiert, die betreffende Siedlung bis auf den Grund niederzubrennen und jeden Mann, jede Frau und jedes Kind zu versklaven, die sie in den Finger bekommen.« Er betrachtete den Sarmatenkönig verächtlich von oben nach unten. »Du hast in dieser Sache keine andere Wahl, als den Konditionen friedlich zuzustimmen oder dies mit einer Speerspitze auf der Brust zu tun, worauf du unweigerlich nach Rom entsandt und öffentlich hingerichtet werden würdest. Entscheide dich also.«

Purta neigte als Geste der Unterwerfung kurz den Kopf. »Ich nehme die Bedingungen an.«

Albinus nickte knapp und reichte das Blatt Papier seinem Amtsschreiber. »Eine weise Entscheidung, Purta, da du ja ohnehin keine wirkliche Wahl hattest. Sei dir aber sehr bewusst darüber, dass die Einhaltung dieses Friedens von solchen Männern überwacht werden wird.« Albinus deutete mit dem Arm auf die Zenturios, die um ihn versammelt waren. »Rom wird das Abkommen auf seine eigene Weise beaufsichtigen und Routinepatrouillen in euren Ländern durchführen, um sicherzustellen, dass keine weiteren dummen Ideen wie die, die wir hier gerade erlebt haben, unter euren Leuten aufkommen. Du wirst König bleiben, doch deine Stellung wird von römischen Waffen garantiert und überwacht. Ferner werden wir dich scharf im Auge behalten.«

Mit ausdruckslosem Gesicht nickte Purta erneut.

Albinus zeigte auf die überlebenden Adligen aus dem Stamm von Balodi, die sich jenseits der Brücke unter den Speeren der Tungrer zusammendrängten. »*Diese* Männer jedoch sind von den Bedingungen des Friedensvertrags ausgeschlossen. Ihr ehemaliger König hatte eine offizielle Vereinbarung mit Rom getroffen, sie aus dem Krieg zurückzuziehen und wieder in ihre Heimat zu führen – ein Gelübde, das von diesen Edelmännern unterstützt, doch dann vom Bruder seines Vaters gebrochen wurde, als er Galatas tötete. Danach war der Mörder des Königs sogar närrisch genug, die Adligen trotz der getroffenen Abmachung auf eure Seite zu ziehen, Purta, womit er sie alle, ohne Ausnahmen, zur Sklaverei verdammt hat. Daher werden sie ab jetzt jedwede Arbeit verrichten, die Rom ihnen zuteilt, und das für den Rest ihres Lebens. Vielleicht hilft ihnen ja der Gedanke, dass die Alternative dazu eine langsame, blutige Hinrichtung wäre. Ich beabsichtige, sie samt und sonders als Arbeiter in die römischen Minen zu schicken, und zwar im Rabenstein-Tal. So können sie den Rest ihrer armseligen Existenz im Dienste des Kaiserreichs verbringen und Gold aus den Bergen fördern, damit Rom über die finanziellen Mittel verfügt, angesichts Bedrohungen wie dieser stark bleiben zu können. Alle, außer einem von ihnen, werden unter Bewachung nach Süden zum Bergwerk marschieren und nie wieder in ihre Häuser oder in die Freiheit zurückkehren. Diesen Preis hat jeder zu zahlen, der eine Vereinbarung mit Rom zu brechen wagt. Einer der Männer hat jedoch so schwere Verbrechen begangen, dass ich das nicht ignorieren oder lediglich durch Sklaverei sühnen kann. Bringt ihn her!«

Er starrte Balodi verächtlich ins Gesicht, als der König am Rande des Kreises der Zenturios auf die Knie gezwungen wurde.

»Dieser Mann hat eine Vereinbarung mit Rom getroffen, die er nie zu respektieren gedachte. Weder, was die Konditionen, noch, was den Geist des Abkommens anbelangt. Er hat hunderte römischer Bürger versklavt und sie damit der Entwürdigung und Ermordung ausgesetzt, weshalb es mir eine große Befriedigung ist, seine Hinrichtung hier und jetzt zu befehlen. Dies wird euch allen als Lektion dienen. Tribun?« Er winkte Scaurus zu, der wiederum Julius zunickte.

Der Erste Speer wandte sich an Marcus, streckte den Arm aus und zeigte auf Balodi. »Zenturio, lass die Gerechtigkeit walten, die du dem Veteranen versprochen hast. Und möge sein Tod ebenso langsam und qualvoll sein, wie es die Leiden seiner Familie waren.«

Nur Marcus und Balodi hörten den gemurmelten Kommentar des Ersten Speers, als Marcus den Stammesführer am Hals seiner groben Tunika packte und ihn nach vorne in den Kreis der Männer stieß. Balodi wankte, als ihm plötzlich die Knie zitterten.

Albinus deutete mit verächtlichem Blick auf den sarmatischen Häuptling. »Lass dir das eine Lehre sein, Purta. Dies ist die Behandlung, die du zu erwarten hast, falls du den Fehler begehen solltest, die großzügige und nachgiebige Haltung Roms nicht vollumfänglich wertzuschätzen. Zenturio?«

Marcus stieß Balodi von hinten mit dem Stiefel in die Beine und zwang ihn damit auf die Knie. Er griff in seine Gürteltasche und zog einen kleinen, mit Lumpen umwickelten Gegenstand heraus. Vorsichtig löste er den schützenden Stoff, ließ ihn fallen und offenbarte, was er in der Hand hielt.

Albinus ergriff wieder das Wort und schritt auf den knienden König zu, richtete seine Rede aber an den bleichen Purta. »Dieser Mann hat die großzügigen Bedingungen missachtet, die Rom ihm gewährt hatte, um den Versuchen seines Stammes Einhalt zu gebieten, die Goldminen von Rabenstein-Tal einzunehmen. Damit hat er in die wohltätige Hand des Kaisers gebissen. Doch nicht nur das: Er war überdies verantwortlich für ein Verbrechen gegen das römische Volk. Obgleich er versprochen hatte, dass er die römischen Bürger aus der Sklaverei entlassen würde, hat er sie stattdessen gezwungen, beim Angriff gegen uns an vorderster Front zu stehen. Ihr *beide*, Balodi und Purta, seid verantwortlich für den Tod unschuldiger Männer, Frauen und Kinder, die unter kaiserlichem Schutz standen. Daher werden wir Balodi nun in deren Namen hinrichten. Sei froh, dass du sein Schicksal nicht teilen musst, und sei dir gewiss, dass dieselbe Bestrafung, die du gleich mit ansehen wirst, dir selbst bevorsteht, falls du es in Zukunft je wagen solltest, dich gegen Rom aufzulehnen.« Albinus' Blick wanderte über die Männer, die um den knienden König herumstanden und ihn starr betrachteten. »Dasselbe gilt für euch alle und für eure Familien.«

Marcus hielt den winzigen Gegenstand hoch, den er aus der Tasche gezogen hatte, und hielt ihn unter Balodis Nase.

Grimmig nickte er, als der wehrlose König seinen Kopf von dem durchdringenden Gestank abwandte.

Als Albinus den entsetzten Gesichtsausdruck des Verurteilten sah, lächelte er und machte eine wegwerfende Geste. »Ich hätte es vorgezogen, den Geistern der Opfer, die dieser Mann auf dem Gewissen hat, eine größere Vergeltung zukommen zu lassen, indem ich ihrem Mörder eine langwierigere Bestrafung erteile. Männer wie er werden in Rom üblicherweise der Geißelung, Kreuzigung und Zerstückelung ausgesetzt, doch ich habe mich davon überzeugen lassen, dass die nun folgende Bestrafung im Falle dieses Mannes durchaus angebracht ist.«

Er gestikulierte in Richtung Marcus, der den Glücksbringer des Veteranen sorgfältig an der Spitze des vergifteten Pfeils rieb, den er Wochen zuvor aus seinem Schild gezogen hatte; der gelbgrüne Giftbelag ließ Flecken auf dem Anhänger entstehen. Dann riss er Balodis Kopf nach hinten, stieß ihm die Metallscheibe zwischen den Zähnen hindurch und hielt ihn mit der Hand auf seinem Mund davon ab, das Amulett wieder auszuspucken. Julius näherte sich und trat Balodi mit dem Stiefel in den Bauch, sodass der Stammesanführer sich nach vorne krümmte und vor Schmerzen wand. Gleich darauf aber weiteten sich seine Augen, und er starrte auf die Zenturios, da er bemerkte, dass sich die Metallscheibe nicht mehr in seinem Mund befand. Marcus nickte ihm mit einem Blick grimmiger Befriedigung zu. Albinus schritt zu Balodi hinüber und sah gleichmütig auf ihn herab, während der Edelmann vor Schreck die Augen aufriss, als er begriff, welches Schicksal ihm nun bevorstand.

»Meine Offiziere sagen, dass sogar eine minimale Dosis dieses Gifts einen Mann rasch tötet, wenn es mit einer Wunde in Berührung kommt. Eine Vergiftung der Verdauungswege, so sagt man, sei jedoch viel langsamer und wesentlich qualvoller.« Albinus wandte sich wieder an Purta, dessen Gesicht jetzt noch fahler als zuvor war. »Man berichtet, die Opfer würden sich mit Exkrementen beschmutzen. Sie kämpfen um jeden Atemzug und haben heftigste Bauchschmerzen, während das Gift sich seinen Weg durch ihre Organe bahnt. Balodis Todeskampf wird etliche Stunden dauern, und während der ganzen Zeit wird er von meinen Männern bewacht werden, die jeglichen Versuch, sein Leben durch einen Gnadenstoß zu beenden, von vornherein verhindern. Sollte er aber gegen jede Voraussicht die jetzige Dosis Gift überleben, werden wir das Ganze einfach wiederholen. Lasst euch das eine Warnung sein.«

9. Kapitel

Legat Albinus stand auf und ging um seinen Schreibtisch herum, als Scaurus, Julius und Marcus in seine Amtsstube traten. Er schüttelte bedauernd den Kopf, weil er sie so spät am Abend zu sich gerufen hatte. Nach dem feierlichen Kapitulationsakt der sarmatischen Edelleute hatte die Übergabe der Waffen begonnen, und sie gingen davon aus, dass es noch zwei oder drei Tage dauern würde, bis jeder einzelne Krieger an dem wachsenden Berg der Kriegswerkzeuge vorbeigezogen war. Cattanius stand ebenfalls in der Amtsstube, nahm Haltung an und salutierte so akkurat wie immer, während sein Legat begann zu erklären, was ihn aufgehalten hatte.

»Rutilius Scaurus, es tut mir leid, dich nach so einem langen Tag aus deinem Zelt gezerrt zu haben, doch Cattanius hat mir eine höchst beunruhigende Nachricht überbracht. Es scheint, das Bergwerk von Alburnus Major sei von Banditen eingenommen worden.«

Scaurus wechselte einen Blick mit seinen Zenturios und schüttelte ungläubig den Kopf. »Das kann ich mir kaum vorstellen, Legat, denn als wir abmarschierten, war das Bergwerk sicher und wurde von mehr als eintausend Männern bewacht. Ich wüsste nicht, warum Präfekt Gerwulf irgendwelche Probleme mit der Verteidigung der Goldmine haben sollte...« Scaurus verstummte, als er Albinus' starren Blick bemerkte.

Der Legat bedeutete Cattanius, das Wort zu ergreifen, weshalb der Benefiziarier vortrat und erklärte: »Der Legat entsandte mich mit einer Zenturie von Legionärssoldaten nach Alburnus Major, um das Gold abzuholen, das für den Sold der Soldaten notwendig war. Als ich jedoch im Tal ankam, waren die Tore des von euch errichteten Verteidigungswalls geschlossen und wurden von den Soldaten des Präfekten Gerwulf bewacht. Als ich darum bat, das Tor zu öffnen, lachten sie mich aus. Nach einer Weile erschien Gerwulf persönlich auf dem Wall und hatte Prokurator Maximus sowie die Minenbesitzer bei sich, die alle gefesselt waren. Gerwulf erklärte, er habe sich vor der Wahl befunden, auch in Zukunft Rom zu dienen oder mit genügend Gold abzuhauen, um sich eine eigene Armee zu kaufen, und diese Entscheidung sei ihm nicht schwergefallen. Es sieht daher ganz so aus, als habe er sich gegen das Imperium gewandt, Tribun, und dieser Eindruck wurde dadurch untermauert, dass er Prokurator Maximus flugs die Kehle durchschnitt und ihn vom Wall herab vor meine Füße warf. Dies schien mir ausreichend Bedrohung zu sein, um entgegen der mir aufgetragenen Befehle meine Eskorte wieder über die Straße nach Apulum zu führen. Sobald wir an einem sicheren Ort angekommen waren, habe ich den Zenturio angewiesen, mit seinen Männern im Schutz des Waldes neben der Straße zu warten, damit ich unauffällig über die Hügel in Richtung des Bergwerks reiten und mich umsehen konnte.«

Scaurus hob fragend eine Braue und wechselte einen Blick mit Albinus. Dieser nickte befriedigt.

»Was hattest du denn erwartet, Gaius? Ich habe Cattanius nicht nur deshalb zu meinem Benefiziarier gemacht, weil er gut rechnen oder Briefe schreiben kann. Berichte dem Tribun, was du herausgefunden hast, Cattanius.«

»In jener Nacht überquerte ich die Berge und versteckte mich an den Talhängen in der Nähe der Unterkünfte der Bergarbeiter. Ich sah, dass die Germanen noch immer in ihren eigenen Kasernen schlafen und nur etwa eine Zenturie Soldaten abgestellt haben, um im Lager zu patrouillieren, denn sie haben die Arbeiter eingesperrt. Der Rest ihrer Kohorte ruht derweil, bis die Arbeiter morgens wieder in die Gruben ziehen.«

»Wahrscheinlich benötigen sie nachts ohnehin nur wenige Soldaten, weil sie die Arbeiter tagsüber fast zu Tode schinden. Was ist mit Gerwulf?«

»Der Wolf scheint das Haus der Frau mit Beschlag belegt zu haben, und dasselbe gilt wohl auch für die Frau selbst. Ich habe ihn am Morgen dort herauskommen sehen, und er schien überaus zufrieden mit sich selbst zu sein.«

Scaurus nickte finster. »Das wundert mich nicht. Immerhin versetzt er dem Imperium ja gerade einen gewaltigen Schlag, nicht wahr? Natürlich gab es schon vorher Anzeichen für dieses Verhalten, aber diese Anzeichen wurden aufgrund der Streitigkeiten zwischen mir und meinem Kameraden Belletor nicht hinlänglich ernst genommen. Nachdem dieser Mann und seine Leute einfach so ein ganzes Dorf abgeschlachtet haben, hege ich keinen Zweifel daran, dass er imstande ist, einen derart unerhörten räuberischen Akt zu begehen.« Er wandte sich in eindringlichem Ton an Albinus. »Ich vermute, ihr plant, sofort eine Entsatzarmee in das Tal zu senden, Legat? Immerhin enthält Prokurator Maximus' Schatzkammer genügend Gold, um mehr als hunderttausend Aurei damit zu prägen. Und jeder Tag fördert eine Goldmenge aus den Minen, die für weitere dreitausend reichen würde. Abgesehen davon sind da ja auch noch die Bergarbeiter, die vermutlich zu Tode schikaniert werden, um jedes Fitzelchen Gold aus den Adern der Gruben zu pressen, bevor Gerwulf das Tal verlässt und sich nach Norden absetzt. Jeder Tag, den wir verstreichen lassen, wird den Schaden, den er dem Bergwerk zufügt, weiter verstärken – ganz zu schweigen davon, mit wie viel Gold er sich aus dem Staub machen wird.«

Der Legat runzelte kopfschüttelnd die Stirn und gestikulierte mit der Hand. »Was ich euch jedoch bislang verschwiegen habe, ist, dass wir nicht wirklich über so viele Truppen verfügen, wie wir König Purta glauben gemacht haben. Um es unverblümt auszudrücken, Gaius: Wir können keines der Heere entbehren, die damit beauftragt sind, die sarmatischen Lager zu überwachen. Unsere beiden Legionen sind nicht vollzählig, und inklusive der zwei Hilfslegionen haben wir lediglich fünfzehntausend Soldaten, die einen Feind unter Kontrolle halten müssen, der mit rund doppelt so vielen Kriegern aufwarten kann. Es scheint zwar, als hätten wir die Situation im Griff und genügend Zeit, das Entwaffnen der Feinde und Auflösen des sarmatischen Heeres plangemäß durchzuführen, doch in Wirklichkeit ist es Glückssache, ob uns dies auch tatsächlich gelingen wird. Bislang halten wir die Barbaren mit dem fälschlichen Glauben unter Kontrolle, einer überwältigenden Streitmacht gegenüberzustehen. Wenn wir jetzt aber auch nur einen Teil der Legion nach Süden entsenden, um Rabenstein-Tal zurückzuerobern, werden sie höchstwahrscheinlich bemerken, wie schwach wir in Wahrheit sind. Dann könnte Purta zum Beispiel beschließen, einen Versuch zu starten, sich seinen Weg durch eines der nördlichen Täler in seine Heimat freizuschlagen, denn er wüsste ja, dass ihm nur wenige Kohorten im Weg stehen. Bis wir die Feinde also gänzlich entwaffnet und zerstreut haben, kann ich das Risiko nicht auf mich nehmen, die gesamte Grenze in Gefahr zu bringen. Dies bedeutet, dass wir uns nur die Abwesenheit deiner zwei tungrischen Kohorten leisten können. Und ihr werdet bereits vor Tagesanbruch ausrücken müssen – in der Hoffnung, dass euer Abmarsch dann unbemerkt vonstattengeht.«

Scaurus reckte sich, um seinen schmerzenden Rücken zu entspannen. »Du willst also, dass ich die Goldmine zurückerobere, Legat?«

Albinus lächelte nachsichtig. »Stets pflichtbewusst, was, Gaius? Nein, Tribun, ich erwarte nicht, dass du einen derartigen Geniestreich vollbringst, wenngleich Mithras allein weiß, wie gut das unserem Ansehen täte. Ich erwarte lediglich, dass du die Germanen eine Weile in Schach hältst und mir damit die Zeit gibst, die sarmatischen Bestien zu zerstreuen und in ihre Heimat zurückzujagen. Ich werde euch nach Alburnus Major folgen, nämlich sobald ich mir sicher bin, dass sie nicht einfach umkehren und einen zweiten Versuch wagen können. Unterdessen habt ihr nichts anderes zu tun, als das Gebiet zu überwachen und Gerwulf von der Flucht abzuhalten. Glaubt ihr, dass ihr das hinbekommt?«

Julius wollte gerade antworten, doch noch bevor er seine Worte aussprechen konnte, hatte Scaurus sich bereits mit der Faust gegen seine bronzene Brustplatte geschlagen und energisch salutiert.

»Ja, Legat, wir werden sicherstellen, dass das Gold des Kaisers bleibt, wo es ist, bis ihr das Bergwerk erreicht. Ich gehe sofort los und mache meine Männer marschbereit.«

Bis sie außerhalb des Kommandogebäudes waren, schwiegen die drei Offiziere. Dann wandte sich Scaurus an seine Männer, noch bevor einer von ihnen Gelegenheit hatte, das Wort zu ergreifen. Er sprach in leisem, eindringlichem Ton, wobei sein Atem Dampfwolken in die Luft sandte.

»Ich weiß, ich weiß. Die Männer sind erschöpft, wir haben mehr als hundert Verwundete, und unsere Chancen, Gerwulf ›in Schach zu halten‹, stehen nicht besser als die, das Bergwerk gegen eine entschlossene Verteidigung einzunehmen. All das ist mir bewusst, das dürft ihr mir glauben. Clodius Albinus weiß es ebenfalls. Das Problem ist jedoch, dass er in den Augen Roms zumindest *irgendetwas* tun muss. Er kann die Sache nicht einfach ignorieren und Gerwulf gestatten, mit mehreren Karrenladungen Gold von dannen zu ziehen. Ebenso wenig kann er genügend Truppen abkommandieren, um das Bergwerk zurückzuerobern, ohne dass er Purta damit die Chance gibt, seine Niederlage in einen Sieg zu verwandeln. Das Einzige, was er tun kann, ist also, das Problem in die Hände vertrauenswürdiger Menschen zu legen und darauf zu hoffen, dass wir das Unmögliche möglich machen können.«

Julius schüttelte mit ungläubiger Miene den Kopf. »Aber was ist, wenn wir es *nicht* schaffen? Was passiert, wenn Gerwulf beschließen sollte, beim ersten Anblick einer römischen Uniform das Weite zu suchen? Er hat sicherlich Kundschafter ausgesandt. Ich bezweifle stark, dass wir so viele wutentbrannte und wild entschlossene Germanen zu stoppen imstande sind, insbesondere angesichts der Tatsache, dass sie ausgeruht sind – wir hingegen werden nach einem viertägigen Gewaltmarsch in noch üblerem Zustand sein als jetzt. Was, wenn Albinus schließlich auftaucht und feststellt, dass der Goldschrank bereits ausgeräumt wurde und wir nichts anderes in den Händen halten als unsere Schwänze?«

Scaurus beantwortete die Frage seines Ersten Speers mit einem mutlosen Lächeln. »In diesem Fall, Erster Speer, nehme ich an, wirst du schon bald unter dem Kommando eines neuen Tribuns dienen. Clodius Albinus kennt die Zwänge des realen Lebens ebenso gut wie ich. Sollte er mir also die Befehlsgewalt entziehen, mich in Ungnade entlassen und nach Rom zurücksenden, wäre das noch nicht einmal persönlich gemeint. Es ist einfach nur die Art und Weise, wie das Imperium funktioniert. Wenn ihr mich aber nun einen Augenblick entschuldigen würdet...«

Er hatte Cattanius aus Albinus' Amtsstube heraustreten sehen und schob ihn außer Hörweite.

»Sag mir, Soldat: In welchem Zustand waren die Goldminenbesitzer, als Gerwulf mit ihnen auf den Wall trat?«

Der Benefiziarier zuckte die Achseln. »Ziemlich genau so, wie man es erwarten würde, Tribun. Sie sahen aus, als hätten sie in den letzten Tagen viel Schreckliches erlebt. Felix und Lartius wurden offensichtlich geschlagen, und Theodora zeigte zwar keine Anzeichen körperlicher Misshandlung, sah aber ebenfalls nicht sonderlich glücklich aus.«

Scaurus runzelte die Stirn. »Keine Anzeichen? Sie wurde also nicht geschlagen?«

»So, wie es aussah, nein. Wenngleich ich annehmen würde, dass sie Übergriffe erlebt hat, die nicht viel weniger gewalttätig waren. Es ist schwer, die Sache genau zu beschreiben, doch wie ich vorher schon sagte, schien Gerwulf sehr vertraut mit ihr zu sein. Aber vielleicht täusche ich mich da...«

»Wie vertraut? Sexuell vertraut?« Cattanius zögerte mit der Antwort, worauf Scaurus ihm ein dünnes Lächeln schenkte. »Benefiziarier, ich habe mich mit dieser Dame nur wenige Male getroffen. Natürlich fand ich sie unterhaltsam, aber es ist nicht so, dass ich kurz davor stand, um ihre Hand anzuhalten. Daher ist es egal, ob Gerwulf sie vergewaltigt oder sie selbst entschieden hat, sich der unausweichlichen Rangordnung zu beugen, um weniger Schwierigkeiten zu haben. Dennoch *muss* ich es wissen. Schildere mir also deinen Eindruck der Sache, damit wir vielleicht unseren Vorteil daraus ziehen können, wenn wir erst einmal in der Bergbausiedlung sind.«

»Wenn ich mein Leben darauf verwetten müsste, würde ich sagen, sie tat es freiwillig, um ihre Lage zu verbessern. Sie sah nicht so aus, als sei sie geschlagen worden, und ihre Fesseln saßen weniger stramm als bei den anderen beiden.«

Scaurus klopfte ihm auf den Arm. »Ich danke dir. Sei bei Morgengrauen marschbereit. Wir werden deine Kenntnis hinsichtlich der Beschaffenheit des Tals brauchen – vorausgesetzt, wir haben Glück und es geschieht irgendein Wunder, das uns befähigt, überhaupt in das Tal hineinzugelangen.«

Marcus hielt seine Frau fest in den Armen. Während sie sich an seine Rüstung presste, spürte er ihren heißen Atem an seinem Hals.

»Es wird *gar* nichts passieren, denn Gerwulf ist viel zu schlau, als dass er das Bergwerk so lange besetzt halten wird, bis wir an dessen Tore klopfen. Er wird mit seinem Gold bereits nach Norden gezogen sein, noch bevor wir überhaupt in die Nähe gelangen und zu einem Problem für ihn werden könnten.«

Felicia schob ihn auf Armeslänge von sich weg. »Dann wiederhole ich nun das, was Annia ihrem Julius gesagt hat. Ihr seid alle erschöpft, was sich noch verschlimmern wird, wenn ihr erst einmal den ganzen Weg zu dieser verdammten Goldmine hinter euch gebracht habt. Keiner von euch wird in der Lage sein zu kämpfen, also solltet ihr sicherstellen, dass ihr das auch nicht tun müsst. Wenn das bedeuten sollte, den widerwärtigen Kerl mit ein bisschen Gold entkommen zu lassen, dann sei's drum.« Sie sah mit trotziger Miene zu ihm hoch. »Kein Anteil an Gold, das ihr für Kaiser Commodus zurückholt, damit dieser es in Arenen verschleudern kann, kann deinen Sohn dafür entschädigen, ohne dich aufwachsen zu müssen!« Ihre Miene wurde sanfter. »Glaub mir: Was ich gerade gesagt habe, war die abgeschwächte Version. Annia packt euren Ersten Speer wohl gerade an den Eiern, und zwar nicht auf die Weise, die er so überaus genießt.«

Marcus nickte resigniert und beugte sich hinab, um seiner Frau einen Abschiedskuss zu geben. Liebevoll blickte er ihr nach, wie sie sich durch den Zelteingang duckte und davonging. Nachdem er seine Schwerter angelegt hatte, folgte er ihr hinaus und blieb wie angewurzelt stehen, als er mit Erstaunen sah, wer im Schein der frühmorgendlichen Fackel vor ihm stand und auf ihn wartete.

»Oh nein!« Er hob den Finger, um jede Erwiderung sofort im Keim zu ersticken. Dann schüttelte er entschieden den Kopf. »Ich sagte ›Nein‹! Du kommst *nicht* mit!«

Er betrachtete erbittert den trotzigen Jungen, der mit seinem Großvater vor ihm stand. Lupus wiederum starrte mit einer Mischung aus Wut und Verzweiflung zu ihm hinauf. Er trug das Kettenhemd und den Helm, die eigens in Germanien für ihn angefertigt worden waren, ferner hatte er den Gladius umgegürtet, mit dem er seine Übungen absolvierte und der halb so groß war wie die Waffen der erwachsenen Soldaten.

Der Römer schüttelte erneut den Kopf. »Du kommst schon allein deshalb nicht mit, weil uns vier Tage Gewaltmarsch bevorstehen. Dreißig Meilen am Tag, wo du doch genau weißt, dass deine Beine nicht mehr als zehn durchhalten. Wir führen keine Karren mit uns, also kannst du auch nirgendwo mitfahren. Am Ende dieses Marsches werden wir voraussichtlich einen Angriff auf eine Kohorte Barbaren ausführen, der in einem blutigen Gemetzel enden wird, ganz egal, wer gewinnt. Ein weiterer Grund ist, dass ich keine Zeit habe, mich um dich zu kümmern, wogegen dein Großvater damit beschäftigt sein wird, den Zustand seiner Füße zu bejammern.« Morban zog protestierend die Augenbrauen hoch, blieb aber stumm. »Außerdem gehst du nicht mit, weil…«

»Ich trage ihn.«

Der Zenturio schoss herum und sah Lugos dicht hinter sich stehen, der ein freundliches Lächeln aufgesetzt hatte.

»Was?«

Der Krieger aus dem Stamm der Selgovae zuckte die Achseln, lockerte seine beeindruckenden Schultern und stellte seinen Streithammer auf den Boden. Dann stützte er sich auf den Griff und beugte sich ans Ohr des Römers hinab. Seine Stimme glich einem schwachen Donnergrollen.

»Du verbietest, ich gehorche. Aber, Zenturio, denke vorher. Der Junge hat den Geist von einem Krieger, das sehen wir alle. Den Jungen mitzunehmen ist besser, als ihn bei den Frauen zu lassen. Ich trage ihn. Er wiegt weniger als du, und dich habe ich auch schon getragen, nicht?«

Marcus starrte den Britannier verwirrt an. »Und wenn wir kämpfen müssen?«

»Junge sicher bei mir.« Lugos richtete sich auf und verschränkte die Arme vor der Brust. »Du entscheidest.«

Marcus runzelte die Stirn, legte den Kopf zurück und blickte zu dem Britannier hinauf. »Du willst ihn tragen? Vier Tage lang, dreißig Meilen am Tag?«

»Ich trage ihn.«

»In Ordnung. Dann nehmen wir ihn mit.«

Dubnus war hinzugetreten, als Marcus und Lugos die Sache diskutierten, und stand nun mit beiden Händen in die Hüften gestemmt da, während der Zehnjährige mit einem erfreuten Jauchzen das Bein des hünenhaften Britanniers umschlang.

»Wie bitte? Du planst ernsthaft, ein Kind auf einen Einsatz mitzunehmen, der wahrscheinlich damit enden wird, dass wir und die Germanen uns gegenseitig die Köpfe einschlagen?«

Sein Freund nickte und öffnete den Mund, um seine Entscheidung zu erklären. »Ich weiß, dass das wie Wahnsinn anmutet. Ich sollte ihn wohl einfach hier bei Felicia und Annia lassen, aber...«

»Aber was?«

Marcus zuckte die Achseln. »Ich glaube, ich habe eine Idee, über die ich noch ein Weilchen nachdenken möchte, bevor sie vor aller Öffentlichkeit diskutiert und belächelt wird.«

Dubnus schnaubte verächtlich. »Was für eine Idee auch immer – ein Plan, der die Dienste eines kleinen Jungen einschließt, wird vor Julius' Augen kaum Gnade finden. Ich kann dir jetzt schon ankündigen, was er dazu sagen wird, nämlich: ›Der Erste Speer hätte niemals...‹«

»Ich weiß.« Marcus schüttelte den Kopf. »Und in diesem Fall hätte er auch recht. Sextus Frontinius würde mir schon den Hintern dafür aufreißen, dass ich so etwas überhaupt in Erwägung ziehe. Ich werde die Sache mit Julius lieber unterwegs klären.«

Noch vor dem Morgengrauen trat die tungrische Kohorte zum Appell an. Es herrschte eine Atmosphäre so ungläubigen Staunens, dass die meisten Klagen ausblieben, obwohl einige der älteren Haudegen trotz ihrer Erschöpfung die Stimme erhoben. Die Zenturios und Optiones schritten die Reihen ihrer Männer ab, deren fahle Gesichter im bleichen Morgenlicht kaum zu sehen waren, und zählten viele Male durch, um sicherzugehen, dass jeder marschfähige Soldat erschienen war. Da sie ebenso entnervt wie ihre Männer waren, ließen sie ihren Unbill an den Soldaten aus, indem sie deren unvermeidliche Fragen bezüglich der Intelligenz derartiger Befehle entweder ignorierten oder viel zu heftig bestraften.

»Cocidius weiß, dass ich kein rachelüsterner Mensch bin.« Dubnus überging die ungläubigen Blicke, die ihm ein halbes Dutzend von Marcus' Männern zuwarfen, da sie sowohl seine Wutausbrüche als auch seine Fäuste kennengelernt hatten. »Aber ich schwöre euch: Wenn noch ein Einziger hier die Courage aufbringt, mich zu fragen, warum wir mitten in der Nacht unser Lager abbrechen und uns die Eier abfrieren, werde ich Othos Beispiel folgen.«

Marcus nickte abwesend. »In diesem Fall folgst du seinem Beispiel am besten sehr genau, um sicherzustellen, dass du keinem von ihnen einen Grund lieferst, nicht an dem Einsatz teilnehmen zu müssen.«

Sie waren schon oft Zeuge des entsetzlichen Temperaments ihres narbenübersäten Kameraden geworden, der seine Wut mehr als einmal an seinen Männern ausgelassen hatte. Doch sogar in der Weißglut seiner Rage war der Zenturio schlau genug, sie mit Ohrfeigen und Tritten statt kraft seiner Faust zu bestrafen, was seinem Naturell grundsätzlich eher entsprochen hätte.

Morban murmelte einen trockenen Kommentar. »Du darfst mir gerne sofort eine anständige Tracht Prügel verpassen, dann kannst du dir die Mühe sparen, mich später am Rande der Straße begraben zu müssen.«

Beide Männer ignorierten Morban und blickten zu Scaurus, der vorbeischritt und sich dann mit entschlossenem Gesichtsausdruck an sie wandte.

»Wir werden gleich losmarschieren. Es ist Zeit, zu euren Männern zu gehen und sie zu motivieren.«

Dubnus seufzte und ging davon, weshalb Marcus dem Unbill seines Standartenträgers allein ausgesetzt war. Doch bevor der ältere Mann etwas sagen konnte, schüttelte der Römer den Kopf und setzte ein Gesicht auf, das Morban davor warnte, sich seinem stummen Befehl zu widersetzen. Marcus betrachtete die Reihen abgekämpfter, lustloser Soldaten vor ihm und lächelte ihnen trotz ihres allgemeinen Unbehagens zu.

»Also, Soldaten, was wir euch zumuten, ist wirklich brutal.« Er wartete einen Augenblick, damit sie seine Worte verdauen konnten, und sah, wie sich in ihren langen Gesichtern die Erkenntnis ausbreitete, dass sie tatsächlich ins Morgengrauen hinausmarschieren würden. »Ihr seid marschiert, ihr habt gekämpft, seid wieder marschiert und habt wieder gekämpft, im Wind, im Regen, im Schnee. Jetzt steht ihr erneut hier, vor einem weiteren Marsch und voraussichtlich einer neuen Schlacht an dessen Ende. Aber ihr werdet diese Aufgabe meistern, so, wie ihr das immer macht. Wollt ihr wissen, warum?«

Die Soldaten starrten ihn mit ausdruckslosen Gesichtern an. Einige von ihnen blickten sogar offen feindselig, doch Marcus wusste, dass dies zu erwarten gewesen war und er es tolerieren würde, solange es nur böse Blicke und keine Taten waren.

»Ihr werdet es tun, weil, noch während wir hier stehen, eine kaiserliche Goldmine leer geräumt wird, obwohl ich kaum glaube, dass euch das besonders interessiert. Ihr werdet es tun, weil in dieser Mine mehrere tausend Arbeiter zu Tode geschunden werden, obwohl ich ebenso wenig glaube, dass euch das allzu sehr interessiert...« Er hob die Hände in die kalte Nachtluft und den feinen Schnee, der auf sie fiel. »Aber vor allem werdet ihr es tun, weil das unsere Aufgabe ist, Männer. Wir führen Befehle aus, wir marschieren, wir kämpfen. Falls jemand ein Problem damit haben sollte, kann er sich gerne bei mir melden – allerdings erst, *nachdem* wir die Goldmine zurückerobert haben. Und jetzt ist es an der Zeit, wieder unseren Sold zu verdienen!«

Die lange Kolonne stampfte ins Morgengrauen hinaus. Die führende Zenturie setzte auf Anordnung von Julius nur ein leichtes Marschtempo an, damit die Männer ihre Kraftreserven für die lange Strecke sparen konnten, die noch vor ihnen lag. Im schwachen Licht einer geschlossenen Wolkendecke marschierten die Tungrer in schmollendem Schweigen aus Stein-Kastell hinaus und wandten sich nach Süden in Richtung des Rabenstein-Tals.

Die Tungrer beendeten ihre erste Etappe im Hauptquartier der Fünften Legion in Napoca, das einen ganztägigen Gewaltmarsch von ihrem Ausgangspunkt entfernt lag. Die Ankunft einer fremden Infanteriekohorte in einer Garnisonsstadt, deren eigentliche Truppen nicht vor Ort waren, erzeugte üblicherweise freudige Erregung und Nervosität unter den Einwohnern der kleinen Siedlung, die neben dem Kastell lag.

In diesem besonderen Fall waren jedoch weder freudige Erregung noch Nervosität angezeigt, denn die Betreiber der Hurenhäuser und Trinklokale der Ortschaft mussten mit Enttäuschung zur Kenntnis nehmen, dass die Tungrer kein Interesse an ihren Attraktionen zeigten und stattdessen zu Bett gingen, sobald die Öfen in den leeren Baracken angezündet waren und die Soldaten ihre Essensrationen verspeist hatten. Viele von ihnen legten sich sogar angezogen nieder, um das Aufstehen am nächsten Morgen ein wenig hinauszögern zu können.

»Kannst du deine Leute drei Tage in diesem Marschtempo weiterziehen lassen, Erster Speer?«

Julius beantwortete die Frage seines Tribuns mit einem lustlosen Nicken. »Ja, Herr. Aber am Ende dieser drei Tage werden sie völlig abgekämpft sein und zu nichts Besserem mehr taugen, als sich auf ihre Speere zu stützen. Zum Glück müssen wir keine Feldlager aus dem Boden stampfen, denn sonst würden sie es wohl noch nicht einmal bis nach Rabenstein schaffen.«

Scaurus runzelte unwillig die Stirn. »Ich weiß. Wenn ich könnte, würde ich es wesentlich langsamer angehen lassen.«

Julius schwieg einen Augenblick und dachte darüber nach, wie er das, was er sagen wollte, vorsichtig ausdrücken könnte. »Tribun, was werden wir tun, wenn wir erst einmal dort angekommen sind? Wir können natürlich die verbliebenen Kräfte der Männer beim Marsch zum Bergwerk wie Kerzen herunterbrennen, aber was machen wir dann? Gewiss können wir dort lediglich vor dem Eingang zur Bergbauanlage unser Lager aufschlagen und Silus ausschicken, damit er die offensichtlichsten Ausgänge bewacht. Abgesehen davon gehe ich davon aus, dass Gerwulf, sobald er unsere Anwesenheit bemerkt, sich mit allem Gold, das seine Männer tragen können, rasch über die Grenze absetzt und sich über das weite Flachland davonmacht. Unsere Jungs werden bis dahin nicht mehr imstande sein, ihn aufzuhalten, selbst wenn er auf uns warten sollte, bevor er das Weite sucht.«

Der Tribun zuckte mit den Schultern und starrte erschöpft auf den Boden seiner kurzzeitigen Unterkunft. »Was wir tun werden, wenn wir vor dem Erdwall stehen, der das Tal abgrenzt? Ich befürchte, das wird sich erst herausstellen. Ich kann mich im Moment nur darauf konzentrieren, wie ich die Kohorten zum Bergwerk bekomme, und den Rest werde ich mir dort überlegen. Um die Wahrheit zu sagen, Erster Speer: Egal, wie sehr wir beide diese Planlosigkeit hassen, ich vertraue schlicht auf Fortuna, die uns vielleicht eine Chance schenkt, Gerwulfs Flucht vereiteln zu können.«

Julius nickte betrübt, salutierte und ließ seinen vorgesetzten Offizier mit seinen Gedankenspielen allein. In den Baracken, in denen die Tungrer für die Nacht untergekommen waren, herrschte großteils Schweigen, und nachdem er rasch bei den gähnenden Wachen vorbeigesehen hatte, begab er sich zur Kaserne der Fünften Zenturie, um seine vorherige Unterhaltung mit Marcus wieder aufzunehmen. Seine ursprüngliche Verwunderung, bei diesem verzweifelten Einsatz den kleinen Lupus unter den Kohorten anzutreffen, war rasch in Ärger umgeschlagen, und nur die Tatsache, dass er eine öffentliche Diskussion vor den Soldaten vermeiden wollte, hatte ihn veranlasst, sein Temperament zu zügeln. Als er die Unterkunft der Offiziere am Ende der Baracke der Fünften Zenturie betrat, fand er dort jedoch mehr Männer vor, als er erwartet hatte. Dubnus und Silus lehnten an der Wand gegenüber Marcus, der auf dem Bett saß und ihnen etwas erklärte. Lupus selbst kauerte in einer Ecke neben seinem Großvater und putzte lustlos Marcus' Stiefel. Sein Gesichtsausdruck war so undurchsichtig, dass der hochrangige Zenturio ihn auf den ersten Blick nicht zu deuten vermochte.

Dubnus trat vor und hielt Julius mit vielsagendem Blick eine Hand entgegen. »Bevor du deinem Kameraden die Eier abreißt und sie ihm auf einem Silbertablett servierst, möchtest du vielleicht hören, was er zu sagen hat.«

Julius betrachtete Dubnus einen Augenblick und zuckte kopfschüttelnd die Achseln. »Dann bist du wohl auch verrückt geworden, Dubnus? Nun, ich glaube kaum, dass sich meine Wut abkühlen wird, wenn ich mich noch ein Weilchen zurückhalte. Also sag, was du zu sagen hast, Zenturio Corvus, bevor ich zu einem rostigen Löffel greife und deine Frau vor dem Risiko bewahre, weitere Bälger von dir austragen zu müssen.« Er bemerkte die Becher in den Händen der Männer. »Sehe ich da Wein?«

Silus reichte ihm mit einem müden Lächeln einen Becher. »Sogar ein recht akzeptabler, meine ich. Unser Kamerad hat Morban nämlich einen Weg aufgezeigt, wie er seine närrische Wette hinsichtlich des Kämpfens auf dem Eis begleichen kann: indem er uns ein paar Krüge von dem guten Tropfen zukommen lässt. Schon lustig, wie schnell der alte Standartenträger sich bewegen kann, wenn er dazu gezwungen ist.«

Julius setzte sich auf den Holzboden, nahm einen Schluck und verzog aufgrund des intensiven Geschmacks des Weins das Gesicht. »Und das soll der gute Tropfen sein? Da ist zu wenig Wasser drin. Doch nun mal los: Welchen Weg des Irrsinns hat unser Waffenbruder euch denn so schlüssig dargelegt, dass wir ihn nun alle gemeinsam gehen müssen? Ich nehme an, es hat etwas mit dem Jungen hier zu tun, oder war das nur ein schwachsinniger Einfall statt eines sorgfältig durchdachten Plans?«

Marcus betrachtete ihn vom Bett aus. »Unser Problem ist offensichtlich. Wenn wir schnell genug laufen, um das Rabenstein-Tal zu erreichen, noch bevor sich Gerwulf mit dem Gold absetzt, kommen wir mit zwei Kohorten erschöpfter Männer dort an, die eine Woche lang zu nichts anderem taugen werden als zum Schlafen und zu den täglichen Pflichten. Außerdem werden uns die Germanen wahrscheinlich ohnehin schon entdecken, bevor wir das Tal erreichen – und dann schnappen wir sie niemals. Wenn wir hingegen in einem Tempo marschieren, das den Männern noch Kraft zum Kämpfen übrig lässt, riskieren wir, zu spät dort anzukommen, sodass wir dann nur noch die Toten begraben können. Mithras allein weiß, wie viele Grubenarbeiter Gerwulf bereits hat ermorden lassen, um die anderen dazu anzutreiben, jede mögliche Unze Gold aus den Adern herauszukratzen. In beiden Fällen würden also *wir* verlieren – nämlich der Tribun seine Befehlsgewalt, und wir würden wem auch immer unterstellt werden, der an seiner statt das Kommando übernimmt. Dann würden sie uns irgendwohin schicken, um an der nächsten Grenze zu dienen, wo es Schwierigkeiten gibt. Und wir würden Britannien niemals wiedersehen.«

Julius nickte und hob den Becher zu einem weiteren Schluck. »Gut zusammengefasst. Tatsächlich habe ich dem Tribun genau dasselbe gesagt. *Wir* wissen es, *er* weiß es, doch das Einzige, was er glaubt tun zu können, ist, uns in der Hoffnung die Straße hinabzujagen, dass der germanische Schweinehund unsere Ankunft womöglich verschläft. Habt ihr eine bessere Idee? Der Tribun hat nämlich keine und ich ebenso wenig.«

Silus ergriff das Wort. »Ja, habe ich. Meine Reiter könnten schon morgen Nacht in Apulum sein und am Mittag des folgenden Tages an der Tür zum Rabenstein-Tal anklopfen.«

Julius zuckte gleichgültig mit den Schultern und trank noch einen Schluck Wein, bevor er antwortete. »Und dann? Wollt ihr zu den Toren hinaufreiten und fordern, dass der Wolf seine Hose runterlässt? Wie sollten dreißig Reiter etwas ausrichten können, was zwei Kohorten Fußsoldaten nicht schaffen?« Er streckte seinen Becher vor. »Mach ihn bitte voll.«

»Reiter sind schneller, viel schneller. Und wenn sie die Straße von Apulum nach Norden im richtigen Moment verlassen, können sie einen Bogen um jegliche Späher machen, die Gerwulf auf den Weg in die Berge entsandt hat.«

Der Erste Speer schnaubte gleichmütig und nippte nachdenklich an seinem Wein. »Dann könnt ihr also um ihre Späher herumreiten, und wenn ihr Glück habt, werdet ihr herausfinden, was im Tal vor sich geht, ohne selbst gesehen zu werden. Na, und? Es hilft uns nichts, früher dort anzukommen, wenn wir nicht genügend Kampfstärke besitzen, um etwas anderes zu tun, als zuzusehen, oder?«

Marcus reagierte darauf mit einem schmallippigen Lächeln. »Dies wiederum hängt davon ab, wie viele Männer wir voraussichtlich brauchen, um das Tal zu befreien.«

Julius schüttelte entnervt den Kopf. »Jetzt spuck's schon aus! Welche Spinnereien tanzen in deinem Gehirn herum?«

Die Stimme des Römers nahm einen dringlichen Klang an. »Es gibt dort ein Heer, das wesentlich mehr Männer umfasst als unsere zwei Kohorten, Männer, die überdies genügend Wut in sich tragen, um die Germanen in Stücke zu reißen – vorausgesetzt, es gelingt uns, sie in großer Zahl zu mobilisieren.«

Julius hob die Augen vom Fußboden hoch, und diesmal glitzerte Interesse darin.

»Die Grubenarbeiter. Sicher hat Gerwulf sie bereits in der Nacht nach unserem Abmarsch unterjocht und sie seither mit aller Härte geschunden, zu der er fähig ist. Nicht nur, um in der kurzen Zeit, die ihm zur Verfügung steht, so viel Gold wie möglich aus den Gruben zu fördern, sondern auch einfach nur deshalb, weil er die Macht dazu hat. Du wirst bemerkt haben, dass er zu allem fähig ist und sogar größte Genugtuung daraus zieht, dass seine Männer sich wie Bestien aufführen. Er wird sie angehalten haben, die Grubenarbeiter zu schlagen und schon bei der kleinsten Verfehlung hinzurichten, und wahrscheinlich hat er sie auch auf ihre Frauen gehetzt. Wenn wir die hasserfüllten Grubenarbeiter also im richtigen Moment zusammenbekommen und auf ihn loslassen, werden sie den schwierigsten Teil der Arbeit für uns übernehmen. Erinnerst du dich daran, was Cattanius berichtete? Die Arbeiter sind über Nacht eingesperrt und werden nur leicht bewacht...«

Bevor Marcus weitersprach, blickte er Julius einen Moment in die Augen, um herauszufinden, was sein Vorgesetzter von all dem hielt. Der Erste Speer nickte widerstrebend und bedeutete ihm mit einer Handbewegung fortzufahren.

»Hier nun meine Idee, wie die Sache in die Tat umgesetzt werden kann, wenngleich es mir nicht sonderlich gefällt. Anstatt uns durch die Vordertür zu schlagen, könnten wir ein paar ausgewählte Männer in der Nacht ins Tal entsenden. Alles, was wir tun müssten, wäre, die Nachtwachen zu erledigen. Sobald die Bergleute wach und bewaffnet sind, bräuchte es mehr als die Kampfstärke eines Gerwulfs, sie aufzuhalten. Insbesondere, wenn wir zu einem so günstigen Zeitpunkt zuschlagen, dass seine Soldaten halb schlafend aus ihren Betten heraustorkeln.«

Julius nickte bedächtig. »Bis hierhin ergibt das alles einen Sinn, wenngleich es mir ein wenig vorkommt, als würden wir würfeln und beten, es mögen Sechser fallen. Aber wie willst du unbemerkt in das Tal hineingelangen? Das wird sogar nachts schwierig. Sie werden Männer auf den Höhen abgestellt haben, die genau nach solchen herumschleichenden Männern suchen, wie du sie gerade beschrieben hast.«

Marcus spitzte die Lippen. »Es gibt jemand in diesem Raum, der einen Weg in das Tal kennt, ohne dass wir das Tor einschlagen, über den Verteidigungswall oder gar über die Berge klettern müssten. Stimmt's, Lupus?«

Die Augen der Männer richteten sich auf den Jungen, der schon seit einer Weile aufgehört hatte, so zu tun, als putze er Marcus' Stiefel.

Julius warf Marcus einen überraschten Blick zu. »Dann hängt deine geniale Idee also von einem Kind ab? Ich dachte immer, *ich* sei ein gewissenloser Dreckskerl…«

»In der Tat. Lupus ist der Einzige unter uns, der schon einmal *unter* dem Berg war. Überdies hat ihm der Knabe Mus etwas gezeigt, was unser Dilemma lösen könnte.« Er schob den Jungen vor. »Erzähl dem Ersten Speer deine Geschichte, Lupus.«

Die Stimme des Kindes klang in der Stille des Raums sehr dünn, und sein Gesicht war leichenblass. »Mein Freund Mus hat mich in die Grube mitgenommen. Er zeigte mir einen Tunnel, den sie nicht mehr benutzen, und dieser endet am Berg unterhalb des Rabenkopfs. Die Öffnung wird von einem herabhängenden Felsen verborgen.«

Marcus klopfte dem Jungen auf den Arm. »Gut gemacht,

Lupus. Julius, die Tunnelöffnung, die Mus unserem Lupus gezeigt hat, liegt an der *südlichen* Seite des Berges. Es handelt sich dabei um die höchste Ebene, die schon vor Jahren leer gekratzt wurde, weshalb die Arbeiter danach tiefer graben mussten, um Gold zu finden. Keiner arbeitet mehr dort, und anscheinend ist der Tunnel mittlerweile in Vergessenheit geraten. Eine Gruppe Männer könnte das Bergwerk also von Süden her betreten, sich durch den Berg vorarbeiten und nach unten zu den jetzt aktiven Ebenen vordringen. Von dort aus könnten sie unbemerkt in das Tal gelangen, wenn sie vorsichtig genug vorgehen.«

Julius hob die Hand, um Marcus zum Schweigen zu bringen. Dann wandte er sich an Lupus. »Und wenn sie Glück haben. Eine Unmenge Glück. Dann würde also alles von dir abhängen, Lupus? Du müsstest uns zeigen, wo der Eingang zum Tunnel liegt. Kannst du dich daran erinnern?«

Das Kind nickte schweigend, und sein Antlitz wurde noch bleicher.

»Das kannst du von dem Jungen nicht verlangen...«

Julius wischte Morbans Einwand mit einer Handbewegung beiseite. »Sei still, Standartenträger. Der Junge wollte selbst mit uns kommen und scheint nun der Angelpunkt zu sein, um den sich dieser ganze zweifelhafte Plan dreht, also kannst du ihn gut für sich selbst sprechen lassen. Bitte, Lupus: Bist du dir *sicher*, dass du diesen geheimen Eingang ins Tal wiederfinden kannst, insbesondere in der Nacht?«

»Ich glaube schon.«

»Du glaubst schon...« Der hochrangige Zenturio stützte kurz den Kopf in die Hände, dann stand er auf und trank seinen Becher leer. »Dann kommt mal alle mit. Wir sollten diesen Einfall dem Tribun unterbreiten. Allerdings vermag ich nicht zu sagen, ob er den Vorschlag als eine Lösung für sein Dilemma betrachtet oder eher der Meinung ist, dies sei ein guter Weg, den Wolf zu warnen und gleichzeitig dreißig Männer in den Tod zu schicken. Nehmt den Wein mit – er wird einen Schluck brauchen, wenn er diese Geschichte gehört hat.«

»*Falls* die Götter euch gnädig sein sollten und ihr es tatsächlich bis ins Tal schafft, dürft ihr unter keinen Umständen die Germanen angreifen, nachdem ihr die Grubenarbeiter befreit habt. Erstens sind sie viel zu viele für euch, und selbst wenn es euch gelingen sollte, genügend Bergleute zu befreien, werden Letztere nicht imstande sein, zwischen euch und ihren Peinigern zu unterscheiden. Habt ihr das verstanden? Das Beste, was ihr dann tun könnt, ist, zurück in die Mine zu gehen und von dort aus zu fliehen. Dies ist ein *Befehl*, Zenturio.«

Julius sah zu Marcus hoch und wartete, bis dieser zustimmend nickte, dann richtete er seine Aufmerksamkeit auf den Tribun, der neben der Stute des jungen Zenturios ritt. »Was dich anbelangt, Tribun, würde ich sehr empfehlen, deine Rolle in dieser Sache darauf zu beschränken, dich in das Haus der Frau einzuschleichen. Sobald die Grubenarbeiter befreit sind, kannst du dich zurücklehnen und es ihnen überlassen, ihre Leute zu mobilisieren – vorausgesetzt, sie haben die notwendige Courage dafür.« Er seufzte und strich sich mit der Hand durchs Haar. »Ich kann noch immer nicht glauben, dass wir das tatsächlich tun…«

Grimmiges Gelächter ertönte hinter ihnen, worauf der Erste Speer sich umdrehte und sich einem großen Kavalleriepferd gegenübersah, das am Kamm seines Helms knabberte.

»*Du* kannst es nicht glauben? Immerhin bist nicht du derjenige, der diesen Haufen Amateure durch halb Dakien führen und hoffen muss, dass keiner von ihnen vom Pferd fällt oder aus Versehen seinen Speer in den Hintern des vor ihm laufenden Tieres sticht. Gerade als ich meinen Haufen Trottel einigermaßen trainiert hatte, wie man mit Gäulen umgeht, hast du die Hälfte von ihnen wieder zu Fußsoldaten gemacht und mir eine Sammlung unwissender Mädchen zugeteilt, die ich nun entjungfern darf.«

Silus war mit seinem Pferd an den Reitern vorbeigezogen und hatte mit der für ihn typischen Mischung aus Zynismus und grobschlächtigem Humor ihre Reitkünste fachmännisch begutachtet.

Zum ersten Mal an diesem Morgen lächelte Julius. »Hinter jeder dunklen Wolke verbirgt sich ein Streifen goldenen Lichts, Decurio! In diesem Fall wird die Aussicht darauf, meine armen Jungs in doppeltem Marschtempo nach Süden zu jagen, von dem Gedanken erhellt, dein Gesicht zu sehen, wann immer diese berittenen Esel etwas tun, das dich aufregt.« Er wandte sich wieder an seinen Vorgesetzten. »Nachdem wir gerade vom Entjungfern sprechen, Tribun: Ich wäre überaus dankbar, wenn es dir gelingen sollte, dich nicht umbringen zu lassen. Es wäre mir höchst unangenehm, von einem anderen feinen Herrn mit fliehendem Kinn befehligt zu werden, nachdem ich mich gerade daran gewöhnt habe, meine Anweisungen von dir zu erhalten.«

Julius beobachtete mit geschürzten Lippen, wie die Reiterabteilung mit klappernden Hufen aus den Toren des Kastells hinaus in das graue Morgenlicht ritt. Er wartete, bis sie außer Sichtweite waren, und drehte sich wieder zu seinen Offizieren um.

»Nachdem nun die größte Aufregung dieses Morgens vorbei ist, wird es am besten sein, wir befassen uns damit, weitere dreißig Meilen hinter uns zu bringen, bevor die Sonne den westlichen Horizont berührt. Otho, du solltest Silus' Reiter in deinen Trupp aufnehmen, denn ich gehe davon aus, dass die armen Schweine eine ernst gemeinte Ermunterung brauchen werden, noch bevor wir eine Mittagsrast eingelegt haben. Jetzt aber los, lasst uns ein paar Stiefelnägel in die Pflastersteine hauen!«

Die berittene Abteilung kam schneller voran, als Silus befürchtet hatte, wenngleich es bei ihrer Ankunft im Bergkastell einige unter den unerfahrenen Reitern gab, deren Haltung darauf schließen ließ, dass sie höchst unbequeme Stunden verbracht hatten. Der Decurio ritt die kurze Reihe ab und strafte jene Männer, die aufgrund ihres wunden Hinterteils das Gesicht verzogen, mit einem verächtlichen Blick.

»Bis Apulum sind es noch mal dreißig Meilen, daher könnt ihr jetzt eine kurze Rast einlegen, um eure Pferde zu tränken und ihnen Futter zu geben. Wenn Zeit ist, könnt ihr auch selbst etwas essen. Männer mit wunden Ärschen, her zu mir!«

Amüsiert sah er, wie der Tribun sich zu der kleinen Gruppe von Männern gesellte, die den Mut hatten, sich seinem bissigen Humor auszusetzen.

»Schau an! Dass Tribun Scaurus sich mit seinen Männern in eine Schlange stellt, um ein Gegenmittel für seine Schmerzen zu bekommen, hätte ich niemals zu sehen erwartet. Bitte sehr, Herr.«

Er reichte dem Tribun ein Gefäß, das Scaurus entkorkte, um dann vorsichtig am Inhalt zu riechen.

»Das hält man nicht unter die Nase, Tribun, sondern

man reibt es auf die wunde Haut. Kaninchenfett allererster Güte – es gibt nichts Besseres gegen Druckstellen vom Sattel.«

Als Scaurus mit angeekeltem Blick einen Finger in das Gefäß steckte, zwinkerte Silus ihm zu. »Es gibt tatsächlich nichts Besseres, es sei denn, man bekommt einen Lederbeutel guten Rotweins in die Finger. Das Kopfweh tags darauf lässt einen alle Schmerzen sofort vergessen!«

Arminius stieg steif von seinem stämmigen Pferd herab und streckte die Arme aus, um Lupus herunterzuhelfen, der während des Ritts vor ihm gesessen hatte. »Tut dir der Hintern weh?«

Der Junge schüttelte verneinend den Kopf und hatte die Augen weit aufgerissen, weil er seinen Tribun sah, der eine Hand in seine Beinkleider gesteckt hatte und mit einem Lächeln der Erleichterung Fett zwischen die Beine schmierte, um die Druckstellen zu behandeln, welche die harte Satteloberfläche bei ihm hinterlassen hatte. Arminius grinste und ignorierte geflissentlich die steile Falte zwischen den Augen des Tribuns.

»Hier, dein Schaffell. Ich bin froh, dass ich noch eines übrig hatte.« Silus kam zu ihnen und zeigte auf das Fell, das er Arminius gegeben hatte, um vor ihrem Abritt aus Napoca einen provisorischen Sattel für den Jungen herzustellen. »Hätte ich noch ein paar mehr davon gehabt, müssten wir vielleicht nicht mit ansehen, wie die Jungs sich da drüben für den Nachmittag einschmieren, was?«

Abends, in der Legionärsfestung von Apulum, wurden die Pferde der berittenen Einheit versorgt, und der geheime Sturmtrupp traf sich in einer leeren Baracke. Scaurus blickte auf die Männer, die er auserkoren hatte, sich in das Tal zu schleichen. Alle Augen waren auf ihn gerichtet.

»Wenn wir erst mal durch das Bergwerk hindurch im Rabenstein-Tal angekommen sind, werde ich mit Arminius und zwei von unseren Hamiern zu Theodoras Villa gehen und die Goldminenbesitzer befreien. Gleichzeitig wird Cattanius die Zenturios Corvus, Qadir und Dubnus, außerdem noch Arabus, zwei weitere Hamier sowie Martos zum Lager der Grubenarbeiter führen. Unser Hauptziel ist es, die Arbeiter zu befreien und sie lange genug zu beschützen, dass sie ihre Werkzeuge einsammeln und ausreichend Männer zusammentrommeln können, um auszubrechen. Sobald wir dies erfolgreich hinter uns gebracht haben, treffen wir uns wieder am Grubeneingang, der von Lugos und Lupus bewacht werden wird. Falls Arminius und ich es nicht rechtzeitig zur Grube schaffen sollten, möchte ich, dass ihr wie geplant weitermacht und euch durch die Mine zurück auf die südliche Seite schlagt. Keine Heldentaten oder sonstige Versuche, mich zu finden oder zu retten! Es wäre nämlich in diesem Fall höchst wahrscheinlich, dass wir bereits beide tot sind.«

Der Germane verzog zwar das Gesicht, verharrte jedoch in Schweigen.

»Weiß jeder, was er zu tun hat? Wir müssen den Zeitplan nämlich exakt einhalten, wenn die Sache funktionieren soll.«

Silus stand auf und salutierte. »Ja, Tribun, wir wissen, was wir zu tun haben. Ich werde das Beladen des Karrens beaufsichtigen und sicherstellen, dass die Ladung auch Regen übersteht. Dass du den Vorratsoffizier des Kastells angeschrien hast, soll ja nicht umsonst gewesen sein.«

Scaurus nickte zustimmend, und der Decurio wandte sich zum Gehen. Mit einem Lächeln erinnerte er sich daran, wie ungehalten sein Tribun geworden war, als der Vorratsoffizier der Festung von Apulum heftig geleugnet hatte, auch nur einen der Ausrüstungsgegenstände in seinem Lager zu haben, die die Sturmtruppe benötigte. Mit einem entsetzlichen Wutausbruch hatte er den Soldaten in bestürztes Schweigen versetzt, indem er zunächst dessen Herkunft und gleich darauf dessen Willen in Frage stellte, den nächsten Tag zu erleben. Dann hatte der Tribun seine Leute ins Lager gewinkt, damit sie sich alles Notwendige selbst zusammensuchen konnten.

Wenige Minuten später war Marcus mit einem zufriedenen Lächeln wieder zu ihm gestoßen. »Alles da. Seile, Notrationen, Fackeln – ein ganzer Haufen Fackeln – und mehr als genug Lammfell für unsere Stiefel.«

Der Vorratsoffizier hatte zunächst entgeistert zugesehen, wie die Sachen an ihm vorbeigetragen wurden, doch Scaurus' Erwiderung auf seinen vorwurfsvollen Kommentar hatte ihn völlig sprachlos gemacht.

»Aber dann haben wir ja nicht mehr genügend Fackeln, um die Festung zu erhellen!«

»Nun, dann solltest du wohl ein wenig von dem Gold investieren, das du dir über die Jahre hier zusammengestohlen hast, und selbst ein paar neue Fackeln kaufen, nicht wahr? Ich jedenfalls nehme diese hier mit. Außerdem brauche ich einen Karren, um die Sachen zu transportieren. Und zwar schnell!«

Zufrieden, dass alle wussten, was sie zu tun hatten, schickte der Tribun seine Leute los und bedeutete Marcus, er solle noch einen Augenblick bei ihm bleiben. Der jüngere Mann stellte sich mit dem Rücken zu dem glühend heißen Eisenofen, erfreute sich nach einem langen Tag in der eisigen

Winterluft an dessen Wärme und wartete darauf, was der Tribun ihm zu sagen hatte.

Scaurus rieb sich erschöpft das Gesicht mit der Hand, bevor er zu sprechen begann. »Vorhin habe ich mich plötzlich an eine Frage erinnert, die ich dir schon seit Tagen stellen wollte, aber aufgrund aller anderen Ereignisse vergessen hatte. Nach der Schlacht auf dem gefrorenen See bist du über das Eis gegangen und hast die Schilde von Belletors Kohorte eingesammelt, um unsere ersetzen zu können, die zertrampelt worden waren. Dabei musstest du durch die gefallenen Männer schreiten, die über den See zu flüchten versucht hatten und von den Sarmaten niedergeritten wurden.«

Marcus nickte bedächtig und erinnerte sich an die bittere Kälte, die durch seine pelzgefütterten Stiefel gedrungen war, während er sich widerstrebend einen Weg durch die vielen Körper gebahnt hatte, die über das Eis verteilt lagen.

»Julius hatte mich losgeschickt, Schilde zu besorgen, damit ich gleichzeitig auch nach Carius Sigilis suchen konnte. Er wusste ja, dass der Tribun und ich eine Art Freundschaft geschlossen hatten – zumindest so viel Freundschaft, wie ein Mann seines Standes mit einem gewöhnlichen Zenturio zu pflegen imstande ist.«

»Und?«

»Da gibt es nicht viel zu berichten. Die Männer auf dem Eis waren alle tot. Entweder waren sie sofort getötet worden oder aufgrund ihres Blutverlusts und der Kälte verendet, weshalb ich bezweifle, dass sie sehr lange leiden mussten.«

»Und Sigilis?«

»Er hatte eine Speerwunde, die von der Seite tief in seinen Bauch reichte, sowie eine weitere im Nacken. Er ist verblutet.«

Scaurus stand auf und stellte sich neben seinen Zenturio. Er streckte die Hände aus, um sie am Ofen zu wärmen. »Ich habe dich dabei beobachtet, Marcus. Du gingst von Leichnam zu Leichnam und hast ihn gesucht. Als du ihn gefunden hattest, hast du dich über seinen Körper gebeugt, und das wesentlich länger, als es gebraucht hätte, um seinen Tod festzustellen.«

Marcus nickte. »Das ist wahr. Er hatte mit Blut eine Botschaft auf das Eis geschrieben. Die Worte waren kaum lesbar, aber immer noch verständlich genug für jemanden, der Bescheid darüber wusste, was da stand.«

»Standen da zufällig die Worte ›Die Klingen des Kaisers‹?«

»Dann hat er es dir also erzählt?«

Der Tribun beantwortete diese Frage mit einem traurigen Lächeln, und die darauffolgende Zurechtweisung war eher amüsiert als tadelnd gemeint. »Natürlich hat er das, du Narr. Als du dich weigertest, dir anzuhören, was er dir erzählen wollte, entschied er, *mich* in das Geheimnis einzuweihen, um sicherzugehen, dass du die Wahrheit über den Tod deines Vaters auch erfahren würdest, wenn er selbst in der Schlacht fallen sollte. Er hatte großen Respekt vor dir, Zenturio, und sah in dir Eigenschaften, die er selbst gerne gehabt hätte. Und so sehr er sich wünschte, eine tragende Rolle bei deiner Rache für den Tod von Senator Aquila spielen zu können, wusste er doch, dass er den Feldzug vielleicht nicht überleben würde. Also hat er mir die Geschichte jener Männer erzählt, die deinen Vater ermordet haben.«

»Sollte ich je nach Rom zurückkommen, werde ich sie einen nach dem anderen umbringen.«

Scaurus schürzte die Lippen. »Sich gegen Männer zu wenden, die so viel Macht haben, wäre ein Akt des Wahnsinns. Du magst zwar einen von ihnen unvorbereitet antreffen, danach aber werden die anderen wissen, dass du es auf sie abgesehen hast, womit sie zur gefährlichsten Beute werden, die du je gejagt hast oder in deinem Leben jagen wirst. Falls du es schaffen solltest, nach Rom zurückzukehren, brauchst du die Unterstützung eines mächtigen Mannes. Eines Mannes, der wesentlich mächtiger ist, als ich es je sein werde – selbst wenn es uns gelingen sollte, ein Wunder zu vollbringen und Gerwulf davon abzuhalten, mit genügend Gold zu verschwinden, dass er sich eine ganze Provinzstadt davon kaufen kann.«

Marcus griff in seine Gürteltasche und zog einen schweren goldenen Anhänger heraus. »Das hier lag auf dem Eis neben seinen letzten Worten. Die Sarmaten hatten nicht die Zeit, abzusitzen und die Toten auszurauben.«

»Dann hat er es wohl für dich hinterlassen? Dieses Schmuckstück beinhaltet eine schwere Bürde, Zenturio, denn nun ist es *deine* Verantwortung, seinem Vater zu berichten, wie er gestorben ist. Ein Mann vom Schlag seines Vaters wird nicht hören wollen, dass sein Sohn getötet wurde, während er vor dem Feind davonlief. Dies wiederum stellt dich vor ein schwieriges Dilemma: Erzählst du ihm die Wahrheit und erregst damit seinen Ärger, oder ist es besser, ihm die bittere Pille mit einer Lüge zu versüßen, um dir seine Unterstützung zu sichern? Um diese Entscheidung beneide ich dich wirklich nicht.«

10. Kapitel

Im Morgengrauen des darauffolgenden Tages führte Silus die Reiterabteilung aus Apulum hinaus. Sie nahmen eine Abzweigung der Straße, die in nordwestlicher Richtung in die Berge führte – dieselbe Straße, über die die Tungrer Wochen zuvor auf ihrem Weg zum Rabenstein-Tal marschiert waren. Nach einem Dutzend Meilen besprach er sich kurz mit Scaurus, bevor er die Reiter von der Straße herunterlotste und sie in die Berge geleitete, die auf beiden Seiten neben ihnen emporragten. Langsam und vorsichtig ritten sie in eines der höher gelegenen Täler, bis die Sonne einen Fingerbreit über den westlichen Gipfeln stand. Dort stiegen sie ab und ließen ihre Pferde bei Silus' Leuten zurück.

Der Decurio beobachtete, wie die Männer, die sich durch das Bergwerk schleichen sollten, ihre Ausrüstung von der flachen hölzernen Oberfläche des Karrens herunterholten und sich darauf vorbereiteten, die letzte Meile zum Fuß des Berges ohne Pferde zurückzulegen.

»Denk daran, Silus: Du musst warten, bis das Knie des Himmelsjägers die Berge berührt.«

Der Decurio salutierte vor seinem Tribun und klopfte Marcus auf die Schulter. »Viel Glück. Ich komme so schnell wie möglich zurück.«

Der Sturmtrupp wurde von einem halben Dutzend hamischer Späher angeführt, die Qadir aus seinen besten Leuten ausgesucht hatte. Als die Sonne die Berge im Westen berührte, kauerten sie sich zwischen eine Baumreihe unterhalb des südlichen Talrands. Marcus und Qadir schlichen sich an den Saum des Waldes und blickten zu dem furchteinflößenden, schnabelartigen Profil des Felsüberhangs hinauf, der dem Tal dahinter seinen Namen verliehen hatte.

»Schau, da ist einer ihrer Männer. Ganz oben auf dem Kamm.« Qadir nickte in Richtung des steilen Berges, der sich vor ihnen erhob.

Einen Moment später sah Marcus eine winzige Gestalt, die sich vor dem rot gefärbten Himmel abzeichnete. »Ziemlich unvorsichtig.«

Scaurus glitt neben ihn und blinzelte ebenfalls zu dem Berg hinauf. »Sie langweilen sich, weil sie in den letzten zehn Tagen nichts anderes gemacht haben, als in die leere Landschaft zu starren und Grubenarbeiter durch die Gegend zu scheuchen. Sie wollen nicht länger hierbleiben. Jeder von Gerwulfs Männern fragt sich wohl gerade, wie er seinen Anteil an Gold anlegen wird. Denn lasst uns realistisch sein: Selbst wenn er ihnen nur die Hälfte des Ertrags zukommen lässt, werden sie das Tal mit mindestens einem halben Pfund Gold pro Kopf verlassen.«

Qadir lächelte vielsagend. »Überleg mal, wie sich *deine* Männer unter solchen Umständen verhalten würde, Tribun. Die Hälfte von ihnen hätte das Geld bereits ausgegeben, noch bevor sie den halben Weg nach Germanien zurückgelegt hätten, und die andere Hälfte wäre danach wesentlich wohlhabender, als sie es bei der Aufteilung des Goldes war. Nichts könnte sie mehr entzweien als so viel Gold; ihre Disziplin wäre im Lauf weniger Wochen zunichte.«

Scaurus zuckte die Achseln. »In der Tat. Aber betrachte die Sache einmal aus Gerwulfs Perspektive: Er kann nirgends anders hin flüchten als nach Norden. Dabei muss er durch das weite Flachland reiten und riskieren, dass ein sarmatischer Pfeil zwischen seinen Schultern landet. Der stolze Besitzer von derart viel Gold zu sein, dass man sich einen ganzen Volksstamm kaufen kann, nützt einem nicht viel, wenn man nicht lange genug lebt, um es zu genießen. Er muss also nichts anderes tun, als sie noch eine Weile zusammenzuhalten, bis er auf sicherem Boden steht. Dann kann er sich mit ein paar Vertrauten absetzen, die er als Gegenleistung für ihre Gefolgstreue reicher macht, als sie sich je vorstellen konnten. Doch nun lass uns sehen, ob der Junge tatsächlich den Tunneleingang findet, ja?«

Zur großen Erleichterung des Tribuns zeigte Lupus ohne Zögern sofort auf eine Stelle des Berghangs unterhalb des Rabenkopfes, und nur einen Augenblick später war einer der scharfäugigsten Späher der Meinung, er könne ein dunkles Loch unter den immer länger werdenden Schatten erkennen. Sie warteten, bis die Sonne untergegangen und das Gelände um sie herum in Dunkelheit gehüllt war, dann machten sie sich langsam und leise auf den Weg zum Fuß des Berges.

Scaurus versammelte sie, zeigte auf den dunklen Überhang aus Felsgestein und sprach leise in die Stille der Nacht. »Der Abhang wird voller Felsbrocken sein; steigt also vorsichtig und langsam hinauf. Hebt eure Füße hoch, tastet nach festem Boden und setzt sie vorsichtig wieder ab. Dies wird unseren Anstieg zwar verlangsamen, aber das ist immer noch besser, als einen Mann mit gebrochenem Bein zu haben oder die Wachen dort oben auf uns aufmerksam zu machen. Falls jemand unabsichtlich einen Stein ins Rollen bringen sollte, bleiben wir einfach stehen und warten, bis das Geräusch verklungen ist, dann werden etwaige Späher rasch ihr Interesse daran verlieren.«

In gemessenem Tempo stiegen sie hinter ihm den Abhang hinauf, doch schon nach knapp hundert Schritten war klar, dass sie keinesfalls geräuschlos nach oben gelangen würden. Jeder Tritt löste kleine Steine, die mit leisem Klappern den Hang hinabrollten. Sie gingen noch etwas weiter, dann hob der Tribun seine Hand. Sein Befehl wurde nach hinten durch die Reihe durchgegeben.

»Halt!«

Marcus schlich sich zu Qadir an die Spitze der Kolonne. Eine Weile lauschten sie angestrengt, bevor der Römer seine Meinung äußerte.

»Da ist nichts. Entweder schlagen sie sehr leise Alarm, oder die nichtsnutzigen Idioten haben ihre Nachtschicht bereits beendet. In beiden Fällen haben wir keine andere Wahl, als weiterzugehen.«

Während sie den Berghang weiter hinaufstiegen und der Rabenkopf über ihnen aufragte, dessen unheimliche Silhouette von den langsam über den Nachthimmel ziehenden Sternen erleuchtet wurde, ließ Scaurus nach Lupus schicken, der ebenfalls an die Spitze der Reihe kommen sollte.

»Schau genau hin, Junge, und sag mir, ob das, was du siehst, dir richtig vorkommt.«

Der Junge betrachtete einen Augenblick den markanten Felsüberhang, bevor er antwortete: »Wir müssen weiter nach oben.«

»Bist du dir sicher?«

Arminius hatte diese Frage gestellt, die Lupus mit einem Nicken beantwortete.

»Ja. Der Kopf des Vogels ist noch zu weit weg.«

Der Germane blickte zu Scaurus hinüber und grinste, wobei seine Zähne weiß in der Finsternis aufblitzten. »Ein schlaues Kerlchen, nicht wahr? Na, dann lasst uns mal dort hochgehen, und du gibst mir Bescheid, wenn es deiner Meinung nach richtig aussieht, in Ordnung?«

Die kleine Gruppe kletterte den Berg hinauf, bis Lupus entschied, dass sie nun an der richtigen Stelle angekommen waren. Qadir entsandte Männer nach links und rechts, um nach dem Grubeneingang zu suchen. Der Rest hüllte sich derweil fest in seine Mäntel, um sich vor dem Wind zu schützen, der den offenen Berghang entlangstrich.

»Hier!«

Das geflüsterte Signal war von links erklungen, und Scaurus führte die Truppe über den Hang zu dem Mann, der es ausgestoßen hatte. Er saß neben einem Loch, das gerade breit genug war, um einen nach dem anderen hindurchzulassen.

»Ist das der Eingang?«

Lupus beantwortete die Frage des Tribuns mit einem Nicken. »Ja. Seht ihr?« Er zeigte auf das graue Profil eines Vogelkopfes, das grob neben dem Eingang in den Stein gehauen und im Mondlicht kaum zu erkennen war.

Scaurus nickte. »Der Rabenkopf. Gut gemacht, Junge.« Er bedeutete den Männern, die die Fackeln aus dem Vorrat des Kastells von Apulum trugen, nach vorne zu kommen. »Jetzt brauchen wir Feuer. Martos?«

Der Britannier trat einige Schritte in das pechschwarze Dunkel des Tunnels hinein. Dort nahm er einen Feuerstein und Eisenpyrit aus der Tasche, die er immer bei sich trug. Tastend ordnete er ein paar trockene Pflanzen auf dem Boden an. Ein paar rasche Schläge mit dem Feuerstein reichten, um Funken in den Zunder zu entsenden, der unter dem sanften Blasen des Kriegerprinzen sofort aufloderte. Martos hielt eine Fackel über die Flammen und lächelte zufrieden, als der pechgetränkte Fackelkopf sich entzündete. Scaurus nahm ihm die Fackel ab und schob sich an ihm vorbei. Dann ging er mit der Fackel tiefer in den Tunnel hinein, um zu vermeiden, dass deren plötzliches Aufleuchten vom Bergkamm aus zu sehen war.

»Je eine Fackel auf drei Leute. Die Bogenschützen sollen sich schussbereit halten, falls wir auf Widerstand stoßen. Zenturio Corvus, übernimm bitte mit Lupus die Führung, aber seid bereit, euch rasch zu ducken, damit die Bogenschützen im Notfall ihre Pfeile abschießen können.«

Marcus ging den leicht ansteigenden Tunnel entlang und hielt dabei seine Fackel hoch, die ihr Licht über die grob behauenen Felswände warf. Während er im Kopf die Schritte mitzählte, die sie gingen, spürte er die Hand des Jungen an seinem Gürtel. Der Lichtschein der Fackel erhellte eine Distanz von etwa fünfzig Schritten vor ihnen – dahinter jedoch herrschte völlige Finsternis, und der Römer wusste, dass im Dunkel Feinde lauern könnten, die sie angreifen wollten. Obwohl sie mit Lammfell umwickelt waren, klapperten ihre genagelten Stiefel über den unebenen Boden, und das Geräusch wurde von den nackten Tunnelwänden zu einem zwar schwachen, aber unheimlichen Rattern verstärkt, das ihr Eindringen ankündigte.

»Wie lange bist du diesen Weg von der Leiter aus gegangen, bevor ihr das Freie erreicht habt?«

Marcus' Flüstern klang heiser, und auch die Antwort des Jungen hörte sich angespannt an.

»Ich weiß es nicht, Zenturio.«

Sie gingen weiter, und Marcus versuchte angestrengt, seinen Blick über den Lichtschein der Fackel hinausreichen zu lassen. Schon nach weniger als dreihundert Schritten sah er, dass etwas aus dem Felsboden herausragte. Marcus ging in die Hocke, wandte sich um und machte Arabus ein Zeichen. Dieser gesellte sich sogleich zu ihnen und tat dies völlig geräuschlos, da er sich am Eingang des Tunnels weiche Schuhe aus Hirschleder übergezogen hatte.

»Geh nach vorne und kundschafte aus, was das ist.«

Der Späher kam flugs zurück, und seine Augen glänzten im Licht der Fackel. »Das ist eine Leiter. Sie führt zu einer tieferen Ebene, die von kleinen Lampen erhellt wird. Wir sollten am besten unsere Fackeln hierlassen, sonst riskieren wir, dass wir bemerkt werden, noch bevor wir selbst etwas sehen können.«

Marcus nickte. Nach einer kurzen Diskussion mit Scaurus entschieden sie, dass zwei Männer im Durchgang warten und ihre Fackeln angezündet lassen würden, während der Rest der Gruppe mit gelöschten Fackeln zu der Leiter gehen sollte. Als sie dort ankamen, war alles so, wie Arabus es beschrieben hatte: Die Leiter war augenscheinlich in einem ordentlichen Zustand, obwohl die Ebene des Bergwerks gar nicht mehr benutzt wurde. Seltsamerweise waren neben der obersten Sprosse der Leiter auf beiden Seiten lange Seile angebracht, die sauber auf dem Felsboden zusammengerollt lagen. Jedes der beiden Seilenden mündete in einen Block mit einem Gehänge, und die anderen Enden waren an Eisenringen festgebunden, die tief in die Felswand des Durchgangs gehauen waren.

Der Tribun untersuchte die Seile im Schein einer Fackel sorgfältig. »Ich bin zwar kein Experte, aber dies sieht mir nach Hebezeug aus. Lupus, lagen die Seile schon letztes Mal da, als du hier warst?« Der Junge schüttelte den Kopf, worauf Scaurus seinen Offizieren einen vielsagenden Blick zuwarf. »Vielleicht ist dieser Eingang ins Bergwerk weniger stillgelegt, als es den Anschein hatte. Lasst uns hinuntergehen.«

Marcus drängte sich vor, um als Erster die Leiter hinabzusteigen. Er steckte sich seine gelöschte Fackel in den Gürtel und schwang seine Beine auf die oberste Sprosse. Mit Lupus im Schlepptau kletterte er hinunter und befand sich gleich auf einem weiteren Felsboden, der vom schwachen Licht zweier Öllampen erhellt wurde.

»Wohin jetzt, Junge?«

Das Kind überlegte einen Augenblick und zeigte dann in die Richtung, die nach Marcus' Einschätzung tiefer in den Berg hineinführte. »Ich glaube, das ist der Weg zum Eingang.«

Sie warteten, bis die übrigen acht Männer unten angekommen waren. Dann führte Marcus sie weiter, doch schon nach dreißig Schritten wurde das obere Ende einer weiteren Leiter sichtbar.

»Was ist da unten?«

Lupus starrte in den Schacht hinab. »Am unteren Ende der Leiter ist ein großes Rad, das Wasser bis hier heraufpumpt, um zu vermeiden, dass die Grube vollläuft. Und da unten sind außerdem Männer, die das Rad drehen.«

Marcus wandte sich an Scaurus. »Diese Männer könnten uns darüber aufklären, was im Tal vor sich geht. Ich werde hinuntersteigen und mit ihnen sprechen.«

Er kletterte die lange Leiter hinab und setzte seine Füße geduldig und mit größter Vorsicht auf die jeweils nächste Stufe, um kein Geräusch zu machen. Unten angekommen, legte er eine kurze Pause ein, bevor er der Reihe von Öllampen folgte, die zum schwachen Geräusch plätschernden Wassers führten. Schließlich befand er sich an der Ecke, von der ihm Lupus erzählt hatte: Dort hatten er und Mus gestanden und gelauscht. Der Römer lugte um die Felswand in die Höhle hinein, wo sich genau jene Szene abspielte, die der Junge beschrieben hatte: Zwei Männer drehten am Wasserrad, während zwei weitere sich am Rand der Höhle ausruhten. Es gab keine Anzeichen dafür, dass irgendwo Wachen aufgestellt waren. Marcus zog seinen Gladius und trat in den offenen Raum, wo er regungslos stehen blieb, um die Männer nicht in die Flucht zu schlagen, zumal es ein halbes Dutzend Ausgänge aus der Höhle gab. Einer der sich ausruhenden Männer stand auf und kam auf ihn zu, bis er nahe genug war, um den Römer genau zu erkennen. Er knurrte etwas, warf einen vielsagenden Blick auf das Schwert, und Marcus konnte in seinem Gesicht lesen, dass seine Lage ohne die Waffe eine gänzlich andere gewesen wäre.

»Ein Soldat. Allerdings sieht er nicht nach einem Germanen aus. Wer bist du, Soldat?«

Seine Stimme ließ keine Spur von Angst erkennen, und er sah Marcus direkt in die Augen.

»Ich bin ein Zenturio der Hilfskohorten, die euer Tal vor den Sarmaten verteidigt haben.«

Der Bergmann nickte, ohne eine Miene zu verziehen. »Einer von denen, die abgehauen sind und uns den zärtlichen Zuwendungen dieser Bestien überlassen haben.«

Marcus klopfte auf die Klinge seines Gladius. »Doch jetzt sind wir zurück, um mit ihnen abzurechnen.«

Sein Gegenüber hob skeptisch eine Augenbraue. »Ihr habt nicht genügend Leute, um das Tal zurückzuerobern. Sonst wärt ihr ja nicht auf diesem Weg nach Rabenstein gekommen, sondern hättet euch durch das Tor geschlagen und den Wolf samt seiner Männer mit euren Schwertern traktiert. Stimmt's?«

Marcus nickte zustimmend. »Wir stellen nur die Speerspitze dar und wurden vorausgesandt, um durch heimliches Vorgehen einen Sieg zu erreichen, wo ein gewaltsames Vorrücken womöglich zur Niederlage führen könnte. Wir hoffen darauf, die Grubenarbeiter befreien und auf die Germanen hetzen zu können.«

Der Mann schüttelte bedauernd den Kopf. »Vor einer Woche hätte das vielleicht geklappt. Nun aber werden die Männer nachts in einer einzigen Baracke eingeschlossen, um die überdies eine Holzwand gebaut wurde, damit sie dort bleiben, während die Soldaten sich mit den Frauen im Tal vergnügen. Jedes Fenster und jede Tür dieser Baracke sind von außen verbarrikadiert, weshalb es euch nicht gelingen wird, sie zu befreien, ohne es mit der gesamten Heeresstärke des Wolfs aufzunehmen. Ihr seid schon jetzt weit gekommen, wenn man bedenkt, dass ihr niemanden dabeihabt, der sich in den Gängen des Bergwerks auskennt.«

Marcus zuckte die Achseln. »Wir haben ein Kind dabei, das diesen Weg bereits einmal gegangen ist. Er kam gemeinsam mit einem anderen Jungen, der sich um die Öllampen in der Grube kümmerte.«

»Mus?« Der Arbeiter trat mit hoffnungsvollem Gesicht einen Schritt vor. »Ihr wisst, wo das Kind ist?«

Marcus neigte fragend den Kopf zur Seite. »Ihr wisst doch sicher, was mit ihm geschehen ist? Er wurde von eurer Herrin Theodora versteckt, aber dann haben ihn Gerwulfs Männer gefunden und umgebracht.«

Der Grubenarbeiter ballte die Fäuste so sehr, dass seine

Armmuskeln sich spannten und seine vernarbten Handknöchel aufgrund seines wütenden Griffs weiß wurden. »Hätte ich gewusst, dass das Kind tot ist, hätte ich diesen Ort der Hölle verlassen und wäre losgegangen, um mich an seinem Mörder zu rächen.« Er öffnete die Fäuste und ballte sie wieder, während er an die Höhlendecke hinaufstarrte, die im Dunkel gar nicht zu erkennen war. »Ich heiße Karsas und komme aus demselben Dorf wie der Junge. Er war das Einzige, was mir noch geblieben war.« Nur mit Mühe konnte er seine Gefühle unter Kontrolle halten und schüttelte niedergeschlagen den Kopf. »Habt ihr seinen Leichnam gesehen?«

Marcus nickte traurig. »Die Frau ließ seine Leiche auf den Exerzierplatz tragen, als wir uns dort zum Abmarsch versammelten.«

Karsas blieb einen Augenblick schweigend stehen. Dann trat er näher und ignorierte dabei das Schwert des Römers. »Nimm mich mit. Ich werde das Kind rächen, bevor mich selbst der Tod ereilt.«

Marcus starrte ihn eine Weile an, schüttelte dann aber den Kopf. »Wir können dich nicht mit ins Tal hinunternehmen. Die Aufgabe, die uns bevorsteht, muss von Männern erledigt werden, die dazu ausgebildet wurden, in der Dunkelheit zu kämpfen – nicht von einem einzelnen Rachesuchenden. Aber du kannst uns dabei *helfen*.«

Die beiden Männer kletterten die Leiter wieder hinauf, wo der Sturmtrupp bereits auf Marcus' Rückkehr wartete. Nach einer kurzen Unterredung führte der Bergmann sie den Gang hinunter und erhellte ihnen mit einer Fackel den Weg. Nach mehreren hundert Schritten hielt er an, ging in die Hocke und deutete auf den Felsentunnel vor ihnen.

»Wir sind jetzt vierhundertfünfzig Schritte gegangen. Nach

weiteren fünfzig Schritten werdet ihr den Ausgang sehen. Dort sind Männer als Wachen postiert, doch die meiste Zeit dösen sie vor sich hin, und nur einer von ihnen übernimmt den Wachdienst. Ich habe darüber nachgedacht, sie zu töten und dann nach draußen zu flüchten – allerdings wüsste ich nicht, wohin man in diesem kahlen Gebirge flüchten sollte.«

Scaurus klopfte ihm auf die Schulter. »Ich danke dir, Karsas. Wenn all dies vorbei und die Zeit der Rache gekommen ist, schwöre ich, dass du daran teilhaben wirst, sofern mir das gelingen sollte. Könntest du dich inzwischen bis zu unserer Rückkehr um den Jungen kümmern und ihn vor Unheil bewahren? Egal, ob wir unsere Aufgabe erfolgreich zu Ende führen oder unterliegen – das Tal ist heute Nacht nicht der richtige Ort für ihn.«

Die Truppe ließ Lupus bei den Bergleuten zurück und schlich die letzten Schritte zum Ausgang des Tunnels weiter, der an die frische Luft über dem Tal führte. Qadir nockte einen Pfeil ein und glitt an ihnen vorbei zur Spitze der Kolonne. Dort wartete er, bis seine Augen sich an das Mondlicht gewöhnt hatten, dann trat er mit den vorsichtigen, zeitlupenartigen Schritten einer jagenden Katze ins Freie. Als er sein Ziel entdeckte, hob er den Bogen, zog die Sehne fast bis zum Anschlag und bedeutete Marcus mit dem Kopf, er möge an ihm vorbeigehen. Leise schritt der Römer voran und sah eine Gestalt, die allein neben der Glut eines kleinen Feuers saß; ihr Kopf nickte beim Dösen vor sich hin, und zwei weitere Männer waren zu ihren Füßen in Decken gerollt und schliefen. Marcus hob seinen Gladius, um die Schlafenden niederzustrecken, nickte seinem Freund kurz zu und stach seine Klinge dann in den Mann, der am weitesten von ihm entfernt lag. Eine schnelle Bewegung seines Handgelenks reichte, um die Kehle des Mannes durchzuschneiden. Während das Opfer in der fest um ihn gewickelten Decke zuckte und das Blut aus seiner tiefen Wunde strömte, schoss Qadir seinen Pfeil in die Brust der dösenden Wache. Der Mann sank schlaff auf den Boden; das Geschoss steckte in seinem Herzen, und seine Augen waren weit aufgerissen, ohne auch nur noch das Geringste zu sehen.

Marcus stützte sich auf ein Knie und legte die blutige Klinge seines Gladius an die Kehle des zweiten Schlafenden, wobei er seine freie Hand über dessen Mund legte. »Wenn du auch nur ein Geräusch von dir gibst, ohne dass ich dich dazu aufgefordert habe, schneide ich dir die Kehle durch, und du tust deinen letzten Atemzug. Verstanden?«

Der liegende Mann nickte und verharrte unnatürlich regungslos, da er die scharfe Schwertklinge an seinem Hals spürte.

»Wie viele Wachen seid ihr?«

Der Römer hob die Hand und spannte gleichzeitig seinen Schwertarm, doch der in Panik geratene Germane stieß lediglich ein Flüstern aus. »Drei.«

»Sind da noch andere Männer, die zwischen diesem Ort und dem Lager der Grubenarbeiter Wache stehen?«

Der Gefangene schüttelte den Kopf.

»Wie viele Männer sind vor dem Haus der Frau abgestellt?«

»Vier.«

»Und wie viele vor dem Lager der Bergleute?«

»Das weiß ich nicht.« Der Germane wand sich verzweifelt, als Marcus die Spitze seines Schwerts unter sein Kinn führte. »Zu viele, als dass man sie zählen könnte. Mindestens eine Zenturie!«, stieß er hektisch hervor.

Marcus nickte und tötete den Mann mit einem einzigen

Stich seines Gladius durch dessen Unterkiefer. Darauf drehte sich der Römer um und sah Scaurus hinter sich, der zufrieden nickte.

»Keine Nacht für halbe Sachen.« Der Tribun blickte zu dem wolkenlosen Himmel empor, an dem die Sterne glitzerten. »Wie wir abgesprochen hatten, geht ihr nun zum Lager der Minenarbeiter und wartet auf den richtigen Moment. Ich selbst führe meine Gruppe zu der Villa. Wer weiß, vielleicht haben wir Glück, und ich treffe Gerwulf unbewacht an – dann kann ich diesem sehr besonderen Wolf endlich den Kopf abschlagen.«

Scaurus führte Arminius und zwei der Hamier den steilen Talhang hinunter, wobei sie sich im Dunkeln hielten, bis Theodoras Villa vor ihnen aus der Düsternis auftauchte. Unter der Deckung von Bäumen, die Sicht über die Mauer des Innenhofs gewährten, beobachteten sie das Gebäude und sahen, dass nur eine einzige Wache an der Frontseite des Hauses auf und ab schritt.

»Einer vorne und vermutlich ein weiterer an der Rückseite. Dies bedeutet, dass sich noch mal zwei im Innern befinden, sofern der Germane die Wahrheit gesagt hat.« Er wandte sich an die Hamier. »Könnt ihr den Wachsoldaten von hier aus erledigen?«

Die Bogenschützen schossen zwei Pfeile auf den Mann, der geräuschlos an der Hauswand zusammensackte. Darauf feuerten sie zur Sicherheit zwei weitere Pfeile ab, die den bereits Verwundeten noch einmal trafen und eine dunkle Blutspur auf der grob vergipsten Wand hinterließen, an der er herunterglitt. Dann führte der Tribun seine Truppe langsam aus dem Schatten der Bäume heraus, schlich durch das offene Hoftor und erreichte die vordere Eingangstür.

»Vielleicht ist eine Wache in der Eingangshalle postiert.«

Arminius zog ein Jagdmesser aus dem Gürtel und schob vorsichtig die Tür auf. Ein leises Quietschen ertönte, und Arminius glitt durch die schmale Öffnung, war aber bereits wenige Sekunden später wieder bei ihnen und schüttelte den Kopf.

»Keine Wachen.«

Sie folgten ihm durch die halb geöffnete Tür, wobei die zwei Hamier Pfeile einnockten und sich schussbereit auf beide Seiten der großen Halle verteilten. Scaurus blieb einen Moment lang stehen und orientierte sich, dann lauschte er, ob aus dem schlafenden Haus irgendwelche Geräusche drangen. Er gestikulierte zu den anderen Männern und sandte Arminius mit ausgestrecktem Zeigefinger zu der Tür, die in Theodoras Privatgemächer führte. Für einen Moment verschwand der Germane im Innern des Raums, tauchte aber sofort wieder auf und bedeutete den anderen, zu ihm zu stoßen. In der Finsternis des Esszimmers hatten die erotischen Wandmalereien etwas Unheimliches: Bei den nur undeutlich sichtbaren Begattungsszenen rissen die Hamier die Augen auf, während Arminius lediglich die Nase rümpfte, sie ignorierte und den Kopf zur Seite neigte, um zu lauschen.

»Hörst du etwas?«

Der Germane schüttelte auf Scaurus' geflüsterte Frage nur mürrisch den Kopf. »Ich dachte, es hätte eine Bodenplanke geknarrt. Jetzt höre ich aber nichts mehr.«

Er zuckte die Achseln, und Scaurus bewegte sich langsam über den Fliesenboden zu der Tür, die in Theodoras Schlafzimmer führte. Er legte einen Finger an die Lippen, hob den Riegel mit größter Sorgfalt und trat um die halb geöffnete Tür herum. Das Schlafzimmer war nur vom Mondlicht erhellt, das durch ein hohes Fenster drang. Theodora lag schlafend in ihrem Bett und war mit einem Laken bedeckt. Der Tribun lächelte freundlich, ging leise zu ihr, kniete dann nieder und legte ihr eine Hand über den Mund.

Unter seiner Berührung zuckte sie zusammen. Sie riss die Augen weit auf, als sie seine Anwesenheit wahrnahm, und einen Moment lang kämpfte sie gegen ihn an.

Scaurus schüttelte jedoch den Kopf und flüsterte ihr ins Ohr: »Du bist in Sicherheit, Domina, denn wir sind gekommen, um dich hier herauszuholen. Kann ich meine Hand wegnehmen, ohne dass du zu schreien beginnst?«

Noch immer verängstigt, nickte sie stumm, und der Tribun nahm mit einem ermutigenden Lächeln seine Hand von ihrem Mund.

»So ist es besser. Werden Felix und Lartius in diesem Haus gefangen gehalten?«

Theodora schüttelte den Kopf, und ihre geflüsterte Erwiderung bestätigte Scaurus' Verdacht.

»Dieses Monster von Gerwulf hat sie gestern beide töten lassen, um den Arbeitern eine Lektion zu erteilen.«

Scaurus schüttelte finster den Kopf. »Ziemlich genau, was ich erwartet hatte, wenngleich es für die beiden ein trauriges Ende ist. In diesem Fall meine ich, es wäre am besten, wenn du dich anziehst und uns an einen sicheren Ort folgst. Hier wird es nämlich bald sehr laut und gefährlich werden.«

»Was meinst du damit?«

Er lächelte erneut, schüttelte aber den Kopf und deutete auf ihren Kleiderschrank. »Jetzt ist nicht die Zeit für lange Erklärungen, also sage ich nur, dass die Ankunft einer vollzähligen Legion hier im Tal heute Abend für ziemlich viel Unruhe sorgen wird.«

Cattanius führte seinen Teil der Gruppe nach Westen den Hügel hinab in Richtung der Lichter, die das Lager der Bergarbeiter anzeigten. Als sie die Straße erreichten, legten sich die Soldaten auf Marcus' Geheiß auf den Boden und warteten auf sein Kommando, das blassgraue Pflaster zu überqueren. Marcus richtete sich auf und wartete darauf, aufzuspringen und loszupreschen, hörte jedoch das Geräusch von Stiefeltritten, das aus der Richtung des Lagers weiter unten im Tal kam. Stocksteif blieb er liegen. Auf Ellbogen und Knien robbte er dann zurück und flüsterte den Männern hinter ihm einen Befehl zu.

»Zurück in den Schatten!«

Die Männer folgten seinem Beispiel und zogen sich rasch von der Straße in die Deckung eines Gestrüpps zurück, wo sie sich auf den Boden warfen und ihre Mäntel über die behelmten Köpfe zogen. Durch einen Schlitz zwischen seinem Mantel und dem Boden sah Marcus eine Gruppe Soldaten heranmarschieren, und zu seinem Entsetzen schritt Gerwulf selbst in ihrer Mitte.

Qadir hatte sich in den Schatten eines Baumstamms gekauert und hob seinen Bogen mit einem bereits eingenockten Pfeil, doch schon einen Augenblick später senkte er die Waffe. »Das sind zu viele, als dass wir mit ihnen fertigwerden könnten. Außerdem habe ich keine freie Schusslinie, da sich so viele Männer um ihn scharen.«

Auf die geflüsterte Bemerkung des Hamiers nickte Marcus bedächtig. Er wartete, bis die Germanen außer Sicht waren, wandte sich dann wieder an seine Kameraden und wisperte seine Anweisungen. »Sie scheinen zur Villa zu gehen, also können wir nur hoffen, dass der Tribun die Domina bereits gefunden hat und in das Bergwerk zurückgegangen ist.

In jedem Fall ist es nun beinahe Zeit, das Spektakel beginnen zu lassen. Wir bleiben also hier, und sobald Gerwulf den Hügel von Theodoras Villa hinunterrennt, schlagen wir zu.«

Seit sie sich am Nachmittag vom anderen Teil der Sturmtruppe getrennt hatten, hatten Silus und die verbliebenen Reiter sich strikt an ihre Anweisungen gehalten und waren vorsichtig auf Jägerpfaden in den unteren Teil des Rabenstein-Tals vorgedrungen, um nicht von Gerwulfs Spähern entdeckt zu werden. Nun warteten sie unter den Bäumen, die die Straße durch das Tal säumten, bis Silus der Ansicht war, der richtige Zeitpunkt sei gekommen. Dann krochen sie geräuschlos über das offene Gelände, schnauften unter ihrem schweren Gepäck und schlichen weiter, bis sie die Straße erreichten, die den Talboden entlang verlief. Mit geflüsterten Anweisungen verteilte der Decurio seine zwanzig Männer auf beiden Seiten der gepflasterten Straße und führte sie vom Bergwerk weg. Alle sechzig Schritte ermahnte er sie und zischte danach jedes Mal denselben Befehl.

»Alle drei Schritte eine Fackel!«

Auf dieses Kommando hin öffnete jeder der Männer sein Bündel von zwanzig Fackeln und stieß ihre angespitzten Enden tief in den weichen Torfboden, sodass die Lichter ohne Halterung aufrecht standen. Als sie eine Doppelreihe von Fackeln über sechshundert Schritte an beiden Straßenrändern aufgestellt hatten, eilte Silus zum Anfang der Reihen zurück und versammelte dort seine Männer. Dann stieg er den Hang hinauf und warf erneut einen flüchtigen Blick zum Abendhimmel. Der unterste Lichtpunkt des Sternbildes Orion lag nur leicht über dem Horizont, worauf der Decurio entschlossen nickte.

»Das reicht. Ob das Knie des Himmelsjägers nun die Berge berührt oder nicht – wenn wir nicht sofort anfangen, wird der Jäger einen Baum im Hintern stecken haben, bis wir fertig sind. Haltet eure Mäntel auf.«

Die Reiter gehorchten. Jeder breitete seinen Mantel so aus, dass er über den seines Nachbarn reichte. Auf diese Weise entstand ein Blickschutz dunkler, schwerer Wolle zwischen dem Decurio und den Wachen, die in der Ferne auf dem Erdwall ihren Dienst verrichteten. Silus zog Feuerstein und Eisenpyrit hervor und entzündete rasch ein Häufchen Zunderholz, das er über den Nachmittag gesammelt hatte. Er hielt seine Fackel in das kleine Feuer, wartete, bis deren pechgetränkte Spitze aufflammte, und hoffte, von den Germanen nicht bemerkt zu werden.

»So, Jungs, jetzt werden wir bald herausfinden, ob der Plan des Tribuns aufgeht. Lasst eure Mäntel fallen und zündet die Fackeln an!«

Scaurus führte seine kleine Truppe in die Eingangshalle der Villa zurück und wartete an der Tür, bis alle bereit waren. Arminius nickte ihm vom hinteren Ende zu, worauf der Tribun die Tür öffnete, so langsam er konnte, und zufrieden lächelte, da das Quietschen der Angeln fast unhörbar war. Er blickte in die Finsternis hinaus und riss dabei die Augen auf, um sich schneller an die Dunkelheit zu gewöhnen. Dann trat er vorsichtig aus dem Haus. Die Hamier, welche die fest in ihren Mantel gewickelte Theodora in ihre Mitte genommen hatten, folgten ihm. Als sie den Hof der Villa halb überquert hatten, hörte er ein winziges Geräusch, das wie das Kratzen eines Stiefels auf Stein klang. Bevor er begriffen hatte, dass es nicht von den Leuten hinter ihm, sondern von vorne kam, war es bereits zu spät. Eine vertraute Stimme stieß einen Befehl aus, und die Männer erstarrten, als aus den Schatten um sie herum mehr und mehr Männer strömten – so viele, dass sie zu viert keine Chance gegen sie hatten. Dann flog die Tür der Villa hinter ihnen auf. Arminius wandte sich blitzschnell um und sah bereits drei Schwerter auf sich gerichtet, denn Wachen waren aus dem Gebäude gerannt und gesellten sich zu den Feinden vor ihnen. Während sich der Kreis aus Klingen um sie herum schloss, erklang eine Stimme aus der Dunkelheit.

»Schau an, Tribun! Ich würde gerne sagen, dass es mir eine unerwartete Freude ist, doch da müsste ich lügen, denn es war vorhersehbar, dass du kommen würdest. Nachdem dieser intelligente junge Benefiziarier hier war, wusste ich, dass es nicht mehr lange dauern würde, bis du selbst kämst, wenngleich ich nicht erwartet hätte, dass du deine Ankunft in so blauäugiger Weise planen würdest. Legt eure Schwerter nieder, sonst haben meine Männer keine andere Wahl, als euch auf der Stelle zu töten.«

Scaurus bückte sich und legte seine Waffe auf die Steinfliesen des Innenhofs. Hinter sich hörte er das Geräusch der Klingen seiner Kameraden. Gerwulfs Männer näherten sich und hielten ihre Waffen stichbereit, weshalb der Tribun den Präfekten über die Spitze eines Schwertes sah, das nur Zentimeter von seiner Nase entfernt war.

Gerwulf trat vor und begutachtete mit einem triumphierenden Grinsen ihre lächerlich geringe Kampfstärke. »Was haben wir denn hier? Einen kühnen Tribun, der gekommen ist, seine Geliebte zu befreien, einen treuen Leibwächter, zwei ziemlich verzichtbar aussehende Soldaten und mein eigenes liebes Mädchen.«

Theodora trat aus der kleinen Gruppe heraus, und die Germanen hoben ihre Schwerter, um sie vorbeizulassen. Zärtlich legte sie ihren Arm um Gerwulfs Taille und küsste ihn auf die Wange.

»Gut gemacht, Liebster. Ich hatte schon Angst, sie würden mich mitnehmen, doch glücklicherweise bist du genau im richtigen Moment gekommen.«

»In der Tat.« Der Präfekt betrachtete Scaurus und seine Männer einen Augenblick abschätzend und machte dann eine Geste zum Wachoffizier, der seine Eskorte anführte. »Der Offizier und sein Diener bleiben bei mir; die anderen beiden kannst du töten.«

»Ja, Herr!«

Die Hamier wurden von jeweils zwei Männern auf die andere Seite des Hofes geschleift und ihre Versuche, Widerstand zu leisten, von raschen Schwerthieben des Wachoffiziers unterbunden.

Scaurus betrachtete Gerwulf verbittert und schüttelte angewidert den Kopf. »Du kannst es nicht lassen, oder, Gerwulf? Dein inneres Bedürfnis, Männer sterben zu sehen, wird wohl niemals schwächer?«

Der Germane lachte ihm ins Gesicht. »Wie du gut weißt, Scaurus, gibt es im Leben Mörder und Opfer. Ich habe keine Absicht, Letzteres zu werden, indem ich dieselbe Art von Schwäche zeige, die dich hierhergeführt hat. Aber vielleicht sollten wir jetzt in die Villa gehen und ein Feuer entzünden? Ich bin neugierig herauszufinden, wie schnell du mir erzählen wirst, mit welchem Plan du mich aus dieser hübschen kleinen Festung hinausjagen wolltest, die du eigens für mich gebaut hast. Ein paar Küsse rot glühenden Eisens dürften hinlänglich Überzeugungsarbeit leisten.«

Theodora machte eine herablassende Handbewegung. »Es ist gar nicht nötig, ihn zu foltern, denn er hat mir bereits alles erzählt, was sie vorhaben. Anscheinend bewegt sich eine Legion auf das Tal zu und wird heute Nacht hier ankommen.«

Gerwulf schüttelte den Kopf und lachte höhnisch. »Blödsinn! Legionen marschieren nicht in der Nacht, und selbst wenn ein solcher Angriff im Bereich des Möglichen läge, ist es doch ausgeschlossen, dass die Infanterie so schnell von Porolissum hierhergelangen könnte. Somit hat er dir falsche Informationen gegeben…« Ein nachdenklicher Unterton mischte sich in die Stimme des Germanen: »Weshalb ich mich frage, wie viel der Tribun womöglich schon früher über unser Verhältnis gewusst haben kann? Vielleicht sollten wir auf das glühende Eisen verzichten und stattdessen gleich hier und jetzt auf den Punkt kommen. Ich habe zwar nichts Raffinierteres als die Spitze meines Dolches, aber möglicherweise reicht das als Anregung zum Sprechen.« Er zog die Waffe aus ihrer Scheide, trat vor und hob die Messerspitze dann auf die Höhe von Scaurus' Auge.

Der Römer ignorierte die drohende Gefahr und schüttelte stattdessen noch einmal seinen Kopf über Gerwulf. Als er antwortete, lag ein Beiklang von Mitleid in seiner Stimme. »Du hast dich verrechnet, Gerwulf. Die Sarmaten sind zum Kampf aufmarschiert, noch bevor wir überhaupt die Grenze erreicht hatten, und wir haben ihnen für ihre Mühe den Hintern versohlt. Es scheint, als seien *manche* Wilde schlicht nicht erziehbar, findest du nicht? Wir marschierten bereits als Vorhut für Clodius Albinus und seine Legion in den Süden, als uns die Nachricht deiner recht spektakulären Diebesaktion erreichte, weshalb der Legat seine Leute seither in doppeltem Marschtempo vorrücken lässt. Er hat angeordnet, du sollst auf alle Fälle lebend gefangen genommen werden, da er an dir ein Exempel statuieren will, das nicht in Vergessenheit gerät. Deine Zukunft hält nichts anderes für dich bereit als Folter und einen langsamen Tod, und ich denke, Theodora droht dasselbe Schicksal. Du wirst bald herausfinden, was geschieht, wenn du einem römischen Adligen auf die Nerven gehst und in die Hand beißt, die dich von jeher ernährt hat.«

Der Germane schüttelte erneut den Kopf und grinste nun spöttisch. »Das hört sich irgendwie nicht richtig an, fürchte ich, doch immerhin war es ein netter Versuch, Rutilius Scaurus. Daher glaube ich, wir sollten damit weitermachen, die Wahrheit herauszufinden.« Er hob das Messer erneut und setzte dessen Spitze an Scaurus' unteres Augenlid. »Das sollte eine neue Erfahrung für dich werden: mit deinem einen Auge in das andere zu sehen.«

In diesem Moment rannte ein Zenturio auf den Hof und schnappte nach Luft. Der Präfekt wandte sich zu ihm um und hatte sofort jeden Gedanken an Folter vergessen.

Der Zenturio japste eine Nachricht heraus: »Herr! Da sind Lichter auf der Straße längs des Tals!«

Gerwulf schritt zu ihm hinüber. »Was für Lichter? Wovon redest du da?«

Noch immer nach Luft schnappend, deutete der Offizier auf die Straße, die zum Wall führte, und keuchte weiter. »Zenturio Hadro hat mich zu euch geschickt, Herr. Es ziehen Fackeln die Straße herauf, hunderte Fackeln. Er bat mich, dir zu sagen, dass es aussieht wie eine marschierende Kohorte!«

Der Germane wandte sich von ihm ab und hielt sein Gesicht nun so nahe an das des Römers, dass Letzterer den Geruch von gewürztem Fleisch in dessen Atem roch.

»Was für ein verfluchter Trick ist das?«

Der Tribun zuckte die Achseln. »Ich habe es dir ja gesagt. Das sind meine Jungs, die als Vorhut der Dreizehnten Legion Gemina den vorderen Eingang ins Tal abschließen. Legat Albinus hatte entschieden, wir sollten die ganze Nacht im Licht der Fackeln durchmarschieren, daher gehe ich davon aus, dass es hier schon morgen früh von Legionären wimmeln wird, und die werden nicht nur *vor* dem Wall stehen. Er wird diesen Ort fester abriegeln als ein ägyptisches Grab und so lange draußen warten, bis du aus Mangel an Nahrung aufgibst. Natürlich werden die Grubenarbeiter bis dahin schon verhungert sein, doch solche Nebenerscheinungen haben den Legaten noch nie besonders interessiert. Wie wir schon während der Germanenkriege sagten, als wir unter ihm dienten: Es gibt harte Offiziere, es gibt rabiate und skrupellose, und dann gibt es noch Decimus Clodius Albinus.«

Einen Augenblick war Scaurus sicher, dass sein Häscher ihm den Dolch, den er noch immer in der Hand hielt, in den Bauch rammen würde. Stattdessen wandte sich der Germane ab und steckte seine Waffe in die Scheide.

»Ihr vier da, bringt die zwei Gefangenen in die Villa zurück und bewacht sie gut. Ich komme wieder, sobald wir die Wahrheit über diesen angeblichen Angriff herausgefunden haben. Alle anderen folgen mir!«

Marcus und die Männer, die neben ihm im Gras kauerten, hatten stumm zugesehen, wie der Stern, der das Knie der Konstellation Orion bildete, auf den Horizont niedersank und verschwand. Der Römer hatte sein Amulett herausgezogen und ein gemurmeltes Stoßgebet an Mithras geschickt, dass es Silus gelungen sein möge, seine Aufgabe wie geplant durchzuführen. Nach einer kurzen Weile war ein Zenturio den Hügel zur Villa hinaufgerannt und hatte dabei nach Atem gerungen, da er mit dem Gewicht seiner Rüstung zu kämpfen hatte. Im Tal unter ihnen konnten sie hören, wie die Soldaten zu den Waffen gerufen wurden, Offiziere schrien und fluchten, worauf das Klappern von Ausrüstungsteilen zu vernehmen war.

Dubnus hatte auf den Rücken des Läufers gestarrt und murmelnd ausgestoßen, was sie alle dachten. »Es scheint, Silus hat es geschafft, ihre Aufmerksamkeit zu erregen.«

Marcus' Antwort darauf war ein knurrendes Wispern. »In der Tat. Das Einzige, was jetzt noch fehlt, ist, dass Gerwulf anbeißt und seinen Kopf in unsere Schlinge legt.«

Der Klang von Stiefeltritten einen Augenblick später versetzte die Sturmtruppe in erwartungsvolle Spannung, während jeder Einzelne von ihnen die Augen fest auf die Straße zur Stadt richtete. Eine Gruppe Männer lief den Hügel von der Villa hinunter, und wieder befand sich Gerwulf in ihrer Mitte.

Qadir hob erneut im Schatten des Baumes seinen Bogen und senkte ihn mit einem unwilligen Kopfschütteln, als die Horde an ihnen vorbei in das Tal hinunterrannte. »Vorhin waren es neunzehn mit Gerwulf, doch jetzt sind es vier weniger. Entweder hat unser Tribun gekämpft, ist dabei gefallen und hat vier Männer mit sich in den Tod gerissen, oder die Soldaten wurden zurückgelassen, um Gefangene zu bewachen.«

Marcus verzog in Anbetracht von Qadirs Rückschlüssen das Gesicht. »Wie viele von ihnen hätten deine beiden Bogenschützen niederstrecken können, bevor sie selbst getötet wurden? Was meinst du?«

Die Antwort kam auf der Stelle. »Jeweils zwei. Möglicherweise auch drei, falls sie Glück hatten.«

»Genau. Und der Tribun und Arminius hätten mindestens ebenso viele umgebracht. Also sind zu viele von ihnen übrig, als dass ein Kampf stattgefunden haben könnte. Außerdem scheint keiner von ihnen verletzt oder auch nur blutig zu sein. Daher nehme ich an, sie sind gefangen genommen worden.« Er sah seinen Freund frustriert an. »Mithras, ich bin kurz davor, die Tore der Villa aufzutreten und ihn dort herauszuholen, aber seine Order diesbezüglich war ja sehr klar. Folgt mir.«

Sie erhoben sich, und Marcus, Dubnus und Martos setzten sich die eisernen Helme auf, die sie den Männern am Eingang des Bergwerks abgenommen hatten, und danach packten sie auch deren Schilde. Marcus führte sie hinter Gerwulfs Leuten zielstrebig die Straße hinunter, deren Stiefelnägel auf den Pflastersteinen noch deutlich zu hören waren und in Richtung des in Dunkelheit liegenden Walls verschwanden. Als sie um eine Ecke bogen, erblickten sie das Lager der Bergleute von Rabenkopf, das nun ganz anders aussah, nachdem eine hohe Palisade um die Baracken errichtet worden war. Ein Quartett von Soldaten stand am Tor Wache, und weitere vier befanden sich auf der Palisade und hielten Bogen in den Händen. Von ihrer erhöhten Position aus starrten sie nach Westen auf die Lichter, die im Tal hinter dem Wall aufblinkten. Marcus beschleunigte seinen Schritt und rannte auf die Wachen zu. Er ließ seine Schwerter in der Scheide und vertraute darauf, dass ihre Verkleidung die Wachen lange genug täuschen würde.

»Dann sind wir nun also wieder glücklich vereint?«

Theodora schoss Scaurus über den Speisesaal der Villa einen giftigen Blick zu. Der Tribun lehnte sich an die Stuhllehne und ignorierte die beiden Soldaten, deren Schwerter nur wenige Zentimeter von seinem Rücken entfernt waren.

Theodora schüttelte den Kopf und betrachtete ihn mit verächtlicher Miene. »Mach dir keine Hoffnungen, Tribun. Unsere Stelldicheins waren rein beruflicher Natur. Du bist *überhaupt* nicht mein Geschmack.«

Er lächelte sie an und tätschelte mit der Hand seinen Schritt. »Genauso wenig wie du meiner, wenn ich ehrlich sein soll. Ich war von männerfressenden Frauen noch nie sonderlich angetan, wenngleich ich durchaus den Hut vor deinen Fähigkeiten unter der Bettdecke ziehe. Da warst du dein Geld durchaus wert, doch ich befürchte, als Lebensgefährtin würdest du mir recht schnell langweilig werden.« Auf ihren kalten Blick hin zuckte er gelassen mit den Schultern. »Verzeih mir, Theodora, aber es muss dir doch klar sein, dass deine offensichtlich unersättlichen und wahllosen Neigungen für die meisten Männer mehr sind, als sie zu befriedigen imstande sind.« Er lachte, als er ihren pikierten Gesichtsausdruck sah. »Und erspar mir bitte die entrüstete Miene, Domina, denn wir wissen doch beide ganz genau, dass dein Talent zur Verführung der wichtigste Aspekt der Partnerschaft zwischen dir und deinem *Bruder* ist.«

Als Marcus den Torwachen näher kam, sagte er noch einmal die Parole dieses Abends und rief dann einen Befehl.

»Sie werden schon gleich die Hörner blasen. Schließt die Tore!«

Der Kommandoton seiner Stimme ließ die Wachen unverzüglich handeln, ohne genauer darüber nachzudenken. Alle vier rannten zu den schweren Toren und begannen, sie zu schließen, als der Römer und seine Gefährten unvermittelt ihre Schwerter zogen und auf sie einhieben. Noch bevor die Männer auf den Balustraden über ihnen Gelegenheit hatten, auf das plötzliche Gemetzel zu reagieren, standen sie bereits selbst unter Beschuss durch Qadir und seine Hamier. Zwei der Feinde fielen im ersten Pfeilhagel, während die Männer unter ihnen durch die Schwerter der Angreifer niedergestreckt wurden, ohne überhaupt zu begreifen, was vor sich ging. Ein weiterer der Männer auf dem Zwinger atmete ein, um nach Hilfe zu rufen, stürzte dann aber über das Geländer, weil ihn ein Pfeil am Kopf getroffen hatte. Er stieß die eingeatmete Luft in einem Schrei wieder aus, der unvermittelt durch sein Aufschlagen am Boden beendet wurde.

Nach einer kurzen Stille öffnete sich die Tür einer Holzhütte am Ende der Palisade, und eine ärgerliche Stimme erklang aus dem Innern. Die zweite Gruppe von Marcus' Leuten rannte durch den Torbogen, wobei Martos und Dubnus kraft ihrer Schultern die schweren Türflügel geöffnet hielten. Marcus schlug Lugos auf die Schulter und zeigte auf die offene Tür.

»Was zum Teufel macht *ihr* hier? Ich werde eure verfluchten…«

Der wachhabende Offizier trat aus der Tür des Wachhäuschens und starb, noch bevor er begriff, was ihm widerfahren war. Sein Kopf wurde von Lugos' Hammer zertrümmert, und sein Körper prallte gegen den Türrahmen. Hoch erfreut über die Gelegenheit zum Kampf, jauchzte der hünenhafte Britannier und trat den nächsten Mann, der hinter dem Wachhabenden auftauchte, zurück in die Hütte. Dann zwängte er seine massige Gestalt durch den Türrahmen und schlug mit seinem Streithammer auf den zu Boden gefallenen Soldaten ein, der gerade versuchte, wieder auf die Füße zu kommen.

Als Lugos in die Mitte der übrigen Wachsoldaten schritt, ertönte ein Chor aus Schreien, der jedoch rasch schwächer und schwächer wurde, während der Krieger seine monströse Kraft an ihnen ausließ.

»Schließt das Tor!«

Qadir und seine Bogenschützen liefen ins Innere der Palisade, gerade als der Eingang gesichert wurde.

»Da kommen noch mehr Soldaten.«

Marcus hob eine Braue und schrie laut genug, um die bestialischen Geräusche zu übertönen, die Lugos beim Niederstrecken der wehrlosen Wachen ausstieß: »Ist ja kein Wunder, oder? Lugos macht derart viel Lärm, dass sogar Tote davon erwachen könnten.«

Theodora neigte den Kopf zur Seite und betrachtete Scaurus mit verändertem Gesichtsausdruck, der nun eher berechnend wirkte. »Wie lange weißt du das bereits?«

»Seit wann ich mir sicher bin, dass du und ›der Wolf‹ Geschwister seid? Genau weiß ich es erst seit etwa einer Woche, wenngleich ich mir schon lange vorher Gedanken darüber gemacht hatte. Als wir Intimitäten austauschten, habe ich gesehen, dass du ein paar helle Strähnen am Kopf hast, die kaum zu bemerken sind – es sei denn, man kommt von hinten nahe an dich heran und du legst den Kopf zurück. Zunächst dachte ich, du färbst dir die Haare aus kosmetischen Gründen dunkel, und obwohl ich selbst eher blonde Frauen bevorzuge, erschien mir das eine Weile lang nicht bemerkenswert. Als ich aber nach Porolissum kam, habe ich einem alten Freund ein paar Fragen zu Gerwulf gestellt, und dieser Mann bewegte sich in denselben aristokratischen Kreisen wie du und dein Bruder während eures Aufenthalts in

Rom. Als er mir erzählte, dass der Prinz eine jüngere Schwester habe – und anfügte, wie diese Dame sich in kurzer Zeit durch die Betten aller jungen Männer des Senatorenstands geschlafen hatte –, wurde ich nachdenklich. Ich erinnerte mich an die blonden Haarwurzeln auf deinem Kopf. Clodius Albinus hatte mir erzählt, dass Gerwulfs Schwester blond und eine überaus lebhafte junge Frau war. Sie habe die Herzen einiger junger Männer gebrochen, als sie über Nacht verschwand, weil sie anscheinend ihrem Bruder gefolgt war, der an der Grenze seinen Dienst leistete. Ferner erzählte er mir von den skandalösen Gerüchten, dass ihr beide ein inzestuöses Verhältnis miteinander hättet. Natürlich dachten alle, du kämst nach kürzester Zeit wieder nach Rom zurück, denn man ging davon aus, dass ein einfaches Leben an der Grenze nach den Annehmlichkeiten der Hauptstadt zu langweilig für dich sei. Jetzt aber, wo ich dich kennengelernt habe, weiß ich, dass dies nicht der Fall war.«

Theodora lächelte ihn an, denn nach dem ersten Schock, dass er ihr Geheimnis kannte, fasste sie nun wieder Selbstvertrauen. »Mitnichten, Tribun. *Rom* war langweilig im Vergleich zu dem Spaß, den wir hatten, während mein Bruder seinen Dienst verrichtete. Es gab immer irgendeinen hochrangigen Offizier, der als Gegenleistung für meine Zuwendungen Gerwulfs Laufbahn förderte und mich davor bewahrte, nach Rom zurückgeschickt zu werden. Als Gerwulf dann das Kommando über die Germanen erhielt, wurde es erst so *richtig* amüsant. Ein Kommando ohne übergeordnete Vorgesetzte bietet eine Menge Gelegenheiten, seinen Übermut auszutoben.«

»Ganz zu schweigen von dem Profit, den man daraus ziehen kann. Und der Gelegenheit zum Morden. Und als ihr zwei dann Profit und Mord zusammengebracht hattet, seid

ihr auf die Idee gekommen, die Rabenstein-Goldminen auszurauben? War das *deine* Idee?«

Theodora lachte und antwortete in zutiefst sarkastischem
Ton. »Was für ein schlaues Kerlchen du doch bist! *Natürlich*
war das meine Idee. Gerwulf ist im Herzen ja noch immer ein
kleiner Junge und nur glücklich, wenn er sich durch irgendwelche Feinde hindurchmetzeln kann. Wogegen ich…«

Sie drehte sich tänzelnd vor ihm herum, worauf Scaurus
leise applaudierte.

»Ja, du bist das Gehirn, das hinter allem steht. Nachdem
du also von der Existenz dieses Ortes erfahren hattest, kamst
du hierher und hast dir einen alleinstehenden Goldminenbesitzer geangelt, ihn bezirzt und ihn überredet, dich zu heiraten.«

Sie nickte. »Damit habe ich ihn glücklicher gemacht, als
du dir vorstellen kannst, Tribun. Wenngleich auch nur für
kurze Zeit.«

»Bis du ihn umgebracht und sein Geschäft übernommen
hattest.«

Sie zuckte die Achseln. »Der Bergbau ist ja ein so *gefähr-
licher* Beruf. Er hatte noch nicht einmal eine Familie, daher
hat niemand meinen Anspruch auf die Goldmine in Frage gestellt. Abgesehen davon wärmte ich zu jener Zeit bereits das
Bett von Prokurator Maximus, sodass der langweilige Blödsinn bezüglich einer etwaigen gesetzlichen Erbfolge gefahrlos
ignoriert werden konnte. Außerdem: Wie sonst hätte ich den
Tod meines Mannes unter völlig unerwarteten Umständen
inszenieren können?«

»Wir müssen die Bergleute befreien, bevor die Soldaten da
draußen zahlreich genug sind, um gewaltsam hier einzudrin-

gen. Das Tor ist nicht solide genug, um eine ernsthafte Attacke abzuwehren.«

»Wenn wir sie aber freisetzen, werden sie womöglich *uns* in Stücke reißen.«

Marcus verzog das Gesicht. Cattanius hatte mit seinem Einwand recht.

»Dann müssen wir also entweder einen Weg hier herausfinden, ohne von den Männern niedergestreckt zu werden, die wir freilassen wollen, oder wir müssen sie befreien und die womöglich daraus resultierenden Konsequenzen tragen.«

Marcus sah sich um und erblickte eine Reihe von etwa zwölf Baracken innerhalb der mehr als dreieinhalb Meter hohen Palisade aus halben Baumstämmen, deren flache Seite in Richtung der Männer zeigte.

»Sie sind zu glatt, um daran hinaufzuklettern.« Kopfschüttelnd wandte Marcus sich wieder an seine Kameraden und sah, dass Lugos blutüberströmt aus der Tür des Wachhäuschens trat. »Cattanius, jetzt liegt es in deiner Hand, ob wir diese Sache zum Erfolg bringen oder nicht. Such einen Weg, der hier herausführt. Ihr anderen, kommt mit mir. Wir müssen ihnen genügend Waffen dalassen, dass sie die Männer vor dem Tor abwehren können – das heißt, wir müssen die Werkzeuglager öffnen. Lugos, schlag jede Tür ein, auf die ich zeige.«

Der Benefiziarier eilte ans hintere Ende des Lagers und suchte nach Anzeichen für irgendwelche Ausgänge aus der Falle, in die sie sich selbst hineinmanövriert hatten. Da er nichts fand, murmelte er frustriert vor sich hin. »Nichts. Kein hübsches kleines Tor, durch das man hindurchschlüpfen könnte. Gab wohl keine Veranlassung für die Erbauer, verborgene Ausgänge in einer Gefängnismauer anzulegen.« Er drückte probehalber gegen einen der halben Baumstämme, welche die kreisförmige Umzäunung des Lagers bildeten, und schüttelte angesichts von dessen Festigkeit den Kopf. Mit der Hand strich er dann am Stamm entlang nach unten und stellte fest, dass sich zwischen dem Holz und dem Torfboden ein kleiner Spalt befand. Anscheinend hatten die Erbauer ein tiefes Loch gegraben, in dem sie den Holzbalken verankert hatten, sich dann aber nicht darum gekümmert, die Öffnung vollständig zuzuschütten. Er zog seinen Dolch heraus und führte die Klinge an dem Spalt entlang zum nächsten Balken und spürte plötzlich den Widerstand festen Erdbodens. Er blickte auf und sah, dass der gespaltene Baumstamm auf beiden Seiten mit Holzlatten befestigt war, die über die Zwischenräume genagelt waren.

»Das ist die Lösung!« Er eilte schnurstracks zu Marcus. »Ich habe einen Weg gefunden, aber ich brauche *ihn* hier, um den Ausgang öffnen zu können.«

Der Römer blickte zu Lugos hinüber und gab dem Britannier mit dem Daumen ein Zeichen. »Lugos, hilf Cattanius. Wie lange werdet ihr brauchen?«

Der Benefiziarier schüttelte den Kopf. »Das hängt von ihm ab. Vielleicht die Dauer von fünfzig Herzschlägen. Aber wenn wir das Loch zu schnell aufbrechen, werden die Männer draußen begreifen, was hier geschieht, und sich bereits dort versammelt haben, bis wir herauskommen.«

Marcus dachte einen Augenblick nach und betrachtete die schweren Gerätschaften, die seine Kameraden vor den Baracken auf den Boden geworfen hatten, nachdem Lugos mit seiner unbändigen Kraft die Tore zu den Werkzeuglagern eingetreten hatte. Die Grubenarbeiter hatten bereits bemerkt, dass draußen etwas geschah, denn der Lärm aus den Baracken schwoll immer mehr an, als die Männer sich vergebens gegen die verriegelten Türen und Fenster warfen.

»Sobald du bereit bist, deinen Plan durchzuführen, werden wir eine Baracke öffnen, dann können sie den Rest der Arbeit selbst erledigen. Versuch einfach, die Palisade schnellstmöglich zu durchbrechen, denn sonst werden sie zuerst auf uns losgehen. Nach dem, was zu hören ist, sind sie nicht in der besten Stimmung.«

Cattanius führte den Rest der Gruppe zu der Holzpalisade und erklärte, was er vorhatte. »Dieser Baumstamm ist nicht tief in die Erde eingelassen worden, sondern wurde nur auf den Boden gestellt und mit den Stämmen daneben über Holzlatten verbunden. Das Einzige, was wir nun tun müssen...«

Lugos trat vor und hob seinen Hammer, wobei er ihn so drehte, dass der gebogene Schlagdorn nach vorne zeigte und nicht die schwere eiserne Hammerfläche, die bereits schwarz von Blut war. Unter seinem ersten Schlag zersplitterte die erste Holzlatte, die den Stamm auf einer Höhe von zwei Meter siebzig festhielt, und schon der zweite Schlag riss die Latte auf der anderen Seite in Stücke. Damit waren nur noch zwei Latten auf Kniehöhe übrig.

»Warte!«

Der Benefiziarier rannte zur Ecke der Baracke hinüber, wo Marcus stand und ruhig dabei zusah, wie das Haupttor der Palisade unter dem Ansturm von der anderen Seite zu wanken begann.

»Ich hoffe, ihr seid so weit. Das Tor hier wird nicht mehr lange halten.«

Cattanius deutete mit dem Kopf zur Verriegelung der Barackentür hinüber. »Macht sie auf!«

Während er wieder zur Palisade zurückrannte, hoben Marcus und Dubnus bereits den zweiten der drei dicken Holzbalken, welche die Barackentür verriegelten, aus dessen Halterung und warfen ihn zur Seite. Die Grubenarbeiter rammten derweil weiter gegen die Türflügel, worauf ein Riss in dem einzigen noch verbliebenen Verriegelungsbalken entstand. Unterdessen öffnete sich mit einem krachenden Geräusch berstenden Holzes einer der beiden Flügel des Palisadentores, und eine Horde wutentbrannter Germanen stürmte hindurch. Verwundert starrten sie auf die Leichen ihrer Kameraden, die hinter dem Torbogen über die Erde verteilt lagen. Als sie die beiden Männer neben der letzten Baracke der Gebäudereihe sahen, rannten sie auf sie zu. Dubnus zeigte auf den letzten noch intakten Verriegelungsbalken am Eingang zur Baracke, in der die Grubenarbeiter sich noch immer heftig gegen die nun nachgebende Tür warfen.

»Er bricht gleich! Lauf!«

Blitzschnell wandten sie sich um und folgten Cattanius. Als sie um die Ecke der Baracke bogen, kamen sie gerade rechtzeitig, denn Lugos schwang seinen Hammer und zertrümmerte die letzten beiden Holzlatten, die den halben Baumstamm stützten. Ein plötzlicher Tumult schreiender Stimmen verriet ihnen, dass die Grubenarbeiter sich aus ihrem Gefängnis befreit hatten. Einen Augenblick später brach der Baumstamm von der Palisade weg, und es entstand eine Lücke, die gerade breit genug war, dass Marcus, Cattanius und die anderen hindurchschlüpfen und das Weite suchen konnten. Noch während ihrer Flucht nach draußen vernahmen sie hinter sich Geschrei und Kampfgeheul: Die Schlacht hatte begonnen.

Keuchend stieg Gerwulf, gefolgt von seinem Leibwächter, die Stufen zum Wall empor. Als er auf der Balustrade des Bollwerks stand, hob und senkte sich seine Brust unter seinen Atemzügen aufgrund der Anstrengung, die es ihn gekostet hatte, von der Villa ins Tal hinunterzulaufen.

»Wo ist denn nun die verdammte Kohorte, von der du gesprochen hast, Hadro?«

Sein Stellvertreter zeigte in die Dunkelheit hinaus, wo eine Reihe flackernder Lichter zu erkennen war.

»Da, Präfekt!«

Der Blick des Germanen folgte Hadros ausgestreckter Hand in das finstere Tal hinaus. Doch je länger er auf die weit entfernten Fackeln starrte, desto unwohler fühlte er sich, denn er begann zu begreifen, was vor ihm zu sehen war.

Als er sprach, hatte seine Stimme einen bitteren Unterton. »Es wirkt nicht so, als würden sie sich bewegen. Nicht wahr, Zenturio?«

»Nein, Wolf, sie sind die Straße hinaufmarschiert und haben dann angehalten.«

Man musste es Hadro zugutehalten, dass er seinen Mann stand, obwohl der Präfekt ihn im düsteren Schein der Fackel wütend anstarrte. »Wer immer dort unten ist, hat zwei Reihen Fackeln aufgestellt und diese dann nach und nach entzündet, damit es aussieht, als würde jemand über einen Hügel schreiten! Du bist getäuscht worden, Hadro! Das ist nur eine List, um deine Aufmerksamkeit von etwas anderem abzulenken! Du da!« Er wandte sich an den Offizier, der zur Villa gelaufen war, um ihn zu holen. »Nimm dir eine Zenturie und verstärke die Wache im Lager der Bergarbeiter!« Er beobachtete, wie der Zenturio seine Männer vom Wall abzog und über die Straße zu den Baracken führte, die von der

Palisade umschlossen waren. Dann betrachtete er noch einmal die Lichterkette. Missbilligend schüttelte er den Kopf, als er bemerkte, dass mehr und mehr Lücken in der Reihe entstanden, da einzelne Fackeln zu Boden fielen. Er drehte sich wieder zu Hadro und betrachtete ihn eine Weile genau. Als er erneut das Wort ergriff, war seine Stimme voller Verachtung. »Wir beide sind miteinander fertig – das war deinerseits ein Fehler zu viel! Du bist vom Dienst befreit; geh zurück in dein Zelt. Ich komme morgen Vormittag bei dir vorbei, nachdem dieses Ablenkungsmanöver sich in Wohlgefallen aufgelöst hat. Dann gebe ich dir das Gold, das du verdient hast.«

Hadro zuckte mutlos die Achseln, worauf Gerwulf sich abwandte und zu den Stufen am Wall hinüberging. Er wartete, bis der Zenturio außer Hörweite war, worauf er zwei Männern seiner Leibwache den Befehl zuraunte, Hadro zu folgen und ihn umzubringen. Er wusste genau, dass sein ehemaliger Freund versuchen würde, über die Berge zu flüchten, wenn er seine Hinrichtung hinauszögerte. Außerdem hätte in diesem Fall das Risiko bestanden, dass er überlebte und über die Verbrechen, die Gerwulf und seine Leute in den letzten Monaten begangen hatten, Zeugnis ablegen konnte. Eine derartige Anklage zu seinen Ungunsten war zwar nur eine Unannehmlichkeit, da er ohnehin vorhatte, zu jenem Zeitpunkt bereits weit weg von Dakien zu sein, aber es war besser, keine losen Enden zurückzulassen, wenn man durch beherztes Handeln die Bedrohung unterbinden konnte, bevor sie sich in die Tat umsetzte. Gerwulf runzelte die Stirn, als er sah, dass der Zenturio oben auf der Steintreppe unvermittelt anhielt und den Kopf neigte, als würde er lauschen. Der Präfekt verlor bereits die Geduld mit diesem Mann und war kurz davor, ihn auf der Stelle töten zu lassen, als auch seine Ohren ein unerwartetes Geräusch erreichte. Es war eine Woge von Geschrei, das sich anhörte, als würden viele Männer gemeinsam jubeln.

»Was war das?«

Seine Frage blieb unbeantwortet; stattdessen kam der Lärm näher und wurde immer lauter. Kurz darauf sah er die ersten Fackeln hinter der Bodenwelle zwischen dem Lager der Grubenarbeiter und dem Wall auftauchen. Bestürzt musste er mit ansehen, wie eine Flut von Männern den Hang hinabrannte und auf die Zenturie zustürmte, die er ausgesandt hatte, um die Wache über das Lager zu verstärken. Die Wachsoldaten selbst waren wahrscheinlich bereits niedergemetzelt worden.

Scaurus hob vermeintlich bewundernd eine Augenbraue und betrachtete die vor ihm stehende Theodora. »Ich muss schon zugeben: Ich bin beeindruckt. Mit simplem Ehebruch ist es dir gelungen, deinen Geliebten dazu zu überreden, deinen Gatten aus dem Weg zu räumen und dir gleichzeitig den Anspruch auf sein Vermögen zu sichern. Allerdings glaube ich kaum, dass du ihm lediglich einen Anteil am *Ertrag* der Mine versprochen hast, oder? Wahrscheinlich ging Maximus davon aus, überdies noch einen fairen Anteil des Goldes zu erhalten, wenn ihr die Mine erst einmal ausgeraubt hattet.«

Theodora nickte. »Ihr Männer seid ja von Natur aus *so* beeinflussbar. Das Einzige, was ich tun musste, war, ihm zu versichern, wie gerne ich mit ihm zusammen sein wollte und dass uns das Plündern der Goldmine sehr bei der Umsetzung dieses Plans helfen würde. Er dachte sogar, wir würden einen Mann suchen, der ihm ähnelte, und diesen dann umbringen, damit die Behörden glaubten, er sei verstorben.«

Der Tribun zuckte erneut mit den Schultern und lehnte sich in seinem Stuhl zurück. »Ich hätte Verdacht gegen ihn schöpfen müssen, als er sich weigerte, das Gold aus seiner Schatzkammer zu entfernen, wo es so hübsch für die Ankunft von Gerwulf zusammengehäuft war. Immerhin war Maximus ja nicht der beste aller Schauspieler. Als ich an jenem Abend das erste Mal zu dir kam, traf ich ihn unterwegs, und wenn Blicke töten könnten, wäre ich nun bereits bei meinen Ahnen. Er muss gewusst haben, dass ich eingeladen worden war, um verführt und als Informationsquelle für dich und deinen Bruder missbraucht zu werden, und das gefiel ihm gar nicht. Was hattest du ihm denn erzählt? Dass ihr für den Rest eurer Tage glücklich zusammenleben würdet und du mich nur ins Bett holen würdest, um mich unter Kontrolle zu halten? Die Wahrheit, wie sehr du ihn getäuscht hast, muss ein Schock für den armen Mann gewesen sein, als Gerwulf plötzlich sein wahres Gesicht zeigte und ihn wie einen Schlachtochsen anketten ließ. Ich würde wetten, er wartete verzweifelt auf eine Chance, seinen Ruf wiederherzustellen, nachdem er erst einmal begriffen hatte, wie sehr ihr ihn genarrt habt. Vermutlich hat Gerwulf deshalb die Kehle des armen Mannes durchgeschnitten und ihn vom Wall heruntergeworfen: Dabei ging es ihm sicher weniger darum, Cattanius seinen Standpunkt deutlich zu machen, vielmehr kam es ihm wohl in erster Linie darauf an, Maximus zum Schweigen zu bringen. Er musste ja verhindern, dass der Prokurator zu reden begann und womöglich herauszwitscherte, dass du kein unschuldiges Opfer, sondern die Drahtzieherin dieser ganzen Sache warst.« Fragend hob er eine Augenbraue. »Als du Maximus um den Finger gewickelt hattest, sandtest du einen Boten zu Gerwulf, um ihm zu sagen, er solle sich bereitmachen, denn du würdest ihm Bescheid geben, sobald die Schatzkammer voll sei. Ich nehme an, Gerwulf hat daraufhin jeden Einsatz abgebrochen, den er erfunden hatte, um seine Leute bei sich und zu seiner Verfügung zu haben?«

»Ja. Offiziell war er zur Siebten Claudischen Legion nach Viminatium abkommandiert worden. Ich selbst habe ihren Legaten auf die übliche Weise überredet, meinem Bruder diese Einheit zuzuteilen, aber ich glaube, sogar dieser Trottel fragt sich mittlerweile, was aus ihnen geworden ist. Immerhin treibt der ›Wolf‹ nun schon seit Monaten im Grenzgebiet sein Unwesen, um seinen Männern Befriedigung zu verschaffen.«

Scaurus nickte, doch sein Gesicht sah nun alles andere als amüsiert aus. »Das erklärt nicht nur, warum das Dorf des jungen Mus niedergebrannt wurde, sondern auch all die anderen Überfälle, die dazu führten, dass die Sarmaten Rache nehmen wollten. Du hast sicher geglaubt, die Götter seien dir hold, als die Legionskohorte diesen Ort verließ und in den Krieg auszog. Dann hast du deinen Bruder benachrichtigt, dass die Zeit des Reichtums nahe war – nur um ein paar Tage später meine Männer das Tal hinaufmarschieren zu sehen. Aber da war es bereits zu spät, um Gerwulfs Ankunft abzublasen, der sich anschickte, den größten Raub in der Geschichte des Kaiserreichs zu begehen.«

Theodora beugte sich über ihn, und Scaurus spürte die Spitze eines Schwertes an seinem Nacken, als der Wachsoldat hinter ihm seine Muskeln anspannte. »Du solltest meinem Bruder gegenüber ein wenig mehr Dankbarkeit zeigen, Tribun. Hätte er nicht die Spuren entdeckt, die die sarmatische Kriegshorde hinterlassen hatte, und wäre ihnen gefolgt, wärst du bei der Schlacht samt deinen Männern in Stücke gerissen worden, habe ich nicht recht?«

Er nickte. »Daran gibt es nichts zu rütteln. Ich werde Gerwulf stets dankbar dafür sein, dass er uns die Kastanien aus dem Feuer holte – sogar noch dann, wenn ich ihn für seinen Verrat hinrichten lassen werde.«

Theodora beugte sich noch tiefer und antwortete mit sanfter Stimme, die in der Stille des Raumes widerhallte. »Für einen Mann, dessen Leben gerade an einem seidenen Faden hängt, wirkst du sehr zuversichtlich, Tribun.«

Scaurus zuckte die Achseln und betrachtete anerkennend ihre Brüste. »Die Umstände ändern sich, meine Liebe. Hörst du nicht die Hornsignale?«

Theodora neigte das Haupt, um besser lauschen zu können. Durch die dicken Steinmauern der Villa drang schwach der Klang einer Trompete aus dem Tal, in den sogleich eine zweite einstimmte.

»Das ist das Kommando, eine Kampfreihe zu bilden und sich schlachtbereit zu machen. Daher nehme ich an, dass es den Männern, die mich heute Nacht begleitet haben, gelungen ist, die Bergleute aus ihren Baracken zu befreien und ihnen ihre Werkzeuge zur Verfügung zu stellen. Auch wenn dein Bruder eine starke Truppe befehligt, wäre mir selbst nicht sonderlich wohl dabei, mich fünftausend wutentbrannten Minenarbeitern in der Dunkelheit zu stellen. Natürlich werden Gerwulfs Leute ein paar hundert von ihnen töten, doch der Rest von ihnen wird über seine Männer herfallen wie ein Rudel Hunde über einen Wolf. Ein passender Vergleich, findest du nicht? Wenn die Bergleute dann mit den Soldaten fertig sind, wird eine stattliche Anzahl von ihnen zu dir kommen und dafür sorgen, dass du für den Rest deines Lebens keinen einzigen Mann mehr sehen willst.«

Theodora hatte die Lippen wütend zu einem Strich zusammengepresst, und einen Augenblick fragte sich Scaurus, ob er vielleicht zu weit gegangen war. Dann aber wandte sie sich an die Soldaten hinter ihm.

»Ihr da, macht die Männer bereit und sagt ihnen, sie sollen meine Truhe mitnehmen! Falls die Bergleute tatsächlich freigelassen wurden, finden wir meinen Bruder entweder am Eingang der Goldmine oder machen uns ohne ihn aus dem Staub!«

Gerwulf spürte, dass seine Stellung als Befehlshaber dem Untergang geweiht war. Stumm beobachtete er, wie der herannahende Mob der Bergleute all jene seiner Soldaten niedermähte, die zu langsam waren, sich hinter den Torfwall zu flüchten. Das Bollwerk war in Richtung des Tals zwar viereinhalb Meter hoch, doch an der Hinterseite wesentlich niedriger. Die Grubenarbeiter versammelten sich bereits mit Wutgeheul unten an den Treppen, und falls es ihnen gelingen sollte, in großer Zahl hinaufzusteigen, konnten sie sich auf seine Soldaten stürzen, die ihnen über die letzten zehn Tage das Leben zur Hölle gemacht hatten. Etwa hundert Schritte von Gerwulf entfernt stürmte bereits eine Gruppe von Grubenarbeitern entschlossen die Stufen hinauf und opferte dabei das Leben von einem Dutzend Männern, um den oberen Teil des Walls einzunehmen und die Verteidiger des Bollwerks mit Eisenstangen, schweren Schaufeln und Spitzhacken zu attackieren.

»Wie lange, glaubst du, werden sie standhalten?«

Gerwulf wandte sich um und sah Hadro bei sich stehen. Der Gesichtsausdruck des grauhaarigen Veteranen war wie immer undurchdringlich.

»Nicht sehr lange. Diese Dreckskerle sind viel zu viele, außerdem sind sie in ihrem Blutdurst total irrsinnig. Es bleibt aber immer noch Zeit, sich aus dem Staub zu machen, solange wir den südlichen Wall zu halten imstande sind. Kommst du mit?«

Der ältere Mann warf ihm einen mitleidigen Blick zu. »Nein, Gerwulf. Nicht nur deshalb, weil du mich gerade töten lassen wolltest, um dir mein Schweigen zu sichern, sondern auch, weil das Spiel vorbei zu sein scheint. Diese Bestien werden jeden einzelnen Soldaten umbringen, den sie im Tal vorfinden. Wie lange, glaubst du, kann ein Flüchtender rennen, wenn sich die Legionen diesseits der Berge und die Sarmaten jenseits befinden? Ich denke, ich werde lieber hierbleiben und mich meinem Schicksal stellen. Besser schnell von den Arbeitern umgebracht werden, als neben dir an einem Kreuz zu enden.«

Gerwulf nickte und beschloss, sich nicht länger mit dem Mann zu befassen. »Mach, was du willst.« Er pfiff nach seiner Leibwache, wandte sich ab, um hinter ihren Schilden den Wall entlang Richtung Süden zu gehen, und rief derweil seinen Männern ermutigende Worte zu, während diese die blutrünstige Horde in Schach zu halten versuchten. Als er sah, dass ein Soldat unversehens vom Wall in die Menge gerissen wurde, da sich eine Spitzhacke um sein Bein gehakt hatte, zuckte er zusammen. Kurz tauchte der Mann aus der blutrünstigen Menge heraus, die gegen die Wand schwappte, und versuchte einen Hieb mit seinem Schwert, doch dann versenkte ein rachelüsterner Bergmann seine Axt in dessen Rücken, worauf der Mann auf die Knie sank und alle gleichzeitig über ihn herfielen. Gerwulf rief seiner Leibwache zu, sie solle sich beeilen, und sah entsetzt aus den Augenwinkeln, wie Dutzende Bergleute in völliger Raserei den Körper des sterbenden Mannes zu Brei traten.

Sobald sie sich von dem Kampfgeschehen entfernt hatten, zog Gerwulf seinen Kammhelm vom Kopf und warf ihn zur Seite. Dann sprach er zu seinen Männern, während die kleine Gruppe den Wall entlangeilte. »Ab jetzt, Männer, sind wir keine Soldaten Roms mehr. Wir müssen es lediglich schaffen, aus diesem verdammten Tal herauszukommen, dann werden wir die reichsten Männer im freien Germanien sein.«

»Ich hätte angenommen, ihr hättet euch einen Fluchtplan zurechtgelegt, falls euer Vorhaben scheitern sollte.«

Theodora warf einen hasserfüllten Blick über ihre Schulter zurück, während sie den steilen Pfad hinaufstieg. »Deine Selbstgefälligkeit geht mir allmählich auf die Nerven, Tribun. Du bist nicht so wertvoll für uns, als dass ich nicht die Geduld verlieren und dir das Schwert in den Rücken rammen lassen könnte. Wäre es deinerseits nicht angebrachter, eine Weile zu schweigen, als vor deiner Zeit sterben zu müssen?«

Scaurus lächelte sie nur an, hielt den Mund und blickte über ihre Schulter auf die Felswand, die sich vor ihnen auftürmte. Von den vier Soldaten, die ihr Bruder als Wachen für Scaurus zurückgelassen hatte, waren nur zwei bewaffnet — einer direkt hinter ihm und einer am Ende der Kolonne. Die anderen beiden Soldaten mühten sich ab, eine schwere Holztruhe den Hang hinaufzuschleppen. Nach weiteren hundert Schritten wurde der Weg ebener, und das Licht eines Wachfeuers flackerte auf den Steinen, die den Eingang zur Rabenkopf-Goldmine säumten. Theodora hielt zehn Schritte vor den brennenden Holzscheiten an und sah sich mit plötzlichem Argwohn um. Scaurus, dem bewusst war, dass sie die Abwesenheit der Wachen bemerkte, schwieg.

Theodora wandte sich um und blickte ihm mit zusammengekniffenen Augen ins Gesicht. »Wo sind sie?«

In gespielter Ahnungslosigkeit runzelte er die Stirn. »Wo ist wer? Die Leute, die du als Wachen vor der Mine abgestellt hattest? Vielleicht sind sie unter Tage und suchen nach Gold.« Er hob die Stimme: »Oder sie sind noch hier, aber du kannst sie nicht sehen.«

Mit einem plötzlichen Zusammenzucken bemerkte Theodora, dass sich um sie herum eine große Anzahl Männer befand, die aus der Deckung der Büsche und Bäume neben dem Mineneingang auftauchte. Das Schwirren eines Pfeils erklang, und der Mann hinter Scaurus stieß einen Schrei aus, ließ Schwert und Schild fallen und sank zu Boden. Der Soldat am Ende der Kolonne drehte sich um und rannte um Hilfe rufend davon, schaffte aber lediglich drei Schritte, bevor auch ihn ein Pfeil im Rücken traf. Eine gigantische Gestalt trat aus der Dunkelheit und schwang einen schweren Streithammer durch die Luft, der auf dem behelmten Kopf eines der Truhenträger landete, worauf sich die Gesichtszüge des Mannes auf seinem zertrümmerten Schädel sonderbar verzerrten. Erneut hob er seinen Hammer und ließ ihn auf den letzten Soldaten herabsausen, dessen Kopf bereits zerbarst, während er noch entsetzt nach seinem Schwertgriff tastete. Scaurus hielt seine zusammengebundenen Handgelenke hoch und verzog vor Schmerz das Gesicht, als einer der Soldaten vortrat und seine Fesseln durchschnitt, während Theodora die beiden finster betrachtete. Scaurus schüttelte die Hände, um sein Blut wieder in Zirkulation zu bringen, dankte dem Soldaten mit einem Nicken und wandte sich dann an Theodora.

»Vielen Dank, Zenturio Corvus. Nun, Domina: Falls du

vorhin der Meinung warst, meine selbstgefällige Genugtuung sei ein wenig nervtötend, wird das, was du gleich erleben wirst, deinen Abscheu beflügeln.«

Theodora atmete tief ein, um nach Hilfe zu schreien, doch Dubnus trat aus dem Schatten und legte ihr von hinten seine große Hand über den Mund.

Der Tribun lächelte ihr indessen herzlich zu und blickte in ihre blitzenden Augen. »Oh nein, ich glaube, es ist besser, wenn du deinen Bruder nicht vorwarnst. Ich habe doch eine kleine Überraschung für ihn vorbereitet, eine Art Wiedersehenstreffen. Es wird ziemlich anrührend werden, das verspreche ich dir.«

Als sie die Hälfte des Hangs erklommen hatten, ließ Gerwulf sie kurz anhalten, blickte auf das Tal hinab und atmete schwer. Unter ihnen standen die Gebäude von Alburnus Major in Flammen, weil die Bergleute unterdessen Amok liefen. Was er im Licht der verbliebenen Fackeln am Wall erkennen konnte, schien ein Getümmel rasender Männer zu sein, die sich um den schwindenden Rest seiner Kohorte scharten.

Gerwulf lachte leise. »Sie werden das ganze Tal auseinandernehmen und es in Stücke reißen, um das Gold zu finden, und danach werden sie dasselbe untereinander tun. Den Göttern sei Dank, dass ich mit *Voraussicht* gesegnet bin, was?«

Ein schmerzerfülltes Japsen ertönte hinter ihm, und der Präfekt wandte sich um. Er sah einen seiner Männer, in dessen Eingeweiden ein Schwert steckte, weil die eine Hälfte seiner Leibwache sich auf ihre ahnungslosen Kameraden gestürzt und diese getötet hatte. Der kurze, einseitige Kampf reduzierte seine Eskorte von acht Männern auf vier, und

Gerwulf beobachtete ungerührt, wie der letzte sich noch regende Überlebende abgeschlachtet wurde.

»Gut gemacht, Männer: Ihr habt soeben euren Anteil verdoppelt. Keine Sorge, ich werde fortan keine geheimen Parolen mehr äußern. Alle, die jetzt noch atmen, tun dies, weil ihr diejenigen seid, denen ich mein Leben anvertrauen würde. Sollen wir weitergehen?«

Als sie ihren Marsch am Wall entlang zur Rabenkopf-Goldmine fortsetzten, lächelte er versonnen, denn er wusste, dass zwei der Männer, die ihm folgten, beim nächsten Codewort seinerseits dasselbe noch einmal tun würden. Damit konnte er ihre Gruppe auf eine Größe reduzieren, die während des Ritts nach Süden zum Fluss Danubius und in ein neues Leben in den Gefilden dahinter keine Aufmerksamkeit erregen würde. Nach weiteren fünfhundert Schritten waren sie am Grubeneingang und dem verlassenen Wachfeuer angekommen.

»Die Feiglinge müssen abgehauen sein, nachdem sie den Aufruhr im Tal bemerkten. Wahrscheinlich eine kluge Idee, denn es ist anzunehmen, dass der Abschaum auch hier oben auftauchen wird, wenn sie unten alles kurz und klein geschlagen haben und sich langweilen. Gehen wir weiter ...«

Gerwulf führte sie in das Bergwerk, griff nach einer Fackel, die neben dem Wachfeuer stand, entzündete sie an der Glut und hielt sie hoch, um den engen Gang zu erhellen. Zweihundert Schritte hinter dem Eingang runzelte er die Stirn, als er eine kaum sichtbare Figur vor sich auftauchen sah, die augenscheinlich aus der Wand des Gangs herausgetreten war. Vorsichtig ging er weiter, dicht gefolgt von seiner Leibwache, und zog sein Schwert.

»Das ist der verdammte Tribun.«

Gerwulf nickte, als er diesen Kommentar hörte, und schritt voran, bis er sich ohne jeden Zweifel sicher war, dass tatsächlich Scaurus dort auf sie wartete. Er lehnte an einer Wand des Tunnels, und sein Schwert steckte in der Scheide.

»Du fragst dich wohl, was ich hier mache, Gerwulf? Darauf gibt es eine einfache Antwort: Ich bin wegen *dir* hier. So sehr es mich schmerzt, dir schlechte Neuigkeiten überbringen zu müssen, fürchte ich doch, dass ich es dir nicht erlauben kann, das Bergwerk heute zu verlassen.«

Gerwulf winkte seine Männer zu sich. »Mit dir als Geisel können wir gewiss irgendeine Art von Übereinkommen schließen…«

Der Kopf des vordersten Soldaten schnellte zurück, und er fiel rücklings zu Boden. Ein Pfeil steckte in seiner Stirn.

»Der Arm meines Soldaten muss nach den Anstrengungen des heutigen Abends ein wenig ermüdet sein, denn normalerweise trifft er auf diese Entfernung in die Augenhöhle. Möchte sonst noch jemand eine Demonstration seiner Bogenkünste sehen? Ich fürchte allerdings, er ist nicht in bester Stimmung, da zwei seiner Kameraden wider Erwarten gefallen sind.« Gerwulf und die übrigen drei Männer rührten sich nicht. »Dachte ich mir. Jetzt aber erlaube mir, dir meinen neuen Freund Karsas vorzustellen, oder besser: eure Bekanntschaft zu erneuern.«

Ein verhärmt aussehender Mann, der die Kleider eines Bergmanns trug, trat aus demselben Seitengang, aus dem auch der Tribun herausgekommen war. Er hielt seine muskulösen Arme vor dem Körper verschränkt, und sein Gesicht drückte Entschlossenheit aus.

»Du kennst ihn zwar nicht, Gerwulf, aber du hast ihn bereits getroffen. In einem Tal sehr ähnlich wie diesem, gar

nicht so weit von hier, hast du dein Wolfsrudel auf die Mitbe-
wohner seines Dorfes gehetzt – ohne Vorwarnung und ohne
jedes Erbarmen. Du hast die Männer niedermetzeln und ihre
Frauen vergewaltigen lassen, bevor ihr sie ebenfalls umbrach-
tet. Du hast keinem von ihnen Gnade gewährt, und als ihr
mit ihnen fertig wart, habt ihr die Leichen liegen und ver-
rotten lassen.«

Gerwulf zuckte die Achseln. »Da musst du dich schon
etwas genauer ausdrücken. Wir waren in mehr als einem
Dorf.«

Der Bergmann zog finster die Brauen zusammen, während
Scaurus angewidert den Kopf schüttelte.

»Keiner weiß das besser als die Männer, die sich den
Rücken krumm schuften, um diese Goldmine in Betrieb
zu halten. Sie sind Enteignete, Gerwulf. Sie sind vor euren
Schwertern geflüchtet und haben ihre Familien dem Tod
überlassen. Mein neuer Freund hier und seine Kameraden
hatten eine Menge Zeit, den Hass, den sie gegen sich selbst
empfinden, zu nähren.« Mehrere Männer traten aus dem
Tunnel, dann ertönte ein kratzendes Geräusch vom Felsboden hinter den Germanen, und sie sahen, dass ein weiteres
halbes Dutzend Grubenarbeiter den Gang von der anderen
Seite blockierte. »Diese Männer sehnen sich nach einer
Gelegenheit, Rache zu üben. Sie haben mir erzählt, sie kämen
aus fünf Dörfern, die allesamt Orte des Friedens und glücklichen Zusammenlebens waren, bis deine Männer sie in Stücke gerissen haben, nur um ihrer Zerstörungswut zu frönen.
Der Junge, den du umgebracht hast, kam aus dem Dorf dieses Mannes. Er wurde von euch gezwungen, den Tod seines
Vaters und seiner Brüder sowie die Schändung seiner Mutter und seiner Schwestern mit anzusehen. Er war ein kleiner

Junge, Gerwulf, doch seine Seele war bereits die eines alten Mannes, denn sein Geist war verwelkt angesichts dessen, was du seiner Familie angetan hast. Und *seiner*...«

Ein anderer Bergmann trat vor und hielt eine Spitzhacke in den Händen. Sein finsteres Gesicht drückte Mordlust aus.

»Und *ihrer*...«

Scaurus deutete auf die Männer hinter den Soldaten, die langsam, aber zielstrebig mit ihren Äxten und Schaufeln näher rückten. Dann hob er die Hand und zeigte dem Germanen einen Goldklumpen von der Größe eines menschlichen Auges. Der Tribun drehte den Klumpen vor seinem Gesicht in der Luft herum und fuhr prüfend über dessen raue Oberfläche, bevor er weitersprach. »Seltsames Zeug, nicht wahr? Eigentlich nur ein gelbes Metall, das keinen weiteren Nutzen hat als einen ästhetischen Wert und die Tatsache, dass es ziemlich rar ist. Dennoch scheint es, als ob Menschen, sobald sie genug davon besitzen, sich verändern. Nimm deine Schwester, zum Beispiel: Selbst als die Grubenarbeiter bereits freigelassen waren und herumwüteten, ordnete sie an, dass zwei der Männer, die du als Wachen für uns abgestellt hattest, eine Truhe voller Goldklumpen und Goldstaub den langen Weg hier heraufschleppten. Anscheinend sind es die letzten Überbleibsel der Schatzkammer von Alburnus Major und damit *viel* zu kostbar, als dass man sie zurücklassen könnte – obwohl ihr beide mehrere Wagenladungen davon auf der anderen Seite des Berges stehen habt, die auf euch warten.«

Er wuchtete eine Tasche von der Größe einer Pampelmuse hoch, leckte an seinem Zeigefinger und tauchte ihn durch einen Schlitz an der Oberseite in die Tasche. Als er ihn wieder herauszog und ins Licht hielt, betrachtete er einen

Augenblick bewundernd den goldenen Glanz, bevor er mit seinen restlichen Fingern den Staub abwischte und eine Kaskade glitzernder Staubpartikel auf den Steinboden des Tunnelgangs herabfiel.

»Dies scheint Goldstaub zu sein. Ich habe ihn mir vorhin genauer angesehen und muss zugeben, dass ich sehr beeindruckt war. Stellt euch vor: Der Staub ist fast so fein wie Mehl und dennoch extrem schwer. Als ich ihn betrachtete, musste ich an dich denken. An dich und an meinen neuen Freund Karsas hier.«

Er reichte die Tasche dem schweigenden Bergmann, der seinen Kameraden und den hinter den Germanen stehenden Grubenarbeitern zunickte. Blitzschnell schloss sich die Falle um Gerwulf, denn die Bergleute griffen mit erhobenen Werkzeugen an und überwältigten die Leibwache trotz deren Schwertern. Der Germane musste zusehen, wie seine Leute niedergemetzelt wurden, und wankte, als ihm der Griff einer Axt auf seinen behelmten Kopf geschlagen wurde. Er taumelte rückwärts gegen die grob behauene Felswand und spürte, wie man ihm sein Schwert aus der Hand riss. Dann wurde er energisch auf die Knie gezwungen, eine Hand packte seinen Schopf und zog seinen Kopf zurück, während sich eine weitere um seine Nase und den Mund schloss, sodass er plötzlich die kalte Luft unter Tage nicht mehr einatmen konnte. Sein Sichtfeld verschwamm, doch konnte er gerade noch Scaurus erkennen, der auf den grimmig dreinschauenden Bergmann neben ihm zeigte.

»Wie ich gerade sagte: Im selben Moment, als ich diese mit kostbarem Staub gefüllte Tasche erblickte, musste ich an euch beide denken. Ich habe nämlich am frühen Abend Karsas versprochen, er dürfe für Mus, seine Frau sowie alle anderen Familienangehörigen Rache nehmen und ebenso für all die unschuldigen Seelen, die du hast abschlachten lassen, um die Gelüste deiner Leute zu befriedigen. Und all das nur, damit ihr euch ein wenig amüsieren konntet, während du auf den Bescheid von deiner Schwester gewartet hast, die Rabenstein-Mine auszuplündern. Also habe ich Karsas versprochen, ihm bei seiner Rache zu helfen, falls ich die Gelegenheit dazu bekommen sollte – obwohl ich zu jenem Zeitpunkt noch gar nicht sicher war, ob dies je der Fall sein würde, und auch nicht wusste, was er mit dir vorhatte. Nachdem wir deine Schwester gefangen genommen hatten und auf deine Ankunft warteten, habe ich Karsas natürlich über die Hinrichtungsmethoden unterrichtet, die das Imperium so gerne anzuwenden pflegt, aber ihm schien das alles ein bisschen zu langwierig zu sein.«

Gerwulf konnte sich kaum rühren und rang verzweifelt nach Luft.

»Und natürlich habe ich auch daran gedacht, dass mein guter Freund Clodius Albinus, wenn er in gut einer Woche hier ankommt, vielleicht gar nicht sonderlich begierig auf eine öffentliche Hinrichtung ist. Ich vermute eher, dass diese Unannehmlichkeit unter den Teppich gekehrt werden soll, und eine Kreuzigung würde bei dieser Art von unauffälligem Hausputz zu viel Aufsehen erregen. Daher fragte ich Karsas, welche Strafe er für dich im Sinne habe, und er erwiderte, es sei ihm relativ egal, solange er die Möglichkeit hätte, dir beim Sterben in die Augen zu sehen. Natürlich habe ich ihn darauf hingewiesen, dass eine derartige Genugtuung letztlich nicht halb so befriedigend ist, wie man es sich zuvor vorgestellt hat, aber er schien ziemlich erpicht darauf. Und wie könnte ich die Bitte eines Mannes abschlagen, dem du so übel mitgespielt hast?«

Das Bedürfnis, Luft zu holen, brannte inzwischen heftig in Gerwulfs Lunge und steigerte sich zu einem reißenden Schmerz, der sich anfühlte, als würde sein Innerstes nach außen gekehrt. Scaurus' Rede verklang mehr und mehr in seinen Ohren und schien bald nur noch ein Echo am Ende eines langen Tunnels zu sein.

»Und dann fiel mir die Truhe ein, die Theodora für so wichtig gehalten hat, und als ich sie öffnete, hatte ich einen plötzlichen Einfall: Warum deine Strafe nicht etwas passender gestalten? Warum sollten wir dein Leben nicht genau damit beenden, wonach du dich so heftig gesehnt hast? Du hast ja sicher ebenso wie ich davon gehört, dass Männer zuweilen mithilfe von Gold getötet werden: Man gießt ihnen geschmolzenes Gold den Hals hinunter oder ersticht sie mit einer goldenen Klinge – wenngleich nur Mithras weiß, wie man aus dem weichen Metall eine Klinge von ordentlicher Härte und Schärfe schmieden soll. Doch von der gleich folgenden, spezifischen Methode hatte ich noch nie gehört. Daher glaube ich, du wirst beeindruckt sein. Fangen wir an...«

Er deutete auf den Mann, der hinter dem Germanen stand. Gerwulf war bereits kurz davor, ohnmächtig zu werden, denn seine Augen rollten nach hinten, und sein Körper wurde schlaff, doch dann löste sich die Hand, die ihm Mund und Nase zugehalten hatte. Der Präfekt starrte in die unbarmherzigen Augen des Mannes, der im Begriff war, ihn zu töten, und hatte alle Kontrolle über sich selbst verloren: Schon hatten sich seine Eingeweide entleert, und die Exkremente rannen seine Beinkleider hinab. Er nahm einen tiefen, keuchenden Atemzug, der eine Ewigkeit anzudauern schien, wobei ihm ein unwillkürliches Stöhnen entwich. Während er die noch eiskalte Luft des Bergwerks in seinen Körper strömen ließ, drehte der Grubenarbeiter mit unerbittlicher Miene die Tasche mit Goldpartikeln um und schüttete den glitzernden Staub zunächst in sein Gesicht und dann seine offen stehende Kehle hinunter.

»Ich muss schon sagen, diese Art der Vollstreckung hört sich recht poetisch an. Hat es lange gedauert, bis er starb?«

Scaurus schüttelte den Kopf und trank einen Schluck Wein aus dem Becher, den Clodius Albinus für ihn gefüllt hatte. Die beiden Männer saßen allein in der Amtsstube des Legaten in der Festung von Apulum und hatten die Tür fest geschlossen. Sowohl der Amtsschreiber als auch die Wachen waren entlassen worden, um zu vermeiden, dass ihr Gespräch belauscht wurde.

»Eigentlich nicht, Legat. Er zappelte noch eine Weile am Boden herum und blieb dann von einem Moment auf den anderen regungslos liegen. Jedenfalls war es wesentlich weniger dramatisch als die übliche Prozedur mit Geißelung, Kreuzigung und Zerstückelung, die wir unter normalen Umständen durchgeführt hätten. Doch immerhin schien es die Männer, deren Leben er zerstört hatte, durchaus zu befriedigen.«

Der Legat lehnte sich in seinem Stuhl zurück, legte die Fingerspitzen aneinander und dachte über den Ausgang der Geschichte nach. »Um es zusammenzufassen: Du hast die Bergleute befreit, die dann zunächst die germanische Kohorte und danach das gesamte Tal in Stücke rissen. Wie viele von ihnen sind dabei gefallen?«

Scaurus zog seine Wachstafel heraus und las die klein geschriebenen Aufzeichnungen, die er in den vergangenen Tagen gemacht hatte, als das ganze Ausmaß der Verwüstung klar wurde, die die freigelassenen Grubenarbeiter der Stadt Alburnus Major zugefügt hatten.

»Nach allem, was wir wissen, sind etwa vierhundert beim Sturm auf die Germanen gefallen – jedenfalls ist das die Zahl von Leichen, die wir in ihrem Lager und um den Wall herum gefunden haben, wo Gerwulf und seine Männer sich ihrem Angriff widersetzten. Ich hätte vermutet, dass noch mehr von ihnen getötet wurden, aber es scheint, der Pöbel war schlicht zu zahlreich, um lange gegen ihn zu bestehen. Weitere drei- oder vierhundert Männer scheinen im Kampf umgekommen zu sein, der ausbrach, nachdem sie auch die Waffen der Germanen an sich gebracht hatten. Doch zu jenem Zeitpunkt haben wohl die meisten von ihnen Vernunft walten lassen und sind davongerannt. Allerdings kamen sie schon bald wieder zurück, da sie Hunger litten. Als mein Erster Speer mit den Tungrern einmarschierte, waren diese Männer bereits zu einem elenden, entmutigten Haufen geworden, der in den Ruinen nach Nahrung scharrte. Daher war es gut, dass ich angeordnet hatte, auch ein paar Wagenladungen mit Essensrationen aus Apulum herzuschaffen, denn sonst hätten wir die Hungernden mit unseren Speeren im Zaum halten müssen. Natürlich haben wir sie danach gleich wieder in den Dienst genommen, damit sie die Schäden reparierten und dafür sorgten, dass die Bergwerke nicht allzu sehr durch Nichtnutzung in Mitleidenschaft gezogen wurden.«

Albinus trank einen weiteren Schluck Wein. »Hervorragend! Es freut mich außerordentlich, sagen zu können, dass du meine Erwartungen bei weitem übertroffen hast, Gaius. Ich war nämlich sehr besorgt, dass ich dich womöglich unehrenhaft hätte entlassen und nach Rom zurückschicken müssen, um meinen eigenen Kopf aus der Schlinge zu ziehen. Stattdessen hast du die Situation gerettet und, was noch besser ist, dies auf eine Art und Weise getan, die es uns erlaubt, alles zu leugnen.« Er sah zur Decke hinauf und dachte einen Augenblick nach. »Wir sollten jetzt überlegen, ob mir eine überzeugende Geschichte einfällt, die ich in meinem Bericht an den Statthalter festhalten kann, denn sicher wird auch er die wahren Tatsachen nicht in Rom verbreiten wollen. Die Abfolge der Ereignisse war also, dass Prokurator Maximus die Goldminenbesitzer nicht unter Kontrolle hatte und Letztere ihre Arbeiter misshandelten. Irgendwann lehnten sich die Bergleute auf, brachten sowohl ihre Herren als auch den Prokurator um und schlugen den Ort kurz und klein, was sie allerdings hinterher bereuten. Ich habe dich ausgesandt, den Frieden wiederherzustellen, worauf du energisch durchgreifen musstest, um die Situation zu beruhigen. Leider warst du dabei gezwungen, mehrere hundert Aufrührer umzubringen, um sie zu entwaffnen, und danach noch ein paar hundert, um die strikte Hand der kaiserlichen Justiz zu demonstrieren. Ich denke, das wird ausreichen, um die wichtigsten Köpfe dazu zu bringen, zustimmend zu nicken – sei es auch widerwillig. Ich nehme an, du hast alle Leichen verbrennen lassen?«

Scaurus nickte. »Aus Gründen der öffentlichen Gesundheit. Ich war der Meinung, dies sei hygienischer als ein Massengrab.«

»Natürlich. Außerdem bleiben so keine Beweise, in die ein kaiserlicher Untersuchungsbeamter seine Nase stecken könnte. Hervorragend!«

Scaurus hob fragend eine Augenbraue. »Und die Germanen, Legat?«

»Die waren überhaupt nie hier. Ich werde dafür sorgen, dass die neuen Goldminenbesitzer sich vollumfänglich darüber bewusst sind, dass jede Erwähnung dieser Sache für alle Beteiligten und insbesondere für sie desaströse Konsequenzen hätte. Der ›Wolf‹ und seine Männer werden in den Geschichtsbüchern so verbucht werden, dass sie während einem ihrer kurzen, doch verhängnisvollen Grenzkonflikte von der sarmatischen Kriegshorde niedergestreckt wurden. Ich werde Gerwulfs Legat eine Nachricht zukommen lassen, dass König Balodi zugegeben hat, in der frühen Phase ihrer Revolte das Lager der Germanen überrannt zu haben. Dies sollte auch seinen Anteil an der Sache ein für alle Mal regeln, was mir sehr recht ist. Das Letzte, was Rom jetzt gebrauchen kann, ist noch so eine verdammte Varus-Legende, die die Stämme jenseits des Rhenus zur Rebellion anstachelt, findest du nicht? Und keiner von uns will mit dem Verlust der Kontrolle über eines der wertvollsten Besitztümer des Kaisers in Verbindung gebracht werden – schon gar nicht, wenn wir die Schuld mühelos auf diesen Idioten von Prokurator abwälzen können. Daher gibt es für uns jetzt nur noch ein Thema zu besprechen, bevor wir darüber nachdenken, wo du deine Männer nach Beendigung dieser Angelegenheit hinführen wirst.«

»Du meinst das Gold, Legat?«

»Ganz genau, Tribun. Das Gold.«

Er lehnte sich zurück und wartete darauf, dass Scaurus sprechen würde.

»Wir haben genug davon gefunden, um vier Karrenladungen zu füllen, die nun im Wald südlich des Rabenkopfs neben einem Haufen Leichen vergraben sind, Legat. Gerwulf hatte offensichtlich herausgefunden, dass es einen zweiten Eingang zum Bergwerk gab, und er nutzte diesen Eingang, um das Gold unter Tage an einen Ort zu bringen, wo es von ein paar vertrauenswürdigen Männern versteckt werden konnte. Laut den Aussagen der Bergleute wurde das Gold nachts wegbefördert, während ein Großteil von Gerwulfs Kohorte schlief oder die Grubenarbeiter bewachte. Sie haben ein paar Bergleute für den Transport angeheuert und ihnen versprochen, sie würden als Lohn für die harte Arbeit ihre Freiheit wiedererlangen. Doch sobald das Hochbefördern und Verladen zu Ende war, haben sie sie einfach aus dem Weg geräumt.«

Albinus nickte und trank einen weiteren Schluck. »Er war ein ziemlich gerissener Mistkerl, nicht wahr? Ich wette, sein Plan war es, sich diskret in einer dunklen Nacht aus dem Staub zu machen und davor jeden Mann umzubringen, der von seiner Abreise oder dem Abtransport des Goldes aus der Mine hätte Zeugnis ablegen können. Dabei hätte er lediglich ausreichend Männer und Gold mitgenommen, um ihm die Flucht vor der Justiz zu sichern. Ein oder zwei Jahre später, nachdem sich der erste Aufruhr gelegt hätte, wäre er mit seinen Leuten zurückgekommen und hätte nach Belieben weiteres Gold ausgegraben.« Ein Gedanke schoss dem Legaten durch den Kopf. »Wie hast du das Gold gefunden, wo es doch vergraben war? Ich nehme an, es gab keine offensichtlichen Anzeichen für seinen Aufenthaltsort?«

Scaurus lächelte. »Tatsächlich war Gerwulfs Schwester wild entschlossen, das Versteck nicht preiszugeben, ganz gleich, womit ich ihr drohte. Zum Glück habe ich einen überaus fähigen jungen Zenturio, der außerdem noch ein Händchen dafür hat, nützliche Männer um sich zu scharen. Er hat einen eingeborenen Fährtenleser aus Niedergermanien in seinen Diensten, der Spuren auf dem Boden ebenso leicht entziffern kann, wie du und ich Schriftrollen lesen. In nur wenigen Stunden spürte er das Versteck auf, einfach indem er ihren Spuren folgte – zumindest hat er uns das so erzählt. Ich vermute allerdings, seine verborgenen Fähigkeiten werden dadurch gefördert, dass er zu einer barbarischen Waldgöttin betet, habe aber beschlossen, dies zu tolerieren, solange er mit Resultaten wie diesem aufwartet.«

Albinus nickte nachdenklich. »Das ist durchaus richtig. Man muss in allen Dingen die richtige Dosis Pragmatismus walten lassen, Gaius – wir beide kennen den Wert dieser Maxime. Dann glaubst du also, wir haben das gesamte Gold zurückgewonnen?«

Der Legat sah dem Tribun fest in die Augen. »Ja, das glaube ich, Legat, abgesehen von dem Goldstaub, der in Gerwulfs Rachen geschüttet wurde. Und natürlich abzüglich der relativ kleinen Mengen, die ich in die Bestattungsfonds meiner Kohorte habe einfließen lassen.«

Albinus nickte großmütig. »Nun, das kann ich dir nicht übelnehmen, Tribun. Deine Männer haben Blut vergossen, um dieses Tal einzunehmen, und ebenso bei der Verteidigung der Provinz. Daher ist das Mindeste, was wir für sie tun können, dafür zu sorgen, dass sie eine anständige Bestattung erhalten. Wir sollten lediglich vermeiden, dass quer über die Provinz pompöse Altäre errichtet werden, denn das würde Anlass zu unbequemen Fragen geben. Wen hast du damit betraut, das Gold zu zählen?«

»Denselben Zenturio, von dem ich vorhin sprach. Er befehligt nämlich einen überaus akkuraten Standartenträger, der jede einzelne Münze abgezählt und jedes Klümpchen Gold gewogen hat. Unter der Aufsicht meiner Offiziere, versteht sich.«

Scaurus musste innerlich lachen, als er an die falkenäugige Wachsamkeit dachte, mit der Marcus und Dubnus jede Bewegung von Morban beobachtet hatten, während dieser mit wachsender Frustration die Beute des toten Germanen zusammenrechnete.

Der Legat nickte zufrieden. »Ausgezeichnet! Ich werde das Gold so schnell wie möglich hierhersenden lassen, doch in der Zwischenzeit hätte ich gerne die Aufzeichnungen jenes Standartenträgers, wenn es dir recht ist. Und zwar *sämtliche* Aufzeichnungen, Gaius. Wir wollen doch nicht, dass später andere Zahlen auftauchen und irgendwer auf die Idee kommt zu sagen, es sei mehr Gold zurückgewonnen worden, als tatsächlich in Rom eintraf.«

Scaurus sah seinen Mentor einen Augenblick an und nickte dann bedächtig. »Ja, Herr. In allen Dingen die richtige Dosis *Pragmatismus*.«

Albinus sah ihn mit gehobener Augenbraue an. »Wie ich bereits gesagt habe, ja. Ich erinnere dich daran, dass wir in schweren Zeiten leben. Auf dem Thron sitzt ein Kaiser, der nicht viel mehr als eine Marionette in den Händen des Prätorianerpräfekten ist. Daher ist es durchaus wahrscheinlich, dass noch mehr Terror von der Art ausgeübt wird, die zum Meuchelmord an den Gebrüdern Aquila führte. Du bist vermutlich mit den Gräueltaten vertraut: Zwei altgediente, vertrauenswürdige Senatoren wurden auf der Basis falscher Anklagen ermordet, weil sie sich angeblich gegen den Thron verschworen hatten – und das nur, damit genau dieser *Thron* ihre Besitztümer konfiszieren konnte.«

Scaurus nickte. *Ich bin damit vertrauter, als du dir vorstellen kannst, Legat.*

»Nun, dann wirst du verstehen, dass jeder, der ein öffentliches Amt in Rom innehat, ein paar Asse im Ärmel versteckt halten sollte. Ein oder zwei Kisten jenes Goldes aus dem Verkehr zu ziehen und für den Tag aufzubewahren, wenn der Wind scharf aus der falschen Richtung weht, ist eine Gelegenheit, die ich mir nicht entgehen zu lassen gedenke. Und mach dir keine Sorgen. Für dich wird im richtigen Moment ebenfalls gesorgt sein.«

Scaurus nickte und zuckte mit keinem Muskel, denn er wusste, dass dies nicht der richtige Moment war, um das unausgesprochene Angebot seines Mentors abzuschlagen. »Ich danke dir, Legat.«

»Eine kluge Entscheidung, Gaius. In diesem Fall bin ich froh, dir mitteilen zu können, dass ich meinen Amtsschreiber beauftragt habe, ein paar Anweisungen festzuhalten, die dich in deine Heimatprovinz zurückführen werden, sobald du von deinem Dienst in Alburnus Major befreit bist. Ich habe den Kommandanten der Flotte auf dem Danubius beauftragt, dich so weit hinaufschiffen zu lassen, wie der Fluss befahrbar ist, und ich bin mir sicher, dass deine angeborene Überredungskunst gemeinsam mit den Befehlen des Statthalters euch danach weitere Transportmöglichkeiten eröffnen wird. Es könnte jedoch klug sein, nicht an der Legionsfestung Bonna haltzumachen.«

Scaurus erhob sich und salutierte. »Ich danke dir, Legat. Meine Männer werden begeistert sein, und ich selbst stehe für immer in deiner ...«

Albinus unterbrach ihn mit tadelnd hochgezogenen Brauen, zog seinen Schützling an die Brust und schlug ihm fest auf den Rücken. Dann trat er zurück und hielt ihn auf Armeslänge von sich weg. »*Legat*? Für dich, Gaius, bin ich Decimus – einst dein Mentor und nun auch dein Freund.

Mehr noch: dein *dankbarer* Freund. Was die Begeisterung deiner Männer anbelangt, endlich wieder nach Hause entsandt zu werden: Beauftrage sie doch bitte, in meinem Namen eine bescheidene Opfergabe im Tempel zu entrichten, damit ich mich in der Gunst ihrer Götter sonnen kann.«

Scaurus verbeugte sich und blickte Albinus dankbar an. »Ich danke dir, Decimus. Die Tempel von Alburnus Major werden von Opfergaben in deinem Namen übersät sein.«

Er leerte seinen Becher Wein, salutierte erneut und wandte sich zur Tür. Dann aber fiel ihm ein, dass er dem Legat noch eine letzte Frage stellen musste. Als er sich umdrehte, sah er, dass dieser ihn wissend musterte. Scaurus begriff, dass der Legat die Frage erwartet hatte und er die Antwort darauf bereits kannte.

»Um offen zu sein, Tribun, könnte es mir nicht gleichgültiger sein, was er mit der Dame zu tun gedenkt. Du hast selbst gesagt, sie sei der Typ Frau, den man schnell satt hat. Vielleicht wird er also ein paar Mal seine Klinge von ihr putzen lassen und danach mit ihr auf eine Weise verfahren, die dem Umfang ihres Verbrechens entspricht. Abgesehen davon kann ich mich wohl kaum über das Gebaren eines Mannes beschweren, der dir gerade erst aufgetragen hat, uns nach Hause zu führen.«

Scaurus sank missmutig in seinen Feldstuhl und ergriff den Becher Wein, den Julius ihm entgegenhielt. »Es scheint, ich bin heute von Pragmatikern umzingelt.« Er erhob den Becher, prostete Julius zu und lächelte milde, als er dessen verwirrtes Gesicht sah. »Damit meine ich Realisten, Erster Speer. Und um etwas Realismus walten zu lassen: Nachdem ich in dieser Sache wohl nichts zu sagen habe, werde ich die Angelegenheit aus meinen Gedanken verbannen. Wenn ich es mir genau überlege, meine ich mich zu erinnern, dass Legat Albinus – oder Decimus, wie ich ihn fortan nennen soll, nachdem ich eine Schlüsselrolle darin gespielt habe, seine Laufbahn zu beschleunigen und ihn noch etwas reicher zu machen – seine Gurke noch nie unter der Tunika halten konnte, wenn wohlgeformte Damenfesseln in Sichtweite waren. Da wir aber gerade von Gerüchten sprechen: Ist es wahr, dass deine Frau ein Kind erwartet?«

Der Erste Speer nickte, und ein dümmliches Lächeln zierte sein Gesicht. »Das tut sie in der Tat, Tribun.«

»Wirst du also dem Beispiel deines Kameraden folgen und aus der Dame eine ehrbare Frau machen?«

Julius betrachtete Scaurus über den Rand seines Bechers hinweg und sah, dass sein Vorgesetzter diesbezüglich anscheinend gemischte Gefühle hegte. »Jetzt noch nicht, Tribun. Wir halten das nicht für notwendig, und nachdem es vom Gesetz her noch immer verboten ist, würde es unserem Kind wenig Nutzen bringen.«

Der Tribun trank einen weiteren Schluck. »Sehr weise, Erster Speer. Und eine vernünftige Entscheidung, wenn man bedenkt, wie schwer manchen Frauen die Schwangerschaft fällt …«

»Seine Entscheidung?« Felicia lachte laut heraus, was Marcus derart erfreute, dass er beschloss, mehr davon hören zu wollen. »So, wie *mir* das erzählt wurde, sagte sie ihm, dass sie sowieso für den Rest ihres Lebens nie wieder Intimitäten mit ihm austauschen würde, weshalb eine Hochzeit nicht nur überflüssig, sondern auch Geldverschwendung wäre.«

Marcus blickte mit hochgezogenen Brauen auf seine Frau,

deren Wagen erst vor einer Stunde im Lager von Alburnus Major angekommen war. »Dann gefällt ihr das Schwangersein also nicht besonders?«

Felicia lächelte ihn an und war glücklich zu sehen, wie Appius am Ausschnitt der Tunika seines Vaters hing und energisch mit seinem zahnlosen Kiefer auf einem schweren Goldanhänger herumkaute, der um den Hals ihres Gatten hing.

»Sie übergibt sich jeden Morgen, ist den ganzen Tag verstimmt und wird von dem unerklärlichen Drang überrollt, rohe Zwiebeln zu verspeisen. Wenn es ihr schon nach drei Monaten so ergeht, wird sich das Leben deines Kameraden über die folgenden sechs sicher außerordentlich interessant gestalten. Auf was beißt unser Baby da eigentlich gerade herum?«

Marcus sah hinab. »Das gehörte Carius Sigilis. Ich habe es nach der Schlacht auf dem gefrorenen See von seinem Leichnam abgenommen und Tribun Scaurus versprochen, dass ich das Schmuckstück zu seinem Vater bringen werde, wenn ich je die Gelegenheit dazu haben sollte.«

Felicia nahm ihm das Baby ab und zog sanft den Anhänger aus dessen Mund heraus. »Wahrscheinlich mag er das Gefühl kalten Metalls auf dem Zahnfleisch. Pass übrigens auf, denn auch wenn er noch keine Zähne hat, kann er doch fest genug zubeißen, dass man blaue Flecke bekommt.« Sie betrachtete ihren Mann mit hochgezogener Augenbraue, doch ihr Gesichtsausdruck war sanftmütig. »Schon wieder ein toter Freund, Marcus? Und wie hast du seither geschlafen?«

Seine Antwort kam ruhig, wenngleich ihn die Treffsicherheit ihrer Frage ein wenig beunruhigte. »Ganz gut, Liebste.«

Das stimmte nur teilweise, denn eine Stunde vor dem Morgengrauen, wenn sein Vater ihn mit seinem Verlangen nach Vergeltung heimsuchte, war er in letzter Zeit oft in Begleitung des Geistes von Lucius Carius Sigilis erschienen. Während der Senator seinen Sohn geradeheraus zur Rache aufrief, war der Geist des Tribuns zwar schweigsamer, aber ebenfalls mörderisch hartnäckig in seinen Forderungen: Mit von Blut befleckten Fingern, das aus seinen Wunden rann, schrieb er wieder und wieder auf jedwede verfügbare Oberfläche des Traums dieselben Worte.

Felicia ergriff Marcus' Arm und zog ihn an sich heran, sodass das Baby zwischen ihren Körpern klemmte.

»Du siehst tatsächlich glücklicher aus. Vielleicht brauchtest du nur ein paar ordentliche Kämpfe, um loszuwerden, was dir auf der Seele liegt?«

Er lächelte zurück und grübelte über die Verwüstung nach, die er anzurichten gedachte, falls er je wieder in seine Geburtsstadt zurückkehren sollte. Der Prätorianerpräfekt Perennis und die vier Männer, die er nur unter dem Namen »Die Klingen des Kaisers« kannte, waren vorerst genug auf seiner Liste, obwohl er sich sicher war, dass weitere Namen auftauchen würden, wenn er sich erst einmal durch die ersten fünf gearbeitet hatte. Seine Hand packte den Dolch an seinem Gürtel fester, und die vernarbte Haut über seinen Knöcheln straffte sich, bis die Wundmale auf dem weiß verfärbten Fleisch kaum mehr zu sehen waren.

»Ja, Liebste. Vielleicht brauchte ich nur das.«

Danksagung

Als mich die Idee umtrieb, den vorliegenden Roman in Dakien anzusiedeln, um die historische Vorlage zu nutzen, dass es in der frühen Phase der Regentschaft von Kaiser Commodus zwei Männer gab, die nach dessen Ermordung neben einem weiteren Kandidaten um den Thron buhlten, wurde mein Auge sogleich von einem magischen Wort angezogen: Gold. Um die Bedeutung der Bergbauindustrie im Rahmen der kaiserlichen römischen Ökonomie besser zu begreifen, erstand ich das ausgezeichnete Werk *Imperial Mines and Quarries in the Roman World* von Alfred Michael Hirt, das mich rasch und effektiv darüber aufklärte, wie das Kaiserreich diesen überlebenswichtigen Anteil des imperialen Finanzwesens überwachte und welche Rolle die Bergbaukolonie Alburnus Major im größeren Ganzen einnahm. Allen Lesern, die mehr über historische Details erfahren möchten, kann ich dieses Buch nur wärmstens empfehlen, wenngleich ich eine Warnung aussprechen muss: Bei diesem Text handelt es sich um eine akademische Publikation, die nicht besonders einfach zu lesen ist. Wie schon bei meinen vorherigen Romanen wurden meine Kenntnisse zu den frühen 180er Jahren durch Anthony R. Birleys wegweisendes Werk *Septimius Severus: The African Emperor* erweitert. Hinsichtlich des Wesens, der Waffen, Taktiken und der kriegerischen Organisation der Sarma-

536

ten bezog ich wesentliche Informationen aus *The Sarmatians: 600 BC – AD 450* von Brzezinsky und Mielczarek, das in der unschätzbar wertvollen Buchreihe »Osprey Men at Arms« erschienen ist. Auch dies ist ein hervorragendes Werk, das tiefe Einblicke zu dem Kriegervolk vermittelt, das letztendlich dem Kaiserreich einverleibt wurde. Was Dakien selbst anbelangt, empfehle ich *Dacia: Land of Transylvania, Cornerstone of Ancient Eastern Europe* von Ion Grumeza sowie *Roman Dacia* von Miller, Vandome und McBrewster, wenngleich letztgenanntes Werk eine nützliche Sammlung aller relevanten Artikel zu sein scheint, die bei Wikipedia zu finden sind. Das ist zwar an und für sich nichts Schlechtes, sollte aber als Quelle – wie Wikipedia selbst – mit Vorsicht behandelt werden. Natürlich sind etwaige Unkorrektheiten ausschließlich mir selbst zuzuschreiben.

Die Unterstützung, die ich von zu Hause erhielt, war wie immer unerschütterlich und kompromisslos. Tatsächlich ist das Verdienst für den Titel des Romans meiner Frau Helen zuzuschreiben, die ich letzten Sommer halb zu Tode langweilte, als ich *Aufstand der Barbaren* ausgerechnet am Strand den letzten Schliff gab – Endkorrekturen inmitten der Sommerferien sind ja nun nicht die feine englische Art, mit der Familie umzugehen. Als ich über die Fortsetzung nachdachte, sagte ich ihr: »Es ist eine Geschichte über Gold, die in Dakien spielt, was wörtlich übersetzt ›Wolfsland‹ heißt...« Meine reizende Gattin sah mich daraufhin über den Rand ihrer Sonnenbrille an und setzte jenen Gesichtsausdruck auf, den alle Ehemänner nur zu gut kennen. Dann erwiderte sie knapp: »Nun, dann sollte das Buch wohl *Das Gold der Wölfe* heißen, findest du nicht?«, und wandte sich wieder ihrem Kreuzworträtsel zu. Natürlich hatte sie damals nicht die leiseste Ahnung, wie sehr mir dieser einfache Satz weiterhelfen würde. Meine Bemühungen um das Schreiben wurden extrem dadurch gefördert, dass ich mir eine internetfreie Zone auf einem Bauernhof angeschafft habe, wodurch ich losgelöst von allen Ablenkungen durch Aktienkurse, Schusswaffen und Sportwagen in Ruhe arbeiten konnte. Daher richtet sich meine Dankbarkeit auch an Gini und Jonathan Trower, die die weise Voraussicht hatten, genau zu jenem Zeitpunkt einen Mieter zu suchen, als ich so dringend einen Schlupfwinkel brauchte, um der Ablenkung zu entrinnen. Schon bald wird die Temperatur in »The Old Hen House« wieder über null klettern – dies zumindest sage ich mir selbst kontinuierlich zur Beruhigung. Der ehemalige Hühnerstall wäre tatsächlich jene klassisch spartanische Schriftstellermansarde, von der man immer liest, würde ich mir nicht den Luxus meiner lebensnotwendigen Kaffeemaschine und eine iPod-Docking-Station leisten, aus der – je nach Laune und der Art gedanklicher Grübeleien, die mich gerade beschäftigen – elegant Händel herausklimpert oder mir Stücke von Motörhead um die Ohren donnern (plus sämtliche musikalische Richtungen, die dazwischenliegen).

Graham Lockhart ist nach wie vor mein Geschäftspartner und versteht meine hyperaktive Fantasie und deren Bedürfnisse noch immer zu tolerieren, während Robin Wade und Carolyn Caughey – mein Agent und meine Verlegerin – wie immer nach außen hin professionelle Ruhe ausstrahlen, auch wenn sie sich fragen, was zum Teufel ihren Autor dazu trieb, einen Vollzeitjob anzunehmen, wo er doch einen Vertrag unterschrieben hat, der ihn verpflichtet, zwei Bücher pro Jahr abzuliefern. Herzlichen Dank euch allen, die ihr mit meinem Größenwahn zu kämpfen habt.

Zu guter Letzt möchte ich auch Ihnen als Leser danken, dass Sie sich dieses Buch ausgesucht haben. Die Vorstellungswelt eines Schriftstellers ist nichts wert, solange es nicht Menschen gibt, deren Gehirne sie für eine kurze Zeit bewohnen kann. Daher bin ich von Herzen dankbar, dass Sie mir zuweilen Ihre grauen Zellen leihen, damit Marcus und seine Kameraden noch an einem anderen Ort leben können als nur in meiner eigenen regen Fantasie.